Maria von Welser | Waltraud Horbas

DIE UNBESTECHLICHE

Maria von Welser | Waltraud Horbas

DIE UNBESTECHLICHE

Roman

List

Besuchen Sie uns im Internet:
www.ullstein.de

List ist ein Verlag der Ullstein Buchverlage GmbH
ISBN: 978-3-471-36061-3

Gesetzt aus der Fairfield LT
Druck und Bindearbeiten: GGP Media GmbH, Pößneck
Printed in Germany

TEIL 1 | MIESBACH

1968–1970

STUDENTENUNRUHEN, PANDEMIEN UND KALTER KRIEG

Droht ein Bürgerkrieg? Berlin im Ausnahmezustand. Straßenschlachten prägen das österliche Straßenbild: Nach dem Attentat auf Studentenführer Rudi Dutschke sehen die Demonstranten die Boulevardpresse in der Verantwortung. Wochenlange Stimmungsmache und Schlagzeilen wie »Man darf nicht die ganze Drecksarbeit der Polizei und ihren Wasserwerfern überlassen« sorgen für erhitzte Gemüter. Mit dem Ruf »Springer, Mörder« marschieren Tausende am 11. April 68 in Richtung Axel-Springer-Verlag.

Ost-West-Verhältnis

Freie Fahrt nach Berlin. Endlich kommt das Berliner Viermächteabkommen der Alliierten zur Unterzeichnung. Eine der wichtigsten Errungenschaften für Deutschland besteht in der dauerhaften Sicherung Westberlins. Die UdSSR verpflichtet sich, wichtige Transitwege offen zu halten - eine Erleichterung für Berlin-Reisende und den Güterverkehr.

Ausläufer der Kaltfront erreichen den Sport. Zum ersten Mal treten bei den Olympischen Winterspielen in Grenoble zwei deutsche Mannschaften an - wenn auch unter neutraler Fahne. Einzig die zwei »Kellers« holen Gold für die BRD: Franz Keller in der Nordischen Kombination und Erhard Keller im Eisschnelllauf.

Was gibt's Neues? Zwei Organisationen mit ambitionierten Zielen werden gegründet - Greenpeace und Ärzte ohne Grenzen.

Mit der Atemschutzmaske ins Büro? München im Dezember 1969: Es begann relativ harmlos, mit einer Erkältung nach dem Skiwochenende. Kurz darauf liegt Fritz B. mit hohem Fieber im Bett. Mittlerweile hat ein aus Asien stammendes Virus - die »Hongkong-Grippe« - auch Bayern erreicht. Als erste Maßnahme zur Entlastung der Münchner Krankenhäuser werden die Weihnachtsferien in diesem Jahr um eine Woche verlängert. Die Behörden sind dennoch zuversichtlich, dass die Infektionswelle bis zum Frühjahr abflachen wird. Bis dahin allerdings werden Antibiotika knapp, Menschen sitzen mit Masken in Großraumbüros, und die Verunsicherung in der Bevölkerung ist spürbar - zu

Recht, denn die Lage bleibt angespannt.

Ende des Vietnamkriegs rückt näher. Die USA kommen nicht zur Ruhe. Die Lage in Vietnam treibt viele Amerikaner zu zunehmend gewalttätigen Demonstrationen auf die Straße. Der hohe Blutzoll auf amerikanischer Seite, aber auch aufseiten der Zivilbevölkerung Vietnams wirkt auf immer größere Teile der Öffentlichkeit verstörend.

US-Präsident Nixon beschließt, 100000 Soldaten aus dem Kriegsgebiet abzuziehen – zeichnet sich Hoffnung auf Frieden ab?

Kurioses. Mit einem Papyrusboot hat der Norweger Thor Heyerdahl den Atlantik überquert. Die abenteuerliche Reise führte von Marokko über Amerika in die Karibik. Der leidenschaftliche Hobby-Anthropologe ist überzeugt, dass schon vor Kolumbus kultureller Austausch und Handel zwischen Ägypten und dem amerikanischen Kontinent stattfanden – wie realistisch diese These ist, versuchte er mit seiner gewagten Schiffskonstruktion unter Lebensgefahr zu beweisen.

Kapitel 1

DAS MÄDCHEN IM SCHNEE

Februar 1968

»Ah-bâ!«, sagte Elena und blickte gebannt in die Schlucht, die sich unter ihren Füßen auftat. Sie schwebten in etwa hundert Metern Höhe in trügerischer Schwerelosigkeit in der Luft.

»Ja«, erwiderte Alice, »geht mir genauso; ich kann's kaum erwarten.« In einträchtigem Schweigen beobachteten die beiden für einen Moment die glitzernde, weiße, scheinbar grenzenlose Weite, die sie von allen Seiten umgab. Es war ein prachtvoller Morgen Ende Februar.

»Bah, më?«

Alice sah auf die Uhr. »Nein, nein, wir sind gut in der Zeit«, widersprach sie und kontrollierte dann die Außenbedingungen. *Luftdruck: rapide abnehmend, dem Druck in ihren Ohren nach zu schließen*. Windrichtung Südost, Windstärke etwa drei, wenn sie das leise Schaukeln der Gondel richtig deutete. Niederschlag null Komma null.

Elena schmiegte sich enger an sie. Sie wirkte glücklich, und Alice fragte sich, ob sie imstande war, sich an die letzte, zwei Wochen zurückliegende Gondelfahrt zu erinnern. Konnte sie voraussehen, was gleich kommen würde? Hatte sie bereits so etwas wie ein Erinnerungsvermögen? Ja, da war sich Alice sicher, allen Expertenmeinungen zum Trotz.

Als Elena auf die Welt gekommen war, war Alice zunächst verstört gewesen über ihre eigene Reaktion auf das Baby. Sie hatte nicht damit gerechnet, dass dieses Wesen, dessen Bewegungen ihr über Monate so vertraut geworden waren, ein völlig fremdes Gesicht haben könnte. Als man ihr das frisch gewaschene und gewickelte Kind in die Arme gedrückt hatte und sie sich zum ersten Mal staunend in die Augen sahen, war sie verblüfft gewesen über den uralten Ausdruck in den Augen der Neugeborenen. Als hätte Elena eine äonenlange Reise aus einem anderen Sternensystem zurückgelegt, um zu ihr zu kommen. Ohne zu blinzeln, hatten sie sich angeblickt, und Alice war überwältigt von einem Gefühl unendlicher Weisheit, Ferne und Fremdheit. Dann, über Wochen, hatte sie sich mit ihrem Kind vertraut gemacht. Gerne hätte sie jemanden gefragt, ob ihre Reaktion normal war. Ob diese ganzen Berichte über frischgebackene Mütter und ihre sofortige, bedingungslose Bindung an ihr Kind bedeuteten, dass die anderen logen. Oder ob mit ihr etwas nicht stimmte, wenn die Annäherung an dieses rätselhafte Wesen mit seinem spärlichen Haarwuchs und den riesigen Augen so langsam, umsichtig und durchaus auch ein wenig kritisch erfolgte.

Es wäre schön gewesen, einen Menschen zu haben, dem man eine derartige Frage hätte laut stellen können. Aber das ging nicht, so viel war Alice klar. Daher regelte sie es so, wie sie es schon ihr ganzes Leben lang getan hatte; sie machte diese tiefer gehenden Gedanken und Sorgen mit sich allein aus. Beziehungsweise allein mit Elena. Und nach einem Monat intensiven Kennenlernens ohne Fremdeinmischung hatte sich die vorsichtige Annäherung tatsächlich zu einer innigen Freundschaft ausgewachsen.

»Es wird Zeit«, sagte Alice aufgeräumt und griff nach der Strickmütze, die sie ihrer neun Monate alten Tochter für die Dauer der Gondelfahrt abgenommen hatte. Sanft strich sie über den zarten Flaum, dann setzte sie ihr die leuchtend rote Strickmütze mit Bommel auf und band eine Doppelschleife unter dem Kinn. Als Nächstes kamen die festen, wasserabweisenden Fäustlinge und schließlich ein Baumwolltuch, das sie dem Kind bis fast über die Nase hochzog.

»A-båh«, kam es gedämpft aus dem Schal.

»Ich *weiß*, dass das für den Moment noch zu warm ist. Aber wart nur ab, bis wir starten. Dann bist du froh über den ganzen Kram!«

Sie setzte Elena in die Kraxe, machte einen letzten Sicherheitscheck und schulterte das Kind. Die Bergstation kam in Sicht; der spannende Moment rückte näher. Sie waren erst zweimal hier oben gewesen, und Alice hatte noch keine Routine darin, mit Kraxe auf dem Rücken und Skiern und Stöcken in den Händen passgenau aus der Gondel zu springen.

»Nicht schon wieder!«, seufzte Sepp Beslmüller, als er sah, wer sich da in der Gondel näherte. Es schlug gerade mal acht Uhr an einem Montag, und eigentlich war um diese Uhrzeit so gut wie niemand unterwegs. Es war reines Glück, dass er die Passagiere überhaupt bemerkt hatte. Er griff nach den Schaltern und brachte die gesamte Seilbahn für ein paar Sekunden länger zum Halten, bis die junge Mutter, die eigentlich selbst noch so aussah, als hätte sie hin und wieder ein saftiges Donnerwetter nötig, es aus der Gondel geschafft hatte. Dann verließ er das Wärterhäuschen und ging zu Mutter und Kind hinüber. Alice sah ihm entgegen. Blonder Pferdeschwanz, Sommersprossen um die Nase und Augen, die vor Vorfreude und Übermut nur so strahlten. Ihm schien, es musste gestern gewesen sein, dass er sie zusammengestaucht hatte, weil sie als Elfjährige mit dem Ski am Gondelausstieg hängen geblieben war und den ganzen Betrieb zum Stillstand gebracht hatte.

»*Muss* das denn sein?«, fragte er, nahm Alice aber die Kraxe ab und hielt sie, während sich die junge Frau die Skier anschnallte.

»Jetzt fang nicht schon wieder an! Vor zwei Wochen sind wir auch gut runtergekommen, oder etwa nicht? Wie lange kennst du mich jetzt? Ich komm hier hoch, seit ich fünf bin. Warum machst du dir jetzt auf einmal Sorgen?«

»Weil du ein Kind auf dem Buckel hast bei der Abfahrt, vielleicht?«, sagte er hitzig. Alice verdrehte leicht die Augen, während sie eine sichere Position quer zum Hang einnahm, um nicht loszurutschen, die Skibrille aufsetzte und dann die Hände in Richtung Kraxe ausstreckte. »Mich hat es noch nie ernsthaft hingeschmissen, und jetzt bin ich sowieso doppelt vorsichtig, wenn ich Elena dabeihabe.«

»Dein Wort in Gottes Ohr«, sagte Sepp Beslmüller, nahm die Kraxe auf und half ihr, die Arme durch die Riemen zu schlängeln.

»Wenn's dich beruhigt, dann rufst du eben bei der Talstation an, dass sie nach mir Ausschau halten. In einer halben Stunde bin ich unten.«

»So weit kommt's noch mit den Extrawürschten!«, brummte er.

»Na, dann halt nicht. Bis zum nächsten Mal. Und trotzdem danke!«, sagte Alice, und ohne Atem zu holen, ohne auch nur für den Bruchteil einer Sekunde zu zögern, stieß sie sich ab und tauchte hinab ins Tal. Innerhalb von Sekunden zerstob sie zu einer Gischt aus Pulverschnee, wurde eins mit einer Wolke aus Abertausenden winzigster, funkelnder Kristallpartikel.

»Jiiiihhh«, krähte Elena.

»Der Herrgott steh uns bei«, murmelte der Sepp. Dann wandte er sich in Richtung Telefon, um unten im Tal anzurufen. Man musste sein Auge einfach auf alles haben; lieber einmal zu viel telefoniert als zu wenig hier oben in den Bergen.

Sepp Beslmüller hätte Alice vermutlich gar nicht wiedererkannt, als sie nur zwei Stunden später eilig die Redaktion des Lokalblatts betrat. Nachdem sie Elena bei Julia abgegeben hatte, einer jungen Italienerin, die sie wochentags betreute, hatte sie eine erstaunliche Verwandlung vollzogen: Die Haare waren hochgesteckt, sie war dezent geschminkt und trug einen dunkelgrauen Rock mittlerer Länge und eine blaue Bluse mit Perlmuttknöpfen, aber ohne weiteren Schnickschnack – eine Aufmachung, die sie für sich gerne ihre Guerilla-Tarnkleidung nannte, weil sie manchmal das Gefühl hatte, farblich mit dem Mobiliar der Redaktion zu verschmelzen.

Als sie nach einigen Irrungen und Wirrungen schließlich die Volontariatsstelle bei der Zeitung ergattert hatte, war ihr schnell klar geworden, dass sie sich auf einer Gratwanderung befand. Sie schritt durch einen Nebel aus Vorbehalten, ihr Geschlecht, Alter und Können betreffend. Und so bestanden ihre Kleidung und Aufmachung aus mehr als nur äußeren Schichten aus Stoff und Farbe. Es war der Versuch einer wortlosen Stellungnahme, um auf die ausgesprochenen und unausgesprochenen Vorbehalte zu antworten: Zu jung und damit unzuverlässig … Sie ist *Reporterin*? Im Ernst? … Und verheiratet soll sie auch noch sein!? Wer versorgt eigentlich ihr Kind, während sie sich herumtreibt?

Obwohl sie daher ihre Aufmachung schon am Abend zuvor bis ins Detail geplant hatte, um sie dann an einem Montagmorgen um halb zehn in Minutenschnelle umzusetzen, konnte sie nicht verhindern, dass trotz ihrer soliden Maskerade der letzte Nachhall eines Wirbelwinds aus Eiskristallen durch ihr Inneres tobte. Im Geiste war sie noch in die perfekten Schwünge einer Tiefschneeabfahrt versunken.

»Morgen!«, sagte sie, eine Spur zu gut gelaunt für Herrn Albrecht, der sie nur mit stummem Vorwurf im Gesicht ansah.

»Wo *waren* Sie denn?«, fragte er. »Es ist …« Er sah auf die Wanduhr. »… gleich zehn!«

Alice unterdrückte jedes äußere Anzeichen aufsteigenden

Ärgers und sagte stattdessen freundlich: »Ich hab gestern die Sonntagsschicht gemacht und durfte deshalb heute später anfangen, das war doch abgesprochen. Erinnern Sie sich nicht mehr?«

»Ah. Na gut. Ausnahmsweise«, sagte ihr Chef, noch immer übellaunig.

Alice sah sich in den leeren Redaktionsräumen um. »Wo sind denn die anderen?«

»Der Zeißler hat sich krankgemeldet, und der Maier führt ein Interview.«

»Ah«, sagte Alice und fragte sich, ob ihr Chef vielleicht gar keine schlechte Laune, sondern einfach nur Sorge hatte, dass zu viel Arbeit an ihm hängen bleiben könnte. Er war ein leicht übergewichtiger Mann in den frühen Sechzigern, dessen sanft hervorquellende Augen mit ihrem vorwurfsvollen Blick an eine französische Bulldogge erinnerten. Wichtige Außeneinsätze übernahm er gerne selbst, aber nicht bei Regen oder Schneetreiben, das wusste jeder in der Redaktion.

Sie dachte gerade über eine passende Bemerkung nach, die seine Laune vielleicht bessern könnte, als das Telefon klingelte. Der Albrecht ging ran. »Ja?« Er lauschte. Alice konnte sein Gesicht nicht sehen, weil er mit dem Rücken zu ihr stand, doch sie bemerkte, wie seine Körperhaltung starrer und der Griff um den Telefonhörer fester wurde.

»Wo?«, fragte er nur und nahm einen Stift zur Hand. Schrieb wortlos die Adresse auf.

»Danke«, sagte er dann und legte auf.

Ihr Chef wandte sich zu ihr um, schien aber glatt durch sie hindurchzustarren. Und obwohl sich Alice mittlerweile an eine gewisse Unsichtbarkeit in der Redaktion gewöhnt hatte, war sein Gesichtsausdruck doch ein wenig unheimlich. Der Moment dauerte nicht länger als eine, vielleicht zwei Sekunden, dann sagte er: »Wir haben eine Leiche.«

»Ähm … Was?«, fragte Alice.

»Eine Leiche. Ein *Mordfall*, scheint's. Rede ich so undeutlich?«

»Nein. Jetzt nicht mehr«, sagte Alice, nahm sich aber rasch zusammen. Es war nicht der richtige Moment für Querelen, sie war noch in der Probezeit. Und anscheinend erwartete ihr Chef gerade von ihr, dass sie seine Gedanken lesen oder doch zumindest auf wundersame Weise erraten konnte.

»Soll ich hinfahren?«, fragte sie versuchsweise, mit wenig Hoffnung. Das würde er sicher nicht der unerfahrenen Volontärin überlassen. »Oder wollen Sie lieber selbst …?«

»Nein, fahren Sie ruhig. Ich hab hier noch genug zu erledigen, und Sie brauchen eh die Erfahrung. Wird Ihnen guttun. Geben Sie Gas, die Leiche ist gerade erst gefunden worden. Alles noch unangetastet. Das war der Oberwachtmeister Groetz; er ist mir was schuldig, deshalb hat er uns gleich Bescheid gegeben.« Damit drückte er ihr den Zettel mit dem genauen Fundort in die Hand. »Ein paar Fotos brauchen wir auch. Nehmen S' die Kamera vom Zeißler mit, aber …« Er hielt inne, zögernd. Ganz offensichtlich wollte er etwas sagen und war auf der Suche nach den richtigen Worten. Doch die Zeit drängte. »Aber dezent, wenn ich bitten darf. Verstehen Sie? Keine Nahaufnahmen und dergleichen«, sagte er schließlich nur.

»Dezent. Verstehe.« Alice griff sich die Kamera, und schon war sie zur Tür hinaus. Jede Minute zählte, vor allem das hatte sie verstanden.

Als sie mit ihrem signalroten VW Käfer die Stelle erreichte, wo die Landstraße die Mangfallbrücke der A8 unterquerte, hatte sich der Himmel wieder zugezogen und hing tief und bleiern über der weißen Landschaft. Der Schnee hier war von anderer Beschaffenheit als hoch oben auf dem Berg. Es war zivilisierter Schnee: matschig, graubraun und viel zu nass. Vollgesogen von der Feuchtigkeit des Tals kroch er in die Stiefel, durchdrang die

Strümpfe und arbeitete sich langsam, aber hartnäckig die Beine hinauf.

Mit einem schnellen Rundblick erfasste Alice ihre Umgebung. Die Mangfallbrücke, hoch über ihren Köpfen. Zwei Polizeiautos, ein Rettungswagen. Vier Beamte, die vereinzelte Gaffer auf Abstand hielten, drei weitere Polizisten dicht am Straßenrand, dort, wo die weiße Winterlandschaft langsam überging in Faulschnee, braun gefärbt vom Sprühregen der vorüberfahrenden Autos.

Alice griff nach ihren Handschuhen, legte sie aber nach kurzem Zögern wieder beiseite und nahm stattdessen Block und Bleistift vom Beifahrersitz. Klamme Finger gehörten im Winter bei Außeneinsätzen zwangsläufig dazu, wie sie mittlerweile hatte feststellen müssen; schnelles Schreiben und Handschuhe schlossen sich gegenseitig aus. Sie wickelte stattdessen ihren Schal fester um den Hals, hängte sich die Kamera um und stieg aus.

Biestig war der Wind hier, er wehte feuchtkalt von den nahe gelegenen Berggipfeln herab. Es war das Erste, was ihr auffiel: das Zerren des Windes, das Rauschen der Autobahn über ihren Köpfen, die unruhige Bewegung – ein brutaler Gegensatz zu der glitzernden Reglosigkeit der weißen Wildnis, die sie nur wenige Stunden zuvor auf Skiern durchquert hatte. Sie griff nach der Kamera und schoss ein Foto. Ein erster Überblick aus sicherer Distanz konnte nicht schaden.

Als sie näher kam, blickte Polizeioberwachtmeister Hans Groetz auf. Seine Miene verfinsterte sich beim Anblick der jungen Frau sichtlich. »Alice …«, sagte er. »Dich haben die losgeschickt?«

»Ja«, sagte sie, ein wenig verwundert über die barsche Begrüßung. »Was dagegen?«

Er zögerte, noch immer mit grimmigem Gesicht, und schien auf etwas Unsichtbarem, Übelschmeckendem herumzukauen. »Nein«, erwiderte er dann nur.

»Gut.« Sie packte ihren Stift und Notizblock fester. »Du hast angerufen. Hast du gleich Zeit für ein paar Fragen, oder passt's gerade nicht? Soll ich warten?«

»Passt schon. Leg los, aber mach es kurz.«

Alice nickte und versuchte, über die Schulter des Polizeioberwachtmeisters zu spähen – was sinnlos war, denn er überragte sie deutlich. »Hans«, sagte sie dann, mit leichter Ungeduld in der Stimme. »Wenn du einen Schritt zur Seite machst und ich den Tatort selber sehen kann, sparen wir uns einiges an Zeit und Fragen. Meinst du nicht?«

»Ich glaube nicht, dass du dir das antun willst.« Der Groetz schien nicht gerade zugänglicher zu werden.

»Lass das mal meine Sorge sein. Ich kann so was ganz gut selbst entscheiden; und es ist mein Job«, erklärte sie, nun mit offener Ungeduld. Auch das hatte sie in den letzten paar Wochen gelernt: In bestimmten Augenblicken war es wichtig, der Stimme, wenn sie einem zu entgleiten drohte, ausreichend Festigkeit und Substanz zu geben, um ihr Gegenüber zu überzeugen. »Also, bringen wir's hinter uns.«

Der Groetz zauderte noch immer, aber dann zuckte er schließlich mit den Achseln, machte einen Schritt beiseite und gab den Blick frei auf den toten Körper.

Einen Moment lang, der sich in Alice' Wahrnehmung in die Unendlichkeit ausdehnte, war es sehr still. Selbst der Wind schien den Atem anzuhalten. Als sie wieder sprach, hatte sie ihre Stimme zwar im Griff, konnte aber das eigenartige Gefühl nicht loswerden, sie würde hinter einer Glasscheibe zu dem Polizisten sprechen.

»Wie alt ist sie, was meinst du?«

»Achtzehn, vielleicht zwanzig.«

»Und wie …?«

Der Groetz behielt sie im Blick. Ganz offensichtlich war er in Sorge, dass er es neben einer Mädchenleiche gleich noch mit einer etwa gleichaltrigen, ohnmächtigen Reporterin zu tun bekommen würde. Es wäre ein bisschen viel gewesen für einen Montagmorgen.

»Erstochen. Sieben Einstiche«, sagte er nur, und Alice nickte. Als sie ihre Stimme wieder unter Kontrolle zu haben glaubte, machte sie weiter. »Ich sehe kein Blut.«

»Sie wurde nicht hier umgebracht, sondern irgendwo anders. Man hat ihre Leiche die Brücke runtergeworfen. Als wär sie ein Sack Müll.«

Alice hatte sich Notizen gemacht. Beim Klang seiner Stimme sah sie wieder auf und blickte Groetz ins Gesicht. Plötzlich hätte sie ihn absurderweise gerne getröstet, wusste aber nicht wie.

»Das macht es ziemlich schwer, den Täter zu finden. So praktisch ohne Spuren. Richtig?«, sagte sie schließlich.

»Kann man wohl sagen.«

»Wer war sie, was meinst du? Habt ihr irgendeine Ahnung … wahrscheinlich nicht, weil …« Sie verhaspelte sich und fand plötzlich nicht mehr die richtigen Worte. Weil man an einem nackten Körper schlecht die Identität ermitteln kann? Sie wurde sich wieder ihrer klammen Finger und der wachsenden Kälte bewusst. Der Wind war stärker geworden, er wehte direkt von der Rotwand herunter ins Tal.

»Ich geh davon aus, es war eine Prostituierte«, sagte Groetz, ging aber nicht näher darauf ein, warum er das dachte. Und Alice brachte es nicht über sich nachzufragen.

Stattdessen sagte sie: »Danke. Gibt es noch was, das ich wissen sollte?«

Groetz schüttelte den Kopf. »Mehr haben wir leider auch nicht. Mach deine Bilder und pack noch eine Personenbeschreibung in deine Meldung, vielleicht liest es ja wer und erkennt sie auf den Polizeifotos. Ich schick dir nachher gleich noch eine Aufnahme vom Gesicht rüber, sobald ich sie habe.«

Alice nickte, steckte den Block weg und zückte die Kamera.

Dann hielt sie inne, den Blick auf den Körper des toten Mädchens gerichtet, der ihr so verletzlich vorkam. Allein gelassen. Absurderweise konnte sie das Gefühl nicht abschütteln, dass der jungen Frau entsetzlich kalt sein musste. »Warum … deckt ihr sie nicht zu?«, fragte sie leise.

Der Polizist bewegte unbehaglich die Füße. Sie beide schienen das Gleiche zu fühlen und zu denken. »Ich würd ja gern. Zefix, das würd ich wirklich gern. Aber wir müssen noch die Spuren sichern.«

Alice nickte und legte ihm die Hand auf die Schulter. Lang genug, dass er es wahrnahm, aber nicht so lange, dass er es als offene Geste des Mitgefühls deuten würde. Mittlerweile hatte sie bereits die Erfahrung gemacht, dass nicht alle Männer damit umgehen konnten, wenn man Mitgefühl mit ihnen hatte.

Sie bewegte die klammen Finger, durch die mittlerweile gar kein Blut mehr zu fließen schien, und packte dann die Kamera fester. Noch immer sah sie den reglosen Körper an, jetzt aber abschätzend, die Gefühle an den Rand des Bewusstseins gedrängt.

Mach ein paar Fotos. Aber dezent … Wie macht man ein dezentes Foto von einer nackten, toten jungen Frau? *Überhaupt nicht*, erkannte Alice plötzlich, und die Erkenntnis war wie eine Befreiung. Sie ging in die Knie, direkt vor dem Mädchen, und fotografierte die reglose Hand, Handfläche nach oben. Finger, die sich weiß vom Faulschnee am Straßenrand abhoben. Eine leicht geöffnete Hand, als wäre sie im Begriff gewesen, sich zu entfalten, und dann in Bewegungslosigkeit erstarrt.

Ihr Blick wanderte nach oben. Sie hob die Kamera und fotografierte, aus der Perspektive von ganz unten, den bleiernen Himmel und die Autobahnbrücke über ihnen, auf der sich der Verkehr unablässig bewegte, unbeeindruckt von dem Geschehen in der Tiefe.

Kapitel 2

ZIMT UND ASCHE

Eine Nachkriegs-Kindheit

Wer der erwachsenen Alice in den Siebzigerjahren eine Zigarette anbot, sah sich manchmal mit der lapidaren Antwort konfrontiert: »Danke, aber ich hab mit dem Rauchen aufgehört, als ich fünf war.« Und einmal abgesehen von der provokativen Absicht hinter dieser Aussage skizzierte sie nicht nur treffend das Spannungsfeld einer Nachkriegskindheit, sie war auch noch wahr. Als Kind bestand ihr Alltag aus einem Wechselbad zwischen bürgerlichen Zwängen und kompletter Verwilderung – oder, in eine Sprache der Sinne übersetzt, einer Mischung aus warmem Apfelstrudel und kalter Asche.

Neuhaus am Schliersee, Landkreis Miesbach in Oberbayern, Ende der Vierzigerjahre. Der Zweite Weltkrieg hatte seine Klauen in die Landschaft, in die Seelen und Körper der Menschen gegraben. Doch obwohl die Spuren der Gewalt allgegenwärtig schienen, hatten die Erwachsenen in ihrer Not beschlossen, die Bombenkrater und Kriegsruinen großräumig auszublenden. Wer nicht tot, verschollen oder in Gefangenschaft war, konzentrierte sich aufs Überleben.

Alice kam im Winter 1946/47 zur Welt, der im kollektiven Gedächtnis als »Hungerwinter« haften bleiben sollte. Ein eiskalter Hauch wehte durch das zerstörte Land, und die extremen Temperaturen brachten neben dem schwarzen Hunger auch noch den weißen Tod. In Europa starben nach Kriegsende noch einmal etwa zwei Millionen Menschen an Hunger oder Kälte. Wirtschaft und Industrie waren am Boden, die Handelswege zerstört, und die Lage schien so verzweifelt, dass Erzbischof Josef Frings in einer denkwürdigen Predigt zur Silvesternacht grünes Licht für den Mundraub gab. Kurz darauf war ein neues Wort geboren, wenn es um das Organisieren von Lebensmitteln und Kohle in Zeiten der Not ging. Man stahl nicht, man ging »fringsen«.

Vor allem in den Großstädten wurde gehungert. In den Dörfern, in unmittelbarer Nachbarschaft von Bauern und Jägern, lebte es sich leichter. Die Städter strömten mit ihrem Familiensilber und anderen Schätzen aufs Land, um sie bei den Bauern gegen einen Liter Milch oder ein paar Eier einzutauschen. Flüchtlinge aus dem Osten, evakuierte Kinder, Schutz suchende Städter – alle kamen und hatten Hunger … Gegen Kriegsende schien der Landkreis Miesbach aus allen Nähten zu platzen, Wohnraum und Nahrungsmittel wurden knapp.

Die Kinder blieben in diesen ersten Jahren meist sich selbst überlassen. Auch Alice und ihr größerer Bruder Simon durchstreiften im Sommer mit den Buben vom Nachbarhof barfüßig die Gegend, ohne von Erwachsenen behelligt zu werden. Meist waren sie auf der Suche nach Altmetall, das sie für ein paar Groschen beim Eisenhändler verkauften. Und diese wertvollen Münzen wurden noch am gleichen Tag am Kiosk in süße Währung umgesetzt, in Brause und leuchtend rote Kirschlollis.

In diesen ersten Jahren fiel es Alice daher gar nicht weiter auf, dass bestimmte Dinge in ihrer Familie anders liefen als bei den Nachbarn; sie alle waren es von klein auf gewohnt, alleine zurechtzukommen. Während aber zu Beginn der Fünfzigerjahre andere Familien den Überlebensmodus langsam umstellten auf eine pastellfarbene Inszenierung neuer Häuslichkeit, gab es im Hause Fälker noch immer niemanden, der ein Auge auf die Kinder gehabt hätte.

Eine kleine Änderung erfolgte in dem Augenblick, als sich die fünfjährige Alice einen rostigen Nagel tief in die nackte Fußsohle trat. Nur durch das beherzte Eingreifen der Nachbarin – einer handfesten Bäuerin, die den Nagel unter viel Geschrei herauszog, ihren Fuß mit einer Paste aus Sauerrahm und Roggenmehl bestrich und ihn dann fest mit altem Leinen umwickelte – wurde das Schlimmste verhindert. Die Bauern waren schon immer mehr hinterher gewesen bei derartigen Verletzungen; im Gegensatz zu den lebensfernen Städtern hatten sie zu Recht einen Heidenrespekt vor Blutvergiftungen und Wundstarrkrampf, denn das Barfußlaufen und -arbeiten war für sie seit Generationen gelebter Alltag.

Daraufhin nahm die Bäuerin die Eltern ins Gebet.

Es kann doch wohl ned sein, schimpfte sie, dass die Tochter des einzigen Arztes weit und breit an einer Blutvergiftung stirbt, nur weil der Herr Vater zu beschäftigt ist und die Mutter immer erst im Dunkeln nach Haus geschlichen kommt.

Sie hatte nicht unrecht mit ihren Vorhaltungen; Doktor Fälker hatte als einer der wenigen Mediziner im Landkreis Miesbach alle Hände voll zu tun. Trotzdem bekamen die Kinder den Vater noch öfter zu Gesicht als die Mutter, die im Begriff war, sich als Herausgeberin eines Münchner Modejournals einen Namen zu machen. Die Großstadt lag über eine Stunde Zugfahrt entfernt, und entsprechend spät kam sie wochentags nach Hause. Meist schliefen die Kinder schon, wenn die Tür leise geöffnet wurde und kaum hörbar wieder ins Schloss fiel. Anfangs, als Alice alles als gegeben hingenommen hatte, was um sie herum geschah, hatte es sie nicht verletzt, nicht bewusst wenigstens, dass sie praktisch unsichtbar war für ihre Mutter. Mit fünf Jahren ist die Welt eben, wie sie ist. Später allerdings verspürte sie einen wachsenden Groll auf die Mutter, der ihre Karriere wichtiger schien als die eigenen Kinder – bis sie, noch einige Jahre später, mit einer traurigen Wahrheit konfrontiert wurde. Manchmal deutet man das Verhalten selbst der vertrautesten Mitmenschen falsch. Ihre Mutter hatte viele Jahre einen verbissenen Kampf um ihre finanzielle Unabhängigkeit und ihren Stolz geführt, ohne dass Alice oder Simon etwas davon geahnt hätten.

Als Folge des Nagel-Vorfalls bei der Jüngsten und um ein endgültiges Verwildern der Kinder zu verhindern, wurde neben der Putzkraft eine richtige Haushälterin angeschafft. Sie sollte kochen, den Haushalt regeln und nebenher ein Auge auf die Kinder haben: akute Verletzungen versorgen, allzu schlimme Fehltritte verhindern und was eben noch so anfiel.

Diese Haushälterin, von allen nur Resi genannt, war der eigentliche Grund, warum sich Alice in der seltsamen Lage befand, das Laster des Rauchens im Alter von fünf Jahren hinter sich zu lassen. Resi war eine resolute Frau um die fünfzig, die Haare zu einem braungrauen Dutt ordentlich hochgesteckt, mit bunter Blümchenschürze, fleischigen Armen und runden Hüften. Die Kinder mochten sie, und das nicht nur, weil sie göttlich backen und kochen konnte. Alice liebte Resi für ihre Berechenbarkeit und unerschütterlich gute Laune. In ihren Arbeitspausen setzte sich die Haushälterin an den Küchentisch, steckte sich eine filterlose Lucky Strike an und lehnte sich mit einem behaglichen Seufzer zurück. »Es geht doch nichts über eine Zigarette nach dem Mittagessen«, sagte sie laut, zu niemandem im Besonderen. Sie wähnte sich allein in der Küche. Irgendwann fiel ihr auf, dass sie aufmerksam von Alice beobachtet wurde, die unter der Spüle saß. Das ist schon ein komisches kleines Butzerl, dachte sie bei sich. Sie lächelte und klopfte einladend auf ihren Oberschenkel. Alice kam zögernd herüber, und Resi nahm sie auf den Schoß.

Von da an wurde es zu einem Ritual, dass das Mädchen der

Haushälterin in ihrer Pause Gesellschaft leistete. Wann genau die Sache mit dem Rauchen anfing, hätte keine der beiden hinterher so genau sagen können. Vielleicht wurden Haushälterin und Kind einfach etwas übermütig, denn eines Tages bat die Kleine um einen Zug von der Zigarette, und Resi reichte ihr lachend die Kippe.

»Den Rauch nicht in die Lunge ziehen, nur paffen, Herzerl«, sagte sie, und zu ihrem Erstaunen kam Alice der Aufforderung nach und paffte vorsichtig und konzentriert. Die Haushälterin beobachtete sie verblüfft und dachte dann bei sich, dass die Kleine wirklich unfassbar niedlich aussah mit ihren blonden Locken, dem runden Gesichtchen und rosa Wangen, wie sie da so ernst an der Lucky Strike zog und den Rauch umsichtig wieder auspustete. Sie wirkte nicht so, als wollte sie die Erwachsene imitieren. Eher machte sie den Eindruck, als müsste sie einfach allen Dingen auf den Grund gehen. Aber wer wusste schon, was im Kopf dieser seltsamen Kleinen vor sich ging. Gedankenverloren strich sie über Alice' Haare. Komisch, wie federleicht und flaumig die sich anfühlten. Fast wie bei einem Baby; eigentlich viel zu zart für eine Fünfjährige, zumal das Kind ansonsten braun gebrannt und robust war. Vielleicht könnte sie ihr mal Zöpfe flechten, das sollte gut sein für den Haarwuchs.

»Lecker«, sagte Alice, doch insgeheim fand sie, sie habe selten im Leben etwas Grauenhafteres geschmeckt. Aber der Geschmack von grauer Asche wurde wettgemacht durch das Gefühl warmer, weicher Arme, die sie umfassten und sicher hielten. Alice fühlte sich wie im Himmel. Wolkenverhangen und ohne Weitsicht, aber glücklich.

Die Mittagszweisamkeit dauerte einige Wochen an, bis eines Tages ihr Vater unerwartet in die Küche kam. Hastig nahm Resi dem Kind die Kippe aus der Hand und wurde ein bisschen rot.

»Alice, komm mal rüber ins Wohnzimmer«, sagte ihr Vater nur und verließ die Küche wieder. Als sie verwundert den Salon betrat, sah sie, wie ihr Erzeuger ein wenig aufgebracht auf und ab marschierte. Sie wartete ab; er schien noch nach den richtigen Worten zu suchen. Schließlich sagte er: »Ich will nicht, dass du rauchst. Hast du verstanden? Lass dich nicht mehr dabei erwischen.«

Alice betrachtete ihn aufmerksam. »Und warum nicht?«, fragte sie schließlich.

Die Frage brachte den Vater noch mehr aus dem Konzept, und er blieb abrupt stehen. »Willst du frech werden?«

»Nein!«, sagte Alice, die sich immer mehr wunderte. »Ich will nur wissen, warum. Die Resi macht's doch auch.«

»Weil … weil Rauchen ungesund ist. Für Kinder ist es nachgerade gefährlich.«

Natürlich war das gelogen. In Wahrheit fand er Frauen, die rauchten, einfach etwas gewöhnlich und den Anblick seiner Jüngsten mit einem Glimmstängel zwischen den Fingern schlicht verstörend, aber das war zu kompliziert als Erklärung für eine Fünfjährige.

Alice nickte gehorsam. Insgeheim verspürte sie eine gewisse Erleichterung, dass sie in Zukunft aufs Rauchen verzichten durfte. Doch der Gedanke, nicht mehr auf dem Schoß der Resi sitzen zu können, zerriss ihr schier das Herz. Diese Angst sollte sich allerdings als unbegründet erweisen. Am nächsten Tag, als Alice nach dem Mittagessen und Abwasch in die Küche kam und zögerte, sagte Resi nur: »Was ist?«, und klopfte auffordernd auf ihren Oberschenkel, und dem Mädchen fiel ein Stein vom Herzen.

An dem Tag durfte sie Resi in der Küche helfen und Äpfel schneiden. Es war Freitag – Apfelstrudeltag. Resis Strudel war legendär; mithilfe geheimer Schwarzmarktquellen schaffte sie es an den Freitagen, die gesamte Nachbarschaft in eine unwiderstehliche Zimtwolke zu hüllen. Niemandem gelang eine so ausgewogene Balance zwischen knusprigem Teig und saftiger

Füllung, und so bestanden Alice' früheste Kindheitserinnerungen aus einem eigenartigen, bittersüßen Kontrast zwischen Zimt und Zigarettenrauch.

In den Fünfzigerjahren fanden sich die Spuren der Gewalt nicht nur in der Landschaft, auch die Sprache hatte ihre Verletzungen davongetragen. Auf einmal gab es wieder weiße Flecken auf der Landkarte der Sprache, mit Orten und Flussläufen, die so taten, als gäbe es sie nicht. Bis Alice gelernt hatte, die Schwingungen, die die Sätze begleiteten, und das Ungesagte zwischen den Wörtern richtig zu deuten, handelte sie sich regelmäßig Ärger ein. Wie beispielsweise in dem Moment, als die Fünfjährige während der sonntäglichen Kaffeerunde von den Hocheders gefragt wurde, was sie denn später mal werden wolle.

»Sturmführer, wie dein Onkel, Herr Hocheder«, antwortete Alice nach reiflicher Überlegung. Eigentlich wollte sie ihm nur eine Freude machen; immer, wenn die Hocheders von dem ehemaligen Beruf des Onkels redeten, wurden ihre Stimmen eine Spur leiser und zugleich deutlich gewichtiger. Sturmführer musste etwas wirklich Besonderes sein, dachte Alice – und das war es ja auch. Sie liebte den Wind, vor allem, wenn er weich und warm von Süden her wehte. Es war eine spontane Idee gewesen, aber in dem Moment, als sie es aussprach, wusste sie, dass sie später tatsächlich gern mit dem Wind arbeiten würde. Es war einer der sinnvollsten Berufe, die sie sich vorstellen konnte. Denn dass ein ausgewachsener Sturm Anleitung und Kontrolle brauchte, erschien ihr nur logisch.

Sie konnte sich die betretene Stille und das Erdbeben, das folgte, also nicht recht erklären. Das änderte sich kurz darauf, als ihre Eltern beschlossen, sie aus reinem Eigeninteresse mit einem gewissen Grundverständnis in Sachen Vergangenheit auszustatten, um derartige Fallgruben in Zukunft zu vermeiden.

Daher erteilte ihr die Mutter an den darauffolgenden vier

Samstagvormittagen Unterricht in jüngster Geschichte. Da sie überraschend gut erzählen konnte, wie Alice bei der Gelegenheit zum ersten Mal feststellte, und die Ereignisse der Nazizeit plastisch zu schildern wusste, sollten sich diese Unterrichtsstunden tief in ihre Seele einprägen. Es dauerte eine ganze Weile, bis die nächtlichen Albträume wieder aufhörten. Aber die Bilder und Geschichten sollten sie ein Leben lang begleiten.

Danach hatte sie zwar verstanden, dass Sturmführer doch kein erstrebenswerter Beruf war. Was sie in ihrer kindlichen Logik aber nicht begriff: Warum waren Erwachsene nicht *genauer*? Warum sahen sie nicht, wie schwierig es war, Dinge, Gefühle, Zusammenhänge zu erkennen, wenn die Wörter nicht genau das beschrieben, was sie bezeichnen sollten? Mit der Zeit fand sie heraus, dass es Wörter gab, die präzise, und andere, die nur scheinbar präzise waren und in einem unbewachten Moment auf einmal etwas ganz anderes bedeuteten als gedacht. Alice begann nachzufragen, mit einer Beharrlichkeit, die regelmäßig mehr Ärger verursachte, als die halb kriminellen Streiche ihres Bruders jemals hätten provozieren können.

Doch dann bekam sie Hilfe von unerwarteter Seite.

Nach und nach erkannte sie, dass alle nur möglichen Erklärungen über das Wie und Warum in der Welt, die von den Erwachsenen nicht so leicht zu bekommen waren, in Form eines unscheinbaren, raschelnden, grau schimmernden Papiers daherkamen, das noch leicht nach Druckerschwärze roch. Auch ihr Vater schien diese Ansammlung schwer faltbaren Altpapiers zu schätzen; zumindest war es den Kindern verboten, seine Morgenzeitung auch nur anzufassen. Wehe, sie brachten die Seiten durcheinander, sagte er streng.

Also begann Alice, sich unauffällig, aber mit gewohnter Beharrlichkeit in die Nachrichtenwelt ihres Vaters zu schleusen. Als Erstes kletterte sie behutsam auf seinen Schoß, während er in die Lektüre versunken war. Sie bemühte sich, die umständlich großen Blätter nicht zum Erzittern zu bringen und sich so leicht wie möglich zu machen, damit ihm das zusätzliche Gewicht gar nicht auffiel. Das Glück kam ihr zu Hilfe: Am Vortag hatte Peter Müller, deutscher Boxer und Kölsches Original, im Kampf um die Meisterschaft den Ringrichter mit einem rechten Haken ausgeknockt und dann den Gegner weiter mit den Fäusten bearbeitet. Ihr Vater war außer sich.

»Ich fass es nicht! Das verstößt doch nun wirklich gegen alle Regeln, die's beim Boxen gibt«, rief er, an niemanden im Besonderen gerichtet.

»Ach, es gibt Regeln beim Boxen?«, fragte Alice, während sie sich ganz still hielt auf dem Schoß ihres Vaters.

»Natürlich gibt es Regeln! Was glaubst denn du? Sonst könnten wir's ja gleich beim Raufen in der Gosse belassen. Es ist eine Frage der Ehre, des Anstands. Wer den Ringrichter nicht respektiert, hat im Ring nichts verloren!«

»Und wer am Boden liegt, wird nicht getreten?«, hakte Alice interessiert nach. Auf dem Gebiet hatte sie zufällig einige Erfahrung. Der Junge vom Nachbarhof und sie keilten sich regelmäßig. Pauli war zwar ein Jahr älter als sie, aber recht klein geraten. Deshalb waren sie in etwa gleich stark. Er war ihr bester, ihr einziger Freund. Allerdings gab es niemanden, der sie mehr auf die Palme bringen konnte, daher zog Pauli häufig den Kürzeren. Aber es stimmte schon, wenn sie ihn erst einmal niedergerungen hatte, verbot es der Anstand, weiter auf ihn einzudreschen. Das wusste sie instinktiv.

»Finde ich gut«, sagte sie daher.

»Schön, dass du das gut findest«, brummte ihr Vater, der schon wieder in die Lektüre vertieft war. Doch sein Bart zitterte noch leicht.

»Und dafür ist der Ringrichter da? Der passt auf, dass man nicht weiter draufhaut?« Noch immer hatte sie die Stimme nicht erhoben, sondern sprach so vorhersehbar wie möglich.

Und er antwortete, fast ohne zu merken, dass er antwortete. Es dauerte keine drei Wochenenden, und er hatte sich so an seine Lektüregesellschaft gewöhnt, dass er sie tatsächlich vermisst hätte, wäre Alice lieber spielen gegangen. Aber sie dachte ohnehin nicht daran. Diese Mischung aus Kaffeegeruch, Pfeifenrauch, Morgensonne im Salon und dem Rascheln des Papiers, das Ticken der Uhr ... und die stillen und konzentrierten Bewegungen des Vaters beim Umblättern. Sachte stellte sie ihre Fragen, leise, ruhig, und nicht zu viele auf einmal, um ihn nicht zu überfordern: *Was ist das für ein Buchstabe? Wie spricht man dieses Wort hier aus? Wie schreibt man Boxen?*

Natürlich bezahlte sie einen Preis für diese Momente der Nähe; aber im Leben gibt es ja nur selten etwas umsonst. Ihrem Bruder war diese neue Sonntagszweisamkeit ein echter Dorn im Auge, deshalb jagte er sie ab zwölf Uhr mittags regelmäßig durchs ganze Haus. Glücklicherweise war sie nicht nur flinker als er, sondern auch kleiner. Das rettete ihr immer wieder das Fell. Meist kletterte sie auf den Biedermeier-Schrank im Salon und kam damit außer Reichweite seiner kneifenden Finger.

Selten hatte sie ihn so streitsüchtig erlebt. Noch nicht einmal die Tatsache, dass sie bei diesen Zankereien regelmäßig Ärger mit den Eltern bekamen, schien etwas an Simons Laune ändern zu können. Erst am Nachmittag wurde es meist wieder besser, wenn sie in geteiltem Leid in ihre gebügelten und gestärkten Sachen schlüpften und sich am helllichten Tag kämmen und erneut waschen mussten. Dann galt es, den Kaffeebesuch oder die Gäste zum Abendessen mit Gedichten oder kleinen Musikstücken zu unterhalten, Alice auf der Flöte, ihr Bruder mit der Geige. Sie fanden beide, dass ihre Stücke mehr nach Katzenmusik denn nach Mozart klangen; und den leeren Mienen der Zuhörer nach zu schließen, ging es dem Besuch genauso.

Die Not schweißte sie in diesen Momenten zusammen: Oft geschah es schließlich nicht, dass das strenge Auge der Mutter über sie wachte. Sie waren in der Hinsicht also nicht richtig in Übung. Alice kontrollierte die widerspenstigen Haare ihres Bruders, während er die Schleife ihres Kleidchens hinten zuband und sie auf Flecken und Knitterfalten überprüfte. In diesen Momenten, wenn die Mutter anfing, Ansprüche zu stellen, sehnten sich beide zu ihrer eigenen Überraschung wieder nach den Werktagen, wenn sie zwar allein gelassen, aber wenigstens frei waren von lästigen Verpflichtungen wie Schleifenbinden und Faltenglätten. Sonntagnachmittag, das war gleichbedeutend mit Langeweile, mit muffiger Stubenluft, während sich der Rest der Woche bei jedem Wetter im Freien abspielte.

Die Zeitungs-Sonntage mit ihrem Vater hatten noch eine weitere Nebenwirkung: Mit sechs Jahren, kurz vor ihrer Einschulung, konnte Alice bereits fließend lesen. Da sie nicht davon ausging, dass das Entziffern dieser Hieroglyphen etwas Besonderes war, sprach sie nicht darüber, sodass ihre Umwelt noch nicht einmal bemerkte, wie sich ihr ein Fenster zur Außenwelt öffnete, das Sechsjährigen normalerweise verschlossen blieb.

Als kleines Kind war Alice nie außerhalb des Landkreises Miesbach gewesen. Erst an ihrem achten Geburtstag nahm die Mutter sie zum ersten Mal mit in die Großstadt, in den Modeverlag, in dem sie arbeitete. Doch bis zu diesem Tag, an dem sie sich von dem Anblick der breiten Einkaufspassagen mit ihren erleuchteten, vorweihnachtlichen Schaufenstern, den turmhohen Häusern, dem Wirbeln und Strömen des Verkehrs überwältigen ließ, bildeten die Zeitungen ihren einzigen Kontakt zur Welt außerhalb des Landkreises.

Sobald ihr Vater werktags nach seinem hastig eingenommenen Frühstück die noch hastiger überflogene Tageszeitung wieder gefaltet und sich auf den Weg zur Arbeit gemacht hatte, vertiefte sich Alice heimlich und verbotenerweise ins Weltgeschehen, das vom Lokalteil ihres Anzeigers bis zu den fernen Gipfeln des Himalaya reichte.

Vor den staunenden Augen der Sechsjährigen, Achtjährigen, Zwölfjährigen entfaltete sich die Welt. Nach und nach zeigten ihr die Berichte und Artikel, wo es Muster gab, die sich wiederholten, sie erklärten ihr die Verletzungen, die Schuld, die Scham, die noch immer die deutsche Gesellschaft der Nachkriegszeit durchzogen. Alice lernte unbewusst, die Krankheitszeichen zu erkennen, die die Sprache ihrer Umwelt durchsetzten. Auf ähnliche Weise, wie ihr Vater einen geschärften Sinn für die Gebrechen des menschlichen Körpers hatte, hörte sie die leisen Zwischentöne, das Ungesagte, das sich manchmal so erschreckend zwischen den Wörtern auftat.

Und ohne dass ihre Eltern etwas davon ahnten, wusste sie im Alter von zwölf Jahren bereits, wie es im Hochgebirge am fernen Hindukusch aussah, während sie noch an einer Hand abzählen konnte, wie oft sie die Münchner Großstadt mit eigenen Augen gesehen hatte.

Kapitel 3

JAGEN UND SAMMELN

Frühling 1968

Eis, das in der Sonne gleißte. Schneefelder, oberhalb der Baumgrenze durchsetzt von Schluchten und Flächen aus grauem Geröll. Darunter lagen lose verstreut Polster aus Grün in unterschiedlichen Schattierungen. Fichten, Tannen, Kiefern. Sonnenflecken und Wolkenschatten, die in rasender Geschwindigkeit über die zerklüfteten Hänge zogen. Alice' Blick wanderte wieder nach oben, dorthin, wo die schneebedeckten Gipfel der Berge nahtlos mit einem weißen, unbestimmten Himmel verschmolzen. Im Geiste suchte sie sich einen Weg zwischen Geröll- und Schneefeldern hindurch und kletterte gämsengleich über die Gebirgshänge.

Dann schwenkte der orangefarbene Arm eines Baukrans durch ihr Blickfeld und holte sie unvermittelt an ihren Bürotisch zurück. Alice seufzte, riss den Blick vom Fenster los und trank einen Schluck von ihrem kalt gewordenen Kaffee.

Landkreis Miesbach, April 1968. Hier im Schatten der Berge war vom Frühling noch nicht viel zu spüren. Unmittelbar vor Ostern überzog noch einmal eine leichte Schneedecke die Landschaft, nachdem der Februar mit einer ganzen Reihe von Föhntagen für warme Temperaturen gesorgt und den Himmel in klar abgegrenzte Streifen aus Türkis und Gelb zersplittert hatte.

Sie legte die Finger auf die Tastatur ihrer Schreibmaschine. Hinter ihr waren die Geräusche des Redaktionsalltags zu hören, die Alice mittlerweile im Schlaf zuordnen konnte. Auch ohne sich umzudrehen, wusste sie, was gerade geschah. Die leise gereizten Stimmen von Zeißler und Maier, dann das Spitzen eines Bleistifts Härtegrad 9H.

Zeißler in Aktion.

Alice hatte sich wiederholt gefragt, wie ein Mann mit so resignierten, trübbraunen Augen einen derartigen Biss entwickeln konnte, wenn es ums Redigieren von Beiträgen ging. Alles, was bis 12 Uhr in einem großen Umschlag zum Bahnhof gebracht und nach München in die Hauptredaktion geschickt werden sollte, wanderte erst über seinen Schreibtisch. Nicht, weil er Maier übergeordnet gewesen wäre; eigentlich leitete Albrecht die Miesbacher Redaktion. Aber Zeißler war einfach der Beste, wenn es um den Feinschliff ging. Gefürchtet war seine Angewohnheit, vor jedem Einsatz mit nervenzerreißender Sorgfalt seinen Bleistift zu spitzen. Ein Geräusch, das dem Rest der Belegschaft einen Schauer über den Rücken ragte. Alice hatte selbst Albrecht schon zusammenzucken sehen. Deshalb wurde Hans Zeißler hinter seinem Rücken »Der Bleistift« genannt, in einer Mischung aus Gereiztheit und Dankbarkeit. Alice hätte sich nur gewünscht, dass er ihr die Korrekturen in ihren Beiträgen auch erklären würde. Eigentlich war er ihr ausbildender Redakteur und für die Volontäre zuständig, aber bisher hatte er diesen Umstand schlicht ignoriert.

Jetzt kam Maier aus Zeißlers Büro, mit leicht geröteten Ohren. Ihn hatte Alice bei sich »Den schönen Maier« getauft, weil er ein fein gemeißeltes Profil hatte, das in seiner glatten Perfektion an eine griechische Statue erinnerte. Unterhalb der Oberfläche schien es wenig Tiefgang zu geben, aber unfreundlich war er nicht zu ihr. Nur hin und wieder widmete er der neuen Volontärin einen auffordernden Blick, ohne deutlicher zu werden, wozu er sie eigentlich aufforderte. Nach einem aufschlussreichen Plausch mit der Sekretärin vergrößerte sie allerdings ihren Sicherheitsradius um einen weiteren Meter, wenn sie mit ihm zu tun hatte.

Alice schielte kurz zu ihm hinüber, dann beugte sie sich über ihre Schreibmaschine und konzentrierte sich. Bis Mittag musste sie einen Beitrag zur Kindergarteneröffnung in Rottach-Egern fertig haben und ein Interview mit der Leiterin in den Artikel einarbeiten, in einer abwechslungsreichen Mischung aus direkten und indirekten Zitaten. Eine Einleitung sollte da auch noch stehen und den Leser dazu verführen, weiterlesen zu wollen. »Aber nicht zu viel verraten. Das merken Sie dann schon, wie's geht«, hatte Albrecht gesagt …

Sie seufzte. Warum nur hatte sie das Gefühl, seit Wochen auf der Stelle zu treten?

Aus dem Büro ertönte die Stimme des Bleistifts: »Maier, kommen Sie noch mal schnell rüber, bitte?«

Hierzulande musst du so schnell rennen, wie du kannst, wenn du am gleichen Fleck bleiben willst, lautete der Rat der Roten Königin in *Alice hinter den Spiegeln.*

Die Miesbacher Alice hatte nie wirklich begriffen, was die Königin mit dieser Behauptung eigentlich sagen wollte. Aber das ging ihr an mehreren Stellen so bei der Lektüre, weshalb sie immer eine leise Gereiztheit verspürt hatte, wenn dieses seltsame Kindermärchen mit ihrer Namensvetterin ihren Lebensweg kreuzte. Als sie zehn war, hatte sie sich beide Bände – die im Wunderland und hinter den Spiegeln spielten – in der Bücherei ausgeliehen und sich in die Geschichte vertieft, unbeeindruckt von Pauli, der zwar noch immer ihr bester Kumpel war, aber trotzdem kein Problem damit hatte, sie damit zu hänseln. Hätte man sie um eine Zusammenfassung und Stellungnahme gebeten, wäre sie damals ungefähr so ausgefallen: eine Geschichte mit einer Titelheldin, die bescheuert genug war, in ein Kaninchenloch zu kriechen, um erst endlos zu fallen und anschließend durch eine Welt mit verrückten Hutmachern, Grinsekatzen und anderen launischen Figuren zu irren auf der Suche nach dem Ausgang. Bewertung: ein Punkt von zehn; muss man nicht gelesen haben. Der Umstand, dass in dieser paradoxen Welt die Regeln und Gesetze der Wirklichkeit nicht galten, die Alice während ihrer frühen Kindheitsjahre so mühsam hatte erlernen müssen, machte sie nervös. Sie mochte keine Gedankenspiele, und es irritierte sie, wenn sie es mit einem Text zu tun bekam, den sie nicht verstand. Nicht so, wie sie Zeitungsmeldungen verstand, die einen nachvollziehbaren Aufbau und eine klare Aussage hatten.

Erst im Hier und Jetzt, während sie versuchte, als junge Volontärin, Ehefrau und Mutter ihren Platz in der Welt zu finden und zu behaupten, dämmerte ihr zum ersten Mal, dass eine auf den ersten Blick paradoxe Aussage eine wichtige Wahrheit enthalten konnte.

So schnell rennen, wie du kannst, um am gleichen Fleck zu bleiben …

… und gegen dieses wachsende Gefühl der Unzulänglichkeit anzukämpfen, weil es nie genug war. Sie schien nicht nur nicht vorwärtszukommen, es kostete sie alle Kraft und Konzentration, auch nur die Gegenwart zu bewältigen, egal, wie schnell sie rannte.

Gründonnerstag. Als sie einen Tag später gegen halb sechs die Redaktionsräume betrat, war sie tief in Gedanken versunken. Der Leiter vom Bauamt hatte da ein paar interessante Neuigkeiten durchsickern lassen, als sie ihn auf der Straße getroffen hatte … Die Frage war nur, ob sie die wirklich weitergeben sollte. Würde es Ärger geben? Und lohnte sich der Ärger? Andererseits, zum Teufel! Er musste doch wissen, dass er mit einer Reporterin sprach. Nein, musste er nicht … Die Leute vergaßen das tatsächlich überraschenderweise immer wieder, wenn sie mit ihr redeten. Dafür schien sie ihnen wohl einfach zu jung. Sie war so mit ihren Grübeleien beschäftigt, dass ihr im ersten Moment die seltsame Stimmung im Raum gar nicht auffiel. Irgendwann blickte sie auf, weil sie bemerkte, dass das Radio auf voller Lautstärke lief, und sah sich um.

Nur der Bleistift war da, die anderen beiden Kollegen hatten sich auf den Weg gemacht zu einem Termin beim Bürgermeister. Es war ohnehin schon spät. Plötzlich wurde sie sich der Stimme des Reporters im Radio sehr bewusst. Eine aufgeregte Stimme, unterlegt von Schreien und Stimmengewirr im Hintergrund. Sie sah zu Zeißler hinüber, der reglos stand und das Radio anstarrte. Dann hob er den Kopf und sah die Volontärin an, und Alice zuckte zusammen. Sie hatte diesen mittelalten Mann mit langer, ausdrucksvoller Nasenspitze, der nur im Notfall redete, bisher als ziemlich resigniert eingeschätzt. Schwermütig und niemand, der groß Gefühlsregungen zeigte, von seinem ironischen Grundton und der redaktionellen Sorgfalt einmal abgesehen.

Bis jetzt.

Seit Wochen wartete sie darauf, endlich von ihrem ausbildenden Redakteur überhaupt wahrgenommen zu werden. Aber dieser Ausdruck in seiner Miene … Er wirkte aufgewühlt. Zornig. Hastig überlegte sie, ob sie irgendetwas falsch gemacht hatte, als er ohne weitere Einleitung sagte: »Rudi Dutschke wurde angeschossen. Sie wissen nicht, ob er überlebt.«

Alice schwieg einen Moment, während die Neuigkeit langsam tiefer drang und sich in ihrem Geist mit früheren Informationen zu einem zusammenhängenden Netz verknüpfte. »Ich verstehe«, sagte sie dann.

»Gar nichts verstehen Sie!«, erwiderte er heftig und wandte sich um. Im nächsten Moment war er auf der Toilette verschwunden und tauchte für eine ganze Weile nicht mehr auf. Alice ließ sich auf ihren Bürostuhl sinken und lauschte dem Radiobericht. Sie war so konzentriert auf die Stimme des Sprechers, dass sie nicht nur vergaß, ihren Bericht für Albrecht fertig zu schreiben – der Grund, weswegen sie eigentlich noch einmal in die Redaktion gekommen war. Sie vergaß sogar, ihren Mantel auszuziehen.

Natürlich hatte sie die Nachrichten aus den Großstädten verfolgt, auch wenn das Lokalblatt mehr als nur ein paar Hundert Kilometer von den Ereignissen in Berlin entfernt schien; es war nicht nur eine räumliche, sondern auch zeitliche Distanz. Die Alpenregion hinkte der Gegenwart hinterher, und noch schwappten die Wogen des studentischen Aufruhrs im Miesbacher Landkreis lediglich in kleinen Wellen an die Ufer des Tegernsees. Dennoch, es waren unruhige Zeiten, das war selbst hier spürbar. Sie fragte sich, worauf sie da zusteuerten. Was würde das Attentat auf den Studentenführer Dutschke innerhalb der Bewegung auslösen?

Als Zeißler eine Viertelstunde später wieder herauskam, blickte sie auf und musterte ihn aufmerksam. Sie verstand tatsächlich nicht. Nicht, was die Ereignisse in Berlin anging, sondern diese zornige Reaktion des Redakteurs.

»Er lebt«, sagte sie.

»Ich hab's gehört. Das Radio läuft ja laut genug.«

»Herr Zeißler, können Sie mir sagen, was hier eigentlich los ist?«, fragte sie behutsam, ging hinüber und drehte das Radio leiser.

»Wer Terror produziert, muss Härte in Kauf nehmen«, erwiderte er düster und ließ sich auf den Stuhl an seinem Schreibtisch fallen. Es war das erste Mal, dass Alice Hans Zeißler zornig erlebte. Dabei fiel ihr auf, dass er deutlich langsamer und bedächtiger sprach, wenn er wütend wurde. Als müsste sich die Wut erst durch eine Mauer aus Resignation nach draußen arbeiten. Deshalb bemerkten viele Leute gar nicht, dass er überhaupt zornig war.

Sie runzelte die Stirn und blieb in der Tür zu seinem Büro stehen. Mit der »Terror«-Schlagzeile hatte eins der Boulevardblätter letztes Jahr aufgemacht, als der Student Benno Ohnesorg mit noch nicht einmal 27 Jahren während einer Demonstration hinterrücks erschossen worden war. Aber warum brachte ihn das jetzt noch aus der Fassung?

»Es war nicht gerade die freundlichste aller Schlagzeilen«, sagte sie vorsichtig.

Zeißler hatte seinen Stuhl halb gedreht und aus dem Fenster gestarrt. Jetzt wandte er sich um und sah sie finster an. »Es gibt so etwas wie Berufsehre unter Journalisten. Nach dem Krieg wurde uns eingebläut, wir wären der vierte Pfeiler in einer Demokratie. Schon mal davon gehört?«

Alice wusste mittlerweile, dass es besser war, rhetorische Fragen einfach an sich vorüberziehen zu lassen, vor allem, wenn eine ordentliche Portion Pathos in ihnen mitschwang. Es waren keine echten Fragen, sondern meist der Auftakt zu einem langen Monolog. Doch verstehen und sich daran halten, waren meist zweierlei. »Nein, nie von gehört; mir fehlen da ein paar geringfügige theoretische Grundlagen in der Ausbildung. Was für eine Berufsehre denn?«, hätte sie am liebsten gesagt.

Überraschenderweise kam sie für gewöhnlich ganz gut durch mit derlei Respektlosigkeiten, wenn sie nur harmlos genug dreinblickte. Aber Zeißler war weder Maier noch Albrecht; er war ein klein wenig scharfsinniger. Also milderte sie die Antwort leicht ab und sagte stattdessen: »Der vierte Pfeiler in der Demokratie? So etwas steht also auf dem Lehrplan bei der Ausbildung zum Journalisten?«

Er musterte sie scharf, und sie fühlte, wie sie leicht rot wurde. Verflucht! Das war wohl noch immer eine Spur zu vorwitzig gewesen; er schien ein feines Ohr für ironische Schwingungen zu haben.

»Ich habe Sie beobachtet, Frau Meißner«, sagte er gedehnt.

»Sie versuchen, sich nützlich zu machen. Sie gehen auf Themensuche, wenn man Ihnen keine konkrete Arbeit gibt. Oder zumindest gehe ich davon aus, dass Sie nicht am Stammtisch rumhängen, weil Sie sich so brennend für die Jagd oder die Zustände im Kuhstall vom Huberbauern interessieren. Oder jeden Tag beim Rathaus vorbeischauen, weil Sie ein morbides Interesse für Sterbemeldungen hegen. Mittlerweile sind Sie für den Albrecht fast schon unentbehrlich geworden, weil Sie ihm das Jagen und Sammeln abnehmen; nicht, dass er das überhaupt bemerkt hätte. Sie gehen da recht dezent vor. Normalerweise.«

»Stimmt«, sagte Alice und überlegte fieberhaft, in welche Richtung sie sich da gerade bewegten. Es war ein bisschen wie Skifahren im Nebel, wenn man die Buckel erst sah, während man schon drübersetzte und ins Schlingern geriet. Die Topografie des Gesprächs war ziemlich unübersichtlich, doch noch immer hatte sie den Eindruck, dass sein Zorn nicht gegen sie persönlich gerichtet war. Aber was bewegte ihn dann?

»Ich habe tatsächlich versucht, mich nützlich zu machen. Ich gehe jagen und sammeln, wie Sie das nennen, weil es mir Spaß macht«, sagte sie, so freundlich und gelassen wie möglich. Und setzte dann hinzu: »Es ist auf jeden Fall besser, als Tipparbeiten zu erledigen oder Kaffee zu kochen.«

Der Zeißler hob eine Braue. »Sie haben was gegen Kaffeekochen?«

»Nein!«, sagte sie hastig. »Ich koche *gerne* Kaffee. Ich trink ihn auch gern. Er … hält wach, während man tippt.«

Jetzt lehnte er sich zurück und verschränkte die Arme, während er sie mit mittlerweile völlig ausdruckslosem Gesicht musterte, und innerlich stöhnte sie. »Frau Meißner«, sagte er dann. »An Ihren diplomatischen Fähigkeiten arbeiten wir noch.«

Das klang gar nicht mal so unfreundlich. Sie beschloss, die Gelegenheit beim Schopf zu packen. »Ähm … ›wir‹? Heißt das, Sie bringen mir bei, wie …«

»Nein.« Er hatte den Blick mittlerweile auf die Notizen zu seinem Artikel gesenkt, ein deutliches Signal, dass sich das Gespräch dem Ende näherte.

Gleich, dachte Alice. *Sofort. Gib mir nur noch eine Minute.*

»Darf ich Sie noch was fragen? Nur kurz?«, wagte sie sich vor.

»Kommt auf die Frage an.«

»Warum … Woran liegt es? Meinen Sie, ich tauge nicht zur Reporterin, bilden Sie mich deswegen nicht aus? Was kann ich machen, damit Sie Ihre Meinung ändern? Oder … hat es gar nichts mit mir persönlich zu tun? Also, was ich fragen will: *Warum* nicht?«

Herrgott noch eins, was bist du renitent! Der Ausruf ihrer Mutter, meist in irritiertem, manchmal auch resigniertem Tonfall, hallte ihr kurz durch den Geist wie ein fernes Echo, eine Warnung aus alten Tagen. Als kleines Kind hatte sie nicht viel mit dem Begriff anfangen können, aber im Laufe ihrer Jugend bekam sie noch einige Varianten zu hören, die ihr eine ungefähre Vorstellung davon lieferten, was gemeint war: *bockig, aufsässig, widerborstig, undamenhaft* … Doch all diese Begriffe wurden ihr nicht gerecht; im Grunde handelte es sich um ein Missverständnis. Sie war nicht auf Streit aus. Vielleicht war ihre Herangehensweise einfach schon immer ein wenig zu pragmatisch gewesen. Wenn sie fragte, warum, hoffte sie auf ein sachliches Weil von ihrem Gegenüber als Antwort.

Erklärungen bekam sie auf diese Art natürlich nur selten. Stattdessen handelte sie sich immer mal wieder handfesten Ärger ein; Alice merkte es immer schon vorher, in diesem Sekundenbruchteil, wenn die Zeit stillzustehen schien, weil ihr Gegenüber erstarrte.

Zeißler musterte sie, und kurz huschte beinahe so etwas wie Belustigung über seine Miene. Doch der Ausdruck war so schnell wieder verschwunden, dass sie es nicht mit Bestimmtheit hätte sagen können.

»Das hat nicht das Geringste mit Ihnen zu tun«, sagte er dann nur, und die Gereiztheit in seiner Stimme war nun nicht mehr zu überhören. »Und jetzt würde ich gerne arbeiten. Wenn Sie nichts dagegen haben.«

»Ja. Ich meine: Nein. Natürlich. Entschuldigung«, murmelte sie. Hastig, ehe sie ihre Lage noch weiter verschlimmern konnte, wandte sie sich um. Dann, wie ein geschlagener Krieger, der nicht wusste, wie und wann genau er eigentlich geschlagen worden war, verließ sie die Redaktion.

Zum ersten Mal seit Tagen machte es Alice nichts aus, dass Elena unruhig schlief, weil sich ihr erster Milchzahn seinen Weg bahnte. Sie fand sowieso keine Ruhe, stand gegen ein Uhr auf und ging hinüber ins Wohnzimmer. Dort starrte sie zum Fenster hinaus, obwohl in der Schwärze der Nacht nichts zu erkennen war. Als sie das Licht einschaltete, weil die Dunkelheit ihr nach einer Weile zu sehr zusetzte, wurde es noch schlimmer: Auf der Fensterscheibe spiegelte sich nun das Innere ihres kleinen Wohnzimmers. Und sie selbst.

Sie hing fest.

Wie um diesem Gedanken zu trotzen, holte Alice Elena, die gerade zu weinen begonnen hatte, und lief mit ihr auf dem Arm in der leeren Wohnung auf und ab. Karl war auf Fotoreportage in Rom und würde erst in ein paar Tagen zurückkommen. Als die Kleine endlich wieder eingeschlafen war, ging Alice in die Küche und kochte Tee. Während sie zwei Löffel Zucker in die dampfende Tasse rührte und die nur schwer erträgliche Stille zu ignorieren versuchte, die sie umgab, spielte sich wieder und wieder die Szene des Spätnachmittags vor ihrem inneren Auge ab. Was war nur los gewesen mit Zeißler? Und wie sollte es jetzt weitergehen?

Die Erkenntnis, dass sie Reporterin werden wollte, werden *musste*, war nicht blitzartig über sie gekommen, sondern im Laufe ihrer Kindheit in ihr gewachsen, bis jede Faser ihres Körpers davon durchdrungen schien. Schon früh zu wissen, in welche Richtung das eigene Leben steuern wird, kann ein Segen sein. Es hilft, Härten und Krisen zu überstehen, weil man ein unverrückbares Ziel vor Augen hat. Es ist aber auch ein Fluch. Vor allem, wenn sich Hindernisse auf dem Weg auftürmen, die unüberwindlich scheinen. In derartigen Momenten ist die Gefahr des Scheiterns viel existenzieller, weil man nicht ausweichen oder die Hindernisse umgehen kann. Nebenstrecken und Abzweigungen gibt es nicht.

Sie hatte großes Glück gehabt, dass man sie als Volontärin genommen hatte, da machte sie sich keine Illusionen. Ihr Vorgänger war überraschend abgesprungen, und in der Not hatte die Redaktion sich tatsächlich auf das Experiment eingelassen, eine Frau einzustellen. Anfangs hatte Alice ihr Glück kaum fassen können. Doch mittlerweile fragte sie sich, ob es tatsächlich Glück gewesen oder sie in eine Falle getappt war.

Alice hatte sich freiwillig für den Karfreitagsdienst gemeldet. Julia, die ihr Kind wochentags zu sich nahm, konnte auch am Feiertag auf Elena aufpassen. Soweit Alice wusste, würde außer ihr nur noch Albrecht in der Redaktion sein. Sie rührte noch zwei Löffel Zucker in ihre Tasse. *Dann mal los*, entschied sie und trank einen Schluck pappsüßen Tee. *Machen wir weiter.* Sie würde Albrecht tief in die missgelaunten braunen Augen sehen und sich weiter in der Kunst des Gedankenlesens üben, um selbst herauszufinden, wie man zur Reporterin wurde.

Als sie morgens um acht die Redaktionsräume betrat und ihren Mantel an die Garderobe hängte, stellte sie zu ihrer Überraschung fest, dass es nach frisch gebrühtem Kaffee duftete. Albrecht hatte Kaffee gekocht? Als sie sich umsah, fühlte sie eine leise Beklommenheit in sich aufsteigen. Die Tür zum Chefbüro stand offen, der Raum wirkte verlassen. Dafür hörte sie leise

Geräusche aus Zeißlers Zimmer. Das Schaben und Kratzen von Stift auf Papier. Hatten sie die Schicht getauscht? Alice nahm sich zusammen. Sie ging hinüber, steckte den Kopf durch die Tür und sagte »Morgen« zu Zeißler, der in die Korrektur eines Beitrags versunken schien. Schnell zog sie sich wieder zurück, ohne seine Antwort abzuwarten.

Noch bevor sie sich weiter darüber Gedanken machen konnte, was er heute hier zu suchen hatte, klingelte das Telefon. Das Haupthaus in München, mit ein paar Fragen zu einem Beitrag aus Miesbach über die Ferienregion Tegernseer Tal, der am Karsamstag gedruckt werden sollte. Als sie die Fragen notiert und wieder aufgelegt hatte, setzte sie sich an ihre Schreibmaschine, legte die Finger auf die Tastatur und tippte drauflos. Während sie arbeitete, überlegte sie beklommen, was sie machen sollte, wenn Zeißler aus dem Zimmer kam. Sie war auf eine neuerliche Konfrontation noch nicht vorbereitet. Eine Viertelstunde schrieb sie, ohne aufzusehen. Dann hörte sie Schritte im Rücken und ein dahingemurmeltes »Morgen«, als hätte er ihren ersten Gruß nicht gehört.

»Morgen«, murmelte sie nach kurzem Zögern zurück.

Die Schritte schlurften weiter Richtung Kaffeeküche. Sie hörte das Klirren von Tassen und das Quietschen einer Thermoskanne, die aufgeschraubt wurde. Dann kam er herüber, stellte eine dampfende Tasse vor ihr ab und zog sich einen Stuhl heran, den er gegenüber von ihrem Schreibtisch aufstellte.

»Ich koche auch Kaffee. Manchmal«, sagte er.

Sie starrte ihn an. Schwer zu sagen, ob er heute zur Abwechslung versuchte, witzig zu sein; seiner unbewegten Miene war rein gar nichts zu entnehmen. »Mmmh … Danke?«, sagte sie dann versuchsweise.

»Entspannen Sie sich; ich beiße nicht.«

»Sicher?«, fragte sie.

Zeißler faltete die Hände über dem Bauch, lehnte sich in seinem Stuhl zurück und starrte an die Decke. Alice betrachtete unterdessen seine schlanken Finger. Es waren schöne und feinsinnige Hände, wenn man von dem Muster aus gelben Nikotinflecken und schwarzen Tintenspuren auf seinen Fingern absah.

»Ein erster fachlicher Rat«, sagte er ohne weitere Einleitung. »Es ist nicht nur unhöflich, jemanden so direkt nach dem Warum seiner Handlungsweise zu fragen, sondern auch nicht wirklich zielführend. Mir ist bereits aufgefallen, dass Sie das gerne machen. Als Reporterin kommen Sie damit nur selten weiter; die Menschen neigen dazu, dichtzumachen, wenn sie so direkt gefragt werden. Sie fassen es schnell als Kritik auf, deshalb erreichen Sie mit Ihrer Frage vor allem eins: Die meisten werden sich verschanzen, weil sie sich schützen wollen. Oder weil sie gerade keine Lust haben, ihre eigenen Beweggründe zu hinterfragen. Die Frage nach dem Warum mag wichtig sein im Journalismus. Aber Sie sollten lernen, sich dem Ziel auf Umwegen zu nähern. Sich anzupirschen. Anders gesagt: Sie sollten lernen, wie man so fragt, dass man auch eine vernünftige und verwertbare Antwort bekommt.«

Einen Moment lang schien er weit weg in Gedanken. Dann sagte er, völlig überraschend: »Ich habe dem Mistkerl, der das über den Ohnesorg letztes Jahr geschrieben hat, vor vielen Jahren sein Handwerk beigebracht. Und ich kann mir nicht helfen, ich fühle eine gewisse Verantwortung für die polemischen Schlagzeilen meiner ehemaligen Volontäre. Ich nehm's immer noch persönlich.«

Da begriff sie endlich. Seine Wut, seine Resignation. Die leisen Spuren von Zynismus im Umgang mit den Kollegen. »Sie machen den Journalisten mitverantwortlich für das Attentat?«, fragte sie. »Wegen der Hetze in manchen Boulevardzeitungen?«

Er zuckte die Schultern und sah an ihr vorbei aus dem Fenster. »Wie auch nicht?« Dann wandte er sich wieder ihr zu und musterte sie, eine steile Falte zwischen den Brauen. »Aber wie sagt man so schön? Die Hoffnung stirbt zuletzt. Also: Wie haben Sie sich auf das Volontariat vorbereitet? Irgendwas vorher gelesen?«

Alice dachte kurz nach. »Das *Journalisten-Handbuch*«, sagte sie dann. »Und vor Kurzem Jürgen Habermas, *Strukturwandel der Öffentlichkeit*. Weil ich verstehen wollte, was Öffentlichkeit eigentlich ist.«

Zeißler nickte und erhob sich. »In Ordnung. Ich war schon davon ausgegangen, dass Sie inzwischen einen Kommentar von einem Artikel unterscheiden können; wir müssen uns also nicht mit den Grundlagen aufhalten. Was Habermas betrifft: Er mag Problembewusstsein schaffen, aber sehen Sie zu, dass Sie sich erden, damit Ihnen die Leser nicht abspringen. Ich stelle Ihnen jetzt eine ganz simple Frage: Wenn Sie einen Zeitungsartikel lesen, was denken Sie dann, was Sie präsentiert bekommen? Tatsachen? Die sogenannte Wahrheit? Oder Geschichten?«

Er sah sie abwartend an, und sie runzelte die Stirn und überlegte. »Das klingt wie eine Fangfrage«, sagte sie. »Weil die Antwort so klar zu sein scheint.«

»Meinen Sie?«

Sie dachte noch einen weiteren Moment nach und wanderte im Geiste ein paar Wochen zurück, zu den Anfangszeiten ihres Volontariats. Sie fühlte, wie ihr die Kehle enger wurde, dann sagte sie: »Das tote Mädchen am Straßenrand, das war keine Geschichte. Sie war auch kein Artikel, den man aus Buchstaben und Papier zusammensetzt. Da lag ein Mensch.«

Hans Zeißler musterte sie aufmerksam. »Ein Mensch mag keine Geschichte *sein*, aber jeder *hat* eine Geschichte. Ein entscheidender Unterschied. Ich sehe, es hat Sie aus der Fassung gebracht. Offen gestanden, ich war überrascht, dass der Albrecht Sie da hingeschickt hat. Ein bisschen hart für den Anfang. Manchmal träumt man wochenlang davon, selbst wenn man schon einiges gewöhnt ist.«

Alice dachte daran, wie die tote junge Frau sie eine ganze Weile besucht hatte. Sie saß nachts auf ihrer Bettkante und wartete darauf, dass Alice aufwachte und sie bemerkte. Manchmal stand sie auch unvermittelt im Badezimmerspiegel hinter ihr und sah zu, wie Alice sich für die Arbeit fertig machte. Sie fühlte keine Angst, aber die Verlorenheit in der Miene des Mädchens machte ihr zu schaffen. Und dass dieses blasse, totenstille Gesicht sich von Tag zu Tag mehr mit Leben und Bewegung zu füllen schien, obwohl sie es doch nur ausdruckslos kannte. Woher wusste sie, dass die Frau eine dunkle, fast schwarze Iris hatte, die mit der Pupille zu verschmelzen schien, wenn sie weder ihr Gesicht aus der Nähe noch ihre Augen gesehen hatte?

Nach und nach waren die Besuche seltener geworden, und seltsamerweise vermisste Alice das Mädchen ein bisschen. Es waren stille und intensive Momente des Sehens und Gesehenwerdens gewesen, auch wenn sie nicht hätte erklären können, warum.

»Nein«, sagte sie dann ernst. »Ich habe keine Albträume. Und es ist in Ordnung, dass er mich geschickt hat. Wenn ich damit überfordert gewesen wäre, was für eine Zukunft hätte ich dann als Reporterin? Ich kann doch nicht … einfach wegsehen.« Das klang unvermittelt ernster und war dichter an der Wahrheit, als Alice lieb war, bemerkte sie auf einmal.

Zeißler legte den Kopf leicht schräg, sagte aber nichts.

»Aber ich denke, Sie wollen auf etwas anderes hinaus«, setzte sie rasch hinzu. »Dass Fakten per se nicht unbedingt neutral sind, sondern verfälscht werden können? Etwas in der Art?«

Er musterte sie noch kurz, dann sagte er: »Etwas in der Art. Vielleicht kriegen Sie das noch genauer hin. Wie wär's, und Sie schreiben einen Kommentar, wie unterschiedliche Medien mit den gleichen Fakten umgehen, wie selektiert und dargestellt wird und warum die Presse in einer Demokratie zwar wichtig ist, aber immer vor sich selbst auf der Hut sein sollte? Sagen wir … 60 Zeilen. Heute haben wir Karfreitag; am Dienstag auf meinem Schreibtisch?«

Alice schluckte. Sie musste am Nachmittag noch zur Karfreitagsliturgie, Auftrag von Albrecht. Natürlich hatte er keine Lust gehabt, den Kirchgang selbst zu machen und einen Beitrag darüber zu schreiben. Abends würde sie noch immer allein sein, ihr Mann blieb verschollen. Hoffentlich schlief Elena ein … Und der Ostersonntag war bis nach dem Mittagessen für die Großfamilie reserviert, und …

»Haben Sie ein Problem damit?«, fragte Hans Zeißler.

»Nein«, sagte Alice hastig. »Alles klar. Sie haben den Beitrag am Dienstag. Ähm … Wird er etwa auch abgedruckt?«

»Das kann ich Ihnen nicht versprechen; aber eine gute Übung ist es allemal.« Er ging in sein Büro hinüber und holte die Titelseiten dreier unterschiedlicher Konkurrenzblätter. »Ich hoffe, Sie wissen die Ausbildung besser zu nutzen als Ihr Vorgänger. Hier haben Sie Material. Drei Schlagzeilen zu den Studentenunruhen. Drei verschiedene Versionen der Ereignisse. Wie haben die Reporter es geschafft, die gleichen Ereignisse völlig unterschiedlich darzustellen? Wie nimmt man Einfluss, obwohl man scheinbar neutral berichtet? Dann legen Sie mal los; ich bin gespannt.«

Und ich erst, dachte Alice, versuchte aber, sich ihre leise Verzweiflung nicht anmerken zu lassen. Ein Nein oder ein Lieber-erst-am-Mittwoch, und ihre Ausbildung wäre genauso abrupt zu Ende gewesen, wie sie angefangen hatte. So viel war klar.

Kapitel 4

OSTERUNRUHEN

Frühling 1968

»Christus, gestern und heute, Anfang und Ende, Alpha und Omega. Sein ist die Zeit und die Ewigkeit. Sein ist die Macht und die Herrlichkeit in alle Ewigkeit«, betete Pfarrer Weigand mit lauter Stimme, um sich über das Gemurmel der versammelten Menge hinweg Gehör zu verschaffen.

»Amen«, vollendete Alice, war mit den Gedanken aber anderswo, während sie in die Flammen des Osterfeuers starrte und die schläfrige Elena auf den Armen hielt.

Karsamstag nach Sonnenuntergang, Beginn der Lichtfeier in der Osternacht vor der St.-Josef-Kirche in Neuhaus. Das Gemäuer war in lebendiges Licht getaucht und hob sich in flackerndem Orange vor dem schwarzen Nachthimmel ab.

Wenn Sie einen Zeitungsartikel lesen … Was denken Sie dann, was Sie präsentiert bekommen? Tatsachen? Die sogenannte Wahrheit? Oder Geschichten?

Natürlich war Alice klar, dass Zeißler auf die unwahrscheinlichste Antwort hinauswollte. Und hatte sie nicht selbst als Kind das Gefühl gehabt, dass Zeitungsartikel Fenster in andere Welten und fremde Schicksale bildeten? War sie nicht gerade deshalb so gefesselt gewesen von der Tatsache, dass schwarze Zeichen auf grauem Papier sich in ihrem Geist in bunte, lebendige

Bilder verwandelten? Aber wenn man einmal von der Boulevardpresse absah, die unterhalten sollte, polemisierte und Emotionen bediente, ging es beim Journalismus doch um Fakten; da gab es ganz klare Vorgaben.

Nein, so einfach war es tatsächlich nicht. Sie grübelte, eingelullt in das Murmeln der Menge, das Knacken und Prasseln des riesigen Osterfeuers … Und dann tat sie das, was sie immer versuchte, wenn sie im geistigen Hochgebirge festhing und es nicht mehr vorwärtsging. Sie kletterte behutsam wieder nach unten, wo die Luft nicht so dünn war, spürte feste Erde unter ihren Füßen und fing noch einmal von vorn an, den Blick nach oben gerichtet auf die zerklüftete Felswand und einen Gipfel, der nur andeutungsweise durch den Nebel zu sehen war.

Gehen wir mal von einem ganz simplen Beispiel aus, dachte sie. Die seltenen Male, als ihre Mutter sie während ihrer Kindheit gefragt hatte: »Sag mal, was hast du denn heute den ganzen Tag über so getrieben?«, hatte Alice die brenzlige Situation entschärft durch eine Aufzählung völlig unschuldiger Tätigkeiten.

»Ich hab Hausaufgaben gemacht, gespielt, und dann war ich noch beim Baden …« Dass sie außerdem mit den Nachbarjungs im Wald gewesen war und verbotenerweise Feuer gemacht hatte und das unschuldige Spielen aus Nachbarnärgern und Klingelputzen bestanden hatte, blieb unerwähnt, obwohl es ein Detail gewesen wäre, das die Mutter durchaus interessiert hätte.

Aber *gelogen* hatte sie nicht.

Es ging um die Kunst des Weglassens – von Informationen oder Details einer Information, womit eine Aussage komplett verändert werden konnte. Folglich konnte auch eine scheinbar neutrale Meldung in eine Geschichte verwandelt werden, wenn man es darauf anlegte. Oder wenn man sich nicht in Acht nahm und die eigenen Worte, die eigene Sichtweise nicht ständig kritisch hinterfragte.

Die Menge geriet in Bewegung, eine dunkle Masse vor

schwarzem Hintergrund, als die Osterkerze an dem großen Feuer im Kirchhof entzündet wurde. »Lumen Christi – Deo gratias«-Rufe wurden laut, während das Licht von Kerze zu Kerze weitergegeben wurde und die Kirchgänger nach ihren Weihekörben mit bunt gefärbten Eiern, frisch gebackenem Brot, Osterschinken und Salz griffen, um dem Pfarrer ins Innere der Kirche zu folgen. Alice war froh, dass sie es sich gleich auf der Kirchenbank bequem machen konnte; Elena war in den letzten Wochen ganz schön schwer geworden. Natürlich hatte sie weder ein Körbchen dabei noch eine Osterkerze. Glücklicherweise hatte sie ihre Tochter als Ausrede, auch wenn sie das Stirnrunzeln ihrer Mutter sehr wohl wahrnahm.

»Du hättest sie auch im Kinderwagen lassen können, dann hättest du die Arme frei gehabt. Wenn du sie schon zum Gottesdienst mitnehmen musst, mitten in der Nacht«, besagte dieses Stirnrunzeln, das Alice geflissentlich ignorierte.

Die anderen warteten bereits in einer der vorderen Bänke, die seit Jahren für den Landarzt und seine Familie reserviert war. Nicht, dass sie tief gläubig gewesen wären …, aber die Gottesdienste an den wichtigsten Feiertagen, wie die Oster- und Christmette, gehörten so selbstverständlich zu den gesellschaftlichen Gewohnheiten wie das offene Haus am Sonntagnachmittag, wenn Besuch empfangen wurde. Allerdings hatte sich Alice wenigstens dieser einen Pflicht durch ihre Heirat entziehen können.

Der Gottesdienst schien sich endlos in die Länge zu ziehen. Elena schnaufte leise und regte sich in ihren Armen, und Alice hielt den Atem an. *Nicht aufwachen, nicht jetzt. Bitte …*

»Gib sie mir«, flüsterte Simon neben ihr, doch Alice verneinte mit einer kaum merklichen Bewegung des Kopfes.

»Dann wacht sie endgültig auf«, flüsterte sie zurück.

»Quatsch«, erwiderte ihr Bruder mit der heiteren Sorglosigkeit des Kinderlosen und zog Elena vorsichtig in seine Arme.

Sie brummte, öffnete jedoch nicht die Augen, sondern schmiegte sich an ihren Onkel. Alice atmete auf und bewegte ihre verkrampften Arme.

Pfarrer Weigand war mittlerweile in einen hypnotischen Rhythmus verfallen, der so alt schien wie die Menschheit. »Vater unser im Himmel, geheiligt werde dein Name …« Alice hätte das Vaterunser auch im Schlaf mitbeten können, deshalb erlaubte sie ihren Gedanken, wieder auf Wanderschaft zu gehen.

Mal sehen … Das Weglassen von Informationen ist eine Möglichkeit. Ich kann aber auch die Gegenrichtung einschlagen und einen Sachverhalt Tag für Tag aufs Neue wiederholen. Gebetsmühlenartig … und die Information bekommt immer mehr Bedeutung, wird sichtbarer, als würde ich das grelle Licht eines Scheinwerfers auf sie richten. Ich kann auch einen Menschen in den Fokus rücken und ihn unbarmherzig ausleuchten. Angenommen, ich picke mir einen Politiker heraus, dem ich das Leben schwer machen will … Ich sammle Fehltritte, kleinere Vergehen, Fettnäpfchen, wie sie den meisten Menschen unweigerlich passieren – nur mit dem Unterschied, dass ich sie zur Schlagzeile mache. Es ist tatsächlich verstörend leicht, einen Artikel zu manipulieren, dachte Alice. Sie war mittlerweile vollauf damit beschäftigt, sich Notizen im Kopf zu machen.

Erst als der Priester mit dem Auszug aus Ägypten begann, kehrte ihr Geist wieder zurück zur Messe. Sie mochte die Geschichte, wie Moses das auserwählte Volk durch die Wüste führte. Die Reise war lang und beschwerlich, und als die Ernährungsfrage immer drängender wurde, ließ der Herr inmitten der Wüste Brot vom Himmel regnen. Jeden Morgen, nachdem sich der Tau verflüchtigt hatte, schimmerte auf dem Wüstenboden eine dünne Schicht auf der Erde – etwas Feines, Knuspriges, fein wie Reif, weiß wie Koriandersamen, mit dem Geschmack von Honigkuchen. Irgendwo hatte sie mal gelesen, dass der Name »Manna« wahrscheinlich aufgrund eines Missverständnisses entstanden war. Denn als die Kinder Israels das Knusperbrot zum ersten Mal sahen, sagten sie zueinander: »Man hu?«, was auf Hebräisch nichts anderes hieß als: »Was ist das?« Und aus dieser schlichtesten, grundlegendsten aller Fragen in der Welt entstand der Begriff »Manna« – der übersetzt nun auf einmal Himmelstau oder Himmelsbrot bedeutete.

Ihr war gar nicht bewusst, dass sie leicht lächelte, bis ihr Bruder ihr mit hochgezogener Braue einen fragenden Blick zuwarf; Alice schüttelte nur leicht den Kopf und setzte wieder eine ausdruckslose Miene auf.

Und dann ist da noch die Sache mit den Adjektiven oder überhaupt mit eigenwilligen und schwer kontrollierbaren Wörtern, die einen Bericht färben und ihm eine ganz andere Richtung geben können, dachte Alice. Das war etwas, das sie seit ihrer Kindheit beschäftigte: diese Wörter, die sich selbstständig machten und urplötzlich nicht mehr auf der schnurgeraden Zeile ruhten, sondern nach oben oder nach unten verrutschten. Aus »kontrolliert« kann in einem nächsten Gedankenschritt »kühl« und schließlich »eiskalt« werden. Aus »Demonstranten« werden »Wirrköpfe« werden »Terroristen«.

Eine Dreiviertelstunde später war Alice' vager Verdacht zur Gewissheit geworden, dass ihr Bruder sie wieder einmal übervorteilt hatte. Denn seit er Elena in den Armen hielt, hatte er es sich in der Kirchenbank bequem gemacht und sich nicht mehr gerührt, während sie selbst in einem Ritual aus Sich-Erheben, Niederknien, Hinsetzen und Aufstehen gefangen war. Es sah sogar ganz so aus, als wäre er zwischenzeitlich eingeschlafen.

Nach den feierlichen Trompetentönen zu *Das Grab ist leer, der Held erwacht* war der Gottesdienst zu Ende, und die Gemeinde strömte mit ihren geweihten Körben aus der Kirche. Draußen war es vollständig dunkel, die Nachtluft durchwoben von weichem Weihrauch.

»Na, hast lange Nächt?« Alice drehte sich zu der Stimme um

und blickte in das freundliche, faltige Gesicht der »Gaßnerin«, die ihr als Kind den Fuß verarztet hatte.

»Sie zahnt«, sagte sie nur, und die ehemalige Nachbarin nickte. Damit war alles gesagt, und wenn Frau Gaßner eines nicht leiden konnte, dann Floskeln. Stattdessen drückte sie der jungen Mutter wortlos ihren Osterkorb in die Hand, während Simon seine Nichte in den Kinderwagen bugsierte, der unter dem Kirchenvordach stand. Der Duft von frisch gebackenem Brot und Geräuchertem stieg aus dem Korb auf.

»Das … danke, aber das kannst doch nicht machen«, stammelte Alice, leicht überrumpelt.

»Freilich kann ich des. Mein Mann und mein Sohn haben noch zwei Körbe, wir verhungern schon ned«, erwiderte die Bäuerin trocken. »Und du schaust aus, als könntst ihn brauchen.« Damit drehte sie sich um und war einen Augenblick später in der Menge verschwunden.

Kurz starrte Alice ihr nach, doch als sie den leisen, schnell lauter werdenden Protest aus dem Kinderwagen hörte, wandte sie sich hastig Elena zu. Zeit zu gehen und den Wagen in Bewegung zu setzen – möglichst entspannt und wie nebenher, um nicht wieder die kritischen Blicke der Mutter auf sich zu ziehen. Denn natürlich wurde das Kind auf die Art verzogen und würde bald nur noch einschlafen, wenn es endlos geschuckelt wurde. Ihre Mutter war da sehr deutlich gewesen, hatte auf Alice' Frage, woher genau sie das eigentlich wissen wolle, allerdings keine Antwort gehabt. Denn im Verwöhnen war ihre Mutter nicht gerade Weltmeisterin gewesen, so viel stand fest.

»Ich bring euch heim«, sagte Simon und griff nach dem Osterkorb, damit Alice den Kinderwagen schieben konnte. Sie verabschiedeten sich rasch von den Eltern und marschierten los in die Dunkelheit. Sobald sich der Wagen schaukelnd in Bewegung gesetzt hatte, schien Elena zufrieden. Eine ganze Weile schwiegen sie, während sie durch die kleinen Straßen gingen in

Richtung von Alice' Zweizimmerwohnung. Überall um sie herum war Bewegung unter dem klaren Sternenhimmel, die dunklen Straßen voll raunender Menschen, in der Luft der Geruch von Holzfeuer, Räucherspeck, frischem Brot und Osterfladen; das gefiel ihr seit jeher an der Osternacht. Normalerweise waren die Bürgersteige um diese Uhrzeit längst hochgeklappt, was sich immer wieder seltsam anfühlte. In der Natur und auf dem Berg allein zu sein machte ihr nichts aus. Aber diese ausgestorbenen Straßen, inmitten von Häusern, wirkten einfach unnatürlich.

Noch immer war sie in ihre Überlegungen für den Beitrag vertieft und hatte sich langsam weiter vorwärtsgetastet in die unmittelbare Gegenwart. Der *Springer Verlag* und die Studenten ... Die Situation in Berlin hatte sich mittlerweile weiter zugespitzt, obwohl der Attentäter verhaftet worden war – allerdings mit einer rechtsnationalen Zeitung im Gepäck, die Fotos von Rudi Dutschke wie einen Steckbrief arrangiert und mit der Überschrift versehen hatte: *Stoppt Dutschke jetzt! Sonst gibt es Bürgerkrieg*. Das hatte die Schuldzuweisungen an die Presse noch einmal verschärft. Seit Gründonnerstag hing Alice praktisch ohne Unterbrechung vor Radio oder Fernsehen und verfolgte die Ereignisse hoch konzentriert. Brennende Autos, Straßenblockaden und Steine auf der einen, Wasserwerfer, Gummiknüppel und geballte Polizeigewalt auf der anderen Seite. Den Bildern im Fernsehen nach zu schließen, standen sie tatsächlich dicht vor einem Bürgerkrieg.

Und doch ... Es waren Bilder. Bewusst ausgewählte Bilder und Informationen, wie sie sich gerade während der Messe noch einmal bewusst gemacht hatte. Die Kameras waren auf die Brennpunkte in Berlin gerichtet, und damit schien alles in Flammen zu stehen ... Aber war dem wirklich so? In Miesbach zumindest brannten keine Autos.

Neben ihr summte ihr Bruder leise vor sich hin, und plötzlich fiel ihr etwas ein: Warum holte sie sich nicht gleich ihre Informationen aus erster Hand? Simon studierte Jura in Berlin und war nur für ein paar Tage auf Osterbesuch zu Hause. Zwar war er ihres Wissens nicht auf den Straßen beim Demonstrieren und warf auch keine Pflastersteine, aber trotzdem …

»Simon«, sagte sie unvermittelt. »Du bist nicht bei den Protesten dabei, oder? Aber du kannst mir wahrscheinlich trotzdem erzählen, wie die Stimmung auf den Straßen in Berlin so ist, stimmt's?«

Er war ein paar Schritte vorausgegangen und wandte sich bei ihrer Frage um. »Im Ernst? Du interessierst dich für das Großstadtleben?«, fragte er in geheucheltem Erstaunen. »Und ich dachte, du wärst nur fürs Lokale zuständig. Welche Kuh die Woche gekalbt hat beispielsweise oder andere weltbewegende Nachrichten aus dem Landkreis.«

Das war der Moment, in dem Alice der Kragen platzte. Normalerweise konnte sie mit dem Gefrotzele ihres Bruders gut umgehen und machte sogar ganz gerne mit. Aber dazu musste sie ausgeschlafen sein. Nicht überarbeitet, unter Zeitdruck und auf dem Prüfstand von allen Seiten. Mit dem unterschwelligen Gefühl, dass ihr hoffnungsvoller Start in die Berufswelt vielleicht reine Illusion gewesen war und sie auf immer und ewig festhängen würde in Miesbach. Seit ein paar Wochen fühlte sie sich zunehmend gläsern, aber das konnte auch einfach am Schlafmangel liegen.

»Du herablassendes Arschgesicht«, sagte sie daher, packte den Griff des Kinderwagens fester und ließ ihn mitsamt Osterkorb und hart gekochten Eiern stehen.

Er schien einen Augenblick zu brauchen, bis er sich von seiner Überraschung erholt hatte. Daher war sie bereits zwanzig Meter weiter, als er »Warte!« rief und ihr hinterhergeeilt kam.

»Jetzt sei doch nicht so«, sagte er, während er neben ihr in einen gemütlichen Trab fiel. Eines musste man ihm lassen: Er war nicht so leicht aus der Ruhe zu bringen. Aber er führte ja auch ein entspanntes Studentenleben im fernen Berlin, weitab von den Eltern und ohne Mitbewohner in Miniaturformat, deren Schlafrhythmus nachhaltig gestört war.

»Dass junge Mütter immer so reizbar sein müssen«, sagte er unbeeindruckt. »Woran liegt das?«

»Schlafmangel«, erwiderte Alice knapp; er öffnete den Mund, und sie sah ihm genau an, dass er gleich in eine unglaublich witzig gemeinte Imitation ihrer Mutter verfallen würde, um ihr ein paar Tipps in Sachen Säuglingspflege zu geben. Er konnte das normalerweise sehr gut, aber sie war nicht in der Stimmung dafür. Sie warf ihm einen warnenden Blick zu. »Tu's nicht. Ich meine es ernst.«

Er grinste und gab nach. »Also gut. Worauf willst du eigentlich hinaus? Was willst du denn wissen?«

»Die Stimmung in der Stadt. Kannst du sie mir ein bisschen greifbarer machen?«

»Aufgeheizt«, sprach ihr Bruder das Offensichtliche aus. »Es gibt jede Menge Studenten, die glauben, diese Hetze in den Medien sei der Auslöser gewesen für das Attentat auf Dutschke. Sie haben das Gefühl, sie sollen mit Gewalt mundtot gemacht werden, deshalb belagern sie jetzt den *Springer Verlag*. Ein Sturm weht durchs Land, er wird von Tag zu Tag stärker. Und wir haben keinen ausgebildeten Sturmführer, der ihn kontrollieren könnte.«

Letzteres sagte er mit einem breiten Grinsen, und Alice überlegte, ob sie ihm das kalt gewordene Milchfläschchen an den Kopf werfen sollte. Aber sie brauchte es noch. Das Fläschchen und auch die Informationen ihres Bruders. Also sagte sie nur: »Wirklich witzig. Aber deine Wettermetaphern mal beiseitegelassen, kannst du mir erklären, woher diese geballte Aggression kommt? Es wirkt fast so, als hätten Politiker und Medien Angst. Warum *versuchen* sie nicht wenigstens zu deeskalieren? Zu reden? Ich wenigstens habe noch keine sonderlich versöhnlichen Töne mitbekommen.«

Einen Moment schien sich Simon noch zu sammeln, während sie durch die Straßen des Ortes schlenderten, dann begann er zu erzählen. Von seiner Ankunft in Berlin im vergangenen Jahr und wie es sich anfühlte auf dieser Großstadtinsel, die umgeben war von einem roten Meer – umschlossen von einem anderen, fremd gewordenen Land, einem fremden politischen System. Nirgendwo in der Bundesrepublik war der Kalte Krieg stärker spürbar als hier. Da waren neue Ideen wie der Neomarxismus auf der einen und das Schreckgespenst des real existierenden Sozialismus auf der anderen Seite. Die Studenten protestierten gegen den Vietnamkrieg, gegen die USA und sahen sich Berlinern gegenüber, die teils ratlos, teils ohne jegliches Verständnis reagierten. Für sie waren die Amerikaner mittlerweile ihre Befreier, ihr Schutzwall gegen die Sowjetunion.

»Der Kalte Krieg. Klar«, sagte Alice nachdenklich.

»Der Kalte Krieg«, bestätigte ihr Bruder. »Aber in Deutschland geht es noch um viel mehr: um Existenzen, die zu bröckeln beginnen. Daher die geballte Aggression. Es geht um unsere Vergangenheit, die manche gerne unter den Teppich kehren würden«, fuhr er fort.

Ein halbes Jahr zuvor hatten Studenten in Hamburg ein Transparent entrollt, das mittlerweile zur schlagkräftigsten Parole der Bewegung geworden war. *Unter den Talaren – Muff von 1000 Jahren.* Als ein Professor gewahr wurde, was die Studenten da vor ihm hertrugen, unbemerkt vom gesamten Lehrstuhl, brüllte er wutentbrannt: »Ihr gehört alle ins KZ!«, und bestätigte damit ungewollt alle Vorwürfe.

»Uni-Professoren, Richter, Polizei … All die Leute mit möglicher Nazi-Vergangenheit konnten nach dem Krieg nicht einfach so ausgewechselt werden; da fehlten sowohl die Fachkräfte als auch der politische Wille. Und dann hat sich manch einer einfach wieder gemütlich eingerichtet und gehofft, man würde vergessen. Oder behauptet, er habe nur Befehle befolgt.«

Alice nickte. Kurz herrschte Stille, als sie sich an die plastischen Schilderungen ihrer Mutter über den Nationalsozialismus erinnerte.

»Es ist praktisch unmöglich geworden, mit den Leuten zu *reden*«, sagte ihr Bruder plötzlich bedrückt in ihre Gedanken hinein und zog den Mantel fester um sich, als wäre ihm kalt. »Sie hören nicht mehr zu, beide Seiten nicht. Es ist, als hätte sich ein riesiger Graben aufgetan. Auf einmal kann man nur noch dafür oder dagegen sein. ›Man darf die ganze Drecksarbeit nicht der Polizei und ihren Wasserwerfern überlassen … Merzt die Störenfriede aus …‹, das ist das eine Extrem. Und ›Leute, macht die Fackeln aus, wir brauchen sie fürs *Springer-Haus*‹ das andere. Es macht mir Angst, ganz ehrlich.«

»Ja, die Gewalt fängt immer bei der Sprache an«, sagte Alice nachdenklich.

»Die Sprache ist eine Waffe, haltet sie scharf. Tucholsky«, nahm ihr Bruder den Gedanken auf.

»Aber das stimmt doch so nicht. Die Sprache *kann* eine Waffe sein, müsste es heißen. Sie kann dir aber auch helfen, Dinge überhaupt erst wahrzunehmen, für die du sonst blind wärst.«

Simon zog eine Braue hoch. »Du weißt es also besser als Tucholsky, ja?«

Alice zuckte mit den Schultern und lächelte leicht. »Vielleicht hat er sich ja absichtlich ›zugespitzt‹ ausgedrückt.«

Er grinste zurück. »Mag sein«, sagte er. »Jedenfalls … Da du wissen wolltest, wie es sich anfühlt, im Moment in Berlin zu leben: in etwa so, als würden sich die Leute in unterschiedlichen Sprachen anbrüllen, und keiner versteht den anderen. Noch nie wurde so viel geredet, und nie wurde weniger zugehört. Du kannst nur dafür oder dagegen sein.«

Während Simon weitererzählte, fühlte Alice, wie ihre Gedanken ungewollt abschweiften. Im Geiste zog sie durch die belebten Straßen Berlins, beobachtete, notierte, sprach mit Anwohnern und Studenten. Das Flackern von Feuer, der Geruch brennender Autoreifen, Klirren von Glas, die Rufe der Demonstranten …

»Alice?« Als Simon sie so direkt ansprach, wurde sie unvermittelt wieder zurückgeholt in die dunklen, mittlerweile völlig leeren Sträßchen ihres Heimatortes. Sie waren vor ihrem Haus angelangt, bemerkte sie. Und plötzlich fühlte sie sich unendlich bedrückt.

»Was?«, sagte sie. Es klang gereizter als beabsichtigt.

»Geht's dir nicht gut?«

Alice sammelte sich. Eine so offene Frage seitens ihres sonst wenig fürsorglichen Bruders verdiente eine umsichtige Antwort.

»Ich wollte immer Reporterin werden, von klein auf. Das weißt du, oder?«

»Ja«, sagte er. »Ein absonderlicher Berufswunsch für eine Frau, wo wir gerade dabei sind. Vielleicht nicht gerade so, als hättest du beschlossen, Astronautin zu werden, aber trotzdem … Und jetzt? Ist der Weg steiniger, als du erwartet hast? Du gibst jetzt aber nicht auf, oder? Du machst weiter.«

Sie wandte den Kopf und starrte ihn überrascht an, und er lachte. »Dachte ich mir, dass du daran noch nicht einmal gedacht hast. Und warum?«

»Weil …« Sie versuchte, ein Gefühl in Worte zu fassen, das seit Jahren unterschwellig all ihre Handlungen bestimmt hatte. »Weil ich muss«, sagte sie. Ihre Stimme war leiser geworden, Wort für Wort, weil sie spürte, wie unzulänglich, ja, absurd das klang. Dabei hatte sie selten etwas ernster gemeint, und plötzlich begriff sie, dass diese Aussage keineswegs absurd war. Sie war etwas anderes. Erschreckend. Vielleicht sogar gefährlich in ihrer Absolutheit.

»Jedenfalls«, setzte sie rasch hinzu und atmete tief durch, um dieses Erschrecken bei dem Gedanken an ein mögliches Scheitern zu verscheuchen, »ist es noch schwieriger, als ich mir das vorgestellt hatte. Im Moment sieht mein Leben alles andere als brillant aus; aber ich schöpfe gerade ein bisschen Hoffnung, dass meine Ausbildung in nächster Zeit doch noch ins Rollen kommen könnte. Wenn ich mich halbwegs schlau anstelle, was bei chronischem Schlafmangel nicht ganz einfach ist.«

Simon musterte sie. Er hatte genau bemerkt, wie die Unterhaltung von sehr dünnem Eis auf sicheren Asphalt zurückgewechselt war, dafür kannte er sie gut genug. Nach einem Moment sagte er ernst: »Du schaffst das schon; ich habe dich immer ein bisschen drum beneidet, ehrlich gesagt. So genau zu wissen, wo man lang will. Das ist etwas, woran man sich festhalten kann. Ich selbst habe damals meinen ersten Berufswunsch schon mit sieben aufgeben müssen. Und das nur, um irgendwann Jura zu studieren ...«

»Warum?«, fragte Alice verblüfft. »Was wolltest du denn werden?« Sie konnte sich nicht erinnern, dass er ihr jemals von irgendwelchen anderen Plänen erzählt hätte.

»Es war nur eine Phase. Aber damals, als du Sturmführerin werden wolltest, haben mich die Eltern hinterher gefragt, was ich mir eigentlich so überlegt hatte; ich glaube, du hast sie ein bisschen nervös gemacht, du Himmelsstürmerin. Also hab ich es ihnen gesagt und gedacht, sie freuen sich. Aber die Folge war, dass sie mich hinters Haus zum Holzhacken geschickt haben. Wochenlang. Meinem Gefühl nach hab ich Kleinholz für den ganzen kommenden Winter gemacht.«

Alice sah ihn mit hochgezogener Braue an. »Warum das denn?«

»Ich glaube, es war eine Umerziehungsmaßnahme. Paps hat es mit der Angst zu tun bekommen, deshalb hat er mich zu körperlicher Arbeit verdonnert. Damit ein echter Kerl aus mir wird.«

»Was hast du denn geantwortet?«, fragte Alice, nun wirklich neugierig geworden. »Sag schon!«

Kurz schwieg Simon, während er in den von Sternen übersäten Nachthimmel starrte. Fast lag so etwas wie Bedauern in der Miene des zukünftigen Anwalts, vielleicht über das Verblassen seiner Kindheitsträume. Aber vielleicht wollte er sie auch nur noch ein bisschen auf die Folter spannen.

»Damals hab ich immer heimlich in Mamas Zeitschriften geblättert und die Mannequins bewundert. Für einen Siebenjährigen war das ein Fest. All diese wundervollen Frauen in ihren Prachtklamotten – noch dazu in Farbe! Ich konnte überhaupt nicht verstehen, warum du mit Paps über diesen blöden Schwarz-Weiß-Zeitungen gebrütet hast, wo doch überall die bunten Magazine herumlagen. Also hab ich gesagt: Ich werd mal Verlegerin wie Mama. Ich will Modezeitschriften herausgeben. Ich dachte ehrlich, sie freuen sich.«

Alice starrte ihn an, dann warf sie den Kopf zurück und begann zu lachen. Und während sie lachte, wurde ihr bewusst, wie befreiend sich das anfühlte. »Das hast du erfunden«, beschuldigte sie ihn, als sie wieder zu Atem gekommen war.

»Meinst du?«, fragte er, lächelte aber mit leiser Selbstgefälligkeit, als hätte er genau das schon den ganzen Abend erreichen wollen: sie zum Lachen zu bringen. Aber sicher war sie sich nicht.

Während sie lachten und redeten, ging im Gebäude gegenüber ein Licht an. Mittlerweile war es um sie herum sehr still geworden, und es sah fast so aus, als blinzelte sie das einsam erleuchtete Fenster vorwurfsvoll an. Hastig, aber mit der notwendigen Vorsicht, hob Alice ihre Tochter aus dem Kinderwagen. *Nicht aufwachen*, flüsterte sie im Geiste. *Bittebittebitte nicht. Gönn uns ein paar Stunden Schlaf.*

Leise, mit langsamen Bewegungen stellte ihr Bruder den Kinderwagen im Hausgang ab. Und dann, ehe sie es verhindern konnte, strubbelte er seiner Nichte voll Zuneigung über die Locken und besiegelte Alice' Schicksal, indem er beim Hinausgehen ein »Schlaft schön!« in den hallenden Hausgang rief. Dann war er in der Nacht verschwunden.

Elena regte sich in ihren Armen. »Wawa?«, sagte sie, und Alice seufzte.

Langsam stieg sie die Treppe mit ihrem hellwachen Kind in den ersten Stock hinauf, in ihre kleine Wohnung, die dunkel und verlassen dalag. Karl war noch immer nicht zu Hause; in Rom hatte es einen Bahnstreik gegeben, sein Zug würde sich verspäten. Ohne Licht zu machen, ging sie zum Wohnzimmerfenster und starrte hinaus. Draußen herrschte Dunkelheit. Nur vereinzelt, in einiger Ferne, schwebten ein paar erleuchtete Rechtecke scheinbar schwerelos in der Schwärze der Nacht, und die Straßenlaternen bildeten trüborange Lichtkegel um ihre schlanken Pfosten.

Elena regte sich in ihren Armen, als fühlte sie, dass ihre Mutter sich in Gedanken gerade fortzubewegen begann. Möglicherweise hatte sie aber auch einfach nur Hunger. Plötzlich spürte Alice die Berührung einer winzigen, warmen Handfläche an ihrer Wange. Vielleicht nicht gerade … fordernd. Nachdrücklich traf es besser. Oder sollte man sagen: eine kleine Hand mit einem klaren Anliegen?

»*Wa*wa«, sagte ihre Tochter erwartungsvoll und sah sie an. Wawa. So nannte Elena sie nun schon seit einigen Wochen. Meist war es ein glühendes Wawa, durchwoben von leisem Besitzerstolz. Aber vielleicht hieß Wawa auch gar nicht Mama, überlegte sie. Vielleicht war es das Wort für ein Gefühl, das sie beide verband und für das Alice vorher noch gar keinen Namen gehabt hatte. Sie lächelte.

»Wawa«, bestätigte sie. »Sag mal, bist du auch so hungrig wie ich? Lass uns mal nachsehen, was in dem Osterkörbchen ist.«

Kapitel 5

EINE WELT DER GEGENSÄTZE

»Aber verheiratet bist schon, oder?«, hatte die Großtante gefragt, nachdem Alice' Mann auch zum späten Osterfrühstück nicht bei der Familie Fälker aufgetaucht war.

Alice verkniff sich die Gegenfrage, wie oft sie darauf jetzt eigentlich noch antworten sollte. Es war schon schlimm genug, dass sie ihren Eltern mehrfach Rede und Antwort hatte stehen müssen, wo genau auf dem europäischen Kontinent sie Karl gelassen hatte. Tatsächlich tat ihr Großtante Eugenia auch ein bisschen leid. Sie war kein schlechter Mensch, sondern einfach nur vergesslich geworden in letzter Zeit und außerdem in einer anderen Wertewelt zu Hause als Alice. Dass sie diese Wertewelt seit Elenas Geburt zunehmend gereizt machte, war letztlich nicht Großtantchens Schuld. Daher sagte sie nur, so gefasst wie möglich: »Der Karl kommt nachher schon noch. Er ist in einen Zugstreik in Rom geraten; er war auf Fotoreise in Sizilien.«

»Sizilien?!«, fragte Großtante Eugenia mit leiser Verwirrung, und Alice unterdrückte einen Seufzer.

Als Alice zwei Stunden später endlich wieder zu Hause in ihrer Zweizimmerwohnung war, fehlte von Karl noch immer jede Spur.

Stille. Elena schlief.

Vorsichtig schloss sie die Schlafzimmertür, packte ihre Schreibmaschine auf den Esstisch in der Küche und spannte einen Bogen Papier ein.

Versuchte, sich zu konzentrieren.

Und stellte fest, dass sie nicht einfach so einen Schalter umlegen und vom Reden, Lächeln und Kuchenservieren zum Schreiben tiefschürfender Gedanken wechseln konnte.

Sie fühlte sich völlig erschöpft. Sie war müde von der ständigen Suche nach Gesprächslücken, in die sie unbemerkt schlüpfen konnte, um in Gedanken ungestört an ihrem Beitrag zu arbeiten. Dieser Hürdenlauf kostete jede Menge Energie, und letztlich kam nicht sonderlich viel dabei heraus. Eigentlich wusste sie das mittlerweile. Es war, als würde man versuchen, einen Satz im Geiste zu denken, der sich gleichzeitig mit den Sätzen einer ganz anders gearteten Wirklichkeit verwob. Heraus kamen Aussagen wie: Hast du bei den feierlichen Osterunruhen heute schon Tante Eugenias Biskuitlamm in Brand gesteckt?

Sie sollte es ganz bleiben lassen, wenn ihr die Flucht in diesen schwer erreichbaren Raum nicht gelang, der beides für sie war: ein Zeitraum, aber auch ein Ort. Ein geheimes Zimmer, das unendlich wertvoll war, weil es ihr eine Sicherheit gab: die Gewissheit, dass niemand hereinkommen und sie am Schreiben und Denken hindern konnte.

Sie versuchte es anders, deckte die Schreibmaschine wieder zu und nahm sich einen Stift und ihren Notizblock. Mit flinken Fingern, ohne innezuhalten oder nachzudenken, schrieb sie:

Das Halbverstandene und Halberfahrene ist nicht die Vorstufe der Bildung, sondern ihr Todfeind. Theodor W. Adorno

Hin und wieder half es, ihre Lieblingszitate einfach zu Papier zu bringen. Manchmal öffneten sie einem eine Tür und ermöglichten so den Einstieg ins Schreiben.

Ein paar Minuten später – Alice hatte gerade das Gefühl, dass sich endlich die nötige Konzentration aufbaute – hörte sie, wie ein Schlüssel im Schloss gedreht wurde und sich die Wohnungstür öffnete.

»WAS für ein Chaos!«, sagte Karl, als er in die Küche trat und seine Reisetasche zu Boden plumpsen ließ. Dann kam er herüber, schlang die Arme um sie und küsste sie.

»Was machst du da?«, fragte er neugierig, die stoppelige Wange an ihr Gesicht geschmiegt, und warf einen Blick auf das weiße Blatt Papier vor ihr, auf dem sich erste tintenschwarze Wölbungen von den Linien erhoben. »›Das Halbverstandene und Halberfahrene ist nicht die Vorstufe der Bildung, sondern ihr Todfeind. Adorno.‹ Ich bin auch ein Todfeind, nämlich von Adorno. Himmel, was für umständliche Sätze der manchmal bastelt«, lästerte er gut gelaunt und las dann weiter: »Warum? Weil nichts gefährlicher ist als die Illusion von Wissen oder Neutralität. Deshalb, zum Schutz vor diesen Halbwahrheiten, sollte ein Journalist seine Informationen nicht nur sammeln, sondern Fakten auch sehr bewusst auswählen und in einen sinnvollen Zusammenhang stellen. Erst so entsteht ein Verständnis für …«, las er laut. Mehr nicht, denn mehr stand noch nicht da.

»Klingt ein bisschen trocken, oder?«, setzte er gähnend hinzu und streckte sich ausgiebig.

Alice warf den Kugelschreiber beiseite. »Was du nicht sagst.«

Ihr Mann musterte sie besorgt und nahm ihr gegenüber am Küchentisch Platz. »Geht's dir gut?«, fragte er behutsam. »Hab ich dir denn sehr gefehlt? Du bist ein bisschen blass um die Nase. Was macht unser Zwerg? War sie anstrengend?«

»Elena schläft. Ja, natürlich hast du mir gefehlt«, sagte Alice und runzelte kurz die Stirn. Die Worte klangen seltsam dünn, substanzlos, als würde ihnen die innere Überzeugung fehlen; aber das schien nur ihr aufzufallen. Hastig fuhr sie fort: »Jedenfalls, ich soll bis Dienstag was schreiben über …« Wieder zögerte sie. Dass der Zeißler nicht genauer umrissen hatte, was er wollte, machte die Angelegenheit nicht gerade leichter. Worauf zielte er eigentlich ab? »… was die Medien für eine Funktion haben und wo der Haken ist, wenn wir von neutraler Berichterstattung reden«, fuhr sie fort. »Der Zeißler scheint sich auf einmal daran zu erinnern, dass er mich ausbilden soll.«

Karl legte den Kopf schräg, während er darüber nachdachte. »Das ist aber mal ein weites Feld. Andererseits: Dann kannst du doch auch einfach in die Richtung schreiben, die dich interessiert. Eigentlich perfekt. Wo ist also das Problem?«

Sie sah ihren fünf Jahre älteren Mann an, der sie gerade gefragt hatte, wo das Problem lag. Sie musterte sein von der sizilianischen Frühlingssonne leicht gebräuntes Gesicht, die lichtblauen Augen, die Miene, die trotz seiner Erschöpfung noch immer Gelassenheit ausstrahlte. Irgendwie schien es ihm immer zu gelingen, alle Klippen mit einer Leichtigkeit zu umschiffen, die ihr fremd war. Es war einer der Gründe, weshalb sie sich zwei Jahre zuvor in ihn verliebt hatte. Das und die Tatsache, dass er nicht aus dem Landkreis Miesbach kam. Sie hatten sich kennengelernt, als er eine Bilderserie über den Tegernsee und irgendwelche prominenten Gäste machen sollte. Da er aus München stammte und schon eine Weile als Fotograf reiste, umwehte ihn der Duft der großen weiten Welt. So war es ihr zumindest vorgekommen. Und jetzt? Bekam sie eine Nasevoll sizilianischer Meeresbrise ab, die noch in seiner Kleidung zu hängen schien, und fragte sich zum ersten Mal, ob ihr das auf Dauer eigentlich ausreichen würde.

»Was ist?«, fragte er beunruhigt, als er ihren Blick bemerkte, den er schon des Öfteren scherzhaft ihren »Pokerblick« genannt hatte.

»Gar nichts«, sagte sie rasch. »Erzähl schon, konntest du deine Fotos vom Ätna machen? Wie sieht es aus da oben, auf dem Berg?«

Karl ließ sich nicht zweimal bitten. Er war leidenschaftlicher Naturfotograf, und obwohl er noch relativ neu war in der Branche, hatte er sich mit ungewöhnlichen Perspektiven und einem scharfen Blick für landschaftliche Phänomene bereits einen Namen gemacht.

»Das ist es ja gerade«, sagte er begeistert. »Der Mongibello – so nennen sie ihn – *sieht zwar aus* wie ein Berg, aber genau genommen ist er das Gegenteil davon. Die wichtigste Eigenschaft eines Berges fehlt ihm nämlich – rate mal was?«

»Ein Gebirge ist aus Stein und Fels. Seine Gestalt verändert sich deshalb nur langsam, im Lauf von Jahrmillionen. Ganz im Gegensatz zu einem Vulkan. Meinst du das?«

»Ähm. Ja. Mehr oder weniger«, sagte Karl, der ein wenig ins Schlingern geriet, weil sie ihm die Pointe gestohlen hatte. Selber schuld, dachte sie, wenn du jemandem, der im Schatten der Alpen groß geworden ist, die rhetorische Frage stellst, was das Hauptmerkmal eines Berges ist.

»Er ist eben kein Sinnbild für Beständigkeit, genau«, setzte er hinzu. »Aber du machst dir keine Vorstellung von dem Ausmaß der Naturgewalt! Stell dir einfach mal vor, von einem Tag auf den anderen ist die Spitze der Rotwand weg, und ein Stück daneben haben sich auf einmal drei neue Gipfel gebildet. Über Nacht sozusagen. Der Ätna *sieht aus* wie ein Berg, ganz genauso, mit einer Spitze aus Eis und Schnee, aber sein Inneres brennt. Alles an ihm besteht aus extremen Gegensätzen. Er ist unberechenbar, weil er einen so unfassbaren Druck in seinem Inneren hat – du weißt nie, wann er auf einmal hochgeht und glühende Lava spuckt. Kannst du dir das vorstellen?«

Alice hatte ihm aufmerksam zugehört. »Ja«, sagte sie, ohne zu zögern. »Kann ich. Sehr gut sogar.«

Kurz hielt er inne, leise irritiert von dem Nachhall ihrer Worte, den er offensichtlich nicht recht einsortieren konnte. »Was ich sagen wollte«, fuhr er dann fort, »bei dem Ausbruch jetzt im März ist die Bocca Nuova entstanden. Du hast diese zerstörerische Urgewalt auf der einen Seite und auf der anderen blühendes Leben. Leuchtend grüne Pflanzenpolster auf schwarzem Vulkangestein und dunkelgrauer Asche. Seit Jahrtausenden siedeln sich die Menschen jetzt schon da an, obwohl sie wissen, dass sie jederzeit weggepustet werden könnten. Jedenfalls, ich war zehn Tage vor Ort, dann bin ich über Rom gefahren und ohne jede Vorwarnung in diesen Zugstreik geraten.«

»Oje, du Armer. Und dann?«

»Ich habe direkt in Roma Termini geschlafen, in einem Hotel am Bahnhof.«

»Mhm.«

»Du kannst dir nicht vorstellen, in was für einem Zustand …« Er redete weiter, bis er einige Minuten später stutzte.

»Alice?«

»Hm?«

»Hörst du mir eigentlich zu?«

Alice' Blick, der zuerst hellwach und interessiert, seit Karls Schilderung des Zugdesasters aber zunehmend nebelverhangener gewirkt hatte, klarte sich wieder auf. »Natürlich«, sagte sie schnell, als sie seine Miene sah. Manchmal war Karl so leicht zu lesen wie die Morgenzeitung. Im Moment dachte er offensichtlich mal wieder darüber nach, ob er sich womöglich Sorgen machen sollte. Einige seiner Freunde hatten ihn gewarnt, das hatte er ihr brühwarm erzählt: Eine frisch verheiratete, junge Mutter sollte nicht arbeiten, zu ihrem eigenen Besten. Die unterschiedlichen, einander fast entgegengesetzten Rollen und Aufgaben würden sie schlicht überfordern. Alice hatte ihm damals kurz, aber in deutlichen Worten klargemacht, was sie von der Auffassung hielt, und seither war das Thema eigentlich vom Tisch; im Grunde gefiel es ihm ja, dass sie ihr eigenes Leben führte. Doch jedes Mal, wenn sich Schwierigkeiten anbahnten, war ihre Arbeit sein erster Gedanke – es schien der einzige

Lösungsansatz zu sein, der ihm in solchen Momenten reflexartig einfiel.

»Entschuldige«, sagte sie und zwang sich zu einem Lächeln. »Ich bin ein bisschen müde, die Nächte mit Elena waren kurz. Willst du eigentlich was essen? Du musst doch hungrig sein. Ich hab hier noch jede Menge leckere Sachen von unserem Osterfrühstück. Warte kurz, ich stelle dir einen Brotzeitteller zusammen«, sagte sie und erhob sich, um den Korb auszupacken. Sie ging sogar so weit, das Ganze mit ein paar zarten Schneeglöckchen zu dekorieren, die in einer Vase auf dem Tisch standen.

»Aber nicht die Blumen essen; die sind giftig«, sagte sie dann fürsorglich. »Lass es dir schmecken. Bin gleich wieder da.«

Und damit verschwand sie im Bad und verschloss die Tür hinter sich, mit so langsamen und vorsichtigen Bewegungen, dass die Drehung des Schlüssels nicht zu hören war. Sie setzte sich auf den Rand der Badewanne und dachte nach, während sie eine ganze Weile auf die pastellfarbenen Kacheln starrte. Schließlich erhob sie sich und schlüpfte aus ihren Seidenstrümpfen und dem bravgrauen Rock ihres Kostüms. Sie griff sich ihre leuchtend rote Schneehose, die in einem Wäschekorb immer bereit lag um diese Jahreszeit. Nachlässig band sie sich die Haare zu einem lockeren Pferdeschwanz zusammen. Dann prüfte sie sorgfältig ihre Miene im Spiegel auf der Suche nach Spuren von Hinterhalt und schlechtem Gewissen.

Nichts zu sehen. Ein Schatten möglicherweise, am Rand ihres Gesichtsfelds, der sie beobachtete. Vielleicht das stumme Mädchen. Wenn sie unter Strom stand, fühlte sie noch immer seine Anwesenheit. Sie beschloss, nicht genauer hinzusehen. Jetzt war keine Zeit, sich mit einer jungen Frau zu unterhalten, einem Kind fast noch, das ihr bis jetzt keine einzige Antwort auf die Frage gegeben hatte, warum es immer noch hier war.

Als sie wieder in die Küche kam, sagte sie »Hat's geschmeckt?« zu Karl, der es sich mittlerweile mit der Zeitung am Küchentisch gemütlich gemacht hatte. Er sah auf und musterte verblüfft ihre Schneekleidung. »Gehst du weg? Skifahren etwa?«

»Nein, nicht Skifahren«, erklärte sie. »Aber ein bisschen raus. Darum wollte ich dich gerade bitten: Ich war jetzt doch eine ganze Weile festgehangen mit Elena. Ein wenig frische Luft würde mir guttun, glaube ich. Macht es dir was aus, wenn du für ein Stündchen auf die Kleine aufpasst? Sie schläft ja eh. Vielleicht kannst du dich ein bisschen ausruhen, bis ich zurück bin.«

Eine ganze Reihe dieser direkten oder indirekten Aussagen in dieser kleinen Ansprache war – nicht unbedingt gelogen, aber auch ein ganzes Stück weit von der Realität entfernt. Erstens wäre sie frühestens in zwei Stunden zurück, nicht in einer. Dass sie das jetzt schon wusste, musste Karl nicht unbedingt erfahren. Sie hatte einfach eine Vorabinfo, die sie noch nicht weiterreichte. Zweitens war die Behauptung, dass Elena im Moment schlief, zwar wahr, und der Vorschlag, er könne sich ausruhen, sowieso mit einem »vielleicht« versehen. Aber jeder, der es eine Weile mit Elena oder überhaupt dem Schlafverhalten eines zahnenden Kindes zu tun gehabt hatte, hätte auf ihre Aussage hin einfach nur laut gelacht.

Er sah ein wenig enttäuscht drein. »Ja, natürlich. Obwohl ich eigentlich dachte, wir machen es uns ein wenig gemütlich und feiern. Immerhin war ich zwei Wochen weg. Wir könnten doch nachher mit Elena rüber in den Ratskeller was essen und später …«

Alice kam zu ihm herüber und küsste ihn liebevoll auf die Nase. »Das machen wir«, versprach sie und griff wie nebenbei nach ihrem Schreibblock und Stift, die noch unbeachtet auf dem Tisch lagen. »Ich bin ja nicht lange weg.«

»Ist gut. Wozu nimmst du eigentlich deinen Schreibkram mit?«

Sie blinzelte und blickte auf den Block in ihrer Hand, als fragte sie sich, wie er da hingeraten war. »Vielleicht hab ich ein paar schlaue Ideen, während ich spazieren gehe«, sagte sie dann achselzuckend. »Morgen müsste ich es übrigens noch zusammentippen, aber da haben wir ja beide Zeit, nicht? Ich wollte nur kurz die kleine Runde zum Wasserfall hochlaufen. Bis gleich!«

Sie ging zur Garderobe im Flur und nahm sich einen kleinen Rucksack, um ihr Schreibarsenal zu verstauen. In dem Moment drang ein leiser, für ungeübte Ohren kaum wahrnehmbarer Laut aus dem Schlafzimmer. Ein tiefer Atemzug, wie sehr kleine Menschen ihn im Moment des Aufwachens tun. Alice schnappte sich ihre Jacke und machte, dass sie hinauskam. Ärger war vorprogrammiert, aber den vertagte sie lieber auf später.

»Das ist schon ganz ordentlich«, sagte Hans Zeißler am Dienstagvormittag, nachdem er sich eine Weile in ihren Text vertieft hatte.

»Finden Sie?«, fragte Alice verblüfft. Sein Bleistift war über ihre drei Seiten gewandert und hatte ein regelrechtes Gemetzel angerichtet; umso überraschender fand sie diese Aussage.

»Ja. Am Anfang etwas holprig, dann in der Mitte zu langatmig, da müsste man straffen, sonst springt Ihnen der Leser ab. Aber zum Schluss kommen Sie richtig in Fahrt.«

Er musterte sie, eine Spur Neugier im Blick. »Ganz meine Meinung übrigens: Halbwissen ist die gefährlichste aller Wissensformen. Weil die Leute glauben, Bescheid zu wissen, sobald sie ein paar Fakten haben, obwohl sie die tieferen Zusammenhänge nicht kennen. Wir erfinden uns unsere eigene Wirklichkeit, indem wir die Tatsachen mal so, mal nach einem anderen Muster stricken. Und was hilft dagegen? Misstrauen. Den Medien gegenüber, der Politik gegenüber, aber auch sich selbst gegenüber. Misstraue dir selbst – vor allem dann, wenn du glaubst, eine endgültige Wahrheit gefunden zu haben. Misstraue dir, wenn die komplexe Wirklichkeit auf einmal in ein simples Erklärungsmuster zu passen scheint. Sehr philosophisch. Sie fordern also, dem Leser so viel Hintergrund wie nur möglich zu bieten, damit er sich wirklich eine eigene Meinung bilden kann. Ganz egal, aus welcher Schicht dieser Leser stammt. Gleichzeitig sagen Sie, man solle dabei nicht aus den Augen verlieren, dass die Berichterstattung neutral bleiben soll. Gut auf den Punkt gebracht, wenn auch eine ehrgeizige Vision, von der ich nicht weiß, wie Sie sie verwirklichen wollen. Außerdem …« Er begann zu zählen, und der mittlerweile stumpf gewordene Bleistift tanzte in schwindelerregendem Tempo von Zeile zu Zeile. »… fliegen die beiden letzten Absätze raus. Sechzig Zeilen, hatte ich gesagt; das sind siebzig. Schade! Im Prinzip war das die Aussage, auf die der gesamte Beitrag hingeleitet hat. Die ersten beiden Seiten waren eher die Vorbereitung auf Ihre Schlussfolgerung, stimmt's?«

Alice sah mit offenem Mund zu, wie er ihr mit einer federleichten, beinahe schon nachlässigen Bewegung die letzten beiden Absätze strich, die sie eine Stunde Arbeit gekostet hatten. »Das …«, brach es aus ihr heraus. Rasch fing sie sich wieder und biss unauffällig die Zähne zusammen.

»Das kann ich nicht machen, wollten Sie sagen?« Zum ersten Mal in all diesen Wochen sah Alice den Redakteur ganz offen lächeln. Sie fand dieses Lächeln ziemlich aufreizend; im Moment schien er mehr Spaß an ihrer Ausbildung zu haben als sie. »Wie kommen Sie darauf, dass ich es nicht kann?«

Sie nahm all ihre Selbstbeherrschung zusammen und musterte Zeißler mit gerunzelter Stirn. Dann sagte sie, nach kurzem Nachdenken, so ruhig wie möglich: »Dass Sie es machen *können*, weiß ich schon. Aber Sie *sollten* nicht. Sie verfälschen damit meine Aussage komplett.«

»Es tut richtig weh, nicht?«, erwiderte er und faltete – in einer ihrer Meinung nach provozierend bedächtigen Geste – die Hände auf der Schreibtischplatte, während er sich in seinem Stuhl zurücklehnte. »Das soll es auch; vielleicht hilft Ihnen das, eine der banalsten, aber wichtigsten Regeln unseres Handwerks zu verinnerlichen: Lernen Sie, auf Zeile zu schreiben. Zählen Sie, bis Sie irgendwann intuitiv wissen, wie viel Platz Sie noch haben. Denn wenn dann mal so ein Beitrag von Ihnen gedruckt wird und Ihnen fehlt auf einmal der Schluss, in den Sie Ihr Fazit gepackt haben, verfälscht das womöglich die gesamte Aussage des Textes. Weil die Redakteure, die den Beitrag für den Setzer fertig machen, immer den Schluss rausschmeißen. Mit Setzern lässt sich nämlich nicht verhandeln.«

»Man könnte auch was aus dem Mittelteil streichen, das nicht so wichtig ist«, gab Alice zu bedenken und achtete darauf, nicht zu störrisch zu klingen. »Sie meinten doch sowieso, der wäre zu langatmig.«

»Könnte man«, bestätigte Zeißler. »Macht man aber nicht, wenn man unter Zeitdruck steht, schon zu lange in dem Job arbeitet und außerdem genervt ist von Ihnen, weil Sie sich nicht an die Vorgaben gehalten haben. Davon abgesehen: Wenn Sie im Mittelteil Dinge geschrieben haben, die man rausstreichen könnte, warum haben Sie sie dann überhaupt geschrieben?«

Das war ein ebenso ärgerlicher wie berechtigter Einwand. »Ich soll also daran arbeiten, schneller auf den Punkt zu kommen«, sagte sie langsam, während sie auf ihrer Unterlippe kaute. »Geht in Ordnung. Mache ich; danke für die Rückmeldung. Und jetzt? Soll ich das Ganze einkürzen bis morgen?«

Kurz wirkte er verblüfft. »Sie sind hartnäckig, was?«, sagte er dann. »Ihre Frustrationstoleranz ist wirklich erstaunlich, für einen Volontär ... Nein, für weitere Übungsbeiträge haben wir im Moment keine Zeit. Ziehen Sie lieber los, wir haben noch Seiten zu füllen. Fragen Sie ein bisschen rum im Landkreis, wie die Studentenunruhen in Berlin und München von den Leuten so aufgenommen werden. Wenn Sie ein paar interessante Meinungen sammeln können, schaffen wir bis morgen hoffentlich einen Beitrag mit einem Stimmungsbild der Miesbacher Umgebung. Dafür müssen Sie aber bis zum Nachmittag zurück sein, wenn das heute noch fertig geschrieben werden und morgen in die Post nach München soll.«

»Das Stimmungsbild im Landkreis zu den Studentenunruhen?«, fragte sie zweifelnd.

»Nicht Ihr Ding?«

»Doch, doch. Aber … ist nicht eigentlich klar, was der Großteil der Leute davon hält? Die Arbeit könnten wir uns auch sparen.«

Der Zeißler griff nach seinem Tabak und drehte sich eine frische Zigarette. »Vielleicht. Aber wir drucken weder Gerüchte, noch schreiben wir, was wir glauben, dass die Leute es denken. Auch wenn wir uns noch so sicher sind. Sie wissen nie, über welche Aussagen Sie tatsächlich stolpern werden, wenn Sie sich ein bisschen Mühe geben. Los jetzt; viel Spaß beim Jagen und Sammeln!«

Er sagte das ohne den Anflug eines Lächelns, während er sich über seinen Artikel beugte, an dem er vor Alice' Eintreffen gearbeitet hatte. Trotzdem fragte sie sich, ob er nicht womöglich doch einen verkappten Sinn für Humor hatte, während sie aus dem Fenster in den gerade einsetzenden Graupelschauer blickte.

»Ich an Ihrer Stelle würde mich beeilen; gegen Mittag soll es noch schneien«, fügte er hinzu, ohne von seinen Papieren aufzusehen.

Doch, er machte sich über sie lustig, entschied sie. Und bemerkte zu ihrer Überraschung, dass sie Zeißler vielleicht sogar mochte.

»Wie viele Zeilen?«, fragte sie, während sie nach ihrer Handtasche griff und in den Mantel schlüpfte. »Nicht, dass ich den Bürgermeister interviewe, und er wird uns am Ende von den Setzern ausradiert.«

Bislang war Alice davon überzeugt gewesen, dass Humor für

Zeißler einfach nur ein Wort, bestehend aus fünf Buchstaben war, dessen Anfangsbuchstabe an achter Stelle des Alphabets stand. Er sah nicht auf bei ihrer Bemerkung, doch sie nahm sehr wohl wahr, dass seine Mundwinkel leise zuckten.

»Sie haben recht, das wäre eine Katastrophe. Also sagen wir, diesmal lieber siebzig Zeilen.«

Alice fand zunehmend Gefallen an ihrem Auftrag. Sie hatte beschlossen, ihre Befragung in Neuhaus zu starten. Dann konnte sie noch kurz bei Julia vorbeischauen, Elena auf den Arm nehmen und sich einen Happen zu essen stibitzen. Im Gegensatz zu ihr war Julia nämlich eine begnadete Köchin. Während der Autofahrt legte sie sich einen Plan zurecht, wen sie interviewen könnte, um das Ganze irgendwie interessanter zu machen. Sie wollte ein gemischteres Meinungsbild, als man in einer bayerischen Kleinstadt der Gegenwart zunächst erwartete. Das hieß, der Pfarrer, und der Bürgermeister vielleicht, wenn sie ihn irgendwo abfangen konnte … Außerdem, war heute nicht Frühschoppen am Jägerstammtisch? Da kannte man sie bereits, sie könnte sich also auch dort umhören, ohne sich zuvor lange erklären zu müssen. Gut, aber deren Meinungen würden alle in eine ähnliche Richtung gehen. Andere Stimmen? Schulen, Lehrer, Landwirte. Die Aussagen ihres Bruders nicht zu vergessen, hier hatte sie praktisch Informationen aus erster Hand. Junge Menschen auf der Straße wären auch interessant, als Gegengewicht … sofern sie sie erwischte. Es war mitten unter der Woche, sie musste die Mittagspause abpassen, weil die meisten in der Arbeit waren.

Und welche Fragen genau sollte sie stellen? Spontan auf eine Gesprächssituation reagieren und nachhaken war das eine, aber ein paar gezielte Fragen, die wie ein roter Faden durch den Beitrag führten, wären auch ganz gut.

Am frühen Nachmittag kehrte sie in die Redaktion zurück.

Sie war zufrieden, denn das Meinungsbild war noch bunter ausgefallen, als sie erwartet hatte. Einige der Leute hatte sie zwar mit Bedacht ausgewählt, aber insgesamt hatte sie auch Glück gehabt mit den Passanten.

Eine junge Miesbacherin, die mittlerweile in München studierte, erzählte ihr, wie es bei einem Sit-in zuging – Informationen aus erster Hand.

Ein pensionierter Polizist aus München, der sich hierher zurückgezogen hatte, berichtete ihr überraschend Kritisches zu den Schwabinger Krawallen von 1962: von diesem ersten Gefühl der Solidarität in der Bevölkerung, als die Polizei durchgegriffen und auf Straßenmusikanten und Passanten gleichermaßen eingeprügelt hatte. Über einen Kontrollverlust, den er damals noch nicht wirklich wahrgenommen hatte, der ihn heute aber nachdenklich machte, wenn er sich die aktuelle Situation so ansah.

Ein Jäger am Stammtisch war der Meinung, die Studenten würden sich einfach falsch auf ihr Ziel zubewegen. »Natürlich ist der kürzeste Weg zwischen zwei Punkten eine Gerade«, dozierte er. »Von daher ist es nur pragmatisch, wenn man so direkt auf sein Ziel zumarschiert. Im Tierreich allerdings, also nimm einfach mal ein Fluchttier, ein Pferd oder einen Hirschen beispielsweise, da lässt dieses geradlinige Sich-aufs-Ziel-Zubewegen halt sämtliche Alarmglocken schrillen. Weil es exakt die Art und Weise ist, wie ein hungriges Raubtier angreift – schnurgerade drauflos auf sein Opfer, um Zeit und Energie zu sparen. Kein Wunder also, wenn Polizisten und brave Bürger da Symptome von Stress zeigen, abhauen oder um sich schlagen. Die Studenten sollten lernen, sich ihrem Ziel wie die Hirsche im Wald zu nähern: taktvoll und mit vielen Demutsgesten von der Seite her. Vorher kommen die nicht ins Gespräch.«

Eine alte Bäuerin dagegen verglich die Studenten mit Brennnesseln und fand, es wäre nicht recht, das angebliche Übel an der Wurzel rauszureißen. Schließlich sei auch Unkraut zu was nütze. »Freilich brennt's wie d' Sau, aber eine blutreinigende Wirkung für den Körper hat so eine Brennnessel halt auch. Und als Sud angesetzt, ist sie überhaupts nicht zu übertreffen. Die Pflanzenjauche stärkt junge Paradeiser wie sonst nix, was ich kenn.« Diese Aussage fand Alice besonders hübsch und tiefsinnig, im Gegensatz zu der diplomatischen Stellungnahme des Bürgermeisters: Mit viel Glück hatte Alice ihn während der Mittagspause abgefangen, aber sein Kommentar war wie erwartet wenig aussagekräftig gewesen. »Man muss auf Kritik hören, natürlich. Aber nur, wenn sie berechtigt ist. Und es sollten nicht so haltlose Forderungen gestellt werden. Und die Einhaltung von Recht und Ordnung hat oberste Priorität. Schließlich haben alle Bürger ein Anrecht auf Sicherheit.«

Nur: Was war berechtigte Kritik? Das schien ganz offensichtlich Ansichtssache zu sein, und die Ansichten darüber gingen weit auseinander.

Alice hängte Handtasche und Mantel in die Garderobe am Eingang des Büros, dann ging sie, ohne nach links und rechts zu blicken, zu ihrem Schreibtisch und legte los. Ihre Finger trommelten in einem schnellen Stakkato auf die Tastatur der Schreibmaschine. Nachdem sie ihre Zeilen abgezählt und noch ein wenig eingekürzt hatte – vom Mittelteil, natürlich –, legte sie um 14 Uhr ihren Beitrag auf Zeißlers Schreibtisch. Allerdings hatte sie keine Zeit, auf seine Rückmeldung zu warten. Sie schnappte sich ihren Mantel und machte sich auf den Weg zur Miesbacher Polizeistation. Albrecht hatte sie noch mit einer kurzen Meldung beauftragt; es hatte einen Unfall mit Blechschaden nicht weit vom Marktplatz gegeben. Angekommen als Reporterin, endlich, dachte sie. Und wurde sich auf einmal bewusst, dass die Müdigkeit von ihr abgefallen war. Sie fühlte sich so leicht wie seit Wochen nicht mehr.

Kapitel 6

IN EINEM ATEMZUG

Winter 1969

»Gut«, sagte der Bleistift und sah von Alice' Artikel auf. Acht Uhr morgens, Vorweihnachtszeit. Draußen war es noch dunkel. »Aber der Einstieg war wieder ein Stück zu lang; das passiert Ihnen immer noch manchmal, vor allem bei längeren Beiträgen.«

Sie seufzte. »Ich weiß. Vor allem, wenn mich das Thema interessiert.« *Was im Landkreis Miesbach keine Selbstverständlichkeit ist*, fügte sie in Gedanken hinzu. »Dann tut es mir um jedes Wort leid, das ich einkürzen soll.«

Zeißler lehnte sich zurück und starrte nachdenklich zur Decke, und Alice wunderte sich ein wenig. Normalerweise wurde sie mit einem »Gehen Sie halt noch mal drüber« weggeschickt.

Im Laufe des letzten Jahres hatten sich die Macht- und Sympathieverhältnisse folgendermaßen verlagert und verfestigt: Zeißler war ihr gewogen, was sich meistens nicht in Lob, sondern in detaillierter, aber konstruktiver Kritik an ihren Beiträgen äußerte. Je gewogener er ihr war, umso biestiger wurden allerdings sowohl Maier als auch die Sekretärin, die ihr anfangs noch ein paar hilfreiche Tipps im Umgang mit den Männern gegeben hatte. Anscheinend empfanden die beiden die Tatsache, dass sie mittlerweile gut in ihrem Arbeitsalltag zurechtkam, als Bedrohung. Und über alldem thronte Albrecht, der das Hickhack innerhalb der Redaktion mit majestätischem Gleichmut ignorierte.

»Ich war mal in Japan. Damals, kurz nach dem Krieg«, sagte Zeißler jetzt, und für einen Moment befürchtete Alice, dass er anfangen würde, Kriegsanekdoten zum Besten zu geben, obwohl das überhaupt nicht seine Art war. Er sprach meistens noch immer eher zu wenig als zu viel.

»Wissen Sie, was ein Haiku ist?«, fragte er stattdessen, völlig überraschend, als Alice abwartend schwieg.

Sie sah ihn verblüfft an. »Nein«, sagte sie mit einer Offenheit, die sie sich ihm gegenüber mittlerweile erlauben konnte. »Was denn?«

»Damals in Tokio hat mich ein Freund mit japanischer Poesie bekannt gemacht. Genauer mit Haikus. Ein Haiku ist eine der kürzesten Gedichtformen, die es gibt. Es besteht aus drei Zeilen mit jeweils fünf, sieben, dann wieder fünf Silben. Denn es sollte in einem Atemzug gesprochen werden können, und angeblich sind siebzehn Silben das Maß eines Atemzugs. Aber diese siebzehn Silben haben es in sich. Vordergründig ist das Thema meistens eine Naturbeobachtung zu einer bestimmten Jahreszeit. Eines der berühmtesten Haikus von Bashō geht folgendermaßen:

Der alte Teich.
Ein Frosch springt hinein –
das Geräusch des Wassers.

Klingt zunächst ziemlich simpel, stimmt's? Aber sehen Sie sich die drei Zeilen einmal genauer an. Vertiefen Sie sich in die Szene, und Sie werden feststellen, dass eine ganze Bandbreite an Bedeutung darin mitschwingt. Schattierungen von Grün: der Teich, ein Frosch, zunächst unsichtbar für das Auge des Betrachters, die vollendete Stille eines Sommertages gegen Mittag, Reglosigkeit, durchbrochen von einem einzelnen Laut, von spontaner Bewegung, Leben, vielleicht auch einem Hauch Respektlosigkeit, dem uralten Tümpel gegenüber … Ich könnte endlos so fortfahren und das Bild weiterspinnen, aber ich denke, Sie verstehen das Prinzip. Und bevor Sie jetzt anfangen, Silben zu zählen und mir zu erklären, dass es ja gar keine siebzehn sind: Bei der Übersetzung der Originale achtet man mehr auf die Bedeutung und weniger streng auf das Fünf-sieben-fünf. Sie dagegen sollten das tun, wenn Sie dazulernen wollen.«

»Ich soll Gedichte schreiben?«, fragte Alice. Sie schwankte zwischen Unsicherheit und Ungläubigkeit.

Zeißler schnitt eine Grimasse. »Verstehen Sie mich recht, kein Herzschmerz oder sonstigen Schmalz. Mir geht es um etwas Grundsätzliches. Das Wichtigste: Zählen Sie. Bleiben Sie streng mit sich. Keine Ausflüchte, keine Entschuldigungen, warum es ausnahmsweise doch einmal 18 oder 20 Silben sein dürfen. Das Zweitwichtigste: Ein Haiku ist neutral. Es tut so, als würde es nicht zwischen Gut und Böse unterscheiden. Es scheint nicht zu werten, es beobachtet nur. So wie ein guter Reporter. Drittens: Blicken Sie so lange auf eine Situation, bis Sie auch die verborgenen Details sehen. Frösche im Schilf beispielsweise. Und dann treten Sie einen großen Schritt zurück und versuchen Sie, die Situation in ihrer Quintessenz zu erfassen. Mit so wenigen Worten wie möglich. Wir benutzen unfassbar viele überflüssige Füllwörter. Klopfen Sie den bröckeligen Mörtel von einer Beobachtung. Wenn Sie erfasst haben, was darunter verborgen ist, dann können Sie gerne neu verputzen.«

Alice zögerte. »Danke für den Ratschlag; das sind schöne Gedanken. Nur leider glaube ich, mir fehlt im Moment das Wichtigste, um dichten zu können: Zeit. Man braucht Ruhe, um den Blick so scharf zu stellen.« Auch diese Offenheit hätte sie sich vor einem Jahr noch nicht erlaubt, wurde ihr plötzlich bewusst, und sie empfand einen kurzen Moment der Dankbarkeit, dass wenigstens der Umgang mit ihrem ausbildenden Redakteur etwas entspannter geworden war.

Er nickte, offensichtlich unbeeindruckt. »Meine Frau war damals auch ziemlich unter Strom, als unser erstes Kind kam; dabei hat sie noch nicht einmal gearbeitet. Aber Sie wollten es ja so haben, stimmt's? Außerdem ist der Rat, sich stärker zu fokussieren, dann auch nicht unbedingt verkehrt. Es ist eine Frage des Trainings, nichts weiter. Üben Sie so lange, bis kein halber Roman, sondern ein Haiku herauskommt. Und dann kürzen Sie das Haiku zu einem: Teich. Frosch. Plopp.«

Alice musste lächeln. »Verstanden, ich werd dran arbeiten. Danke.«

Nachdenklich kehrte sie an ihren Platz zurück. Hinter dieser Haiku-Sache könnte tatsächlich mehr stecken als bloße Spielerei. So lange auf eine Szenerie blicken, bis sich ein scheinbar einheitliches Grün in eine Vielfalt von Schattierungen auflöste … Ihr Problem war, dass diese Sorgfalt in der Wahrnehmung, diese Tiefe der Gedanken tatsächlich einen Luxus darstellte, den sie sich im Moment nicht leisten konnte. Dass sie mit diesem Problem alleine dastand unter ihren Kollegen, war nicht überraschend, machte es aber auch nicht besser.

Schon gar nicht, wenn ihr Maier das Leben überflüssigerweise noch schwerer machte. Eine Viertelstunde später rauschte er an ihrem Platz vorbei, warf einen Stapel Papiere auf den Schreibtisch und sagte im Vorbeigehen: »Sichten und zusammenfassen. Ich brauch's in einer Stunde.« Alice fragte sich, wann genau er eigentlich aufgehört hatte, »bitte« oder »danke« zu sagen. Es musste schon eine Weile her sein, denn sie erinnerte sich nicht mehr. Jetzt stand er bei der Sekretärin vorne am Empfang. Fräulein Yvonne Wesp. *Die Wespe*, wie Alice sie im Stillen nannte. Die beiden unterhielten sich leise und blickten zu ihr herüber, und sie spürte, wie sich ein pelziges Gefühl über ihre Gliedmaßen legte. Sie machten das hin und wieder: dieses

Reden und Gucken. Angriffe, die man nicht offen als »Angriffe« bezeichnen konnte, weil sie im Grunde ja nichts machten. Es waren nur Blicke, keine offenen Worte, weshalb sie sich nicht dagegen wehren konnte.

Außer sie zu ignorieren, was ihr auch lieber war. Sie sollte lieber über den Sprung eines lebendigen Frosches nachdenken, der dreist die Oberfläche eines uralten Tümpels durchbrach. Eines Teiches, der im Laufe der Jahre so träge geworden war, dass Grünpflanzen die spiegelstille Oberfläche überwucherten und ihn unsichtbar gemacht hatten. Unsichtbar zu sein … war manchmal gar nicht so schlecht. Aber wer sich bewegt und gesehen wird, muss wohl Blicke aushalten können. Auch die bösen. Sie lächelte bei dem Gedanken und bemerkte, dass Maier kurz erstarrte und sich dann abwandte.

Schulterzuckend blickte sie auf seine Unterlagen. Dann runzelte sie die Stirn und sah sich die Seiten genauer an. Zahlenreihen, Aussagen von Mitgliedern der Stiftung Bayerischer Kulturbesitz, die sich in Miesbach einen Namen gemacht hatte … und immer wieder der Name eines Vorstands, der sich ehrenamtlich um die Finanzen kümmerte. Es dauerte keine Minute, und Alice hatte alles um sich herum vergessen. Das war ein ganz schöner Hammer! Und mit Sicherheit hatte sich Maier diese Infos nicht näher angesehen, sonst hätte er sie ihr nicht gegeben. Oder?

Langsam lehnte sie sich in ihrem Stuhl zurück und dachte nach, während sie die Seiten aus einem gewissen Abstand betrachtete. War ihm bewusst gewesen, dass er da den Knüller des Tages aus der Hand gab? Und wenn ja, warum tat er es dann? Es wäre nicht das erste Mal, dass er eine gewisse Heimtücke an den Tag legte und sie ins Stolpern brachte.

Nachdenklich trommelte sie mit den Fingern auf dem Schreibtisch einen langsamen, bedächtigen Rhythmus. Wenn diese Zahlen und Berichte stimmten … Wie konnte jemand, der sich ehrenamtlich für Bedürftige einsetzte, Geld in dieser Größenordnung unterschlagen und den Verein bestehlen?! Wenn das bewiesen werden konnte – und danach sah es im Moment aus –, dann war die Existenz des Mannes vernichtet. Und nebenbei auch die der Ehefrau, die Alice entfernt kannte: eine stadtbekannte, freundliche und engagierte Krankenschwester in Miesbach. Die beiden hatten drei halbwüchsige Kinder. Alice war mit dem Leben in einer Kleinstadt von klein auf vertraut, daher wusste sie, dass die Nachricht unaufhaltsam, wie ein langsam ansteigendes Hochwasser, durch alle Ritzen und in sämtliche Häuser dringen würde.

Sie gestand sich noch weitere fünf Minuten zu, um die Lage sorgfältig abzuwägen. Dann spannte sie ein Blatt Papier in ihre Olympia-Schreibmaschine und tippte drauflos. Eine halbe Stunde später hatte sie die Informationen zusammengefasst und brachte sie zu Maier hinüber.

»Ist was?«, fragte er, als sie die Zusammenfassung auf seinen Schreibtisch legte und dann stehen blieb.

»Das ist ein ganz schöner Skandal«, sagte sie.

»Natürlich, das weiß ich selbst«, sagte Maier und schielte gleichzeitig auf ihr Blatt Papier. Wenn Alice eines gelernt hatte in ihrem ersten Redaktionsjahr, dann, dass sie sich davor hüten sollte, ihrem Kollegen das Gefühl zu geben, sie wäre schlauer als er. Nur ja nicht bloßstellen. Nein, das stimmte nicht ganz, korrigierte sie sich. Sie musste aufpassen, dass er sich selbst nicht bloßstellte und es ihr dann den Rest der Woche übel nahm.

»Wenn das stimmt, dass der *Finanzvorstand* der Stiftung Bayerischer Kulturbesitz Geld in dem Umfang unterschlagen hat, dann wird das hohe Wellen schlagen«, half sie ihm daher aus. »Sollten wir uns nicht absichern? Es ist schließlich erst ein Anfangsverdacht. Vielleicht noch mit jemandem von der Geschäftsleitung reden, bevor das in Druck …«

»*Wir uns?* Das ist ja wohl kaum Ihr Problem«, unterbrach er sie. »Oder hat man Sie jetzt zum Chefredakteur gemacht, und ich habe nichts davon mitbekommen?«

Sie unterdrückte einen Seufzer. Er war einfach nur ermüdend in seiner Vorhersehbarkeit. »Nein«, sagte Alice. Freundlich, aber ohne zu lächeln. »Dann bleiben wir einfach gespannt, was der Chef dazu sagt.«

Maier lehnte sich in seinem Stuhl zurück und zündete sich umständlich eine Zigarette an. Er brauchte dafür ungefähr so lange wie ein untalentierter Bösewicht in einem drittklassigen Western. Er war wütend, offensichtlich. Aber sie bemerkte auch, dass ihm die tatsächliche Lage langsam dämmerte.

»Das klären wir noch«, sagte er nach kurzem Nachdenken kühl. »Da Sie offensichtlich gerade nichts zu tun haben, können Sie ja die Laufarbeit erledigen. Gehen Sie gleich rüber zu deren Büro, links vom Rathaus. Sehen Sie zu, dass Sie sich jemanden vom Vorstand oder der Geschäftsleitung schnappen und zum Reden bringen. Ich mache derweil einen richtigen Beitrag aus Ihren Stichpunkten. Und beeilen Sie sich. Um zwölf muss es in den Zug nach München, wenn es morgen in Druck soll. Aber das wissen Sie ja mittlerweile selbst, nicht?«

Alice biss die Zähne zusammen und rührte sich nicht.

»Sonst noch was?«, fragte er.

»Nein«, erwiderte sie und ging Richtung Garderobe, um ihren Mantel zu holen. Sie hätte fragen können, ob denn dann auch ihr Name drunter stehen würde, wenn sie schon zwei Drittel der Arbeit erledigte. Aber erstens war keine Zeit für Fragen, deren Antwort sie ohnehin kannte, und zweitens hatte sie sich für heute wahrscheinlich genug Respektlosigkeiten geleistet. Nicht, dass sie ihn sich noch zum Feind machte, dachte sie sarkastisch.

Alice hatte Glück, sie erwischte einen der Vorstände am Eingang zum Büro. Er zierte sich zunächst, gab aber schließlich doch

Auskunft, nachdem Alice ihm klargemacht hatte, dass es allemal besser war, wenn die Stiftung fürs Erste noch steuern konnte, welche Informationen sie zur Veröffentlichung weitergab.

Ihr Eindruck bestätigte sich: Auch die Geschäftsführung war völlig ahnungslos gewesen. Anscheinend war niemand auf das Wirken krimineller Energien in so einem Bereich vorbereitet – das verstand Alice sogar. Diese Dreistigkeit war schwer zu begreifen und die Außenwirkung eine Katastrophe für die Stiftung. Kein Wunder, dass sich der Vorstand so bedeckt wie nur möglich hielt. Was würde Maier eigentlich mit der Geschichte anfangen? Worum ging es, um sachliche Informationen oder um die Gelegenheit, eine Schlagzeile zu machen, ohne Rücksicht auf die Vernichtung von Existenzen?

In Gedanken versunken schlenderte sie auf dem Rückweg an der Polizeistation vorbei. An der Ecke zu dem Gebäude war bereits eine hohe Tanne mit elektrischen Kerzen aufgestellt. Im Windschatten des Christbaums saß eine einzelne Gestalt auf einer Bank. Eine Frau. Blonde, halblange, etwas unordentliche Haare, als hätte sie am Morgen das Frisieren vergessen. Junge, und doch leicht verhärmte Züge, die Haut von einer fast schon unnatürlichen Blässe. Kein Lippenstift, der Mund so farblos wie die Wangen. Alice stutzte. Etwas war seltsam an dieser Frau. Nicht nur die Tatsache, dass sie mitten im Dezember auf einer Bank saß – auch die starre Körperhaltung und die Sonnenbrille, die an einem der dunkelsten und kürzesten Tage des Jahres ihre Augen verdeckte.

War das nicht …?

Zögernd ging sie hinüber und sagte: »Alma?« Die Frau blickte auf, und Alice begriff mit einem Schlag den Zweck der Sonnenbrille: Ein dunkler Streifen war unter dem linken Brillenglas sichtbar, als würde das schwarze Plastikgestell an einem wolkenverhangenen Tag willkürliche Schatten werfen.

»Was ist passiert?«, fragte Alice und setzte sich neben sie.

Impulsiv legte sie Alma die Hand auf den Arm, ganz leicht, und doch zuckte die Angesprochene bei der Berührung zusammen.

»Nichts«, sagte Alma tonlos.

»Wie, nichts?«, fragte Alice, zunehmend beunruhigt. »Du bist doch … Bist du überfallen worden? Ich dachte, deshalb sitzt du hier. Weil du in die Polizeiwache reinwillst. Soll ich dich begleiten? Tut dir was weh?«

Keine Reaktion, bis auf ein Zurückweichen um wenige Millimeter, kaum spürbar. Das waren zu viele Fragen auf einmal, erkannte Alice. Sie versuchte, sich zu konzentrieren. Alma war die ältere Schwester einer ihrer Schulfreundinnen. Sie kannten sich, aber nicht sonderlich gut. Also gut, eine Frage nach der anderen. So, dass sie eine Antwort bekommen und irgendwie weiterhelfen konnte, statt sie noch mehr zu verwirren.

»Willst du jetzt reingehen?«, fragte sie schlicht. »Dann komm ich mit, wenn du magst.«

»Reingehen … Auf keinen Fall. Wär ich von nem Fremden überfallen worden, dann schon«, sagte Alma, und nun schlich sich eine Spur Bitterkeit in ihre Stimme. »Aber so? Ich … bin nicht überfallen worden. Ich war einfach nur im falschen Moment zu Hause. Und zu Hause passiert nichts, was du anzeigen gehst.«

»Zu Hause …«, sagte Alice beklommen, als sie begriff. Ihre Gedanken rasten. »Der Wastl hat dich geschlagen? Aber das *ist* doch strafbar! Oder nicht?«, wandte sie schließlich ein.

Alma blickte weg. Als würde es nicht schon reichen, dass eine Sonnenbrille ihre Augen verdeckte. Alice spürte, wie sich ihr Herz zusammenzog. »Meinst du? Ich glaub nicht, dass das strafbar ist. Davon abgesehen, sollt man seine schmutzige Wäsche lieber nicht in der Öffentlichkeit waschen. Außerdem, dass er mir eine runtergehauen hat, war nicht das Schlimmste. Sondern das andere. Und das … ist definitiv nicht strafbar, hab ich mir sagen lassen. Sondern sein gutes Recht.«

Alice war perplex. Sie öffnete schon den Mund, um ihr vehement zu widersprechen, doch dann hielt sie inne. Bruchstücke von Erinnerungen, Satzfetzen aus Unterhaltungen geisterten durch ihren Kopf.

So ist er eben, wenn er trinkt. Dann ist er ein ganz anderer.

Das Leben als Ehefrau ist kein Zuckerschlecken, das hätt ich dir auch vorher sagen können.

Dein Mann hat halt gewisse Rechte …

Alma hatte recht. Und das Erschreckendste war: Alice wusste das. Sie hatte es schon immer gewusst, nur nicht wirklich darüber nachgedacht, weil es sie nie persönlich betroffen hatte. Ihre Familie war anders.

Ihre Familie *war* doch anders, oder?

Mitten in ihre wirbelnden Gedanken hinein hörte sie plötzlich die Kirchturmuhr elf schlagen, und es überlief sie kalt. Die Redaktionssitzung ging los, und sie hatte die Aussagen des Vorstands noch nicht abgeliefert. Der Maier würde sie in der Luft zerreißen.

»Alma, wenn du nicht reinwillst – und ich will dich nicht überreden, versteh mich nicht falsch –, warum sitzt du denn dann hier? Weißt du nicht, wohin, oder …«

Die junge Frau zuckte nur mit den Schultern, und langsam dämmerte Alice, warum. Alma ging nicht hinein in die Polizeiwache, weil sie genau wusste, dass sie unverrichteter Dinge wieder heimgeschickt werden würde. Aber ein wenig sichtbar wollte sie trotzdem sein, auch wenn es im Moment eher so wirkte, als würde sie Anstoß erregen bei den wenigen Passanten, die an ihr vorbeieilten, kurz zögerten und dann weiterliefen. Vielleicht schüttelten sie den Kopf, aber erst, wenn sie um die Ecke gebogen waren. Es war eine schreckliche, schüchterne, nur halb bewusste Mahnwache für sich selbst. Wortlos, weil sie nicht die richtigen Worte fand, aber nicht ausdruckslos.

»Alma, was machst du jetzt? Wo gehst du hin? Hoffentlich

nicht zurück zu ihm. Du lässt dich schon scheiden, oder?«, sagte Alice, die fühlte, wie sie von Sekunde zu Sekunde wütender wurde. Almas Züge strafften sich unvermittelt. Zuvor hatte ihre Haut etwas beunruhigend Weiches, fast schon Konturloses gehabt. So als würde ihren Gesichtszügen die Kraft fehlen, überhaupt einen Ausdruck anzunehmen. Alice begriff, dass sie zu direkt gewesen war. Alma fegte ihre Hand, die noch auf ihrem Arm ruhte, mit einer unwirschen Geste beiseite. »Du hast leicht reden. Du hast Arbeit, natürlich kämst du allein zurecht. Was meinst du wohl, wo ich hinsoll? Soll ich auf der Straße schlafen?«

Alice war perplex. »Ich habe doch keine …« Sie unterbrach sich. Diskussionen über ihre eigene Lebenssituation führten jetzt zu nichts, und ihr lief die Zeit davon. Sie steckte jetzt schon in Schwierigkeiten. Und der Ärger wurde von Minute zu Minute, die sie sich verspätete, größer. »Alma, was kann ich machen?«, fragte sie daher und versuchte, ihren Tonfall ganz sachlich und freundlich zu halten und ihre Gefühlsaufwallung – ein Durcheinander aus Mitgefühl, Kränkung und Gehetztsein – zu unterdrücken. »Willst du zu mir nach Hause? Du kannst bei uns schlafen.«

Es war ein spontanes Angebot; durchdacht war das nicht. Noch mehr Ärger, der sich zusammenbraute. Sie wusste gar nicht so recht, wo sie Alma unterbringen sollte, aber das würde sich finden. Was sich vielleicht nicht finden würde, wäre eine begeisterte Reaktion Karls. In letzter Zeit reagierte er manchmal leise gereizt auf spontane Entscheidungen, die von seiner Frau in seiner Abwesenheit getroffen wurden.

»Nein«, sagte Alma, nun wieder leise. Ihre Züge schienen erneut zu verschwimmen. »Aber danke. Ich geh einstweilen zu meinen Eltern, dann seh ich weiter. Er hat so was noch nie gemacht, weißt du. Er war halt … Es lief Fußball im Fernsehen. Sie hatten ein bisschen zu viel gebechert, er und seine Freunde.

Ich denke nicht, dass es … dass es Absicht war. Verstehst du, was ich meine?«

Alma war ein paar Jahre älter als Alice. Doch in diesem Augenblick wirkte sie auf einmal sehr viel jünger. Verletzlicher. »Alice?«, sagte sie nach einem Moment.

»Ja?«

»Eines könntest du aber doch machen.«

»Was denn? Was kann ich für dich tun?«, fragte Alice gepresst, als Alma zögerte.

»Siehst du dir mal kurz mein Auge an? Ich wüsst gern, wie schlimm es ist. Ich … bring's seit gestern Nacht nicht über mich, in den Spiegel zu schauen. Es macht mir Angst, ich weiß nicht warum«, sagte sie leise.

Alice schluckte. »Natürlich. Mach ich. Nimmst … Nimmst du eben die Sonnenbrille ab?«

Als Alma nach ihrer Brille griff, bemerkte Alice, wie ihre Finger leicht zitterten, und sie selbst vergaß für einen Moment zu atmen. Almas Nervosität übertrug sich auf sie. Sie wappnete sich für den Anblick.

Und wurde dann doch völlig unvorbereitet von ihm getroffen. Nicht wegen der Schwere der Verletzung, mit der Alice gerechnet und für die sie sich gewappnet hatte. Womit sie in ihrer Unerfahrenheit nicht gerechnet hatte, war der Ausdruck in Almas Augen. Ein seltsam nackter Ausdruck, den Alice zum ersten Mal in ihrem Leben sah. Es gab kein Wort für diesen Blick.

Hör auf zu denken, ermahnte sie sich beklommen, als das Schweigen sich vertiefte. *Jetzt sag endlich was!*

Sie räusperte sich. »Das Auge ist ein bisschen zugeschwollen, aber nicht schlimm, wirklich nicht. In ein paar Tagen ist es komplett verheilt, Alma, das ist nicht das Problem. Aber ich glaube, er hat dich noch ganz anders verletzt. Seelisch, mein ich. Verstehst du, was ich sagen will? Willst du nicht doch …«

Alma setzte die Sonnenbrille mit einer hastigen Bewegung

wieder auf. Erneut verhärteten sich ihre Züge, doch bevor sie etwas erwidern konnte, ertönte eine aufgebrachte Stimme in Alice' Rücken.

»Herrgottsakra«, sagte diese Stimme. Die beiden Frauen saßen auf der Bank einander zugewandt, sodass die Person, die wütend klang, Almas Gesicht hatte sehen können. Hastig drehte sich Alice um und blickte in die finstere Miene Frau Gaßners, und etwas ganz tief in ihr atmete auf. Plötzlich fühlte sie sich wie ein Kind, das eine lange Weile vor einem gewaltigen Berg gestanden hatte und nun erleichtert sah, dass es ihn doch nicht ganz allein verrücken musste.

»Ist's nur das Auge, oder bist noch sonst wie verletzt?«, fragte die alte Frau rundheraus.

Alma schwieg.

»Ich versteh schon«, sagte Frau Gaßner und seufzte. »Aber laufen kannst?«

»Ja«, sagte sie leise.

Die Bäuerin nickte und wandte sich Alice zu. »Und du schaust aus, als würd dir gleich der Hintern abfrieren. Musst du nicht arbeiten?«

»Ich … Ja, doch«, sagte Alice zögernd. »Aber ich hab die Alma hier sitzen sehen und wollte …«

»Ich versteh schon«, sagte Frau Gaßner, jetzt etwas milder. »Dann schau, dass'd wieder zu deiner Zeitung kommst, bevor die noch an Suchtrupp losschicken. Ich nehm Alma mit zu mir.«

Sie wandte sich der jungen Frau zu, deren Miene sich wieder angespannt hatte und die schon anfangen wollte, den Kopf zu schütteln. »Wir machen a Kompresse, um dein Auge zu kühlen. Das hättst besser gleich machen sollen. Und hernach bring ich dich rüber zu deinen Eltern. Einverstanden?«

»Einverstanden«, sagte Alma leise.

»Und das nächste Mal«, setzte Frau Gaßner hinzu, »kommst gleich zu mir, verstanden?«

Alice zuckte zusammen. Sie fragte sich, ob der alten Bäuerin bewusst war, was sie da gerade gesagt hatte. Sie sah, wie Alma nach einem Moment erst noch blasser, dann rot wurde, als auch ihr die tiefere Bedeutung der Worte dämmerte, und sie sah das Gesicht ihrer einstigen Nachbarin, die den Blick nicht von Alma abwandte. Ja, dachte Alice. Die Frau wusste genau, was sie tat.

Die beiden halfen Alma auf, und Alice sah, dass sie durchaus imstande war zu laufen. Dennoch zögerte sie. »Gaßnerin? Ruf mich in der Redaktion an, wenn ich …«

»Wir kommen zurecht.« Die Angesprochene musterte sie kurz. »Ist dir kalt?«

Alice warf ihr einen überraschten Blick zu. Sah man ihr das so deutlich an, wie innerlich kalt ihr war?

»Mach dir ein Fußbad, wennst heimkommst. Ein heißes.«

Alice sparte sich die Erwiderung, dass das nichts helfen würde, die Kälte kam von tief innen. Denn Frau Gaßner wusste das sowieso, ebenso wie sie selbst. Kurz sah sie den beiden nach, wie sie sich entfernten, um sicherzugehen, dass Alma tatsächlich laufen konnte.

Natürlich konnte sie laufen, das war nicht das Problem. Das Problem, das Alma hatte, war ein ganz anderes. Und Alice hatte das Gefühl, dass sie gerade eben nur die Ränder eines Geschehens gestreift hatte, das sie mit Sicherheit noch eine ganze Weile verfolgen würde.

Die Turmuhr schlug Viertel nach elf. Sie wandte sich um und begann zu rennen.

Als sie in die Redaktion stürmte, fegte sie beinahe die Sekretärin vom Stuhl, die gerade dabei war, Weihnachtsdeko über der Tür anzubringen.

»Eha!«, rief Fräulein Wesp und fuchtelte wild mit den Armen, und Alice musste sich im Bruchteil einer Sekunde entscheiden, ob sie die kostbare rote Glaskugel oder doch lieber die Wespe auffangen sollte. Aus reiner Höflichkeit entschied sie sich für die Sekretärin. Sie griff nach ihrem Arm und stabilisierte sie, während um sie herum das fröhliche Klirren berstenden Glases ertönte. Es klang ein bisschen wie vorgezogene Weihnachtsmusik.

»Passen S' halt auf!«, fuhr Fräulein Wesp sie an, doch Alice eilte bereits weiter. Im Laufen zog sie ihren Mantel aus, warf ihn mehr oder weniger zielsicher aus zwei Metern Entfernung über ihren Stuhl und hastete, ohne stehen zu bleiben, weiter zu Albrechts Büro, wo die Redaktionssitzung bereits in vollem Gange zu sein schien. Vor der geschlossenen Tür hielt sie kurz inne und glättete mit den Händen ihre vom Wind zerzausten Haare, während sie auf das Gemurmel tiefer Stimmen im Raum lauschte. Als sie wieder zu Atem kam, versuchte sie, sich eine Strategie zurechtzulegen. Zwanzig Sekunden später hatte sie zumindest ihren Gesichtsausdruck unter Kontrolle.

Sie klopfte, und ohne eine Antwort abzuwarten, stürmte sie ins Büro. »Tut mir leid«, sagte sie hastig und nahm an dem runden Tisch Platz.

»Na, noch ein Kaffeepäuschen eingelegt?«, fragte Albrecht jovial, während Maier sie mit finsterster Miene musterte. Zeißler blickte gar nicht in ihre Richtung, er schrieb gerade etwas auf. Aber Alice wusste, dass er jede ihrer Bewegungen mitbekam.

»Es hat ein bisschen gedauert, bis ich jemanden erwischt habe, der mir Auskunft geben konnte. Ich dachte, besser, ich versuche es noch ein Weilchen länger, statt mit leeren Händen zurückzukommen. Und dann konnte ich tatsächlich den stellvertretenden Geschäftsführer festnageln. Er hat sich überreden lassen, mit ein paar Informationen rauszurücken.«

»Dann schießen Sie mal los. Wir waren gerade schon am Überlegen, ob wir alles noch auf die Schnelle vorsichtiger formulieren, um auf der sicheren Seite zu sein, und den Artikel ohne irgendeine Stellungnahme abdrucken.«

»Eine offizielle Stellungnahme hab ich natürlich noch nicht, aber das, was er gesagt hat, dürfen wir verwerten.« Alice zückte ihren Block und las rasch vor, was sie mitgeschrieben hatte.

»Bravo, damit können wir in Druck gehen!«, lobte Albrecht. »Dann machen Sie das Ganze mal schleunigst druckfertig, Maier. Genug getrödelt für einen Vormittag. Fügen Sie noch schnell ein, zwei Direktzitate ein, und dann ab nach München damit.«

Maier eilte hinaus, nicht, ohne Alice noch einen weiteren finsteren Blick zuzuwerfen. Albrecht und Zeißler sprachen noch den Rest der Beiträge und Nachrichten durch, doch Alice gelang es kaum, sich zu konzentrieren. Immer wieder kehrte sie im Geiste zurück zu der Szene vor der Polizeistation.

Eigentlich hatte sie gedacht, sie hätte sich ganz gut durchgeschummelt, bis Albrecht beim Aufstehen plötzlich sagte: »Was ist eigentlich los mit Ihnen?«

Alice blickte überrascht auf. »Nichts. Wieso?«

»Na, Sie scheinen mir nicht ganz bei sich zu sein. Andererseits ist das schon ein ganz schöner Knüller. Da fällt es einem Grünschnabel immer schwer, die Nerven zu behalten.«

»Das ist es nicht«, sagte Alice. »Nein, das ist gar kein Problem. Ich war wohl nur zu lange draußen. Mir ist ein bisschen … kalt.«

Eine Aussage, mit der sie hatte abwiegeln wollen, aber das glatte Gegenteil erreichte. In Anbetracht der aktuell heftigen Grippewelle begann Albrecht, sofort nervös mit den Füßen zu scharren, und musterte ihre noch immer von der Kälte und vom Rennen geröteten Wangen. »Sie werden mir jetzt aber nicht auch noch krank, oder?«, fragte er. »Machen S' bloß, dass Sie nach Hause kommen, und da bleiben Sie morgen auch. Das ist keine normale Grippewelle; nicht, dass Sie mir noch die gesamte Redaktion lahmlegen.«

»Ich werd nicht krank, ich …«, sagte Alice, aber Albrecht war schon zur Tür hinaus. Sie seufzte.

»Und? Warum waren Sie wirklich zu spät?«, fragte Zeißler. Er war gerade dabei, seine verstreuten Unterlagen zusammenzuräumen. »Das ist doch sonst nicht Ihre Art. Was ist passiert?«

Alice überlegte hastig. »Nichts«, sagte sie schließlich nach einem Moment, und Zeißler hob die Brauen. Denn für ein »Nichts« schwang zu viel Bedeutung in ihrem Tonfall mit. Vielleicht auch eine Spur von Bitterkeit und Zorn.

Sie nahm sich zusammen. »Nichts mit einem echten Nachrichtenwert, meine ich. Und das finde ich gerade … etwas verstörend. Dass das Veruntreuen von Geld ein Knüller ist, dass die Meldungen des Tages aus Lokalpolitik und irgendwelchen Veranstaltungsterminen bestehen … und dabei passieren manchmal Dinge, die …« Sie verstummte, suchte nach Worten und wurde nervös, weil ihr bewusst war, dass sie eigentlich schon zu viel gesagt hatte.

»Die vielleicht aber auch nicht in eine Zeitung gehören?«, half er ihr aus.

»Vielleicht nicht. Aber selbst wenn doch … Ich hab gerade das Gefühl, ich scheitere an Ihrer Haiku-Aufgabe. Denn sobald die Tiefe der Wahrnehmung stimmt, wird es unmöglich, neutral auf so ein Ereignis zu gucken und es in siebzehn Silben zu fassen. Ich glaube, es gibt Fälle, da muss man passen. Manches … ist einfach zu groß für ein Haiku.«

»*Nichts* ist zu groß für ein Haiku«, sagte Zeißler, mit mehr Leidenschaft und Überzeugung, als sie in einem Jahr Volontariatsausbildung zusammengenommen bei ihm erlebt hatte. »Im Gegenteil. Je größer das Ereignis, umso mehr reduzieren sich die Wörter. Je tiefer Ihnen eine Beobachtung unter die Haut geht, umso mehr sollten Sie auf Ihre Sprache achten. Kein überflüssiges Wort, das die Eindringlichkeit der Erfahrung nur überdecken würde.«

»Aber dann ist es doch nicht mehr neutral«, wandte Alice ein. »Und das ist sowieso das Schwierigste: Es gibt Dinge, die kann man beim besten Willen nicht neutral erzählen. Es wär irgendwie … verkehrt.«

Zeißler kniff die Augen zusammen, während er sie musterte. »Sie stören sich an der Vorgabe, dass Sie als Journalistin neutral Bericht erstatten sollten, weil Sie heute etwas gesehen haben, das Ihnen an die Nieren geht?«, sagte er dann bedächtig. »Wachen Sie auf! In dem Moment, wenn Sie über etwas berichten, sind Sie längst nicht mehr neutral. Denn Sie haben sich entschieden, es öffentlich zu machen. Das ist der entscheidende Schritt.«

Einen Moment herrschte Stille. »Ich entscheide aber nicht, worüber berichtet wird. Nicht in letzter Instanz«, wagte Alice einzuwenden.

Beinahe hätte Zeißler gelächelt; aber nur beinahe. Dann kehrte der gewohnt resignierte Gesichtsausdruck zurück. »Wer tut das schon? Ich jedenfalls nicht. Sie sind jung. Ehrgeizig. Und sehr, sehr ungeduldig. Rom wurde auch nicht an einem Tag erbaut. Warum geben Sie sich nicht etwas mehr Zeit, wenn Sie schon die Welt auf den Kopf stellen wollen?«

Verwundert sah sie ihn an. Wollte sie die Welt auf den Kopf stellen? War das der Grund, warum Maier so feindselig auf sie reagierte, oder war es einfach seine Art? »Ich wollte den Maier nicht in Schwierigkeiten bringen. Ehrlich nicht«, sagte sie impulsiv.

»Das weiß ich, mir müssen Sie das nicht sagen. Und davon abgesehen: Der Maier braucht niemanden, der ihn in Schwierigkeiten bringt. Das schafft er auch ganz allein«, erwiderte Zeißler. »Und jetzt sehen Sie zu, dass Sie heimkommen, bevor der Albrecht wieder auftaucht und noch nervöser wird, weil Sie echte oder imaginierte Bazillen in der Redaktion verteilen.«

»Mach ich. Danke«, sagte sie und holte ihren zerknüllten Mantel von ihrem Bürostuhl.

Und dann, im Hinausgehen, hüpfte plötzlich ein Haiku hinein in ihren Kopf, ohne jede Vorwarnung. Vielleicht tauchte es aber auch aus tiefen Gewässern auf.

Ohne Samthandschuh
»Und das nächste Mal«,
setzte sie hinzu, »kommst gleich
zu mir, verstanden?«

Nein. Da stimmte die Silben- und Zeilenzahl noch nicht. Zu lang, ihr übliches Dilemma. Aber auf den Samthandschuh wollte sie keinesfalls verzichten … vielleicht lieber:

Ohne Samthandschuh
»Und das nächste Mal kommst gleich
zu mir, verstanden?«

Leider fehlte die Jahreszeit oder eine Naturbeobachtung; da würde sie noch dran arbeiten müssen. Vielleicht, dachte sie, machen wir einfach zwei Haikus draus:

Unsichtbar – sichtbar
in der Vorweihnachtskälte
die Augen der Frau

Kapitel 7

JULIA ODER KÖNNEN HACKBRATEN EHEN RETTEN?

»*Oddio, no!*« Julia rang die Hände, als sie beim Betreten der Küche den alarmierend bitteren Geruch wahrnahm. Sie warf Alice einen vorwurfsvollen Blick zu.

»Der Knoblauch darf nicht schwarzen, das ist das Wichtigste! Hab ich das denn nicht gesagt?!«, erklärte sie und nahm rasch die Pfanne vom Feuer. Doch es war zu spät.

»Nein, davon haben Sie nichts gesagt. Schön braun und knusprig sollte er sein, wie Speck. Nicht zu langsam anbraten, sonst wird er labbrig. Genau das haben Sie gesagt, Julia!«, sagte Alice und bemühte sich, nun ihrerseits nicht vorwurfsvoll zu klingen. »Und dann haben Sie mir noch in den Ohren gelegen, dass ich ja nicht die Pasta aus den Augen lassen soll, weil es einem Kapitalverbrechen gleichkommt, wenn die Nudeln nicht bissfest sind. Also hab ich den Kochtopf keine Sekunde aus den Augen gelassen.«

Julia starrte sie fassungslos an. »*Brava!*«, sagte sie dann. »Aber … abgegossen haben Sie sie trotzdem nicht nach acht Minuten? Sie haben sie nur angeguckt? Was haben Sie denn gemacht? Dem Wasser *gesagt*, dass es aufhören soll zu blubbern?«

Sie sahen sich einen langen Moment in die Augen, dann begannen beide, hemmungslos zu lachen. Julia ließ sich auf einen Stuhl fallen. »*Mamma mia.* Entschuldigung«, sagte sie.

»Wofür denn?«, fragte Alice und wischte sich die Lachtränen aus den Augen.

»Dafür, dass ich lache.«

»Es ist doch auch zum Lachen. Ich weiß ja, dass ich kein Talent zum Kochen habe. Aber Spaghetti *aglio e olio* – verdammt noch eins! Ich hab wirklich gedacht, dass ich zumindest das hinkriege. Es ist doch simpel! Alles, was dazugehört, sind Nudeln, Olivenöl, Knoblauch, Chili und Petersilie!«

Ratlos starrte Alice auf die kohlschwarzen Knoblauchwürfelchen, die in dem noch leise rauchenden Öl schwammen. Es wäre schön gewesen, nicht immer auf belegte Brote, Leberkäsesemmeln oder Julias Hilfe angewiesen zu sein. Letzte Woche hatte sie bei dem Kindermädchen in ihrer Mittagspause einen Teller voll des erstaunlichsten Essens bekommen: ölig golden schimmernde Nudeln, zu einem spiralförmigen kleinen Turm eingedreht, hellbraune Stückchen köstlich knusprigen Knoblauchs, und das alles bestreut mit zarten Flocken aus grüner Petersilie und leuchtend rotem Chili. Wie ein Gemälde war das gewesen eines, das auch noch duftete! Die Miesbacher Küche bestand in der Hauptsache aus Fleischgerichten und Mehlspeisen; dass es möglich war, aus so wenigen und simplen Zutaten etwas so Köstliches zu zaubern, war für Alice etwas vollkommen Neues gewesen.

»Simpel!?«, sagte Julia und ließ ihre Hände wieder tanzen. Alice kannte niemanden, dessen Gesicht so beweglich war und dessen Gesten so beredt zum Ausdruck brachten, was gerade in ihrem Inneren vorging. Es war so, als würden sie sich hier in Julias Küche auf einer anderen Sprachebene bewegen, einer Sprache ohne Worte. Nur dass Alice lediglich die Hälfte davon verstand; allerdings machte ihr das ausnahmsweise gar nichts aus. Sie ließ sich einfach wohlig treiben in diesem Meer von Gesten, Mienenspiel und italienischen Ausdrücken. Als würde man ein Musikstück hören: ein komplexes Gebilde aus Tönen, unterschiedlichen Instrumenten und Sprache, bei dem es reichte, wenn man intuitiv begriff, was gemeint war.

Wenn Julia vom Kochen sprach, begann ihr Gesicht regelmäßig zu leuchten. Alice hörte ihr in diesen glühenden Momenten gerne zu, obwohl sie die Tipps und Tricks nur schwer nachvollziehen konnte. Für sie war alles, was mit der Küche zu tun hatte, ein Buch mit sieben Siegeln; letztens hatte Karl sogar dreist behauptet, sie würde über das seltene Talent verfügen, selbst Wasser anbrennen zu lassen.

»Gerade weil so wenig Sachen drin sind, muss jeder Handgriff sitzen – wann was wie heiß anbraten, was wie lange kochen, bei wie viel Grad, undundund«, erklärte Julia. Sie warf Alice heimliche Blicke zu, in denen noch immer eine gewisse Fassungslosigkeit lag, während sie sich den Topf schnappte und die traurige Masse abgoss.

»Was?«, fragte Alice aufmüpfig, fühlte aber, wie sie leicht rot wurde.

»Zusehen, wie die Nudeln zerkochen, und nicht von der Herd nehmen – *che casino*«, murmelte sie. Sie musterte Alice mit zusammengekniffenen Augen. »Darf ich ehrlich sein? Sie sagen immer, Sie haben nicht Talent dazu. Ich denke, die Wahrheit ist, dass es Sie schlicht nicht – wie sagt man? – nicht die Bohne interessiert. Und Sie haben auch gar nichts gegen Küchen, was der hübscheste und gemütlichste Ort im ganzen Haus ist. Sie haben was gegen, Hausfrau zu sein, deswegen sprengen Sie alle Versuche zu lernen wie ein Torpedo, bumm! Weil Ihr Kopf voll ist mit anderem.«

Alice grinste jetzt ganz offen. »Erwischt. Ja, das ist es wahrscheinlich. Das und die Tatsache, dass meine Mutter in der Hinsicht eh nicht das beste Vorbild war; ich habe sie stark im

Verdacht, dass sie auch nicht kochen kann. Aber unter Beweis musste sie das nie stellen.«

Unvermittelt wurde sie wieder ernst, als ihr das Thema Ehe und eheliche Pflichten wieder so ins Bewusstsein drang. Julia, die von der Spüle aus ihr Mienenspiel beobachtete, wischte sich die Hände ab und setzte sich ihr gegenüber. »Ihr Gesicht ist wie Aprilwetter heute. Und warum sind Sie hergekommen und wollen von mir Tipps abholen? Mussten Sie denn gar nicht in die Arbeit?«

Alice lächelte leicht; sie mochte diese farbige Ausdrucksweise, die immer mal wieder neue Bilder in der Sprache entstehen ließ. Nachdenklich musterte sie Julia. Mittlerweile waren sie fast schon ein bisschen befreundet, wenn sie auch nur selten über Ernstes redeten. Meist holte Alice ihre Tochter ab – oft später als abgemacht –, und nach einem kurzen Austausch über den Tag flitzte sie nach Hause, um die Kleine bettfertig zu machen und ihre Wohnung wenigstens halbwegs in Ordnung zu bringen. Da sie heute offiziell krankgemeldet war, hatte sie gedacht, es wäre ein guter Moment, um bei Julia Nachhilfe zu nehmen – mit wenig Aussicht auf Erfolg, wie von Minute zu Minute klarer wurde.

»Ich muss nicht in die Arbeit, weil ich gestern ein bisschen glasig ausgesehen habe. Und mir war total kalt. Und der Albrecht wird langsam noch richtig paranoid wegen dieser komischen asiatischen Grippe. Sie breitet sich rasend schnell aus; mein Chef will verhindern, dass ich alle anstecke und die Redaktion lahmlege, obwohl das völliger Quatsch ist. Mir geht's gut; ich glaube, ich war nicht mehr krank, seit ich fünf Jahre alt war. Aber ich hab beschlossen, dass ich seinem Befehl nachkomme und heute tatsächlich schwänze, wenn er schon so viel Wert drauf legt.«

Julia sah sie stirnrunzelnd an. »Wenn Ihr Chef Sie nicht in die Arbeit lässt, dann müssen Sie gestern aber übel ausgesehen haben. Sie sagen immer, er wär ein alter Sklaventreiber. Sie sind also nicht krank. Was war denn dann los, dass es Ihnen so durch die Knochen gefahren ist?«

Alice lächelte leicht. Julia neigte dazu, die Dinge auf den Punkt zu bringen. Mütter von kleinen Kindern konnten das meistens sehr gut, wie sie festgestellt hatte.

»Wenn ich fragen darf; Sie müssen nicht drauf antworten. Es geht mich ja eigentlich nichts an«, fügte Julia hastig hinzu, als sie ihr Zögern bemerkte.

»Nein, nein, schon in Ordnung. Es ist nur …« Alice dachte nach, dann gab sie sich einen Ruck und erzählte Julia, was vorgefallen war. Nur Almas Namen ließ sie aus. Sie war neugierig, wie eine Frau mit italienischen Wurzeln auf die Geschichte reagieren würde. Ohne sich dessen ganz bewusst zu sein, hatte Alice begonnen zu recherchieren. Sie umkreiste die Angelegenheit und versuchte, sie aus allen nur möglichen Blickwinkeln zu betrachten. Gestern noch hatte sie Ehegesetz und Scheidungsrecht quergeblättert; selbst ihren Bruder hatte sie am Abend in Berlin angerufen, um seine Meinung als Jurist zu hören. Als sie ihren Bericht beendet hatte, schüttelte Julia den Kopf.

»*Che donna disgraziata!*«, sagte sie. Ihr gutmütiges, rundes Gesicht hatte sich merklich verfinstert.

»Was meinen Sie? Wollen Sie sagen, dass es ein Fehler von ihr war?«, fragte Alice verblüfft.

»Na, was hat sie denn vor die Polizeistation zu suchen?! Sie macht ihre Lage doch nicht besser, sondern mit ein bisschen Pech nur noch schlimmer. Gut, dass sie wenigstens nicht auch noch reingegangen ist.«

»Aber …« Alice fing sich und nagte an ihrer Unterlippe, während sie nachdachte. »Weil eine Anzeige nichts gebracht hätte, meinen Sie? Aber inwiefern hätte sie ihre Lage damit noch schlimmer gemacht? Ich meine, wenn man wenigstens *versucht*, so ein Unrecht sichtbar zu machen, ist das nicht …«

»Was bringt ein Versuch, der nichts bringt, und alle wissen das?«, unterbrach sie Julia. Sie beugte sich vor und sagte eindringlich: »Warum sie ihre Lage noch schlimmer macht? Sie denken mit Herz, nicht mit dem Kopf. In Italien ist die Sache klar: Die Frau geht rein und wird wieder heimgeschickt, ohne dass sie was erreicht. Denn so wär's gewesen, das ist sicher wie das Amen in der Kirche. Und was ist dann, wenn der Mann Wind davon bekommt?«

Alice legte den Kopf leicht schräg. »Er verprügelt sie gleich noch mal, weil sie ihn drangehängt hat. Ein Vertrauensbruch, von der eigenen Ehefrau«, sagte sie nach einem Moment. »*Oder* aber es schüchtert ihn ein bisschen ein. Weil er begreift, dass sie wenigstens darüber nachdenkt, sich zu wehren. Das ist doch auch eine Art und Weise, sich zu widersetzen, oder nicht? Besser, als komplett stillzuhalten.«

Julia schnalzte missbilligend mit der Zunge. »Was für eine Drohung ist das denn, wenn jeder weiß, es bringt nichts? Wenn Sie was Unrecht nennen, was keiner für echtes Unrecht hält? Sie bringt sich nur in Schwierigkeiten. Sie wissen doch, was die Polizei sagen würd und was die Nachbarn reden: *Warum hat er dich denn geschlagen? Was hast denn falsch gemacht, dass er sich so über dich geärgert hat?* Was schlimm dran ist? Der Mann hätt auch noch die Bestätigung bekommen, dass es in Ordnung war, sie zu verdreschen. Alles nur halb so schlimm, nix passiert. Oder warum sonst hat die Polizei dich wieder heimgeschickt?«

Alice spürte, dass ihr wieder eiskalt wurde. Nur diesmal konnte sie das Gefühl genauer identifizieren: Ihr war kalt vor Wut. Denn sie begriff, dass Julia recht hatte. »Es *ist* aber nicht in Ordnung. Das wissen wir doch beide. Finden Sie es etwa in Ordnung? Alles und jeden kannst du anzeigen, wenn er dich überfällt, vergewaltigt, misshandelt, nur den eigenen Mann nicht?!«

»Nein! Es ist übel, klar. In Italien darf der Mann die Ehefrau sogar töten, wenn er sie mit einem anderen *in flagrante* erwischt. *Ufficialmente!* Trotzdem, haben Sie gern die Polizei im Haus, oder gleich noch in Ihrem Schlafzimmer, nur weil's in Ihrer Ehe kracht? Bei uns in der Toskana sehen wir die Carabinieri am liebsten von hinten, das spart 'ne Menge Ärger. Mein Salvatore schlägt mich nicht – *grazie al cielo* –, aber wenn er es doch täte, würd ich schön den Mund halten und meine Flucht planen. Wie ich an Kohle komm, wo ich schlafe, wie er mich und unser Kind nie findet, und wenn er jeden Stein auf der ganzen Welt umdreht.« Kurz dachte sie nach. »Oder ich tu ihm einfach Gift ins Essen.«

»Julia!«

Die Angesprochene schenkte Alice ein unbefangenes Lächeln. »Keine Sorge, Salvatore ist eh ein *tesoro* – ein echtes Goldstück. Ganz wie der Karl. Ihr Mann *ist* doch ein Goldstück, oder?«

Alice sah sie an. Öffnete den Mund und schloss ihn wieder. War irritiert, dass sie nicht sofort reflexartig »Ja, natürlich« sagte.

Denn natürlich war Karl ein Schatz. Also, auf gewisse Weise … Wenn man sich diese Geschichten so anhörte, hatte sie wirklich Glück gehabt. Sie hatte außerdem Glück, dass ihr Mann sie in ihrer Ausbildung als Volontärin unterstützte und nicht meckerte, weil sie nur in Ausnahmefällen eine genießbare warme Mahlzeit zustande brachte oder ihr gemeinsames Kind bei einer italienischen Kinderfrau ließ, um stattdessen arbeiten zu gehen …

Ein riesiges, glänzendes Stück Gold, zweifellos.

Nur, dass in den letzten Monaten ein leise verstörendes Gefühl immer stärker geworden war: Sie beide lebten in unterschiedlichen Welten, parallel nebeneinanderher statt miteinander. Wenn sie allein zu Hause war mit Elena, fühlte sie sich mittlerweile manchmal weniger allein als in seiner Gesellschaft – ein Gefühl, das sie aus ihrer Kindheit kannte und fürchtete.

»Ja«, sagte sie langsam. »Er ist ein Schatz.«

Julia musterte sie leicht besorgt.

»Er hat sich noch immer nicht scheiden lassen, trotz meiner Kochkünste«, fügte Alice lächelnd hinzu, um dem Moment seine Befangenheit zu nehmen, und Julia ging sofort darauf ein. »Wenn Sie ihn jemals loswerden wollen, dann setzen Sie ihm einfach so 'ne Pampe vor«, sagte sie, griff in den Topf und hielt eine Handvoll matschiger, mittlerweile kalter Spaghetti hoch.

»Hier, *piccolini*«, sagte sie dann zu Elena und Matteo, ihrem dreijährigen Sohn, die auf dem blitzsauberen Küchenfußboden saßen, mit Holzlöffeln und Töpfen in den Händen, und ebenfalls Kochen spielten. »Macht uns leckeren Nudelpudding, ja? Und dann«, sie warf Alice einen Blick zu, in dem diese einen Hauch von Niedertracht zu bemerken glaubte, »lass deine Mama Nachtisch probieren, Elena. Sie freut sich schon.«

Alice schüttelte sich vor Ekel, doch bei Elena und Matteo stieß der Vorschlag auf quietschende Begeisterung. Während sie zusah, wie Julia die Nudelpampe gerecht auf die Töpfe der beiden Kinder aufteilte, wanderten ihre Gedanken zurück zu dem Gespräch mit Simon am Abend zuvor. Es hatte sie verstört, und sie begann gerade erst zu hinterfragen, warum.

»Dass so viele Trennungen in eine Schlammschlacht ausarten, liegt vor allem am Scheidungsrecht. Zeit, dass es endlich reformiert wird«, hatte Simon erklärt.

»Du meinst, weil es nach dem Prinzip arbeitet: Wer ist schuld daran, dass die Ehe gescheitert ist? Weil jeder versucht, dem anderen die Schuld in die Schuhe zu schieben?«

»Das Verschuldensprinzip, genau. Das ist der Knackpunkt. Aber täusch dich nicht: Hier geht's nicht nur um die negativen Gefühle, die so eine gescheiterte Ehe auslöst. Es geht um Existenzängste. Um den ganz konkret drohenden sozialen Abstieg, vor allem für die Frau.«

»Warum?«, fragte Alice. »Weil sie gebrandmarkt ist, als Geschiedene und Alleinerziehende? Weil es noch komplizierter wird, Kinder und Arbeit unter einen Hut zu bringen?«

Simon kannte offensichtlich diesen sachlichen Tonfall. Dieses Nachhaken, diese Beharrlichkeit ... Seine Schwester hatte sich gerade wieder an einer Sache festgebissen. Wenn sie erst damit anfing, dann tauchte sie komplett in das Thema ein, das sie beschäftigte. Und sie konnte tiefer tauchen und länger die Luft anhalten als jeder andere, den er kannte. Er seufzte.

»Die meisten Frauen sind bei einer Scheidung auf einen finanziellen Ausgleich angewiesen, wenn sie nicht offiziell gearbeitet, sondern den Haushalt geführt und Kinder großgezogen haben«, erklärte er geduldig. »Und du weißt doch selbst, dass es erst ein paar Jahre her ist, seit eine Frau ohne die Erlaubnis ihres Mannes überhaupt arbeiten gehen darf – sofern es ihren ehelichen Pflichten nicht zuwiderläuft. Also, das heißt: sie dem Mann weiterhin eine warme Mahlzeit am Tag vorsetzt, die Wohnung in Schuss hält, die Fenster wienert ... Du kennst das ja selber, Schwesterherz. Oder, warte mal. Habt ihr überhaupt Fenster? Das letzte Mal, als ich bei dir war, hat sich zwar andeutungsweise so ein grauschwarzes Rechteck in der Wand abgezeichnet, aber ...«

»Witzbold«, unterbrach ihn Alice, ohne jedoch weiter auf sein Gefrotzele einzugehen. »Verstehe ich das richtig? Wenn eine Ehe in die Brüche geht und die Schuld der Frau zugesprochen wird, verliert sie, wenn sie Pech hat, den Anspruch auf Unterhalt. Das heißt doch: Womöglich sitzt eine Frau vom Moment ihrer Heirat an in der Zwickmühle, wenn sie nicht aufpasst.«

»Das bringt es auf den Punkt, mehr oder weniger, ja. Eines solltest du allerdings berücksichtigen, bevor du jetzt auf die Barrikaden gehst und dich fahnenschwenkend der Frauenbewegung anschließt: Natürlich hat ein Mann normalerweise wenig Lust, Geld an eine Frau zu zahlen, mit der er eh nicht mehr verheiratet ist. Auch bei ihm zieht sich die Geldschlinge zu, vor allem, wenn er wieder heiratet und auf einmal zwei Haushalte unterstützen muss. Ich meine, wenn keine kleinen Kinder im Spiel sind, spricht doch auch nichts dagegen, dass sich die Frau Arbeit sucht.«

Alice hatte eine ganze Weile geschwiegen.

»Alice? Bist du noch dran?«, hatte ihr Bruder irgendwann beunruhigt gefragt.

»Ja. Ich weiß nicht, ob du recht hast. Es scheint mir … komplexer zu sein. Ich … glaube, ich muss über all das erst nachdenken. Danke«, hatte sie zerstreut geantwortet und dann schnell aufgelegt.

»Also, weiter geht's«, sagte Julia mit tatkräftig in die Hüften gestützten Händen, und Alice kehrte in die Gegenwart zurück. Ach ja, da war noch was gewesen … Sie unterdrückte einen Seufzer und half Julia, den Knoblauch in kleine Würfel zu schneiden, während sie mit einem Ohr auf Julias Erklärungen lauschte: welchen Gelbton und welche Konsistenz Nudeln hatten, wenn sie *al dente* waren, und ab welchem Grad von Hellbraun die Pfanne mit dem Knoblauch vom Feuer genommen werden sollte, damit er nicht nachgarte und schwarz wurde … ein bitterer Nachgeschmack …

Die Erkenntnis, dass es für alleinerziehende Mütter tatsächlich um die nackte Existenz gehen konnte, hatte Alice eines bewusst gemacht: Ihre eigene, tief sitzende Angst vor Unfreiheit und ihre Weigerung, sich von einem anderen Menschen abhängig zu machen, waren kein Spleen. Sondern Selbstschutz.

Ob es ihrer Mutter genauso ergangen war? Zum ersten Mal dachte Alice über deren Beweggründe nach. Sie war immer davon ausgegangen, dass ihre Mutter einfach wenig bis kein Interesse an Kindererziehung gehabt und bei ihr immer die Karriere im Vordergrund gestanden hatte …

Stimmte das eigentlich?

Alice nahm sich vor, irgendwann, in einem der seltenen Momente, in denen ihre Mutter sich zugänglicher zeigte, mit ihr darüber zu reden; zumindest würde sie es versuchen.

»Und jetzt zum *Polpettone* – ein leckerer Braten mit Oliven, Pinienkernen und Trockentomaten. Meine *mamma* hat mir welche von zu Hause geschickt. Das wird der Hauptgang; dann haben Sie gleich was zum Mitnehmen für Ihren Mann.«

Alice starrte sie entgeistert an. »Der *Hauptgang*?! Ist Ihnen klar, dass Sie die Latte da ziemlich hoch hängen? *Ein* Teller mit warmem Essen sollte wirklich reichen; Karl wird so schon überwältigt sein.«

Doch Julia blieb unerbittlich. »Sie können ihm doch keine aufgewärmten Nudeln vorsetzen! Nein, nein, der braucht 'ne ordentliche Portion Fleisch mit einem guten Stück Brot.«

Alice *liebte* Essen, aber nur fertig zubereitet auf ihrem Teller. Ihre eigene Welt fächerte sich in klangvolle Wörter und Sätze auf, die die Wirklichkeit möglichst differenziert beschrieben. In Julias Welt dagegen fühlte sie sich wie eine Analphabetin, es blieb dabei. Julia schien auf eine eher sinnliche Art und Weise mit Kindern und Nahrungsmitteln zu arbeiten. Sie nahm die Schwingungen, Stimmungsschwankungen, Gerüche, Laute, Farben intuitiv und scheinbar völlig mühelos wahr und reagierte entsprechend, ohne lange nachdenken zu müssen.

Natürlich war sie naiv an die ganze Sache herangegangen, dachte Alice, während sie die grünen Oliven in Scheiben schnitt. Arbeiten und gleichzeitig ein Baby versorgen – als wäre ein Kind auch nur ansatzweise berechenbar, würde die Nächte durchschlafen und niemals krank werden. Ihr hatte jegliche Erfahrung gefehlt, sonst wäre ihr von Anfang an klar gewesen, dass sie sich auf eine extreme Gratwanderung begab. Ihre Mutter und sie, sie waren Außenseiterinnen, doch das war Alice erst im letzten Jahr bewusst geworden, durch die Reaktionen ihrer Umwelt. Dabei hatte sie sich so bemüht, dass Elena trotz allem gut versorgt war. Sie hatte ihre eigene Kindheit nicht vergessen –

das Gefühl tiefer Verlorenheit und wie es sich angefühlt hatte, manchmal leicht durchscheinend, manchmal auch völlig unsichtbar zu sein für die eigenen Eltern.

Eine Stunde später kam ein köstlich duftender Braten aus dem Ofen, und Julia war halbwegs zufrieden mit dem Ergebnis, obwohl Alice noch ein wenig Tadel hatte einstecken müssen, weil sie die Zwiebeln in so grobe Stücke gehackt hatte – aber mal ehrlich, wer hielt sich schon gerne unter Tränen mit Zwiebelschneiden auf?

Himmlisch, befanden sie, nachdem sie probiert hatten, diese Mischung aus saftigem Fleisch, süßen Tomaten und salzig-bitteren Oliven. Als das Ding aus dem Ofen kam, hatte Alice endlich begriffen, was dieser klangvolle *Polpettone* eigentlich war: nichts anderes als der gute, alte Hackbraten, nur variiert und verfeinert. Sie hatte heute wieder nicht kochen, aber wenigstens ein paar italienische Ausdrücke gelernt.

Sie ist wirklich ein Schatz, dachte Alice und lächelte innerlich. Sie mochte Julia umso mehr, weil sie deren unausgesprochene Sorge erkannte – sie war ihr an der Nasenspitze anzusehen –, dass Alice' Mann eines Tages doch noch das Weite suchen würde, wenn sie ihn nicht besser hegte und pflegte.

Allerdings bezweifelte Alice im Stillen, dass aufgewärmte Hackbraten imstande waren, Ehen zu retten.

Kapitel 8

SCHRITTE AUF DEM MOND

Sommer 1970

Die Landschaft rund um das Mangfall-Gebirge summte vor sommerlichem Leben. Touristen hielten Badeseen und die Tegernseer Ausflugsdampfer besetzt, durchstreiften die Berge und füllten die Cafés und Wirtshäuser. Erst abends kehrte die gewohnte Ruhe ein. Ganz Neuhaus schien zu schlafen, nur aus einer einzelnen, engen Gasse drangen klangvolle, aber unkoordinierte Laute. Musik und doch keine Musik. Zither … Hackbrett … das Jaulen eines Akkordeons, das zusammengedrückt oder auseinandergezogen wurde. Halb zehn: Die Musiker im Wirtshaus Spinnrad waren gerade dabei, ihre Instrumente einzupacken. Schon früher hatten die damals schon recht betagten »Ausgezupften« immer dienstags in der halb leeren Gaststätte für ihre Auftritte an den Wochenenden geprobt. Es war einer der Gründe, warum Alice' Jugendfreunde gern an den Abenden hergekommen waren, vier oder fünf Jahre zuvor. Bevor sie endgültig erwachsen geworden waren und sich in alle Winde verstreut hatten.

Die Tür zum Spinnrad stand weit offen, und ein satter gelber Lichtschein fiel auf das Pflaster vor der alten Kneipe, die fast nur von Einheimischen besucht wurde – ein Zufluchtsort vor den Touristenhorden, da sie nicht mit einem Panoramablick auf See oder Berge aufwartete, sondern sich spinnengleich zwischen die Mauern der Nachbarhäuser schmiegte, tagsüber so dunkel und reglos, dass die Passanten sie häufig noch nicht einmal wahrnahmen.

»… das Unvorstellbare wahr? Der Mensch betritt den Mond, was für ein Moment in der Geschichte der Menschheit! Aber keine Sekunde wollen wir vergessen, dass die Überlebenschancen der Mannschaft fifty-fifty stehen. Die Welt fiebert mit den Astronauten und deren Familien. *I can't land* – diesen dramatischen Satz haben wir noch vor wenigen Stunden von Neil Armstrong gehört. Der vorgesehene Landeplatz, von Geröll übersät! Die gesamte westliche Welt hält den Atem an, während der Astronaut manuell zu steuern versucht, unter Zeitdruck, auf der Suche nach einer anderen Landemöglichkeit …«

Man hätte meinen können, in eine Zeitschleife geraten zu sein. Wie lange lag die Mondlandung jetzt zurück? Genau ein Jahr, oder? In der Ecke über dem Tresen das Flimmern des Fernsehers: der 21. Juli 1969 – offensichtlich ein Rückblick auf die bewegenden Ereignisse.

Der Innenraum der Gaststube war überschaubar und klein. Das Mobiliar aus dunklem Holz, weiße Spitzengardinen vor den Sprossenfenstern, eine niedrige Decke mit gebeizten Holzbalken. Jetzt trat ein junger Mann ein und sah sich im fast leeren Schankraum um. Die Musiker schickten sich gerade zum Gehen an, und nur noch Thea, die alte Wirtin, ein einsamer, leicht dösender Trinker an einem Tisch in der Ecke, und zwei Gestalten am Tresen waren da: eine von beiden eine junge Frau, den Oberkörper leicht seitlich gedreht, die Beine übereinandergeschlagen. Bluejeans, eine schlichte, ärmellose weiße Bluse, ein leuchtend blauer Pulli locker um die Hüften geschlungen. Die blonden, feinen, auffallend dichten Haare, die sie mittlerweile nicht mehr zu einem Pferdeschwanz zusammengebunden hatte, sondern in einem kinnlangen Pagenschnitt trug, waren dunkler geworden, ebenso ihre Augen. Der wache Blick aber war noch immer unverkennbar: Er hing wie festgebannt am Fernsehbildschirm, wo Bilder von der Mondlandung zu sehen waren und die Stimme des Reporters Otto Deppe spürbar überwältigt aus Houston berichtete.

Wenn Alice aufgewühlt war, begannen ihre Hände ein Eigenleben zu führen. In ihrer Kindheit war diese Marotte noch deutlich auffallender gewesen. Natürlich hatte die Jungsbande sie damit aufgezogen, und mittlerweile hatte sie längst gelernt, es zu unterdrücken. Doch wenn sie so tief in Gedanken versunken war, gerieten noch immer alle zehn Finger in Bewegung. Manchmal schienen sie sich zu streiten. Manchmal tanzten sie Walzer. Manchmal nahm sich die eine Hand der anderen an und hielt sie behutsam fest, wie ein besorgtes Elternteil. So wie jetzt.

»Des wird schon«, sagte ihr bulliger Nachbar, ein Mann um die dreißig mit beginnender Glatze und großzügigem Doppelkinn, und tätschelte ihre rechte Hand. »Wirst sehen, der kommt bald wieder. Wer hält's schon lang auf einem aktiven Vulkan auf Java aus? Dein Karl kriegt schon irgendwann Heimweh nach Miesbach.«

Jetzt wandte Alice den Blick vom Fernseher und musterte ihren Nachbarn in einer Mischung aus Amüsiertheit und wachsender Verzweiflung, während sie die wohlmeinende Pranke nahm und freundlich, aber bestimmt auf dem Tresen ablegte, wo sie für einen Moment ein wenig verloren liegen blieb.

»Passt schon, Xaver. Ich kann mich als Strohwitwe ganz gut selber beschäftigen. Indem ich mir die Bilder von der Mondlandung ansehe, beispielsweise.«

Der Mann, der den Schankraum betreten hatte und sie still beobachtete, lächelte. Als spürte sie seinen Blick auf ihr, wandte sie sich ihm zu und musterte ihn stirnrunzelnd: ein groß gewachsener Mann mit dunklen Haaren und hellbraunen Augen.

Und dann tauchten unvermittelt die sanften, vertrauten Züge eines Jungen aus der Vergangenheit auf und vermengten sich mit dem Gesicht des Erwachsenen. Der Blick seiner beweglichen dunklen Augen war offener, direkter, nicht mehr ganz so flackernd und schwer zu greifen wie in seiner Kindheit. Als sie ihn erkannte, strahlte sie übers ganze Gesicht.

»Pauli!«, rief sie und rutschte vom Barhocker. »Mein Gott, du hast dich verändert. Du … bist groß geworden«, fügte sie etwas unbeholfen hinzu, während sie seine städtische Kleidung musterte. Dann lachte sie über sich selbst und umarmte ihn fest.

Er lächelte ebenfalls. »Findest du Pauli nicht langsam etwas unpassend? Ich bin vierundzwanzig.«

»Paul«, verbesserte sie sich. Und fügte, noch immer mit einem Lächeln in den Augen, hinzu: »Mein fetter kleiner Grinsekater.«

»Du weißt schon, dass das damals ein ziemlich missglückter Versuch war, mich zu beleidigen, oder?«, meinte Paul. Sie ließen sich wieder auf den Barhockern nieder, nachdem er Xaver zur Begrüßung auf die Schulter geklopft hatte. Und fügte hinzu: »Der Holzdepp, den du mir sonst an den Kopf geworfen hast, war viel aussagekräftiger.«

Darüber dachte Alice einen Moment lang nach. »Ich wollte dich nicht beleidigen«, sagte sie dann. »Gut, vordergründig schon. Aber im Grunde genommen war es ein Kompliment. Der Grinsekater kann sich so geschickt unsichtbar machen da oben im Baum, von der Schwanzspitze bis zu den Barthaaren, dass am Schluss nur noch sein Grinsen übrig bleibt. Bis auch das Lächeln ganz, ganz langsam zwischen den Zweigen verblasst. Ist das nicht ein wundervolles Bild? Ich wünschte, ich könnte das.«

»Wie soll sich a Katz denn einfach so in Luft auflösen können?«, fragte Xaver kritisch und umklammerte sein halb leeres Bierglas ein wenig fester.

»Es ist eine Stelle in einem Geschichtenbuch, nichts weiter.

Alice im Wunderland. Ich glaube, es war eher so poetisch gemeint«, erklärte Paul.

Xaver wandte sich ungläubig Paul zu. »Du hast *Mädchenbücher* gelesen?«

»Erstens ist das kein Mädchenbuch, sondern eine hoch intelligente Nonsens-Geschichte, die sich ein Mathematiker ausgedacht hat. Sie hinterfragt unsere Wahrnehmung der Welt. Und zweitens …« Paul zögerte kurz. »… hab ich es nie gelesen.«

»WAS?«, fragte Alice entgeistert. »Du hast aber doch eine Zeit lang ständig davon geredet. Und außerdem hast du sonst auch alles gelesen, was dir zwischen die Finger kam. Warum *Alice im Wunderland* nicht?«

Paul versuchte, seine ausdruckslose Miene beizubehalten, was ihm ausnahmsweise nur mit Mühe gelang. »Weil ich dachte, es wär ein Mädchenbuch.«

Sie starrte ihn an. »Also dieses ganze Gerede, von wegen ›Hallo, Lizzy aus dem Wunderland hinter den Spiegeln‹ – das war alles Getratze?«, fragte sie dann finster. »Du wolltest mich einfach nur ärgern?«

Paul lächelte selten offen. Alice kannte ihn praktisch, seit sie beide auf der Welt waren; er war ein verhaltenes Kind gewesen, das es nur in Ausnahmefällen schaffte, seinem Gegenüber in die Augen zu sehen. Einfach weil er insgesamt zu viel wahrnahm und seine Umwelt deshalb manchmal regelrecht auf ihn einprasselte wie ein Platzregen. Er war der sonderbarste und klügste Mensch, der Alice je über den Weg gelaufen war, bis heute. Trotzdem oder vielleicht gerade deswegen war er ziemlich schnell ihr bester Freund geworden. In gewisser Hinsicht waren sie in der Jungsbande beide Sonderlinge gewesen. Entsprechend hatte es seine Familie überrascht, als er dann ausgerechnet ein Medizinstudium angefangen und sich den Naturwissenschaften verschrieben hatte, nachdem er in seiner Kindheit doch alles verschlungen hatte, was ihm zwischen die Finger kam: Sachbücher, aber vor allem Romane und Geschichten auf der Suche nach Erklärungen für die rätselhaften Phänomene in seiner Welt. Einen Arzt stellte man sich als praktisch denkenden, schnell reagierenden und nüchternen Menschen vor, der alle Situationen im Griff hatte, und nicht als einen Träumer vor dem Herrn. Aber das lag daran, dass sie verblüffend wenig über ihr eigenes Kind wussten.

Jetzt schenkte er ihr ein direktes, fast schon verschmitztes Lächeln, und ihr wurde vollends bewusst, wie sehr er sich verändert hatte in den letzten Jahren. »Ich hab nie verstanden, warum du dich dermaßen aufgeregt hast, wenn ich dich so genannt habe, aber ich fand es immer sehr interessant. Ich meine, ich habe dich auch ›blöde Kuh‹ genannt, aber das hat dich nie so in Rage gebracht.«

Darüber musste sie einen Moment lang nachdenken. »Stimmt«, sagte sie dann gedehnt. »Erstaunlich. Ich hab gar nicht so genau hingehört, was du da sagst. Es war dein Tonfall. Du hast es so gesagt, als wär's eine üble Beleidigung, und schon war es auch eine. Während du bei der ›blöden Kuh‹ immer so freundlich-liebevoll gelächelt hast, du Mistkerl.«

Paul winkte Thea, und sie kam zu ihnen herübergeschlurft. »Das hab ich von meiner Mutter. Sie hat uns immer gedroht, wir müssten barfuß und ohne Socken ins Bett, wenn wir nicht endlich Ruhe geben – und das in einem so überzeugenden Tonfall, dass mein Bruder sie praktisch auf Knien angefleht hat, uns um Himmels willen *nicht* ohne Socken schlafen zu schicken. Ich stand immer daneben und hab die Szene interessiert verfolgt. Für Fritz war es die Höchststrafe; im Eifer des Gefechts ist ihm tatsächlich nicht aufgefallen, dass wir eigentlich immer ohne Socken ins Bett gehen. Jedenfalls, du warst ein Experiment. Es hat geklappt: Der Ton macht ganz offensichtlich die Musik.«

Alice starrte ihn noch immer an. »Weißt du noch, wie ich früher gesagt habe, es gibt niemanden, der mich mehr auf die

Palme bringen kann als du? Und wie ich mich dann irgendwann, als wir größer wurden, dafür entschuldigt habe, dass ich dich immer in den Schwitzkasten genommen hatte?«

»Das hast du erst dann getan, als ich deutlich größer und stärker war als du, glaube ich.«

»Egal. Ich nehme es jedenfalls zurück.«

Das war der Moment, in dem Xaver aufstand und sich trollte, das halb leere Bierglas in der Hand. Ganz offensichtlich konnte er mit den Kindheitserinnerungen der beiden herzlich wenig anfangen. Leicht missmutig schlenderte er hinüber zu der einsamen Gestalt am Ecktisch, stupste sie an und setzte sich. »Rupert? Wach auf, Rupsi! Dein Bier werd lack.«

»Was derfs denn sein?«, fragte Thea, die endlich bei Alice und Paul angekommen war und nun den blitzblanken Tresen vor ihnen mit einem Lappen sauber wischte. Die Wirtin war den beiden schon in ihrer Jugendzeit alt vorgekommen, doch mittlerweile wirkte sie uralt. Paul schien zu zaudern, ganz offensichtlich kurz davor, ihr anzubieten, dass er sich sein Bier selbst zapfte. Er warf einen schnellen Blick zu Alice, die kaum wahrnehmbar den Kopf schüttelte, und sagte stattdessen etwas lauter, als es sonst seine Art war: »Ich nehm ein Weißbier. Alice, trinkst du auch noch was?«

»Du brauchst mich nicht anschreien«, wies ihn Thea zurecht.

»Nimm's ihm nicht übel, er hört ein bissl schwer«, sagte Alice und unterdrückte ein Grinsen. Kurz überlegte sie. »Eigentlich wollte ich gerade gehen, aber gut … Elena schläft, und die Nachbarin hat ein Auge auf sie. Dann nehm ich auch noch ein Weißbier, Thea.«

Langsam entfernte sich die Wirtin wieder, und die beiden sahen ihr nach. Sorgfältig hochgesteckte Haare, von filigranen Silberspangen gehalten. Ein besticktes Trachtenjäckchen. Vom Arthrose-Schmerz eingeschränkte Bewegungen, umsichtige Schritte …

»Wie alt ist sie jetzt?«, flüsterte Paul, der offensichtlich seinen Mediziner-Blick eingeschaltet hatte. »Warum arbeitet sie denn noch?«

»Weil sie es will«, sagte Alice schulterzuckend. »Ihr wär sonst langweilig, sagt sie. Außerdem hilft ihr ja normalerweise ihr Sohn. Und jetzt erzähl mal! Wie ist es dir ergangen in den letzten Jahren? Wir haben uns ewig nicht gesehen.«

Die nächste Viertelstunde brachten sie sich gegenseitig auf den neuesten Stand, obwohl Alice es noch vermied, ihre aktuellen Sorgen und Nöte anzusprechen; hier war nicht der richtige Ort dafür. »Dann gehst du jetzt nach Berlin und bringst dein Medizinstudium zu Ende?«, sagte sie stattdessen. »Und ich bin durch mit meinem Volontariat. Wahnsinn, wie die Zeit verfliegt.«

»... ein kleiner Schritt für einen Menschen ...«, dolmetschte der Sprecher in diesem Moment für die deutschen Zuschauer, und ihre Blicke wanderten wieder zum Fernseher.

»Des is schon der Wahn, oder?«, sagte der Rupsi im Hintergrund. »Dass die da wirklich auf am andern Planeten landen ... Ich mein, da gibt's koa Luft zum Schnaufen. Jeder Handgriff muss sitzen, sonst beißt ins Gras. Beziehungsweise, ins Mondgeröll!«

»Also ERSTENS ...«, ertönte Xavers Stimme. Sie hatte einen beängstigend dozierenden Tonfall angenommen. In dem Moment kam Thea zurück, mit je einem Weißbier in der Hand, und stellte die perfekt abgefüllten Gläser – kalte, bernsteinfarbene Flüssigkeit, gekrönt von einer weißen Haube aus luftigem Schaum – umsichtig vor Paul und Alice ab. Dann ging sie wieder in Richtung Küche.

»... ein kompletter Schmarrn, meiner Meinung nach«, drang Xavers Stimme weiter in Wogen zu ihnen herüber. »Was gibt's da schon zu holen? Kein Sauerstoff, du sagst es. Kein Wasser, kein Sonnenlicht ... Da kannst noch nicht mal irgendwas anbauen. Da kannst nur verhungern, auf lange Sicht. Oder verdursten.« Alice schielte hinüber und sah, wie Xaver vorsorglich einen tiefen Schluck Bier nahm. »Schöner schaut der Mond auch nicht aus, so aus der Nähe betrachtet. Die Verwirklichung eines Menschheitstraums, dass ich ned lach! Eine Verschwendung von mühsam eingetriebenen Steuergeldern war das. Und ich weiß, wovon ich red. Ich arbeit schließlich beim Finanzamt.«

Alice beschloss, sich wieder auszuklinken. Paul schien das wie immer deutlich schwerer zu fallen; er lebte mit dem Fluch, ständig alles hören zu müssen, was um ihn herum vor sich ging. Trotzdem schaffte er es schließlich, sich loszureißen und ihr wieder zuzuwenden, während Xaver abtauchte in immer abenteuerlichere Theorien über die Mondlandung.

»Mit Menschheitsträumen hatte das wenig zu tun; oder was meinst du?«, fragte er Alice.

»Nein, natürlich nicht. Ich weiß schon, dass es den USA nicht um Abenteuer und Mondromantik ging. Sie mussten den Sowjets zuvorkommen, nachdem die schon zweimal schneller waren als der Westen. Schließlich haben sie als Erste Sputnik ins All geschossen und danach auch gleich noch den ersten Menschen.«

»Ja, so seh ich das auch. Die Amis standen unter Druck. Als Nächstes hätten die Sowjets noch auf die Idee kommen können, da oben irgendwelche Nuklearraketen zu stationieren, die Richtung Erde zeigen.«

»Genau«, sagte Alice. Stirnrunzelnd betrachtete sie den Bildschirm, wo gerade ein Bild von Janet Armstrong in Großaufnahme gezeigt wurde, die Miene unlesbar. Dann griff sie nach ihrem frischen Weißbier und versenkte nachdenklich ihre Oberlippe in dem weichen Schaum.

Paul ließ ihr einen Moment Zeit. Als nichts weiter folgte, fragte er: »Warum interessiert es dich so? Ich kann mich nicht erinnern, dass du früher sonderlich scharf auf Science-Fiction-Geschichten oder Jules Verne gewesen wärst.«

Alice zuckte mit den Schultern, ohne den Blick vom Fernseher zu wenden. »Professionelles Interesse, nichts weiter. Ist dir auch aufgefallen, wie medienwirksam sie das Ganze aufgezogen haben? Die Sowjets mögen die Ersten gewesen sein, die einen Menschen ins All geschossen haben, aber die Amerikaner haben eine *Geschichte* draus gemacht. Eine perfekte Geschichte: Spannung, Hoffnung, Todesangst … Allerdings geht mir die Berichterstattung zu weit. Das *Life Magazine* hat für den letzten gemeinsamen Tag vor dem Raketenstart und überhaupt für den gesamten Zeitraum des Mondflugs freien Zugang zu den Häusern der drei Astronautenfamilien bekommen, was ich irgendwie beklemmend finde. Versetz dich mal in diese Frauen … Als wär's nicht schlimm genug, dass du Todesängste um deinen Mann ausstehst. Hast du Janet Armstrongs Ausdruck gesehen? Wie sie versucht, ihre Miene unter Kontrolle zu halten? Professionell aufgezogen, die gesamte Berichterstattung, zugegeben. Aber ich möchte gar nicht wissen, welchem Druck die Familien ausgesetzt waren, dass sie eingewilligt haben, bei dem ganzen Rummel mitzumachen.«

»Ja, der Mythos von der heilen amerikanischen Familie, kombiniert mit einem Mondlandekrimi. Ich würde sagen, erst damit haben sie die Sowjets ausgestochen«, bestätigte Paul. »Im Geschichtenerzählen waren die USA schon immer besser.«

»Und DRITTENS«, drang Xavers Stimme wieder zu ihnen herüber, und Alice hatte den vagen Verdacht, dass er ihrem Gespräch folgte und versuchte, eine Form von Parallelunterhaltung aufzuziehen. »… macht dich dieser ganze Zirkus denn ned misstrauisch? Und wie glatt das alles angeblich gegangen ist?«

Sie warf einen kurzen Blick zu den beiden hinüber. Der bedauernswerte Rupsi hielt sein Bierglas umklammert und bemühte sich tapfer, den Gedankengängen seines Tischgenossen zu folgen.

»Weil nämlich die heutige Technik, die macht so einiges möglich. Verstehst, was ich meine?« Xaver schwieg einen Moment, offensichtlich, um die Spannung ins Unerträgliche zu steigern. »Dieser ganze Rummel von wegen kleiner Schritt für einen Menschen, aber ein großer für die Menschheit«, fuhr er dann fort, »... brave, fesche Ehefraun, die um das Leben ihrer Männer zittern. Die angebliche technische Überlegenheit der Amis. Fremde Welten – Herrgott Sakra, schaltet's doch euer Hirn ein!« Xavers Stimme hielt mittlerweile den Schankraum besetzt; spätestens seit er in den Plural gewechselt hatte, mussten sich die beiden am Tresen wohl oder übel mit der Tatsache abfinden, dass sie an dem Gespräch zwangsbeteiligt wurden. Kurz sahen sie sich an, dann wandten sie sich gottergeben in Richtung Xaver.

»Was genau meinst du damit?«, fragte Alice, mit nur ganz leicht resigniertem Unterton.

»Ihr habt's es doch selber gesagt – man kann den Leuten heutzutage alles weismachen. *Alles.* Wie willst denn heut noch unterscheiden, was wahr is und wannst es mit einer Räuberpistole zu tun hast? Also ich wenn wollt ...« Er beugte sich verschwörerisch vor. »... ich könnt euch einen Mondlandekrimi aufziehen, der sich nur so gewaschen hat, und keiner kennt den Unterschied zwischen Dichtung und Wahrheit! Es wär übrigens nicht das erste Mal. Habts ihr gewusst, dass Karl May Deutscher war? Und der kam überhaupts erst als alter Mann in den Wilden Westen, und die Filme wurden in Jugoslawien gedreht. Des war euch ned klar, oder?«

Alice und Paul musterten ihn ein wenig ratlos. »Äh, doch«, sagte Alice dann. »Es war ziemlich offensichtlich, dass diese verkarstete Landschaft nix mit dem amerikanischen Wilden Westen zu tun hat. Aber erleuchte uns doch: Was haben umgekehrt Winnetou und der Mond miteinander zu tun?«

»Der Winnetou ist übrigens in Wirklichkeit ein Franzos«, schaltete sich der Rupsi hilfsbereit ein, erntete aber nur einen vernichtenden Blick von Xaver.

»Denkt mal drüber nach«, sagte er dann bedeutungsschwanger, an die beiden am Tresen gewandt.

»Du willst jetzt aber nicht sagen, dass die Mondlandung irgendwo auf der Erde gedreht wurde, oder?«, hakte Paul stirnrunzelnd nach.

»Doch«, sagte Xaver und lehnte sich in seinem Stuhl zurück. »Was macht dich denn so sicher, dass das alles *nicht* erstunken und erlogen ist? Hast du einen Beweis, dass die wirklich da oben waren?«

Die beiden starrten Xaver an. Dann warf Alice Paul einen Blick zu, um seine Reaktion abzuschätzen. Sie wussten beide, dass es Unfug war. Aber das intuitive Wissen war so spontan nicht in überzeugende und halbwegs taktvolle Worte zu fassen.

»Vielleicht ist Winnetou einfach ein schlechtes Beispiel«, sagte Paul in dem Moment mit ernster Miene. »Wie wär's stattdessen mit *Raumschiff Orion*, Teil eines gigantischen Sicherheitssystems, das unsere Erde vor Bedrohungen aus dem All schützt? *Was heute noch wie ein Märchen klingt, kann morgen schon Wirklichkeit sein …*«, zitierte er den Sprecher im Vorspann der Science-Fiction-Fernsehserie.

Xaver runzelte die Stirn, und plötzlich lag ein leises Knistern in der Luft. »Sag mal, verarschst du mich grad?«

»N-nein«, sagte Paul, der sich offensichtlich plötzlich daran erinnerte, wie ihn der sechs Jahre ältere Xaver früher vermöbelt hatte, wenn er ungewollt den Klugscheißer gegeben hatte.

Alice neben ihm bewegte sich leicht. Warnend. In diesem Moment kehrte Thea von ihrem langen Weg aus der Küche zurück, beladen mit Geschirr. Sie stellte einen Korb mit Brezen und einen Brotzeitteller mit frischer Butter, Radieserl und Erdäpfelkas auf dem Tresen vor ihnen ab, dann ging sie weiter zu dem Ecktisch und schob Xaver beiläufig ein Schälchen mit Erdnüssen hin.

»Da, iss was. Dir steigt grad das Bier zu Kopf«, sagte sie

freundlich. Sie blieb mit verschränkten Armen stehen, bis Xaver gehorsam zwei Handvoll Erdnüsse genommen hatte und zu kauen begann, dann erst gab sie ihm sein frisches Bier und kehrte hinter den Tresen zurück, um es sich auf einem Stuhl bequem zu machen, den Blick auf die Mondlande-Zusammenfassung gerichtet.

Erstaunlich, dachte Alice. Thea mochte steinalt sein, aber ihre Instinkte als Wirtin waren noch völlig intakt. »Xaver, das ist ein Schmarrn«, sagte Alice dann. »So einen Schwindel kann niemand durchziehen, ohne dass es rauskommt. Nicht mal die Regierung der Vereinigten Staaten von Amerika oder die CIA oder die NASA.«

»Weil du weißt, was die können, oder?«, sagte Xaver hitzig. »Hast du eine Ahnung, wie viel Macht die haben? Wie viel Geld da drinsteckt? Angenommen, sie haben den Leuten Schweigegeld bezahlt. Dann sind sie immer noch billiger davongekommen, als wie wenn sie irgendwelche Menschen auf den Mond gschossen hätten.«

»Nicht wirklich«, wandte Paul sachlich ein. »Angeblich waren an der Planung des Mondflugs Hunderttausende Leute direkt oder indirekt beteiligt. Grob überschlagen, wäre es wahrscheinlich billiger, die Astronauten wirklich auf den Mond zu schießen, als alle Mitarbeiter zu bestechen oder um die Ecke zu bringen.«

Alice brach sich ein Stück Breze ab und tauchte es in den kleinen Berg aus cremigem Erdäpfelkas, der mit leuchtend grünem Schnittlauch gesprenkelt war. Sie starrte das Brezenstück allerdings nur an, ohne abzubeißen. »Ich geb Paul recht, es wär undurchführbar«, sagte sie dann schlicht. »Nie im Leben würden so viele Beteiligte komplett dichthalten. Du hättest an irgendeiner Stelle mindestens ein Informationsleck. Und sei's die Putzfrau oder ein Techniker. So viel hab ich jetzt in den zweieinhalb Jahren bei der Zeitung gelernt: Lügen und manipulieren können die Leute oder Institutionen, aber nur bis zu einem bestimmten Grad. Je größer und komplexer das Ganze wird, umso mehr verlierst du die Kontrolle darüber, was nach außen dringt. Davon abgesehen: Die Sowjets haben ja auch ihren KGB, und der hätt's mitgekriegt. Meinst du im Ernst, die hätten es nicht sofort publik gemacht, wenn da was faul gewesen wäre?«

»Worum geht's hier eigentlich?«, fragte Paul. Es schien ihn wirklich zu interessieren. »Was für ein Problem hast du denn, daran zu glauben, dass Menschen auf dem Mond waren?«

»Ich hab kein Problem mit dem Mond«, sagte Xaver gedehnt. »Ich hab ein Problem mit dem *Glauben*, seit ich weiß, was heutzutage technisch alles möglich ist. Seids ihr nicht immer unsere Gscheidhaferl gewesen? Wie kann es eigentlich sein, dass ihr noch nicht mal kritisch hinterfragt, was man euch so alles vorsetzt in den Nachrichten? Mittlerweile bin ich fast schon so weit, dass ich alles anzweifel, was ich nicht sehen oder mit den Händen anfassen kann.«

»Aber an Gott glaubst doch a, oder?«, konterte Rupsi mit listigem Blick.

Xaver starrte ihn an. »Das ist was ganz was anderes!«, sagte er ungnädig. »Willst du jetzt polemisch werden, oder was?«

»Warum is des was anderes?« Der Rupsi blieb wider Erwarten hartnäckig.

Während sich die beiden in einer theologischen Wirtshausdebatte verloren, sagte Paul nachdenklich zu Alice: »Weißt du, ganz so verrückt ist das gar nicht. Ich hab mal was über dieses *Don Quijote*-Phänomen gelesen. Sagt dir das was? Es ging mit Gutenberg und dem Buchdruck los. Weil es damit erheblich leichter wurde, Geschichten Wort für Wort zu wiederholen und weiterzuverbreiten … Es hat die Menschen verwirrt, sie waren regelrecht orientierungslos. Man hatte noch nicht gelernt, Wirklichkeit und Fiktion voneinander zu unterscheiden. Erst wirkt es wie ein schlechter Witz, aber wenn man genauer drüber nachdenkt, ist es eigentlich nur logisch. Wenn die Leute damals etwas Gedrucktes lasen oder vorgelesen bekamen, gingen sie zunächst einmal ganz selbstverständlich davon aus, dass sie es mit einem Tatsachenbericht zu tun hatten. Genau davon handelt Cervantes' *Don Quijote*: Aufgrund exzessiver Lektüre von schnulzigen Ritterromanen hatte der arme Kerl den Verstand verloren, bis er Windmühlen nicht mehr von Riesen unterscheiden konnte. Vielleicht verschwimmen die Grenzen von Wahrheit und Dichtung ja immer dann, wenn technische Neuerungen die Welt auf den Kopf und die eigene Wahrnehmung infrage stellen. Und wenn man genauer drüber nachdenkt, sind wir doch immer wieder an solchen Kipppunkten: erst Bücher, dann Radio und Kino. Jetzt setzt sich das Fernsehen durch … Wart's mal ab, vielleicht hat in ein paar Jahren jeder deutsche Haushalt einen eigenen Fernseher. In den USA sind sie sogar noch einen Schritt weiter, sie gucken ihre Filme mittlerweile in Farbe! Die perfekte Illusion … Vielleicht ist es einfach nur eine natürliche Reaktion, wenn ein Mensch in so einem Moment nur noch an das glauben will, was er mit den Händen greifen und fühlen kann; das Bedürfnis hab ich selbst auch immer wieder.«

»Ist das wahr, die Sache mit den Ritterromanen?«, fragte Alice wie gebannt und hätte Paul im nächsten Moment am liebsten ihr Bier über den Kopf gekippt, als er grinste und treuherzig sagte: »Weiß ich nicht; hab es nicht überprüft. Aber es klingt plausibel, findest du nicht? Obwohl du natürlich ein Problem hast, wenn deine Wahrnehmung so beschränkt ist.«

»Wer ist beschränkt?«, kam Xavers Stimme in leise streitsüchtigem Unterton herübergeschwappt. Die theologische Debatte schien vorüber.

»Wenn du nur noch das akzeptierst, was du auch anfassen kannst, was machst du dann mit Krankheiten, beispielsweise?«, sagte Alice ruhig. »Viren und Bakterien kannst du schließlich auch nicht mit bloßem Auge sehen. Wirst jetzt als Nächstes behaupten, wir hätten keine Pandemie gehabt letzten Winter?«

Autsch! Paul warf Alice einen Seitenblick zu. Kurz war es still, während Xaver sie anstarrte. »*Freilich* gab's eine Pandemie«, sagte der dann. »Ihr müssts mich jetzt nicht für deppert halten, nur weil ich kritisch an eine Sache rangeh.«

Rupsi nutzte die Gelegenheit, als er nicht mehr im Fokus von Xavers Aufmerksamkeit stand. Er erhob sich leise schwankend und legte ein paar Münzen auf den Tisch. »Servus beinand. Ich schau zu, dass ich heimkomm«, sagte er und suchte sich leise schlingernd seinen Weg zwischen den Stühlen hindurch in Richtung Ausgang. Dem Gesprächsverlauf nicht unähnlich, fand Alice.

»Ganz so selbstverständlich ist das gar nicht«, sagte Paul in dem Moment. »Im vergangenen Winter hab ich viel Zeit im Schwabinger Krankenhaus verbracht, um auszuhelfen. Mein Gott, was waren wir fertig. Und gefrustet … Weißt du, manche haben tatsächlich behauptet, das wär gar keine Pandemie, obwohl die Münchner Krankenhäuser aus allen Nähten geplatzt sind; ich habe freiwillig Schichtdienst gemacht, weil es nicht genügend Ärzte und Pfleger gab. Die haben die Kranken überall geparkt, in den Gängen, in den Schwestern- und Ärztezimmern, in den Bädern … Und in Berlin gab es einen regelrechten Bestattungsnotstand. Sie haben die Toten übergangsweise in U-Bahn-Schächten und Gewächshäusern zwischengelagert, weil sie mit dem Beerdigen nicht mehr hinterherkamen. Die Bestatter lagen nämlich auch mit Grippe im Bett. In anderen Ländern, wo die medizinische Versorgung schlechter war, soll es noch schlimmer gewesen sein. Und selbst bei uns in München … die Apotheker und ihre Helfer sind aufs Land rausgefahren, um Medikamente aufzutreiben, weil es in der Stadt eng wurde.«

»Und die Gesundheitsämter haben nicht reagiert?«, fragte Alice stirnrunzelnd.

»Nicht wirklich. Sie schienen irgendwann regelrecht genervt zu sein von all den verunsicherten Leuten, die angerufen und gefragt haben, was sie denn um Himmels willen machen sollen. *Es gibt keine Pandemie*, hieß es. Nur eine Grippewelle, wie sonst halt auch. Ich glaube, sie waren genauso überfordert. Es lag auch daran, dass niemand wusste, wer eigentlich dafür verantwortlich ist, irgendwelche Maßnahmen durchzusetzen. Der Bund? Die Länder? Deshalb haben sie den Kopf in den Sand gesteckt und schlicht so getan, als wäre nichts. Wer weiß, in ein paar Jahren hat die Welt womöglich ganz vergessen, dass es in den Sechzigern überhaupt eine Pandemie gegeben hat – obwohl die Mediziner mittlerweile von einer Übersterblichkeit von mindestens einer Million weltweit ausgehen.«

»Siehst du, genau das mein ich!«, sagte Xaver aufgebracht. »Die basteln sich die Wirklichkeit einfach so zusammen, wie sie sie haben wollen! Womöglich ...« Er hielt inne, und Paul und Alice sahen, wie es in seinem Kopf zu arbeiten begann.

Bitte nicht, dachte Alice entsetzt. Was hatte Paul jetzt nur wieder losgetreten? Er schien selbst zu merken, in welche Richtung die Diskussion abzudriften drohte, denn er fügte hastig hinzu: »Du musst natürlich immer alle Zeichen zusammengenommen betrachten. Wenn es soundso viele Kranke und Tote gibt, dann sollte man das auch zur Kenntnis nehmen. Aber, was noch wichtiger ist: Du musst das alles in einen wenigstens *halbwegs* sinnvollen Zusammenhang stellen. Wenn Menschen die Ursache für ein Ereignis oder eine Katastrophe nicht kennen, suchen sie immer nach Erklärungen. Nur dass die Erklärung vernünftiger oder unvernünftiger sein kann, je nachdem. Es gibt Dinge – Viren, Bakterien, Luftpartikel –, die man nicht sehen kann. Und manchmal wiederum sieht man Dinge, die es nicht gibt. Im achtzehnten Jahrhundert hat eine Epidemie in Südosteuropa beinahe ein ganzes Dorf ausradiert und sich dann noch weiter ausgebreitet. Du wirst davon gehört haben, obwohl dir das vielleicht noch nicht mal bewusst ist: Die Kranken hatten Atemnot, blauschwarze Male seitlich am Hals und Albträume, in denen sie von frisch verstorbenen Verwandten und Nachbarn heimgesucht wurden – das sicherste Zeichen, dass es mit ihnen zu Ende ging.« Paul nahm einen Schluck von seinem Bier, das langsam schal zu werden drohte. »Es war die Geburtsstunde der Vampire, weil die Leute versucht haben, aus diesen unheimlichen Phänomenen eine Geschichte zu basteln, die die Vorgänge irgendwie erklären könnte. Heute geht man davon aus, dass es sich um eine Milzbrand-Epidemie gehandelt hat. Was ich sagen will: Man kann schon ein Weilchen an Vampire glauben; das ist in Ordnung. Aber wenn sich dann doch eine vernünftigere Erklärung bietet, sollte man vielleicht noch einmal darüber nachdenken, ob man seine Einzelinfos nicht zu einem komplett falschen Muster zusammengesetzt hat. Es schadet nichts, wenn man ein bisschen flexibel bleibt im Kopf.«

»Paaauul …«, sagte Alice, in dem warnenden Ton ihrer Kindheit.

Xaver starrte ihn an und schien offensichtlich angestrengt darüber nachzudenken, ob er gerade beleidigt worden war. »Ich *bin* flexibel«, sagte er.

»Ja, ich weiß. Sehr flexibel sogar«, sagte Paul treuherzig. »Ich glaube, ich bin deutlich konservativer, wenn es ums Entwickeln neuer Theorien geht.«

Xaver betrachtete ihn noch immer stirnrunzelnd, kam aber offensichtlich noch immer zu keinem Schluss, ob er Grund hatte, sich aufzuregen, oder nicht. Dann zuckte er abfällig die Achseln. »Ich muss mal wohin«, sagte er verdrießlich und erhob sich.

»Vampire also«, sagte Alice, als Xaver außer Hörweite war. »Seit wann hast du denn diesen Hang zu Gruselgeschichten?«

»Vampire sind nicht gruslig. Aber Menschen finde ich manchmal unheimlich«, sagte Paul, während er zusah, wie Xaver in Richtung Toilette verschwand.

»Du weißt schon, dass du heut noch eins auf die Nase kriegst, wenn du so weitermachst, oder?«, sagte Alice nüchtern.

»Ja. Aber ich kann nicht anders; es ist ein alter Reflex.« Er tunkte ein Radieschen in Salz und steckte es sich in den Mund. »Abgesehen davon, bist du auch nicht viel besser. Außerdem war es die Wahrheit. Ich spreche immer die Wahrheit.«

»Ich weiß«, sagte Alice seufzend. »Das ist eine deiner anstrengendsten Eigenschaften.«

Ihr Blick wanderte zu Thea, die in ihrem bequemen Stuhl saß und mittlerweile eingeschlafen war. »Ich liebe es, für die Spätnachrichten herzukommen und Thea beim Einschlafen zuzusehen«, sagte sie versonnen. »Es ist so beruhigend. Ihre Lider werden schwerer und schwerer und die Gesichtszüge immer entspannter, obwohl sie sich eigentlich keinen Millimeter bewegt. Manchmal komm ich extra deswegen her, wenn ich mich einsam fühle. Diese Mischung aus Tagesaktuellem und Stillstand bringt meine Welt immer wieder ins Lot.« Sie warf ihm einen Seitenblick zu. »Ähm … klingt das irgendwie seltsam?«

Paul riss sich ein Stück Breze ab und bestrich es dick mit Butter. »Für mich nicht; aber weiß Thea, dass du ihr nachstellst?«

Alice lächelte. »Nein. Und ich wäre dir dankbar, wenn du's für dich behältst. Sonst krieg ich noch Hausverbot.« Andächtig betrachteten sie die schlafende Thea, dann sagte Alice: »Wollen wir abhauen? Bringst du mich nach Hause?«

Paul nickte nur stumm, während sich ihnen von hinten schwere, etwas unbeholfene Schritte näherten. Alice erhob sich rasch. »Es ist spät. Ich schau mal lieber, dass ich heimkomm zu Elena«, sagte sie in entspanntem Tonfall. »Xaver, es war *sehr* aufschlussreich; wir sollten das demnächst unbedingt vertiefen. Sag mal, wär's in Ordnung, wenn du heute die Luken dichtmachst? Thea ist mal wieder eingeschlafen, und ich muss morgen früh raus.«

Xaver wirkte etwas überrumpelt, aber da Alice ihn weiter unbeirrt freundlich anlächelte, sagte er, beinahe reflexartig: »Ja, freilich. Mach ich.«

»Du bist ein Schatz. Ich revanchier mich irgendwann«, sagte sie heiter und begann, die mittlerweile leer gegessenen Teller zusammenzuräumen, um sie in die Küche zu tragen. Paul schnappte sich den Brezenkorb, und Xaver folgte mit den leeren Biergläsern. Er hatte noch immer leichte Schlagseite.

Als sie in die Nacht hinaustraten, hatte sich die Wolkendecke aufgelöst, und der Himmel war von Sternen übersät. Aus alter Gewohnheit suchte Alice nach dem Polarstern, um sich am Himmel zu orientieren und dann Sternbild um Sternbild weiterzuwandern. Wie es so ist als Miesbacher Kind, dachte sie mit einem Anflug von Sarkasmus: Man hat so wenig Abwechslung, dass man in seiner Langeweile nach den Sternen greift. Ein leichter Geruch von Apfelwein lag in der Luft, und selbst jetzt durchwob eine Andeutung von Schnee die Dunkelheit, weil der Wind von den Bergen herabwehte. Als würde man in einem Gebirgsbach stehen und sich von kristallklarem Wasser umspülen lassen. Sie atmete tief ein und fragte dann: »Wollen wir einen Umweg machen und noch kurz beim See vorbeischauen?«

»Warum nicht«, sagte Paul, und eine Weile schwiegen sie, während sie durch die ausgestorbenen Straßen schlenderten. »Also. Erzählst du mir jetzt endlich, was dir Sorgen macht?«, fragte er schließlich unvermittelt, ohne weitere Einleitung.

Sie warf ihm einen kurzen Seitenblick zu. »Das hast du gemerkt? Woran?!«

»Deine Hände«, sagte er nur, und sie seufzte. Doch innerlich war sie froh, ihren Freund aus Kindertagen gerade an ihrer Seite zu haben. Es minderte das Gefühl der Einsamkeit. Erstaunlich, dass sie ihm noch immer alles vorbehaltlos anvertrauen konnte; sie kannte niemanden, mit dem sie so zu reden wagte, ohne die Sorge, missverstanden zu werden. Einen Moment lang sammelte sie ihre Gedanken, dann setzte sie an: »Mein Leben steht gerade kopf, verstehst du. Ich zieh nach München; in den nächsten Tagen bin ich fertig mit meinem Volontariat, und ich hatte mich beworben und tatsächlich eine Stelle im Haupthaus bekommen.«

Er wirkte aufgeschreckt, beinahe betroffen. Warum?, fragte sie sich. Weil er ausgerechnet jetzt für vier Semester von München nach Hamburg wechseln würde, um sein Studium dort zu beenden? Weil sich alles, einfach alles zu verändern schien und ihr Kinderleben nicht mehr existierte? Sie wusste es nicht.

»Glückwunsch!«, sagte er langsam. »Das war es doch, was du immer wolltest, oder? Endlich geht's auf in die Großstadt. Was bedrückt dich dann? Dass Karl gerade nicht da ist, weil er irgendwelche Vulkane in Indonesien besteigt? Ich kann beim Umzug helfen, wenn du magst. Wann kommt er denn zurück?«

Sie blickte sich kurz um. Noch immer waren sie völlig allein in den nächtlichen Gassen. »Gar nicht«, sagte sie halblaut.

Paul blieb abrupt stehen. »Wie meinst du das?«

»So, wie ich's sage. Ich lass mich scheiden«, sagte sie, noch immer leise. Und fügte hinzu: »Es weiß noch niemand, also halt bitte die Klappe.«

»Das heißt …«

»Niemand heißt niemand. Meine Eltern auch nicht. Ich werde es ihnen in dem Moment sagen, wenn ich mir die Umzugskartons unter den Arm klemme. Vielleicht sogar auch erst danach. In der Zwischenzeit ist Karl auf Fotoreportage, und fertig.«

»Tut mir leid zu hören«, sagte er. »Wie fühlst du dich? Dumme Frage wahrscheinlich …«

Sie zuckte mit den Achseln. »Nein, nein. Um ehrlich zu sein, ich fühl mich eigentlich sogar ganz gut.«

Mittlerweile hatten sie den Schliersee erreicht. Der Vollmond war wenige Minuten zuvor aufgegangen. Langsam stieg er höher, über die gezackte Silhouette der Berge hinweg, bis er sich schließlich voll und rund und fahlgelb auf der glatten Oberfläche des Sees spiegelte. Einen Moment lang überkam Alice das absurde Gefühl, der Mond könne seinen Doppelgänger auf Erden tatsächlich sehen und sich in den Anblick seines Spiegelbildes versenken, so reglos war die Nacht.

»Dann habt ihr euch im Guten getrennt?«, fragte Paul und unterbrach damit ihre Gedanken.

»Ja, haben wir. Es war mir wichtig, dass das Ganze nicht in eine Schlammschlacht ausartet. Ich denke, es war auch tatsächlich keiner von uns beiden schuld. Vielleicht waren wir einfach zu jung. Und wir waren so mit unseren Leben beschäftigt, dass wir uns zu wenig umeinander gekümmert haben. Er will fotografieren, und ich … du weißt schon.«

Du weißt schon. Ja, er wusste es, besser als irgendjemand sonst. Sie waren beide getrieben von dem Verlangen, die Welt zu begreifen. Leid zu verhindern. Unsagbares in Worte zu fassen. Sie war Journalistin geworden, er Mediziner.

»Wenn es keine Schlammschlacht werden soll, wie macht ihr es denn?«, fragte er sachlich.

»Ich hab ihn gebeten, die Schuld auf sich zu nehmen. Dafür verzichte ich auf die Unterhaltszahlungen.«

Paul starrte sie nun offen an. »War das wirklich schlau?«, fragte er dann verhalten.

»Ich finde schon. Er unterstützt mich jetzt noch für drei Monate, bis ich in München Fuß gefasst habe. Das ist das Wichtigste, so muss ich niemanden sonst um Hilfe bitten; also, vor allem nicht meine Eltern. Weil ich mir ehrlich gesagt lieber die Zunge abbeißen würde, als das zu tun. Und danach, im Winter, stehe ich hoffentlich ganz auf eigenen Füßen.«

»Aber du hast ein Kind«, wandte er ein.

»Was du nicht sagst. Und?«

»Das heißt, du wirst finanziell immer im Nachteil sein. Du

kannst weniger arbeiten, hast dafür aber mehr Ausgaben. Das ist doch nicht fair.«

Alice hob einen Stein vom Ufer auf und schleuderte ihn flach, aber mit Schwung über die stille Oberfläche des Sees. Er hüpfte ein paarmal, und der Mond erzitterte und löste sich in eine Vielzahl kleiner, unkontrollierter Wellen aus Licht auf.

»Das ist es mir wert«, sagte sie. »Wer nicht zahlt, kann mir auch nicht dreinreden.« Nachdenklich betrachtete sie den Mond, der innerhalb von Sekunden zu seiner Form zurückgefunden hatte und nun wieder selbstgefällig und reglos auf dem Wasser schwamm.

»Vielleicht hat Xaver ja doch recht. Es *ist* deprimierend, wenn etwas aus der Ferne so wunderschön und erstrebenswert aussieht, und du träumst und träumst davon, ihm nahe zu kommen ... Und dann ist es aus der Nähe betrachtet eine lebensfeindliche Staubwüste, nichts weiter«, sagte sie nachdenklich.

»Ich seh schon, du steckst die ganze Geschichte wirklich gut weg«, sagte er, und plötzlich musste sie lachen.

»Es ist also nicht die Trennung, die dir Sorgen macht. Verstehe ich das richtig? Was beunruhigt dich denn?«

Sie verschränkte die Arme und musterte ihn kritisch. »Wie ist es so, das Leben in der Großstadt?«, fragte sie dann.

»Darum geht's? Du brichst endlich auf in die große weite Welt, und jetzt hast du Muffensausen?«

»Das ist nicht die große weite Welt«, sagte sie. »Es ist nur München.«

»Für ein Landei trägst du die Nase ganz schön weit oben.«

»Ich weiß. Das muss ich auch; sonst krieg ich's doch noch mit der Angst.«

»Angst wovor? Vor München?«

»Nein. Ich mach mir Sorgen um Elena. Wenn ich ganz alleine wäre – kein Problem. Aber so? Ich weiß nicht, wo ich sie tagsüber unterbringen soll. Wir haben noch nicht einmal eine Wohnung oder wenigstens ein Zimmer ... Verstehst du, ich hab nicht die geringste Ahnung, wie ich das alles hinkriegen soll. Ich muss doch für sie sorgen, und ... Julia kann ich ja kaum mitnehmen.« Ihre Stimme war leiser und leiser geworden.

Paul dachte nach. »Mach dir keine zu großen Sorgen«, sagte er schließlich. »Du kriegst es hin, das weiß ich. Du hast es immer hingekriegt. Aber ich kann mich ein wenig bei den anderen Medizinstudenten umhorchen wegen einer freien Wohnung. Soll ich? Vielleicht weiß jemand was.«

Sie zögerte kurz, doch dann siegte ihr pragmatischer Verstand. »Das wär prima. Danke«, sagte sie. »Und jetzt erzähl mal, wie ist es dir in München ergangen? War es anfangs schwer, sich zurechtzufinden?«

Er begriff, dass sie sich auf leisen Sohlen ihrem neuen Lebensraum näherte und ihn von allen Seiten zu umkreisen begann, um ihn unter die Lupe zu nehmen. »Gar nicht«, sagte er mit einem leichten Lächeln. »Wie Schritte auf dem Mond – federnd und leicht und praktisch schwerelos.«

»Unkontrolliert und schwer vorhersehbar, meinst du wohl«, sagte sie. »Hast du dich sehr fremd gefühlt anfangs?«

»Sich irgendwo fremd zu fühlen ist nicht das Schlimmste«, erwiderte er, ohne zu zögern. »Es kommt darauf an, *wo* du dich fremd fühlst. Wenn du dich an der Uni und in der Großstadt erst zurechtfinden musst, ist das viel weniger schlimm, als wenn du dich zu Hause als Fremder fühlst.« Mehr sagte er nicht, aber mehr Worte waren auch nicht nötig. Sie musterte ihn aufmerksam, dann nickte sie nur. Alice kannte ihn von klein auf: ein stiller Junge mit kritischem Blick, der alles wahrzunehmen schien, worüber seine Familie, wohlhabende Bauern in der dritten Generation, lieber nicht reden wollte.

»Du wirst es lieben, das Großstadtleben«, fügte er hinzu, und dann erzählte er ihr von München, von den Straßen, auf denen sich die Menschen bis weit nach Mitternacht drängten, vom unablässigen Rauschen des Verkehrs, dem Lachen und Stimmengewirr der Passanten, die die Nacht durchwoben. Von dem Gefühl, lebendig zu sein, die Dunkelheit an den Rand des Bewusstseins drängen zu können.

Es war ein Versprechen zwischen den Zeilen: Dass sie dieses lähmende Gefühl würde abschütteln können, das sie beide seit ihrer Kindheit gefangen hielt. Und es beantwortete unausgesprochene Fragen: Nein, man muss sich nicht zwangsläufig und für immer in einer festgeschriebenen Flugbahn bewegen. Ja, es gibt ihn, diesen Ort, an dem man neu anfangen, an dem man ein Fremder sein kann, der selbst bestimmen darf, welche Eigenschaften er haben möchte, statt sie sich von außen aufdrängen zu lassen.

Alice nahm einen weiteren Kieselstein vom Boden auf und warf ihn mit einer leichten, spielerischen Drehung ihres Handgelenks über die stille Oberfläche des Sees. Jetzt lächelte sie, während sie die tanzenden Lichtwellen auf dem Wasser beobachtete.

»Tja«, sagte sie. »Dann mal auf zum Mond.«

TEIL 2 | MÜNCHEN

1971–1973

ÖLKRISE, TERROR UND GESELLSCHAFTLICHER WANDEL

Die Ölkrise 1973 - ausgelöst durch den Jom-Kippur-Krieg zwischen Israel und Ägypten, Syrien und anderen arabischen Staaten - sorgt selbst in der Bundesrepublik für Verwerfungen.

Wirtschaftsminister der FDP zaudert, der Kanzler greift durch. Um die Energieversorgung der Bundesrepublik zu sichern, tritt auf Drängen Willy Brandts im November 1973 das befristete »Energiesicherungsgesetz« in Kraft. Es berechtigt die Bundesregierung, Energie im Krisenfall zu rationieren, die Nutzung des fahrbaren Untersatzes einzuschränken und Höchstpreise festzulegen.

Was gibt's Neues? Am 3. Februar 1973 erfolgte eine Premiere der besonderen Art - zum ersten Mal übernimmt eine Frau die Moderation des »Sportstudios« im ZDF. Carmen Thomas erkämpft sich damit als Journalistin ihren Platz in einem bislang von Männern dominierten Ressort.

Ausgezeichnet. Für seine diplomatischen Bemühungen im Ost-West-Konflikt erhält Bundeskanzler Willy Brandt 1971 den Friedensnobelpreis.

Mit dem Pferdegespann und 2 PS auf die Autobahn. Tempolimit und vier autofreie Sonntage: Die Folgen des Kriegs sind mittlerweile auch in Deutschland unübersehbar. Was nicht jeder schlecht findet - wann hat man schon die Gelegenheit, ein Picknick auf der Autobahn zu veranstalten? Absurde Öl- und Benzinpreise führen zu einer massiven Beeinträchtigung der Wirtschaft und treiben die Inflation in die Höhe. Die Abhängigkeit vom Öl erweist sich immer mehr als wesentliches Problem, das es zu lösen gilt.

Die Kampagne gegen den §218 bewegt ganz Deutschland. Begonnen hatte sie mit der Selbstbezichtigungsaktion »Wir haben abgetrieben« von 374 Frauen in der Zeitschrift STERN vom 6. Juni 1971. Seither finden in der gesamten Bundesrepublik Demonstrationen für die Abschaffung des Paragrafen statt.

Kurioses. Seit 1971 kürt die Gesellschaft für deutsche Sprache das Wort des Jahres. Diesjähriger und damit erster Sieger ist das klangvolle Adjektiv »aufmüpfig«.

Olympische Flagge auf Halbmast. Mit der Geiselnahme während der Münchner Sommerspiele erlebt Deutschland ein zuvor unvorstellbares Ausmaß an Gewalt. Am frühen Morgen des 5. September 72 überfällt die palästinensische Terrororganisation »Schwarzer September« das Quartier der Sportler und tötet zwei Israelis. Bei einem misslungenen Befreiungsversuch auf dem Flugplatz Fürstenfeldbruck in der darauffolgenden Nacht werden neun weitere israelische Geiseln, ein Polizist und fünf der acht Geiselnehmer getötet.

Kapitel 9

DIE SPIEGELWELT: VON PANTHERN, SCHNABELTIEREN UND ZWIEBELFISCHEN

Sommer 1971 – Im Kulturressort

»Sagen Sie Ihrem Chef, es ist nach fünf, Fräulein. Der Beitrag geht heute auf keinen Fall mehr in Druck; eigentlich sollte er das wissen«, erklärte Hegel fest.

Alice musterte ihr Gegenüber. Hegel, war das sein Spitzname? Sie fand, dass er eher John Lennon ähnelte mit seiner runden Brille und dem länglichen, nachdenklich-freundlichen Gesicht. Es hatte eine ganze Weile gedauert, ehe Alice sich überhaupt hatte bemerkbar machen können inmitten der Hektik, die in der Setzerei und Druckerei herrschte. Und nun hielt Hegel sie offensichtlich für die Sekretärin eines Redakteurs, was sie ihm noch nicht einmal verübeln konnte. Schließlich war es die wahrscheinlichste Variante der Wirklichkeit.

»Das ist nicht der Artikel meines Chefs. Es ist meiner«, erklärte sie und versuchte, ihre Stimme in mittlerer Lautstärke zu halten. Nicht zu leise entschuldigend, nicht zu laut vorwurfsvoll.

Der Hegel stutzte. »Ah so. Und Sie sind …?«

»Ich bin Journalistin. Frau Meißner«, sagte Alice und hoffte, dass er neben ihrem Nachnamen nach Möglichkeit auch den Zusatz »Frau« gehört hatte. Manchmal half es, kein Fräulein mehr zu sein. »Ich bin erst vor einem Monat von der Produktion ins Kulturressort gewechselt. Trotzdem, ich weiß natürlich, ich bin spät dran; tut mir leid. Könnte man die zwanzig Minuten nicht wieder reinholen? Der Ressortleiter und ich, wir konnten uns nicht gleich einigen über ein paar Details im Artikel, und deshalb … Es wäre schade drum, wirklich. Heute wurde eine Sonderausstellung im Deutschen Museum eröffnet. Wenn wir das erst übermorgen bringen, wär's witzlos, dann hat es die Konkurrenz doch längst gebracht.«

»Es ist immer das Gleiche mit euch Redakteuren«, sagte Hegel vorwurfsvoll und rückte seine Brille zurecht. »Ihr bekniet einen, ihr behauptet, die Welt gehe unter, wenn euer Artikel nicht gleich sofort auf der Stelle gesetzt wird, und danach beschwert ihr euch, weil ein Zwiebelfisch in eurem Beitrag gelandet ist.«

Für den Bruchteil einer Sekunde hatte Alice das Gefühl, dass ihr die Gesichtszüge entgleisten. Dann setzte sie rasch wieder ihre Pokermiene auf, doch es war zu spät. Hegel musterte sie mit einer Spur von Belustigung. »Sie wissen nicht, was ein Zwiebelfisch ist, oder?«

Sie beschloss zu schweigen, aus Sorge, dass die Gereiztheit, die gerade in ihr aufstieg, in ihrem Tonfall mitschwingen könnte. Sie brauchte Hegel noch, ganz dringend. Als sie stumm blieb, versuchte er es mit »Hurenkind?«. Ein Hauch von Mitleid hatte sich in seine Stimme geschlichen.

Das brachte Alice wieder auf die richtige Spur. »Hurenkinder kenne ich«, sagte sie. »Es ist die letzte Zeile eines Absatzes, wenn sie rübergerutscht ist auf die neue Seite oder Spalte und ganz allein dasteht. Und der Schusterjunge … ist das Gegenteil davon. Der steht ohne den Rest seines Absatzes auf der vorangegangenen Seite – ich persönlich finde das nicht so tragisch; aber beides ist der Albtraum jedes Setzers, so viel weiß ich. Und, was ist bei einem Zwiebelfisch verrutscht?«

»Der Letter. Der Zwiebelfisch ist ein Buchstabe innerhalb eines Fließtexts, der versehentlich in einer falschen Schrift gesetzt worden ist. Das passiert, wenn jemand in der Vormittagsschicht beim Wegsortieren der Lettern schläft. Oder der Stresspegel zu hoch ist, weil jemand nach Redaktionsschluss unbedingt noch einen Text unter die Haube bringen will.« Er hob vielsagend die Braue, aber Alice bemerkte durchaus ein gewisses Wohlwollen, warum auch immer, auf dem man möglicherweise aufbauen konnte.

»Apropos Schrift«, sagte sie. »Bei der Ausstellung geht es um Handschriften und das Herstellen von Büchern in mittelalterlichen Klöstern. Spannend, finden Sie nicht?«

Hegel runzelte die Stirn. »Versuchen Sie gerade, mich einzuwickeln?«

»Nein, gar nicht. Ich argumentiere. Ich versuche, Sie von der Notwendigkeit zu überzeugen, dass mein Artikel unbedingt in die morgige Ausgabe reinkommen sollte. Es lohnt sich.«

Er musterte sie noch einen Moment. »Welche Details?«, fragte er dann plötzlich.

»Was meinen Sie?«

»Die Details, über die Sie sich nicht einig werden konnten mit Ihrem Chef.«

»Ach so. Ich hatte geschrieben, dass in der Ausstellung auch auf die Geschichte der Nonnen im Mittelalter eingegangen wird. Es haben nämlich nicht nur Mönche Schriften kopiert. Mein Ressortleiter fand, das wär unwichtig und ich würde zu sehr ins Detail gehen.«

»Hatte er damit nicht recht? Das ist schon sehr detailverliebt.«

Alice dachte hastig nach. Warum stellte er so viele Fragen? Aber es schien ihn tatsächlich zu interessieren, und sie hatte das

Gefühl, dass das Schicksal ihres Beitrags noch in der Schwebe hing. Nach welchen Kriterien er seine Entscheidung fällte, war ihr allerdings nicht klar. »Nein, find ich nicht«, sagte sie daher ehrlich. »Vielleicht würde ja daraufhin die eine oder andere Frau mehr in die Ausstellung gehen, weil sie das mit den Nonnen nicht gewusst hat, die Tatsache aber interessant findet, dass auch Frauen schreiben konnten.«

Er wirkte leicht amüsiert. »Sie sind hartnäckig, stimmt's?«

»Hartnäckig ist noch schmeichelhaft. Ich wurde auch schon Dickschädel und Nervensäge genannt.«

Hegel rückte seine Brille zurecht und musterte sie noch einmal nachdenklich, dann seufzte er tief auf. »Erich«, rief er dann. »Hältst du den vierten Bogen mal zurück? Ich brauch noch ein bisschen.« Damit wandte er sich wieder Alice zu. »Das ist eine absolute Ausnahme, dass das klar ist! Können Sie ein Stündchen bleiben? Ich bin schneller, wenn Sie mir eben diktieren und gleich über die Schulter gucken wegen möglicher Leichtsinnsfehler.«

»Ja. Klar doch«, sagte Alice und stolperte fast über ihre Worte. Sie hatte die Hoffnung beinahe aufgegeben, dass der Artikel heute noch in Satz kommen würde, und der Gedanke war wirklich frustrierend gewesen. Es war der erste wichtigere Beitrag, den ihr der Ressortleiter zugeschoben hatte, und sie hatte schon zwei Tage vor Ausstellungseröffnung daran gearbeitet, recherchiert, geschrieben, gefeilt. Und dann war der Text zu lang geraten, weil sie sich hatte mitreißen lassen und der Chef ihr noch zwei, drei Ergänzungen eingefügt hatte.

»Schmeißen Sie die Nonnen raus, und ab in den Druck damit«, hatte der Ressortleiter gesagt.

Doch sie hatte sich gesträubt. Höflich, aber wortreich hatte sie erklärt, warum die Nonnen bleiben sollten, und schließlich hatte er nach einem Blick auf die große Wanduhr in der Redaktion entnervt aufgegeben.

»Dann lassen Sie den Kram meinetwegen drinnen, und sehen Sie zu, wo Sie sonst einkürzen können. Ihr Problem. Aber der Beitrag sollte rein! Es wär ganz schöner Mist, wenn wir wegen dem Schmarrn jetzt irgendeinen Larifari-Stehsatz einfügen müssen, nur weil Ihr Artikel nicht fertig geworden ist.«

Die Ansage war klar gewesen – es wäre dann wohl ihre Schuld, wenn die Sache schiefging. Nicht gut. Gar nicht gut. Dass es nicht ihre Schuld *war*, würde hinterher niemanden mehr interessieren. Ja, sie hätte nachgeben können … aber dann wäre der Beitrag nicht mehr rund gewesen. Ihr Vorschlag, den Schluss einzukürzen, war komplett überhört worden, obwohl das ihrer Meinung nach durchaus sinnvoll gewesen wäre. Jedenfalls, Hegel rettete ihr soeben das Fell.

»Danke«, sagte Alice. »Das ist wirklich, ehrlich nett von Ihnen.«

»Kein Problem«, sagte Hegel, während er zu seinem Arbeitstisch ging. »Ich weiß selbst, wie es sich anfühlt, wenn man eine neue Stelle antritt und sich wie ein Fremdkörper vorkommt; da ist man um jede helfende Hand froh.«

Alice warf ihm einen verwunderten Seitenblick zu. »Ihnen ging es auch so?«, fragte sie und bemühte sich, die Skepsis in ihrer Stimme zu unterdrücken. »Aber *warum*?«

»Ich bin ein Saupreiß aus Berlin. Merkt man das etwa nicht? War kein leichter Start hier in München.«

»Nennt man Sie deswegen Hegel?«

»Den Spitznamen hab ich erst später bekommen, nachdem sie mich und mein komisches Hochdeutsch irgendwann akzeptiert haben; eigentlich heiße ich Heckmann. Aber weil ich mir alles grundsätzlich sehr lange und genau ansehe und eine Sache von allen Seiten begreifen will, haben sie mich Hegel genannt. Die Kunst der sorgfältigen Betrachtung war eines seiner philosophischen Markenzeichen. Ich glaube, es ist als Kompliment gemeint. Zumindest von den Setzern; die Drucker sehen das anders, denke ich. Aber die verarschen die Setzer einfach grundsätzlich gern. Sie halten uns für eine missglückte Kreuzung aus Handwerkern und verschrobenen Linksintellektuellen. Ich glaube, die Drucker hegeln mich, weil sie damit sagen wollen, ich bin zu langsam für ihren Geschmack.«

Alice musste lächeln. Unauffällig sah sie sich um, während Hegel sich an sein Pult setzte. Jetzt, da ihre Anspannung nachließ, begann sie, die Stimmung hier unten genauer in sich aufzunehmen.

Eine riesige Halle. Auf der linken Seite, leicht erhöht, die Setzer mit ihren Setzkästen, Bleilettern, Geräten, die sie nicht genauer identifizieren konnte … Und auf der rechten, tiefer gelegenen Seite die Drucker zwischen gigantischen Maschinen. Jede Menge Bewegung, Rufe, Hektik. Der Geruch von Druckerschwärze lag in der Luft, und plötzlich war der vielversprechende Duft der Morgenzeitung aus ihrer Kindheit sehr gegenwärtig – nur um ein Vielfaches verstärkt und um etliche Facetten reicher. Druckfarbe, dampfendes Blei, Bierdunst und Zigarettenrauch, die in einer fast schon greifbaren Wolke über dem Druckerbereich waberten. Den kompletten Prozess der Zeitungsherstellung vor Augen zu haben – nein, ihn nicht nur zu sehen, sondern zu hören, zu riechen, zu fühlen, war überwältigend. Selbst in der Miesbacher Redaktion hatte sie nur Teilschritte mitbekommen, doch jetzt war sie im Herzen der Produktion.

Im Reich der Schwarzen Kunst, dachte sie ehrfürchtig, während Hegel mit der linken Hand nach einer länglichen Schiene griff – dem Winkelhaken, wie sie später erfahren sollte – und mit der rechten die Finger über einem Setzkasten mit Lettern schweben ließ – er enthielt die Brotschrift für den Fließtext. Der Setzer wies mit dem Kopf auf ihre DIN-A4-Seite mit dem Beitrag und sagte: »Dann legen Sie mal los.«

Sie begann zu diktieren, und seine Finger gerieten in flirrende

Bewegung. So schnell, dass sie seinen Händen kaum mit den Augen folgen konnte, fügte er die bleiernen Zeichen zu Wörtern, setzte Spatien zwischen die Wörter und baute die Wörter zur ganzen Zeile zusammen. Alice verfolgte seine Bewegungen sehr konzentriert, um zu sehen, ob er mitkam oder sie zu schnell diktierte. Plötzlich runzelte sie die Stirn und sah genauer auf die Zeile.

»Sie setzen alles verkehrt herum?«, fragte sie verblüfft.

»Natürlich. Von rechts nach links«, murmelte Hegel abgelenkt, ohne seine Arbeit zu unterbrechen. »Wie denn sonst? Spiegelschrift eben, sonst könnte es nachher keiner lesen. Ist doch klar.«

»Klar«, sagte sie. »Unfassbar; wie *geht* das? Lernt man so was in der Ausbildung, oder ist es angeboren?« *So viel zur ausgefeilten Logik der Setzer. Ich scheine endgültig hinter die Spiegel geraten zu sein* … Langsam, unbewusst, näherten sich ihre Fingerspitzen der silbern schimmernden Spiegelzeile.

»Vorsicht! Finger weg«, sagte Hegel scharf, und sie zuckte zusammen.

»'tschuldigung; ich wollte nur mal sehen, wie sich so ein Letter anfühlt.«

»Lieber nicht, die sind aus Blei. Wir Setzer wissen, wie wir uns hinterher die Pfoten zu waschen haben, im Gegensatz zu einem Ungelernten; ich will Sie ungern heute noch mit einer Bleivergiftung ins Krankenhaus bringen. Los, weiter geht's. In einer halben Stunde spätestens sollten wir durch sein«, sagte Hegel, und Alice konzentrierte sich wieder auf ihren Text. Siebenundzwanzig Minuten später waren sie fertig, und Hegel machte einen Abzug von ihrem Artikel.

»Wenn Sie jetzt noch schnell einen Korrektor aufstöbern, der Ihnen das gegenliest, haben Sie's tatsächlich geschafft. Die Metteure haben gerade erst angefangen, die Seiten zusammenzubauen. Sie sind also noch in der Zeit.«

»Ich versuch mein Glück«, sagte Alice und schnappte sich den Abzug. »Danke, wirklich.« Sie hatte sich schon zum Gehen gewandt, zögerte aber und drehte sich noch einmal um. »Ich würde jetzt gerne sagen, es wird nie wieder vorkommen«, erklärte sie treuherzig. »Aber das wäre unter Umständen gelogen, deshalb tu ich's nicht. Jedenfalls, ich verspreche, ich geb mir wenigstens alle Mühe, dass es nicht zu *oft* vorkommt.«

Hegel lächelte. »Ich nehm Sie beim Wort«, sagte er. »Und jetzt – ab mit Ihnen. Geben Sie Gas.«

Natürlich bezahlte sie für ihren Einsatz mit Überstunden. Sie hatte noch einen Auftrag vom Ressortleiter bekommen, der bis zum nächsten Morgen erledigt sein musste. Daher rief sie bei ihrer Nachbarin an, die ihre Tochter tagsüber betreute, und bat sie, noch ein paar Stündchen länger auf Elena aufzupassen. Dann begann sie, im Stakkato auf ihre Schreibmaschine einzuhacken. Es war bereits dunkel, die Redaktionsräume beinahe leer, die Stadt zu ihren Füßen verwandelte sich nach und nach in ein Lichtermeer. Sie bemerkte es nicht. Erst als ein Geräusch aus der Tiefe zu ihr drang, das lauter und lauter wurde, bis das gesamte Gebäude leicht erzitterte und der Kaffee in ihrer Tasse zu tanzen begann, hielt sie im Schreiben inne. Sie spürte das Beben, hörte das Dröhnen und war im ersten Moment alarmiert. Dann begriff sie und lächelte. Zum ersten Mal erlebte sie, mit allen Sinnen, bis in die Finger- und Zehenspitzen, wie eine Zeitung in Druck ging.

Es wurde Nacht. Das Reich der Schwarzen Kunst hatte die Herrschaft über das Verlagshaus übernommen.

»Na endlich!«, sagte Frau Weißmüller. »Elena hat sich a ganze Stund lang in den Schlaf geweint.«

Sie wandte sich um und kam eine Minute später mit dem schlafenden Kind in den Armen aus dem Wohnzimmer zurück.

»Tut mir leid, Frau Weißmüller. Es ging wirklich nicht anders; ich musste Überstunden machen«, entschuldigte sich Alice, während sie ihre schlafende Tochter entgegennahm.

»Schon recht«, brummte ihre Nachbarin.

Alice konnte Elenas Tagesmutter von Tag zu Tag weniger leiden. Es geschah selten, dass sich in ihrem Inneren die zarten Triebe einer Abneigung so schnell und kräftig entwickelten. Daher fühlte sie jetzt eine gewisse Verpflichtung, wenigstens den Ursachen ihrer Antipathie auf den Grund zu gehen.

Es dauerte nicht lange.

Erstens, überlegte Alice, erinnerte Frau Weißmüller sie rein äußerlich an die Haushälterin Resi aus ihrer Kindheit, mit ihrer bunten Nylonschürze, dem harmonischen Bauchansatz und der von grauen Strähnen durchzogenen Lockenfrisur – und weckte damit hohe Erwartungen, die sie jedes Mal aufs Neue enttäuschte. Und zweitens verfügte sie über die beinahe schon unheimliche Fähigkeit, ihre Meinung zu verströmen, ohne ein Wort zu sagen.

Wenn man's halt nötig hat und arbeiten gehen muss …

Die Sätze waberten unsichtbar und klebrig wie Spinnwebfäden in der Luft, aber das war nicht das Schlimmste daran. Das Schlimmste war, dass man derart unausgesprochenen Ansichten einfach so schlecht widersprechen konnte.

»Es ist eine ziemlich große Umstellung, so vom Land in die Stadt. Sie gewöhnt sich schon noch ein«, sagte Alice diplomatisch; sie brauchte Frau Weißmüller einstweilen noch.

Wollen wir's hoffen. Des ist wirklich ein anstrengendes Mädel. Heult viel, jedes Mal, wenn Sie nicht rechtzeitig heimkommen.

Schweigen. Alice wartete auf den Nachsatz: *Kein Wunder; es is halt ein Scheidungskind* und biss die Zähne zusammen, doch nichts kam. »Also, bis morgen früh?«, fragte sie.

»Ja. Um sieben«, erwiderte Frau Weißmüller.

Wenn's denn sein muss.

Und ja keine Minute früher; ich lass mich nicht gern ausnutzen.

»Haben Sie vielen Dank, wirklich. Gute Nacht!«

Damit wandte Alice sich um und kramte einhändig in ihrer Tasche nach dem Wohnungsschlüssel, während sich die Tür gegenüber mit einem nachdrücklichen Rumms schloss.

Als wär's ein Wunder, dass Elena unter den Umständen schneller weint als sonst, dachte sie. Vor allem, wenn ihre Mutter auch noch später als versprochen nach Hause kam. Elenas vertraute Welt hatte sich innerhalb weniger Tage unwiderruflich in nichts aufgelöst, der Vater war spurlos verschwunden, ihre Ersatzmutter Julia auch, und das Mädchen war aus einer bilderbuchartigen Berg- und Seenlandschaft in die graubraunen Häuserschluchten Sendlings verbannt worden, in unmittelbarer Nachbarschaft der Großmarkthalle. »An die frische Luft gehen« bedeutete jetzt, dass sie in einem trostlosen Innenhof Hüpfspiele auf den Pflastersteinen spielte. Bis auf die Kreidemuster am Boden und einige Töpfe mit leuchtend roten Geranien auf einer Fensterbank belebte keinerlei Farbklecks den Hof.

Alice betrat ihre Einzimmerwohnung, ohne Licht zu machen. Die fünfundzwanzig Quadratmeter waren überschaubar, hier fand sie sich mittlerweile im Dunkeln zurecht. Sie brachte Elena nicht gleich zu Bett. Stattdessen setzte sie sich mit ihr in den einzigen Sessel, der in Richtung Fernseher und Fenster blickte, und bewachte den Schlaf ihrer Tochter für eine kleine Weile.

Der bequeme Sessel war hochmodern, in leuchtendem Orange gehalten, mit bizarren geometrischen Mustern in allen Farben. Paul hatte ihr das Möbelstück überlassen und behauptet, er könne es nicht mitnehmen nach Hamburg, was sie gewundert hatte. Erst wollte sie den Sessel gar nicht annehmen, aber nun war sie zutiefst dankbar für das verrückte Teil. Es war der einzige richtige Farbklecks in ihrer Wohnung; Elena liebte es, die Muster mit den Fingern nachzufahren. Sie hatte die Kreise, Wirbel und Quadrate in Wunschgärten, Stadtviertel und Häuschen mit großen und kleinen Familien aufgeteilt und jeder einzelnen davon einen Namen gegeben.

»Es tut mir leid, ehrlich«, murmelte Alice und bemühte sich, ruhig und gleichmäßig zu sprechen, mit der Stimme auf einer traumgleichen Linie zu bleiben. »Ich hab mir das auch alles anders vorgestellt, aber wir sind schließlich erst am Anfang. Glaub mir, wir kriegen das hin. Versprochen.«

Elena atmete tief aus und bewegte sich im Schlaf. Ihr Kopf schmiegte sich ein klein wenig enger an Alice' Schulter. Ermutigt fuhr sie fort: »Denk auch dran, wir haben immer noch die Wochenenden. Weißt du noch, vorletzten Sonntag im Zoo? Das Schnabeltier, mit seinem riesigen Entenschnabel und dem Strubbelfell … Und wie wir erst geglaubt haben, es wär ein Wolpertinger – ein eierlegendes Säugetier aus Australien. Ist das nicht unglaublich?!«

Doch dann schlich sich noch eine andere, unwillkommene Erinnerung in ihren Geist: der Moment, als sie am Raubtiergehege des Tierparks Hellabrunn vorbeigegangen waren und wie hypnotisiert dieser Raubkatze zugesehen hatten, die in einem engen Käfig untergebracht war und rastlos, stetig auf und ab lief. Sie erinnerte sich an das Gedicht *Der Panther* von Rilke:

Der weiche Gang geschmeidig starker Schritte, der sich im allerkleinsten Kreise … wie ein Tanz von Kraft um eine Mitte, in der betäubt ein großer Wille …

Elena hatte dem Tier ein paar Minuten stumm zugesehen und war immer blasser geworden, bis Alice vorsichtig gefragt hatte: »Wollen wir weitergehen?« Und dann tat ihre Tochter etwas, das Alice zutiefst verstörte, obwohl sie nicht hätte erklären können, warum.

»Ja«, hatte Elena gesagt und gleichzeitig den Kopf geschüttelt. Alice fühlte sich noch immer beklommen bei der Erinnerung daran.

Das Hochgefühl, das sie seit dem Erzittern des Verlagshauses unter der Wucht der Druckerpresse erfüllt hatte, war verflogen. Stattdessen fühlte sie, wie so oft in den letzten Wochen, ihre Sorge wachsen. Sie glaubte nicht, dass Elena bei Frau Weißmüller gut aufgehoben war. Auch nicht schlecht vermutlich, das nicht … Aber reichte das?

Andererseits: Hatte sie im Moment eine Wahl? Es war beunruhigend, vollständig abhängig zu sein vom Wohlwollen einer Nachbarin. Dabei bezahlte sie sie gut. Genau genommen verschluckten Frau Weißmüller und die Miete den Großteil ihres Einkommens. Aber was, wenn ihre Tagesmutter auf einmal beschloss, dass sie keine Lust mehr auf Kinderbetreuung hatte? Was, wenn im Winter eine erneute Welle der Hongkong-Grippe übers Land rollte und Elena krank wurde?

Ein Notfallplan musste her.

Sie saß ganz still, während sie nach möglichen Lösungen suchte, und fühlte den ruhigen Atem ihrer Tochter zwischen ihren Armen. Dann, irgendwann, zwang sie sich, das Grübeln zu beenden. Es würde sich finden. Hatte sich nicht immer ein Ausweg gefunden?

Leise begann sie, Elena von ihrem Tag zu erzählen, vom Reich der Schwarzen Kunst, von Hegel. Von Zwiebelfischen und Schusterjungen.

»Ich nehm dich mal mit«, versprach sie, und Elena brummte. Es klang zweifelnd. »Doch, wirklich. So wie früher, als du noch ein Baby warst und ich freiwillig die Sonntagmorgenschichten in Miesbach übernommen hab. Wir beide ganz allein in der Redaktion … wirst sehen. Aber als Allererstes: Was machen wir am Wochenende? Am Sonntag könnten wir Kieselsteine am Isarufer sammeln und übers Wasser hüpfen lassen. Genau wie daheim am Schliersee. Und wollen wir am Samstagabend durch die Kaufinger Straße bummeln? Wenn es dunkel wird, beginnen die Schaufenster zu leuchten. Ganz anders als in Neuhaus, wo sie bei Nacht immer gleich die Bürgersteige hochklappen; das gefällt dir doch hier in der Stadt, oder? Dass es niemals wirklich dunkel wird ...«

Langsam, während sie weiterredete und aus dem Fenster blickte, kam sie zur Ruhe. Es stimmte, im Moment fand sie München vor allem bei Nacht schön; nicht zuletzt den Ausblick aus ihrem Fenster, der sich wieder in ein vielfarbiges, nie schlafendes Lichtermeer verwandelt hatte.

Irgendwann erhob sie sich und brachte Elena zu Bett. Sie streckte sich und stellte fest, dass sie hungrig war. Das Mittagessen in der Kantine lag mindestens acht Stunden zurück. Jetzt ein Stückchen Käse! Mit leisem Bedauern musterte sie ihren Fernseher und fragte sich – nicht zum ersten Mal –, ob es ein Fehler gewesen war, sich für den Flimmerkasten und nicht den Kühlschrank zu entscheiden. Aber für beides hätte das Geld nicht gereicht, und vor zwei Monaten war Alice noch der festen Überzeugung gewesen, der Fernseher wäre lebenswichtig, im Gegensatz zu einem Kühlschrank – immer auf dem Laufenden bleiben, die aktuellsten Nachrichten jederzeit abrufbar. Jetzt war sie sich nicht mehr so sicher. Da lebte man im Schlachthofviertel mit seinem bunten Treiben und dem Blick auf die Großmarkthalle, und trotzdem knurrte einem der Magen. Seufzend griff sie nach einer Packung Salzstangen und einem Apfel und schaltete den Fernseher ein. Dann gab es eben Spätnachrichten als Betthupferl.

»Lass mir, aua! Weg da. Zupf dich!«

Elenas linke Hand war in eine wüste Rauferei mit der rechten verwickelt, und Alice war froh, dass sie ein Zugabteil für sich alleine hatten, sodass sie nicht mäßigend eingreifen musste. Eine ganze Weile hatte sich ihr Blick in der vorüberziehenden Landschaft verloren, die langsam von der grünen Berg- und Hügellandschaft des Voralpenlands in bebaute Vororte übergegangen war. Bald würden sie das Schienengeflecht des Münchner Hauptbahnhofs erreichen. Jetzt beobachtete sie nachdenklich das wilde Spiel von Elenas Händen und erinnerte sich an ihre eigene Kindheit. War so was womöglich vererbbar? Oder ihre Tochter hatte es ihr abgeguckt, in einem unbewachten Moment. Wie auch immer, jedenfalls wirkte sie glücklicher als die Wochen zuvor.

»Schatz? Kommst du mal zu mir rüber?«, fragte Alice, und Elena sprang sofort auf und kletterte auf ihren Schoß. Sie stellte ihre beiden Mittelfinger kerzengerade auf das Klapptischchen und spreizte die restlichen acht Finger kunstvoll in alle vier Himmelsrichtungen ab.

»Guck mal, meine Fingers stehn auf einem Bein«, sagte sie. Ganz offensichtlich halfen die anderen acht Finger, die Balance zu halten. Die Mittelfinger schwankten theatralisch; jede Sekunde drohten sie umzukippen.

»Sehr hübsch. Sie sollten zum Zirkus gehen«, sagte Alice leichthin, fühlte jedoch, wie ihre Stimme von Wort zu Wort brüchiger wurde. Sie räusperte sich, versuchte, in normalem, gelassenem Tonfall weiterzureden, und war froh, dass Elena ihr Gesicht nicht sehen konnte.

»Wenn Sie mögen«, hatte Julia während Alice' Besuch in Neuhaus zögernd gesagt, als sie ihr die derzeitige Lage in der Stadt geschildert hatte, *»dann nehm ich Elena während der Woche, und Sie holen sie übers Wochenende immer zu sich nach München. Wär das was? Nur für 'ne Weile. Nur bis Sie in München ein paar Leute kennen und sich leichter tun.«*

Alice war nicht entgangen, dass Julias Blick nachdenklich und sorgenvoll auf Elenas blassem, kleinem Gesichtchen geruht hatte, als sie sich auf dem Spielplatz am See getroffen hatten.

Elena weggeben, die ganze Woche lang? Unmöglich. Im ersten Moment hatte Alice nur stumm den Kopf geschüttelt, doch noch während sie das tat, hielt sie inne. Für wen wäre es denn schmerzhafter, wenn Elena in Neuhaus blieb? Für ihre Tochter oder für sie selbst?

»Hör mal«, sagte sie jetzt leichthin, während die ersten Münchner Häuser an ihnen vorüberflogen. »Julia hat mir da heute Morgen vor der Abfahrt etwas vorgeschlagen, das …«

»Mhm?«, fragte Elena abgelenkt und malte unsichtbare Kreise an die Fensterscheibe, als ihre Mutter schwieg.

»Was … was würdest du davon halten, wenn du wochentags bei Julia bleibst? Du könntest den ganzen Tag lang mit Matteo spielen.«

»Mit Matti? Des wär schön«, kam es wie aus der Pistole geschossen. »Und keine Frau Weißmuh mehr?«

»Genau«, sagte Alice und fragte sich plötzlich, ob Elena ihre Tagesmutter Frau Weißmuh nannte, weil sie sie nicht leiden konnte, oder ob Frau Weißmüller eine Antipathie gegen ihre Tochter entwickelt hatte, weil sie von ihr Frau Weißmuh getauft worden war. Was war wohl zuerst da gewesen? Oder gab es überhaupt keinen Zusammenhang?

»Siehst du, Elena«, fuhr sie ernst fort, »natürlich hätt ich dich am liebsten den ganzen Tag bei mir. Aber ich muss arbeiten und Geld verdienen … Und ich will wissen, dass du gut aufgehoben bist. Du könntest die ganze Woche in Neuhaus bleiben, und ich hol dich am Freitag bei Julia ab, gleich nachmittags. Dann sind wir das Wochenende über zusammen. Julia sagt, du kannst bei ihnen schlafen … Was meinst du?«

Alice fühlte, wie der kleine Körper auf ihrem Schoß starr wurde, und hielt den Atem an.

War das zu schnell gewesen?

Eine ganze Weile war es still im Abteil, während Alice' Worte scheinbar in Elenas Kopf tiefer gingen, in Bilder übersetzt und dann sehr genau in ihren ungesagten Details und Schattierungen betrachtet wurden. So viele Wenns und Danns … Das Rattern und Schnaufen des Zuges, die Stimmen der Mitreisenden im Gang, der laute Atem ihrer Tochter. Dann nahm Elena ihre Hand.

»Aber dann musst du ja ganz allein schlafen«, sagte sie, und die Sorge in ihrer Stimme war unüberhörbar. »Hast du kei Angst?«

»Das ...« Alice umfasste Elenas Hände, die auf einmal so still geworden waren. Auf diese verblüffende Wendung war sie nicht vorbereitet. »Nein, ich hab keine Angst«, sagte sie schließlich. »Ich bin doch erwachsen, und Erwachsene fürchten sich ... also meistens nicht«, kurze Pause, »nicht vor der Dunkelheit«, fügte sie dann hinzu.

»Also gut. Dann geh ich zum Matti«, sagte Elena, und jetzt klang sie sehr glücklich.

Stille, bis sie wenige Minuten später den Hauptbahnhof erreichten.

»Mama?«

»Hmmm?«

»Schläfst du?«

Der Verdacht lag nahe, da Alice ihr Gesicht in Elenas Haaren vergraben hatte und sich nicht rührte.

»Mmmm, nein«, murmelte ihre Mutter. »Ich riech bloß an deinen Haaren.«

»Und, bist du jetzt fertig? Mir san nämlich da.«

Alice hielt die Augen noch einen Moment geschlossen und atmete ein letztes Mal ein, nahm aus Gründen der Vorratshaltung eine Nasevoll Elena-Duft in sich auf, der heute endlich wieder alle Nuancen einer glücklichen Kindheit in sich trug: ein Hauch von Apfelshampoo, eine Prise Salz und Bergluft, der Geruch vom Schliersee, von Sand und Gras und Kinderspielen. Schade, dass sie heute noch duschen mussten ... Dann atmete sie tief und lange aus.

»Fertig«, sagte sie. »Nix wie raus mit uns, bevor der Zug wieder anfährt. Sonst landen wir heut noch in Berlin bei deinem Onkel.«

Was eigentlich, wenn man genauer darüber nachdenkt, auch ganz schön wäre.

Die Zugtüren klemmten ein bisschen, als Alice nun doch ein wenig hektisch an den Griffen herumhantierte. Aber nach einem kräftigen Ruck öffneten sie sich endlich und gaben den Blick frei auf das geschäftige Treiben des Hauptbahnhofs.

Kapitel 10

DAS INTERVIEW

1972 – Bewerbung im Sportressort

Zum Jahresbeginn wechselte Alice vom Kulturressort zum Sport. Später sollte sie sich mit einem Gefühl leiser Beklommenheit an die Vorfreude und gespannte Erwartung erinnern, mit der sie das neue Kapitel ihres Lebens begonnen hatte, und sich fragen, ob es Zeichen gegeben hatte. Andeutungen. Schwingungen, die zu fein gewesen waren für ihre unerfahrenen Ohren, um zu erkennen, auf was für eine Gratwanderung sie sich begeben würde.

Es begann Anfang Januar, unmittelbar nach den Feiertagen, mit einem Vorschlag ihres Chefs.

»Natürlich bedauer ich es selbst am allermeisten, wenn Sie wechseln, das können S' mir glauben. Aber wenn der Kollege Horst schon um Hilfe ruft, weil im Sportressort ein so dringender Bedarf herrscht … Und dabei geht es in einem halben Jahr auch noch los mit den Olympischen Spielen in München! Die brauchen also kurz- und längerfristig Unterstützung da drüben – jede helfende Hand, die sie kriegen können, das muss ich Ihnen sicher gar nicht erst erklären; Sie verfügen mittlerweile ja schon selbst über genug Erfahrung, dass Sie das einschätzen können. Gut, anfangs werden Sie sicher eher Handlangerdienste machen, bis Sie eingearbeitet sind, aber wenn Sie sich geschickt anstellen … Wer weiß! Dass endlich eine Frau mitmischt als

Reporterin bei den Olympischen Spielen, die Kontakt zu den Sportlerinnen hält, wär doch auch mal was. Früher haben das ausschließlich Männer gemacht, ganz klar. Aber wir könnten doch Reporterinnen in Bereichen einsetzen, wo es tatsächlich passender ist. Schließlich mischen ja auch Frauen mit bei den Spielen.«

Man hätte sich wundern können über diese gewundene, lange Erklärung, diese Lobhudelei, die ihr Chef bisher noch nie für nötig gehalten hatte. Oder darüber, dass sich der Sportteil auf einmal so aufgeschlossen gab – schon der Politikbereich war eine eingeschworene Gemeinschaft, aber beim Sport gab es bis jetzt keine einzige Reporterin. Alles Dinge, über die man hätte nachdenken können, wenn man sich nicht von seiner Begeisterung mitreißen ließ. Sport war zwar nicht Alice' Lieblingsthema, aber es lag ihr, wie ihr Ressortleiter sehr wohl wusste.

»Die Voraussetzungen sind doch nicht schlecht, gar nicht schlecht«, fügte er daher eifrig hinzu. »Also, wie schaut's aus? Wollen Sie, dass ich dem Ressortleiter Bescheid gebe, und Sie werden die nächsten Tage mal bei ihm vorstellig?«

Ein komplett neues Themenfeld, in das sie sich einarbeiten konnte – natürlich wollte sie. Allein der Gedanke, bei den Olympischen Sommerspielen mitmischen zu dürfen, und sei es auch nur am Rande …

Dennoch war ihr klar, warum ihr Chef gerade sie ausgewählt hatte: Er war zufrieden mit ihrer Arbeit, das wusste sie; mittlerweile hatten sie sich zusammengerauft, der Leiter des Kulturressorts und sie. Er wollte sie also nicht loswerden. Aber sie war die Jüngste im Ressort. Ein Küken. Wenn er schon jemandem einen Wechsel vorschlagen würde, dann ihr. Denn sie würde sich mit deutlich weniger Widerstand darauf einlassen als ihre Kollegen mittleren und gesetzteren Alters, die ihre gewohnten Pfade mittlerweile nur ungern wieder verließen. Der Plan, sie mit reinzunehmen in die Kultur, um Frauenthemen zu bringen und auch mal eine weiblichere Perspektive zu zeigen, war ohnehin nicht so recht aufgegangen. Genau deshalb war sie ursprünglich ins Ressort geholt worden, aber sobald sie einen anderen Ansatz versuchte, schienen Chef und Kollegen absurderweise regelmäßig Angst vor der eigenen Courage zu bekommen, und sie wurde zurückgepfiffen. Bisher war die »progressive Frauenecke« also noch nicht sonderlich ausgereift; die Zahl weiblicher Abonnenten hatte sich nicht merklich erhöht.

Dass da der Hauch einer Rechtfertigung, eine Sorge, fast schon eine Entschuldigung mitschwang in der Rede ihres Chefs, schob sie einfach auf die Tatsache, dass er ihr den Wechsel überhaupt zumutete.

Zu dem Zeitpunkt wusste sie noch nicht, dass es einen Grund gab, warum das Sportressort immer wieder händeringend nach neuen Leuten suchte. Nein, nicht einen. Es war ein dunkler Untergrund aus komplexen, verschlungenen Ursachen, von denen jeder wusste, der schon einmal in dem Ressort gearbeitet hatte.

»Und warum sollte ich Sie an Bord holen?« Herr Horst musterte Alice kritisch, während sie auf dem Besucherstuhl vor seinem Schreibtisch Platz nahm. Ihr entging nicht der taxierende Blick, den sie mittlerweile in allen Abstufungen kannte, was Dauer und Intensität anbelangte – von einem dezenten Gleiten der Augen über Stoff bis hin zum Maßnehmen eines Damenschneiders. Herr Horst lag irgendwo dazwischen, es war nur ein kurzes Aufblitzen von Macht.

Natürlich war Alice auf diesen Blick vorbereitet. Sie trug das taubenblaue Kostüm, mit dem sie sich in den letzten Jahren regelmäßig beworben hatte und von dem sie hoffte, dass es ebenfalls in der sicheren Mitte lag: seriös, aber nicht zu farblos und langweilig. Der Schnitt dezent, leicht figurbetont. Zeitlos, damit sie nicht alle zwei Jahre Geld für ein Bewerbungskostüm ausgeben musste, das sie ohnehin als reichlich nichtssagend empfand; noch immer kam sie gerade so über die Runden mit ihrem Gehalt.

»Eine Frau hatten wir noch nie in der Truppe«, sagte Herr Horst jetzt. Es klang zweifelnd.

Tief, langsam holte sie Luft, und während sie das tat, gingen ihr verschiedene Gedanken durch den Kopf.

Warum hatte er eingewilligt, mit ihr zu reden, wenn er keine Frauen in seinem Ressort haben wollte? *Wollte* er keine haben? Hatte er tatsächlich Zweifel, oder wollte er nur sehen, wie sie sich aufstellte, wie sie reagierte? Wollte er sich keine Blöße geben, nicht zugeben, dass er so großen Bedarf an Leuten hatte, dass er sogar eine Frau nehmen würde? War es Stolz? Das Sportressort suchte doch händeringend nach Mitarbeitern, hatte es geheißen …

Was also sollte man auf so eine Bemerkung in einem Bewerbungsgespräch antworten?

Alice entschied sich für ein »Warum nicht?« in freundlich-interessiertem Ton, und Herr Horst stutzte. Erstaunlich, dass diese doch eigentlich naheliegende Frage ihr Gegenüber regelmäßig aus dem Konzept brachte. Sobald sie Platz genommen hatte, fiel die Anspannung ein wenig von ihr ab. Letztlich hatte sie nicht viel zu verlieren. Wenn er sie nicht haben wollte, würde das Kulturressort sie auf jeden Fall behalten, das hatte ihr Chef ihr versprochen.

»Keine Ahnung eigentlich«, sagte der Leiter des Sportressorts nach einem kurzen Zögern gedehnt. »Ich glaube, Sie sind einfach die Erste, die's versucht.«

Fragt sich nur, warum, dachte Alice, hielt ihre Miene aber neutral. Zumindest schien die sokratische Gesprächsführung zu funktionieren, daher beschloss sie, einstweilen so weiterzumachen.

»Spricht denn etwas dagegen?«, fragte sie ernsthaft.

»Nicht wirklich. Ich könnte mir höchstens vorstellen, dass es ein paar Vorbehalte geben wird bei den konservativeren unter den Kollegen«, sagte er. »Sportreporter sind ein abergläubisches Völkchen; sie glauben noch immer, Frauen an Bord bringen Unglück. Womöglich bringen Sie das Schiff zum Kentern.«

»Ich wusste gar nicht, dass wir höchstpersönlich in See stechen als Sportreporter«, sagte Alice und schenkte ihm ihr harmlosestes Lächeln.

Herr Horst grinste breit. »Wer weiß«, erwiderte er, musterte sie noch einmal kurz und nahm dann ihre Zeugnisse zur Hand. In aller Seelenruhe fing er an zu lesen.

Jetzt erst? Er hat sich nicht vorher über mich informiert?

Oder er wollte sie einfach noch ein bisschen nervöser machen, was ihm zunächst auch gelang. Um ihrer Anspannung Herr zu werden, begann sie, sich im Büro umzusehen. Das lenkte sie ab, und zugleich konnte sie damit vielleicht ein wenig mehr über den Ressortleiter herausfinden.

Zunächst unterzog sie Herrn Horst selbst einer Musterung, ein unauffälliges Streifen des Blicks über Haut und Stoff. Anfang fünfzig, schätzte sie. Eine beeindruckende, auch leicht einschüchternde Erscheinung. Warum? Breite Schultern, kraftvolle Bewegungen … Er musste einmal recht sportlich gewesen sein, obwohl sich mittlerweile ein kleiner Bauchansatz hinter seinem Mahagoni-Schreibtisch abzeichnete. Dunkelbraune Haare, gesprenkelt von Grau. Geheimratsecken, die sich in einem scharfen Winkel in die Schläfen gruben. Markante, einst wahrscheinlich attraktive Gesichtszüge, die nun leicht aufgeschwemmt wirkten. Augen von einem verwaschenen Blau. Insgesamt machte er den Eindruck einer teuren Luxusausgabe, die mittlerweile etwas Patina angesetzt hatte.

Als Nächstes ließ Alice ohne eine wahrnehmbare Bewegung ihres Kopfes den Blick durchs Zimmer schweifen. Auch das Mobiliar war vom Feinsten. Ein lederner, bequem wirkender

Chefsessel. Ein Schreibtisch aus Mahagoni, in dessen Oberfläche das Zimmer ausschnittsweise reflektiert wurde, so blank poliert war er. Und leer bis auf ihre Bewerbungsunterlagen, was sie ungewöhnlich fand. Bei all ihren früheren Chefs hatte man die Schreibtischoberfläche nur andeutungsweise gesehen, so zugewuchert war sie von Papierstapeln gewesen. An den Wänden hingen große, gerahmte Fotos in einer schnurgeraden Linie in wohldosierten Abständen. Alice versuchte, die Motive zu entschlüsseln, und kam nach einem Moment zu dem Schluss, dass sie anscheinend alle dem gleichen Muster folgten, in unterschiedlichen Landschaften und Umgebungen: ein braun gebrannter und deutlich jüngerer Herr Horst in der Karibik auf einem Segelboot. Herr Horst im Fußballstadion, den Arm in einer fast schon besitzergreifenden Geste um die Schultern des deutlich kleineren Uwe Seeler gelegt, anerkanntermaßen im Moment der beste Mittelstürmer Deutschlands. Herr Horst beim Sportangeln, wie er lächelnd einen überlebensgroßen Hecht in die Höhe hielt.

Da scheint sich jemand gern in Szene zu setzen, dachte sie, ermahnte sich aber noch im gleichen Moment, ihr Urteil nicht vorschnell und endgültig zu fällen. Geduldig wartete sie ab, bis er endlich von seiner Lektüre aufsah und sie erneut musterte. Es war ein sehr wacher Blick, so als wüsste er, womit sie in den letzten drei Minuten beschäftigt gewesen war. Alice verzog keine Miene, doch ihre Finger, die unter dem Schreibtisch und außer Sichtweite waren, huschten ineinander, als wollte sich die eine Hand in der anderen verstecken.

»Von Miesbach nach München, von der Produktion ins Kulturressort, und jetzt wollen Sie also zum Sport … In Anbetracht der Umstände sind Sie ja schon ganz schön rumgekommen.«

Alice war sich nicht sicher, welche Umstände er meinte: Dass sie erst Mitte zwanzig oder dass sie eine Frau war. Und ob es positiv gewertet wurde, dass sie »rumgekommen« war, oder nicht.

»Es geht so; im normalen Rahmen, würde ich sagen«, tastete sie sich vor. »Ich hatte Glück, weil ich immer mal wieder im entscheidenden Moment am richtigen Ort war. Und zupacken kann ich auch.«

»Mhmmm.« Stirnrunzelnd überflog er das Zeugnis, das Herr Zeißler ihr ausgestellt hatte. »Ihr ausbildender Redakteur in Miesbach scheint jedenfalls große Stücke auf Sie gehalten zu haben.«

»Er hat mir viel beigebracht. Schreiben, Recherche, Fakten prüfen, wie man einen Vorspann schreibt ... alles von Grund auf.«

»Hm.« Wieder vertiefte er sich, diesmal in ihren tabellarischen Lebenslauf, und Alice' Blick schweifte erneut zu den Fotos. Für einen Moment herrschte vollendete, nervenzerreißende Stille, bis auf das Rascheln von Papier.

Alice hasste das Schweigen geschlossener Räume. Jedes Geräusch schien ein Echo zu entwickeln in dieser Stille, und ihr Atem klang verräterisch laut in ihren Ohren. Herr Horst atmete aufreizend gleichmäßig, und sie versuchte, sich seinem Atemrhythmus anzugleichen. Danach konzentrierte sie sich auf das Foto, das ihr am nächsten war, um sich abzulenken. Es war dieses Bild eines deutlich jüngeren Herrn Horst, ohne Bauchansatz, auf der kleinen, aber schicken Segeljacht. Schwarze Sonnenbrille auf weißem Boot, braun gebrannt, umgeben von türkisblauem Wasser, auf dem die Sonne reflektiert wurde.

»Kuba«, sagte Herr Horst, und Alice fuhr zusammen. Als ihr Blick zu dem Ressortleiter zurückkehrte, bemerkte sie, dass er sie beobachtete. Er wies mit dem Kopf auf das Foto. »Ein wundervoller Inselstaat. Waren Sie mal vor Ort?«

»Ich ... Nein, leider. Soweit ich weiß, kommt man im Moment gar nicht so leicht hinter den Eisernen Vorhang. Außerdem ...« Alice zögerte.

»Ja?«

»Außerdem hat es bei mir einen eher negativen Beigeschmack. So von wegen Angst und Schrecken und Weltuntergang.«

»Ah, die Kubakrise. Ja, die hat die Welt ganz schön durchgeschüttelt, was? Obwohl Sie doch eigentlich zu jung waren, um viel davon mitzukriegen. Wie alt waren Sie damals, 1962?«

»Gerade mal sechzehn. Alt genug, um zu verstehen, was da gerade passiert, und jung genug, um noch nicht scharf zu sein auf den Weltuntergang.«

»Ach ja, sweet sixteen … gerade am Durchstarten, was? Da konnte einen das Wörtchen ›Kuba‹ schon nervös machen. Andererseits: Finden Sie das gerecht? Haben Sie denn die gleiche Reaktion, wenn der Name ›Amerika‹ fällt? Haben Sie schon einmal gehört, dass man es den ›Karibischen Beinahe-Eklat zwischen den Vereinigten Staaten und der UdSSR‹ genannt hätte?«

Alice sah ihn überrascht an und bemerkte ein unerwartetes Aufblitzen von Scharfsinn in seinen Augen, das beeindruckend und beunruhigend zugleich war.

»… oder dass die Koreaner den Koreakrieg vermutlich nicht ›Koreakrieg‹ nennen …?«, ergänzte sie dann nach einem Moment nachdenklich.

»Genau. Sie haben's erfasst.« Lebhaft beugte er sich vor. »Alles eine Frage des Standpunkts. Auf Kuba wird der Konflikt ›Oktoberkrise‹ genannt, weil sie am 14. Oktober ihren Lauf nahm, und in Nordkorea heißt der Koreakrieg ›Vaterländischer Befreiungskrieg‹, während die USA zu Beginn offiziell nur vom ›Koreanischen Konflikt‹ sprachen – das Wörtchen ›Krieg‹ haben sie sorgsam vermieden. Was Bezeichnungen alles so aussagen oder auch nicht aussagen … spannend, finden Sie nicht?«

Alice nickte. Die Unzuverlässigkeit, die Biegsamkeit von Sprache war ein Thema, das sie schon immer beschäftigt hatte. Und plötzlich ergab auch eine weitere Passage aus *Alice hinter den Spiegeln* einen tieferen Sinn. Doch das ging ihr öfter so mit dem rätselhaften Buch ihrer Kindheit.

»Wenn ich ein Wort gebrauche«, sagte Goggelmoggel in recht hochmütigem Ton, »dann heißt es genau, was ich für richtig halte – nicht mehr und nicht weniger.«

»Es fragt sich nur«, sagte Alice, »ob man Wörter einfach etwas anderes heißen lassen kann.«

»Es fragt sich nur«, sagte Goggelmoggel, »wer der Stärkere ist, weiter nichts.«

»Damals in meinen jungen Jahren«, fuhr Herr Horst fort, »bevor ich im Sportressort gelandet bin, habe ich als Journalist in der Außenpolitik mitgemischt – meiner Meinung nach eines der spannendsten Themenfelder überhaupt. Ich war für eine Reportage auf Kuba, kurz bevor Fidel Castro und Che Guevara 1956 in einer völlig irrsinnigen Aktion mit ihrer Motorjacht *Granma* übers Meer geschippert kamen, eine Revolution angezettelt und wider Erwarten gewonnen haben – eine Armee von vielleicht 80 Rebellen, die gleich nach ihrer Landung auf Kuba von Batistas Armee beinahe komplett aufgerieben wurde. Die Überlebenden haben sich in den umliegenden Zuckerrohrfeldern versteckt und wären fast verhungert. Und dann ist es ihnen doch noch gelungen, wie durch ein Wunder, Kuba von dem Diktator Batista zu befreien. Völlig verrückt, die Knaben. Verrückt, aber erfolgreich.«

»Im Ernst?« Alice war jetzt ganz Ohr. »Wie ging das, wenn sie derart in der Unterzahl waren? Hatten sie Rückhalt in der Bevölkerung?«

»Und wie! Erst ein korrupter Präsident, dann ein Militärputsch und eine Diktatur unter Batista. Es ließ sich angenehm leben, wenn man als Ausländer hinkam, die nötigen finanziellen Mittel hatte und nicht in der Politik mitmischen wollte, aber als kubanischer Bauer, als Arbeiter oder Intellektueller … Die Rebellen bekamen immer mehr Zulauf. Ein Guerillakrieg tobte, zwei Jahre lang. Ja, Kuba … Havanna, die Karibik … Paradies und Hölle, beides zugleich, auf einer einzigen Insel vereint. Ein wundervolles, exotisches Land. Die Natur fremd und märchenhaft, aber auch gefährlich. Sie würden staunen.«

»Den Dschungel, meinen Sie?«, fragte Alice interessiert. Bis jetzt hatte sie es erst einmal ins Ausland nach Spanien geschafft, und ihr Bedarf an Geschichten über fremde Länder war entsprechend hoch.

»Der Dschungel, ja. Die Mangroven. Die Wildtiere …« Herr Horst erwärmte sich sichtlich für das Thema, und Alice dachte gar nicht daran, ihn sachte wieder zurückzuführen zu ihrer Bewerbung. Sie hörte sich sehr viel lieber Erzählungen über Würgeschlangen und Giftspinnen an, als Detailfragen zu ihrem Lebenslauf zu beantworten.

Und erzählen konnte er, der Leiter des Sportressorts!

Von einer mondlosen Nacht in Havanna, als in der Stadt der Strom ausgefallen war und er sich wie ein Blinder durch die belebten Straßen getastet hatte: Ganz Havanna schien in der Schwüle der Nacht auf den Beinen und im Freien zu sein, obwohl man die Hand nicht vor den Augen sehen konnte. Ein Gefühl von Großstadt, wahrgenommen mit allen Sinnen, bis auf das Sehen. Der Geruch des warmen Pflastersteins, von Zigarrenrauch und gebratenen Bananen, gegrilltem Mais und Schweinefleisch, die leise murmelnden Stimmen, der Rhythmus der *Tumbadora*-Trommeln, das Rauschen der Brandung an der Mole, feuchtwarme Luft auf Haut, rempelnde Körper in der Dunkelheit. Wie er sich mit ausgestreckten Armen durch die vollen Straßen getastet hatte und schließlich auf dem Schoß einer alten, dicken Dame gelandet war, die ihren Schaukelstuhl mitten auf den Bürgersteig gestellt hatte und die warme Meeresbrise genoss.

Als Herr Horst – mit bemerkenswertem schauspielerischem Talent – das kehlige Lachen der Großmutter imitierte, fragte sich Alice ebenso amüsiert wie irritiert, ob sie im richtigen Ressort gelandet war.

Kurz darauf war der Leiter des Sportressorts in seinem Bericht bei einer riesigen Schlange angekommen, die im Andenkenladen eines Hotels im Dschungel wohnte. Tagsüber schlief sie unsichtbar zwischen den Deckenbalken und wurde erst mit der Dämmerung aktiv. Wie in Zeitlupe glitt sie über die Holzbalken, machte einen Abstecher über den Postkartenständer und verschwand schließlich nach draußen, um sich auf die Jagd zu begeben, während die Angestellten ungerührt ihrer Arbeit nachgingen, als wäre ihre Mitbewohnerin das Selbstverständlichste von der Welt.

Mit bemerkenswertem erzählerischem Geschick schwenkte er dann über zu dem Jagdressort für Reiche und weiter zu einer Herde Wildpferde, die über den weißen Sand der Bucht galoppierten und mit den Hufen das türkisblaue Wasser aufwirbelten. Mittendrin: ein Zebra. Wieder hatte er seinen Augen nicht getraut, und sein Spanisch war nicht gut genug, um die Einheimischen fragen zu können, was zum Teufel ein Zebra auf Kuba zu suchen hatte. Er hatte es eine ganze Weile beobachtet, fasziniert von dem stillen Bemühen des Streifentiers, sich unauffällig in die Herde zu integrieren. Schielte es nach rechts und links, um sich zu vergewissern, dass es sich auch wie ein Pferd benahm?

Die Szene entfaltete sich vor Alice' Augen, während sich ihre Hände nach und nach entspannten und reglos, wie schlafend, mit den Handflächen nach oben auf ihren Oberschenkeln ruhten: Schwarze und braune Pferde, Schimmel, beinahe unsichtbar auf dem weißen Sand, das gläserne Wasser der Bucht, fedrige Palmen … und zwischendrin ein pferdeähnliches Wesen mit schwarz-weißen Streifen, das versuchte, mit seiner Herde zu verschmelzen und trotz allem herausstach, als Blickfang, als Fragezeichen in der Landschaft.

»Ein schönes Bild«, sagte sie versonnen.

»Finden Sie?«, sagte Herr Horst interessiert. »Ist es nicht

eher ein bisschen deprimierend, dieses verzweifelte Bemühen, etwas anderes zu sein, als man ist?«

Plötzlich fühlte Alice, wie sie leicht fröstelte in der warmen karibischen Brise, und unversehens war sie wieder zurück in dem Büroraum mit seinen leise einschüchternden Spiegelflächen. Die Schreibtischfläche aus Mahagoni, die blank polierten Fotos an den Wänden … »Es hatte ja wohl kaum eine andere Wahl, als sich anzupassen; oder gab es noch andere Zebras?«, sagte sie schließlich in sachlichem Tonfall.

»Nicht, dass ich wüsste.«

»Stimmt schon, ich finde es auch deprimierend«, sagte Alice. Das Gespräch schien gekippt zu sein, und plötzlich redeten sie von etwas ganz anderem, ohne dass sie hätte sagen können, wann und wie genau es passiert war. »Aber aus einem ganz anderen Grund: Ist es nicht deprimierend, dass es das einzige seiner Art war auf Kuba?«

»Ach, warum denn?«, sagte Herr Horst gelassen. »Immerhin konnte es sich doch anpassen und wurde in der Herde aufgenommen. Was wollen Sie mehr? Manchmal in den Jahren danach«, er beugte sich verschwörerisch vor, »habe ich mich sogar gefragt, ob das Zebra überhaupt *wusste*, dass es ein Zebra war.«

»Wie meinen Sie das?«

»Was ich sagen will, die anderen haben es vermutlich als Zebra erkannt; sie konnten es ja sehen. Aber das Zebra selbst? Kann ein Zebra sein Spiegelbild erkennen?«

Einen kurzen Moment lang war es sehr still im Raum. »Ich bin sicher, das Zebra wusste, dass es ein Zebra ist«, sagte Alice dann leichthin und lächelte ihn an. »Man sollte Lebewesen nicht unterschätzen, von denen man so wenig weiß. Letztlich ist es immer noch eine schöne Geschichte. Beeindruckend, dass es im Tierreich so eine Offenheit gibt, wenn es um die Herdenzugehörigkeit geht. Auf den ersten Blick hat das fast schon etwas Menschliches an sich.«

»Ja. Nicht wahr?«, meinte Herr Horst und lächelte zurück. »Obwohl man bedenken sollte, dass es die Pferde womöglich gefährdet hat. Immerhin war die Gruppe wegen dieses Exoten mit seinen auffallenden Streifen nicht nur für Romantiker wie mich, sondern auch für alle Feinde weithin sichtbar: Raubtiere, Jäger …«

»Aber dann«, sagte Alice, »war es doch eigentlich ein Glück für die Herde. Wahrscheinlich wurde das Zebra als Erstes gefressen.«

»Sie meinen, die Herde war gar nicht sozial eingestellt, sondern berechnend?«

»Ich würde ganz allgemein nie zu viel in Tiere hineininterpretieren«, sagte Alice milde. »Man neigt dazu, die Tierwelt zu vermenschlichen, finden Sie nicht?«

Herr Horst grinste mittlerweile übers ganze Gesicht. »Wie recht Sie haben.« Entspannt lehnte er sich in seinem Stuhl zurück. »Ich habe tatsächlich später herausgefunden, was das Zebra auf Kuba zu suchen hatte. Wollen Sie es wissen?«

Eigentlich nicht, dachte Alice. Dann überlegte sie kurz. »Sie waren in einem Jagdressort«, sagte sie.

»Ich war in einem Jagdressort«, bestätigte er.

Kurz herrschte Schweigen, erwartungsvoll von seiner Seite, sehr nachdenklich und konzentriert von ihrer. »Es wurde eigens dorthin geschafft, damit die Jäger Safari spielen konnten?«, fragte Alice dann ungläubig. Wieder fühlte sie einen kalten Hauch im Nacken. Das scheinbar harmlose Geplauder über kubanische Verhältnisse und Landschaften war gekippt, hatte sich in etwas anderes verwandelt. Und was Alice beunruhigte, war die Frage, wann genau das passiert war. War die Wendung wirklich so schleichend vonstattengegangen, oder hatte sie etwas verpasst?

»Geschichten von fremden Ländern«, sagte Herr Horst langsam, »sind nicht immer zum Träumen. Eigentlich, tatsächlich, sind sie oft ziemlich grausam. Vor allem, wenn sie im Dschungel spielen.«

»Sieht ganz so aus.«

Still sahen sie sich an.

»Wann genau waren Sie dort, haben Sie gesagt?«, fragte Alice plötzlich.

»1955«, sagte er. »Kurz vor Beginn der Revolution, um genau zu sein.«

»Na dann«, sagte sie und lächelte nun wieder, »bin ich überzeugt, das Zebra hat überlebt. Da wurde ein Riegel vorgeschoben, oder meinen Sie nicht? Dieses Safari-Spielen war den Revolutionären garantiert zu bourgeois.«

Herr Horst starrte sie an, dann warf er den Kopf zurück und lachte dröhnend. »Also gut«, sagte er, als er sich wieder beruhigt hatte. »Ich glaube, Sie wären tatsächlich eine Bereicherung für die Truppe. Sie verstehen es zuzuhören. Die Leute zum Erzählen zu bringen. Die richtigen Fragen zu stellen und schlagfertige Antworten zu geben. Wir könnten schon noch ein paar Schnelldenker brauchen.« Unvermittelt erhob er sich. »Wenn Sie also noch Interesse haben nach unserem kleinen Plausch, regeln Sie doch die Details mit meiner Sekretärin, Frau Lorenz. Sie weiß Bescheid.«

Als Alice das Büro des Ressortleiters verließ und ins Vorzimmer trat, fühlte sie sich leicht benebelt. Was war da eben passiert? Sie hatte noch immer eine Gänsehaut. Nicht wegen des Zebras, sondern wegen des Gesprächsverlaufs. Was wie eine entspannte Plauderei über ferne Länder begonnen hatte, hatte sich in eine Prüfung verwandelt, und sie hatte es erst spät gemerkt. Beunruhigend spät, wie sie fand.

Die Sekretärin, eine attraktive Frau mit rotbraunen, langen Haaren und dunklen Augen, blickte auf und musterte sie. Dann hob Frau Lorenz, die Mitte zwanzig sein mochte, fragend eine fein gezeichnete Braue. Es waren sehr bewegliche Augenbrauen in einem Gesicht, das in bestimmten Situationen sehr verhalten, in anderen unfassbar ausdrucksvoll sein konnte, wie Alice im Lauf der Zeit herausfinden sollte.

»Ich soll die Einzelheiten mit Ihnen regeln«, sagte Alice. »Vermutlich geht es darum, wann und wie ich anfangen soll …?«

Die Frau musterte noch einmal ihre leicht überraschte Miene. »Dann darf man wohl gratulieren«, sagte Frau Lorenz gedehnt. »Sie scheinen sich wacker geschlagen zu haben. Was war es denn? Das Zebra oder der Elefant im Raum?«

Alice blinzelte, dann sagte sie: »Zebra«, und Frau Lorenz nickte. Kurz huschte etwas über ihr Gesicht, das Belustigung oder vielleicht Mitgefühl war. Es war zu schnell wieder verschwunden, als dass Alice es sicher hätte sagen können. Sie öffnete schon den Mund, um nachzuhaken, als sie ein leises Geräusch hinter sich hörte und mit der Sekretärin, die mit Blick zum Chefzimmer saß, eine eigenartige Verwandlung vor sich ging. Diese Veränderung irritierte Alice umso mehr, als sie eigentlich nicht zu greifen war. Ein Meer an Ausdruck, das auf einmal still, beinahe spiegelglatt wurde. Der bewegte, leicht spitzbübische Ausdruck verebbte zu kühler Kompetenz.

»Rufen Sie doch mal im Kulturressort durch«, sagte eine Männerstimme in Alice' Rücken, »und fragen Sie nach, wann die da drüben Frau Meißner entbehren können. Am besten so schnell wie möglich, damit sie sich auch wirklich gründlich einarbeiten kann vor den Sommerspielen.«

»Mach ich«, sagte die Sekretärin und griff nach dem Telefonhörer. Selbst mit ihrer Stimme war eine Verwandlung vor sich gegangen. Sie war glatter, flacher, mit weniger Schwingungen als zuvor.

»Also dann«, sagte Herr Horst und streckte die Hand aus. »Willkommen an Bord!«

Für den Bruchteil einer Sekunde starrte Alice auf die ausgestreckte Hand. Dann siegte die Erziehung über den Instinkt. »Danke. Ich freue mich«, sagte sie und reichte ihm die Rechte zu einem schicksalhaften Händedruck.

Kapitel 11
WINTERSPIELE IN SAPPORO
Winter 1972 – Im Sportressort

Der Wechsel erfolgte bereits Mitte Januar – noch schneller, als Alice erwartet hatte. Am 3. Februar würden die Olympischen Winterspiele in Sapporo beginnen, was eine hervorragende Gelegenheit war für die Neuen, schon einmal warm zu werden mit der Materie, fand Herr Horst. Zwar würde er selbstverständlich als einziger Abgesandter des Ressorts nach Japan fliegen, denn die Anreise sei weit, weiter als sonst, und entsprechend kostspielig. Aber man könne ihm ja unter die Arme greifen, Beiträge aus seinen Informationen aus erster Hand bauen und überhaupt Augen und Ohren offen halten, damit sie lernten, wie es in einem gut geführten Sportressort zugehe, zitierte Anna Lorenz ihren Chef, als sie mit Alice telefonierte.

»›*Grundlagenarbeit!*‹, lautete seine griffige Zusammenfassung«, erklärte die Sekretärin. Konnte es sein, dass da ein Hauch Ironie mitschwang in ihrer Stimme? Sie war sich noch immer nicht sicher, was sie von Frau Lorenz halten sollte.

Zwei Wochen später stand sie in ihrem neuen Büro, die Handfläche ganz leicht auf die noch fremde Schreibtischplatte gelegt, und sah sich aufmerksam um. Draußen dämmerte es gerade erst. Herr Fichte, einer der beiden Kollegen, mit denen sie das Zimmer teilte, erhob sich. Er war ein gesetzter Herr mittleren Alters mit einer Halbglatze, in der sich das Deckenlicht wie ein warmer kleiner Vollmond spiegelte, als er eine höfliche Verbeugung machte. Ihr zweiter Zimmergenosse, ein Herr … sie kniff die Augen zusammen, um das Namensschild auf dem Schreibtisch entziffern zu können … Herr Heldt, lächelte sie freundlich an. Es war Montagmorgen, und auch er schien noch dabei zu sein, sich einzurichten an seinem neuen Platz. Gerade im Moment packte er einen Karton mit persönlichen Habseligkeiten aus.

»Ich hab letzte Woche angefangen im Ressort«, informierte er sie, während er ein paar Fotos auf dem Schreibtisch aufstellte. »Hatte anfangs keine Zeit, aber jetzt wollte ich doch noch eine persönliche Note reinbringen.« Es waren Bilder von einer hübschen, molligen Frau und einem Baby mit rosigen Pausbäckchen – ein überraschendes Familienszenario, das irgendwie nicht so recht zu Herrn Heldt zu passen schien. Er wirkte nicht nur sehr jung, sondern auch linkisch. Mittelgroß, zu dünn geraten, den Körper leicht nach vorne gebeugt und ein Bärtchen von flaumig-spärlichem Wuchs in dem freundlichen Gesicht, soweit sie das erkennen konnte. Man konnte ihn nicht wirklich in Ruhe ansehen, da alles an ihm in nervöser Bewegung zu sein schien, Augen, Gliedmaßen … wie ein Gummiball. Es war eine sportliche Herausforderung, ihm für länger als eine Sekunde in die Augen zu sehen.

»Meine Frau Christa. Und meine Tochter Sabine«, sagte er. Der liebevolle Stolz in seiner Stimme war unüberhörbar.

»Sehr nett«, sagte Alice und schenkte ihm ein Lächeln. »Ich hab auch eine Tochter. Elena. Aber die ist schon vier.«

»Ach, sieh an«, sagte er erfreut. »Und Ihr Mann ist …«

Sie verkrampfte sich leicht und war schon auf der Suche nach einer ausweichenden Antwort, egal wie die Frage lauten würde. Sie blieb ihr erspart, da im gleichen Augenblick Schritte auf dem Flur ertönten – die Schritte einer Frau, dem zielbewussten Klackern von Absätzen nach zu urteilen. Eine Sekunde später stand Frau Lorenz im Raum, einen kleinen Stapel Unterlagen im Arm. Alice sah ihren beiden Zimmergenossen an, dass sie leicht überwältigt waren von ihrer Erscheinung, fast ein bisschen andächtig. Kein Wunder, denn bei Frau Lorenz wurde man unwillkürlich von dem Gefühl erfasst, vor dem Gemälde eines Künstlers mit hervorragendem Gespür für Linien und Farben zu stehen: mahagonifarbenes Haar, das in leichten Wellen auf die Schultern eines anthrazitgrauen Kostüms fiel, ein weißes Seidentuch um den Hals, und die relativ kurz geschnittenen Fingernägel in einem durchscheinenden, schimmernden Rosa lackiert … Weiter kam Alice nicht, denn Frau Lorenz war in Wahrheit alles andere als ein unbewegliches Gemälde, das man in aller Ruhe hätte bewundern können.

»Guten Morgen«, sagte sie schwungvoll und nickte den beiden Männern kurz zu. Dann wandte sie sich an Alice. »Ich wünsche Ihnen einen guten Start heute! Hier hab ich eine kleine Aufstellung mit Terminen, wann normalerweise welche Sitzungen stattfinden während der Woche. Außerdem eine Liste mit wichtigen internen Telefonnummern und was Sie sonst noch so brauchen können.«

Alice starrte sie an, und die Miene der Sekretärin wurde unversehens vorsichtig. Sie schien sich für Alice' Antwort zu wappnen, was diese noch mehr verwirrte.

»Das … ist ja großartig«, sagte Alice und griff nach den Unterlagen. »Danke. Einen derartigen Service bin ich gar nicht gewohnt.«

Frau Lorenz entspannte sich wieder. »Gern geschehen. Wenn Sie sonst noch Fragen haben, melden Sie sich einfach.« Sie wandte sich Herrn Heldt zu, und ihr Blick fiel auf die Fotos.

»Meine Familie«, erklärte Herr Heldt, der leicht rot wurde.

»Herzig«, befand Frau Lorenz und lächelte, und Alice bemerkte eine kleine Zahnlücke zwischen den oberen beiden

Schneidezähnen. Es war ein unerwarteter, erst auf den zweiten Blick sichtbarer Schönheitsfehler, der die Sekretärin Alice' Meinung nach allerdings noch anziehender machte. »Ich hab auch Kinder. Zwei Jungs. Aber die sind ein bisschen größer und mittlerweile das Gegenteil von niedlich – zumindest, soweit ich das unter den Schichten von Erde und Gras und Dreck erkennen kann. Zwei richtige Lauser. Ich finde ja …«

Unvermittelt verstummte sie. Auf dem Flur ertönte das Knarzen von Ledersohlen auf Linoleum. Für den Bruchteil einer Sekunde verharrte die Sekretärin reglos, den Kopf schräg geneigt, als versuchte sie, aus dem Klang dieser Gangart noch viel mehr herauszulesen. Die Stimmung dessen, der da ging, beispielsweise. Die Schritte stoppten kurz, das Öffnen und Schließen einer Tür. Stille. Frau Lorenz wechselte einen kurzen Blick mit Herrn Fichte und nickte ihm leicht zu, eine kaum wahrnehmbare Bewegung des Kopfes.

»In einer Stunde startet die Redaktionssitzung, etwas früher als sonst – ich will Sie also nicht weiter aufhalten«, sagte sie übergangslos. »Sie wollen sich sicher noch vorbereiten. Die Unterlagen haben Sie ja jetzt.«

»Und wenn Sie sonst noch Fragen haben …«, sagte Herr Fichte an Alice gerichtet und wischte sich mit einem Stofftaschentuch über die plötzlich noch heller glänzende Halbglatze. Er beendete seinen Satz nicht.

»Also dann: Viel Glück!«, sagte Frau Lorenz und lächelte nun wieder. Dann war sie draußen, und Alice sah ihr verwundert nach, während sie darüber nachdachte, was all diese unbekannten Schwingungen wohl bedeuteten.

Schon seit dem Bewerbungsgespräch war Alice auf der Hut vor ihrem neuen Chef. Das sollte sich auch in den darauffolgenden Wochen nicht ändern, obwohl sie durchaus unterschiedliche Seiten an ihm wahrnahm – er war ein charmanter Plauderer, wenn er wollte. Aber auch fast schon unangenehm scharfsinnig, und ihr Instinkt sagte ihr, dass das leicht seltsame Verhalten ihrer Kollegen damit zu tun hatte. Während der ersten Woche erkannte sie noch kein klares Muster, doch schon bald wurde deutlich, dass die Stimmung in der Redaktion von einem wellenförmigen Auf und Ab beherrscht war. Morgens, wenn der Ressortleiter im Haus war, angespannt, leicht gelähmt, nach der Redaktionssitzung aber deutlich gelöster.

Dabei war bis jetzt während der Sitzungen gar nichts Nennenswertes passiert. Ein- oder zweimal hatte Herr Horst für einen Moment die Beherrschung verloren, weil irgendetwas nicht ganz nach Plan gelaufen war, das schon. Aber dieses Herumpöbeln war sie aus den anderen Redaktionen gewohnt, wenn die Abteilung wegen irgendeiner Sache unter Strom stand.

Tatsächlich war Herr Horst spürbar in seinem Element, und seine Laune wurde von Tag zu Tag strahlender. In wenigen Tagen wäre er unterwegs nach Sapporo. *Ob es Zebras gibt in Japan?*, fragte sich Alice während einer besonders lebhaften Redaktionssitzung, unterdrückte das leichte Zucken ihrer Mundwinkel aber sofort, als sie von einem scharfen Blick ihres Chefs gestreift wurde.

So kurz vor den Winterspielen sirrte das gesamte Ressort vor Geschäftigkeit, Nachrichten schwirrten durch den langen Flur und lösten laute Rufe und lebhafte Diskussionen, manchmal regelrechte Kettenreaktionen aus. Doch als Alice Ende Januar in die Kaffeeküche kam, schien der kleine Raum förmlich starr vor Anspannung.

»Ich hab's geahnt«, rief Herr Horst und schlug mit der flachen Hand auf den Küchentresen, dass die Kaffeemaschine erzitterte. »Das hat sich doch schon vor Tagen angebahnt. Aber dass die das wirklich durchziehen ...«

»Das Internationale Olympische Komitee hat Karl Schranz, den österreichischen Skirennläufer, von den Spielen ausgeschlossen. Wegen wiederholten Verstoßes gegen das Amateurstatut«, flüsterte die Sekretärin Alice auf deren fragenden Blick hin zu. Sie waren zu viert in der kleinen Küche: Herr Horst, Herr Heldt, Frau Lorenz und sie. In dem Moment tauchte noch Herr Fichte im Türrahmen auf.

Ihr Chef schien wie elektrisiert. »Die haben ihn tatsächlich ausgeschlossen, weil sie ein Foto von Schranz ausgegraben haben, auf dem er einen Aufdruck mit irgendeiner Kaffee-Werbung trägt. Eine ›lebende Reklamesäule‹ hat Avery Brundage ihn genannt. Mann, gibt das Ärger.«

Mit funkelnden Augen wandte er sich an Alice' Kollegen. »Herr Heldt, Sie suchen mir alles zusammen, was es über Leben und Karriere von Schranz zu wissen gibt. Und wenn ich *alles* sage, meine ich auch alles. Nicht wieder diese Lückenrecherche wie beim letzten Mal. Hopp, auf geht's! Und Sie …« Er nickte Alice zu. »Sie schreiben mir bis heute Punkt vierzehn Uhr alles über das Amateurstatut zusammen. Das Für und Wider: Warum Avery Brundage, der Präsident des IOC, so stur daran festhält, während andere es längst für überholt und realitätsfern halten, und und und. Alle Informationen gehen dann an Herrn Fichte, der mir das Ganze bis sechzehn Uhr zu einem Beitrag zusammenbastelt, der sich gewaschen hat. Um fünf bin ich auf dem Weg zum Flieger, heute muss es also noch ein wenig schneller gehen als sonst; ich will es lesen, bevor ich abreise.«

Er rieb sich die Hände und hielt dann kurz inne. »Ist was?«, fragte er, und Alice, die lieber über Schranz' Leben recherchiert oder sogar den Beitrag selbst geschrieben hätte, statt sich mit langweiligem Regelwerk zu den Olympischen Spielen zu befassen, zuckte zusammen. Sie musste sich wirklich stärker darauf konzentrieren, dass man ihr die Gedanken und Gefühle nicht so an der Nasenspitze ansehen konnte. Vor allem bei einem Chef wie Herrn Horst, der übergangslos zwischen Selbstbespiegelung und einer gefährlich scharfen Wahrnehmung hin- und herzuwechseln vermochte.

»Das Amateurstatut ist politischer, als Sie glauben«, sagte er jetzt knapp, als könne er ihre Gedanken lesen. »Es ist sogar brandheiß. Das werden Sie feststellen, wenn Sie sich schlaumachen. Und Sie *werden* sich schlaumachen. Bis heute Nachmittag wissen Sie alles, was es zum Statut zu wissen gibt.«

Es war nicht seine herausragendste, aber schon eine recht markante Eigenschaft ihres Chefs, dass jeder im Raum bei solchen Aussagen wusste, dass das keine Bitte war; eher so eine Art von Zukunftsvorhersage.

Alice nickte hastig. »Bin schon unterwegs«, sagte sie und griff sich, praktisch im Hinausgehen, noch eine Tasse frischen Kaffee. Bevor sie die Küche verließ, sah sie, wie Herr Horst ihren Kollegen unverwandt anstarrte, was Herr Heldt mit einem leicht unsicheren Lächeln erwiderte. Dann begann dieser, mit einer Hand umständlich in der offenen Keksdose herumzuwühlen auf der Suche nach seinen Lieblingsplätzchen, statt sich sofort in Bewegung zu setzen. Kurz machte sie sich Sorgen um ihren instinktlosen Kollegen, doch für mehr hatte sie keine Zeit; die Uhr tickte.

Zurück in ihrem Büro, nahm sie am Schreibtisch Platz, nippte an ihrem Kaffee und dachte kurz, aber intensiv nach. Alice hatte eine ungefähre Ahnung von den politischen Hintergründen und diplomatischen Verwerfungen der aktuellen Situation. Aber ungefähre Ahnungen brachten sie natürlich nicht weiter, vor allem da ihre Gedanken dazu alles andere als harmlos waren. Herr Horst hatte recht, es war brisant. Sie brauchte dringend die Meinung von Fachleuten und Hintergrundinformationen. Sie warf einen Blick auf ihre Armbanduhr. Elf Uhr. Die Zeit lief ihr davon. Unvermittelt sprang sie auf und machte sich auf den Weg in die Unterwelt des Archivs.

Als sie die tief gelegenen Räume des Verlagshauses erreichte, hielt sie kurz inne und sah sich ehrfürchtig um. Bisher war sie noch nicht hier unten gewesen, sondern hatte einfach durchgerufen und Bescheid gegeben, zu welchen Themen sie Material brauchte. Ein Gefühl wie in einer Kirche überkam sie, während sie beobachtete, wie das Licht von weit oben durch schmale Fenster in Streifen nach unten in die gewölbeartige Halle fiel und das Halbdunkel des Archivs zerteilte. Staubflocken schwebten im Licht, deshalb schienen diese hellen Streifen, die sich in exakt bemessenen Abständen durch den Raum zogen, in beständiger Bewegung. Die Luft war durchdrungen von dem Geruch von Staub und trockenem Papier und einem leisen, stetigen Knistern und Rascheln zwischen den hohen Regalen. Ansonsten: Stille.

»Kann ich Ihnen helfen?«, fragte eine Stimme unmittelbar neben ihr, und Alice schrak zusammen.

»Entschuldigung! Ich wollte Sie nicht erschrecken. Ich dachte, Sie hätten mich gesehen.«

Die Konturen von Elsie Aichinger zeichneten sich nach und nach vor einem Regal ab, hellgraue Kleidung vor dunkelgrauen Kartons. Die Archivarin war etwa in ihrem Alter; es war allerdings schwer, sich da sicher zu sein. Sie wirkte einerseits sehr unauffällig – und andererseits sichtlich verschroben. Die dunklen Haare trug sie in einem pragmatischen Topfhaarschnitt, der an Prinz Eisenherz erinnerte und das runde, blasse Gesicht akkurat umrahmte. Doch verschroben war nicht nur ihr altbackenes Äußeres, sondern vor allem ihr Verhalten: die kantigen Bewegungen, der leicht monotone Tonfall, die langsamen, gedehnten Sätze, die sich dem gewohnten Auf und Ab einer Satzmelodie verweigerten. Es war nicht ganz leicht, ihren Worten zu folgen und dabei konzentriert zu bleiben.

Alice hatte bisher wenig von der Archivarin mitbekommen. Im normalen Leben übersah man sie leicht, was vermutlich sogar beabsichtigt war; sie war ein extrem schüchterner Mensch.

Die Redaktionssitzung, bei der sie ausnahmsweise ihren Chef hatte vertreten müssen, war sichtbar eine Qual für sie gewesen. Alice verstand sowieso nicht, warum bei manchen Sitzungen der Archivar oder seine Stellvertreterin Frau Aichinger anwesend war. Aus dem Kulturressort kannte sie das jedenfalls nicht. Aber natürlich war es praktisch: Die Journalisten konnten so schon während der Sitzung Bescheid geben, was sie an Texten und Material brauchten für die aktuellen Beiträge, wenn einer der beiden Archivare teilnahm.

»Was suchen Sie denn?«

»Ich brauche alle nur möglichen Informationen zum Amateurstatut bei den Olympischen Spielen. Entschuldigung, wenn ich einfach so reinplatze.«

Frau Aichinger legte den Kopf schräg, starrte einen Punkt irgendwo über Alice' Kopf an und dachte eine ganze Weile nach. »Worum genau geht es?«

Alice spürte, dass sie große Mühe hatte, ihre Füße still zu halten. »Das Problem ist, es ist wirklich eilig«, sagte sie gepresst.

»Wir sind bei einer Tageszeitung. Ist es nicht immer eilig?«, erwiderte Frau Aichinger trocken.

»Herr Horst will den Beitrag bis heute Nachmittag haben. Schlag vierzehn Uhr alle Informationen auf Herrn Fichtes Schreibtisch, der sie zu einem Beitrag zusammenbaut, Schlag sechzehn Uhr beim Chef.«

Die Archivarin nickte. »Eine Frage von Leben und Tod, ich verstehe«, sagte sie in ihrer gedehnten Sprechweise. »Dann wäre es gut, wenn Sie sich eine Minute Zeit nehmen, um mir zu sagen, worum es geht. Denn Sie werden es vermutlich nicht schaffen, in der kurzen Zeit alles zu lesen. Ich kann die Suche für Sie verkürzen. Wenn Sie möchten. Oder ich hole Ihnen einfach alles, was ich zu den Olympischen Spielen finde. Aber ich würde davon abraten.«

Alice starrte ihr Gegenüber an und zwang sich zur Ruhe.

»Gut«, sagte sie dann. »Danke für das Angebot, das nehme ich gerne an. Also: Wir haben gerade vorhin erfahren, dass Karl Schranz, der Skirennläufer, von den Spielen ausgeschlossen wurde. Weil er gegen das Amateurstatut verstoßen hat. Avery Brundage, der Präsident des Internationalen Olympischen Komitees, hat das durchgedrückt. Der Österreicher war ihm anscheinend schon eine ganze Weile ein Dorn im Auge, aber die Entscheidung ist natürlich krass. Er scheint ein Exempel statuieren zu wollen. Und nun hab ich also den Auftrag, alles Wissenswerte über das Statut zusammenzutragen.«

Elsie nickte knapp und verschwand. Fünf Minuten später kehrte sie mit einem Bündel Papiere zurück. »Hier, ein Anfang. Sie können schon mal lesen, während ich weitersuche.«

Alice setzte sich an einen Tisch im Archiv und vertiefte sich in die Geschichte zur Entstehung der Olympischen Spiele der Neuzeit.

1894 hatte Baron Pierre de Coubertin das Internationale Olympische Komitee gegründet, um die Spiele der Antike zu neuem Leben zu erwecken. Ihm war es um Völkerverständigung gegangen: sportlicher Wettstreit statt Krieg, ein friedliches Kräftemessen der Nationen, das Kennenlernen unterschiedlicher Weltanschauungen, Toleranz und Offenheit.

Aus Gründen der Fairness durften nur Amateure an den Spielen teilnehmen. Übrigens auch nur Männer, wenn es nach Coubertin gegangen wäre, aber damit konnte er sich nicht durchsetzen. Coubertin war vom Gentleman-Gedanken englischer Privatschulen beeinflusst: Sei in allen Disziplinen gut, aber nicht auf Biegen und Brechen in irgendetwas der Beste. Fairplay: Verschaffe dir keinen Vorteil durch zu viel Training – daher der misstrauische Blick auf Profisportler. Außerdem war Coubertin Pädagoge; er betrachtete Sport als Teil einer ausgewogenen Erziehung des Menschen. Die Athleten von Olympia sollten nicht als Zirkusgladiatoren missbraucht werden. Dem Kommerz wurde der Kampf angesagt, denn es ging um Höheres: darum, einfach dabei sein zu dürfen bei diesem Ereignis, und nicht darum, die Welt in Sieger und Verlierer einzuteilen. Eine hehre Einstellung – und betrachtete man die Gesichter der Sportler, dann schien da auch durchaus etwas dran zu sein. Die Mienen der Teilnehmer waren schon vor Beginn der Wettkämpfe von leuchtender Vorfreude erfüllt.

»So idealistisch wie erhebend, wirklich«, sagte Alice und merkte gar nicht, dass sie ihre Gedanken laut aussprach, so konzentriert war sie. »Also, warum störe ich mich trotzdem daran? Kommen wir zur Kehrseite …«

Was auf den ersten Blick eine ebenso simple wie nachvollziehbare Regel schien, wurde nämlich immer komplizierter, je genauer man dieses Amateurstatut unter die Lupe nahm. Wie so oft zersplitterte die glatte Oberfläche der Fakten bei näherer Betrachtung, ging in die Tiefe und wurde zu einem komplexen, dreidimensionalen Muster. Schwierig, Position zu beziehen und zu einer eindeutigen Aussage zu kommen.

Andererseits war genau das ihre Aufgabe: das Thema aus jedem nur möglichen Blickwinkel zu betrachten. Sie sollte Informationen sammeln, nicht werten oder ein endgültiges Urteil fällen.

Da meldete sich die trockene Stimme aus dem Nichts: »Die Kehrseite der Medaille ist, dass wir es hier mit einem Idealbild zu tun haben, das von unserer Wirklichkeit weit entfernt ist. Vielleicht war das sogar schon von Anfang an so.«

Alice rutschte vor Schreck der Bleistift aus den Fingern, denn es war, als hätten sich ihre Gedanken materialisiert. »Wie meinen Sie das?«, fragte sie, als sie wieder zu Atem gekommen war und die Besitzerin der Stimme ausgemacht hatte.

Elsie war lautlos mit einem weiteren Bündel Unterlagen zurückgekehrt. Sie legte die Papiere auf dem Tisch ab, setzte sich ihr gegenüber und blätterte so langsam durch die Seiten, dass

Alice wieder zappelig wurde. Unauffällig warf sie einen Blick auf die Uhr. Halb zwölf.

»Hier«, sagte Frau Aichinger, zog ein paar DIN-A4-Seiten heraus und strich sie mit aufreizender Sorgfalt glatt. Alice unterdrückte ein Stöhnen. »Von einem Professor der Soziologie: Über das Auseinanderdriften von Anspruch und Wirklichkeit bei den Olympischen Spielen. Über die Utopie fairer Spiele in einer Gesellschaft, in der völlig unterschiedliche Voraussetzungen und Lebensbedingungen herrschen. Vereinfacht gesagt: Manche Menschen können es sich leisten, alle Energie ins Training zu stecken, andere nicht. Diejenigen, die in einer Fabrik arbeiten, beispielsweise.«

Oder eine alleinerziehende Mutter, die sich ihren Lebensunterhalt selbst verdient, dachte Alice. Sie war dieses Jahr noch kein einziges Mal im Tegernseer Tal Ski gefahren – zum ersten Mal in ihrem Leben. Rasch schob sie den sehnsüchtigen Gedanken an Berge, Schnee und Skipisten wieder beiseite und zwang sich zurück zu ihrem Beitrag. »Klingt fast schon nach Marxismus«, sagte sie.

»Nein. Das ist einfach nur sozialkritisch.«

»Darf ich mal?«, fragte Alice und griff nach dem Aufsatz.

»Und dann hier noch der Beitrag eines Ihrer Kollegen. Er ist zwei oder drei Jahre alt und befasst sich mit dem Aufweichen der Regeln bei den Olympischen Spielen. Es gibt eine klare Definition des Amateurstatuts; würde man die allerdings tatsächlich anwenden, könnte heute ein ganzer Teil der Spieler gar nicht mehr teilnehmen. Das Statut ist zu einer Grauzone geworden, weil die Umsetzung willkürlich ist«, sagte Frau Aichinger. Sie klang fast ein wenig bedrückt. »Ich kann Grauzonen nicht leiden, sie haben etwas so Unordentliches an sich. Finden Sie nicht? Jedenfalls, die Frage ist doch: Wer entscheidet, wann ein Sportler ein Profi und kein Amateur ist? Avery Brundage. Nicht allein, aber er hat die größte Macht. Und wo zieht *er* die Grenze?

Wenn man Geld von einem Sponsor annimmt? Wenn man seinen Lebensunterhalt als Skilehrer verdient? Wenn man Staatsamateur ist? Und welchen politischen und wirtschaftlichen Zwängen muss der Präsident des IOC sich dann doch beugen bei der Entscheidung? Die Spiele sollten unpolitisch sein, aber das sind sie natürlich längst nicht mehr.«

»Es wird einen ziemlichen Aufschrei geben in Österreich wegen Karl Schranz«, bestätigte Alice, die leicht abgelenkt war, weil sie versuchte, gleichzeitig zu lesen und zuzuhören. »Sie haben recht, er war nicht der Einzige, der gegen das Statut verstoßen hat; aber er war einer der lautesten Kritiker. Vielleicht wollte Brundage ein Zeichen setzen, bevor er demnächst abtritt mit seinen fünfundachtzig Jahren.« Alice vertiefte sich wieder in den Text auf der Suche nach ein oder zwei Zitaten, die sie verwerten konnte.

Eine Weile später war sie aufgesprungen und winkte der Archivarin dankbar zu. So pedantisch und trocken Frau Aichinger wirkte, sie machte ihre Arbeit ausgezeichnet. Oder war es gerade diese pedantische Art, die sie zur perfekten Archivarin machte? Egal. Alice schüttelte sich leicht. *Konzentrier dich*, ermahnte sie sich. *So lange, bis der Beitrag fertig ist und Herr Horst endlich im Flieger nach Japan sitzt.*

Zwölf Uhr fünfzehn.

Zurück in ihrem Büro, griff sie nach dem Telefonhörer und versuchte, die Pressestelle des IOC für eine offizielle Stellungnahme zu erreichen. Besetzt … besetzt … Und immer noch besetzt. Als ihre Finger müde wurden vom Drehen der Wählscheibe, entschied sie sich für die Nummer der Zentrale. Hier kam sie endlich durch, und der Telefonistin gelang es, sie mit dem stellvertretenden Pressesprecher zu verbinden. Sie stellte rasch ein paar gezielte Fragen und war wieder einen Schritt weiter, aber noch lange nicht weit genug.

Viertel vor eins.

Sie hatte jede Menge Informationen gesammelt. Aber noch fehlte ihr das Wichtigste, die Würze, das Salz in der Suppe … und die Zeit wurde knapp.

Alice bemerkte noch nicht einmal, dass sie unermüdlich Kreise durch ihr Dreierbüro zog, während sie intensiv nachdachte, bis Herr Fichte leise entnervt sagte: »Frau Meißner, wenn Sie so weitermachen, dann traben Sie uns noch eine Spurrille rund um unsere Schreibtische. Wär schade um den Teppich. Davon abgesehen kann ich mich so nicht konzentrieren.«

»Verzeihung«, murmelte Alice und blieb abrupt stehen.

»Wo brennt's denn?«, lenkte Herr Fichte ein.

»Ich brauche Namen. Ein oder zwei Leute, die ich direkt anrufen kann. Ich habe schon jede Menge Informationen, aber die Sache ist noch nicht rund. Mir fehlen aktuelle Aussagen zum Amateurstatut. Und Hintergrundinfos zum politischen Aspekt der ganzen Sache.«

»So spontan fällt mir da niemand …« Herr Fichte legte die Stirn in nachdenkliche Falten. »Wenden Sie sich an Herrn Sandbichler; das ist ein österreichischer Skiläufer etwa in meinem Alter, der 1936 als junger Mann die Teilnahme an den Spielen verweigert hat«, sagte er schließlich. »Der kann Ihnen so einiges aus erster Hand berichten. Sie wissen, warum?«

Alice war ein wenig verwirrt. »Wegen Hitler? Weil die Spiele 36 in Berlin stattfanden und sie letztlich als Propagandaveranstaltung für die Nazis missbraucht wurden?«

»Nein«, sagte Herr Fichte und lächelte leicht. »Man merkt, Sie sind jung. Damals wussten wir das alle. Die Skiläufer aus der Schweiz und Österreich haben 1936 aus Protest nicht an den Spielen teilgenommen, weil man die Skilehrer als Profis eingestuft und von den Wettbewerben ausgeschlossen hatte.«

»Ach? Das ist ja fantastisch. Ja, genau so was kann ich brauchen«, sagte Alice und fühlte eine leicht unangemessene Begeisterung ob des ungerechten Schicksals der Skilehrer.

»Und dann könnten Sie es noch bei Herrn Wolf versuchen, einem Politikwissenschaftler, der sich ganz gerne mit der Presse abgibt; es ist ja offensichtlich, dass die Olympischen Spiele mittlerweile so eine Art Fortsetzung des Kalten Krieges mit anderen Mitteln sind.«

Alice war zu ihrem Schreibtisch geeilt und schrieb hastig die Namen auf. »Danke, Herr Fichte! Das bringt mich weiter.«

»Natürlich ist die Forderung, dass nur Amateure an den Olympischen Spielen teilnehmen dürfen, illusorisch in einer modernen Welt mit derartigen politischen Umbrüchen«, erklärte Herr Wolf am Telefon.

Er war erst leise konsterniert gewesen, als Alice ihn endlich am Hörer hatte, und hatte die junge Reporterin gefragt, warum ihr Chef nicht persönlich anrief. Erst nach einigem Hin und Her hatte Alice begriffen, dass er sie für die Sekretärin hielt, und das Missverständnis aufgeklärt. Ab dann waren sie endlich vorangekommen.

»Und der Streit um das Amateurstatut ist ja nur die Spitze des Eisbergs im Kalten Krieg. Nehmen Sie die Staatsamateure aus der Ostzone beispielsweise: Der Ostblock bietet seinen Sportlern Scheinanstellungen und lässt sie das ganze Jahr über bei vollem Lohn trainieren, das ist ein offenes Geheimnis. Damit wird die Regel komplett ausgehebelt – in einem Ausmaß, dass ein Karl Schranz wie ein Waisenknabe dagegen aussieht. Aber geht das IOC dagegen vor? Natürlich nicht. Sie wollen es sich ja nicht mit dem gesamten Ostblock verscherzen. Es ist Staatspropaganda, ein Wettstreit zwischen zwei gegensätzlichen politischen Systemen; dabei geht es längst nicht mehr nur um den Sport. Mittlerweile tobt ein Krieg um Weltanschauungen, und die Grenze zwischen den beiden politischen Systemen verläuft mitten durch Deutschland.« Ein kurzes Zögern. »Können Sie mir noch folgen?«

»Ja«, sagte Alice geduldig. »Ich kann Ihnen sehr gut folgen. Setzt man in der Bundesrepublik mittlerweile nicht auch Sportsoldaten bei Olympia ein, die in der Hauptsache trainieren dürfen, statt zu marschieren oder durch den Schlamm zu robben?«

»Genau. In Schweden übrigens auch. Aber genau das ist der Punkt: Das Beharren auf diesem Amateurismus ist unzeitgemäß und Avery Brundage mittlerweile ein Fossil. Ich finde es ehrenwert, dass er gegen die Kommerzialisierung des Sports kämpfen will, klar ... Aber als die Regeln Ende des 19. Jahrhunderts entstanden sind, hat niemand die komplexe Welt eines Kalten Kriegs vor Augen gehabt.«

»Wenn man bedenkt, dass die beiden deutschen Mannschaften jetzt zum ersten Mal nicht nur getrennt, sondern sogar mit jeweils unterschiedlichen Flaggen und Hymnen antreten werden«, sagte Alice. »Das war vor ein paar Jahren doch noch unvorstellbar in der Bundesrepublik.«

»Sie sagen es. 1968 in Mexiko waren die Mannschaften schon getrennt angetreten, aber wenigstens unter gleicher Flagge und mit einer Hymne für alle – der ›Ode an die Freude‹ von Beethoven. Und jetzt das. Wenigstens hier haben wir ein schrittweises Nachgeben vor der Realität. Noch bevor die DDR in die Vereinten Nationen aufgenommen wurde, hat der IOC unseren Arbeiter-und-Bauern-Staat schon als eigenständig anerkannt. Tja, Olympia ... Die Olympischen Spiele sind ein Spektakel, das sich unpolitisch gibt und das doch oder gerade deshalb zutiefst politisch ist. Es ist, als würde man den Ost-West-Konflikt unter einem Brennglas betrachten; Avery Brundage wird nicht erfreut sein über die endgültige Spaltung.«

Mister Brundage mochte die Weltlage insgesamt und die olympische Situation im Besonderen deprimierend finden, Herr Horst dagegen war strahlender Laune, als ihm der fertige Artikel über Karl Schranz und das Amateurstatut um Punkt sechzehn Uhr vorgelegt wurde; in zwei Stunden würde er in den Flieger nach Japan steigen, mit Ziel Sapporo auf der Insel Hokkaidō. Gerade noch rechtzeitig für die Eröffnungszeremonien der Spiele.

Hock...Hok-ka-idō ... nördlichste Präfektur und zweitgrößte Insel Japans ... Alice schlug den fremden Begriff erst im Lexikon nach, dann orientierte sie sich auf der Weltkarte. Eine Insel am anderen Ende der Welt, an deren Ufern sich die Wellen dreier unterschiedlicher Meere brachen. So fremd, dass es einem das Herz zusammenzog vor Fernweh. Im Fernsehen war in den Nachrichten die Ankunft der Sportler zu sehen: schneebedeckte Hügel, ein bleigraues Meer, der Flug der Kraniche am bleichen Himmel, wie eine lebendig gewordene japanische Tuschezeichnung – und die westlichen Sportler in ihrer üblichen, modernen Kleidung. Sie wirkten, als würden sie gerade in München durch die Fußgängerzone spazieren, bis sich plötzlich ein lächelndes japanisches Gesicht dazwischenschob oder eine Pagode mit geschwungenem Dach im Hintergrund auftauchte.

Sie beneidete Herrn Horst glühend.

»Ja«, sagte Zeißler, als sie am Wochenende nach Hause kam und ihren alten Mentor nach langer Zeit wieder einmal in einem Café in Miesbach traf. »Ich war dort, im Winter. Knapp fünfzehn Jahre ist das jetzt her. Hokkaidō ...«

Ein rasselnder, tief sitzender Husten unterbrach ihn mitten im Satz. Ihr ehemaliger Ausbilder sah nicht gesund aus, dachte Alice besorgt, während sie möglichst unauffällig seinen fahlgelben Teint musterte. Kein Wunder bei seinem Zigarettenkonsum; er sollte weniger rauchen, aber da war wohl jeder Überredungsversuch zwecklos.

»Weit weg, und trotzdem der perfekte Ort für die Winterspiele«, fuhr er mit einem schwachen Lächeln fort, als er wieder zu Atem gekommen war. »Jede Menge Pulverschnee, und im Winter herrscht klirrende Kälte; um Schneemangel müssen die sich jedenfalls keine Sorgen machen.«

Er rührte versonnen in seinem schwarzen Kaffee, hustete erneut und nahm einen vorsichtigen Schluck. »Haben Sie von dem Schneefestival in Sapporo gehört? Die Leute kommen aus ganz Japan in den Parks der Stadt zusammen, um Skulpturen aus Eis und Schnee zu bauen und berühmte Bauwerke nachzubilden. Mittlerweile haben sie es sogar ins Rahmenprogramm der Spiele aufgenommen. Ich war dort, damals … Allerdings waren es vor fünfzehn Jahren kaum mehr als Kinder, die Figuren aus Schnee gebaut haben.«

»Ich hab was darüber gelesen«, sagte Alice und lächelte sehnsüchtig bei der Erinnerung an die Fotos in dem Reisemagazin. »Was würde ich drum geben, das mit eigenen Augen zu sehen.«

»Ihre Entdeckerfreude scheint ungebrochen – Sie sind getrieben wie eh und je, was?«

Sie runzelte nachdenklich die Stirn. »Ich weiß nicht, ob ich getrieben bin«, sagte sie nach einer Weile. »Wenn ich ein Mann wäre, würden Sie mich dann getrieben nennen? Oder einfach nur wissensdurstig oder ehrgeizig?«

»Der Punkt geht an Sie. Ich hab es übrigens nicht als Kritik gemeint. Manchmal, in den letzten Jahren …« Zeißler starrte aus dem Fenster des Cafés. Eine weiße Landschaft erstreckte sich vor ihnen, so weit das Auge reichte. Der Horizont verschmolz nahtlos mit dem bleichen Himmel. Als ihr Ausbilder Alice wieder ansah, hatte sich der übliche, ironisch-resignierte Ausdruck in seiner Miene verflüchtigt und war einem ungewohnten, fast schon brennenden Ernst gewichen. »Verstehen Sie mich nicht falsch. Bleiben Sie getrieben. Furchtlos. Wer Kompromisse macht …« Wieder verstummte er. Es war, als wäre er auf der Suche nach den richtigen Worten, um ihr etwas Entscheidendes zu sagen. Irgendwann sagte er leise, wie zu sich selbst:

»Die Welt im Schnee. Lass uns
die schönste Aussicht suchen gehn,
Bis wir taumeln, fallen.«

Alice sah ihn verständnislos an.

»Das ist ein Haiku. Von Bashō«, erklärte er. »Manchmal muss ich an Sie denken, wenn ich es lese.«

Sie starrte ihn noch immer an, während die Bedeutung des Gedichts tiefer drang. »Die Sehnsucht nach Leben, nach Tod. Weiße Unendlichkeit und schwarze Barrieren in Form von Leere, von Abgründen«, sagte sie schließlich nachdenklich. »Bashō hat es tatsächlich geschafft, alle nur möglichen Extreme in einem einzigen Bild zu verschmelzen. Sagenhaft.«

»Warum sucht ein Mensch nach der schönsten Aussicht, obwohl er womöglich mit dem Leben dafür bezahlt? Was meinen Sie?«, fragte Zeißler.

Plötzlich spürte sie eine seltsame Beklemmung. Bilder stiegen aus den Tiefen ihrer Erinnerung auf, die sie längst verdrängt oder vergessen zu haben glaubte. Ein totes Mädchen im Faulschnee unter einer Autobahnbrücke, allein, erstarrt in Bewegungslosigkeit, eine schwindelerregende Abfahrt im gleißenden Licht des Februars, mit einem kleinen, jauchzenden Kind auf dem Rücken, so viele Arten von Schnee. Schrecken. Einsamkeit. Das Verwischen der Grenzen. Unendliche, berauschende Weite und das Knistern der Eiskristalle unter ihren Füßen.

Alice schloss für einen Moment die Augen. »Wenn ich ehrlich bin«, sagte sie leise, »weiß ich es nicht. Noch nicht.«

»Das dachte ich mir.«

Sie öffnete die Augen wieder und sah ihn besorgt an. Seine Miene trug jetzt den gewohnten Ausdruck, er schien nur vielleicht noch eine Spur melancholischer als sonst. Dann gab er sich einen Ruck und lächelte.

»Versprechen Sie mir eins? Wenn Sie's herausgefunden haben, kommen Sie vorbei und erzählen es mir.«

»Versprochen«, sagte Alice.

Kapitel 12

DIE HERZKÖNIGIN

Rosenmontag im Sportressort

»Sie haben da was verloren«, sagte Alice und hielt ihrem Kollegen eine Weintraube hin.

»Ach ja, danke.« Herr Heldt lächelte sie reumütig an, nahm die Traube und versuchte erfolglos, sie sich wieder in die Haare zu stecken.

»Was soll das überhaupt darstellen? Wenn man fragen darf …«

»Ich bin ein Früchtchen.«

»Verstehe«, sagte Alice und musterte ihn kritisch. Seit Herr Heldt die Büroräume betreten hatte, in denen heute am Rosenmontag ab dem späten Nachmittag ausgelassen gefeiert wurde, verlor er alle paar Schritte ein Stück Obst. Es hatte etwas von einem missglückten Striptease an sich – gut, dass er unter der Schicht aus Bananen und Südfrüchten noch eine Hose und einen eng anliegenden schwarzen Pullover trug.

»Ich wollte einen Bananengürtel machen«, erklärte er, noch immer verlegen. »Aber Sie glauben gar nicht, wie schwer es ist, Bananen an einer Schnur zu befestigen, ohne dass sie matschen. Ich habe meine Frau in den Wahnsinn getrieben heute Morgen.«

Alice unterdrückte ein Grinsen und dachte bei sich, dass

Frau Heldt wahrscheinlich nicht nur wegen der Ungeschicklichkeit ihres Mannes entnervt war. Im Februar Weintrauben zu bekommen, musste ein Vermögen gekostet haben. »Sie hätten Plastikobst nehmen sollen.«

»Pah! Das wär unsportlich gewesen. Ich wünschte nur, ich hätte nicht zwei linke Hände.«

»Man muss nicht alles können«, sagte Alice freundlich (Herr Heldt verfügte über die unheimliche Fähigkeit, bei sämtlichen Frauen im Ressort Mutterinstinkte zu wecken) und rückte seine Halskette aus schrumpeligen Winteräpfeln zurecht. Sie selbst ging als Pippi Langstrumpf – ihre neue Lieblingsheldin, seit sie Astrid Lindgrens Kinderbücher für Elena entdeckt hatte. Auch sie hatte feststellen müssen, dass es gar nicht so einfach war, Zöpfe zu flechten, die links und rechts vom Kopf abstanden und sich nach oben bogen. Sie hatte sich mit Draht beholfen und war zu spät zur Arbeit gekommen, aber das war ausnahmsweise kein Problem. Herr Horst hatte beschlossen, heute so unmittelbar nach seiner Rückkehr aus Japan noch zu Hause zu bleiben und seine innere Uhr wieder auf Deutschland zu stellen; sie würde kopfstehen, behauptete er. Außerdem wurde am Rosenmontag ohnehin mehr gefeiert als gearbeitet. Jedenfalls hoffte sie, dass sie die Tönung bis Aschermittwoch wieder aus den Haaren bekommen würde, wenn der Ernst des Lebens sie wiederhatte.

»Bereuen Sie die Wahl Ihres Faschingskostüms schon?«, fragte Herr Fichte, der sich zu ihnen gesellte, in der Hand ein Glas Bowle mit Orangen-, Apfel- und Ananasstückchen. »Ich auf jeden Fall.«

Herr Fichte ging als Streichholz, eine auf den ersten Blick wirklich witzige Idee mit seiner Halbglatze. Kopf und Gesicht waren leuchtend rot angemalt, und er trug eine beigefarbene Hose mit weißem Hemd und hellen Schuhen. Leider war die Farbe nicht wasserfest; sie tropfte ihm mittlerweile aufs Hemd und hinterließ hellrosa Streifen. Er sah gar nicht glücklich aus.

Und wenn Alice sich schon Sorgen machte, ob sie bis übermorgen die Farbe aus ihren Haaren spülen konnte, dann wollte sie gar nicht wissen, wie es ihm wohl ergehen würde. Er war so sorgfältig vorgegangen, dass sogar das Innere seiner Ohrmuscheln tiefrot glühte.

»Aber originell ist es«, tröstete ihn Alice und nahm einen Schluck von ihrem Kullerpfirsich. Sie probierte das Getränk zum ersten Mal und war sich jetzt schon sicher, dass es nicht der letzte in ihrem Leben sein würde. Dieses Kullerdings schmeckte nicht nur, es war auch noch richtig nett anzusehen: ein Pfirsich auf dem Boden eines riesigen, bauchigen Sektglases, von dem kleine Luftbläschen aufstiegen und der aus unerfindlichen Gründen unaufhörlich im Glas rotierte. Natürlich brauchte es sehr, sehr viel Sekt, damit die Kugel ausreichend Bewegungsfreiheit hatte.

»Apropos originell: Haben Sie Herrn Horsts Interview mit dem Eishockeyspieler aus den USA gelesen?«, fragte Herr Fichte.

»Ja«, meinte Herr Heldt. »Nicht zu fassen, dass er überhaupt an den rangekommen ist, nachdem die Amerikaner Silber gewonnen haben. Da war garantiert ein ganz schöner Rummel rund um die Eishockey-Mannschaft – und dann nimmt er sich auch noch die Zeit, auf die Abstammung des Spielers einzugehen, ihm Fragen zur Kultur der Ojibwe zu stellen und sich nach der Lage der Ureinwohner in den Reservaten zu erkundigen. Ich glaub nicht, dass ich den Nerv gehabt hätte, in der Situation.«

»Herr Horst liebt es politisch, kann das sein?«, fragte Alice und betrachtete versonnen ihren leise kreisenden Pfirsich. »Ich mag es, wenn ein bisschen themenübergreifend gearbeitet wird. Es hat Tiefe; es erweitert das Spektrum.«

»Ich weiß nicht«, sagte Herr Fichte bedächtig. »Natürlich ist es Geschmackssache. Aber ich fand schon immer, es gibt für alles den passenden Zeitpunkt und den richtigen Platz. Wenn man

Politik und Sport vermischt, erscheint es mir ein bisschen … es ist fast so, als würde man Karneval und Kirche in einen Topf werfen.« Er sah vielsagend zu Frau Lorenz hinüber.

Die Sekretärin, die seinen Blick bemerkt hatte, winkte gut gelaunt. Dann versuchte sie, zu ihnen zu gelangen, was nicht ganz einfach war, weil ihr Kostüm etwas sperrig schien und sie sich erst durch eine kleine Zusammenrottung von Redakteuren kämpfen musste. Drei von ihnen, Panzerknacker, fielen bei ihrem Anblick auf die Knie und flehten laut um Absolution.

»Sie machen auf Muttergottes?«, fragte Herr Fichte, blinzelte sich die Farbe aus den Augen und musterte das blaue Tuch, das ihr feines Gesicht mit den offenen, glatt gekämmten Haaren umrahmte, und das rote, schlichte Baumwoll-Gewand.

»Aber nein«, sagte Frau Lorenz ernst. »Das wär ja Gotteslästerung. Ich bin ein Heiligenporträt; sieht man das denn nicht?« Zur Veranschaulichung faltete sie die Hände zum Gebet und blickte gen Zimmerdecke.

»Ach, daher der Bilderrahmen«, sagte Alice amüsiert. »Ich hatte mich schon gewundert.«

»Ich gebe zu, das Kostüm ist ein wenig unpraktisch«, meinte Frau Lorenz und rückte den golden lackierten Holzrahmen über ihren Schultern zurecht, sodass ihr Kopf nun wieder mittig aus dem leicht angeschrägten Bild ragte.

»Nicht so unpraktisch wie meins, kann ich Ihnen versichern«, meinte Herr Heldt.

»Wenigstens werden *Sie* von Minute zu Minute weniger Platz brauchen«, sagte Frau Lorenz, fing geschickt eine fallende Weintraube auf und steckte sie sich in den Mund. »Hmmm … Ich habe Hunger. Hat noch jemand Lust auf Toast Hawaii?«

»Ich geh uns was holen«, erbot sich Herr Heldt. »Wer will noch ein Häppchen?«

»Dann hätt ich gerne einen Spieß vom Käseigel«, meinte Alice, die spürte, dass ihr der ungewohnte Sekt am Nachmittag ein wenig zu Kopf stieg. Besser, sie bekam ein bisschen was in den Magen.

»Ich helfe tragen«, sagte Herr Fichte, und die beiden verschwanden in Richtung des Büfetts, das kunstvoll auf dem langen Tisch im Besprechungszimmer aufgebaut worden war. Jeder hatte eine Kleinigkeit mitgebracht; das Angebot reichte von russischen Eiern mit einem schimmernd schwarzen Klecks Kaviar, Dosenspargel-Schinkenröllchen bis hin zu Fliegenpilzen, die jemand mit viel Hingabe aus hart gekochten Eiern und einem Hut, bestehend aus einer halben Tomate und Mayonnaise-Tupfern, gebastelt hatte. Die Leute hatten sich wirklich etwas einfallen lassen, und Alice hatte ihre Familienpackung salziges Knabberzeug rasch in nette Schälchen gefüllt, um ihre pragmatische Beigabe wenigstens ein bisschen hübscher zu gestalten.

Frau Lorenz wandte sich Alice zu, doch bevor sie etwas sagen konnte, gesellte sich ein schüchterner Paradiesvogel zu ihnen: Elsie Aichinger. Alice kam aus dem Staunen gar nicht mehr heraus. Derart fantasievolle Faschingsfeiern hatte es in Miesbach nicht gegeben.

»Holla, Elsie«, sagte Frau Lorenz und lächelte sie mit erkennbarer Zuneigung an. Vorsichtig nahm sie eine der Federn, eine schwarze mit weißen Punkten, zwischen die Finger. »Sag mal, ist die etwa echt? Hast du einen deiner Vögel gerupft?«

»Aber nein«, sagte Frau Aichinger in ihrem leisen, pedantischen Tonfall. »Sie haben sie mir freiwillig gegeben; ich hab nur genommen, was am Boden herumlag. Das eigentliche Hauptkostüm ist aus dem Kaufhaus.«

»Unsere Archivarin hat ihr Wohnzimmer zu einer riesigen Voliere umgebaut, mit jeder Menge Pflanzen und exotischen Singvögeln«, wandte sich Frau Lorenz an Alice. »Das sollten Sie mal sehen, da kriegen Sie den Mund gar nicht mehr zu vor Staunen.«

Alice musterte Frau Aichinger verstohlen. Ja, das war tatsächlich unglaublich. Ausgerechnet diese Frau liebte schillernde

Singvögel? Jedenfalls war eine erstaunliche Verwandlung mit ihr vorgegangen, seit sie ihre Alltagskleidung abgelegt hatte und in ein Federkostüm geschlüpft war. Es waren wirklich schöne Federn, die ihr rundes Gesicht umrahmten. Aber irgendwie hatte Alice das Gefühl, dass es nicht an dem gelungenen Kostüm lag, sondern daran, dass sie sich offensichtlich ausnahmsweise wohl in ihrer Haut fühlte – nein, eben nicht in ihrer Haut, korrigierte sich Alice und lächelte still in sich hinein. In ihrem Federkleid. Menschen konnten einen immer wieder überraschen.

»Du siehst echt umwerfend aus«, erklärte Frau Lorenz unumwunden, und Alice sah Elsie Aichinger zum ersten Mal lächeln.

»Ist keine Kunst, wenn man sich mit fremden Federn schmückt«, sagte sie, und Frau Lorenz grinste breit und offenbarte ihre kleine Zahnlücke, was seltsam unpassend wirkte in einem Heiligenporträt.

»Und, haben Sie sich gut eingelebt im Sportressort?«, fragte die Archivarin Alice.

»Ja, im Ressort schon halbwegs«, erwiderte sie. »Aber ganz angekommen bin ich noch nicht; immerhin war Herr Horst ja ziemlich schnell abgereist nach Japan. Und ich habe das Gefühl, man weiß immer erst, wie gut man in der neuen Abteilung zurechtkommt, wenn man einschätzen kann, wie der neue Chef gestrickt ist und ob man mit ihm auskommen wird. Finden Sie nicht?«

Auf diese doch eigentlich harmlose und nachvollziehbare Bemerkung folgte mal wieder einer dieser Momente rätselhaften, betretenen Schweigens. »Aber die Kollegen find ich auf jeden Fall schon einmal sehr, sehr nett«, setzte Alice hinzu, ein wenig verunsichert, ob sie etwas Falsches gesagt hatte.

Frau Lorenz rückte ihren Bilderrahmen zurecht.

»Du machst mich nervös, Anna«, sagte Frau Aichinger. »Immer wenn ich dich ansehe, habe ich das Gefühl, dass du gleich aus dem Rahmen fällst.«

»Erstens«, sagte die Angesprochene und strich sich die Haare wieder unter ihr blaues Kopftuch, »*falle* ich aus dem Rahmen. Das ist ja gerade der Witz an meinem Kostüm. Ich bin ein dreidimensionales Heiligenbild. Und zweitens wirst du doch immer nervös, wenn irgendwas nicht an seinem Platz oder schnurgerade angeordnet oder logisch ist. Ich sage dir, das Leben ist kompliziert, wenn man so auf Ordnung hält. Weil das Leben eben ungeordnet ist.«

»Im Gegenteil«, widersprach Frau Aichinger in ihrer gewohnten Ernsthaftigkeit. »Arbeite du mal in einem Archiv und halte keine Ordnung. Dann weißt du, was kompliziert heißt.«

»Jedenfalls, Sie haben recht«, wandte sich Frau Lorenz wieder an Alice, in unverbindlichem Tonfall. »Kollegen sind natürlich auch wichtig; aber ein unleidlicher Chef kann einem das Leben komplett vermiesen.«

In diesem Moment geriet das plaudernde Grüppchen im Bereich der Eingangstür in Bewegung, und eine herrische Stimme erklang: »Platz da für die Herzkönigin!«

Die Menge teilte sich und gab den Blick frei auf eine Erscheinung, die entfernt an Königin Elizabeth I. erinnerte. Sie trug ein bauschiges, schwarz-rot gestreiftes Kleid und einen weißen Stehkragen mit Rüschchen, außerdem ein Zepter mit einem leuchtend roten Herzen an der Spitze. Auf ihrem Kopf balancierte sie ein lächerlich kleines, billig aussehendes Krönchen. Während sie huldvoll nach links und rechts nickte, näherte sie sich dem hinteren Bereich des Raums, wo sich die drei Frauen aufhielten. Zur gleichen Zeit kamen auch Herr Heldt und Herr Fichte mit den Häppchen vom Büfett zurück.

»Ah, meine Untertanen. Sehr aufmerksam von Euch«, erklärte die Königin und griff nach Frau Lorenz' Toast Hawaii, den ihr Herr Heldt gerade reichen wollte.

»He, das ist meiner!«, sagte die Sekretärin impulsiv.

»Seid nicht so respektlos Eurer Königin gegenüber«, sagte

Ihre Majestät ungnädig und wandte sich an Alice. »Köpft sie«, befahl sie mit einer nachlässigen Geste, und Alice zuckte leicht zusammen. Sie begriff erst, woher dieser Schrecken kam, der aus den Tiefen ihrer Kindheit aufstieg, als sie ihr Gegenüber genauer musterte. Bei der Königin handelte es sich um ihren Kollegen Herrn Thun, einem jungen Journalisten aus dem Ressort. Allerdings erkannte sie ihn erst auf den zweiten Blick, so sorgfältig hatte er sich aufgetakelt – als Herzkönigin aus *Alice im Wunderland*, eine Figur, die sie seit ihrer Kindheit verabscheute.

»Das ist nicht sonderlich witzig«, sagte Frau Lorenz, die Alice' Gesichtsausdruck bemerkt hatte.

»Nein, das ist nicht witzig. Es ist Literatur.« Die Königin fächelte sich mit ihrem Herz-Zepter Luft zu. »Mein Gott, verfügt denn hier niemand über ein Minimum an Humor? Oder Allgemeinbildung?«

Zum ersten Mal erlebte Alice, wie die Gesichtszüge der sonst so souverän auftretenden Sekretärin entgleisten, als hätte man sie geohrfeigt. Es dauerte nicht länger als eine Sekunde, dann hatte sie sich wieder im Griff.

»*Alice im Wunderland* gehört ja doch wohl eher in England zur Allgemeinbildung, nicht in Deutschland. Außerdem ist das Buch alles Mögliche, aber witzig fand ich es nie«, sagte Alice wie nebenher. »Und ich muss es wissen; ich bin Alice-Expertin, wie Sie sich denken können. Man hat den Roman nach mir benannt.«

»Tatsächlich? Das ist ja famos«, erwiderte die Herzkönigin, die kleine, eng zusammenstehende Augen und einen beängstigend großen Mund hatte. Aber das konnte auch an der großzügigen Verwendung von Lippenstift liegen. Dann wandte sie sich an Herrn Fichte. »Köpft sie«, sagte sie im Befehlston, und Alice erinnerte sich auf einmal wieder sehr genau, warum sie diese Passage im Buch als Kind so entsetzt hatte. Der Redakteur traf den Originalton ziemlich genau: Unvermittelt war die Herrscherin gegen Ende des Romans aufgetreten, hatte Todesurteile ausgesprochen (die von den Untertanen allerdings nie vollstreckt wurden) und sich unkontrollierten Wutausbrüchen hingegeben. Für ihre Umwelt war sie unberechenbar gewesen, bis auf eine Konstante: Man widersprach ihr besser nicht.

Herr Fichte schmunzelte. »Lieber Herr Thun, ich habe das Gefühl, dass Sie bei unseren Damen ein gewisses Unbehagen auslösen. Könnten Sie das mit dem Köpfen vielleicht …«

»Nein. Kann ich nicht«, sagte die Herzkönigin und biss genießerisch in Frau Lorenz' Toast Hawaii. »Ich mag eine Herrscherin mit scharfem Verstand und Urteilsvermögen sein, aber ich bin auch leicht reizbar. Vor allem, wenn man mir widerspricht oder wir einen sportlichen Wettkampf veranstalten, und ich werde *nicht* Erste. Dann verliere ich regelmäßig die Contenance. Ich bin sportlich, habe aber keinen Sportsgeist, wenn ich ehrlich sein soll. Apropos: Wollen wir Krocket spielen, meine Liebe? Sie sind doch ein Flamingo, oder?«, wandte sich Herr Thun an die Archivarin, in deren Augen plötzlich so etwas wie Begreifen aufblitzte.

Der Paradiesvogel legte den Kopf schräg und musterte die Königin. »Eigentlich nicht. Sagen Sie mal, Sie kommen mir so bekannt vor. Sind wir uns schon mal begegnet?«

Alice verfolgte das Geplänkel nachdenklich, während sie an ihrem Käsespieß knabberte und ein Stück Gouda nach dem anderen von einem Zahnstocher pflückte. Nicht zum ersten Mal hatte sie das Gefühl, dass im Ressort mit Andeutungen gearbeitet wurde und sie die darunterliegende, unterschwellige Bedeutung mancher Gespräche noch nicht einmal ahnungsweise verstand.

»Ob wir uns schon mal begegnet sind?«, fragte Herr Thun und musterte Frau Aichinger von Kopf bis Fuß so durchdringend, dass deren Federn unter seinem Blick erzitterten. Dann fügte er plötzlich in sehr lautem, scharfem Ton hinzu: »Erkennen Sie Ihre Gebieterin nicht? Noch nicht einmal, wenn sie direkt vor Ihnen steht, Sie *Spatzen*hirn?«

Die Archivarin zuckte leicht zusammen, als würde der autoritäre Tonfall ein Echo in ihrem Inneren auslösen. Doch dann lächelte sie. Es war das freie und furchtlose Lächeln eines Rosenmontags, das sie bis Aschermittwoch unter Garantie wieder abgelegt hätte, zusammen mit ihren Prachtfedern. »Ich bin kein Spatz. Ich bin ein Paradiesvogel. Und Sie sind entweder unglaublich mutig oder unfassbar dumm. Haben Sie denn keine Angst?«

»Angst wovor?«, fragte die Herzkönigin mit Unschuldsmiene. »Weil ich eine Regentin mit Hang zu Willkür und Wutausbrüchen bin? Weil ich einen hohen Anspruch habe und vollen Einsatz fordere von meinen Untertanen? Ich verstehe wirklich nicht, was Sie meinen. Erklären Sie sich doch.«

»Ich kann Frau Aichinger nur beipflichten: Nehmen Sie sich in Acht«, sagte Herr Fichte kopfschüttelnd, konnte aber ein feines Lächeln nicht unterdrücken.

Auch Frau Lorenz verfolgte den Wortwechsel mittlerweile offen amüsiert. »Die Kronjuwelen stehen Ihnen wirklich ausgezeichnet«, sagte sie zur Herzkönigin.

»Danke«, erwiderte diese sichtlich erfreut über das Kompliment und rückte das lächerlich winzige Blechkrönchen zurecht. »Ich glaube, ich befördere Sie, Sie Landratte. Ich mache Sie zum neuen Steuermann an Bord, auf Lebenszeit.«

Das war der Moment, in dem Alice dämmerte, wer hier eigentlich gerade parodiert wurde.

Frau Aichinger sagte trocken: »Auf Lebenszeit? Wenn man Ihre Einstellung zur Todesstrafe bedenkt, könnte das eine kurze Zeitspanne sein.«

»Ich lasse auch mal Milde walten, wenn ich gut gelaunt bin. Dabei breche ich mir schließlich keinen Zacken aus den Kronjuwelen.«

»Zacken aus der *Krone*, heißt die Redewendung«, korrigierte Herr Heldt in einem Anflug von Pedanterie und zupfte an seinem Bananengürtel, dessen Farbe mittlerweile von leuchtend gelb zu braun gewechselt hatte. Arglos fuhr er fort: »Kronjuwelen scheint mir sowieso ein bisschen übertrieben. Sie reden doch von diesem billigen Blechkram auf Ihrem Kopf, oder?«

Für den Bruchteil eines Augenblicks schien die kleine Gruppe zu erstarren, und als Alice Frau Lorenz anblickte, meinte sie, einen Hauch von Mitleid in deren Miene zu sehen. Vielleicht auch Sorge ob der Offenheit und Naivität des neuen Kollegen. Aber womöglich ging auch nur ihre Fantasie mit ihr durch.

Der tiefrot geschminkte, viel zu große Mund der Herzkönigin verzerrte sich, und sie holte tief Luft. Da griff Frau Lorenz ein und unterbrach das Schauspiel, noch bevor es seinen Lauf nehmen konnte.

»Wie wär's mit einer Runde Eierlikör? Ich hol uns welchen. Und Sie«, sagte sie und tippte Herrn Thun mit einem spitzen Fingernagel gegen die Brust, »organisieren mir in der Zwischenzeit einen neuen Toast Hawaii, wenn ich bitten darf.«

Die Redaktionssitzung am Aschermittwoch verlief gedämpft. Wenn man sich im Kreis der Mitarbeiter genauer umsah, waren die Spuren und Verwüstungen des Faschings unübersehbar. Alice hatte nach dreimaligem Haarewaschen die ursprüngliche Farbe halbwegs wiederhergestellt, sich allerdings einen Schnupfen geholt, weil sie in geringelten Kniestrümpfen und kurzem Rock zur Arbeit gefahren war. Herr Fichte hatte noch rote Ränder an den Ohren, und Herr Thun war offensichtlich übel verkatert, während Herr Heldt bei der geringsten Bewegung einen leichten Duft von überreifen Bananen verströmte. Auf dem Fensterbrett ihr gegenüber entdeckte Alice ein Häufchen Konfetti, das von den Reinigungsleuten übersehen worden war. Von all diesen stummen Zeugnissen der Ausschweifung schien Herr Horst allerdings keinerlei Notiz zu nehmen.

»Ich muss sagen, Sie haben sich insgesamt wacker geschlagen in meiner Abwesenheit. Ganz famos!«, erklärte er jovial, nachdem er seinen ausführlichen Bericht über die Japanreise beendet hatte. »Das war der perfekte Probelauf für die Spiele in München. Und Sie«, wandte er sich an Herrn Fichte, »haben mich offensichtlich gut vertreten.«

»Danke«, sagte Herr Fichte.

»Fast zu gut. Ich hoffe, Sie planen keinen Königsmord?«, sagte Herr Horst, und die leicht rosa glühenden Ohrmuscheln seines Stellvertreters nahmen unvermittelt eine dunklere Tönung an.

»Selbstverständlich nicht«, stammelte er.

»Natürlich nicht«, sagte Herr Horst gut gelaunt. »Das war ein Witz!«

Er wandte sich an Herrn Heldt. »Sie haben mich angenehm überrascht. Wie Sie meine Informationen zu den Medaillengewinnern verarbeitet haben … ganz hervorragend. Gar nicht so einfach, das ausgewogen darzustellen.«

Jeder im Raum wusste, wovon er sprach: Die Sowjets lagen mit der Nase vorn, was die Goldmedaillen betraf, dicht gefolgt von der DDR. Die BRD war nur auf Platz sechs gelandet, und es hatte schon einiges Geschick dazugehört, Sportsgeist zu zeigen und die Leistungen des Ostblocks zu würdigen, gleichzeitig aber doch am Rande auch auf das Problem der Staatsamateure hinzuweisen.

»Hat mir gut gefallen, wie Sie Ihren Artikel aufgebaut haben: Sie haben die richtige Dosis Hintergrundwissen zum Amateurstatus mit eingebracht, ohne unsere Leser zu langweilen. Ein Löffelvoll Kalter Krieg, eine Prise Kritik am IOC, während Sie persönlich werden und die Einzelleistungen auflisten: die Sowjetrussin Galina Kulakowa, die im Skilanglauf alle drei Goldmedaillen geholt hat, der sensationell unerwartete Sieg des Polen Woyciech Fortuna beim Skispringen – und dann volle Konzentration auf unsere Münchner Kindl!«

Die beiden Münchner Erhard Keller und Monika Pflug hatten im Eisschnelllauf Gold für Deutschland geholt. Dass Keller gewonnen hatte, war keine allzu große Überraschung gewesen, aber ein fast unbekanntes Mädchen von siebzehn Jahren? In der Stadt herrschte Feierstimmung, und das war der eigentliche Nachrichtenwert fürs Sportressort, so viel war klar.

Herr Heldt rutschte unruhig auf seinem Stuhl hin und her. »Danke. Ich hatte mir Mühe gegeben, die …«, setzte er an, doch Herr Horst war mittlerweile schon einen Stuhl weitergewandert und blickte nun Herrn Thun an.

»Sie haben mich auch überrascht, allerdings nicht im positiven Sinne«, sagte er.

Der Angesprochene, der noch dezente Reste von Wimperntusche um die Augen hatte, wurde abwechselnd rot und blass.

»Sie sollten herausarbeiten, dass Japan etwas Besonderes ist, wie wir schon 1964 in Tokio festgestellt haben. Mir ging es um diese unglaubliche technische Überlegenheit. Darum, dass 64 die ersten elektronischen Spiele waren, in denen die Zeiten auf die Tausendstelsekunde genau bestimmt wurden, in denen die Ergebnisse nicht Stunden oder Tage, sondern schon Minuten später vorlagen! Mir ging es um futuristische Bauten wie die Schwimmhalle in Tokio. Mir ging es um den hoch effizienten Ausbau der Infrastruktur in Sapporo. Und was machen Sie? Sie schreiben von Pulverschnee und Eisskulpturen!«

»Aber …«

Das war nicht ganz gerecht, fand Alice, die den Beitrag ihres Kollegen ebenfalls gelesen hatte. Vielleicht hatte er sich ein wenig zu stark auf die Schneeverhältnisse konzentriert, aber es war auch nicht ausschließlich darum gegangen. Außerdem *war* die Beschaffenheit des Schnees wichtig, das wusste sie als Skifahrerin nur zu gut. Und die Beschreibungen der Eisskulpturen und Nachbauten berühmter Schlösser waren schlicht fantastisch gewesen.

Herr Thun schien in seinem Stuhl zu schrumpfen, und Alice beobachtete mit einer Mischung aus Schrecken und Faszination, wie seine Augen immer größer und die Lippen dünner zu werden schienen, bis sein Mund komplett unsichtbar war, während Herr Horst plötzlich einen etwas versöhnlicheren Ton anzuschlagen schien. »Ich erwarte Bestleistungen von Ihnen allen – auch wenn ich nicht im Haus bin. Passen Sie also auf, dass Sie in Zukunft nicht so kopflos drauflosarbeiten«, sagte er mit einem leichten Lächeln.

Als Alice eine halbe Stunde später den Hinterhof durchquerte auf dem Weg in die Setzerei, sah sie Herrn Thun etwas versteckt auf einem kleinen Treppenabsatz in einer Ecke des Hofs sitzen. Eigentlich wollte sie ein bisschen Druckerschwärze schnuppern, mit Hegel plaudern und ihre Nerven beruhigen nach der Redaktionssitzung, doch irgendetwas am Anblick des Journalisten beunruhigte sie. Vielleicht war es seine Körperhaltung – oder dieser abseits gelegene Winkel im Hof? Kurz entschlossen ging sie hinüber.

»Alles in Ordnung?«, fragte sie vorsichtig.

»Natürlich ist alles in Ordnung. Warum sollte nicht alles in Ordnung sein?«, sagte er fahrig. »Ich mach nur eine Rauchpause.« Er holte eine Packung Marlboro aus seiner Manteltasche. Als er versuchte, sich eine Zigarette anzuzünden, sah sie, dass seine Hände zitterten. Alice zögerte, unsicher, was sie tun sollte.

»Darf ich?«, sagte sie schließlich, da er es offensichtlich nicht schaffte, das Streichholz anzureißen, und nahm ihm die Schachtel behutsam aus der Hand. Nachdem sie ihm Feuer gegeben hatte, inhalierte er einen tiefen Zug und atmete dann langsam den Rauch aus.

Sie wartete ab. Entweder er wollte darüber reden oder eben nicht. Weiteres Nachfragen würde ihn wahrscheinlich nur noch gereizter machen.

Wieder inhalierte er tief den Rauch, starrte ins Leere, und seine Hände wurden ruhiger. Nach einem Moment wandte er sich ihr zu und sah ihr direkt in die Augen.

»Er hat mich ›kopflos‹ genannt«, sagte er heiser.

»Ja«, bestätigte Alice, etwas verwundert. »Das war nicht sonderlich freundlich. Und die Kritik an Ihrem Beitrag auch nicht ganz gerecht, meiner Meinung nach. Aber *so* schlimm war es letztlich auch wieder nicht.«

Sein Gesichtsausdruck erschreckte sie ein wenig. Er gab einen gepressten Laut von sich, den sie auch nicht recht zu deuten wusste. »Kopflos. Sie sehen keinerlei Zusammenhang mit geköpft?«, fragte er spöttisch.

Endlich begriff sie, und ihr blieb der Mund leicht offen stehen. »Das … kann Zufall sein«, sagte sie dann kopfschüttelnd. »Es *ist* Zufall. Das sind zwei Wörter, die relativ oft vorkommen in unserer Sprache, vor allem das ›kopflos‹. Und überhaupt, wie hätte er …?«

»Verstehen Sie wirklich nicht?«, sagte er leise. »Wir haben Ratten an Bord. Seien Sie auf der Hut.«

Kapitel 13

AUSSER KONTROLLE

Februar / März 1972

Ratten an Bord … oder einen Sprung in der Schüssel? Alice hatte langsam, aber sicher genug von diesen Sprachbildern. Sie waren weder auf hoher See, noch braute sich ein Sturm zusammen. Gerne hätte sie das seltsame Verhalten Herrn Thuns als überspannt abgetan und die Verbindung zwischen Rosenmontag und Aschermittwoch, zwischen Geköpft und Kopflos für absurd erklärt. Es machte sie nicht nur ungeduldig, sondern geradezu gereizt. So gereizt wie die Lektüre irgendwelcher Kinderbücher, die sich dem gesunden Menschenverstand widersetzten und in denen nichts vorhersehbar oder mit Logik zu erklären war.

Doch sie hatte etwas in der Miene ihres Kollegen gesehen, das sie tatsächlich beunruhigte und das unmöglich zu ignorieren war. Wie konnte eine einzige dahingeworfene Bemerkung einen ausgewachsenen Mann so aus der Bahn werfen? Es schien beinahe so, als hätte Herr Thun Angst.

Also blieb sie wachsam.

Seltsamerweise war Herr Horst in den ersten Tagen nach seiner Rückkehr aus Japan ausnehmend freundlich gewesen, auch und vor allem zu Herrn Thun. Und seltsamerweise wurde ihr Kollege nervöser und nervöser, je entspannter sich Herr Horst gab. Es war, als würde er von der warmen Aufmerksamkeit des Chefs auf kleiner Flamme gegrillt werden.

Die Stimmung veränderte sich so langsam, dass Alice im Nachhinein nicht hätte sagen können, wann es begonnen hatte oder wann genau ihr das eigentlich aufgefallen war. Neun oder zehn Tage später war die dicke Luft während der Redaktionssitzungen praktisch mit Händen greifbar; selbst Alice und Herr Heldt bemerkten, dass der Ressortleiter von Tag zu Tag gereizter wurde, obwohl sie noch keine große Erfahrung im Umgang mit ihm hatten. Doch es beeinträchtigte sie noch nicht in ihrer Arbeit, während ihre Kollegen unter einer paradoxen Mischung aus Unruhe und einer Schwere der Gliedmaßen zu leiden schienen – eine Stimmung, wie sie einen manchmal überkommt, wenn der Luftdruck fällt, um dann plötzlich stark zu steigen und sich in einem Unwetter zu entladen.

Es brach an einem Mittwoch los, exakt zwei Wochen später; seltsamerweise an einem Tag, an dem Herr Thun gar nicht anwesend war.

»Fangen wir an«, sagte Herr Horst knapp.

»… und Herr Thun?«, fragte Herr Fichte und sah sich suchend um, als hätte sich sein Kollege vielleicht unter dem Konferenztisch oder im Bücherregal hinter der Brockhaus-Gesamtausgabe versteckt.

»Kommt nicht«, erklärte der Chef tonlos. »Ist desertiert und ins Kulturressort gewechselt. Für März hat er unbezahlten Urlaub genommen.«

Einen Moment herrschte betretenes Schweigen, und als Alice' Blick über die Mienen ihrer Kollegen schweifte, bemerkte sie, dass jeder Einzelne es vermied, Herrn Horst direkt anzusehen. Stattdessen schienen sie in den Anblick des nicht vorhandenen Musters auf dem anthrazitfarbenen Kunstfaserteppich versunken. Vereinzelt, kurz nur, huschte ein Blick zum Fenster, hinaus zu dem blassgrauen und bewölkten Märzhimmel, dann senkte er sich rasch wieder. Wie gewohnt saßen sie um den runden Tisch. Heute war Elsie Aichinger wieder anwesend, außerdem Anna Lorenz, die wie immer neben Herrn Horst saß, mitstenografierte und als Einzige einigermaßen ungerührt wirkte. Ansonsten die üblichen Kollegen, bis auf den fahnenflüchtigen Herrn Thun und einen weiteren Redakteur, der sich krankgemeldet hatte. Insgesamt waren sie ganz schön ausgedünnt. Alice seufzte innerlich und stellte sich auf Überstunden ein; andererseits waren wenigstens die Winterspiele vorbei und der Druck im Moment nicht ganz so hoch.

Herr Horst stellte Fragen, gab Anweisungen, kritisierte. Es war, als würde seine schlechte Laune den Stuhlkreis umschleichen und Kinderspiele spielen.

Schau dich nicht um, der Fuchs geht um. Wer umschaut oder lacht, dem wird der Buckel blau gemacht.

Die halbstündige Besprechung war fast vorüber, als der Ressortleiter sich unvermittelt an Frau Aichinger wandte und übellaunig sagte: »Ihre Materialien zum FC Bayern gestern waren übrigens ziemlicher Mist. Da fehlte ja die Hälfte; aus so was kann man keinen Beitrag bauen. Was haben Sie sich eigentlich dabei gedacht?«

Mehr sagte Herr Horst zunächst nicht. Er ließ das Schweigen für sich arbeiten. Die Sekunden zogen sich in die Länge, während er die Archivarin unverwandt anstarrte und auf eine Antwort wartete. Frau Aichinger, die neben Alice saß, schien wie erstarrt unter diesem Blick. Obwohl Alice ihr Gesicht nicht sehen konnte und ihre Kollegin nur aus dem Augenwinkel beobachtete, fühlte sie sich an das berühmte Kaninchen erinnert, das wie hypnotisiert die Schlange anstarrte, anstatt wegzulaufen.

Andererseits: Wohin hätte sie auch laufen sollen?

»Ich habe mir gar nichts dabei gedacht«, sagte sie schließlich leise. »Weil …«

»Dass Sie sich nichts dabei gedacht haben, ist mir schon klar«, unterbrach Herr Horst sie barsch. »Nicht nur, dass es unvollständig war, Sie haben auch noch irgendwelche Texte über den TSV 1860 daruntergemischt und meine Zeit verschwendet, weil ich mich erst durch einen Berg überflüssiges Material arbeiten musste.«

»Aber …«

Herr Horst warf seinen Kugelschreiber ungehalten beiseite. Er rollte über die Tischplatte und verschwand lautlos in der Tiefe. »Finden Sie Widerspruch wirklich angebracht? Ich will Ihre Ausflüchte nicht hören. Wir sind hier doch nicht im Kindergarten! Machen Sie einfach Ihre Arbeit.«

»Aber darum geht es doch. Ich hab das gar nicht bearbeitet; ich weiß von nichts«, sagte die Archivarin in leicht atemlosem Tonfall. Ihre Stimme war eine Oktave höher gerutscht und klang gepresst, erschreckend kindlich. Als hätte man sie unversehens zurückgeschleudert in finstere, hilflose, längst vergangene Zeiten. »Mein Chef hatte sich drum gekümmert.«

O Gott, Elsie!

Falsche Antwort.

Alice' Blick schoss zurück zu Herrn Horst und blieb dort hängen, während sie zusah, wie sich seine Miene vor Wut verzerrte. Er schien in seinem Stuhl anzuschwellen und größer zu werden, aber das musste eine optische Täuschung sein. Seltsam unbeteiligt und wie in Zeitlupe nahm Alice alle Einzelheiten wahr. Er schwoll nicht *wirklich* an. Es wirkte nur so, weil er sich leicht auf seinem Stuhl erhoben hatte, die Hände auf die Tischfläche stützte und sich nach vorne beugte. Damit kam er Elsie Aichinger unangenehm nah, und Alice bemerkte aus dem Augenwinkel, wie die Archivarin zentimeterweise in ihrem Stuhl tiefer rutschte. Es sah aus, als würde sie schrumpfen in dem verzweifelten Versuch, weniger Angriffsfläche zu bieten.

»Was erlauben Sie sich!« Herr Horst brüllte jetzt. »Sie

schwärzen Ihren Chef an? So was Illoyales und Feiges ist mir noch nicht untergekommen!«

Das Gefühl des Unwirklichen verstärkte sich. Es war, als würde sie die gesamte Szene hinter Glas beobachten und als bloßer Zuschauer mit einer Kaltblütigkeit analysieren, die sie erschreckt hätte. Wenn sie etwas hätte fühlen können in diesem Moment; es schien, als wären ihre Gefühle in alle Himmelsrichtungen zerstoben und hätten sich an einem Ort versteckt, zu dem sie keinen Zugang hatte.

Selbst ihre Gedanken hatten sich selbstständig gemacht. Sie trieben lose und zusammenhanglos durch ihren Geist. Ist es gefährlich, keine Angst zu haben, weil einen noch niemand das Fürchten gelehrt hat? Ist es ein Nachteil, wenn man als Kind so wenig wahrgenommen wurde, dass man noch nicht einmal unterdrückt worden war? Macht es einen stärker oder angreifbarer?

Angst hatte sie nicht, nein. Aber langsam stellte sich Übelkeit ein. Ein körperlich spürbarer Widerwille. Sie kannte diese Szene: die Begegnung mit der Herzkönigin, als sie acht Jahre alt war.

In der Hinsicht war Herr Thun sehr hellsichtig, fast schon genial gewesen bei der Wahl seines Kostüms. Plötzlich hatte sie ihre Gedanken wieder unter Kontrolle und stellte den Zusammenhang her. In dem Moment, als Märchen und Wirklichkeit aufeinandertrafen und miteinander zu verschmelzen schienen, begriff sie, warum diese launische Königin sie schon immer zutiefst verstört hatte. Mit ihrer Willkür und Grausamkeit schien sie das Gegenteil der idealen Herrscherin zu sein. Sie widersetzte sich der kindlichsten aller Erwartungen: dass die Welt ein gerechter Ort war.

Vielleicht war Lewis Carroll ja doch scharfsinniger und stärker in der Wirklichkeit verhaftet gewesen, als sie geahnt hatte.

Mit diesem Ausbruch überschritt der Ressortleiter die Grenzen des Anstands; er ließ seinem Jähzorn völlig freien Lauf.

Wie kann er nur? Schämt er sich nicht? Warum macht er das?

Weil er es kann, antwortete sie sich selbst, und wieder erschrak sie ein wenig vor der trockenen, seltsam unbeteiligten Stimme in ihrem Kopf. Die nächste Erkenntnis in diesem gläsernen Moment der simplen und fürchterlichen Erkenntnisse. Sie kämpfte gegen den Impuls an, einfach aufzustehen und zu gehen.

Mach doch. Warum tust du's nicht?

Oder irgendeiner der anderen?

Weil wir nicht können. Nicht so einfach. Sie mochte kein Mädchen in einem bedrohlich unlogischen Wunderland sein, das den Ausgang nicht fand. Aber sie lebte in einer Welt, in der man seine hart erkämpfte Festanstellung dem Chef nicht einfach so vor die Füße warf. Schon gar nicht, wenn man sich seinen Lebensunterhalt selbst verdiente und für ein Kind zu sorgen hatte. So wie einige ihrer Kollegen auch. Langsam löste sich ihr Blick wieder von ihrem Chef und wanderte über die Gesichter der Anwesenden. Einige versteinerte Mienen. Bei anderen bemerkte sie eine mühsam beherrschte Mischung aus Widerwillen, Resignation, Erschöpfung … Manchmal auch eine Spur verschämter Erleichterung darüber, dass es heute Frau Aichinger und nicht sie erwischt hatte. Frau Lorenz' Miene wirkte finster, aber auch hoch konzentriert. Ihre Hand, mit der sie stenografieren sollte, war auf ihren Schoß gesunken. Aber wahrscheinlich gehörte Herrn Horsts Ausbruch auch nicht zu den Dingen, die man in einem Ergebnisprotokoll aufnehmen würde. Dann wanderte Alice' Blick zu ihrem Chef zurück. Es war seltsam. Sie hätte besser wegsehen sollen, das war ihr klar. Aber sie konnte nicht. Vielleicht, weil sie noch immer dieses Gefühl des Unwirklichen hatte und sich vergewissern musste, nicht in einem Traum gefangen zu sein.

Nein. Herr Horst war echt.

»Und was machen Sie dann während Ihrer Arbeitszeit? Ja,

jetzt rutschen Sie wieder in Ihrem Stuhl runter. Machen Sie sich nur klein!«

In dem Augenblick geschahen drei Dinge beinahe gleichzeitig. Alice sog hörbar den Atem ein. Vielleicht hatte sie auch eine Bewegung gemacht, die ihn kurz von Frau Aichinger ablenkte, und ihre Blicke begegneten sich. Sie wusste nicht, was er in ihren Augen sah, aber sie wusste, was sie fühlte: Wut, Abscheu und gleichzeitig diese seltsame Distanziertheit, mit der sie die Szene beobachtete und darüber nachdachte, warum jemand seine dunkle Seite derart entblößte. Er war so … hässlich. Merkte er denn nicht selbst, wie hässlich er war? Er zuckte leicht zusammen und hielt inne, mitten im Satz. Für den Bruchteil einer Sekunde wirkte seine Miene seltsam nackt.

Wahrscheinlich dauerte der Blickwechsel nicht länger als eine Sekunde, vielleicht zwei, dann setzte der Schrecken ein, und sie kam zur Besinnung. Sie öffnete den Mund, um etwas zu sagen, irgendetwas, doch Herr Heldt kam ihr zuvor. Auch er schien unversehens aus seiner Lähmung erwacht zu sein.

»Nichts für ungut, Herr Horst, aber ich finde, das geht zu weit. Sie werden da gerade ziemlich persönlich«, sagte er, nachdem er sich umständlich geräuspert hatte.

Alice wandte den Kopf und starrte ihren unscheinbaren und unbeholfenen Kollegen an. Er war totenbleich.

Ihr Chef schien überrumpelt von diesem völlig sachlich vorgebrachten Einwurf. Es war, als schrumpfte er unversehens wieder auf Normalgröße. *Nein*, dachte Alice, die den Blick noch immer nicht von ihm wenden konnte. Es lag einfach daran, dass er sich in seinem Stuhl hatte zurücksinken lassen. Oder konnte man innerhalb weniger Sekunden tatsächlich kleiner werden? *Was denkst du da? Hör auf, so einen Blödsinn zu denken!*, rief sie sich scharf zur Ordnung.

»Ah, finden Sie? Dann … entschuldige ich mich«, sagte er, offensichtlich endgültig aus dem Konzept gebracht. Es schien, als wäre er genauso verblüfft über seine Worte wie die anderen Anwesenden auch.

Alice sah, wie die Sekretärin für einen Moment die Augen schloss. Als sie sie wieder öffnete, war ihr Blick von einer Tiefe, die ihre Iris dunkel, beinahe schwarz aussehen ließ. Sie warf Herrn Heldt einen Blick zu, den dieser glücklicherweise nicht bemerkte, denn er war – ausnahmsweise – sehr leicht zu lesen.

Ein Verlorener, sagte dieser Blick.

Während Herr Horst die Sitzung für beendet erklärte und umständlich und fahrig seine Unterlagen ordnete, verließen die Kollegen so unauffällig den Raum, dass es fast wirkte, als würden sie durch die Wände nach draußen sickern. Als sich Alice aus ihrer Starre gelöst hatte, bemerkte sie, dass sie fast schon allein war mit ihrem Chef. Nur Herr Fichte war noch da. Hastig griff sie nach ihrem Schreibblock und ging mit leicht wackligen Knien hinaus, ohne noch einmal in seine Richtung zu sehen.

Die Vorstellung, in ihrem aufgewühlten Zustand Herrn Heldt oder Herrn Fichte in die Augen sehen zu müssen, war unerträglich. Deshalb machte sie einen Abstecher zur Damentoilette; bisher war es der perfekte Ort in diesem Verlagshaus gewesen, um für einen Moment allein zu sein.

Als sie die Tür öffnete, musste sie allerdings feststellen, dass sie nicht die Einzige war, die auf der Suche nach einem Zufluchtsort schien. Frau Lorenz stand vor dem Waschbecken und starrte unverwandt in den Spiegel, während sie sich mit heftigen Bewegungen die Hände unter dem fließenden Wasser einseifte. Der ganze Raum war in eine dichte Wolke aus Apfelseife gehüllt. Aus einer der Kabinen drangen leise würgende Geräusche. Alice blieb abrupt stehen.

»Nur herein in die gute Stube«, sagte Frau Lorenz mit leicht sarkastischem Unterton und drehte den Wasserhahn zu. Sie trocknete sich die Hände, dann öffnete sie das Fenster weit. Der graue Märzmorgen drang in kalten Schwaden in den zartrosa gekachelten Raum. Während Alice zu den Waschbecken ging, lehnte sich die Sekretärin mit der Hüfte an den Beckenrand und zündete sich eine Zigarette an.

»Auch eine?«, fragte sie und hielt Alice die Schachtel entgegen.

»Nein danke, ich rauche nicht … mehr«, sagte Alice zerstreut. »Hab aufgehört, als ich fünf war.«

Die Sekretärin sah sie mit gehobener Braue an, doch diesmal verspürte Alice nicht die geringste Lust, ihre Bemerkung näher zu erklären. Stattdessen wies sie mit dem Kopf zur verriegelten Klotür.

»Ist das …?«

Die Sekretärin nickte. »Elsie, Spätzchen, brauchst du was?«, rief sie in Richtung der Tür.

Schweigen. Frau Lorenz seufzte.

Wenn nur diese Benommenheit nachlassen würde. Noch immer dieses Gefühl, als wäre sie hinter Glas gefangen. Alice ging zum Waschbecken, drehte den Hahn auf und schöpfte sich mit beiden Händen kaltes Wasser ins Gesicht. Nach einer Weile fühlte sie sich tatsächlich wacher, allerdings sah sie nun endgültig zum Fürchten aus. Wimperntusche und Kajal hatten sich selbstständig gemacht und bildeten ein wildes Muster aus schwarzen Streifen und Flecken um ihre Augen, auf den Wangen. Sie griff sich ein Papiertuch und begann, ihr Gesicht sauber zu tupfen. Es war seltsam beruhigend. Während sie sich langsam und sorgfältig die schwarze Farbe aus dem Gesicht wischte, erkannte sie, dass sie sich beschmutzt fühlte von der vorangegangenen Szene. Merkwürdig. Als wäre sie es gewesen, die etwas falsch gemacht hatte, weil sie Zeugin des Ganzen geworden war. Ob es Frau Lorenz ebenso ging? Vermutlich ja, warum sonst hätte sie sich wie verrückt die Hände eingeseift? Im Raum hingen noch immer Schwaden von Duftseife, die sich nun mit Zigarettenrauch vermischten.

Ihre Blicke kreuzten sich im Spiegel, dann griff die Sekretärin nach ihrem Schminktäschchen und reichte es Alice. »Hier. Brauchen Sie was?«

»Ja. Danke«, sagte Alice. »Ich hab nichts dabei, mein Zeug liegt im Büro.« Während sie sich zurechtmachte, lehnte Frau Lorenz mit verschränkten Armen am Waschbecken und starrte auf die verriegelte Toilettentür, als versuchte sie, das leuchtend rote Resopal mit den Augen zu durchdringen. Es war totenstill im Raum, und Alice dachte darüber nach, ob sie den ersten Schritt machen und die Szene ansprechen sollte.

Wir haben Ratten an Bord.

Ja, vielleicht. Aber wer ist es?

Alice starrte finster in den Spiegel. Der perfekte Zeitpunkt für Paranoia. Sie schüttelte sich leicht, dann wandte sie sich um und gab Frau Lorenz die Wimperntusche zurück.

»Danke Ihnen«, sagte sie noch einmal, jetzt mit fester Stimme. »Wie kann ich helfen?« Sie wies mit dem Kopf in Richtung Toilettentür, hinter der beunruhigende Stille herrschte, doch die Sekretärin schüttelte nur den Kopf.

»Ich kümmer mich schon drum«, sagte sie.

»In Ordnung. Wenn ich doch irgendwas machen kann, geben Sie mir Bescheid?«

Frau Lorenz musterte sie nachdenklich, und auf einmal überkam Alice das Gefühl, einer hoch talentierten Schachspielerin gegenüberzustehen. Machte sie jetzt den ersten Zug?

»Das tu ich. Danke«, sagte sie dann aber nur.

Nein, anscheinend noch nicht.

Eine Stunde später klingelte Herrn Heldts Telefon. Er arbeitete an einem Beitrag zu einem Heimspiel der lokalen Volleyballmannschaft, schien aber Schwierigkeiten zu haben, sich zu konzentrieren; sie waren allein im Zimmer, und Alice sah, wie er zum fünften Mal eine Seite mit dem missglückten Entwurf seines Vorspanns aus der Schreibmaschine zog, zerknüllte und in den Papierkorb warf. Er griff nach dem Hörer, lauschte kurz und sagte: »Ja. Kann ich machen. Ich fahre gleich los.«

Er erhob sich und nahm seinen Mantel von der Garderobe. »Das war Frau Lorenz. Ich soll noch ein Interview führen; es wird ein Weilchen dauern.«

Damit war er zur Tür hinaus.

Drei Minuten später tauchte ein Kopf mit dunkelrot schimmernden Haaren im Türspalt auf und lugte um die Ecke: Anna Lorenz.

Nachdem sie sich vergewissert hatte, dass Alice allein war, schob sie die Tür ganz mit der Hüfte auf und kam herein. Sie trug ein kleines Tablett mit zwei Tassen aus weißem Porzellan, Untertassen, Sahne und Zucker. Silberlöffelchen und Schokoladenkekse. Ein verlockender Duft verbreitete sich im Raum. Mit dem Absatz schloss sie vorsichtig die Bürotür hinter sich.

»Kaffee?«

Alice musterte sie wachsam. Die Sekretärin hatte ihr noch nie einen Kaffee angeboten … worüber Alice im Grunde ganz froh war, denn Annas Spezialkaffee war berüchtigt. Herr Horst hatte schon laut darüber nachgedacht, ob das Gebräu nicht in direktem Zusammenhang mit seinem beginnenden Magengeschwür stand.

»Ich …«, sagte sie zögernd.

»Keine Sorge.« Frau Lorenz grinste und offenbarte ihre Mini-Zahnlücke. »Ich schätze, Sie haben Schlimmes über meinen Kaffee gehört. Das liegt erstens daran, dass ich bei Herrn Horst doppelt so viel Kaffeepulver nehme, wie gesund für ihn ist. Zweitens vielleicht daran, dass ich ihm manchmal 'ne Prise Radiergummikrümel reinrühre. Der Geschmack ist erstaunlich widerwärtig, je nachdem, wie viele Radiergummikrümel so zusammenkommen im Laufe eines arbeitsreichen Vormittags für den Chef.«

Sie stellte das Tablett auf dem Schreibtisch ab und nahm sich eine der Tassen, und plötzlich musste Alice lächeln.

»Was?«, fragte Frau Lorenz und setzte sich auf Herrn Heldts Platz, während sie ihre Tasse balancierte.

»Sie haben irgendwie was von einem Profi-Schachspieler. Fast wie unser sowjetischer Weltmeister Boris Spasski«, erklärte Alice und nahm sich die zweite Tasse. »Jetzt zum Beispiel haben Sie, nachdem Herr Horst wie ein schlechter Verlierer das Brett vom Tisch gefegt hat, alle Figuren sorgfältig wieder auf ihren Platz gestellt und eine neue Partie eröffnet. Und gerade haben Sie mit Ihrem Radiergummikrümelgeständnis mit voller Absicht Ihren ersten Bauern geopfert.«

Frau Lorenz sah sie nachdenklich an, dann nippte sie an ihrem Kaffee. »Ich mag Schach tatsächlich. Spasski ist allerdings ein bisschen hoch gegriffen«, sagte sie nur.

Alice schaufelte sich großzügig Zucker in ihren Kaffee und brachte dann mit einem Schuss Sahne die Tasse beinahe zum Überlaufen. Mit dem Duft des frisch gebrühten Kaffees war ein Heißhunger in ihr erwacht; sie brauchte jetzt dringend etwas sehr Starkes und vor allem Süßes. Vorsichtig nahm sie einen noch immer leicht misstrauischen Schluck, dann seufzte sie unwillkürlich auf. »Der ist wirklich himmlisch. Was ist da drin? Etwa eine Prise Zimt? Der Chef weiß gar nicht, was er versäumt!«

Frau Lorenz legte den Kopf leicht schräg. »Danke schön!« Dann sah sie Alice an, als würde sie auf Fragen warten. Die zog es allerdings vor, erst weiter an ihrem Kaffee zu nippen, einen sündhaft süßen Schokoladenkeks in die heiße Flüssigkeit zu tunken und nachzudenken.

Was für eine Mischung aus bitter und süß und sahnig.

Und jetzt? Wenn Frau Lorenz schon soeben ihren ersten Bauern geopfert hatte, sollte Alice dann nachziehen und womöglich ihre Dame in Gefahr bringen, indem sie eine ganz offene Frage stellte?

»Ich habe den Eindruck, es herrscht bisweilen ein etwas raues Klima im Ressort«, sagte sie schließlich vorsichtig. Vielleicht bediente sie sich gerade bei Herrn Horsts Bildersprache; aber das konnte Zufall sein. »Gibt es einen konkreten Auslöser für derartige Gewitterstürme? Weiß man, von woher so eine Front aufzieht?«

Die Mundwinkel der Sekretärin zuckten kaum wahrnehmbar. Sie stellte ihre leere Tasse zurück aufs Tablett, stützte die Hände auf die Knie und blickte nachdenklich zur Zimmerdecke, als müsste sie ihre Gedanken sammeln.

»Ja, es passiert öfter«, sagte sie dann. »Nein, es erwischt nicht immer Elsie; er wechselt durch, allerdings hat er Favoriten. Ich kann mich ganz gut vor ihm schützen. Nein, man weiß nicht genau, wann es passiert. Aber man entwickelt ein Gefühl dafür. Je länger er hier zu Hause im Ressort vor sich hin schmort, umso größer ist die Gefahr, dass er explodiert, wie schlecht gelagertes Dynamit. Es ist ein offenes Geheimnis, dass er zu Höherem berufen ist; findet er zumindest. Beispielsweise fürs Auslandsressort. Aber das scheint man in den obersten Etagen noch nicht mitgekriegt zu haben, was seine Laune nicht gerade verbessert. Und: Ja, ich gehe davon aus, dass jeder Einzelne von uns schon darüber nachgedacht hat zu kündigen. Manche tun es. Andere nicht, und von denen hat jeder seine eigenen Gründe. Man sollte diejenigen, die bleiben und sich deshalb ducken müssen, nicht verurteilen. Hab ich irgendwas vergessen?«

Alice lächelte schwach und leckte sich die Sahne von der Oberlippe. »So viele Fragen hätt ich gar nicht gestellt. Wenn ich gefragt hätte.«

Frau Lorenz zuckte mit den Schultern. »Ich hab's gerne gründlich.«

»Kann ich was tun für Frau Aichinger?«, fragte Alice erneut, doch die Sekretärin schüttelte den Kopf. »Elsie fängt sich schon wieder; sie ist ziemlich klug. Meistens hat sie ihre Zufluchtsorte, Schlupflöcher im Keller und Nistplätze hoch oben in den Bäumen, wo der Chef nicht hinkommt. Die braucht sie auch, weil sie …« Sie zögerte, auf der Suche nach den richtigen Worten. »… es ist, als hätte sie 'ne Schicht Haut weniger als wir. Verstehen Sie, was ich meine? Sie muss auf sich aufpassen, weil jeder dahergelaufene Blödmann sie heftig verletzen kann. Ihr Leben ist so schon ziemlich anstrengend, auch ohne einen Herrn Horst im Nacken.«

Alice nickte. »Was wird aus Herrn Heldt?«, tastete sie sich zögernd vor. »Ich hab gesehen, wie Sie ihn angesehen haben.«

Die Miene der Sekretärin verfinsterte sich. »Ich bin nicht Mutter Teresa«, sagte sie. Plötzlich klang sie wütend. »Ich kann nicht andauernd die Welt retten.«

Alice musterte sie nachdenklich. »So schlimm ist es?«, fragte sie dann sanft.

Frau Lorenz hielt inne, dann schüttelte sie sich leicht und sagte gefasst: »Nein. Ist es nicht. Wir helfen uns gegenseitig hier im Ressort, aber natürlich nur bis zu einem gewissen Grad; ich bin Witwe. Ich arbeite Vollzeit und muss alleine zwei Kinder großziehen, also werde ich nicht Kopf und Kragen riskieren für jemanden, für den ich ohnehin nichts mehr tun kann.«

Alice starrte sie an.

»In Ordnung, nicht Kopf und Kragen«, lenkte die Sekretärin ein. »Das war übertrieben, aber Sie wissen, was ich meine.«

»Deswegen guck ich nicht. Ich bin nur überrascht; ich wusste nicht, dass Sie alleinerziehend sind.«

»Doch. Genau wie Sie. Und wenn Sie's mir nicht übel nehmen, geb ich Ihnen noch einen freundlichen Rat mit auf den Weg: Sehen Sie den Chef NIE, nie wieder so an wie vorhin.«

Alice runzelte die Stirn. »Es ist schwer, freundlich dreinzublicken in so einem Moment … Ich weiß auch gar nicht, ob ich das will. Ich hab noch nicht mal was gesagt; aber gucken wird man ja noch dürfen. Davon abgesehen, hat Ihre Miene auch Bände gesprochen.«

»Ja. Aber raten Sie mal, warum ich immer neben ihm sitze; bestimmt nicht, weil ich seine Nähe suche. Er kann mein Gesicht so nicht sehen.«

Plötzlich spürte Alice, dass sie fröstelte. Wie durchdacht jede Handlung, jede Maßnahme, jedes einzelne Wort der Sekretärin schien. War so viel Taktieren wirklich nötig in diesem Ressort?

»Hat er Sie angesehen?«, fragte Frau Lorenz.

»In dem Moment? Ja.«

»Und wie hat er reagiert?«

Alice erinnerte sich an den seltsam nackten Gesichtsausdruck ihres Chefs, als er ihre Miene gesehen hatte. »Ich hatte fast den Eindruck, er war … betroffen. Irgendwie verletzt«, sagte sie zögernd. »Aber das ist absurd, oder?«

Die Sekretärin blickte weiterhin besorgt drein. »Nein. Ist es nicht. Mist!«, fügte sie dann nach einem Moment hinzu.

»Ich weiß nicht«, sagte Alice, die fühlte, wie sich ihr Widerspruchsgeist erneut regte. »Übertreibt ihr alle nicht ein bisschen? Ich meine, wie ich vorhin schon sagte: Wenigstens gucken wird man in so einem Moment doch noch dürfen, wenn man schon nichts sagt. Was kann er denn machen, außer dass er einen ein paarmal öfter zusammenbrüllt als irgendeinen Kollegen? Mit einem robusten Nervenkostüm und ein bisschen Geschick im Umgang mit einem ausgewachsenen Narzissten … Kommt man damit nicht irgendwie klar im Ressort?«

Frau Lorenz musterte sie, dann schüttelte sie mit einem leisen Seufzer den Kopf, sagte aber nichts. Und Alice, die erkannte, dass die Sekretärin keinen weiteren Bauern und schon gar keinen Turm mehr opfern würde heute, beschloss, für den Moment nicht nachzusetzen.

»Ich frag mich gerade, wer mutiger ist: derjenige, der bleibt, oder derjenige, der kündigt und sich auf den Weg macht in eine ungewisse Zukunft«, sagte sie stattdessen nachdenklich.

»Ist das wichtig?«, fragte die Sekretärin, während sie sich erhob und nach dem Tablett griff.

»Nein. Eigentlich ist es nicht wichtig. Als alleinerziehende Mutter ist es wahrscheinlich eine vollkommen müßige Frage; wir tun, was wir tun müssen, um über die Runden zu kommen.« Für einen Moment dachte sie sorgfältig über ihren nächsten Zug nach. »Wollen wir uns duzen?«, fragte sie dann. »Ich heiße Alice.«

Frau Lorenz zögerte.

»Natürlich nur, wenn der Chef nicht in der Nähe ist«, setzte Alice hinzu, und Anna lächelte.

»So machen wir's, Spasski«, sagte sie.

»Des derf doch ned wahr sein«, sagte Sepp Beslmüller am späten Freitagnachmittag einigermaßen fassungslos, als er aus dem Fenster seines Kontrollhäuschens sah und eine schlanke Gestalt im weißen Schneeanzug bemerkte, die sich gerade die Skier anschnallte. Er ging hinaus in die dämmrig-diesige Abendluft und stellte sich neben die junge Frau.

»Es ist gleich fünf«, sagte er wie nebenher, mit verschränkten Armen. Er starrte hinunter, ungefähr in die Richtung, in der das Tal liegen musste. Man sah nur etwa hundert Meter weit, dann verschwamm die Welt in Weiß. Bei der letzten ihrer unzähligen Diskussionen, die erst vorherigen Winter stattgefunden hatte, war ihm mit Ungeduld in der Stimme und deutlichen Worten erklärt worden, dass sie mittlerweile erwachsen war und auch ohne seine Ratschläge überleben würde. Seither bemühte er sich um Zurückhaltung. Sollte sie doch selber sehen, wo sie blieb und wo das enden würde mit ihrer halsbrecherischen Art. Was ging es ihn an? In Wahrheit war er immer noch ein bisschen verschnupft wegen Alice' Zurechtweisung, aber das schien niemandem aufzufallen.

»Ich weiß, wie spät es ist. Und?«, fragte Alice und stampfte mit den Füßen auf, um die Skibindung zu prüfen. Dann schlüpfte sie in ihre Fäustlinge und zog die Schlaufen ihrer Stöcke über die Handgelenke.

Dem Sepp platzte der Kragen, allen guten Vorsätzen zum Trotz. »Du kannst doch jetzt nicht noch die lange Tour machen. Nimm gefälligst die kurze Abfahrt, so wie die andern auch um die Uhrzeit«, sagte er aufgebracht und wies in die andere Richtung, in der man die ersten schimmernden Lichter tief unter ihnen wenigstens erahnen konnte. »Wenn irgendwas passiert, und du wirst aufg'halten, kommst in die Dunkelheit.«

»Mich hält nichts auf«, sagte Alice und starrte ins Weiß, das von einer fast schon hypnotischen Anziehungskraft war.

Der Sepp öffnete den Mund, dann nahm er sich zusammen und schloss ihn unverrichteter Dinge wieder. Alice blickte in das bärig-gutmütige Gesicht, das sie von klein auf kannte, und wurde etwas weicher. »Jetzt mach dir mal keine Sorgen um mich«, sagte sie. »Selbst wenn es dunkel werden sollte, bis ich runterkomme – was aber nicht der Fall sein wird: Wir haben Vollmond. Heut schneit es nicht mehr, und ich kenne die Strecke im Schlaf. Das weißt du doch.«

Der Sepp brummte, nur anteilig beruhigt, aber sie hatte einfach keine Zeit mehr, um noch lange mit ihm herumzudiskutieren. Sonst würde es wirklich langsam zu spät werden. Sie winkte ihm zu und stieß sich ab. *Die Welt im Schnee* …

… allerdings Feuchtschnee, der an den Skiern klebte und all ihre Konzentration bei der Abfahrt erforderte, nicht dieser fantastische Pulverschnee, den es in Japan geben sollte. Angeblich war er so trocken, dass er unter den Skiern knisterte wie Seide. Man glitt mit einer Leichtigkeit darüber hinweg, dass man das Gefühl hatte zu fliegen. Ob das stimmte? Irgendwann …

Aber einstweilen musste sie sich auf den behäbigen Schnee konzentrieren, der ihren Brettern eine gefährliche Schwere verlieh.

Langsam ließ die leise Taubheit in ihren Gliedmaßen nach. Seit zwei Tagen kämpfte sie nun schon gegen dieses beklemmende Gefühl der Ohnmacht, das seit der Szene im Verlag immer im Hintergrund lauerte. Die Abfahrt zeigte die erhoffte Wirkung: Nach und nach wurde sie wieder sie selbst. Aber wie hätte sie all das dem Sepp oder ihrer Tochter erklären sollen? Sie wischte sich übers Gesicht, wischte die Tränen der Frustration unwirsch weg, während sie sich an dieses Gefühl der Ohnmacht und des schlechten Gewissens erinnerte, weil ihr mal wieder die richtigen Worte gefehlt hatten. Seit Ewigkeiten schien sie, was ihre Tochter betraf, gefangen in diesem Gefühl des zu wenig, zu spät, zu …

Nimm mich mit!

Die jammernde Elena, die an ihrer Hand zerrte, verzweifelt, dass ihre Mutter gleich wieder verschwand, nachdem sie doch gerade eben erst fürs Wochenende in Neuhaus angekommen war. Aber was hätte sie denn machen sollen, wenn das Kind nicht mehr in die Kraxe passte? Eine Runde Pflugfahren am Babyhang? Definitiv nicht das, was sie im Moment brauchte. *Ich mach es wieder gut*, versprach sie ihrer Tochter im Geiste und biss die Zähne zusammen. *Gleich morgen.*

Die klare und kalte Bergluft, eine Landschaft im weißen Grenzbereich zwischen unendlicher Weite und Leere, das Gefühl der absoluten Kontrolle – über den eigenen Körper, über die ebenso majestätische wie heimtückische Landschaft, die sie umgab – ein Gefühl, wie sie es nur von schwarzen Pisten her kannte.

Der nächste Schwung hüllte sie in eine Gischt aus Schnee, leuchtend weiß vor dem bleiernen Himmel, und dann war ihr Inneres endlich nichts weiter als ein Wirbel aus Eiskristallen.

Aufatmend ließ sie sich in diesen Schneesturm fallen. Tiefer und tiefer …

Wann verwandelt sich Sicherheit in Traumwandeln in Illusion?

Noch hatte der nächste Wutausbruch von Herrn Horst auf sich warten lassen. Dafür hatte er begonnen, Herrn Heldt relativ penetrant beim Namen zu nennen. Allerdings sagte er »Herr Held« und ließ das »t« am Schluss weg; eine winzige Veränderung in der Betonung für denjenigen, der genau hinhörte, mehr nicht. Er schien es witzig zu finden. Alice hingegen ignorierte er im Moment komplett, und sie wusste nicht, ob sie deswegen erleichtert oder besorgt sein sollte.

»Wie's stellenmäßig bei uns aussieht?«, hatte ihr ehemaliger Kollege aus dem Kulturressort verwundert gefragt, als sie ihn am Tag zuvor in der Kantine wie nebenher angesprochen hatte. *»Also, wir sind fast schon überbesetzt im Moment. Warum? Sie wollen doch nicht etwa zurück? Gefällt es Ihnen nicht beim Sport?«*

»Aber doch, natürlich«, hatte Alice erwidert und die Zähne zusammengebissen. *»Ich wollt nur mal nachfragen, wie es bei euch so läuft.«*

Rasch hatte sie den Anflug von Panik unterdrückt, der in ihr aufzusteigen drohte.

Ich sitze in der Falle.

Nein. Sei keine Memme, einen Ausweg gibt es immer. Denk nach. Streng dich an …

Mach die Augen auf!

Sie versuchte gerade, einen Buckel zu umfahren, der unvermittelt vor ihr aus dem Boden gewachsen war, als sie schwankte. Nein, nicht schwankte. Es war ein von außen noch nicht einmal wahrnehmbares Erzittern der Skier, und im nächsten Moment überkam sie ein Gefühl, das sie fürchtete, obwohl sie es in ihrem Leben nur wenige Male erlebt hatte: Sie spürte, wie die sperrigen Bretter unter ihren Füßen länger und länger und länger wurden, bis die Tatsache nicht mehr zu ignorieren war, dass sie die Kontrolle über ihre Skier verloren hatte.

Sie krachte ungebremst in eine Schneewehe, überschlug sich und verschwand.

Weiß auf Weiß.

Dann wurde die Welt um sie herum schwarz.

Kapitel 14

IM TAUBENSCHLAG

März / April 1972

»Jessas Maria«, flüsterte Sepp und starrte den Hang hinauf. Er hatte genügend Skifahrer im Laufe seines Lebens gesehen, um anhand der Bewegungen sofort erkennen zu können, dass etwas nicht stimmte. Ohne weitere Erklärungen ließ er seinen Kollegen von der Talstation und seinen Kaffee stehen, mit dem er sich warm gehalten hatte, seit er unten im Tal angekommen war, und eilte hinaus. Während er rannte, behielt er die Gestalt im Auge. Nicht nur ihr linker Arm machte ihm Sorgen – er hing herab, als hätte er nichts mit dem Menschen zu tun, an dem er befestigt war, und nur der rechte Stock kam zum Einsatz –, sondern auch die langsamen Bewegungen, mit denen die Skifahrerin die letzten paar Hundert Meter bewältigte. Denn natürlich wusste er, wer da kam – schließlich wartete er seit einer halben Stunde hier unten auf sie, weil ihre Miene und ihr Tonfall oben am Berg sämtliche seiner Alarmglocken zum Schrillen gebracht hatten. Und weder die umsichtigen Bewegungen noch dieses Schneckentempo passten zu Alice.

Mit einem kontrollierten Schwung bremste sie und kam direkt vor ihm zum Stehen. Ihre Gesichtsfarbe so weiß wie der Schnee, der sie umgab, bis auf Nase und Oberlippe, die blutverkrustet waren.

»Was zum Teufel …?«

»Bin gestürzt«, murmelte sie, ein wenig undeutlich, um die anschwellende Oberlippe so wenig wie möglich in schmerzhafte Schwingungen zu versetzen. »Und bitte keine Moralpredigten jetzt, in Ordnung?«

»Ich hab nix gesagt«, sagte Sepp und kniete sich hin. Sie stützte sich mit der rechten Hand schwer auf seine Schulter. »Krankenhaus?«, fragte er, während er an der Skibindung herumfummelte.

»Wäre besser. Ich glaub, der Arm ist gebrochen. Kann der Toni schon mal den Krankenwagen rufen?«, fragte sie und wies mit dem Kopf in Richtung Talstation.

»Ich fahr dich hin, das geht schneller«, widersprach Sepp.

Drei Minuten später hatte er sie vorsichtig auf den Beifahrersitz seines Wagens bugsiert und war losgefahren, die Skier im Kofferraum. Während der Fahrt sagte er kein Wort, und Alice bemerkte durch den Nebel hindurch, der sie umgab, dass er sich sogar redlich (wenn auch vergeblich) bemühte, nicht zu viel Vorwurf in sein Schweigen zu legen.

Es hatte doch noch leicht zu schneien begonnen, klebriger Märzschnee im ungemütlichen Grenzbereich zwischen Schnee und Regen. Eine ganze Weile starrten sie beide auf die riesigen Flocken, die im Scheinwerferlicht tanzten.

»Ich musste das machen, weißt«, sagte Alice. Langsam kehrten die Schmerzen in Wogen in den Arm zurück, die sich während des letzten Stücks der Abfahrt irgendwo ganz tief in ihr Inneres zurückgezogen hatten. »Wegen der Kontrolle.«

»Die Kontrolle? Welche Kontrolle denn?«, fragte Sepp leicht verständnislos.

»Na, die über mein Leben. Wer den Berg beherrscht, beherrscht auch sein Schicksal. Ich musste sehen, ob das noch stimmt.«

»Der Berg«, sagte Sepp bedächtig, »ist der *Berg*. Niemand beherrscht den. Des solltest wissen, wo du schon hier aufgewachsen bist. Ich hab Menschen sterben sehen, die den Berg nicht ernst genommen haben, verstehst. Von wegen Kontrolle – dass ich nicht lache!«

Kurz herrschte Schweigen, während Alice durch die Windschutzscheibe starrte. »Ja. Weiß schon«, sagte sie dann, seltsam abwesend. »Komisch, gell? Dass Kontrolle und das Gefühl von Freiheit manchmal das Gleiche sind, mein ich. Und kaum nimmst du sie dir, die Freiheit, ist sie auch schon wieder weg. Und die Kontrolle auch … Hast du da drüber schon mal nachgedacht?«

»Ha?«

»Nichts. Nicht wichtig. Bin bisschen benommen von den Schmerzen. Deswegen sag ich grad alles, was mir so durch den Kopf geht. So sieht's nämlich manchmal in meinem Kopf aus.«

»Bist du eigentlich sicher, dass du keine Gehirnerschütterung hast?«, fragte Sepp.

»Keine Ahnung«, erwiderte sie. »Jedenfalls«, sie hörte sich selbst weiterreden und lauschte ihrer Stimme, die ein bisschen fremd klang – fast so, als würde man sich selbst von außen hören, »war das mit der Abfahrt so 'ne existenzielle Sache und damit vernünftiger, als du glaubst. Ich musste mich vergewissern, ob ich noch die Kontrolle über mein Leben habe.«

»Na, das hat ja prima geklappt.« Sepps Tonfall war nur ganz leicht trocken.

»Ja, irgendwie schon. Nach einem kurzen Moment der Todesangst hab ich's letztendlich geschafft, mit einem gebrochenen Arm den Berg runterzukommen. Das ist fast noch besser als der ursprüngliche Plan. Mehr Kontrolle geht doch kaum, oder?«

»*Himmel*herrschaftszeitensacklzement! Wenn du meine Tochter wärst, ich würd …«, brach es aus ihm heraus, und sie zuckte zusammen. Rasch fing er sich wieder. »Tut mir leid, ich wollt dich nicht anbrüllen«, sagte er betreten. »Das ist nicht der rechte Moment für Wutanfälle, ich weiß schon; ich will dir keine Angst machen.«

Sie drehte ihren Oberkörper sehr, sehr vorsichtig nach links und starrte ihn an. Der Nebel lichtete sich leicht, und dann lächelte sie. Es war dieses seltene, tiefe Alice-Lächeln, das nur wenige Menschen je zu sehen bekamen. Ihre Augen wirkten auf einmal sehr ausdrucksvoll und abgründig, doch was für ein Ausdruck oder Abgrund das eigentlich war? Er hätt's nicht sagen können, ums Verrecken nicht.

»Ach, Sepp«, sagte sie weich und klang jetzt lammfromm. »Sei mir ned bös, aber du weißt gar nicht, wie Angstmachen geht.«

Er starrte zurück, dann konzentrierte er sich wieder auf die Fahrbahn. »Du kriegst da einen ganz schönen Rüssel«, sagte er, vielleicht, weil er nicht wusste, was er sonst sagen sollte.

Alice dachte über diese Ankündigung nach. »Meinst du damit meine Oberlippe?«, fragte sie dann, ein wenig unsicher.

Er schielte aus dem Augenwinkel zu ihr hinüber, schüttelte leicht den Kopf und drückte das Gaspedal durch.

Nachdem er sie im Krankenhaus abgeliefert und versprochen hatte, ihren Eltern Bescheid zu geben, wo sie abgeblieben war, kehrte er zum Auto zurück und startete den Motor.

»Gehirnerschütterung, ich sag's doch«, murmelte er.

Sechs Wochen später kehrte Alice an ihren Arbeitsplatz zurück. Der linke Arm war wieder einsatzfähig, obwohl schnelle Bewegungen noch leicht schmerzhaft waren. Ihre Berichte würde sie einstweilen per Hand schreiben müssen, ehe sie sich wieder an die Schreibmaschine wagen konnte. Sie hatte die Krankschreibung dazu genutzt, so viel Zeit wie nur möglich mit Elena zu verbringen, deshalb war sie eigentlich gar nicht so verzweifelt über die Zwangspause. Eine Andeutung von Frühling lag mittlerweile in der Luft, die ersten Schneeglöckchen hatten sich bereits durch den halb gefrorenen Boden nach oben gearbeitet, und die Amseln übten ihren Balzgesang, als sie sich in der Dämmerung auf den Weg zur Arbeit machte. Die neu erworbene Leichtigkeit verlor sich allerdings mit jedem Schritt, mit dem sie sich dem Verlagshaus näherte.

Donnerstag, kurz vor halb elf. Herr Heldt und Herr Fichte waren schon vorausgegangen zur Redaktionssitzung, und Alice erhob sich gerade widerwillig, um ihnen zu folgen, als Anna auf einmal in der Tür stand, in der Hand einen farbenfrohen Blumenstrauß mit Narzissen und Tulpen. Sie musterte Alice aufmerksam von oben bis unten.

»Gut schaust du aus. Irgendwie erholt.«

»Danke. Aber das war nicht der Zweck der Übung.«

»Als ich sagte: ›Halt ein bisschen Abstand zum Chef‹, hab ich damit übrigens nicht gemeint, dass du dir gleich den Hals brechen sollst.«

»Ach. Dann hab ich dich wohl falsch verstanden.« Alice lächelte, doch gleich darauf wurde sie wieder ernst, als Herrn Heldts Gesicht vor ihrem geistigen Auge auftauchte. Das war die erste und stärkste Veränderung, die ihr im Büro aufgefallen war: Seine übliche, leicht kindliche Lebendigkeit war verschwunden. Die Bewegungen seiner langen Gliedmaßen wirkten verlangsamt und seltsam asynchron, die flaumigen Gesichtszüge waren sichtlich eingefallen.

Anna ging zum Fenster hinüber und griff sich eine leere Vase. »Von wem sind die Blumen? Doch nicht vom Chef, oder?«

Die Sekretärin lachte auf. »Du bist ja witzig.« Kurz dachte sie nach. »Na ja, eigentlich sind sie tatsächlich von ihm. Ich hab das Geld aus seinem Spesen-Sparschwein genommen. Da kann ich mich ohne großes Hin und Her bedienen, wenn kleinere Ausgaben anfallen. Herr Horst ist ein wirklich großzügiger Chef.«

Das klang nur einen Hauch sarkastisch. Alice ließ sie nicht

aus den Augen. »Bringst du mich auf den aktuellen Stand? Wie schlimm ist es?«, fragte sie dann direkt.

Anna zuckte die Achseln. »Ungefähr so wie erwartet. Außer dass du ihm einen Strich durch die Rechnung gemacht hast mit deinem gebrochenen Arm. Man hat gemerkt, wie es ihn in den Fingern gejuckt hat, dich auseinanderzunehmen, und dann war dein Platz auf einmal leer. Er hat sich alle Mühe gegeben, seinen Groll aufrechtzuerhalten, aber du weißt ja, wie das mit Gefühlen so ist: Meistens werden sie mit der Zeit schwächer. Er hat sich also stattdessen an Herrn Heldt schadlos gehalten.«

Sie sah Alice direkt in die Augen. »Um deine Frage also mit einem Wort zu beantworten: schlimm. Nehmen wir zwei Wörter: sehr schlimm. Und nun guck nicht so betreten. Ich weiß nicht, ob es etwas geändert hätte, wenn du da gewesen wärst. Vielleicht hätte er sich so oder so auf Herrn Heldt eingeschossen. Oder hattest du vor, den Helden zu spielen und dich in die Schusslinie zu werfen?«

»Vielleicht hätte ich zumindest ein paar Ablenkungsmanöver gestartet.« Wieder erschien die erschöpfte Miene ihres Kollegen vor ihrem inneren Auge. »Mist«, sagte sie bedrückt. »Ich meine, er hat eine Frau und ein Kind. Er kommt nicht so leicht raus.«

»Leider fehlt ihm auch die Berufserfahrung. Er ist gut, aber ich bezweifle, dass er ein ordentliches Zeugnis vom Chef bekommt und sie ihn dann anderswo mit Handkuss nehmen würden.«

»Mist, Mist, Mist!«

»Jetzt nicht gleich verzweifeln«, sagte Anna und wechselte wieder zu einem leichteren Tonfall. »Du brauchst einen langen Atem in diesem Ressort. Und wir essen nicht immer alles so heiß, wie's gekocht wird. Es gibt Tage, an denen verläuft unser Leben fast normal. Und wir helfen einander, wo wir nur können. Außerdem treibt sich Herr Horst sowieso am liebsten in der Weltgeschichte herum, wir haben also jede Menge Atempausen.

Man muss lernen, sich dem Rhythmus anzupassen, dann geht es uns gar nicht mal so schlecht.« Sie sah Alice nachdenklich an. »Apropos schlechtgehen: Gestern hat er zur Abwechslung mal wieder Elsie zusammengefaltet. Sie braucht ein bisschen Zuspruch, deswegen kommt sie heute Abend zu mir. Wie sieht's aus, willst du auch kommen? Aber ich warne dich: Meine Wohnung ist eine Müllhalde, und ich habe keine Zeit zum Aufräumen.«

»Kein Problem«, sagte Alice, die gerade mit leisem Schaudern an ihre eigene Einzimmerwohnung im Schlachthofviertel dachte. Sie bereute noch immer, dass sie vor dem unglückseligen Wochenende noch nicht einmal den Müll runtergetragen hatte … Aber dass sie erst Wochen später zurückkehren würde, hatte schließlich niemand ahnen können. »Ich komme gern«, fügte sie hinzu. »Ich freu mich schon.«

Und das tat sie wirklich; etwas leichteren Herzens machte sie sich endlich auf den Weg zur Morgenbesprechung.

Annas Wohnung in der Heßstraße am Rande des Schwabinger Viertels überraschend zu nennen hätte es nicht ganz getroffen. Sie war schlicht und einfach umwerfend, dabei wirkten die Fassaden der Häuser in der Straße ziemlich trostlos. Nur eingeweihte Münchner wussten, dass es wahre Schatzkästchen in der Heßstraße zu entdecken gab: grüne Innenhöfe, in denen sich das bunte Leben und Treiben der Bewohner im Verborgenen entfaltete. Als Alice durch den wenig bemerkenswerten Eingang des Wohnhauses getreten war, fand sie sich unversehens in einem riesigen Flur mit altem Mosaikfußboden wieder. Rechts von ihr eine geschwungene Holztreppe mit schmiedeeisernem Geländer. Da sollte sie aber nicht hinaufgehen, hatte Anna ihr erklärt. Stattdessen geradeaus und durch den Hof, der auf vier Seiten von Gebäuden umschlossen wurde und wirkte wie aus einer anderen Welt. Abrupt war Alice stehen geblieben und hatte sich umgesehen. Noch zeigte sich das Frühlingsgrün nur spärlich, aber schon jetzt war zu erkennen, dass der Innenhof im Sommer eine kleine Oase war, die liebevoll gepflegt wurde, wenn sie den prachtvollen Glyzinienstamm an der Hauswand und die Vielzahl der bunten Töpfe und Zinkwannen richtig deutete.

Der Eingang zu Annas Wohnung lag auf der anderen Seite des Hofs, in dem Gebäude gegenüber. Beim Anblick des großzügigen Treppenhauses hatte Alice mit einer Altbauwohnung mit hohen, weiten Räumen und Parkett gerechnet. Doch die Wohnung verfügte weder über die erwartete Weite noch Übersichtlichkeit. Zum einen, weil es eine geduckte Dachgeschosswohnung mit verwinkeltem Grundriss und etlichen Dachschrägen war, zum anderen, weil Annas Wohnung in krassem Gegensatz zu ihrer gepflegten und kontrollierten Erscheinung im Büro stand. Als die Sekretärin erklärt hatte, dass nicht aufgeräumt war, war das eine glatte Untertreibung gewesen: In der gemütlichen Dreizimmerwohnung herrschte fröhliches Chaos.

Alice erkannte auf den ersten Blick, dass es ursprünglich viel guten Willen und ein echtes Konzept gegeben hatte, als Anna die Wohnung bei ihrem Einzug renoviert hatte: Die Wände jedes Zimmers waren in jeweils einer anderen Grundfarbe bemalt, von einem leuchtenden Blau über Ochsenblutrot bis hin zu Sonnengelb und Lindgrün. In jedem der Zimmer ein farbenfrohes Bild von Marc Chagall an den bunten Wänden, die farblich jeweils übereinstimmten, sodass Bild und Wand nahtlos ineinander überzugehen schienen und wie Fenster in andere Welten wirkten … Im Wohnzimmer ein Gemälde, das den tiefblauen Himmel über Paris zeigte, bevölkert von seltsamen Fabelwesen und mit einer leuchtend roten Sonne. Oder war es der Vollmond? Man konnte sich vorstellen, von welcher stillen Schönheit, von welchem Frieden diese Räume ursprünglich erfüllt gewesen waren – bevor das Leben mit zwei quirligen Jungs seinen Einzug gehalten hatte. Nun schoben sich Bücherregale aus hellem Holz in den Vordergrund, die nicht nur von Büchern überquollen, sondern auch von Teddybären, Federbällen und leeren Limoflaschen zweckentfremdet wurden. Auf dem Parkett verteilt Zeitschriften und Zeitungen in Stapeln neben jeder Sitzgelegenheit. Alice verkniff sich ein Lächeln. Wenn Theorie und Leben aufeinandertreffen …, dachte sie.

Mit den Worten »Das ist unser Taubenschlag« führte Anna sie ins Wohnzimmer. Der Name der Wohnung war tatsächlich wortwörtlich zu nehmen, erklärte sie Alice, als sie durch einen Vorbau auf die kleine Dachterrasse traten, die sich an das Nachbarhaus schmiegte: Der Vorbesitzer war passionierter Brieftaubenzüchter gewesen. Als der alte Mann starb, wurde die Wohnung von den Erben relativ günstig weiterverkauft. Annas Mann war kurz zuvor bei einem Unfall ums Leben gekommen, und die junge Witwe hatte von der Lebensversicherung den Kauf der Wohnung finanziert. Die Tauben waren längst nicht mehr da gewesen, als Anna die Terrasse in Besitz genommen hatte, aber der Taubenschlag mit den liebevoll gestalteten Holzhäuschen stand noch; sie hatte nicht das Herz gehabt, ihn abzureißen.

»Ist das nicht … Ich meine … War das nicht recht unhygienisch?«, fragte Alice vorsichtig.

»Und wie! Du glaubst gar nicht, wie ich das alles hier gewienert und mit Sagrotan bearbeitet habe. Ich bin ja beileibe nicht etepetete, aber ich hab bis in die Ritzen geschrubbt, um den Taubendreck und auch sonst allen anderen Schmutz wegzukriegen. Also, vielleicht nicht bis in die letzte Ritze«, fügte sie mit einem nachdenklichen, leicht pedantischen Gesichtsausdruck hinzu, der Elsie alle Ehre gemacht hätte. »Ich war hochschwanger, und mit meinem dicken Bauch konnte ich schlecht durch die Eingänge kriechen.« Sie wies auf die hübschen kleinen Rundbögen des Taubenschlags, dann sah sie Alice mit schiefem Lächeln an. »Ich weiß, was du denkst: Was für ein Chaos, und dabei komm ich immer wie aus dem Ei gepellt ins Büro – außen hui, innen pfui.«

»Du weißt nicht, was ich denke«, widersprach Alice, die in Wahrheit dachte, dass Anna ihr gerade einen riesigen Vertrauensbeweis entgegenbrachte. Seltsam, wie man im Leben eines Menschen lesen konnte, wenn man seine Wohnung zu Gesicht bekam. Beinahe so, als würde man durch das unbekannte Innenleben eines anderen spazieren und völlig unerwartete Ecken und Winkel entdecken. »Aber ich sag's dir gern«, fügte sie hinzu. »Ich erinnere mich gerade an die Anfangszeiten meines Volontariats, als ich nebenher noch einen Ehemann und ein Kind versorgen sollte. Ich weiß, wie viel Kraft es kostet, die Fassade für die Arbeit aufrechtzuerhalten und gleichzeitig noch einen Haushalt zu stemmen.«

»Man muss Prioritäten setzen«, bestätigte Anna lebhaft. »Und ganz ehrlich: Lieber les ich den Bengeln abends eine Geschichte vor, als eine Wohnung aufzuräumen, die binnen einer Stunde sowieso wieder im Chaos versinken wird.«

Wie aufs Stichwort huschte ein kleiner Pyjamageist an der Terrassentür vorbei.

»He! Das hab ich gesehen!«, rief Anna resolut. »Wenn ich dich noch mal erwische, gibt es keine Gutenachtgeschichte. Ich warne dich!«

Alice lächelte und fühlte zugleich wieder dieses Licht in ihrem Inneren aufflammen. Vielleicht war es auch gar kein Licht, sondern ein permanentes, leichtes Ziehen, das sich manchmal steigerte, bis sie es als körperlichen Schmerz wahrnahm. Aber im Geiste sah sie es immer als Licht: normalerweise ein leises Dimmen, vor dem sie die Augen verschließen, das sie aussperren konnte. Seit sie wieder ohne Elena in München war, leuchtete es stärker, und seit sie Annas Wohnung betreten hatte, fürchtete sie sich fast ein bisschen davor. Es wurde wärmer und heller und heller, bis es fast schon gleißend und bedrohlich heiß wirkte und beim besten Willen nicht mehr zu ignorieren war. Also sah sie genauer hin.

Woraus bestand dieses Licht? Schmerz? Sehnsucht? Schuld? Eine Mischung, ein Kuddelmuddel aus allen nur möglichen Gefühlen, für das es noch kein Wort gab in ihrer Sprache?

War es der Gedanke, dass da eine Möglichkeit aufschimmerte, die sie bisher immer wieder schnell verdrängt hatte, weil allein bei dem flüchtigen Gedanken daran das Licht mitten in der Nacht zu hell wurde und sie um den Schlaf brachte?

Es gibt Frauen, die schaffen es, ihre Kinder allein großzuziehen und gleichzeitig zu arbeiten. Es gibt Frauen, die ihre Kinder abends wie selbstverständlich selbst ins Bett bringen und morgens mit ihnen aufwachen … Und warum du nicht? … Eines Tages … vielleicht …

Anna warf ihr einen Seitenblick zu, als spürte sie ihren Gefühlsaufruhr, sagte aber nichts. »Komm, ich zeig dir noch den Rest der Wohnung. Dann bringe ich die Jungs schnell ins Bett«, erklärte sie stattdessen.

Von dem tiefblauen Wohnzimmer mit gemütlicher Sitzecke mit Kissen und jeder Menge Kinderbücher ging es in das lindgrün gestrichene Jungszimmer, offiziell »Zentrum des Chaos« genannt. Hier gab es keine Kunstdrucke, stattdessen waren die Wände gepflastert mit Filmplakaten, von Pippi Langstrumpf über Michel aus Lönneberga bis hin zu Peter Pan.

»Hallo zusammen«, sagte Alice.

»Darf ich vorstellen? Das ist Tom«, sagte Anna und strich einem etwa Achtjährigen mit wachem Blick über die dunklen Strubbelhaare. »Und das hier …« Sie ging zu dem Kleineren der beiden, der bereits im Bett lag und in dem Alice den Pyjamageist von vorhin wiedererkannte. »… ist Jasper.« Zwischen den beiden bestand ein Altersunterschied von einem, vielleicht zwei Jahren, nicht mehr.

»Ich bin gleich bei euch, dann erzähl ich euch 'ne Gutenachtgeschichte«, versprach Anna. »Aber in der Zwischenzeit will ich keinen Mucks hören.«

Alice winkte den beiden zu, die aufgeregt zurückwinkten (abendlicher Besuch schien eher die Ausnahme zu bilden, dem Grad der Begeisterung nach), dann folgte sie Anna in die Küche, die in hellen Rottönen und dunklem Holz gehalten war.

Als Anna die Tür zu ihrem Schlafzimmer öffnete, hielt Alice kurz inne, zögerte, dann trat sie ein und sah sich andächtig um. Ein kleiner Raum, die Wände in vier unterschiedlichen Gelbtönen: von Vanille zu leuchtenden Löwenzahnblüten und Zitrone bis Safrangold. Über dem Bett der unvermeidliche Marc Chagall. Doch diesmal ein überraschend anderer: gedämpftere Farben, ein traurig wirkender, kauernder Mann, eine weiße Kuh, eine Lichtgestalt am Himmel – ein Engel vielleicht? Nur die Fiedel in der Mitte des Bildes nahm hier den dunkelgelben Farbton der Wand auf, ansonsten war es klar abgegrenzt zu dem Raum und fast schon unheimlich in seiner Intensität. Als Alice näher trat, las sie den Titel des Gemäldes: *Einsamkeit*. Ein schlichter Kleiderschrank, weiße, durchscheinende Gardinen. Vor dem Fenster ein robuster Holztisch ohne jegliche Schnörkel. Darauf, penibel geordnet: Papier, Stifte, eine Ablage mit Briefen und Rechnungen. Einige Zeitungen, ordentlich gestapelt. Das war's. Hier gab es nichts Überflüssiges und keinerlei Unordnung. Das war die Anna, wie sie sie aus der Arbeit kannte: lichte Klarheit der Gedanken. Zielgerichtetheit.

»Meine Insel«, sagte Anna leise. Dann lächelte sie verschmitzt. »Kennst du Virginia Woolfs *Ein eigenes Zimmer*? Manchmal, wenn die Jungs nörgeln, weil sie in einem Zimmer zusammen schlafen müssen – was allerdings nicht oft vorkommt, weil sie es eigentlich in Wirklichkeit gar nicht anders haben wollen im Moment –, denk ich an diesen Essay, und dann sag ich leichten Herzens: ›Nein. 'tschuldigung!Geht nicht. Meins.‹ Aber ich muss mir das schon ganz bewusst immer wieder in Erinnerung rufen. Sonst holt mich das schlechte Gewissen ein«, fügte sie hinzu. »Bescheuert, so oder so, was? Verstehst du das?«

»Und wie«, sagte Alice.

In dem Moment klingelte es an der Tür. »Das muss Elsie sein«, erklärte Anna. »Lässt du sie schnell rein, bitte? Ich sag den Jungs Gute Nacht.«

»Herr Horst ignoriert mich immer noch«, sagte Alice eine halbe Stunde später.

Sie saßen draußen auf der Dachterrasse, die Hände um Becher mit warmem Apfelwein geklammert. Es hatte ein wenig gedauert, bis Ruhe eingekehrt war. Während Annas Stimme aus dem Kinderzimmer drang, die den als Bären verzauberten Traumprinzen so überzeugend gab, dass die Jungs vor Vergnügen quietschten, ordneten Elsie und Alice die Kirchweihnudeln, die Anna kurz zuvor in brutzelndem Fett ausgebacken hatte, in einer Schale an. Doch Elsie war unzufrieden mit dem Ergebnis. Sie legte den Kopf schräg wie eine kritische Vogelmutter, die das zukünftige Nest ihres Nachwuchses inspizierte. Ihre kleine, aber spitze Nase zuckte, während sie eine Symmetrie und Ordnung herzustellen versuchte, die bei hausgemachtem Schmalzgebäck schlicht utopisch war; jedes der tellerförmigen *Kiachal* mit dickem, weichem Rand und dünn-knuspriger Mitte war ein Unikat. Schließlich setzte Alice Elsies fruchtlosen Bemühungen ein Ende, indem sie das Teesieb zur Hand nahm und die warmen, verführerisch duftenden Kirchweihnudeln unter einer Schneeschicht aus Puderzucker begrub. Sie fühlte, wie Elsie sich sofort entspannte.

»Sei doch froh, wenn er dich ignoriert«, sagte die Archivarin jetzt – sie waren gleich und ohne weitere Umstände zum Du übergegangen. »Ehrlich, mehr würd ich mir für mich gar nicht wünschen.«

»Anna hat gesagt, es war wieder die Hölle gestern?«

»Nein, *Hölle* ist als Ausdruck übertrieben«, erwiderte Elsie pedantisch. »Herr Heldt hat es deutlich schlimmer im Moment. Aber mir reicht's trotzdem.«

»Ehrlich, man müsste den Kerl mattsetzen«, sagte Alice düster. »Als Chef ist er doch schlicht untragbar … Was ist?«, fragte sie, als Anna verhalten lächelnd die Terrasse betrat und sich setzte.

»Den König matt setzen? Schachmatt?«, fragte die Sekretärin mit einem Funkeln in den Augen und nahm einen genüsslichen Zug von ihrer Zigarette. »Oder würdest du ihn lieber gleich köpfen?«

»Mir wär beides recht«, bestätigte Alice und lächelte ebenfalls, trotz ihrer Wut.

»Ich hätte da auch schon so ein paar Ideen … Seine unsaubere Spesenabrechnung beispielsweise. Es ist schon ein ganz klein wenig verführerisch«, erklärte Anna.

»Verführerisch«, echote Elsie versonnen.

Alle drei blickten ein Weilchen in den frühlingsklaren Sternenhimmel, vertieft in den Anblick des Sichelmonds, der über dem Dach des Nachbarhauses aufging, und gaben sich den Annehmlichkeiten von warmem Schmalzgebäck, duftendem Apfelwein und schönen Träumen hin.

Alice fühlte sich auf eine Wolke aus Geborgenheit gebettet (erst später sollte sie begreifen, woher dieses Gefühl kam: Es war diese Duftwolken-Mischung aus Zigarettenrauch, warmem Apfel und duftendem Gebäck, in die sie in ihrer frühen Kindheit von der Haushälterin Resi gehüllt worden war), daher wagte sie einen weiteren Vorstoß. »Und warum tust du's nicht?«, fragte sie leichthin. Es war nicht als Vorwurf gemeint, auch nicht als Aufforderung. Es interessierte sie einfach.

Anna kehrte von ihrem Ausflug vom Mond zurück auf den Boden der Realität und sah sie stirnrunzelnd an. »Weil … *so* schlimm ist er auch wieder nicht, dass es meiner Meinung nach einen Königsmord rechtfertigen würde«, sagte sie. Dass sie die Antwort so schnell parat hatte, machte Alice allerdings klar, dass sie nicht zum ersten Mal darüber nachdachte. »Bevor ich Herrn Horst zum Chef bekommen habe, hab ich bei 'nem Boulevardblatt im Sportressort gearbeitet. Sportressort ... das trifft es wohl. Manchmal hab ich mich gefühlt wie beim Rugby, mit blauen Flecken am Allerwertesten von dem Gekneife meines Chefs. In manchen Zimmern hingen Fotos von Pin-up-Girls an den Wänden, und immer, wenn ich da dran vorbeigegangen bin, hab ich versucht, nicht hinzusehen. Sonst wäre wahrscheinlich noch einer auf die Idee gekommen, die Maße der Playmates mit den meinen abzugleichen. Einer hatte sogar Radiergummis in Form von schwabbeligen Brüsten auf seinem Schreibtisch. Stell dir das mal vor. Und du als Journalistin in dieser Männerwelt!? Hast du eigentlich eine Ahnung, wie gut du's hast? In der Hinsicht zumindest ist Herr Horst fast schon ein Engel, und das hat auch Einfluss auf den Rest der Mitarbeiter. Mich zumindest hat noch niemand angetatscht.« Kurz dachte sie nach. »Gut, es mag daran liegen, dass er geschieden ist und neuerdings eine junge Geliebte hat, die ihn echt ... also ganz unter uns ... ich glaube, sie hält ihn ganz schön auf Trab.« Sie grinste. »Der Ärmste.«

»Der Ärmste!?« Alice musste lachen. »Das schlägt ja wohl dem Fass den Boden aus.«

»Doooch, ganz im Ernst. Seit er mit Fräulein Schleibinger zusammen ist, scheint er regelrecht gestresst zu sein. Wenn Leute diese alten Knacker beneiden, die sich ein junges Mädel geangelt haben, machen sie sich keine Vorstellung von dem Leistungsdruck, der in so einer Situation entsteht. Du stehst morgens auf, und aus dem Spiegel blicken dir dein Bauchansatz und ein faltiges Gesicht mit grauen Schläfen und Doppelkinn entgegen, während neben dir die Venus von Milo steht und versucht, möglichst nicht mitleidig zu lächeln. Und immer, immer musst du dich fragen: Liebt sie mich, meinen Körper, meine

Lebenserfahrung … oder ist es doch das Geld? Seither ist es deutlich schlimmer geworden mit Herrn Horst; vorher war er gelassener.«

Es wurde still im Taubenschlag, während alle drei – ganz offensichtlich vergeblich – versuchten, sich in Herrn Horsts Haut zu versetzen.

»Nein«, sagte Alice schließlich. »Keine Chance. Klappt nicht. Ich verspür auch nicht einen Funken Mitleid mit ihm.«

»Ich bin Alice' Meinung«, sagte Elsie und biss herzhaft in ein *Kiachal*, herzhafter, als Alice ihr das zugetraut hätte. Über ihrer Oberlippe bildete sich ein Schnurrbart aus Puderzucker, der sie wahrscheinlich komplett aus dem Konzept gebracht hätte, hätte sie davon gewusst. »Mitleid ist deplatziert. Lass uns lieber den Königsmord planen, das macht mehr Spaß.«

Die Sekretärin musterte die beiden mit erhobener Augenbraue. »Also, wir mit unseren Superkräften bringen Herrn Horst zu Fall. Und? Wie geht's dann weiter, wer kommt als Nächstes, wenn wir schon dabei sind? Machen wir Herrn Fichte den Prozess, weil er im Verdacht steht, einen Kollegen zu Tode gelangweilt zu haben?«

Alice lachte, und die Beklemmung des Tages fiel noch weiter von ihr ab. Dann wurde sie wieder ernst, während sie Anna aufmerksam musterte, in dem Versuch, ihre schwer lesbare Miene zu deuten. »Verstehe ich das richtig, du hast tatsächlich moralische Bedenken, was diesen Königsmord betrifft?«, fragte sie offen.

Elsie blickte leise amüsiert von Anna zu Alice. »Sie meint das nicht so«, informierte sie Alice in ihrem trockenen und sachlichen Tonfall. »Natürlich ist sie deiner Meinung. Das Problem mit ihr ist, sie verfügt über einen zwanghaften Gerechtigkeitssinn und muss deshalb immer den *Advocatus Diaboli* spielen. In der Hinsicht ist sie ein bisschen anstrengend. Aber es ist auch unterhaltsam, wenn man sich darauf einlässt. Hast du gewusst, dass sie spart wie eine Verrückte, um nächstes Jahr mit ihrem Jurastudium anfangen zu können?«

Das war Alice neu, doch mittlerweile überraschte es sie nicht mehr; es passte zu der Anna, die sie nun immer besser kennenlernte: einen Menschen, der nicht nur strategisch dachte, sondern eine Angelegenheit auch grundsätzlich von wirklich allen Seiten gründlich betrachtete.

»Nein, aber es freut mich zu hören. Ich wünsch dir Glück, Anna!«

»Danke.«

Kurz war es still, dann räusperte sich Alice und sagte: »Wisst ihr, ich will euch nicht die Stimmung vermiesen, aber ich sehe das Ganze noch unter einem anderen Aspekt. Er begrapscht einen nicht. In Ordnung. Schön. Aber mir geht es um was anderes. Ich halte ihn für … sollte ich sagen ›gefährlich‹, oder ist das übertrieben, zu dramatisch?« Kurz dachte sie nach. »Doch«, sagte sie schließlich. »Gefährlich. Ich meine das tatsächlich so. Er hat nicht einfach nur Wutanfälle. Er demontiert Menschen, sucht gezielt nach ihren Schwachstellen. Vielleicht zerstört er manche von ihnen sogar. Im Grunde wisst ihr das, ihr alle, deshalb ist die Stimmung so angespannt im Ressort. Und wenn wir zusehen, wie Herr Heldt, wie Elsie …«

»Ich komm klar«, warf Elsie hastig ein. Unvermittelt schien sie sich zusammenzukauern, als wären sie nicht auf einer geschützten und offenen Dachterrasse, sondern in einem geschlossenen, unübersichtlichen, viel zu engen Raum. »Ich bin es gewöhnt.«

»Du *solltest* es nicht gewöhnt sein.« Alice starrte mit zusammengekniffenen Augen in den Nachthimmel, während sie ihre Gedanken sammelte und ihre noch leise unbestimmten Gefühle aus dem Nebel zu holen und in Worte zu fassen versuchte. »Es verändert dich. Es verändert Herrn Heldt. Es verändert aber auch mich, verstehst du, wenn ich danebensitze und zusehe und nichts unternehme. Es verändert etwas in mir, an meinem Selbstbild, wenn ich Zeuge so einer Szene werde und den Mund halte.« Fragend blickte sie von Anna zu Elsie und wieder zurück. »Versteht ihr, was ich meine? Besser kann ich es nicht ausdrücken. Und ich weiß selbst, dass er erstens nicht der schlimmste Chef der Welt ist. Und dass wir zweitens im Moment sowieso keine Chance haben. Ich glaube, für den Augenblick bleibt uns nichts anderes übrig, als die Klappe zu halten, wenn wir klarkommen wollen im Ressort. Oder wir gehen. Aber so wie's aussieht, ist Kündigen für keine von uns dreien im Moment eine Option.« Frustriert stellte sie ihren mittlerweile kalt gewordenen Apfelwein beiseite.

Anna lehnte sich in ihrem Stuhl zurück, starrte in den Sternenhimmel und sagte, ohne sie anzusehen: »Tatsächlich wären wir gar nicht sooo ohnmächtig. Tatsache ist, ich rette ihm mindestens einmal die Woche das Fell. Wie gesagt, die Spesenabrechnungen, die er in die Buchhaltung weiterreicht, sind manchmal eine Frechheit. Ich muss ihn dann dezent darauf hinweisen, dass das so nicht geht und er nicht irgendwelche Champagnergelage oder Geschäftsessen in Rechnung stellen kann, wenn er eigentlich zu der Zeit gerade auf Urlaub oder jedenfalls nachweisbar nicht anwesend war. Ich müsste … eigentlich müsste ich gar nichts tun. Ich könnte ihn zu Fall bringen, einfach indem ich gar nichts mache, und würde meine Hände in Unschuld waschen.«

Die beiden anderen starrten sie an.

»Allerdings weiß ich nicht, ob das reichen würde. Es sind nur unverschämte Spesenabrechnungen bis jetzt; ist das ein Kündigungsgrund? Ich weiß wirklich nicht …«, fügte sie zögernd hinzu.

»Anna«, sagte Elsie ungewohnt streng, »vergiss es. Du bist seine *Sekretärin*. Es ist deine Aufgabe, ihm den Rücken frei zu halten. Wenn du ihn in so 'ne Falle tappen lässt, und dann reicht es doch nicht für eine Kündigung …« Es war nicht nötig, den Satz zu beenden.

»Ich mach's ja nicht«, sagte Anna unwillig. »Ich dachte, wir träumen nur? Das tun Mäuschen doch so, wenn sie in der Falle sitzen und sonst nichts machen können.«

»Ganz so schlimm ist es auch wieder nicht. Ich seh mich nicht als Maus«, widersprach Alice. »In einem Jahr bin ich über alle Berge, das versprech ich euch hiermit feierlich.«

»Ich sitze auf jeden Fall in der Falle«, sagte Elsie leise. Sie musste nicht erst erklären, wie sie das meinte. Obwohl sie keine Kinder hatte und ihre finanzielle Lage deshalb sicher entspannter war, wusste Alice intuitiv, dass Elsie auf das Archiv angewiesen war. Es war ihr Leben, eine Gewölbewelt im ewigen Halbdunkel, in der Ordnung herrschte und alles vorhersehbar war. Alles, bis auf die Redaktionssitzungen, hoch oben im Tageslicht des Sportressorts, mit einem Herrn Horst.

Alice schluckte. »Woher kommt eigentlich diese Aggression bei ihm?!«, sagte sie, plötzlich wieder wütend. »Ich versteh's einfach nicht. Was Mitarbeiterführung betrifft, verhält er sich komplett unprofessionell. Er ist ein Albtraum!«

»Ein Albtraum, ja. Manchmal«, sagte Anna langsam. »Aber soll ich dir mal was sagen? Ganz unter uns? Ich zögere wirklich, ihm den Todesstoß zu versetzen. Also, selbst wenn ich es könnte, ohne meine Stelle zu riskieren.«

»Wollen wir nicht mal auf dem Teppich bleiben?«, sagte Alice. »Mich stört der Ausdruck ›Todesstoß‹ oder ›Königsmord‹. Denn wenn man es so nennt, schreckt man natürlich davor zurück. Worum geht es uns denn? Nicht darum, ihn komplett zu vernichten. Nur fürs Protokoll: Ich plane natürlich keinen Umsturz. Das wäre bei meiner wackligen Position als Neuzugang und einzige Frau unter Kollegen schon sehr verwegen. ABER lasst uns die Dinge doch beim richtigen Namen nennen: Meiner Meinung nach würden wir einfach nur dabei helfen, jemanden aus einer Position zu hebeln, für die er nicht geeignet ist, weil er für erheblichen Leidensdruck sorgt. Als Journalist ist er beeindruckend, das muss der Neid ihm lassen. Scharfsinnig. Mit seinen Kontakten und Talenten ist Herr Horst doch nicht wirklich gefährdet. Weder in seiner beruflichen noch in seiner privaten Existenz. Oder bist du da anderer Ansicht?«

Alice blickte fragend zu Anna hinüber, doch die Sekretärin sah sie nicht an. Stattdessen starrte sie nachdenklich auf ihre Hände, die langsam, beständig das hübsche Kristallglas mit Apfelwein drehten.

»Ich bin tatsächlich anderer Ansicht«, sagte sie dann zu Alice' Überraschung. »Ich bin mir wirklich nicht sicher, ob man ihm den Todesstoß nur im übertragenen Sinne versetzt. Insofern: Ja, Todesstoß. Ich würde es gern bei der Bezeichnung belassen. Nur, damit ich nicht vergesse, wie einschneidend, vielleicht sogar gefährlich es wäre, ihn abzusägen.«

»Wie meinst du das?«, fragte Alice irritiert.

»Er ist ein Narzisst. Schon vergessen?«

»Du meinst, er ist selbstverliebt, richtig? Was kann ihm dann schon groß passieren? Er liebt sein eigenes Spiegelbild. Er hat ein Ego so groß wie ein Hochhaus. Das bringt so schnell keiner zum Einsturz.«

»Ich weiß nicht. Das ist das Seltsame bei ihm. Seit ich Herrn Horst kenne … Ihr kennt ihn nicht, nicht so gut wie ich«, sagte sie langsam. »Ich hab seither immer mal wieder über den Mythos des Narziss nachgedacht. Wisst ihr, was meiner Ansicht nach die Kernaussage ist? Nicht, dass da jemand sein eigenes Spiegelbild für das Schönste auf der Welt hält. Sondern dass er auf der Suche nach ebendiesem Spiegelbild ist, das ständig wieder trüb wird, Wellen schlägt, sich kräuselt, verschwindet … Es ist eine so verzweifelte Jagd, dass er immer wieder die Wasseroberfläche durchbricht und in seinem eigenen Abbild zu ertrinken droht. Das ist ein Narzisst, meiner Meinung nach. Kein eitler Fatzke, sondern jemand, der gegen das Ertrinken ankämpft, sein Leben lang.«

»Ein Ertrinkender …!«, sagte Alice überrascht. Sie dachte einen Moment darüber nach. »Ich glaub, ich verstehe, was du meinst«, sagte sie dann leise.

»Und vergiss nicht, was ein Ertrinkender macht«, fügte Anna ebenso leise hinzu.

Die Stimmung auf der Dachterrasse hatte sich verändert. Auf einmal fühlte Alice die Kälte und Feuchtigkeit des Aprilabends, mitten in der Großstadt. *Als wäre man im Wald. Oder tief unter Wasser*, dachte sie.

»Er schlägt um sich«, fuhr Anna fort, noch immer sehr leise. »Und genau das tut Herr Horst mit jedem seiner Wutausbrüche. Jedes Mal, wenn er jemanden runtermacht, kämpft er sich damit an die Wasseroberfläche zurück, und es geht ihm besser. Für einen Augenblick. Bis er wieder sinkt und sinkt und sinkt und es von Neuem beginnt.« Sie sah Alice eindringlich in die Augen. »Vergessen wir mal für einen Moment die Moral, und ob wir Herrn Horst bei passender Gelegenheit absägen könnten oder nicht. Wir können gerne davon träumen, das macht es leichter, ihn auszuhalten. Wir können auch eine passende Gelegenheit abwarten und dann entscheiden, was wir tun. Aber was ich dir eigentlich sagen will: Sei vorsichtig, Alice. Ertrinkende können dich runterziehen in die Tiefe, dahin, wo du nicht mehr atmen kannst. Vergiss das nicht.«

Kapitel 15

SCHACHFIEBER

August 1972

»Auch das ist Krieg«, sagte Herr Horst. Er trug seine selbstzufriedenste Miene zur Schau. »Nämlich die bloße Fortsetzung des Kalten Kriegs mit spielerischen Mitteln. Schach eben; und Boris Spasski hat nicht die geringste Chance.«

»Glauben Sie wirklich?«, fragte Alice.

Beinahe acht Monate arbeitete sie nun schon im Sportressort, und noch war kein Wechsel in Sicht. Noch immer saß sie in der Falle, aber sie konnte mittlerweile mit dem Gefühl umgehen, ohne in Panik zu geraten. Denn sie wusste, sie würde einen Ausweg finden; sie brauchte nur etwas mehr Zeit als gedacht.

Deshalb hatte sie unterschiedliche Gesprächsstrategien durchprobiert, wie sie mit Herrn Horst auskommen konnte – wie plaudert man mit einem Ertrinkenden, dem man nicht zu Hilfe kommen kann oder will? Komm ihm nicht zu nahe und gib ihm vor allen Dingen nicht auch noch das Gefühl, dass du seinen Kopf zusätzlich unter Wasser drückst? Sie beobachtete ihre Umgebung sehr aufmerksam. Inzwischen hatte sie ein kleines Regelwerk aufgestellt, was die geltenden Naturgesetze in ihrem neuen Lebensraum betraf. Als Zebra in einer Herde Pferde sollte man aufpassen, wie man sich bewegt.

Regel Nummer eins: Formuliere deinen Widerspruch niemals so, dass er als Kritik an seiner Person aufgefasst werden kann. Wenn du schon anderer Meinung bist, bewege dich weg von seiner Person und wechsle auf die rein sachliche, intellektuelle Ebene. Herr Horst mochte so eine Herausforderung und das Klingenkreuzen sogar; schließlich war er alles andere als dumm.

Regel Nummer zwei: Bemerkungen, die im Brustton der Überzeugung und Selbstzufriedenheit geäußert wurden – so wie diese eben –, niemals mit einem »Ich weiß, find ich auch« beantworten. Man sollte keinesfalls den Eindruck vermitteln, dass man sich auf der gleichen Stufe glaube wie Herr Horst. Oder dass man gelangweilt wäre, weil seine Bemerkung nicht überraschend oder originell genug war. Gar nicht gut. Ein »Finden Sie?« oder »Ach! Warum das denn?« zeugte von dem genau richtigen Maß an Interesse und Ignoranz.

Regel Nummer drei: So wenig Feindkontakt wie möglich. Wenn er sich aber schon nicht vermeiden lässt, dann widme Herrn Horst deine volle Aufmerksamkeit. Immer und jederzeit, wenn du mit ihm in einem Raum bist. Lass ihn nicht aus den Augen und dreh ihm niemals den Rücken zu.

»Natürlich hat der Russe keine Chance gegen den Ami! Oder sind Sie da etwa anderer Ansicht?«, fragte Herr Horst jetzt mit erhobener Augenbraue.

»Aber nein«, sagte Alice. »Ich bin ganz Ihrer Meinung. Spasski ist ein feinsinniger Mensch. Ein Gentleman der alten russischen Schule, während Bobby Fischer irgendwo zwischen Rüpel, Genie und Wahnsinn schwebt. Ihm ist seine Außenwirkung egal. Es ist schwer, jemandem beizukommen, der sich über sämtliche Regeln des Anstands und der Menschlichkeit hinwegsetzt.«

Herr Horst warf ihr einen kurzen, scharfen Blick zu, und Alice zuckte leicht zusammen.

Rasch fügte sie hinzu: »Deshalb wird Bobby Fischer immer im Vorteil sein. Aber nicht, weil er der bessere Schachspieler ist.

Und eigentlich geht es hier doch um Schach, oder nicht? Um Können. Um Intelligenz und Strategie.«

Erstaunlich, dass er es bemerkt, dachte Alice später, als sie wieder zu denken wagte und sich die Szene noch einmal in ihrem Kopf abspielte. *Dass ihm gewisse Parallelen doch auffielen. Anna hatte recht: Man musste auf der Hut sein.*

»Verstehen Sie denn was von Schach? In letzter Zeit fühle ich mich von Pseudo-Schachweltmeistern ja förmlich umringt«, sagte Herr Horst spöttisch. »Selbst meine Freundin hat sich ein Schachbrett zugelegt.« Er grinste. »Allerdings hab ich sie im Verdacht, dass sie noch nicht einmal ihre Bauern unter Kontrolle hat.«

Die Diskussionen im Ressort waren vor einigen Wochen entflammt, beim ersten Match zwischen Bobby Fischer und Boris Spasski am 11. Juli, und wurden immer hitziger. Zeitweise hatten sie beinahe die Vorbereitungen auf die Olympischen Spiele auf Rang zwei verdrängt. Die Schachweltmeisterschaft fand auf Island statt, und seit der sowjetische Titelverteidiger Spasski zum ersten Mal auf seinen amerikanischen Kontrahenten Fischer getroffen war, schien auf der ganzen Welt so eine Art Schachfieber ausgebrochen zu sein. Das immerhin musste man Fischer lassen: Er verstand es, sich in Szene zu setzen. Durch seine unberechenbare Art hatte er die Aufmerksamkeit der gesamten Welt auf sich gezogen.

Es begann damit, dass dieser Neunundzwanzigjährige, den viele für den genialsten Spieler aller Zeiten hielten, sich weigerte, zu den Eröffnungsfeiern nach Island zu fahren. Schließlich schaltete sich Henry Kissinger höchstpersönlich ein – der Sicherheitsberater Richard Nixons – und überzeugte Bobby, dass es seine patriotische Pflicht sei, an den Weltmeisterschaften teilzunehmen. Denn natürlich ging es um mehr als ein Kräftemessen unter Schachspielern, wie Herr Horst soeben so richtig bemerkt hatte: Jahrzehnte der sowjetischen Vorherrschaft im

Schach würden gebrochen werden durch das amerikanische Genie.

Kalter Krieg eben.

Nicht genug, dass in wenigen Wochen zum ersten Mal überhaupt die DDR mit einer eigenen Mannschaft bei den Olympischen Spielen antreten würde – ein Skandal in den Augen der Bundesrepublik –, die Verwerfungen reichten bis in die Welt des Schachs. Andererseits: War es nicht ursprünglich als strategisches Kriegsspiel entworfen worden?

Die Blicke der Welt richteten sich also auf diese sommerschlaflose Insel, aus der die Dunkelheit im Juli beinahe vollständig verbannt war und deren Hauptstadt, schneebedeckte Gebirgszüge und kristallklare Flüsse so seltsame und unaussprechliche Namen trugen wie Reykjavík, Esja und Elliðaár. Denn der Großteil der Menschheit verstand insgesamt wenig von professionellem Schach, dafür aber jede Menge von Drama.

Endlich kam Fischer doch noch angereist, erschien aber zu spät zum Eröffnungsmatch. Spasski machte den ersten Zug, schaltete die Uhr ein … und wartete. Mit ihm die Weltöffentlichkeit, mit angehaltenem Atem. In letzter Minute rauschte sein amerikanischer Gegner herein und setzte sich an den Tisch, dem Russen gegenüber.

Die Partie begann, und das Unerwartete geschah: Fischer fiel auf einen »vergifteten Bauern« herein, den Spasski als Köder ausgelegt hatte – ein Fehler, wie er nur blutigen Anfängern unterläuft.

Wenige Züge später war er geschlagen.

Die Welt des Schachs rieb sich die Augen. Denn was nun folgte, sprengte sämtliche Konventionen und erinnerte an eine erstaunliche Mischung aus Drama und Seifenoper. Am nächsten Tag erschien Fischer nicht zum Match – mit der Behauptung, er habe nur deshalb verloren, weil die Sowjets Einfluss auf seine Konzentration genommen hätten, mit Tricks wie störenden Lichtreflexen und Geräuschen. Stille bräuchte er, absolute Ruhe. Spasski gewann die zweite Partie, ohne auch nur einen Zug zu machen.

Die dritte Runde wurde nach vielem Hin und Her in einen kleinen Hinterraum verlegt; erst dann kehrte Fischer an den Spieltisch zurück. Jetzt aber schien es mit Spasskis Konzentration vorbei zu sein. Fischer gewann mit völlig überraschenden Manövern und Zügen.

Verlor Spasski langsam die Nerven?

Nicht nur die Schachwelt – die gesamte Welt hielt den Atem an, während sie Bobby Fischers Manöver verfolgte. *»Schach ist Krieg auf dem Brett«*, hatte der Amerikaner ein Jahr zuvor erklärt. Und: *»Ziel ist es, den Geist des Gegners zu brechen.«*

»Es ist ein Nervenkrieg«, sagte Alice jetzt missbilligend. »Was hat das denn noch mit Schach zu tun? Fischer wird gewinnen, aber nicht, weil er der bessere Schachspieler ist. Er hat einfach die stärkeren Nerven.«

»Ein Nervenkrieg. Ja. Fragt sich nur, wessen Nerven da blankliegen.« Herrn Horsts Blick war zum Fenster gewandert. Nachdenklich musterte er den strahlend blauen Augusthimmel. Alice, die vor dem Schreibtisch stand und auf letzte Anweisungen wartete, was es noch zu tun gab für den Rest des Tages, befahl ihren Füßen stillzuhalten. Nicht mit den Hufen scharren, nicht mit der großen Zehe wackeln, am besten noch nicht einmal laut atmen. Auch wenn sie zu gern gewusst hätte, wie lange der Arbeitstag heute werden und ob sie noch quer durch München geschickt werden würde oder nicht.

»Sie glauben wirklich, dass *Spasski* die schlechteren Nerven hat?«, sagte Herr Horst dann langsam, überraschend ernst. »Dass Fischer sich absichtlich wie eine Diva aufführt und seinen Gegner zermürbt? Das glauben viele, ich weiß ... Aber ich bin mir da gar nicht so sicher. Und Sie? Wie können Sie sich denn sicher sein? Kennen Sie ihn persönlich, oder bilden Sie sich Ihr Urteil aufgrund der Berichterstattung? Meiner Meinung nach wird hier ganz bewusst das Bild des gewissenlosen Genies gezeichnet. Einfach weil die Vorstellung faszinierender ist. Welcher Leser will sich schon mit einem im Grunde krankhaft schüchternen und paranoiden Mann identifizieren? Ich hab ihn spielen sehen damals im Fernsehen, wissen Sie. Er war ein überforderter Jugendlicher, nichts weiter. Ein Kind, das es noch nicht einmal schaffte, seinem Gegenüber in die Augen zu sehen. Was, wenn Fischer seine Gefühlsausbrüche tatsächlich nicht unter Kontrolle hat? Fänden Sie das dann auch verwerflich? Oder würde Ihr Urteil dann weniger hart ausfallen?«

Für den Bruchteil einer Sekunde sahen sie sich in die Augen, dann senkte Alice rasch den Blick. Ihr Zögern dauerte nicht länger als eine Sekunde, vielleicht zwei. »Ich denke immer noch, er lässt sich gehen«, sagte sie dann leichthin und tat so, als hätte sie den seltsam nackten Ausdruck, der in seinen Augen aufgeblitzt war, nicht bemerkt. Es war nicht anstrengend, einem Tyrannen zu trotzen … Es war anstrengend, einem Tyrannen zu trotzen, der von seiner Umwelt geliebt werden wollte. »Einfach weil er es kann. Weil man ihn damit durchkommen lässt. Aber Sie haben recht: Ich kenne ihn nicht wirklich. Vielleicht sollte man tatsächlich öfter mal einen Schritt zurücktreten und die Perspektive wechseln. Auf jeden Fall ist es … ein interessanter Gedanke.«

Eine Bemerkung, die Herrn Horst wieder sein selbstgefälligstes Lächeln aufs Gesicht zauberte. »Ich weiß«, sagte er. »Jetzt aber Schluss mit den Plaudereien; wir haben noch jede Menge Arbeit vor uns. Sie haben heute doch nichts mehr vor, oder? Ich brauche nämlich noch einen Freiwilligen, der nach Grafing rausfährt, bevor die Sportler eintreffen. Sie sollen ja da draußen im Landkreis Ebersberg in dem neu gebauten Schwimmbad trainieren. Nehmen Sie es doch mal unter die Lupe, vielleicht gibt es was Interessantes zu berichten.«

Innerlich stöhnte Alice auf. In einer Stunde sollte sie Elena abholen; Zeit für ein Telefonat mit der Tagesmutter.

Auf dem Weg zurück in ihr Büro dachte Alice an einen Moment im Taubenschlag, an einem kühlen Aprilabend. Sie war sich an diesem Tag nicht sicher gewesen, ob sie es für eine Weile, wenigstens übergangsweise, im Ressort aushalten würde. Ihr Gefühl sagte ihr, dass sie möglichst schnell das Weite suchen sollte, wenn sie mit sich im Reinen bleiben wollte.

Aber dann war Verschiedenes passiert. Das meiste davon nicht schlagartig, sondern langsam und gemächlich wie Pflanzenwachstum.

Zunächst hatte sie bemerkt, dass Herrn Horsts Schreckensherrschaft einen positiven Nebeneffekt hatte: Je schlimmer er es trieb, umso enger wurde der Zusammenhalt unter den Mitarbeitern. Die Bande lockerten sich immer dann, wenn er unterwegs war auf Reisen, funktionierten aber sofort wieder, sobald er zurückkam. Man musste nur die Hand ausstrecken, wenn man jemanden brauchte, der einem aus der Patsche half. Vor allem Herr Heldt wurde unauffällig unterstützt, nachdem er weiterhin öfter als die anderen ins Visier genommen wurde. Man half ihm bei den »Hausaufgaben«, sah zu, dass seine Beiträge wasserdicht waren, lenkte den Chef nach Möglichkeit ab, sobald er ihn ins Visier nahm. Manchmal hatte sie beinahe das Gefühl, in der Familie gelandet zu sein, die sie in der Form als Kind nie gehabt hatte, mit all den schönen Seiten ebenso wie den menschlichen Schwächen.

Vielleicht, dachte sie, bemühten sich die Kollegen aus dem gleichen Grund wie sie: Das schlechte Gewissen nagte an ihr, weil sie nicht einschritt, Herrn Horst keine klaren Grenzen setzte … Noch nicht einmal mehr Herr Heldt widersprach dem Chef. Doch Gegenwehr wäre ohnehin nicht nur sinnlos gewesen, es hätte ihre Lage sogar noch verschlimmert, so viel hatte sie mittlerweile begriffen. Kritik wirkte wie ein rotes Tuch auf Herrn Horst. Außerdem hatte sie noch immer Herrn Thuns Stimme im Ohr, und leiser Zweifel nagte an ihr.

Ratten an Bord.

Eine große Familie waren sie … wirklich? Oder hatten sie Nagetiere von moralisch fragwürdigem Charakter in den eigenen Reihen?

Der zweite Grund für ihr Ausharren war die Freundschaft zwischen den drei jungen Frauen. Auch sie war gewachsen und tiefer geworden. Alice hatte noch nie richtige Freundinnen gehabt. Sie war mit einem größeren Bruder, mit ihrem Lieblingsfreund Paul und den Jungs vom Nachbarhof aufgewachsen. Mit ihren Schulkameradinnen, deren Lebensplanung schon damals auf Heirat und Familie hinausgelaufen war, hatte sie dagegen meist wenig anfangen können.

Jetzt aber hatte sich im Laufe weniger Wochen eine Taubenschlag-Routine eingestellt, die sie um nichts in der Welt wieder missen wollte: Wie selbstverständlich trafen sich die drei Frauen ein-, zwei-, dreimal die Woche in der Heßstraße, weil Anna dann nicht erst eine Babysitterin organisieren musste. Sie brachten Knabbereien und Getränke mit und plauderten. Redeten Unsinn oder erklärten sich die Welt und analysierten das Tagesgeschehen im Ressort. Träumten von einer besseren Zukunft. Und vom Umsturz … Obwohl sie so verschieden waren, hatten sie eines gemeinsam: die Liebe zu ihrer Arbeit und eine stille Hartnäckigkeit, mit der sie weitermachten und immer weiter, obwohl ihnen regelmäßig Steine oder ganze Felsbrocken in den Weg gelegt wurden. Sie schlugen sich nicht den Schädel an, sondern tasteten sich geduldig um die Hindernisse herum, suchten einen Ausweg, nahmen den Umweg. Und gingen dann weiter, immer weiter.

Auch die Olympischen Spiele waren immer konkreter und detaillierter geworden, bis ganz München durchdrungen war von den Vorbereitungen, erfasst von Aufregung und Vorfreude. Die verschlafene Provinzhauptstadt hatte das scheinbar Unmögliche geschafft: Innerhalb weniger Jahre war eine Infrastruktur aus Straßen, Untergrund- und S-Bahnen entstanden, die die gesamte Stadt vernetzte. Theorien, Pläne und Träume hatten sich in eine Wirklichkeit aus Beton, Stahl und Glas verwandelt. Alice liebte es, durch das Olympische Dorf zu streifen, das jetzt schon vor Leben nur so brummte und schwirrte. Sie war so beschäftigt mit all den Eindrücken, die auf ihre Sinne einstürmten, dass sie aufgehört hatte, von zukünftigen Weltreisen zu träumen. Wozu auch, wo die Welt im Begriff war, nach München zu kommen? Jetzt, unmittelbar vor Beginn der Spiele, schien die ganze Stadt aus einem bunten Völkergemisch aus Besuchern, Journalisten und Sportlern aus allen Erdteilen zu bestehen.

Die wichtigste Veränderung aber war nicht langsam gewachsen, sondern binnen einem Augenblick förmlich explodiert wie die Vegetation in einem tropischen Regenwald: Ihre Tochter war bei ihr. Elena – der eigentliche, ausschlaggebende Grund, warum sie so lange wie eben nötig in der sicheren Anstellung ausharren würde.

Natürlich war Anna nicht entgangen, was in Alice vorging. Jedes Mal, wenn sie die Wohnung in der Heßstraße betrat und eintauchte in ein Familienleben, das nicht ihres war, fühlte sie wieder diesen Schmerz in ihrem Inneren. Obwohl Alice sich bemühte, ihre Gefühle nicht offen zu zeigen, zerrte in diesen Momenten ein schier unerträgliches Heimweh nach ihrer Tochter an ihr.

Dann kam ein lauer Abend im Mai, im Taubenschlag, unter freiem Himmel. Wortlos hatten Anna und Alice eine ganze Weile in bequemen Liegestühlen gefläzt, müde bis auf die Knochen von einem aufreibenden Tag, in großen Schlucken eisgekühltes Malzbier aus der Flasche getrunken und auf Elsie gewartet.

»Ich wüsste da was«, hatte Anna gesagt. Zögernd, fast ein wenig schüchtern.

Alice wunderte sich. »Was weißt du denn?«, fragte sie und hatte gleich an Herrn Horst gedacht. Es war schon irgendwie beunruhigend, wie viel Raum er in ihrer aller Leben und Gedanken einnahm. Doch was dann kam, erwischte Alice völlig kalt.

»Im Vorderhaus hier wird eine Wohnung frei. Klein, aber sehr hübsch. Und günstig. Zwei Zimmer, Küche, Bad und ein süßer, schmiedeeiserner Balkon mit Blick in den Innenhof. Wenn du willst, kann ich für dich fragen. Also, wenn du Interesse hast … Dann hättest du gute Chancen, sie auch zu bekommen. Sie ist noch nicht inseriert.«

Alice dachte nach. »Ich weiß nicht …« Bei dem Gedanken an einen Umzug sträubte sich ihr das Nackenfell. Und ihre Wohnung im Schlachthofviertel war schließlich auch bezahlbar und gar nicht so übel. Ihr gefiel das bunte Treiben in der Nähe der Großmarkthalle. Es war ein bisschen so, wie sie sich das Leben in Süditalien vorstellte. Andererseits wäre es natürlich nett, näher bei Anna zu wohnen.

»Es hätte den Vorteil, dass du vielleicht Elena zu dir holen könntest. Meine Tagesmutter ist sehr lieb und hilfsbereit. Die Jungs vergöttern sie. Sie wohnt auch in der Heßstraße, hat zwei eigene Kinder und sicher kein Problem, noch ein kleines Mädel aufzunehmen. Aber ich will dir nicht reinreden, ehrlich nicht. Du musst selber wissen, ob du das stemmen kannst oder ob es besser ist, so wie's ist. Ich sag einfach nur: Da gibt's eine Wohnung. Gib Bescheid, wenn ich mal für dich anfragen soll. Der Rest ist deine Angelegenheit. In Ordnung?«

Alice rührte sich nicht. Sie wagte noch nicht einmal zu atmen. Schließlich stellte sie die Flasche Malzbier ab, denn sie fühlte, dass sie zu zittern begann. Es war ein Zittern, das zu gewaltig schien, als dass sie es durch reine Willenskraft hätte beherrschen können. Es machte ihr Angst.

»Ich … komm gleich wieder«, sagte sie heiser und erhob sich. Ohne Anna noch einmal anzusehen, verschwand sie im Bad.

Sie brauchte eine Viertelstunde, bis das Zittern nachgelassen hatte. Alice war so konzentriert darauf gewesen, ihren Körper wieder unter Kontrolle zu bekommen, dass sie noch nicht einmal bewusst über ihre Möglichkeiten nachgedacht hatte. Doch zwanzig Minuten später, als sie äußerlich wieder gefasst auf die Terrasse trat, stand ihr Entschluss fest.

Zeit für eine kleine Familienzusammenführung.

Es folgten zehn Tage des Bangens, während sie auf die Zusage, die Absage wartete. Würden sie die Wohnung bekommen? Würde Annas Tagesmutter Elena aufnehmen?

Jetzt war es August, die Münchner Sommerspiele begannen in wenigen Tagen, und Elena lebte seit sechs Wochen wieder ganz bei ihr, so, als wären sie nie getrennt gewesen. Simon war für den Umzug angerückt und hatte Paul gleich mitgebracht. Auch Elsie und Anna hatten nach Kräften geholfen, und zum ersten Mal in ihrem Leben hatte Alice das Gefühl, nicht alles allein schaffen zu müssen … Ein ungewohntes Gefühl, das sie anfangs eine ganze Weile mit leisem Misstrauen umkreist hatte.

Auch die Mutter-und-Tochter-Beziehung hatte einige Wochen gebraucht, bis sie sich eingependelt hatte. In der Theorie ist das doch eine spielend einfache Regelung, oder nicht?, dachte Alice manchmal mit leiser Fassungslosigkeit. Wie schwer kann es sein, eine Zweizimmerwohnung gerecht auf zwei aufzuteilen, in ein Alice- und ein Elena-Zimmer? Wie hatte Anna das nur geschafft? Ein eigenes Zimmer – schön und gut in der Theorie. Aber wie verhinderte man, dass die Kinder in ebendieses Zimmer sickerten, langsam, so unaufhaltsam wie Wasser bei steigender Flut, dass sich Pfützen aus Spielzeug erst in dunklen Ecken und Winkeln und dann schließlich mitten im Raum bildeten? Natürlich stimmte das Bild nicht, überlegte Alice. Elenas

Kram war nichts Flüssiges, sondern erstaunlich festes Material, das nicht unter den Füßen nachgab, wenn man drauftrat. Man konnte zu jeder Tages- und Nachtzeit in Elenas fantasievolles Häuserkonstrukt aus Legosteinen treten, im Schlafzimmer landen und sich an dem erstaunlich harten Doppelbett die große Zehe brechen oder barfuß schmerzhafte Bekanntschaft mit Elenas Strickliesl aus Holz und Stahl machen.

Manchmal in diesen ersten Wochen hatte Alice das Gefühl gehabt, mit einer Fremden im Miniaturformat zusammenzuleben, deren Bedürfnisse, Interessen und Ängste sie erst mühsam wieder verstehen lernen musste. Als würde man eine Fremdsprache hören, deren Satzbau nach einer ganz anderen Logik funktionierte als die Erwachsenengrammatik. Selbst das Reden über ganz banale und praktische Dinge hatten sie erst wieder lernen müssen.

Die Veränderung erfolgte unerwartet und fast ohne Worte. Etwa vier Wochen nach Elenas Einzug wachte Alice mitten in der Nacht auf und erschrak, als sie einen kleinen Schatten im Laternen-Halbdunkel des Zimmers sah, der sich lautlos ihrem Bett näherte. Dann schaukelte die Matratze, kaum wahrnehmbar, als ein federleichter Körper zu ihr unter die Decke kroch.

»Elena?«, flüsterte sie.

»Ich hab geträumt«, flüsterte ein dünnes Stimmchen zurück.

»Ein Albtraum?«

»Da war ein Mann. Ich glaub, es war ein Seeräuber. Er hat mich gejagt.«

»Schätzchen, es war ein Traum«, sagte Alice versuchsweise. »Die Seeräuber sind längst ausgestorben. Außerdem, was sollte er denn hier? Wir haben ja nicht mal ein Meer. Geh wieder schlafen.«

»Darf ich hierbleiben?«, fragte Elena und rückte näher.

»Nein, darfst du nicht. Ich muss morgen früh raus, und … O mein Gott!«, entfuhr es Alice. Ihre Tochter hatte ihre eiskalten Zehen in ihre Kniekehlen gedrückt, um sie zu wärmen. Und dann musste sie plötzlich laut lachen.

»Mama?«, fragte Elena, leicht erschrocken.

»Ist schon gut«, sagte Alice und vergrub ihre Nase in den weichen Haaren ihrer Tochter. Im Geiste hörte sie die warnende Stimme ihrer eigenen Mutter, als sie ihr eine der wichtigsten Faustregeln in Sachen Kindererziehung mit auf den Weg gab: *Ganz egal, was passiert, lass nie, niemals dein Kind in deinem Bett schlafen. Sonst wirst du es nie wieder los.*

Klingt ja schrecklich, dachte Alice.

Dann zog sie mit einem wohligen Seufzer ihre leichte, bunte Sommerdecke über sich und Elena, und eine Minute später waren Mutter und Tochter fest eingeschlafen. Seither verstanden sie sich so prächtig wie in alten Tagen, fand Alice.

Kapitel 16

DER ELFTE TAG

1972 – Sommerspiele in München

»Uiii«, flüsterte Elena oben auf dem Olympiaberg, den Blick gebannt auf dieses überdimensionale Zirkuszelt gerichtet, das sich in luftigen, leichten Schwüngen über die hügelige Landschaft spannte.

Ein paradoxer Wanderzirkus, der Wurzeln aus Stahl in der Erde geschlagen hatte.

Ui – ja, das bringt es auf den Punkt, dachte Alice und nickte zustimmend.

»Che meraviglia«, fügte Elena andächtig hinzu.

»Genau«, meinte ihre Mutter impulsiv und fragte dann nach kurzem Nachdenken: »Ähm, was hast du gesagt?« Zugegeben, es irritierte sie doch ein bisschen, dass ihr eigenes Kind alle paar Sätze in eine noch ganz andere, fremde Sprache rutschte, wohin sie ihr nicht folgen konnte – die Sprache ihrer italienischen Tagesmutter aus Miesbach. »Kemera-Vilja? Das ist keine Villa, Schätzchen.«

Elena kicherte; es klang ein ganz klein wenig gönnerhaft. »Aber nein! Das heißt so was wie … wie: Was für'n Wunder.«

»Ach so. Ja, es ist wirklich wundervoll«, bestätigte Alice und blickte wieder auf das futuristisch anmutende Gelände zu ihren Füßen, das noch vier Jahre zuvor eine Geröllhalde, ein stillgelegter alter Flugplatz in Oberwiesenfeld am Stadtrand von München, gewesen war. Heute schmiegten sich die Stadien und Sportplätze perfekt in die hügelige Landschaft, als wären sie hineingewachsen in die sanften Hänge. Ein Wunder schien es nicht nur in bautechnischer, sondern auch diplomatischer Hinsicht, dass dieses Projekt schließlich tatsächlich hatte gebaut werden können.

1966 hatte München den Zuschlag für die Olympischen Spiele 72 bekommen und den ehrgeizigen Entschluss gefasst, es der Welt zu zeigen – diesmal im positiven Sinne. Jahrzehnte nach den berüchtigten Olympischen Spielen 1936 in Berlin, die zu Propagandazwecken missbraucht worden waren, standen die Zeichen nun auf Freiheit, Demokratie, Weltoffenheit. Die alles bestimmende Farbe war Blau. Kein Hauch von Nazi-Braun, kein Tupfer Schwarz, kein Spritzer Rot. Nein, München leuchtete in einem strahlenden Hellblau, unbeschwert und wolkenlos wie der Himmel an diesem denkwürdigen Tag: der 25. August, Vorabend der Olympischen Spiele.

Allerdings war der Aufbruch in die Moderne noch vier Jahre zuvor auf erbitterten Widerstand gestoßen. Was sich nun als »heitere Spiele« präsentierte, war lange Zeit umstritten gewesen. Da war zum einen diese gspinnerte, unerhörte Konstruktion eines gigantischen Zeltdachs der verantwortlichen Architekten, zu denen Günter Behnisch und Frei Otto gehörten. Luftig sollte es sein, dieses tonnenschwere Gespinst aus Glas und Stahl. Und dann sollte es auch noch möglichst nicht gleich bei den Eröffnungsfeiern einstürzen und Prominenz und Sportler unter sich begraben.

»Das hält nie! Beim ersten Schnee kracht euch das ein!«, hatten die Gegner geunkt und eifrig Gegenvorschläge eingereicht, ganz uneigennützig unterstützt von der Betonlobby.

Trotz dieses Wettstreits unterschiedlichster Interessen konnte sich schließlich Behnisch doch mit seiner Vision durchsetzen – ein Glück. Schon jetzt schien die ausgefallene Silhouette des lichtdurchlässigen Zeltdachs, das Sporthalle, Schwimmbad und Stadion überspannte, zu *dem* Symbol für die Sommerspiele in München zu werden.

Nicht weniger hitzig wurde über die Entwürfe des Grafikers Otl Aicher diskutiert. Alice fand seine Symbole, die Sportlern, Besuchern und der Presse den Weg durch das gesamte Olympia-Gelände weisen sollten, sagenhaft. Von verblüffender Schlichtheit und doch so klar und aussagekräftig, dass jeder sofort begriff, was gemeint war – eine Zeichensprache, die über alle Nationalitäten und unterschiedliche Alphabete hinweg funktionierte. Doch sein Olympia-Symbol, dieses viel zu unspektakuläre Lichtrad, gefiel nicht jedem. Könnte man da nicht … Es gab bildgewaltige Gegenvorschläge, sogar einen Wettbewerb, bei dem jeder Entwürfe einreichen konnte, die, sagen wir, ein bisschen aussagekräftiger waren und der Erwartungshaltung an München als bayerische Kulturhauptstadt mit Oktoberfest gerechter wurden:

Die olympischen Ringe auf einer Leine, die eine umsichtige Hausfrau zwischen Türmen zum Trocknen der Wäsche aufgehängt hatte.

Das Münchner Kindl, der allseits beliebte schwarzgelbe Mönch, wie er Gewichtheben mit Bierfässern trainierte.

Oder doch lieber die fünf Ringe, in leicht abgewandelter Form, als Maßkrüge mit schäumendem Weißbier?

Letztendlich machte Otl Aichers Entwurf dann doch das Rennen, und der Rest der Bundesrepublik atmete auf. Die Vertreter der Moderne hatten sich gegen die Befürworter der deutschen Gemütlichkeit durchgesetzt.

Die Welt blickte noch immer mit leichtem Misstrauen auf das Deutschland der Nachkriegszeit, doch München gab sich entspannt. Selbst die Sicherheitsvorkehrungen waren minimal. *Widerlegen wir bitte alle die These, dass es den freundlichen Deut-*

schen nur in Ausnahmefällen gibt, hallten Willy Brandts Worte in Alice' Kopf nach, die die Stimmung in der deutschen Bevölkerung ziemlich genau auf den Punkt brachten. Es war ein strahlender Sommer, und eine überwältigende Festtags- und Feierlaune machte sich schon Wochen vor den Spielen breit.

»Wer sind denn die blauen Männchen, die da rumlaufen?«, fragte Elena.

Alice blickte in die Richtung, in die ihre Tochter zeigte. Drei Polizisten spazierten in der Ferne in ihren brandneuen hellblauen Uniformen unbewaffnet über das Gelände und plauderten mit einer Gruppe junger Mädchen im Dirndl.

»Das sind Polizisten«, sagte sie.

»Nee, sind sie nicht«, widersprach Elena vehement, und Alice unterdrückte ein Lächeln. Sie kannte diese Empörung, wenn die Welt, wie man sie kannte, sich auf einmal so unordentlich und unlogisch gab; ganz offensichtlich war diese leise Pedanterie vererbbar.

»Man hat ihnen neue Uniformen verpasst, wegen Olympia. Und bei der Gelegenheit hat man beschlossen, dass sie ihre Waffen und Abzeichen zu Hause lassen sollen.«

Elena wandte den Kopf und starrte ihre Mutter an, um zu prüfen, ob diese es ernst meinte. »Aber was machen sie, wenn Verbrecher kommen?« Ihre Stirn hatte sich in tiefe Falten gelegt.

»Schätzchen, es ist ein friedliches Fest«, sagte Alice leichthin, um ihrer Tochter die Sorge zu nehmen. »Ein riesengroßes Fest, das schon, aber es kommen einfach nur Sportler aus aller Welt zusammen. Hier gibt es keine Gauner, die man verhaften müsste. Außerdem, ich hab dir doch vom Zweiten Weltkrieg erzählt und was die Nazis damals gemacht haben. Erinnerst du dich? Und deshalb … Also, die Deutschen wollen dem Rest der Welt gerade zeigen, dass sie ein friedliches Volk geworden sind. Und da passen Waffen halt nicht sonderlich gut ins Bild. Ist doch klar, oder?«

Einen Moment herrschte Schweigen. »Dann könnten sie auch gleich zu Hause bleiben. Was machen die dann noch hier?«, fragte die Kleine trocken.

»Na ja, siehste doch. In der Hauptsache sammeln sie verloren gegangene Kinder ein oder lassen sich als Touristenführer einspannen«, erklärte Alice mit einem Lächeln. »Arbeit gibt's immer, wenn so viele Menschen auf einem Haufen sind.«

Es stimmte: Die Laune war prachtvoll, die Stimmung weltoffen und fortschrittlich – zum ersten Mal in der Geschichte der Spiele sprach eine Frau den olympischen Eid.

Selbst Herr Heldt hatte wieder ein bisschen Farbe angenommen, da der Chef in der Hektik der Vorbereitungen noch nicht einmal Zeit für irgendwelche Schikanen hatte. Herr Horst war sowieso in seinem Element, er schwamm gerade mit kräftigen und selbstsicheren Zügen über die spiegelglatte Wasseroberfläche seines Privatteichs, wenn man so wollte.

Alice nutzte den letzten Tag vor den Spielen, um noch ein paar Stunden mit Elena zu verbringen. Vergangene Woche hatte sie schon viele Extrastunden gearbeitet, und ab morgen würde sie ihre Tochter wohl nur noch schlafend zu Gesicht bekommen. Aber heute hatte sie sich ganz wie in alten Tagen noch einmal ein paar Augenblicke gestohlen, indem sie Elena zu den letzten Vorbereitungen mitgenommen hatte: Sie wollte sich alle Wege ein letztes Mal in Ruhe einprägen und nach Besonderheiten und Stolpersteinen Ausschau halten. Und erwartungsgemäß war Elena begeistert. Noch. Das würde sich innerhalb der nächsten Stunde natürlich ändern, wenn sie das Gelände einmal umrundet und ein bis zwei Kilometer zu Fuß zurückgelegt hatten – das gesamte Olympia-Areal war autofrei –, aber bis dahin würde Alice ihre Chance nutzen.

Eine Stunde später begannen die Hüpf- und Weitsprungspiele und farbenfrohen Geschichten über den Park mit seinen Hügeln, Seen und Amphitheatern, die Alice erzählte, in ihrer

Wirkung zu verblassen. Schließlich nahm Elenas Quengeln überhand, und Alice besorgte dem Kind eine eisgekühlte Limonade.

»Nichts wie ab zum Spielplatz«, sagte sie und lächelte zufrieden. Sie hatte alles gesehen.

Die Spiele konnten beginnen.

Dienstag, der 5. September, sechs Uhr morgens. Schon drei Minuten nach Schrillen des Weckers begann Alice zu ahnen, dass der Tag nicht rundlaufen würde. Er hakelte, verhedderte sich und war überhaupt launisch und unberechenbar wie ein unausgeschlafenes Kind.

Dabei waren die letzten zehn Tage so glattgelaufen: Seit der farbenprächtigen Eröffnungsfeier der Olympischen Spiele hatten sie und ihre Kollegen jeden Tag gearbeitet, auch an den Wochenenden. Und das funktionierte bei Alice und Anna nur, weil sie Frau Sammetsbichler hatten. Die Tagesmutter sah aus wie ein in die Jahre gekommener Profi-Basketballer mit ihren fülligen eins fünfundachtzig, und im ersten Moment war Elena der Mund offen stehen geblieben, als die Riesin die Tür öffnete. Doch dann hatte ein unerwartet sanftes Lächeln das Gesicht der großen Frau weichgezeichnet, und Elena lächelte spontan zurück, und alles war gut.

Die Kinder liebten Frau Sammetsbichler.

Und Alice liebte die Spiele. Allein der Einzug der Sportler war überwältigend gewesen. Er hatte sich ganz bewusst von der pompösen Inszenierung der Berliner Spiele 36 abgesetzt. Kein Huldigungsmarsch von Richard Wagner. Nein, die Sportler kamen zu den Klängen poppiger Folklore ins Stadion … eben nicht hereinmarschiert, sondern fast schon gestolpert, so unerwartet und irritierend beschwingt war die Musik. Die amerikanischen Athleten etwa zu »When the saints«, und die Sportler der Bundesrepublik zu Volksliedern wie »Hoch auf dem gelben Wagen«.

Die bayrischen Goaßlschnalzer ließen ihre Peitschen knallen, die Schuhplattler plattelten, und Hunderte von Brieftauben erhoben sich in die Lüfte. Menschen aus allen Erdteilen und in allen nur möglichen, farbenfrohen Trachten tanzten und feierten und redeten. Manchmal mussten sie Hände und Füße zu Hilfe nehmen, um sich zu verständigen, aber irgendwie verstand man sich trotzdem, über sämtliche Grenzen hinweg. Selbst die DDR-Sportler suchten vorsichtigen Kontakt, wenngleich sie auf der Hut waren – Alice erkannte sie mittlerweile an dieser leisen Anspannung, die sich in ihren Mienen abzeichnete, sobald sie sich beobachtet fühlten. Alice fragte sich unwillkürlich, was den Sportlern wohl zu Hause gesagt worden war. Zu welchen Bedingungen hatten sie ihre Reise in den Westen antreten dürfen?

Jedenfalls, alles war wie am Schnürchen gelaufen. Bis ausgerechnet heute – der Tag, an dem sie endlich ein Interview mit einer der vielversprechenden deutschen Leichtathletinnen führen durfte. Es war ihr erstes richtiges, wenn auch kurzes Interview während dieser Spiele. Also hatte sie den Wecker noch ein bisschen früher gestellt, um rechtzeitig im Olympiadorf zu sein.

Wie immer in den letzten Wochen hatte sie sich leise aus dem Bett gerollt, doch bevor sie ihren Weg ins Bad fand und während des Zähneputzens schon einmal das Radio anschalten konnte, um sich auf den Stand der neuesten Ereignisse zu bringen, ertönte eine alarmierend krächzende Stimme aus dem Kinderzimmer.

»Mama?«

Alice erstarrte. *Bitte nicht*, dachte sie. Dann schämte sie sich für ihren herzlosen Reflex. Zwischen ihr schlechtes Gewissen, das für den Bruchteil einer Sekunde die vorwurfsvolle und leicht durchscheinende Gestalt des Alter Egos aus der Lenor-Werbung angenommen hatte, schob sich noch einmal ein Stoßgebet. *Bitte nicht. Nicht heute!*

Schluss jetzt, alle beide. Das Intermezzo dauerte nicht länger als drei Sekunden, dann hatte Alice ihre Fassung wiedererlangt und lugte durch die halb offene Tür zu Elena hinein. »Was ist denn, mein Schatz? Du musst erst in 'ner halben Stunde aufstehen; schlaf doch noch ein bisschen. Ich mach inzwischen Frühstück.«

Doch der Versuch, die Wirklichkeit dieses Morgens zu übertölpeln und in eine andere Richtung zu lenken, scheiterte kläglich. Wie gesagt: Er war störrisch und schwer lenkbar. Das geschah natürlich öfter, denn es gab einfach verschiedene Ebenen ihrer Wirklichkeit, die immer mal wieder miteinander kollidierten. Heute war es, wie so oft, die Ebene ihrer schwer berechenbaren Miniaturfamilie und ihre unnachgiebige Arbeitswelt. Und heute knirschte es besonders heftig.

»Halsweh«, flüsterte Elena nur.

Alice dachte rasch nach. »Warte kurz.« Sie eilte ins Bad und kehrte mit dem Fieberthermometer zurück. »Da, steck das mal unter die Zunge«, sagte sie. Währenddessen schlüpfte sie hastig in die bereitgelegten Klamotten. Noch immer hatte sie das Radio nicht eingeschaltet. Dann blickte sie auf das Thermometer. 37,9 Grad. Nicht toll, aber auch keine Katastrophe.

»Elena, Schätzchen, pass auf. Wir machen das Äffchen, o. k.? Du hältst dich an mir fest, und ich trag dich rüber zu Frau Sammetsbichler.« *Wenn das man gut ging. Ob die Tagesmutter da mitspielen würde, mit einem kränkelnden Kind?* Hastig fuhr sie fort: »Ich frag sie einfach, ob du dort auf dem Sofa liegen darfst, und sie kocht dir einen schönen Tee, vielleicht auch 'ne Hühnersuppe …, und ich bin ganz schnell wieder zurück. Du weißt doch, ich hab heute dieses Interview. Es ist … wichtig.«

Wichtiger als dein krankes Kind?, fragte die Lenor-Doppelgängerin mit vorwurfsvoll gehobener Braue. Alice ignorierte sie. Für diese übergriffige Dame aus der Weichspüler-Werbung hatte sie jetzt wirklich keine Zeit. »Ich bring dir Orangen mit, ja?«, sagte sie. »Und dann machen wir uns einen kuschligen Abend. Ich les dir vor, bis du eingeschlafen bist.«

Elena sah sie mit matten Augen an. »Bis ich eingeschlafen bin?«

Alice nickte. »Bis du eingeschlafen bist.«

Kurz schwieg Elena, und Alice sah, wie es im Kopf ihrer Tochter ratterte und Berechnungen angestellt wurden. Auf einmal erstaunlich klar, trotz Erkältung ... Aber die Bilanz schien stimmig zu sein, denn schließlich nickte das Mädchen und lächelte leicht. »Dann gib mal Gas«, sagte sie, und ihre Stimme schien wie die Parodie ihrer drängelnden Mutter an einem ganz normalen Werktagmorgen. »Umso schneller biste wieder da.«

Alice lächelte und gab ihrer Tochter einen Kuss auf die Haare, dann machte sie sich hastig fertig und zog Elena an.

»Hoppla«, sagte sie und breitete die Arme aus, und Elena kletterte an ihr hoch und umklammerte mit den Armen ihren Hals, mit den Beinen ihre Hüften, sodass sie am Oberkörper ihrer Mutter hing wie ein Affenjunges.

Uff! Das Kind war auch nicht gerade leichter geworden.

Zum Glück hatte Frau Sammetsbichler tatsächlich kein Problem mit kränkelnden Kindern, sondern schnalzte nur mitleidig mit der Zunge und nahm Alice das zu groß geratene Äffchen ab. »Des wird schon«, versicherte sie ihr. »Laufen Sie los.«

Alice atmete auf. Ihr »Danke schön« kam aus tiefstem Herzen, dann rannte sie los. Und dann musste sie noch einmal umdrehen und zurücklaufen in ihre Wohnung, weil sie ihre Handtasche vergessen hatte. Und die U-Bahn konnte sie auch nicht nehmen, sonst kam sie zu spät. Also noch einmal zwei Straßen weiter laufen, ihren signalroten VW Käfer holen und auf dem neu gebauten Mittleren Ring in Richtung Olympiagelände düsen.

Inzwischen war es halb acht.

Die Abweichung von der Routine hatte zur Folge, dass sie

nicht in der U-Bahn Richtung Olympiagelände saß, in der es in diesem Moment schwirrte wie in einem Bienenstock. Doch auch der Verkehr war anders als sonst. Die Autos bewegten sich hektischer, wechselten wenig vorhersehbar von einer Spur in die andere. Aber warum …?

Alice war hoch konzentriert, um keinen Unfall zu bauen. Manche der Fahrer hatten die Fenster heruntergekurbelt und riefen sich etwas zu, fuchtelten und winkten. Andere fuhren zu langsam und blickten weder nach links noch nach rechts … Sie wirkten wie betäubt. All das bemerkte sie mit leisem Befremden. Es war, als würde man sich durch eine Parallelwelt bewegen, in der alles wie immer und doch leicht verändert war. Es irritierte sie, doch sie hatte keine Zeit, stehen zu bleiben oder das Fenster herunterzukurbeln.

Als sie die Einfahrt zur unterirdischen Parkgarage des Olympiadorfs erreichte, wurde das Gefühl des Unwirklichen noch stärker. Woran lag es? Auf den ersten Blick schien die Welt noch immer normal zu sein. Im Grunde sahen die Gebäude, Fahrzeuge, Radfahrer und Menschen aus wie gestern auch. Nur die Bewegungen der Passanten waren merkwürdig unkoordiniert.

Dann rannten auf einmal schwarz gekleidete Männer mit Maschinenpistolen an ihr vorbei.

Keine Spur von Blau mehr.

»Sie können hier nicht rein.« Einer der Bewaffneten hatte sich vor ihrem Auto postiert. Alice reagierte und hielt ihren Presseausweis hoch, mit langsamen, bedächtigen Bewegungen. Der Mann wirkte äußerst nervös. »Ich muss aber«, erklärte sie, doch er schüttelte nur stur den Kopf.

»Nicht rein«, wiederholte er, blickte dann auf irgendjemanden oder etwas links von ihr und umklammerte seine Waffe fester. Vorsichtig drehte sie den Kopf. Auf einmal klopfte ihr das Herz bis zum Hals.

Sie blinzelte.

Herr Heldt?

Er war ein paar Meter entfernt an der Treppe aufgetaucht. Eigentlich hatte sie sich mit ihm auf dem Gelände treffen wollen für das Interview in der Connollystraße, aber anscheinend wurde er auch nicht durchgelassen.

Eigenartig, wie er sich näherte, auch er wie in Zeitlupe und seltsam asynchron, als hätte er die Bewegungen seiner Arme und Beine nicht recht unter Kontrolle. Der Ablauf der Zeit war heute ganz offensichtlich ins Schlingern geraten.

Schließlich stand er vor ihrem offenen Seitenfenster und beugte sich herab. »Steigen Sie aus. Bitte«, sagte er.

»Was ist los?«

Die Miene ihres jungen Kollegen wirkte unbeholfen, als würde der Ausdruck in seinem Gesicht seinen Worten hinterherjagen müssen. »Haben Sie's noch nicht gehört?«, fragte er.

»Was denn?«

Herrn Heldts Kiefer bewegte sich. Es wirkte so, als würde er reden, aber seltsamerweise kam kein Wort heraus.

Dann, einige Sekunden später, hörte Alice zum ersten Mal die Worte des 5. Septembers 1972, die noch lange in ihr nachhallen sollten: »Es ist was Schreckliches passiert.«

Kapitel 17

BRUTUS ERWACHT

Oktober 1972

»*The Games must go on* – Die Spiele müssen weitergehen.« Mit diesen Worten hatte IOC-Präsident Avery Brundage bei seiner Ansprache unmissverständlich klargemacht, dass die westliche Welt sich dem Terror nicht beugen würde: Die Olympischen Spiele wurden, auch auf Wunsch der israelischen Premierministerin, nicht abgebrochen – natürlich war auch diese Entscheidung fragwürdig in den Augen der Kritiker. Und doch gab es in einem Moment, in dem sich München wie durch einen wahr gewordenen Albtraum bewegte, keine richtige oder falsche Entscheidung, egal wie man es drehte. Aber wenigstens in den beklemmenden Stunden der Geiselnahme wurden die Spiele schließlich, wenn auch erst nach massiven Protesten, ausgesetzt.

Am 5. September gegen vier Uhr morgens waren acht Männer über den Zaun ins Olympiadorf geklettert, wie andere Sportler auch. Niemand reagierte, niemand fand das Verhalten ungewöhnlich. Es wären nicht die einzigen Athleten gewesen, die spät in der Nacht von einer Feier ins Dorf zurückkehrten. Die palästinensischen Mitglieder der Terrororganisation *Schwarzer September* gelangten ungehindert aufs Gelände, suchten und fanden die Unterkünfte der israelischen Mannschaft. Der Ringer-Trainer Moshe Weinberg wurde erschossen. Der Gewichtheber Yossef Romano wurde schwer verletzt und verblutete vor den Augen seiner Landsleute. Verzweifelte Szenen spielten sich in den Gängen des Gebäudes ab. Zermürbende Stunden des Wartens und der Verhandlungen folgten.

Die Forderungen der Geiselnehmer waren utopisch. Ein völlig überfordertes Einsatzkommando der bayerischen Polizei versuchte schließlich in der Nacht zum 6. September am Fliegerhorst Fürstenfeldbruck, wo die Terroristen eine Maschine nach Kairo besteigen wollten, die Geiseln zu befreien. Fünf Scharfschützen standen vor der unlösbaren Aufgabe, acht Geiselnehmer gleichzeitig ins Visier zu nehmen, wie sich später herausstellte.

Gegen drei Uhr nachts verkündete ein Nachrichtensprecher der ABC schließlich das Ende der chaotischen Befreiungsaktion: *They are all gone. Sie waren alle tot.*

Elf israelische Sportler, fünf Geiselnehmer und ein deutscher Polizist waren gestorben. Die »heiteren Spiele« hatten ihre Leichtigkeit verloren, die trügerische Illusion von Sicherheit und Frieden war dahin. Die Überlebenden der israelischen Mannschaft waren geschlossen abgereist. Und so hatte der Terror letztlich doch den Sieg davongetragen. Aus fernen Ländern, die viele nur aus den Abendnachrichten kannten, hatte sich der Terror von der zweidimensionalen, meist noch schwarz-weißen Mattscheibe gelöst und war ohne Vorwarnung und mit voller Wucht in der deutschen Wirklichkeit angelangt.

Manche versuchten schon wenige Tage später, das Ereignis beiseitezuschieben, so als wäre es nur ein Albtraum gewesen, aus dem sie am Morgen darauf gefälligst erwachen wollten. Andere blickten mit wachen Augen auf die Verkettung der Umstände und räumten ein, dass München schlicht nicht vorbereitet gewesen war auf ein so schreckliches Ereignis.

Andererseits, wer war das schon?

Doch egal, wie man mit dem 5. September 1972 umzugehen beschloss, es war schwer, gegen dieses Gefühl des Unwirklichen anzukämpfen. Alice erging es nicht anders. Noch immer kam es ihr so vor, als wäre die Zeit selbst in Unordnung geraten. Die Welt schien nicht Schritt halten zu können mit der Wucht der Ereignisse. Der Spätsommer war von rotgoldener Pracht, die intensive Sonne tauchte die Landschaft in ein tiefes, unwirkliches Licht und verwandelte das Olympiagelände und den Englischen Garten in eine märchenhafte Herbstlandschaft – eine völlig unpassende Hintergrundkulisse. Ihrem Gefühl nach befanden sie sich schon seit Wochen tief im November, in einer Scherenschnitt-Welt aus schwarzen Silhouetten und feuchtkaltem Nebelgrau.

»Noch eine schöne warme Marone aus dem Ofen? Einen Bratapfel? Oder ein Stückchen Kalter Hund? Alles selbst gebacken«, sagte Alice. Sie hatte Elsie, Anna und die Kinder zu sich eingeladen zu einem kleinen Herbstpicknick, um die Stimmung etwas aufzuheitern.

»Du hast den Kalten Hund *gebacken*?«, fragte Anna und musterte mit leiser Beunruhigung im Gesicht den Schichtkuchen aus Butterkeksen und Kakao. Es war die erste richtige Reaktion heute Abend; schon seit ihrer Ankunft wirkte sie leicht abwesend.

»Nur so eine Redensart«, sagte Alice grinsend. »Aber ich bin froh, dass du es gemerkt hast.«

»Hat Mama alles selbst gemacht«, sagte Elena. Sie leuchtete vor Stolz über die neuen, ungeahnten Fähigkeiten ihrer Mutter. »Es ist ihr erster Kuchen! Ich hab auch ein bissl geholfen.«

»Ich bin schwer beeindruckt, aber … nein danke. Ich bin satt«, erklärte Anna und nahm sich stattdessen ein weiteres Glas von dem nach Zimt und Orangen duftenden Herbstpunsch, den sie selbst mitgebracht hatte. Alice musterte sie verstohlen, wagte aber nicht zu fragen, was los war. Nicht vor den Kindern …

»Ich nehm noch 'ne Kalte Ente«, sagte Emil, der Eisbär. Oder was auch immer er darstellen mochte. Unter Umständen war er auch eine Kreuzung aus Bär, Waschlappen und Flokati.

Die Kinder kicherten. »Kalter *Hund*, du Dödel!«

Alice hatte sich immer noch nicht so recht an Elsies Handpuppen gewöhnt, aber die Kinderbande liebte sie. Die Archivarin hatte in den letzten Monaten ungeahnte, fast schon unheimliche Fähigkeiten entwickelt. Eigentlich hatte Alice nicht damit gerechnet, dass sie überhaupt gut mit Kindern umgehen konnte, aber das Gegenteil war der Fall. Elsie verfügte über ein Talent zum Spielen, um das Alice sie fast beneidet hätte.

Paradiesvögel mit drei fransigen Federn auf dem Kopf, die aussahen, als wären sie unsachgemäß gerupft worden, Enten, Frösche … Das Arsenal der Archivarin schien unerschöpflich. Und obwohl ihre Handpuppen, von einigen echten Kasperlefiguren abgesehen, oft nicht mehr waren als bessere Waschlappen, manchmal mit zwei Tischtennisballhälften als Augen, manchmal mit kleinen, funkelnden schwarzen Knöpfen, schaffte Elsie es, sie zum Leben zu erwecken, indem sie mit der Hand hineinschlüpfte und ihnen ihre Stimme lieh. Diese Stofffetzen verfügten über eine Ausdruckskraft, die wie ein Gegenpol zu ihrer meist recht ausdruckslosen Puppenmutter wirkten.

Um ehrlich zu sein, manchmal machte sich Alice ein bisschen Sorgen wegen dieser Marotte. Nicht, dass Elsie nicht auch andere Eigenheiten gehabt hätte … Aber dass sie seit Kurzem angefangen hatte, die Puppen manchmal mit zur Arbeit zu bringen, irritierte doch ein wenig. Wahrscheinlich war es so etwas wie ein Fluchtreflex, wenn sie sich von einem direkten Blick oder Wort in die Enge getrieben fühlte. Nur dass es nicht gerade hilfreich war. Wenn man als Erwachsener etwas gefragt wird und Kermit der Frosch antwortet an deiner Stelle, bringt das deine Probleme nicht gerade zum Verschwinden, im Gegenteil. Alice konnte nur hoffen, Elsie würde nicht eines Tages in ihrer

Not Emil als Sprachrohr benutzen, wenn Herr Horst im Raum war.

Jetzt zog Emil eine Schnute und blickte reichlich verknittert aus der Wäsche. »Mir doch wurscht. Hauptsache, jemand hat das Vieh kaltgemacht.«

Die Kinder kugelten sich vor Lachen.

Anna nahm einen weiteren Schluck von ihrem Punsch, dann sagte sie leise, mitten in das Gekicher hinein: »Ich hab heute mit der Luise Fischer aus der Personalabteilung zu Mittag gegessen.«

Elsie und die Kinder waren noch zu sehr mit Faxenmachen beschäftigt, aber Alice horchte auf. Diese eigentlich völlig nebensächliche Aussage passte nicht recht zu der Miene, die Anna zog.

»Und?«, fragte sie vorsichtig.

Plötzlich war es still geworden, als merkten auch die Kinder instinktiv, dass sich die Stimmung im Raum verändert hatte. Elsie ließ die Handpuppe sinken.

»Wir haben ganz normal geplaudert. Aber als wir dann die Tabletts in den Abstellwagen geräumt haben und uns gerade trennen wollten, sagt sie wie nebenher: ›Ich mach übrigens gerade die Abrechnungen vom September. Euer Chef hat ja ganz schön viele Rechnungen eingereicht für das Fräulein Schleibinger. Ich meine, klar, wegen der Olympischen Spiele stand jede Menge Arbeit an, aber …‹«

Alice und Elsie sahen sie abwartend an.

»Aber …?«, fragte Alice dann.

»›Aber‹, sagt die Luise immer noch ganz beiläufig, ›was mich wundert, ist unter anderem dieser Bericht, den sie stenografiert und dann getippt haben soll, über die Reiterwettkämpfe draußen in Riem. Herr Horst hat angegeben, sie hätten noch zusammen an dem Artikel gearbeitet, während des Abendessens … im Palais Keller im Bayerischen Hof! Deshalb liegt auch gleich noch eine saftige Spesenrechnung mit bei. Jedenfalls, es wunderte mich ein bisschen, weil ich dachte, *du* hättest da dran gearbeitet? Ich habe mich erinnert, wie du wegen der verflixten russischen Namen gestöhnt hast. Ein Hengst namens Pepel, eine Reiterin namens Petuschkowa … und wie du dich ständig mit Herrn Horst in die Wolle gekriegt hast, weil die Russen ja das kyrillische Alphabet haben und die Schreibweise im Deutschen dann nicht wirklich geklärt ist. Ihr wart so gut wie nie einer Ansicht.‹« Anna nahm noch einen Schluck von ihrem Punsch und legte die Hände um den Becher, als müsste sie sie wärmen.

Elsie und Alice starrten ihre Freundin an. Es war ein offenes Geheimnis im Ressort, dass Herr Horst seinem Fräulein Ingrid Schleibinger hin und wieder kleine Aufträge zuspielte, über deren Sinnhaftigkeit man hätte diskutieren können, und dass die Spesenrechnungen insgesamt alles andere als lupenrein waren. Aber hatte er tatsächlich Annas Arbeit seiner Geliebten untergeschoben und in Rechnung gestellt? Das war mehr als frech, es wäre glatter Betrug. Ein oder zwei Minuten schwiegen sie, während sich die Wirkung dieser Nachricht langsam in ihren Köpfen zu entfalten begann.

Es war eine entsetzlich lange Stille für Kindergemüter. Als das Zappeln überhandnahm, schickte Alice die kleine Truppe mit einem Machtwort in Elenas Zimmer. »Spielt doch eine Runde mit Elenas neuem Kaufmannsladen«, sagte sie, dann wandte sie sich wieder Anna zu. »Und? Was hast du gesagt?«

»Was ich gesagt habe? Nichts … noch nicht. Nur ’ne ausweichende Antwort, und sie hat es auf sich beruhen lassen. Wahrscheinlich hat sie gemerkt, dass ich verstört war.«

Erneutes Schweigen.

»Es wäre eine Gelegenheit …«, sagte Alice nachdenklich.

»Ich weiß nicht.« Anna schüttelte vehement den Kopf. »Ich glaube noch nicht einmal, dass mir schon alle Konsequenzen bewusst sind, die es haben würde, wenn ich das jetzt lostrete. Ich überlege noch …«

»*Nicht durch die Schuld der Sterne, lieber Brutus, durch eigne Schuld nur sind wir Schwächlinge*«, deklamierte Emil der Eisbär. Für kurze Zeit hatte er auf dem Rücken gelegen, als würde er schlafen, die Arme weit ausgebreitet, mit leicht geöffnetem Mund. Jetzt war er ganz offensichtlich wieder aufgewacht und blickte Beifall heischend in die Runde.

»*Shakespeare?!* Im Ernst?«, sagte Anna leise irritiert.

Damals während ihrer Ausbildung in Miesbach hatte Zeißler seiner jungen Volontärin Shakespeares *Julius Caesar* nähergebracht. Mithilfe des jahrhundertealten Dramas hatte er ihr erstaunlich aktuelle rhetorische Kniffe erklärt. Es war verblüffend, mit welcher sprachlichen Raffinesse sowohl die Verschwörer als auch Antonius das Geschick Roms zu lenken wussten. An einem ihrer Abende im Taubenschlag hatte Alice davon erzählt, und Elsie war überraschenderweise völlig gebannt gewesen von diesem Meisterstück der Rhetorik. Überraschenderweise, weil es eigentlich ihrer Art zu denken und zu sprechen völlig zuwiderlief. Elsie sagte *immer* geradeheraus, was sie dachte; es war eines ihrer größten Probleme. Aber vielleicht gründete gerade darin die Faszination für Shakespare und die fremde Welt der Rhetorik.

»Dir ist schon klar, dass es jetzt nicht gerade motiviert, wenn du Brutus zitierst, oder?«, fragte Anna mit erhobener Augenbraue.

»Das ist nicht Brutus. Sondern Cassius, der ihn zum Königsmord anstiftet«, erklärte Elsie gut gelaunt. »Der Brutus wärst dann du. Und ich hab mir sagen lassen, Brutus sei ein ehrenwerter Mann.«

»Witzig«, sagte ihre Freundin stirnrunzelnd. Sie hatte für den Moment offensichtlich jeglichen Sinn für Humor verloren, selbst ihren Galgenhumor. »Hören wir mal für einen Augenblick auf, von Umsturz und Königsmord zu reden. Aus einer anderen

Perspektive betrachtet: Geht es nicht auch darum, dass ich bei diesem Betrug glatt mit drinhänge, wenn ich nichts unternehme?«

»Ja, vielleicht.« Alice dachte intensiv nach. Ihre Reporterinnenreflexe waren unvermittelt aktiviert worden, und sie begann, die Angelegenheit methodisch von allen Seiten zu betrachten. »Aber was passiert, wenn du ihm in den Rücken fällst? Du bist seine Sekretärin. Sekretärinnen haben loyal zu sein bis in die Knochen. Sie haben die Klappe zu halten und leiten irgendwelche Eskapaden ihres Chefs nicht an die Personalabteilung weiter. Es ist noch nicht einmal sicher, dass es ihn den Job kosten wird. Und was dann? Dann kannst du gleich einpacken, und wie dein Arbeitszeugnis aussehen wird, darüber brauchen wir gar erst nicht zu reden. Hat es aber tatsächlich Konsequenzen für ihn, und es sickert durch, dass *du* die Informationen weitergegeben hast, wie stehst du dann da? Wird dich der neue Chef übernehmen wollen? Wohl kaum; damit wärst du abgestempelt. Nein, nein, wir müssen das geschickter angehen …, es so planen, dass du nach außen hin nichts damit zu tun hast.«

»Unmöglich! Wie sollte das denn gehen?«, fragte Anna. Doch auf einmal wirkte auch sie sehr nachdenklich und konzentriert. »Schach spielen? Womöglich ein Bauernopfer bringen?«, fragte sie ernst. »Das ist nicht unsere Art, nicht im richtigen Leben …«

»Vielleicht bekommen wir ja gar keinen Fremden zum Chef. Es könnte auch Herr Fichte werden«, sagte Elsie, um die Stimmung etwas aufzuheitern. »*Der* behält dich bestimmt.«

Anna stöhnte auf. Ihre Abneigung für den rundlichen Endvierziger war bekannt, obwohl Alice nicht recht wusste, worauf sie eigentlich gründete. Herr Fichte schien langweilig, aber harmlos.

»Ich weiß nicht, was du hast«, sagte Elsie. »*Lasst wohlbeleibte Männer um mich sein, mit glatten Köpfen, und die nachts gut schlafen. Der Cassius dort hat einen hohlen Blick; er denkt zu viel:*

Die Leute sind gefährlich. Cäsars Worte. Und kann ein Cäsar irren?«

»Ja, kann er. Cäsar wurde ermordet, du erinnerst dich? Aber in einer Hinsicht hast du recht: Man kann Herrn Fichte nicht unterstellen, dass er zu viel denkt«, sagte Alice breit grinsend.

»Noch *ein* Shakespeare-Zitat heute Abend, und ich werfe den Herbstpunsch aus dem Fenster!«

»Bloß nicht! Wär schade drum, außerdem brauchen wir ihn; vielleicht müssen wir uns heute noch betrinken. In Ordnung, wir hören auf. Hast du gehört, Elsie? Schluss jetzt.« Alice nahm impulsiv Annas Hand. Beunruhigt musterte sie die klaren, feinen Züge ihrer Freundin, die müde wirkten, überschattet von Sorge.

»Ein Schritt nach dem anderen«, sagte sie ernst. »Also, lass uns jetzt erst einmal zusammenstellen, was wir haben. Erstens: Die Personalabteilung zahlt der Freundin von Herrn Horst Geld für Sekretariatsarbeiten, die nicht sie erledigt hat, sondern du. Und du wurdest mehr oder weniger offiziell darauf angesprochen. Korrekt?«

Anna nickte nur.

»Ist das auch sicher? Kein Irrtum? Hat sie andere Schreibarbeiten übernommen, von denen du weißt, und es wurde einfach nur etwas verwechselt? Das wäre zwar immer noch nicht korrekt, aber kein gezielter Betrug.«

Anna schnaubte. »Ganz sicher nicht. Ich hab mich allein um die Organisation gekümmert während der Olympischen Spiele, das weißt du doch!«

»Weiß ich, aber ich will sichergehen. Lass uns alles durchsprechen.«

»Nein. Ich bezweifle, dass Fräulein Ingrid überhaupt tippen *kann*.«

»Ich auch, aber das ist eine unbewiesene Annahme. Dass sie den Artikel über die sowjetische Reiterin nicht mitstenografiert,

Details und Namen herausgesucht und das Ganze abgetippt hat, ist dagegen gewiss. Ich vermute, du könntest das beweisen?«

»Ja. Nein. Ich meine, was gilt als Beweis?«

Alice lehnte sich zurück und begann, eine Marone zu schälen. Es war Schwerarbeit. Bedeutete das jetzt, dass die Kastanie taufrisch oder schon alt war? Erst diese harte Schale und dann noch diese lästige Haut mit ihren feinen Härchen, die sich so fest ans Fleisch klammerte, als hinge ihr Leben davon ab … Es brauchte Geduld.

»Warum nur tut er das? Wie blöd kann man eigentlich sein? Er könnte so leicht auffliegen«, sagte sie dann plötzlich. Selbst für Herrn Horsts Verhältnisse war das erstaunlich dreist.

Elsie zuckte die Achseln. »Wie hast du immer gesagt: weil er es kann.«

»Das auch«, sagte Anna, deren Gesicht langsam wieder etwas Farbe angenommen hatte. »Aber nicht nur. Wer macht schon alles, was er kann? Er *könnte* auch aus dem Fenster springen, selbst wenn er nicht fliegen kann … Ich hab euch doch erzählt, dass er diese Affäre mit der Schleibinger begonnen und seine Frau verlassen hat. Und seitdem steckt er in der Krise. Ich meine, die Frau ist über zwanzig Jahre jünger als er! Unreflektiert, wie er ist, hat er scheint's tatsächlich geglaubt, er wäre wegen seines Prachtkörpers genommen worden. Und so langsam dämmert ihm die Wahrheit: Er muss leisten. Er muss um ihre Gunst kämpfen, Tag für Tag.«

»Wie im Minnesang, was? Du plädierst jetzt aber nicht schon wieder an unser Mitgefühl, oder?«, fragte Alice spöttisch.

»Das hab ich nie getan«, widersprach Anna. »Mich interessiert nur, warum sich jemand so benimmt wie er. Es hilft, wenn du weißt, was dein Gegenüber antreibt.«

Alice nickte. »Damit hast du natürlich recht. Also, weiter im Text. Haben wir eine Möglichkeit, an genauere Angaben zu kommen? Welche Arbeiten er in Rechnung gestellt hat und wann?«

»Hmmm … Ich könnte Luise vorsichtig ausquetschen, vielleicht lässt sie noch was raus, auch wenn sie eigentlich nicht darf.«

»Sie wird wissen, woher der Wind weht«, wandte Elsie nüchtern ein.

»Na und? Das darf sie ruhig. Sie hat ja angefangen.«

»Ich könnte mich an die Schleibinger ranschmeißen«, sagte Alice nachdenklich. »Mit ihr einen Kaffee trinken gehen und sie aushorchen. Sie versucht schon die ganze Zeit, mit mir anzubandeln, weil sie es für schick hält, dass ich als Frau Reporterin geworden bin. Vielleicht verplappert sie sich …«

Die beiden anderen starrten sie an.

»Lieber nicht«, sagte Anna.

Alice zuckte die Schultern. »Warum denn? Man wird ja wohl noch ein wenig plaudern dürfen. Also, Anna, ich bitte dich: Überstürz nichts. Versprochen? Versau dir nicht deine Zukunft. Du musst noch mindestens ein oder zwei Jahre arbeiten, bis du das Geld für dein Studium zusammenhast. Du willst nicht in der Zwischenzeit irgendwo putzen gehen müssen, um deinen Traum zu verwirklichen, oder? *Wenn* du ihn dann überhaupt noch verwirklichen kannst.«

Anna seufzte. »Ich verspreche gar nichts. Doch: Ich verspreche, dass ich mir Mühe geben werde. Aber mehr nicht.«

Alice lächelte. »Ganz die Anwältin. In Ordnung, dann lasst uns die nächsten paar Tage die Lage sondieren. An die Arbeit!«

»So will ich mit Geduld mich waffnen und den Willen hoher Mächte erwarten, die das Irdische regieren«, erklärte Emil der Eisbär feierlich.

»Ach, halt die Klappe, Brutus«, sagte Anna. Aber zum ersten Mal an diesem Abend sah Alice sie lächeln.

»Ihre *In*kompetenz hat mich gestern schon wieder den Nachmittag gekostet!«, brüllte Herr Horst.

Die Hochstimmung der Olympischen Spiele war mit dem Anschlag implodiert und einer gefährlichen Gereiztheit gewichen, aber es hatte gedauert, bis das tatsächlich im Alltag und den Reaktionen spürbar wurde. Eine ganze Weile schien das Ressort mitsamt seinem Leiter noch in einer Art von Schockstarre verharrt zu sein. Nun aber, an diesem strahlenden Montagmorgen im Herbst, hatte Herr Horst zu alter Form zurückgefunden.

Heute war seit Längerem mal wieder Elsie dran.

Herr Heldt, dem ausnahmsweise eine kleine Atempause vergönnt worden war, hatte die Augen geschlossen und atmete flach. Vielleicht träumte er sich gerade fort in ein fernes Wunderland.

Alice bekämpfte die gewohnte leichte Übelkeit während dieser Szenen und überlegte, dass Herr Horst seine Wutanfälle verblüffenderweise nach einem bestimmten Muster bekam. Und genau genommen war dieses Schema überraschend fantasielos. Die Technik, mit der er Elsie anging oder Herrn Heldt, war immer die gleiche. Shakespeare wäre enttäuscht gewesen.

»Jetzt krümmen Sie sich nicht schon wieder in Ihrem Stuhl zusammen. Zeigen Sie doch nur *einmal* ein bisschen Rückgrat!«

Ganz leicht drehte Alice den Kopf, und ihr Blick huschte hinüber zu Elsie, um zu sehen, wie sich ihre Freundin schlug. Und stellte zu ihrer Überraschung fest, dass Herrn Horsts Aussage leicht an der Wirklichkeit vorbeiging. Denn ausnahmsweise saß Elsie ziemlich gerade auf ihrem Stuhl, und obwohl sie totenbleich war, schien sie weniger verängstigt zu sein als sonst. Und sie schien Herrn Horst und seinem Wutanfall auch nicht die ihm gebührende Aufmerksamkeit zu widmen. Für einen kurzen Moment bekam Alice Sorge, dass Elsie eine Handpuppe zücken könnte.

Auf einmal geriet der Chef leicht ins Stocken, als würde auch ihm Elsies Mangel an Konzentration auffallen. Ihr Blick war weder in Kaninchenmanier auf ihn geheftet noch zu Boden gerichtet. Alice folgte Elsies Blick und erkannte, dass sie Anna ansah. Als sie selbst deren Miene bemerkte, begriff sie auch sofort, was Elsie abgelenkt hatte. Ein erschreckendes Feuer schien im Inneren ihrer Freundin zu lodern. Ein Widerschein davon zeigte sich in ihren Augen: Ihre tiefbraune Iris war von einem leicht rötlichen Strahlenkranz umgeben. Oder täuschte das, und es war nur das Herbstlicht oder eine Reflexion ihrer dunkelroten Haare?

Alice spürte, wie sich ihr gesamter Körper verkrampfte. *Tu's nicht, Anna,* dachte sie. *Tu's nicht, bitte …*

»Habe ich Ihre geschätzte und ungeteilte Aufmerksamkeit?«, fragte Herr Horst beißend, aber auch mit einem Hauch von Irritation in der Stimme.

Elsies Blick zuckte zurück zum Chef. Sie blinzelte leicht. »Ja«, sagte sie dann tonlos. Mehr nicht.

Herr Horst runzelte die Stirn, räusperte sich und schien noch ein klein wenig mehr an Schwung zu verlieren. Er knurrte: »Manchmal hab ich wirklich das Gefühl, Sie wollen mich vorzeitig ins Grab bringen mit Ihrer Unfähigkeit, Sie alle.« Und mit dieser ungewohnt pathetischen Äußerung schien die Sitzung zu einem frühen Ende zu kommen. Mit unwirschen, scharfkantigen Bewegungen sammelte er seine Unterlagen ein. »Das war's fürs Erste. Wir sehen uns morgen wieder, in alter Frische. Gleiche Zeit, gleiches Spiel …«

Die Mitarbeiter erhoben sich hastig, wie erlöst, und mieden den Blickkontakt zu ihm. Nur die drei Frauen saßen noch einen Moment reglos auf ihren Plätzen. Anna sah Alice unverwandt an, und Alice schüttelte den Kopf, kaum wahrnehmbar.

Lass es!

»Herr Horst?«, sagte Anna und erhob sich ebenfalls. Jeder, der seine Sinne beieinanderhatte, hätte bemerkt, dass sie sich anders bewegte als sonst. Die effizienten Bewegungen der Sekretärin waren ungewohnt bedächtig, langsam beinahe.

»Was denn noch?«, bellte er.

»Ich habe eine kleine Frage zu Ihrer Spesenabrechnung«, sagte sie und tippte auf ein Blatt Papier, das ganz zuoberst auf ihrem Stapel Unterlagen war. Niemand war mehr im Raum, nur noch die drei Frauen und Herr Fichte, der seinen Stift fallen ließ, sich umständlich danach bückte und leise ächzend wieder aufhob. Dann schlug er sich den Kopf am Tisch an und rieb sich die Halbglatze. Kurz fragte Alice sich, ob er absichtlich trödelte, weil er neugierig war, verwarf den Gedanken aber gleich wieder.

»Wollen Sie das Abendessen im Bayerischen Hof wirklich einreichen?«

Stille.

»Selbstverständlich will ich das«, sagte der Chef dann barsch. »Warum fragen Sie mich überhaupt?«

»Weil das ein ganz schöner Batzen ist für ein eigentlich unwichtiges Arbeitstreffen. Deshalb dachte ich …«

»Bin ich Krösus? Seh ich so aus, als wollte ich ständig wochenlang irgendwelches Geld für andere Leute auslegen?«, schnappte Herr Horst, dem es sichtlich unangenehm war, vor Zeugen darauf angesprochen zu werden. »Überhaupt, warum ist das noch nicht erledigt? Überlassen Sie das Denken mal lieber mir, und machen Sie einfach Ihre Arbeit. Und zwar flott, wenn ich bitten darf!«

Anna sah ihn einfach nur an, aber man konnte erkennen, dass ihr Kiefer arbeitete. Ihr Mund war im Begriff, sich zu öffnen. Für eine Antwort, bei der sich Alice jetzt schon die Nackenhärchen aufstellten, obwohl sie sie noch gar nicht kannte.

»Herr Horst?«, sagte sie schnell.

Er wirbelte herum, zunehmend gereizt. »Was?«

»Ich … hätte … eine Frage zu dem Handballspiel heute. Wollen wir da nicht doch lieber was anderes reinnehmen?«

Ihr Chef musterte sie. Er schien so fassungslos, dass er für den Moment sogar vergaß, einen neuerlichen Wutausbruch zu bekommen. »Warum? Und vor allem, warum sind Sie nicht während der Sitzung mit dem Vorschlag gekommen?«

Alice schenkte ihm ihr harmlosestes Lächeln, während sie aus dem Augenwinkel beobachtete, wie Elsie ihre gemeinsame Freundin unauffällig, wenn auch gegen einen gewissen Widerstand, aus dem Raum zog. »Sie waren so beschäftigt, da habe ich keine … Gesprächslücke … gefunden, um meinen Vorschlag einzubringen. Jedenfalls, ich fand den Verein doch reichlich unspektakulär. Aber die Schwabinger spielen heute, das klingt doch nach einer ganz anderen Liga! Darf ich …?«

»Meinetwegen«, brummte Herr Horst. »Aber das nächste Mal kommen Sie früher mit Ihren Änderungsvorschlägen, verstanden?«

»Sehr wohl«, sagte Alice und sah zu, wie er den Raum verließ. Als noch nicht einmal mehr sein Rücken sichtbar war, knipste sie ihr Lächeln aus. Und dann erst bemerkte sie, dass Herr Fichte noch im Zimmer war, und zuckte zusammen. Doch er sah sie gar nicht an, sondern schien noch immer ins Sortieren seiner Unterlagen vertieft.

»Ein Tässchen Tee?«, fragte die Prinzessin und hielt die Thermoskanne in ihren zarten Stoffhänden hoch.

»Elsie, bist du eigentlich wahnsinnig?«, flüsterte Alice entnervt und lugte um die Ecke der Kaffeeküche, um sicherzugehen, dass sie alleine waren. »Haben wir heute nicht schon genug Stress gehabt?«

»Es ist niemand da, entspann dich«, sagte die Prinzessin, die trotz ihres Plastikkopfs über eine erstaunliche Ausdruckskraft verfügte. Das lag an ihren ausgefeilten Bewegungen. Jetzt goss sie umsichtig golden schimmernden, duftenden Earl Grey in die Tasse und drapierte einen Keks daneben.

»Wo ist Anna?«, fragte Alice, die für den Moment aufgab und sich die Tasse schnappte.

»Ich konnte sie mühsam überreden, nicht gleich in die Personalabteilung zu marschieren. Aber lange lässt sie sich, glaub ich, nicht zurückhalten.« Ausnahmsweise war echte Sorge aus Elsies Stimme herauszuhören.

»Mist! Das darf sie nicht! Wir müssen etwas unternehmen.« Alice brach ab, denn in diesem Moment wurde sie sich der Schritte im Gang bewusst, die sich näherten.

Mit dem Gebäude hatte es seine besondere Bewandtnis, vor allem mit dem Sportressort, das mit Linoleum ausgelegt war. Der Boden war verräterischer als raschelndes Gras oder knackende Zweige im Wald. Mittlerweile war Alice imstande, einen Teil ihrer Kollegen anhand ihrer Schritte zu erkennen. Anna sowieso mit ihren forsch klackernden Absätzen. Aber auch Herr Horst war unverkennbar mit seinen ausladenden, energisch quietschenden Schritten. Sein Stellvertreter Herr Fichte schien sein Antipode zu sein: Trotz leichten Übergewichts bewegte er sich mit hastigen, kleinen Schrittchen. Alice hatte sich schon wiederholt gefragt, ob diese Tonspuren eigentlich etwas über den Charakter der Leute aussagten. Vielleicht. Auf jeden Fall waren sie ein Hinweis auf das Temperament des Linoleumtreters.

Und jetzt gerade nahte eindeutig Herr Fichte mit verhaltenem Quietschen. Alice hob warnend die Augenbrauen, aber Elsie benahm sich reichlich seltsam heute Morgen – noch seltsamer als sonst. Statt das Thema zu wechseln oder leiser zu reden, hob sie die Stimme sogar ganz leicht und sagte, ungewohnt leidenschaftlich: »Du hast recht, natürlich sollten wir etwas unternehmen. Nur, was denn!? Anna *könnte* es melden, aber du kennst sie ja. Ganz die Chefsekretärin, loyal bis ins Mark. Selbst wenn sie sich damit womöglich Ärger einhandelt, weil herauskommt, dass Herr Horst Mist baut.«

Alice klappte der Mund auf, und sie starrte Elsie an. Deren Miene wirkte unlesbar wie immer, doch sie machte eine ganz leichte Bewegung mit dem Kopf in Richtung Gang. In dem Moment fiel Alice auf, dass die Schritte verstummt waren. Obwohl da gar kein Teppich war in der Nähe der Küche.

Ihre Gedanken rasten.

»Wir können uns da nicht einmischen?«, sagte sie versuchsweise. Ihre Stimme schwankte noch ein bisschen, weil sie nicht sicher war, ob sie die Situation und Elsies Absichten richtig deutete. Man merkte es daran, dass sich das »einmischen« leicht hob und das Satzende damit in eine Frage verwandelte.

Die Prinzessin nickte ihr huldvoll zu und lächelte. Aber natürlich lächelte die Puppe immer ihr unnatürliches, maskenhaftes Lächeln. »Selbstverständlich nicht! Wenn wir oder Anna das an die Personalabteilung weitergeben, und Herr Horst verliert seinen Job … Der Teufel wäre los.«

»Findest du wirklich, er sollte damit durchkommen, dass die Schleibinger für Arbeiten bezahlt wird, die nachweislich Anna gemacht hat!? Und dann noch diese Spesenabrechnung vom Bayerischen Hof, die jeder Grundlage entbehrt!«, erwiderte Alice heftig und stellte ihren Tee mit einem lauten Klirren auf der Untertasse ab. »Ich meine, *Anna* hat sich um die Beiträge über die russische Reiterin gekümmert. Hat nicht die Personalerin sie sogar darauf angesprochen? Die … wie hieß sie gleich noch mal?«

»Luise Fischer«, half Elsie ihr aus.

Im Gang war es unnatürlich still geworden. Elsie legte leicht den Kopf schräg, als würde sie nachdenken. Oder den Informationen den notwendigen Raum und die Zeit geben, damit sie ihren Weg auch sicher von den Gehörgängen bis in die Gehirnwindungen sämtlicher Zuhörer fanden.

»Sei nicht so hitzköpfig, Alice. Wir sind kleine Rädchen im Getriebe. Was haben wir schon für einen Einfluss … Soll das Schicksal seinen Lauf nehmen. Überlass das Handeln lieber den Leuten, die ein paar Etagen höhergestellt sind als du.«

»Ich weiß; du hast ja recht.«

Alice wagte kaum zu atmen, während sie angespannt um die Ecke lauschte. Elsie dagegen zog ohne weiteren Kommentar die Handpuppe ab, wandte sich um und drehte den Wasserhahn weit auf. So, als wäre das Gespräch beendet und alles gesagt. Während sie mit ihrer üblichen Sorgfalt und lautem Klappern das Teegeschirr abwusch, glaubte Alice das Schaben und verhaltene Quietschen von Schritten zu hören, die sich vorsichtig entfernten. Sie dachte nicht einmal daran, Elsie ihre Hilfe anzubieten. Sie schien wie erstarrt, überwältigt von einer Erkenntnis, die schlicht zu groß war für diese klaustrophobisch kleine Küche.

Ratten an Bord …

Wie es aussah, hatte Herr Thun recht gehabt.

Aber hatte er auch geahnt, wer es war? Und hatte Anna es gewusst, die anderen in der Abteilung? Elsie offensichtlich schon.

Die Archivarin drehte das Wasser ab und trocknete sich die Hände. Dann sah sie für eine Sekunde Alice ausnahmsweise direkt in die Augen. »Man muss nicht immer alles selber machen, findest du nicht? Manchmal kann man die Leute ruhig auch für sich arbeiten lassen.«

Kapitel 18

DER KÖNIG IST TOT – ES LEBE DER KÖNIG!

Anfang Dezember 1973

Mehr als ein Jahr war es nun her, dass Herr Horst scheinbar spontan seinen Hut genommen hatte. Es wurde Zeit, endlich stärker in der Außenpolitik mitzumischen – seiner eigentlichen Berufung. Nichts so Belangloses mehr wie das Sportressort. Mittlerweile hatte er sich als freischaffender Journalist verwirklicht; sogar durchaus erfolgreich, wie man sich so erzählte. Alice hoffte es für ihn, trotz allem. Was man sich außerdem erzählte – wenn auch nur hinter vorgehaltener Hand –, war, dass die Geschäftsführung ihm zuvor tief in die Augen geblickt und nahegelegt hatte, freiwillig zu gehen. In dem Fall würde man schwer nachvollziehbare Ausgaben für angebliche Mitarbeiterleistungen und überzogene Spesenrechnungen auf sich beruhen lassen. Niemand war interessiert daran, die Geschichte zu einem handfesten Skandal aufzubauschen, der dem Ansehen des Verlags nur geschadet hätte.

Wer der Chefetage im fünften Stock die Informationen zugespielt hatte, wurde nie offen gesagt. Aber eine Woche später hatte Herr Fichte das Ruder im Sportressort übernommen, und die drei Frauen fragten sich manchmal – wenn sie unter sich und unbeobachtet waren –, ob sie als Einzige die wahren Hintergründe kannten. Wussten ihre Kollegen, zu welcher Heimtücke ihr neuer Ressortleiter fähig war? Dass er erst seine Kollegen an Herrn Horst und dann den Chef selbst verraten hatte?

Der Start war dennoch vielversprechend gewesen. In ihrer ersten Redaktionssitzung, als Herr Fichte hereingekommen war, mit verhaltenen Schritten, als wäre er sich seines eigenen Gewichts noch nicht ganz sicher, zu leicht für die Fußstapfen, in die er getreten war, hatte eine beinahe feierliche Stimmung geherrscht. Er hatte seine Unterlagen abgelegt, die Hand zögerlich auf der Stuhllehne von Herrn Horst, und dann Platz genommen. Umständlich den Stuhl zurechtgerückt und sich geräuspert.

»Fangen wir an«, hatte er dann gesagt, in die Runde gesehen und jeden Einzelnen mit Namen angesprochen, als sähe er ihn zum ersten Mal. Und als er bei Herrn Heldt angelangt war, hatte er gesagt: »Herr Held…t. Mit dt, nicht wahr?«

Einen Augenblick herrschte Stille, und Alice hatte den Eindruck, dass die Augen ihres Kollegen verdächtig schimmerten. »Mit dt, ja«, sagte er dann leise, mit gepresster Stimme.

Es war ein grandioser Moment gewesen. Ihre Lage hatte sich verbessert, zweifellos. Wenn auch nicht in jeder Hinsicht.

Das Sportressort, Redaktionssitzung um zehn Uhr dreißig an einem Morgen im Dezember 1973. Sämtliche Mitarbeiter waren schon versammelt, nur der Chef ließ noch auf sich warten.

Er tat das gerne, um sich die volle Aufmerksamkeit der Belegschaft zu sichern. Die sich herzlich wenig daraus machte. Man nutzte stattdessen die Zeit, um über die neuesten politischen Entwicklungen zu reden und sich wie jeden Morgen über die möglichen Strategien zur Abwehr eines Fichte'schen Monologs abzustimmen. Aus purer Verzweiflung hatten sie angefangen, die Redaktionssitzungen wie ein gut geplantes Fußballmatch aufzuziehen. Aufgaben, Rollen und Ablenkungsmanöver, damit sich die Redaktionssitzung nicht wieder endlos in die Länge zog, wurden in der kurzen Zeitspanne verteilt, während sie auf den Chef warteten.

»Und?«, fragte Herr Seybold, ein Mittdreißiger mit schwarz umrandeter Brille und trockenem Humor, der in Abwesenheit von Herrn Fichte die höchste Autorität darstellte. »Wer macht heute die Schwalbe? Die Blutgrätsche von gestern war ein bisschen zu heftig, Frau Lorenz. Seien Sie ein bisschen vorsichtiger, sonst riskieren Sie noch einen Platzverweis! Wir wollen doch alle bei Laune halten; auch den Chef.«

»Das mit der Schwalbe kann ich übernehmen«, sagte Herr Heldt. »Für den Fall, dass er wieder mit dem Öl anfängt.«

»Natürlich wird er wieder mit dem Öl anfangen«, sagte Alice resigniert. »Habt ihr die Zeitungen gelesen heute Morgen? Der Friderichs hat versprochen, dass unsere Ölvorräte auf jeden Fall noch für ein halbes Jahr reichen. Wir müssen uns keine Sorgen machen, sagt er. Niemand wird frieren müssen diesen Winter.«

»Ja. Und seitdem mach ich mir Sorgen«, sagte Herr Heldt.

»Aber warum denn?!«, erwiderte Herr Poschenrieder, ein schneidiger Endzwanziger, mit einem Schulterzucken. »Wenn der Friderichs als Wirtschaftsminister von der FDP es nicht weiß, wer dann? Haben Sie man ein bisschen Vertrauen ins deutsche Wirtschaftswunder.«

»So wie die Wirtschaft selbst?«, konnte sich Alice nicht enthalten einzuwerfen. Sie hatte das leise Zucken in Herrn Heldts Gesicht gesehen und konnte es ihm nachfühlen; sie beide hatten Familie und damit weniger als die Hälfte des Einkommens, das Herrn Poschenrieder zur Verfügung stand. Der Junggeselle lebte auf einem anderen Planeten als Alice, ganz offensichtlich. Nicht auf dem Mond, sondern irgendwo, wo es deutlich wärmer war und das fertige Mittagessen an den Bäumen wuchs. »Sind deshalb die Preise für Heizöl und Benzin kometenartig durch die Decke gegangen, gleich nach seiner Ankündigung?«

»So reagiert die Wirtschaft eben«, sagte Herr Poschenrieder, der etwa in ihrem Alter war. Er sprach ein ganz klein wenig langsamer und deutlicher, als würde er einem Kind die Welt erklären, und strich sich in einer unbewussten Geste die tadellos sitzenden Bügelfalten seiner dunkelgrauen Anzughose glatt. Alice bemerkte, wie Herrn Heldts Blick für eine Sekunde zu lange an dem teuren Flanellanzug seines Kollegen hängen blieb. Dann zog er, vielleicht in einer unbewussten Geste, die Ärmel seines Jacketts über die abgewetzten Manschetten seines Hemds.

»Die Wirtschaft ist ein scheues Reh, sie lässt sich eben schnell aufscheuchen. Das war schon immer so. Aber sie beruhigt sich auch wieder«, setzte Herr Poschenrieder hinzu.

Die Leute waren dazu aufgerufen worden, in einem patriotischen Akt Energie zu sparen. Dieser Aufruf war nicht ungehört verhallt, das nicht. Man hatte ihn schon vernommen; aber kaum jemand hielt sich daran. Es wurde weiter munter Auto gefahren. Also setzte Willy Brandt in einem Eilverfahren das Energiesicherungsgesetz durch – zu dem auch ein Tempolimit gehörte: Tempo 100 auf der Autobahn, für mindestens sechs Monate. In den Ämtern wurde die Heizung heruntergedreht, die Beleuchtung gedimmt.

Es reichte nicht.

Dabei war sogar der autofreie Sonntag ausgerufen worden – eine noch nie da gewesene Maßnahme, die aber vor allem Symbolcharakter hatte. Es ging mehr darum, den Deutschen den Ernst der Lage klarzumachen, und weniger um das konkrete Sparen von Benzin.

Doch auch wenn vielen tatsächlich mulmig zumute war, versuchten die Leute, ihr Unbehagen zu verdrängen und das Beste aus der Situation zu machen. Vergangene Woche hatte Alice mit Freunden und Kollegen auf dem Mittleren Ring ein Picknick veranstaltet, mitten auf der Schnellstraße – eine ungewohnte und gesellige Perspektive, die ihr gefiel. Diesen Sonntag wollten sie auf der Lindauer Autobahn Rollschuh laufen.

Sie lebten in Zeiten des Umbruchs, aber vielleicht, dachte Alice, war das nicht nur ein Nachteil. Das Weltklima veränderte sich und würde sich noch viel massiver verändern, wenn die Industrienationen so weitermachten wie bisher. Das hatte der Club of Rome im Jahr zuvor in seinem Bericht *Die Grenzen des Wachstums* deutlich gemacht. Der Club of Rome, ein Zusammenschluss von Experten aus aller Welt, diskutierte über die Zukunft der Menschheit und wie sie umsichtiger gestaltet werden könnte – durch eine nachhaltige Landwirtschaft beispielsweise, die imstande wäre, die wachsende Bevölkerung auf dem Planeten zu ernähren. Das Wirtschaftswachstum der Industrienationen und Hungerkrisen und Katastrophen auf der Welt hingen eng zusammen. Der Bericht warnte offen davor, dass die Rohstoffvorräte in wenigen Jahrzehnten knapp werden würden. Ein kaum vorstellbares Szenario: der komplette Zusammenbruch der bekannten Zivilisation bis 2100 … Es schien also gar nicht so verrückt, umdenken zu wollen. Verrückt war es eher, so weiterzumachen wie bisher.

»Die Wirtschaft mag sich wieder stabilisieren, aber ich mach mir trotzdem Sorgen«, sagte Herr Heldt jetzt. Ein Hauch von Trotz hatte sich in seine Stimme geschlichen. »Sicher ist das überhaupt nicht, die Vorgänge in Politik und Wirtschaft sind gerade ziemlich komplex. Niemand weiß, wie es ausgehen wird. Ich habe ein kleines Kind. Wir *müssen* heizen. Und die Inflation ist mittlerweile auf einem neuen …«

»Vorsicht!«, zischte Anna. »Er kommt.« Schlagartig verstummte die Diskussion.

Zehn Uhr fünfunddreißig. Die mittlerweile deutlich forscher gewordenen Schritte näherten sich. Paradoxerweise sank die Anspannung, je lauter das gewohnte Quietschen auf Linoleum wurde, und ein Gefühl von Ermattung senkte sich über den Raum.

»Hab ich schon einmal erwähnt, dass du und Elsie das Sportressort vom Regen in die Traufe katapultiert habt?«, flüsterte Anna Alice zu. Inzwischen saßen die beiden im Sitzungszimmer nebeneinander.

»Ja. Eigentlich jeden Morgen vor der Redaktionssitzung. Und du weißt, dass das nicht wahr ist! Herr Horst war deutlich schlimmer.«

»Findest du? Er hat uns das Leben zur Hölle gemacht, zugegeben, aber er war nicht *gefährlich*. Ich kann mich nicht erinnern, dass er jemals irgendwen zu Tode gelangweilt hat.«

Keine Antwort. Alice bemühte sich mit aller Macht, ernst zu bleiben, und kaschierte einen Hustenanfall. Dann flüsterte sie: »Du bist immer noch sauer, weil wir die Sache letzten Oktober ohne dich in die Hand genommen haben? Vergiss nicht, wir haben dir das Fell gerettet. Ein bisschen mehr Dankbarkeit, wenn ich bitten darf.«

»Ich soll dankbar sein?! Ich sage dir jetzt mal, was ich bin. Ich bin …« Alice sollte nicht erfahren, was Anna war, denn in diesem Moment betrat Herr Fichte den Raum und legte seine Unterlagen schwungvoll auf dem Tisch ab. Für eine Sekunde schloss Alice die Augen.

»Guten Morgen zusammen!«

»Morgen«, murmelte die Mannschaft.

»Und? Wer geht am Wochenende wieder zum Picknicken auf die Autobahn?«, fragte Herr Fichte lauernd, während er sich setzte. »Es soll gar nicht mal so kalt werden.«

Zögern. In Anwesenheit des Ressortleiters versuchten alle, das Thema Politik und Wirtschaft krampfhaft zu vermeiden. Kurz versuchten seine Untergebenen es mit Schweigen, in der vagen Hoffnung, dass er nicht weiter einspuren würde auf das Thema.

Vergeblich. Herr Fichte setzte sich sehr aufrecht hin. »Wir hätten uns niemals von fremdem Öl abhängig machen dürfen«, sagte er und blickte bedeutungsvoll in die Runde.

Anna rechts von ihr machte eine leise Bewegung, und Alice hatte den Eindruck, dass die Sekretärin sich gerade selbst daran hinderte, ihre Stirn auf die Tischplatte zu schlagen. Die schlechte Angewohnheit ihres Ressortleiters, das Offensichtliche in einem Tonfall zu äußern, als hätte er soeben höchstpersönlich die Kernspaltung entdeckt, war auch so schon schmerzhaft genug.

»Von wegen deutsches Wirtschaftswunder!«, fuhr Herr Fichte selbstzufrieden fort. Er wandte sich Alice zu. »Mit der Wirtschaft ist es bergauf gegangen seit dem Krieg – aber zu welchem Preis? Abhängig haben wir uns gemacht. Von den Saudis! Von Staaten, auf die nicht der geringste Verlass ist. Die so weit weg sind von unseren demokratischen Werten ... Was hat sich die Politik dabei gedacht? Und die Wirtschaft?«, fragte er sie anklagend.

Alice antwortete nicht; die Frage war rein rhetorisch. Leider hatte er noch nicht einmal unrecht; das Öl-Embargo der OPEC-Staaten so kurz vor dem Winter machte sie alle nervös. Aber all das hatten sie bereits zur Genüge durchgekaut.

»Dabei liegt die Lösung des Problems auf der Hand: Atomenergie«, fuhr Herr Fichte fort und schlug voller Tatendrang auf den Tisch. Da war sie wieder, seine unerträgliche Art, sich kurzerhand irgendeine Meinung zu eigen zu machen und sie glühend zu vertreten, ohne sich mit komplexeren Zusammenhängen zu befassen. Was dazu führen konnte, dass er am nächsten Tag im Brustton der Überzeugung das Gegenteil behauptete. Er war ein Fähnchen im Wind. Das wäre ja in Ordnung, dachte Alice, wenn er nicht die gesamte Belegschaft an seinen Stimmungswechseln teilhaben lassen würde.

»Atomenergie ist schön und gut«, sagte sie vorsichtig.

Schweigen.

Sie sah Herrn Fichtes selbstgefällige Miene und fügte impulsiv hinzu: »Aber bevor wir da voll einsteigen, wäre es vielleicht ganz gut, noch ein paar geringfügige technische Problemchen zu lösen.«

Herr Heldt stieß unvermittelt die Luft aus. Es klang fast wie ein mühsam unterdrücktes Stöhnen. Alice fand, er stellte sich ganz schön an. Sein Leidensweg unter der Knute von Herrn Horst schien ja schnell vergessen, wenn er sich jetzt schon wieder leidtat.

»Technische Problemchen?«, fuhr Herr Fichte auf. »Wovon reden Sie denn da?!« Er wandte sich an Herrn Seybold. »Verstehen *Sie*, wovon Frau Meißner redet?«

Kurz rang Herr Seybold mit sich, dann sagte er trocken: »Na, vielleicht von dem Zwischenfall in der Schweiz 69, als es zur Kernschmelze kam? Oder von dem Atommüll-Problem. Fakt ist doch, dass im Moment noch niemand weiß, wohin mit dem radioaktiven Abfall. Dabei braucht es angeblich einen sicheren Lagerplatz für eine Million Jahre. Das ist nun wirklich nichts, was man einfach wegwischen sollte. Wer weiß denn schon, was in einer Million Jahren …?!«

»Niemand. Aber ich wage eine Vorhersage, die nächsten fünfzig Jahre betreffend«, unterbrach ihn Herr Fichte, der diese Ausführungen offensichtlich zu langatmig fand, und beugte sich lebhaft vor. »In fünfzig Jahren wird unser Atommüll längst recycelt. Wir gewinnen Energie aus radioaktivem Abfall! Ich erkläre Ihnen jetzt mal, wie ich das sehe. Die Zeit drängt. Bevor uns die Saudis den Ölhahn endgültig …«

Herr Heldt räusperte sich. »Wo wir gerade von Zeitnot reden, Chef: Ich habe auch ein Riesen-Zeitproblem und brauche ganz dringend Ihren Rat. Es geht um die Freigabe für meinen Beitrag, und die wird gar nicht so einfach wie gedacht.«

Der Moment für die Schwalbe war gut gewählt. Alice gratulierte ihrem Kollegen im Stillen, dann schaltete sie ab und sah zu Elsie hinüber, die begonnen hatte, auf ihrem Papier zu malen. Die Archivarin tat so, als würde sie schreiben, aber Alice wusste, dass sie mal wieder gegen sich selbst Schiffe versenken spielte. Es war ein hoch konzentrierter Akt, bei dem sie sich bemühte, jeweils zu vergessen, in welchen Quadranten ihre andere Gehirnhälfte die Zerstörer versteckt hatte. Außer Elsie kannte Alice niemanden auf der Welt, der zu einer derartigen Verdrängungsleistung imstande war.

Alice fragte sich, ob Herrn Heldts Sorgen berechtigt waren oder die Presse einfach nur die Hysterie schürte. Plünderungen, weil Straßen und Geschäfte in Dunkelheit getaucht waren? Überfälle? Anarchie … Alles schien möglich und war gleichzeitig doch undenkbar. Ölpreiskrise, Inflation, unbeleuchtete nächtliche Straßen: Einige Psychologen warnten bereits offen vor einer Eskalation der Lage: einer Zunahme häuslicher Gewalttaten, wenn die Familien am Wochenende gezwungen waren, in ihren beengten und ungeheizten Wohnungen aufeinander zu hocken, und sich womöglich unterhalten mussten, weil sie ohne Auto nirgendwohin konnten.

Eine geisterhafte Gestalt tauchte unvermittelt aus dem Nebel auf, in der endlosen Weite der Asphaltwüste. »Aus der Baaahn!«, brüllte der kleine Schemen, raste an Alice vorbei, prallte gegen die Leitplanke der Autobahn und kugelte kopfüber in den satten grünen Grasstreifen dahinter.

»Ui, ein Kunststück. Salto mortale mit Rollschuhen«, sagte Annas Sohn Tom, kam näher gerollt und lehnte sich entspannt auf die Leitplanke. »Lebst du noch?«

»Das war keine Absicht, du Blödmann!«, protestierte Jasper und strampelte sich wieder auf die Beine.

»Keine Kraftausdrücke!«, ging Alice dazwischen. Sie kannte das Eskalationspotenzial der beiden.

»Blutest du? Hast du dir irgendwas gebrochen?«, fragte Anna methodisch, die ebenfalls aus dem Nebel herangeschlendert kam. Sie schien nicht sonderlich beunruhigt.

Jasper sah an sich herab. »Kein Blut. Wie merkt man, dass was gebrochen ist?«

»Es tut übel weh«, versicherte ihm Alice.

»Dann hab ich was gebrochen.«

»Hast du nicht. Du stehst ja schon wieder«, widersprach Anna und hob ihn über die Leitplanke zu sich herüber. Wischte ihm routiniert mit einem Taschentuch das Gesicht sauber, stellte ihn auf die Rollschuhe und gab ihm einen Klaps. »Weiter geht's«, sagte sie nur, und der Kleine zögerte kurz und blinzelte mit seinen großen braunen Augen, die ein Mutterherz zum Schmelzen bringen konnten. Offensichtlich dachte er darüber nach, ob sich ein kleiner Weinkrampf lohnte. Aber sein Bruder beobachtete ihn mit der üblichen herablassenden Miene großer Brüder, und seine Mutter hatte ganz offensichtlich keine Süßigkeiten mehr in der Tasche. Also grinste Jasper stattdessen tapfer und machte sich wieder auf den Weg – die Autobahn entlang, immer auf der Überholspur.

Während sie ihm nachsahen, überlegte Alice, wie es wohl wäre, einen Jungen zu haben … Ob er einem weniger Sorgen machte? Wahrscheinlich nicht. Annas Söhne mussten eigentlich dauernd verarztet werden. Und doch hätte ihr das weniger Kopfzerbrechen bereitet als das Verhalten ihrer kleinen Tochter. Im Grunde schlug sich Elena ganz gut, aber im Laufe des letzten Jahres war Alice eine Veränderung an ihr aufgefallen, die sie beunruhigte. Machte sich die Vaterlosigkeit bemerkbar, diese geschützte Welt, die in der Hauptsache aus Frauen und anderen Kindern bestand, oder hatte es andere Gründe, dass Elena es kaum mehr schaffte, einem erwachsenen Mann in die Augen zu sehen und einen vollständigen Satz als Antwort zu geben, wenn sie etwas gefragt wurde, geschweige denn, eine normale Unterhaltung zu führen? Sie stammelte, wurde rot, sah zu Boden, verstummte … Wie sollte sie später nur in der Welt zurechtkommen, wenn sie diese Ängste nicht zu überwinden lernte?

»Wo warst du denn so lange?«, fragte Alice Anna, während sie beide zusahen, wie die Jungs vom Nebel verschluckt wurden. Elena neben ihr regte sich und nahm die Hand ihrer Mutter. Sie war noch wackliger als Jasper auf ihren Rollschuhen unterwegs.

»Ich habe mich verquatscht. Mit einem höllisch attraktiven Mann – kurzer Steckbrief: leuchtend blaue Augen, sonnengebräunt im Dezember, glatt rasiert, aber sympathisch verstrubbelte Haare –, der gerade die Autobahnausfahrt in der falschen Richtung hochspaziert kam, mit einer Spiegelreflexkamera um den Hals«, sagte Anna gut gelaunt. Sie zwinkerte ihr zu. »Ich glaub, der wär was für dich. Du stehst doch auf Fotografen.«

»Echt? Sie stehen auf Fotografen?«, fragte Frau Heldt und sah von ihrem Picknickkorb auf. Die rundliche junge Frau war wirklich eine Seele von Mensch, wie Alice schon mehrfach festgestellt hatte in den letzten Monaten. Jetzt kramte sie Marmorkuchen hervor und begann, ihn herumzureichen. Sie war nicht nur ein Schatz, sondern auch eine begnadete Kuchenbäckerin.

»Das war mal«, sagte Alice und rümpfte die Nase. »Meinen letzten Fotografenkontakt würd ich eher als Reinfall bezeichnen.«

»Hey, nicht so schlecht gelaunt! Wir picknicken auf der Autobahn. Wie oft im Leben werden wir dazu noch Gelegenheit haben? Also … hoffentlich nie wieder, natürlich. Trotzdem: Hab gefälligst Spaß, sofort!«, sagte Anna.

»Zu Befehl«, erwiderte Alice lächelnd und nahm sich ebenfalls ein Stück Kuchen. Sie blinzelte, während sie die Autobahn entlangstarrte. Gerade tauchten weitere Gestalten aus dem Dunst auf. Große Gestalten; das waren nicht Tom und Jasper.

»… wenn man vom Teufel spricht«, sagte Anna heiter, während sich die Umrisse endgültig aus dem Nebelgrau heraus materialisierten. Ein Mann, ins Gespräch mit einer Frau und einer weiteren Gestalt vertieft, die Spiegelreflexkamera nun in der Hand. »Da ist er auch schon. Soll ich euch bekannt machen?«

Alice stand ganz still, während ihr Blick zum Gesicht des Mannes wanderte. Ein Fremder, dessen Bewegungen beunruhigend auf sie wirkten, weil sie irritierend vertraut waren. »Nicht nötig«, sagte sie gepresst. Dann bückte sie sich impulsiv und nahm Elena auf den Arm.

Es war ein seltsam unwirklicher Moment. Die verschwommenen Konturen, die Nebelschwaden und der ungewohnte Blickwinkel vom Mittelstreifen einer Autobahn aus verliehen der Welt unversehens etwas Traumartiges.

All die Jahre hatte sie sich vorgestellt, wie ein Wiedersehen verlaufen würde. Würde sie sich freuen? Verlegen sein? Würde ihr Herz vor Aufregung wild schlagen wie Buschtrommeln?

Wie auch immer ihre Reaktion ausfiel, auf keinen Fall würde sie wütend sein.

»Sieh an«, sagte Alice leichthin, während Elenas Gesicht sich im gleichen Moment, als sie den fremden Mann sah, ganz tief in ihre Halsbeuge grub. Unvermittelt blieb er vor ihnen stehen, als wäre er gegen eine gläserne Wand gelaufen. »Bahnt sich eine Naturkatastrophe an, müssen wir uns Sorgen machen? Oder was tust du hier?« Plötzlich fühlte sie ein Flackern, ganz tief in ihrem Innern.

Sie war wütend.

Er sah sie leicht verunsichert an und dachte wahrscheinlich darüber nach, wie er ihre Bemerkung deuten sollte. Die Frau neben ihm machte eine unbehagliche Bewegung und trat einen Schritt zurück. Dann nickte sie ihnen zu und zog den anderen Mann, ihren Begleiter, langsam weiter.

»Es ist … äh … Zufall«, sagte Karl.

Als würde sie davon ausgehen, dass er mitten auf der Lindauer Autobahn Ausschau nach ihr gehalten hatte. Sie nahm sich zusammen und verkniff sich jeden weiteren bissigen Kommentar. Wut brachte sie nicht weiter. Aber interessant war es schon, dieses Ausmaß des Zorns, das ihr gar nicht so bewusst gewesen war. Bis jetzt.

Zwei Jahre. Zwei ganze Jahre hatte er sich nicht gemeldet, nicht ein einziges Mal gefragt, wie es seiner Tochter ging. Nur einmal war eine Weihnachtskarte für die Kleine gekommen, aus der Wüste. Mittlerweile hatte Elena längst aufgehört, nach ihrem Vater zu fragen.

»Ein Zufall, schon klar. Und? Dann erzähl mal. Seit wann fotografierst du Autobahnen statt Vulkane? Was hat den Sinneswandel denn bewirkt?«

Seine Miene hellte sich auf; offensichtlich fasste er die Frage nicht als Ironie auf und war einfach nur froh, sich auf das sichere Pflaster seiner Arbeit retten zu können. »Kein Sinneswandel, gar nicht. Für mich dreht sich noch immer alles um die Natur. Aber egal, ob du nun Vulkane oder Autobahnen fotografierst – letztlich ist alles Natur, weil auch der Mensch zur Natur gehört. Wenn er also Hochhäuser und Autobahnen baut, sind sie Teil der natürlichen Umwelt – wenn auch nicht immer ein schöner. Hast du darüber schon mal nachgedacht?! Mich interessieren diese Unschärfen, die Widersprüche. Deshalb bin ich gleich nach Deutschland zurückgekommen, als die autofreien Sonntage ausgerufen wurden. Eine einmalige Gelegenheit und jede Menge ungewohnter Perspektiven. *Damit* kann man die Leute aufrütteln!«

Sein Blick blieb auf dem Kind in ihren Armen haften, dessen Gesicht er noch immer nicht hatte sehen können, weil Elena sich noch enger an sie schmiegte, als spürte sie das Gewicht des Blicks auf sich. »Und das ist …?«

Als Alice nickte, sagte er staunend: »Sieh mal an. Groß bist du geworden.«

Alice und Elena schwiegen. Offensichtlich hielten sie diese Tantenbemerkung für keiner Antwort würdig.

»Was *hat* sie denn?«, fragte er langsam irritiert und sah Alice an. »Ist sie immer so schüchtern?«

Alice biss die Zähne zusammen, und Anna neben ihr machte eine Bewegung, die ihr Unbehagen verriet.

»Ein Stück Kuchen?«, fragte Frau Heldt rasch und hielt Karl eine Scheibe Marmorkuchen in einer geblümten Serviette hin. Die Blümchenwiese leuchtete farbenfroh und deplatziert, der Jahreszeit und dem Anlass völlig unangemessen.

»Soll ich Elena mal nehmen, und ihr zwei unterhaltet euch in Ruhe? Ihr habt euch sicher viel zu erzählen«, sagte Anna im gleichen Moment, als Karl dankend nach dem Kuchen griff.

Alice schüttelte den Kopf. »Nein, schon in Ordnung. Ich bin sicher, Elena wird demnächst mal einen Blick riskieren. Wenn sie so weit ist. Sie ist bestimmt neugierig, wie ihr leiblicher Vater aussieht«, sagte sie und dachte unwillkürlich an die Geschichten von den Kriegsheimkehrern, von denen sie während ihrer Kindheit gehört hatte. Väter, die nach Jahren in russischer Gefangenschaft zu Kindern zurückkehrten, denen sie fremd geworden waren. Eine Freundin hatte sich damals tagelang mit der Erwartung herumgequält, diesen Fremden mit »Papa« ansprechen zu müssen, und sich einige Ohrfeigen von den Eltern eingehandelt, weil ihr das simple, so selbstverständliche Wort einfach nicht über die Lippen gekommen war. Plötzlich konnte Alice dieses Gefühl sehr gut nachvollziehen.

Nur dass sie es hier mit niemandem zu tun hatte, der in einem russischen Gulag interniert gewesen war.

»Lass uns ein Stück gehen«, sagte sie ruhig. Plötzlich hatte sie wieder den nötigen Abstand. Er war niemand. Niemand zumindest, über den man sich ärgern musste. Während sie die Autobahn entlangschlenderten, Alice mit ihrer mittlerweile doch schon ganz schön schwer gewordenen Tochter im Arm, schien Karl nach den richtigen Worten zu suchen.

Er fand sie nicht.

Stattdessen begann er wieder zu erzählen. Wie er die letzten beiden Jahre eingebunden gewesen war in ein Projekt in der Sahara. Wie sich das Leben anfühlte, dort in der Wüste mit wenig Wasser und Ressourcen, bei extremer Hitze und Trockenheit … Die Wanderdünen, und wie der Wind Wellen in den Sand malte. Alice musterte ihn verstohlen. Seine lebhafte Miene, die mitreißende Art, mit der er von seinen Projekten erzählte. Diese Eigenschaft, vollkommen in einer Sache aufzugehen, war so anziehend wie eh und je, das musste sie zugeben. Sie dachte über die Unterschiede zwischen Karl und sich selbst nach. Ursprünglich hatte sie gerade diese Leidenschaft zum Hinsehen, zum Erkennen und Dokumentieren der Wirklichkeit vereint. Plötzlich meldete sich eine leise Stimme in ihrem Kopf, mit der vorwitzigen Frage, warum Karl diese Hingabe immer und jederzeit für irgendwelche Gesteinsbrocken, aber nie wirklich für sein Kind hatte aufbringen können, im Gegensatz zu ihr.

»Und deshalb hast du nie nachgefragt, wie es Elena geht? Weil du die Welt retten musst?«, fragte Alice.

Er scharrte unbehaglich mit den Füßen. »So wie du das sagst, klingt es …«

»Versteh mich nicht falsch. Es ist nicht so, dass ich deinen verzweifelten Wunsch nicht nachvollziehen könnte, etwas zu bewegen. Das geht mir schließlich genauso«, sagte sie. Und dachte doch zugleich, wie seltsam es war, dass er das mit solcher Selbstverständlichkeit einfach getan und seine Lebensprojekte über alles gestellt hatte, auch über die Familie und das eigene Kind. Und es anscheinend niemand anstößig gefunden hatte. Ein bisschen war es wie bei der Reise nach Jerusalem. Wer nicht schnell genug war, blieb auf dem Kind sitzen. Nur, dass das Ergebnis von Anfang an festgestanden hatte.

Andererseits: Sie hatte es auch ohne ihn geschafft. Sie war stolz auf ihr Leben, ihre Arbeit. Und Elena war ein Prachtmädchen. Punktum.

»Aber sag mal, was ist denn nun mit der Kleinen?«, fragte Karl. »Ist das normal, dass sie gar so schüchtern ist? Muss man sich Sorgen machen?«

Alice biss die Zähne zusammen. »Sie ist nicht schüchtern«, sagte sie.

»Was du nicht sagst.«

»Du tauchst einfach so aus dem Nebel auf und erwartest, dass wir dir einen roten Teppich ausrollen?«

Karl seufzte. »Nein«, sagte er. Und fügte leise hinzu: »Ich würde einfach nur gerne … ihr Gesicht sehen.«

Kurz war es wieder still, nur die Unruhe des Windes überall um sie her spürbar. Er rüttelte an den Bäumen, streifte über die Gräser, zerrte an ihrem Wintermantel. Einzig der Asphalt unter ihren Füßen gab keinen Millimeter nach.

Und dann tat ihr Ex-Mann etwas sehr Unerwartetes. Aber das war eben auch diese andere Seite von ihm; er war immer und jederzeit gut für Überraschungen. »Elena, mein Engel, ich bin neugierig«, sagte er leichthin, direkt an das Kind gerichtet. »Hast du eigentlich immer noch diese wunderschönen hellgrünen Augen mit den bunten Pünktchen drin, als wärst du 'ne Blumenwiese mit Löwenzahn und Gänseblümchen und rotem Mohn?«

Elena in Alice' Armen erstarrte für einen Moment. Dann hob sie den Kopf und sah ihren Vater an. Zwischen ihren Brauen hatte sich eine steile Falte gebildet, die Alice sehr bekannt vorkam. Die Miene ihrer Tochter war ein Spiegelbild ihrer selbst, wenn ihr jemand mit derart abenteuerlichen Aussagen kam. »Quatsch!«, sagte sie zu ihrem Vater. »Ich hab doch keine Blumenwiese als Augen. Meine Augen sind blau! Weißt du denn gar nichts?«

»Ah, sieh mal an, wie dumm von mir. Himmelblau, stimmt. Mit weißen Wölkchen und schwarzen Gewitterwolken drin. Na, dann müssen wir uns unsere Blumen eben von anderswo herzaubern, findest du nicht?« Und mit diesen Worten überreichte er ihr lächelnd Frau Heldts Serviette, die er – wann genau, hätte Alice nicht zu sagen gewusst – zu einer prachtvollen Blume mit einer Million feinster Papierservietten-Blütenblätter gefaltet hatte. Sie leuchtete in allen Farben im Nebelgrau.

Mutter und Tochter starrten erst die Blume, dann Karl an. Schließlich erhellte ein offenes und völlig unbefangenes Lächeln Elenas Gesicht. »Danke schön«, sagte sie, wand sich aus Alice' Armen und stand dann mit beiden Füßen fest auf dem Boden. Sie nahm die Blume vorsichtig entgegen und hielt sie sehr behutsam in der linken Hand, als wäre sie ein Zaubertrick, der sich in der Dezemberluft jeden Augenblick wieder verflüchtigen könnte. Mit der rechten griff sie nach der Hand ihres Vaters.

»Schön ist die. Darf ich sie behalten?«

»Wenn du magst.«

»Ich leg sie in mein Zimmer auf den Nachttisch, dann kann ich sie vom Bett aus sehen. Ich hab nämlich ein eigenes Zimmer. Willst du mal zu uns kommen und es dir angucken?«, fragte sie.

»Ich weiß nicht …« Hilfe suchend sah Karl seine Ex-Frau an, die keine Miene verzog. In Wahrheit fühlte sie sich gerade komplett überfordert von ihren widerstreitenden Gefühlen. Aber das brauchte er ja nicht zu wissen.

»Ja. Komm ruhig«, sagte sie nur. Und fragte sich schon im gleichen Moment, ob und wie oft sie diese drei simplen Worte noch bereuen würde.

TEIL 3 | VON MURNAU NACH MÜNCHEN

1974–1977

ARBEITSKAMPF, DEUTSCHER HERBST UND BOATPEOPLE

Unvereinbarkeit der Positionen. 1976 eskaliert der Tarifkonflikt in Deutschland - kaum eine Tageszeitung erscheint während des größten Druckerstreiks der Nachkriegsgeschichte. Forderungen von Bundesregierung und Unternehmen nach einer »zurückhaltenden Lohnpolitik« in der schwersten Wirtschaftskrise seit Kriegsende stoßen auf breite Ablehnung: Aufgrund des technischen Fortschritts sehen Drucker und Setzer ihre Arbeitsplätze in Gefahr. Schon jetzt sind wegen der Umstellung von Blei- auf Fotosatz viele Arbeitsplätze unwiederbringlich verloren gegangen.

Was gibt's Neues? *»Ich habe mich in der Fraktion selber für das Amt vorgeschlagen. Meinen Sie, man hätte mich sonst genommen?«* 1976 wird Annemarie Renger Bundestagspräsidentin - als erste Frau weltweit, die einem frei gewählten Parlament vorsteht.

Deutscher Herbst 1977: eine neue Dimension des Terrors. Es beginnt mit der Entführung und Ermordung des ehemaligen SS-Führers und späteren Arbeitgeberpräsidenten Hanns Martin Schleyer. Elf inhaftierte Terroristen sollen freigepresst werden. Kurz darauf kapern palästinensische Terroristen eine Maschine der Lufthansa, um den Forderungen der RAF Nachdruck zu verleihen. Nachdem alle Geiseln befreit werden konnten, nehmen sich die Anführer der RAF - Baader, Ensslin und Raspe - in ihren Gefängniszellen in der JVA Stuttgart-Stammheim das Leben.

Ertrunken auf der Flucht vor Gewalt. Seit der Gründung der Sozialistischen Republik Vietnam 1976 versuchen verzweifelte Südvietnamesen aus allen sozialen Schichten vor Zwangsarbeit und Gewalt zu fliehen. Da der Landweg meist in China oder Laos und damit in eine Sackgasse mündet, versuchen »Boatpeople« seit Kurzem, über das Südchinesische Meer zu flüchten. Doch die oft überladenen Boote sinken oder werden Opfer von Überfällen. Wer die Flucht auf dem Seeweg trotzdem geschafft hat, landet in geschlossenen Lagern oder wird - notdürftig ausgestattet mit Nahrungsmitteln und Wasser - wieder im Meer ausgesetzt.

Kurioses. Der New Yorker Stromausfall in der Nacht zum 13. Juli 1977 hat schwerwiegende Folgen. Nach dem vollständigen Zusammenbruch des Netzes für 25 Stunden versinkt die Metropole im Chaos - Horden von Plünderern ziehen durch die Straßen und stecken Häuserzüge in Brand, unzählige Menschen müssen aus Aufzügen und den oberen Geschossen der Wolkenkratzer befreit werden. Doch noch andere, sicherlich erfreulichere Folgen zeichnen sich ab: Der Blackout wird der Stadt im Frühjahr 1978 einen noch nie da gewesenen Babyboom bescheren.

Grenze dicht für Wolf Biermann. Der Liedermacher, der sich wegen eines Konzerts im Westen aufhält, erfährt es übers Fernsehen: Am 16. November 76 bringen die DDR-Nachrichten die Meldung, dass Biermann hiermit ausgebürgert sei. Massive Proteste sowohl in der BRD als auch in der Deutschen Demokratischen Republik folgen.

Kapitel 19

SCHATTENDASEIN

Juli 1976 – Murnau und Neuhaus

»Und die neue Vorsitzende des Elternbeirats ist … Margit Schuhmann. Wir gratulieren!!!«

Applaus brandete auf unter den Anwesenden. Es waren in der Hauptsache Frauen und Mütter. Während Alice reflexartig mitklatschte und das leise gerötete Gesicht von Margit Schuhmann betrachtete, deren Augen leuchteten, als wäre soeben ein lang ersehnter Lebenstraum in Erfüllung gegangen, lauerte wieder dieses Gefühl von Fremdsein am Rande ihrer Wahrnehmung, das von Monat zu Monat stärker wurde.

Sie gehörte nicht hierher.

Beinahe drei Jahre war es nun her, dass sie sich für Ehe und Familie entschieden hatte. Damals hatte sie geglaubt, gute Gründe für diese Entscheidung zu haben: Elena brauchte ihren Vater, das war nicht zu übersehen; Karl hatte nichts von seinem Charme eingebüßt; und auch der Umstand, dass sie unerwartet schwanger geworden war, hatte eine Rolle gespielt … Ein Schock im ersten Moment, denn die Schwierigkeiten, die damit auf sie zurollten, standen ihr sofort klar vor Augen.

Trotzdem war es nicht nur ein Nachgeben vor der Realität und der schwierigen Situation gewesen. Sie wollte sich diesmal ganz bewusst nicht schon wieder dieser Zerrissenheit zwischen

Arbeit und Familie aussetzen, erst recht nicht mit zwei Kindern. Daher fanden sie einen Kompromiss, mit dem sie gut leben konnte: Zweimal die Woche bezahlten sie eine Tagesmutter, und Alice schrieb in dieser kinderfreien Zeit Artikel, versuchte, den Kontakt zu den Verlagen aufrechtzuerhalten und zur Familienkasse beizutragen. Bevor sie von München nach Murnau ins neue Familienhäuschen gezogen war, war es ihr sogar noch gelungen, Kontakte zum Hörfunk zu knüpfen. Sie hatte bei zwei, drei kleineren Produktionen mitarbeiten und den Profis über die Schultern schauen dürfen – und festgestellt, dass das genau die Art von Arbeit war, die sie machen wollte! Tonaufnahmen, Schneiden, Sprechen … Die Recherche und das Texten kannte sie, aber hier kam noch eine ganz neue Dimension dazu: der Ton. Wie musste es erst beim Fernsehen sein, wenn eine Kamera mit ihren bewegten Bildern den Eindrücken noch mehr Tiefe gab?

Das war die Richtung, in die sie wollte, so viel wusste sie inzwischen. Alle paar Wochen fuhr sie nach München und nahm Unterricht bei einem Sprechtrainer, und nachts, sobald die Kinder schliefen, verschlang sie alles zu dem Thema, was ihr zwischen die Finger kam. Und in zwei oder drei Jahren, wenn Mäxchen erst groß genug war … Wer weiß!

Es war eine wasserdichte Planung gewesen – nur dass sich Gefühle und Bedürfnisse eben nicht so leicht vorhersagen, geschweige denn planen ließen. Wie paradox das war, dass man sich inmitten von Menschen und Kleinkind-Trubel trotzdem so einsam fühlen kann. Dass man sich nach Gesprächen und gleichzeitig nach Stille sehnen kann … Einst hatte Alice als Volontärin während der Arbeitszeiten ihr Baby schmerzlich vermisst. Jetzt begann sie sich nach der Redaktion zu sehnen, nach den lebhaften Diskussionen mit Kollegen, der hektischen Betriebsamkeit kurz vor Redaktionsschluss, bevor die Druckerpresse angeworfen wurde und das Gebäude zum Beben brachte, nach Stunden konzentrierter Arbeit ohne Unterbrechungen, nach Elsies trockenem Humor und Annas Geistesblitzen.

Knapp drei Jahre später hatte sie das Gefühl, mehr und mehr an Substanz zu verlieren. Als würde sie langsam unsichtbar … Lag es daran, dass sie tatsächlich weniger wahrgenommen wurde, weil sie nur noch einmal im Monat für ein paar Stunden in der Redaktion auftauchte? Sie konnte jedenfalls die Augen nicht vor der Tatsache verschließen, dass ihre Aufträge tatsächlich weniger wurden.

Oder lag es an ihrem Leben hier in Murnau?

Sie liebte Elena und den kleinen Max, dem schon mit knapp zwei Jahren unübersehbar der Schalk im Nacken saß. Doch ihre Kinder waren eben nur ein kleiner Teil dieser neuen Welt, in der sie einfach nicht heimisch wurde. Nein, schlimmer als das. Sie wurde nicht nur nicht heimisch, sie konnte noch nicht einmal über das Gefühl von Einsamkeit reden. Um darüber sprechen zu können, hätte sie die Fassade der anderen Frauen durchdringen und echte, tiefe Kontakte aufbauen müssen, doch dafür fehlten ihr sowohl Zeit als auch Energie. Warum wurde so viel über Kuchenrezepte und die neuesten Küchengeräte geredet oder darüber, wie viele Einsen das eigene Kind dieses Jahr gerade wieder im Zeugnis stehen hatte? Warum redeten sie nicht viel öfter über Politik? Oder über unerfüllte Träume, Wünsche, Lebenspläne? Alice hatte das Gefühl, ständig gegen eine Mauer zu laufen, hinter der sie das komplizierte Geflecht aus Ansprüchen, Erwartungen, Tabus nur erahnte. Und doch, wie viel Anstrengung musste es auch diese Frauen kosten, bei aller Arbeit unangestrengt, jederzeit gut gelaunt und attraktiv zu wirken? Manchmal erhaschte sie einen Blick auf ein Gefühl, das sie nicht näher zu bestimmen wusste. Vielleicht eine Mischung aus Traurigkeit, müder Resignation und unterdrückter Wut? Irgendwann sollte sie einen Beitrag über die beengten Lebenswelten von Frauen schreiben, das Fehlen von Perspektiven. Wie könnte man da vorgehen? Mal sehen … als Einstieg ein Direktzitat von …

Eine durchdringende Stimme riss sie aus ihren Gedanken. »Jetzt zum nächsten Punkt: Wer kümmert sich um die Organisation des Büfetts beim Schulfest in drei Wochen? Wir brauchen Süßes wie Russischen Zupfkuchen und dergleichen, und dann natürlich auch noch ein paar deftige Sachen«, sagte die Direktorin der Grundschule in diesem Moment und sah sich erwartungsvoll in der Runde um. Dabei bewegte sie den Kopf wie immer sehr langsam und etwas steif, um ihre beeindruckende Turmfrisur nicht ins Wanken zu bringen. Kurz trat Schweigen ein. Hüsteln. Alice begann, dem kleinen Max, der auf ihrem Schoß saß, umständlich die Nase zu putzen. Wenn sie den Kleinen schon mitnehmen musste zum Elterntreff, weil die Tagesmutter keine Zeit hatte und Karl mal wieder unterwegs war, dann sollte sie wenigstens Nutzen daraus ziehen.

Allerdings zog diese plötzliche Bewegung den Blick der Direktorin auf sich. »Frau Meißner? Wie wär's mit Ihnen? Ich weiß, Sie haben viel zu tun, aber …«

Sie hatte es gewusst. Aber dafür musste man auch keine Hellseherin sein; Alice hatte sich seit mehreren Wochen nicht mehr freiwillig gemeldet. Irgendwann erwischten sie einen. Immer. Trotzdem beschloss sie, gute Miene zum bösen Spiel zu machen. Wer schon das Büfett organisierte, musste zumindest nicht auch noch irgendwelche Kuchen backen, oder? Nur koordinieren, das würde sie hinbekommen … »Aber gerne«, sagte sie daher, und die Direktorin nickte ihr wohlwollend zu.

Vielleicht war das gar nicht so schlecht, überlegte Alice. Jetzt musste sie nur noch herausfinden, was man für ein Büfett eigentlich alles so brauchte.

Und was, um Himmels willen, ein Russischer *Zupf*kuchen war … Hoffentlich wirklich etwas zum Essen. Es klang so absurd musikalisch.

»Alice? Was ist mit dir?«, fragte Karl und nahm sich einen frischen Teil von der Morgenzeitung von dem kleinen Stapel auf dem Tisch. Sie verbrachten im Moment nur wenig Zeit miteinander, die Sonntagvormittage aber versuchten sie, sich frei zu halten. Elenas Stimme, die Max anscheinend gerade ein Märchen erzählte, drang aus dem Kinderzimmer, das Radio lief, und an einem herrlich gedeckten Frühstückstisch mit Kaffee, frisch gepresstem Orangensaft, ofenwarmen Brötchen und Erdbeermarmelade entfaltete sich die Welt der Sonntagszeitung, die noch immer so intensiv nach Druckerschwärze und großer weiter Welt duftete wie in ihrer Kindheit.

Die Nachrichten aus Radio und Zeitung mischten sich mit Karls Erzählungen von seiner letzten Reise und verwoben sich zu einem komplexen Ganzen – für die kurze Zeitspanne eines Sonntagmorgens hatte Alice wieder das Gefühl, im richtigen Moment am richtigen Ort zu sein.

»Hm? Nichts ist mit mir. Was soll sein?« Sie sah von dem Reiseteil auf, den sie gerade überflog.

»Du wirkst so weit weg.«

Alice lächelte und wies mit dem Kopf auf ihre Zeitung. »Bin ich auch. Auf Hokkaido in Japan, wenn du's genau wissen willst.« Dann wurde sie ernst. Sie sah ihren Mann nachdenklich an, der sich mit der Antwort zufriedengegeben hatte und seine Nase jetzt in den Sportteil steckte.

»Karl?«, sagte sie.

»Hm?« Es dauerte einen Moment, bis er von den Fußballergebnissen aufsah.

»Karl.«

Jetzt hob er den Blick.

»Wollen wir nächsten Monat eigentlich mal ein bisschen Urlaub machen? Du hast doch in der Zeit keine Aufträge, oder? Elena hat Schulferien. Wär schön, wenn wir mal rauskommen. Wir alle zusammen.«

Karl faltete die Zeitung. Er tat das ungewohnt sorgfältig; als wollte er gleich noch Bügelfalten an den Kanten anbringen. »Das tut mir aber leid«, sagte er dann, ohne sie anzusehen. »Wir hätten uns früher absprechen sollen; jetzt ist es zu spät. Ich hab gerade gestern einen Auftrag angenommen.«

Schweigen senkte sich über den Frühstückstisch.

»Was genau ist das für ein Auftrag?«, fragte Alice.

»Eine großartige Sache. Ich soll Fischer bei der Arbeit auf See fotografieren. Im hohen Norden, im Isafjord bei Island.«

Sie legte ihre Gabel beiseite. Das geschah ungefähr genauso langsam und bedächtig wie Karls Falten der Zeitung. »Wie lange bleibst du weg?«

»So zwei Wochen etwa. Vielleicht auch drei. Genau kann ich es nicht sagen.«

Da waren sie wieder, die Schatten, die tiefer und tiefer wurden in den Zimmerecken, bis sie mit ihnen zu verschmelzen glaubte. Diese Dunkelheit, nun schon an einem sonnigen Sonntagmorgen, statt montags in der Früh … Manchmal schrak sie jetzt nachts aus dem Schlaf auf. Ihr Schlaf war ohnehin gestört wie vermutlich bei jeder Mutter von Kleinkindern, der es selten vergönnt war durchzuschlafen. Aber jetzt wachte sie auf, weil sie das Gefühl hatte, dass sich die Stimmung im Raum veränderte, schwerer und drückender wurde, bis sie kaum mehr Luft bekam … und sie eine fremde Präsenz spürte, die sie sofort wiedererkannte.

Vor einigen Monaten war das tote Mädchen zurückgekehrt.

Natürlich »glaubte« Alice nicht an sie, weder damals noch heute. Sie war ein nüchterner Mensch. Doch was sie im Laufe der Jahre ganz genau begriffen hatte, war, dass diese Erscheinung an den Rändern ihres Bewusstseins eine tiefere Bedeutung hatte. Wenn das Mädchen sie aufsuchte, wurde es Zeit, genauer hinzusehen. Denn dann war ihre Welt im Begriff, aus den Fugen zu geraten.

»Du hast gar nichts davon erzählt«, sagte sie und bemühte sich, ihre Stimme ruhig und gleichmäßig zu halten.

»Na ja … gestern war es spät, und heute Morgen … Es war grad so gemütlich, da wollte ich die Stimmung nicht verderben.«

»Mhm. Und wie kommst du darauf, dass du die Stimmung verderben könntest mit deiner Ankündigung?«

Er strahlte sie an. »Stimmt. Eigentlich ist es eine gute Nachricht, oder? Ich wusste, dass du das auch so sehen würdest. Wie viele Menschen dürfen ihr Geld schon mit derart fantastischen Aufträgen verdienen und dabei noch durch die Weltgeschichte gondeln. Uns geht's echt gut. Ich freu mich schon auf die Einsamkeit, den Meereswind, die Stille …«

Alice legte den Kopf leicht schräg und kniff die Augen zusammen. »›Buh!‹, machte die Hexe«, nahm sie in diesem Moment Elenas Stimme aus dem Kinderzimmer wahr.

Anscheinend war noch immer Märchenstunde.

Diese Leidenschaft für seinen Beruf, die sie einst so eingenommen hatte für ihren Ehemann … Da war dieser Hauch von großer weiter Welt in seiner Nähe, von dem sie selbst immer wieder eine leichte und sehnsuchtsvolle Brise spüren durfte. Allerdings nur, weil das Leben – oder er – in solchen Momenten auf der Überholspur an ihr vorüberzog. Mehr als eine Nasevoll bekam sie im Moment nicht ab.

Aus dem Augenwinkel glaubte sie eine Bewegung wahrzunehmen.

Da war sie wieder, in den Schatten. Sie beobachtete sie, stumm wie immer, und ihr Blick drang bis auf die Knochen. Unmöglich, etwas vor ihr zu verbergen. Vor allem nicht die Tatsache, dass Alice' Welt an den Rändern mittlerweile in Schwarz getaucht wurde. Sie musste sich eingestehen, dass jetzt langsam sogar der sichere und geschützte Mittelbereich trüb wurde. Grau in allen Schattierungen. Als würde irgendetwas die Farbe aus ihrem Leben saugen.

Abrupt stand Alice auf. Dann erst überlegte sie, wie sie nun weitermachen sollte.

Hokkaido in Japan … Zeißler …

»Ich muss mal raus«, sagte sie.

Karl sah sie überrascht an. »Wie meinst du das?«

»So, wie ich es sage.« Fieberhaft versuchte sie, ihre Gedanken zu sammeln, obwohl das gar nicht so leicht war bei der Leere in ihrem Kopf. »Ich fahr nach Miesbach«, sagte sie dann, und er sah sie noch überraschter an.

»Nach Miesbach? Du meinst nach Neuhaus, zu deiner Mutter? Klar, sie hat die Kinder lange nicht gesehen, aber …«

»Ich nehm die Kinder nicht mit«, unterbrach sie ihn. »Ich muss mal ein Weilchen alleine sein.«

Er wirkte zunehmend verwirrter. »Du fährst in den Landkreis Miesbach. Nicht zu deiner Mutter. Ohne die Kinder. Was denn dann? Bist du etwa sauer?«

Sie starrte ihn an. »Nein«, sagte sie dann, auf einmal sehr nachdenklich. »›Sauer‹ trifft es nicht. Das ist nicht das richtige Wort für das Gefühl.«

»Und was wäre das richtige Wort?«

»Ich glaube, dafür gibt es noch keins.«

Damit drehte sie sich um, schnappte sich ihre Handtasche mit den Autoschlüsseln von der Garderobe, und draußen war sie. Möglichst, bevor ihrem Mann klar wurde, dass er soeben ausnahmsweise die *Reise nach Jerusalem* verloren hatte. Er würde sich heute um die Kinder kümmern müssen. Und sie hoffte, das würde ihm erst so richtig bewusst werden, wenn sie in ihrem VW Käfer auf dem Weg nach Miesbach saß. Ein leuchtend roter Punkt, der sich in rasender Geschwindigkeit durch die Weite der grünen Julilandschaft bewegte.

Sonntags kurz vor zwölf lagen die Miesbacher Straßen relativ verlassen da, als Alice eine knappe Stunde später durch die Innenstadt fuhr und schließlich vor dem Haupteingang ihrer alten Redaktion hielt. Durch die offenen Fenster der Nachbarhäuser hörte sie Stimmen, Klappern und Klirren von Geschirr, das Lachen unsichtbarer Kinder und roch den verführerischen Duft der Sonntagsbraten.

Während sie nachdenklich die Fassade des Gebäudes betrachtete, das ihr noch immer so vertraut war, dass sie vor ihrem inneren Auge jederzeit und überall jedes der Fenster an seinen richtigen Platz hätte setzen können, tauchte sie ab in die Vergangenheit. Sie dachte an den holprigen Start als Volontärin, dann die Lehrjahre bei Zeißler, das wachsende Verständnis für komplexe Zusammenhänge ..., und dann nahm dieser nebulöse Plan, der in Murnau in ihrem Kopf aufgetaucht war, endgültig Form an. Sie würde mit ihrem ehemaligen Ausbilder reden. Eine Reise in die Vergangenheit, um Klarheit in ihre Gedanken zu bringen.

Gerade als sie den Motor wieder starten wollte, nahm sie eine Bewegung wahr. Kaum jemand war um die Zeit draußen unterwegs, doch nun öffnete sich plötzlich die Tür des kleinen Verlags, und Albrecht trat heraus. Alice lächelte unwillkürlich, trotz ihrer gedrückten Stimmung. Albrecht musste die Sonntagsschicht übernehmen? Das hatte sicher wehgetan. Gab's keine Volontäre mehr? Kurz entschlossen stieg sie aus, und ihr einstiger Chef freute sich tatsächlich, sie wiederzusehen, und schüttelte ihr kräftig die Hand. Nachdem sie kurz Neuigkeiten ausgetauscht hatten, sagte Alice: »Ich bin zu Besuch bei meinen Eltern und dachte, ich schau nachher mal beim Zeißler vorbei. Hab ihn seit einer Ewigkeit nicht gesehen. Wissen Sie, wie's ihm geht?«

Der Albrecht starrte sie an, dann sah er weg und scharrte mit den Füßen. »Der Zeißler ... ja, haben S' des denn noch nicht gehört gehabt?«

»Was gehört?«, fragte Alice, obwohl ihr auf einmal schwer

ums Herz wurde, so schwer, als würde sie die Antwort bereits kennen. Sie las sie aus den unbehaglichen Bewegungen ihres Gegenübers, sie setzte sie innerhalb weniger Sekunden aus Bruchteilen ihrer Erinnerung zusammen. Erkannte auf einmal die Bedeutung von Spuren und Zeichen, die sie damals nur wenig beachtet hatte. Das letzte Treffen vor über zwei Jahren, der rasselnde Husten ihres Ausbilders, seine wachsende Melancholie. Der fahle Teint …

»Der ist tot. Schon vor ’nem Jahr oder so gestorben an seinem Lungenkrebs, und das mit Mitte sechzig. Die Raucherei, Sie wissen ja …«

Alice sah ihren ehemaligen Chef an, ohne ihn wirklich zu sehen. Seit einem Jahr tot, und sie war noch nicht einmal auf der Beerdigung gewesen. »Ja. Die Raucherei«, sagte sie nur, als würde das alles erklären. »Ein Fluch ist das. Wie schade, ich konnt mich noch nicht einmal von ihm verabschieden.«

»Ja. Schade«, sagte der Albrecht, der langsam das Interesse verlor und offensichtlich fand, dass das einfach kein schönes Thema war, so kurz vor dem Mittagessen an einem sonnigen Sonntag. »Also dann … hat mich gefreut. Machen S’ weiter so mit Ihren Artikeln, zeigen Sie den Leuten, was Sie bei uns g’lernt haben – Handwerk vom Feinsten!«

Und damit war er davon. Alice stand noch einen Moment ganz reglos und musterte die Fassade ihrer ehemaligen Redaktion, die auf einmal gar nicht mehr verheißungsvoll oder heimelig wirkte. Tatsächlich blätterte schon die Farbe von den Fensterrahmen ab, wenn man genauer hinsah. Und die Scheiben – trübe wirkten sie. Sie fragte sich, wie es ihr überhaupt gelungen war, von da drinnen einen Ausblick auf die große weite Welt zu bekommen. Und dann dachte sie wieder an Zeißler, an seine unerfüllten Lebensprojekte … an die Melancholie des Gestrandeten. Und dennoch war es ihm gelungen, ihr Mut zu machen, sie auf den Weg zu schicken. Wie tapfer er gewesen war … *Bleiben*

Sie getrieben. Furchtlos. Auf einmal stiegen diese beinahe letzten Worte, die er an sie gerichtet hatte, aus den Tiefen ihrer Erinnerung auf. Ob es ihm ein Trost gewesen war zu wissen, dass wenigstens sie ihren Weg gehen würde?

Denn das würde sie doch, oder nicht?

»Einen Penny für deine Gedanken«, sagte Paul, als er sich neben Alice an den Tresen setzte.

Sie sah auf. »Seit wann bezahlst du für meine schlauen Gedanken?«, fragte sie und bemühte sich um ein Lächeln. Sie hatte gedacht, sie würde sich freuen, ihn zu sehen. Darum hatte sie ihn doch in München angerufen und vorsichtig angefragt, ob er nicht vielleicht herkommen wollte, auf ein Bier im *Spinnrad*? Und er hatte sich tatsächlich auf den Weg gemacht, obwohl er das an diesem Wochenende gar nicht vorgehabt hatte. Als hätte er etwas in ihrer Stimme gehört, das ihn zum Handeln veranlasste. Aber noch nicht einmal das vertraute Gesicht ihres Kindheitsfreundes konnte ihre Stimmung aufhellen.

Vielleicht weil es nicht mehr das vertraute Gesicht war, überlegte sie jetzt, während sie nachdenklich seine Miene musterte. Es war das Gesicht eines erwachsenen Mannes. Ob er sie auch so wahrnahm, als Erwachsene? Obwohl man sich im Innern noch immer so jung und verletzlich fühlte, als wäre man zwölf? In sein Gesicht waren feine Linien gezeichnet. Spuren von Erfahrungen, schmerzhafte, schöne, die er ohne sie gesammelt hatte und von denen sie nichts wusste.

»Hmmm … kommt drauf an. Erzähl erst mal. Damit ich weiß, ob sie ihr Geld wert sind.«

»Nicht wirklich; es war nichts Besonderes«, sagte Alice zögernd. »Genau genommen hab ich gerade darüber nachgedacht, warum ich so erleichtert war, dass ich hier hereinkomme, und alles ist noch beim Alten. Das *Spinnrad*, der Tresen mit dem dunklen Holz, die weißen Spitzengardinen, das ewige Dämmerlicht – und Thea. Irgendwie hatte ich Angst, dass es die Kneipe nicht mehr geben könnte. Dass sie irgendwie verändert wäre und dass Thea …« Sie beendete den Satz nicht, sondern blickte nur kurz zu der alten Wirtin, die sich wie in Zeitlupe in Richtung Zapfhahn bewegte, um Paul sein frisches Weißbier abzufüllen. Alles war beim Alten: Noch immer herrschte diese paradoxe Mischung aus Stillstand und Bewegung in der uralten Kneipe.

Jetzt sah Paul sie an. Bis heute geschah es eher selten, dass er den Leuten so direkt in die Augen sah. Nicht, weil *er* etwas zu verbergen hatte, eher im Gegenteil. Der Blick seiner hellbraunen Augen war so ruhig, scharf und klar, dass er tief drang. Tiefer, als es einigen recht war. Es konnte zu Unruhe führen, manchmal auch Konflikten, daher ging er sparsam damit um.

»Was ist los, Alice?«, fragte er schlicht. »Du hast doch was.«

Alice dachte fieberhaft nach. Auf einmal bereute sie es, dass sie hergekommen war. Mit ihrem Kindheitsfreund hatte sie früher über alles reden können … Doch jetzt wurde ihr schmerzhaft bewusst, dass das lange her war. Sie hätte gern über ihre Gefühle geredet, wenn sie sich hätte erklären können. Aber das zählte nicht gerade zu ihren Stärken. Als sie zu Karl gesagt hatte, es gebe kein Wort für das, was sie fühlte, war das nicht widerborstig gemeint gewesen. Sondern die Wahrheit. In der Welt, in der sie lebte, gab es keinen Platz für so irrationale Dinge wie unsichtbare Farbfresser. Hier funktionierte man. Und wenn etwas nicht klappte, erklärte man in zwei oder drei vernünftigen Sätzen, warum es nicht geklappt hatte, und machte weiter.

So einfach war das.

Deshalb war Paul der Einzige, mit dem sie je offen über das tote Mädchen gesprochen hatte; doch selbst er kannte die neuen Schatten in ihrem Leben nicht. »Der Zeißler ist tot. Hast du das gewusst?«, sagte sie, ein wenig unbeholfen.

»Dein alter Ausbilder? Nein; ich kenne ihn ja gar nicht«, erwiderte Paul und nahm sein Bier von Thea entgegen. »Danke«, sagte er zu ihr, und die alte Wirtin nickte ihm huldvoll zu und schlurfte zurück zu ihrem Lehnstuhl. Sie ließ sich in dem weichen Polsterstuhl nieder und starrte in den Fernseher, wo die Abendnachrichten liefen. Mittlerweile in Farbe.

Paul nahm einen Schluck von seinem Bier. »Und das hat dich aus der Bahn geworfen, dass dein Ausbilder gestorben ist? Deshalb bist du heute nach Neuhaus gekommen?«, fragte er.

»Nein, deswegen nicht. Er ist schon seit über einem Jahr tot. Aber ich hab's erst erfahren, als ich dann hier war. Es hat mich tatsächlich ein bisschen aus der Bahn geworfen. Weil ich mit ihm reden wollte. Und dann so was … Da passiert so etwas Furchtbares, und ich *ahne* es noch nicht einmal. Dabei hätte ich es doch …« Abrupt verstummte sie. »Kennst du das?«, sagte sie auf einmal gepresst und stolperte fast über ihre Worte. »Da glaubst du die ganze Zeit über, du weißt, was um dich herum vor sich geht. Aber dann nimmt das Leben irgendeine unerwartete Wendung, und du erkennst, dass du die Wirklichkeit falsch gedeutet hast. Du hast Zeichen nicht wahrgenommen, oder sie bedeuten etwas ganz anderes, als du geglaubt hast, weil du nur einen Teil davon kennst. Dein Ausbilder hustet sich die Seele aus dem Leibe, und du hältst es für simplen Raucherhusten und kapierst nicht, dass er nur noch ein Jahr zu leben hat.« Wieder verstummte sie und versuchte, sich zusammenzunehmen. »Mich macht einfach der Gedanke nervös, dass ich die Menschen um mich herum falsch verstehen könnte. Vielleicht übersehe ich etwas – irgendetwas Entscheidendes, was nie wiedergutzumachen ist. Weißt du, was ich meine?«, sagte sie dann, etwas ruhiger.

»Aber das waren nicht die Spuren oder Zeichen, die dich ursprünglich so beunruhigt haben, dass du nach Hause gefahren bist. Dann erzähl mal: Was hast du denn noch nicht gesehen? Also, ganz konkret?«, fragte Paul, ebenso freundlich wie pragmatisch.

Alice zögerte. Das war eine sehr, sehr unbequeme Frage. »Es

ist schwer, da konkret zu werden; ich weiß es eigentlich selbst noch nicht so genau. Aber … nachdem ich bei der Redaktion in Miesbach gewesen war, wusste ich erst nicht recht, wo ich hinsollte, bis das *Spinnrad* aufmacht und du kommst. Nach Hause zu meinen Eltern wollte ich nicht. Also hab ich bei Julia vorbeigeschaut, der ehemaligen Tagesmutter von Elena.«

Paul legte den Kopf schräg und sah sie mit hochgezogener Braue an; sie wusste, es wirkte so, als würde sie schon wieder ausweichen. Aber das stimmte nur zum Teil. Sie war noch immer beim Thema, fand sie.

»Und *Julia* hat es geschafft, dich noch weiter aus der Fassung zu bringen?«, fragte er bedächtig. »Ich weiß ja nicht viel von ihr, aber nach allem, was du erzählt hast, ist sie doch völlig bodenständig und ausgeglichen. Eine *mamma*, wie sie im Buche steht.«

Alice nahm einen Schluck von ihrem Bier und bemerkte, dass es lack geworden war. Dann nahm sie eine Handvoll Erdnüsse, um den bitterschalen Geschmack zu vertreiben, und stellte beunruhigt fest, dass sie nach nichts schmeckten. Selbst ihre Geschmacksnerven schienen heute nicht in Bestform zu sein. »Genau das hab ich auch immer geglaubt … Wusstest du, dass Julia eigentlich gar nicht Julia heißt?«, fragte sie dann. »Man schreibt es ›Giulia‹, und ausgesprochen wird es auch anders. Aber sie hat nie was gesagt. Nie. Man spricht es ›Dschulia‹ aus. Sie hat noch nicht mal darauf bestanden, dass wer ihren *Namen* richtig ausspricht. Findest du das nicht auch gruslig?«

Wieder verstummte sie. Im Geiste kehrte sie in die viel zu kleine Wohnung ihrer ehemaligen Tagesmutter zurück. Wie düster die war, und dass sie nur nach Norden blickte, in die entgegengesetzte Richtung zu Julias Heimatland, war ihr überhaupt erst heute aufgefallen. Sie hatte sich all die Jahre immer so geborgen gefühlt in dieser Wohnung … Aber das lag wohl an deren Bewohnern, nicht am Haus.

»Ich habe Giulia erzählt, dass ich mir in Murnau zwischen all den Hausfrauen und Müttern manchmal wie 'ne Fremde vorkomme«, sagte Alice langsam. »Als hätt es mich auf einen anderen Planeten verschlagen. Und ob sie versteht, was ich meine? Eigentlich hab ich gar nicht mit einer richtigen Antwort gerechnet. Bei Julia scheint doch immer alles am richtigen Platz zu sein, vor allem sie selbst. Aber sie … sie hat mich nur angesehen. Und dann hat sie gelächelt, doch da war ein trauriger Zug um ihren Mund. ›Ja‹, hat sie nur gesagt. ›Das versteh ich sehr gut.‹ Und dann erst hab ich nachgefragt.«

Alice starrte zum Fernseher hinüber, wo immer noch die Nachrichten liefen. Ein seltsam unwirkliches Gefühl überkam sie. Als sie darüber nachdachte, woher dieser Eindruck des Unwirklichen kam, erkannte sie, dass Thea vergessen hatte, den Ton anzustellen. Offensichtlich war sie schwerhöriger, als sie zugeben wollte. Nur die Bilder flackerten über die Mattscheibe, begleitet von der völlig unpassenden Tonspur der Wirtshaus-Unterhaltungen. Sie waren abenteuerlich, wie immer, wenn Xaver einen der Tische in der Ecke besetzt hielt und einem armen Tropf die Welt erklärte. Eindrücke von Vietnam nach dem Abzug der USA, dann kam Annemarie Renger ins Bild, Präsidentin des Deutschen Bundestages seit 1972 – die erste Frau in der Geschichte weltweit, die einem frei gewählten Parlament vorstand. Leider wurden ihre Lippenbewegungen von Xaver in seiner Ecke reichlich unpassend synchronisiert von einem flammenden Meinungsbeitrag zur Flüchtlingsproblematik in Deutschland.

Alice' Eindruck vertiefte sich, dass in ihrer Welt, die sich so krampfhaft um einen heilen und harmonischen Eindruck bemühte, momentan rein gar nichts zusammenpasste. »Ich hab einen kleinen Einblick aus erster Hand bekommen, wie es sich so lebt als Gastarbeiter in der BRD«, sagte sie langsam. »Natürlich war mir klar, dass es Anfeindungen gibt. Aber wusstest du, dass manche Gaststätten tatsächlich ein Schild draußen hängen haben mit der Aufschrift *Zutritt für Hunde und Italiener verboten*? Ist das nicht … Warum hab ich damals nicht mit Ju…*Dschulia* darüber gesprochen, wie es ihr hier in Deutschland geht?! Warum hab ich sie nie *gefragt*?«

»Ich erinnere mich, dass du damals völlig entzweigerissen warst zwischen deiner Arbeit und der Familie. Das war doch überhaupt der Grund, weshalb du eine Tagesmutter gebraucht hast, oder nicht? Nicht gerade der geeignete Moment, um die Welt zu retten. Außerdem: Vielleicht war sie ja auch froh darüber, Kontakt mit jemandem wie dir zu haben, der einfach ohne Vorurteile und wie selbstverständlich mit ihr geredet hat? Auf Augenhöhe?«

Sie starrte in ihr Bierglas und schwieg, offensichtlich nicht überzeugt.

»Geht es ihr denn so schlecht? Braucht sie Hilfe?«

»Nein. Im Moment nicht«, sagte Alice. Auf einmal musste sie lächeln. »Sie wird nächsten Monat mit ihrem Mann ein italienisches Restaurant eröffnen. ›Wenn man uns nicht reinlässt beim Gasthaus, machen wir eben unser eigenes auf. Schmeckt eh besser‹, hat sie gesagt. Gefällt mir, die Haltung.«

Auch Paul grinste, dann wurde er wieder ernst. »Du fühlst dich also wie eine Fremde in Murnau«, stellte er fest – betont sachlich und ruhig, wie sie fand. »Und das war der Grund, warum du mit dem Zeißler reden wolltest. Hat das mit deiner Arbeit als Reporterin zu tun, kommst du nicht so richtig zum Zuge im Moment? Oder wer gibt dir denn dieses Gefühl der Fremdheit? Fremd fühlt man sich doch immer dann, wenn man nicht oder nicht richtig gesehen wird von seiner unmittelbaren Umwelt.«

Sie rutschte unbehaglich auf ihrem Stuhl hin und her. Da war sie wieder, seine direkte Art. Aber deshalb hatte sie ja mit ihm reden wollen. Oder nicht? Um den Nebel in ihrem Kopf zu lichten? Er nahm sich von den Erdnüssen, die ihm offensichtlich zu schmecken schienen, und trank einen großen Schluck Bier, während er wartete – scheinbar entspannt und in aller Seelenruhe.

Ein bisschen ging er ihr auf die Nerven in diesem Moment, aber das war natürlich ein unfairer Eindruck. Wenigstens hörte er zu.

Wer gibt dir denn das Gefühl, nicht gesehen zu werden?

Irgendwann würde sie darüber nachdenken müssen, woran es lag, dass sie mit Paul so offen reden konnte, während ihr Ehemann weniger dafür taugte. Vielleicht war das sogar die eigentliche, ebenso wichtige wie unbequeme Frage, die im Hintergrund lauerte. Vielleicht, dachte sie und erschrak ein bisschen vor dem Gedanken, war das tatsächlich der Kern des Problems.

Karl.

Aber darüber konnte sie mit Paul nicht reden. Ihr Mann-Ex-Mann-Mann hatte schon immer wie eine paradoxe, unübersehbare Leerstelle zwischen ihnen gestanden. Er war der Elefant im Raum, über den sie beide nicht sprachen. Und das war auch ganz in Ordnung so, fand sie; es wäre illoyal gewesen, ein Verrat Karl gegenüber, wenn sie mit Paul über ihre Ehe redete.

Aber seltsam war das schon, dass Paul von dem toten Mädchen wusste, während Karl nichts von dessen Existenz ahnte … Sie hatte ihrem Freund von diesem Schatten erzählt, weil sie wusste, er würde verstehen, was sie ihm damit sagen wollte.

Aber warum nur er?

»Sie ist wieder da. Dabei war sie so lange verschwunden«, sagte sie leise, während sie in einen dunklen Winkel der Kneipe starrte, als würden sich dort in diesem Moment die verlorenen Spuren eines längst vergangenen Lebens abzeichnen. Er begriff sofort, das sah sie an der Beunruhigung in seiner Miene.

Trotzdem, überraschenderweise hatte es sich gut angefühlt, das laut vor jemandem auszusprechen, der es verstehen konnte. Es nahm der Dunkelheit ein wenig von ihrem Schrecken. Ihr Blick wanderte zum Fernseher, blieb an den bewegten Bildern hängen, und plötzlich sagte sie heftig: »Wenn ich die Nachrichten sehe und was los ist in der Welt … Ich meine, gemeinsam haben es Menschen und Medien geschafft, den Vietnamkrieg zu beenden! Und wo bin ich? Was mache *ich*?!«

Ich … Das Wort hallte in ihrem Kopf nach, ein Echo, das sie zu verspotten schien, bis es allmählich verschwand. Dann aber, als es verklungen war, hörte sie auf einmal wieder die Worte ihres Ausbilders. Sie hörte seine Stimme, so glasklar, als stünde er neben ihr im Hier und Jetzt.

Bleiben Sie getrieben. Furchtlos …

»Aber du *wirst* wieder voll einsteigen und arbeiten, das war doch immer klar. Die Frage ist nur, wann, ob früher oder später. Was wär denn ein geeigneter Zeitpunkt? Was hält dich noch ab?«

»Max ist noch so klein«, sagte Alice bedrückt. »Das war schon bei Elena kritisch … Ich weiß eben nicht, wann der richtige Zeitpunkt gekommen ist, um guten Gewissens arbeiten gehen zu können. Du etwa?«

»Ja«, sagte Paul, und sie sah ihn erst überrascht, dann kopfschüttelnd an.

»Nicht dein Ernst, du Junggeselle!«

Aber er lächelte nicht. »Der richtige Zeitpunkt ist dann gekommen, wenn du merkst, dass du gar nicht mehr anders kannst. Erinnerst du dich etwa nicht an früher, als wir Kinder waren? An meine Mutter?«

Alice umklammerte ihr Bierglas fester, als ein weiteres Gesicht aus den Tiefen der Vergangenheit auftauchte. »Sie war so unglücklich, all die Jahre über, nicht?«, sagte sie leise.

Er nickte, ohne sie anzusehen. »Es hat mir mehr Angst gemacht als alles andere auf der Welt.«

Ein Moment beklommener Stille.

»Wenn du meine Meinung hören willst – und davon gehe ich aus, weil du sonst nicht hier mit mir sitzen würdest –, dann gibt es nichts Beängstigenderes für ein Kind als eine kreuzunglückliche Mutter.«

Wieder wurde es sehr still. »Ich hätte sonst was dafür gegeben, meine Mutter glücklich zu sehen«, sagte Paul. »Nur ein einziges Mal.«

Alice fühlte auf einmal eine überwältigende Traurigkeit in sich aufsteigen. Ja, natürlich. Es hatte seinen Grund, dass Paul derjenige war, der er war.

Und sie auch, wenn auch aus anderen Gründen.

Sie starrte so lange auf den lautlosen Fernseher in der Ecke, dass sie irgendwann das Gefühl hatte, die Mattscheibe löse sich in einem Geflimmer aus schwarzen und weißen Punkten auf.

»Wie man's macht, macht man's falsch, was?«, sagte sie.

»Vielleicht. Aber Hauptsache, du *machst* etwas. Erinnerst du dich eigentlich noch an den Schwarzen König?«, fragte Paul unvermittelt. *»Alice hinter den Spiegeln«*, setzte er als Erklärung hinzu, als sie den Kopf wandte und ihn nur verwirrt ansah.

Sie zwang sich zu einem kleinen Lächeln. Es misslang. »Jetzt nicht schon wieder! Wie kann es eigentlich sein, dass du ständig über ein Buch redest, das du offensichtlich nie gelesen hast? Außerdem wirfst du mit ganz schön vielen Bildern um dich, für jemanden, der angeblich gar nicht blumig und im übertragenen Sinne reden kann.«

»Ich weiß. Aber es ist ja auch nicht meine Geschichte oder mein Gedanke. Sondern deiner. Erinnerst du dich denn nicht? Du hast dich fürchterlich über die Herzkönigin aufgeregt, aber das war nicht alles. Da gab es noch das Kapitel über den Schwarzen König. Pass auf, ich helfe deiner Erinnerung auf die Sprünge: Alice sieht den Schwarzen König, der schlafend unter einem Baum liegt. Da sind zwei freche kleine Kerle bei ihr, Zwiddeldum und Zwiddeldei, die behaupten, der König würde von *ihr* träumen, von dem Mädchen Alice, genau in diesem Moment. Und dass sie daher logischerweise nur in seinen Träumen existiert.

Deshalb sollte sie mal lieber ganz, ganz still und leise sein und ihn nicht wecken, sonst würde sie sich womöglich in nichts auflösen. Dann aber ist es das Mädchen, das irgendwann aufwacht und sich die Augen reibt. Und sich fragt, ob es nicht genau umgekehrt war: Hat womöglich *sie* den Schwarzen König geträumt?«

Paul sah sie an, während er abwartete, bis seine Worte tiefer drangen. »Wer entscheidet denn, was Wirklichkeit wird? Ich weiß noch, wie du damals hochgegangen bist vor Wut. ›Nie werd ich einem wildfremden König erlauben, mein Leben zu träumen.‹ Deine Worte, Alice«, setzte er dann mit einem kaum wahrnehmbaren Lächeln hinzu.

Alice wurde ganz still und dachte wieder an ihren alten Mentor, während sie auf den kaum mehr wahrnehmbaren Schaum ihres schalen Weißbieres starrte.

Die Welt im Schnee. Lass uns
die schönste Aussicht suchen gehn,
Bis wir taumeln, fallen.

Leben und Tod. Weiße Unendlichkeit und schwarze Leere, Abgründe. Alle Extreme, in ein einziges Leben gepackt … Auf einmal sah sie auf und blickte ihrem Freund in die Augen. »Ja. Das war der Grund, warum ich den Zeißler treffen wollte. Damals, bei unserem letzten Treffen, haben wir über ähnliche Dinge gesprochen, weißt du.«

Erst in diesem Moment, als sie die Erleichterung fühlte, die durch ihre Gliedmaßen strömte, begriff sie das ganze Ausmaß ihrer Bedrückung. Endlich wusste sie, was sie zu tun hatte. Es musste nicht gleich morgen sein, nicht auf Biegen und Brechen. Aber sie würde es schaffen. Sie brauchte lediglich Augen und Ohren offen zu halten. Die Chancen lagen auf der Straße … Man musste nur ein wenig warten, auf eine passende Gelegenheit. Sie wahrnehmen. Und dann ergreifen.

Sie nahm sich eine Handvoll Erdnüsse, denn plötzlich fühlte sie sich sehr, sehr hungrig. In der Erwartung einer Geschmacksexplosion warf sie sich die Handvoll in den Mund. Sie blieb aus. Die Nüsse schmeckten noch immer völlig fade. Aber vielleicht, ermahnte sie sich, brauchte es auch hier einfach Geduld und eine kleine Weile, bis die Geschmacksnerven wieder …

»Scheußlich, was?«, sagte Paul, der sah, wie sie das Gesicht verzog. »Ich war noch nie ein Fan von ungesalzenen Nüssen; außerdem müssen sie steinalt sein. Wenn ich nicht so einen Hunger hätte …«

Kapitel 20
DER VERRAT
August 1976 – Murnau

Ende August: Noch immer Ferien, und es regnete in Strömen.

»Max!!! Maximilian Meißner, steh auf. Sofort!«

Zu spät. Ihr Sohn war durch die seengroße Pfütze vor dem Postamt geplatscht und hatte sich dann voller Wohlbehagen in deren Mitte niedergelassen. Nein, niedergelassen traf es nicht. Er *rollte* sich durch die Pfütze wie ein überdimensionaler gelber Regenwurm im Friesennerz.

Wozu, fragte sich Alice, während sie durch die Pfütze watete, den Regenschirm notdürftig über ihrem Kopf balancierend, um mit der freien Hand den kleinen Übeltäter am Kragen zu packen, zog man Kindern eigentlich mühsam Gummistiefel und Regenjacke an? Sie schafften es ja doch, nass zu werden bis auf die Knochen. Immer. Es musste ein Heidenspaß sein.

Auch wenn sie beim besten Willen nicht nachvollziehen konnte, warum. Ihr jedenfalls war jetzt schon kalt in ihren klammen Kleidern. Elena auf der anderen Seite der Pfütze kicherte, als Alice sich das tropfnasse Bündel resolut unter den Arm klemmte und aus dem knöcheltiefen See wieder zurückwatete ans halbwegs trockene Ufer des Bürgersteigs. Im Moment war ihre Tochter nicht gerade eine Hilfe. Wartende Murnauer im Postamt beobachteten sie durch das Fenster.

Sie atmete tief durch. Im Grunde konnte sie es den Kindern noch nicht einmal verübeln, dass ihnen der Sinn nach Unsinn stand. Diese ewig langen Ferien und nun noch Dauerregen – seit Tagen schüttete es ohne Unterbrechung. Ihnen allen fiel die Decke auf den Kopf. Das war auch der Grund, weshalb sie die Kinder eingepackt hatte und zum Postamt gefahren war. Sie musste einen Brief aufgeben, aber so wichtig war der gar nicht. Hauptsache, sie kamen mal raus, hatte sie gedacht. Eine Abwechslung.

Stimmte ja auch: und was für eine Abwechslung! Sie zog Max auf der Treppe zur Post die Gummistiefel aus, die randvoll gelaufen waren, leerte ungefähr einen Liter Wasser pro Stiefel über die Stufen in den Rinnstein und stülpte sie dem Zappelphilipp wieder über die Füße. In der Zwischenzeit hatte Elena begonnen, durchdringende Heullaute von sich zu geben, als wäre sie eine Feuerwehrsirene, und vor ihr auf dem leeren Hauptplatz ebenfalls durch Pfützen zu hüpfen, wenn auch durch kleinere.

Alice seufzte. Eigentlich kam sie im Moment gut mit ihrer Tochter zurecht. Nur manchmal schien Elena das Gefühl zu haben, dass ihr kleiner Bruder mehr Aufmerksamkeit bekam, als ihm von Rechts wegen zustand. Selbst wenn es Aufmerksamkeit in Form einer Standpauke war. Sie versuchte dann, das Gleichgewicht wiederherzustellen, indem sie ebenfalls zum Kleinkind mutierte und sich danebenbenahm. Na prima.

Die Leute im Postamt guckten noch immer. Vermutlich nicht aus Häme, noch nicht einmal kopfschüttelnd, sondern einfach nur, weil sie nichts anderes zu tun hatten, während sie gelangweilt in der Schlange standen. Alice trocknete Max so gut wie möglich ab – auswringen ging ja schlecht –, damit er wenigstens nicht den Boden in der Post volltropfte, dann winkte sie Elena zu sich.

»Benimm dich!«, sagte sie streng. Als sie jedoch dieses Flackern in der Miene der Neunjährigen sah, das jede Menge weiteren Ärger verhieß, versuchte sie es mit einer anderen Strategie. Aus erzieherischer Sicht ging das natürlich gar nicht; aber sie waren schließlich unter sich.

»Passt auf. Ich muss jetzt einen Brief in der Post aufgeben. *Wenn* ihr brav seid, fahren wir danach gleich nach Hause, machen uns eine heiße Schokolade, und dann les ich euch eine Geschichte vor.«

Elena musterte sie kritisch. »Was für eine Geschichte?« Sie war ein zäher Verhandlungspartner.

Aber noch konnte Alice ihr das Wasser reichen. »Das verrate ich nicht. Es ist eine Überraschung«, sagte sie und versuchte, möglichst verheißungsvoll dreinzuschauen.

Schlagartig hatte sie die volle Aufmerksamkeit der beiden Kinder. »Ein Über-haschung«, sagte Max, mit Begeisterung in der Stimme. »Is gut. Max brav.« Auch Elena nickte.

Alice durchbohrte ihre Sprösslinge noch einmal mit Blicken, doch zumindest der feste Vorsatz zum Bravsein schien einstweilen da zu sein. Mal sehen, wie lange er halten würde. Sie setzte die beiden auf eine Bank im Innenbereich und stellte sich dann in die Schlange. Ein oder zwei Minuten lang beobachtete sie die Kinder noch aus dem Augenwinkel, doch dann wurde sie abgelenkt, als sich die Stimmung in dem großen Raum innerhalb weniger Augenblicke veränderte. Das Telefon schrillte. Einer der Postbeamten hinter dem Schalter hob ab, während der andere sich weiter um die Kunden kümmerte. Dann begann er, aufgeregt in den Hörer zu sprechen. Als er aufgelegt hatte, wandte er sich seinem Kollegen zu und sagte etwas. Der Kunde ganz vorne, der gerade bedient wurde, verstand offensichtlich, was geredet wurde, und gab es an seinen Hintermann weiter, der bereits angefangen hatte, sich weiter nach vorne zu beugen, um besser hören zu können. Dann ging die Flüsterpost weiter an die Frau, die hinter ihm zu drängeln begann. Alice fragte sich amüsiert, welche Geschichte letzten Endes bei ihr rauskommen würde. Dennoch übertrug sich die wachsende Anspannung im Raum auch auf sie. Sie hörte Satzfetzen wie »… über die Ufer«, »abgeschnitten von …« und »… steigt noch viel weiter«.

Endlich drehte sich der Mann vor ihr um. »Hochwasser am Lech. Drüben im Landkreis Weilheim-Schongau rufens den Notstand aus!«

»Seit wann?«, fragte Alice, plötzlich hellwach.

Der Mann zuckte die Schultern. »Seit wann denn, Korbinian?«, rief er nach vorn.

»Geht grad erst los. Aber des wird heftig!«, brüllte der Postbeamte zurück.

Alice wandte sich ohne ein weiteres Wort um und schnappte sich ihre Kinder; der Brief konnte warten. »Schnell«, sagte sie, und ihr Tonfall veranlasste zumindest Elena, sofort zu reagieren und keine weiteren Faxen zu machen. Mit Max in der Mitte eilten sie zum Auto, ohne sich die Mühe zu machen, den Schirm aufzuspannen. Ab einem gewissen Punkt konnte man nasser nicht werden.

Während der Fahrt legte sich Alice einen Plan zurecht. Innerhalb weniger Minuten war sie zurückgerutscht in den Reporterinnen-Modus. Zu Hause angekommen, tat sie mehrere Dinge gleichzeitig, als wäre sie die hinduistische Göttin Lakshmi mit vier Armen. In Windeseile zog sie den Kindern trockene Kleider an, dann drückte sie ihnen jeweils ein Handtuch in die Hände. »Haare rubbeln!«, befahl sie, während sie sich selbst notdürftig abtrocknete und dann in noch immer klammen Klamotten nach dem Telefonhörer griff. Die Kinder waren mäuschenstill. Das hatten sie in den letzten beiden Jahren gelernt: Ihre Mutter war die Geduld in Person, aber wehe, man quatschte ihr beim Telefonieren dazwischen. »Arbeit« hieß das Zauberwort. Sobald Alice es aussprach, wussten sie, dass ihre Mutter ab jetzt keinerlei Spaß mehr verstand.

Zunächst rief sie bei der Tagesmutter an und vergewisserte sich, ob sie notfallmäßig einspringen und sich für ein paar Stunden um die Kinder kümmern konnte. Konnte sie. Danach sammelte sie sich kurz und wählte die Nummer des Hörfunks in München. Sie ließ sich in die Abteilung durchstellen, in der sie damals vor drei Jahren, aber auch im vergangenen Jahr noch einmal stundenweise hatte reinschnuppern und ein wenig mitmischen dürfen.

Ja, sagte der Chef. Sie hätten vom drohenden Hochwasser gehört. Nein, da war noch niemand vor Ort. Sie hatten darüber nachgedacht, aber von München aus gab es anscheinend kein Durchkommen mehr über die Bundesstraße, und auch die Bahnstrecke drohte überflutet zu werden.

»Ich wohne in Murnau. In zwanzig Minuten könnte ich mit dem Auto in Weilheim sein, direkt vor Ort«, sprach Alice die Zaubersätze, die ihrem Leben mit ein bisschen Glück die entscheidende Wende geben könnten.

Ein Zögern am anderen Ende der Leitung. Sie trat von einem Fuß auf den anderen. »Ist das nicht gefährlich?«, fragte er. »Bei dem Wetter, mit dem Auto, und …«

»Das ist kein Problem«, unterbrach ihn Alice, was vielleicht ein bisschen respektlos war. Aber die Zeit drängte, und sie war sicher, dass er keinen Gedanken an ihre Sicherheit oder ihre Fahrkünste verschwendet hätte, wenn sie ein Mann gewesen wäre. Kurz dachte sie an die erstaunliche Sendung in Sachen Verkehrserziehung vom Vorabend.

Es gibt falsche Verhaltensweisen, die besonders oft bei Frauen beobachtet werden, wie beispielsweise das Nichtbeachten der Vorfahrtsregeln.

Frauen fahren vorsichtiger als Männer, weil ihnen die Übung fehlt. Sie behindern dann den fließenden Verkehr. Das liegt einmal an der zu geringen Kilometerleistung dieser Damen und zum anderen an ihrer Hilflosigkeit gegenüber der Technik.

In leicht verschmitztem Tonfall sagte sie: »Haben Sie gestern auch den *Siebten Sinn* gesehen? Keine Sorge, ich kann mich tatsächlich beherrschen. Ich missbrauche meinen Rückspiegel nicht zum Schminken; zumindest nicht, während ich Auto fahre. Ich bin Reporterin und jeden Tag mit dem Auto unterwegs.«

Der Chef schien Sinn für Humor zu haben, denn sie hörte ihn lachen am anderen Ende der Leitung. Sie nutzte den Moment und fügte noch schnell hinzu: »*Und* ich könnte sofort starten.«

Das war glatt gelogen; erst mussten Kinderhaare getrocknet und eine Tagesmutter abgewartet werden, aber das brauchte er nicht zu wissen.

»Hmmm … und Sie trauen sich das zu? Sie wären da allein vor Ort, als Reporterin …«

»Ja«, sagte Alice nur, so bestimmt sie konnte, in dem Wissen, dass jede weitere Erklärung wie eine Rechtfertigung geklungen hätte.

»Moment«, sagte er. Und dann: »Geben Sie Ihre Nummer durch, ich muss noch was klären. Ich rufe gleich zurück.«

Alice gab sie ihm und legte auf. Sie nutzte die Wartezeit, lief ins Bad und rief die Kinder zu einem Familien-Föhnen zu sich. Max' Miene wurde ganz hell vor Wonne, als der warme Wind ihm über Gesicht und Haare strich. Während sie die beiden Kinder trocken föhnte, stahl sie sich unauffällig immer mal wieder eine Brise, damit auch ihre eigenen Haare halbwegs trocken waren, für den Fall, dass sie gleich aufbrechen würde.

Viertel nach zehn.

Wo blieb nur die Tagesmutter?

Sie stand gerade vor ihrem Kleiderschrank und dachte über die passende Garderobe für einen derartigen Anlass nach – es war kompliziert –, als das Telefon klingelte. Die praktische Bluejeans hatte sie bereits an. Noch während sie in einen weißen Rolli schlüpfte, rannte sie in die Diele und schnappte sich den Hörer.

Diesmal eine unbekannte, äußerst interessierte Männerstimme. Wie sich herausstellte, war diese Stimme für den Bereich *Aktuelles aus der Region* zuständig. Ob sie sich tatsächlich zutrauen würde, auch live zu berichten? Ein Hörfunkwagen könnte es schaffen bis Weilheim, der Kleinbus mit seinem höheren Fahrgestell käme wahrscheinlich noch durch. Ansonsten versank der Landkreis gerade im Chaos, im wahrsten Sinne des Wortes. Und sie hatten keinen Reporter mehr frei, den sie schicken konnten, weil sie hier in München gar nicht mehr damit gerechnet hatten, dass sie überhaupt durchkamen.

Alice erinnerte sich an ihren Sprechunterricht und atmete einmal langsam ein und aus, um sicherzugehen, dass sie ihre Stimme unter Kontrolle hatte und nicht vor Aufregung eine Oktave höher rutschte. Dann sagte sie: »Ja, natürlich. Ich habe schon bei ein paar Produktionen mitgearbeitet.«

Im Hintergrund hörte sie die Stimmen der Kinder. Noch waren sie leise genug, um nicht durch die Leitung bis nach München zu krabbeln. Im Geiste beschwor sie sie, ruhig zu bleiben, nur einen klitzekleinen Moment noch, um den Eindruck von Professionalität nicht gleich wieder zu vermasseln. Kurz sammelte sie ihre Gedanken, den Stadtplan von Weilheim vor ihrem inneren Auge. Gut, dass sie tatsächlich viel im Landkreis unterwegs war. Nachdem sie einen geeigneten Treffpunkt vorgeschlagen hatte, legte sie auf.

Zehn Uhr vierzig.

Sie überlegte, welche Jacke bei dem Wetter am geeignetsten wäre und trotzdem professionell wirken würde, während sie ins Wohnzimmer zu den Kindern rannte und im Laufen ihren Pulli in die Jeans stopfte.

»Passt mal auf, wir haben einen Notfall«, sagte sie zu den beiden. »In Weilheim drüben gibt es … Da hat es so viel geregnet, dass die Flüsse und Seen sich gerade auf den Weg in die Innenstadt machen. Ich muss für ein Weilchen weg, weil ich darüber berichten soll im Radio, damit die Leute Bescheid wissen; am

Nachmittag bin ich wieder zurück. Versprochen. Frau Molle ist gleich da, die macht was Schönes mit euch.«

Noch während sie sprach, bemerkte sie ihren Fehler. Max' Gesicht verzog sich leicht, dann wurde es rot. Erst zartrosa, doch die Farbe wurde von Sekunde zu Sekunde leuchtender und intensiver. Stimmt, da war noch was, das sie in der Aufregung komplett vergessen hatte.

»Über-haschung! Du hasts *versprochen*!«, brüllte er.

Alice liebte ihr Söhnchen wirklich von ganzem Herzen. Aber nicht zum ersten Mal dachte sie, dass seine Stimme in solchen Momenten beängstigend an ein Nebelhorn erinnerte.

Der Ausbruch erinnerte sie allerdings auch daran, dass sie mit ihren Kindern ein Handelsabkommen geschlossen hatte. Dadurch gelang es ihr überraschend gut zu arbeiten, selbst wenn sie mal mit den beiden allein zu Hause war. Sie verstanden inzwischen, dass »Arbeit« wichtig war, ein Zauberwort … Und Alice gelang es meist, eine Stunde friedliches Miteinander auszuhandeln, wenn sie einen Ausgleich für danach versprach. Belohnungen in Form einer Spielplatz-Extrarunde oder einer Vorlesestunde. Alice war sich sicher, dass diese Abkommen vor allem deshalb so gut funktionierten, weil sie sich immer, wirklich immer an ihre Versprechen hielt. Ihre Kinder konnten sich in der Hinsicht voll und ganz auf sie verlassen.

Und jetzt?

Sie hatte das Versprechen auf eine sensationelle Überraschungsgeschichte gegeben, aber das war vor der Nachricht mit dem Hochwasser gewesen. Diesmal würde sie ihr Versprechen unmöglich halten können.

Während sie fieberhaft nachdachte, bemerkte sie, dass Elena sie aufmerksam beobachtete. Und dann sagte die Kleine auf einmal: »Ist schon gut, Mama. Geh ruhig.«

Elena war schon immer ein ungewöhnliches Kind gewesen. Vielleicht, weil die Lebensumstände ihrer frühen Kindheit ebenfalls außergewöhnlich gewesen waren. In den letzten Jahren hatte sie ganz Kind sein können und ihrer Mutter, wenn die beiden nicht gerade jede Menge Spaß zusammen hatten, gerne und jederzeit gehörig auf die Nerven gehen dürfen. Trotzdem hatte Alice immer wieder beobachtet, dass ihre Tochter eine besondere Umsicht an den Tag legen konnte. Vor allem in den Momenten, wenn Alice von den Schatten verschluckt zu werden drohte. Sie benahm sich dann viel zu erwachsen für eine Neunjährige.

»Ich mach das schon«, bekräftigte sie jetzt erneut. Und an Max gewandt sagte Elena: »Ich kenn auch 'ne Überraschungsgeschichte, die erzähl ich dir gleich. Aber nur, wenn du jetzt brav bist. Verstanden?« Sie beugte sich zu seinem Ohr hinab und flüsterte, für alle hörbar: »Und stell dir vor, was Mama erst zu erzählen hat, wenn sie nachher heimkommt! Das wird ein richtiges Abenteuer, mit Wildwasser und Feuerwehr und Polizei! Vielleicht kommt sie sogar in 'nem Boot nach Hause gerudert …«

Max' Gesicht nahm schlagartig wieder seine normale Färbung an, und Elena sagte an Alice gewandt: »Geh ruhig, Mama. Und keine Angst, du schaffst das. Du bist die Beste!«

Genau die Worte, die Alice manchmal zu Elena sagte, wenn ihre Tochter vor einem scheinbar unüberwindlichen Berg stand und zu verzagen drohte. Plötzlich fühlte sie, wie ihr Tränen in die Augen stiegen. Impulsiv machte sie einen Schritt nach vorn und nahm ihre Tochter in die Arme.

»Danke«, flüsterte sie nur.

Es klingelte.

»Das ist Frau Molle, oder?«, nuschelte Elena aus den Tiefen der Umarmung. »Jetzt komm schon, nix wie ab mit dir!«

Elf Uhr zwanzig.

Das Ortsschild Weilheim kam nach einer rasanten Fahrt und zwei leichten bis mittleren Schleuderpartien in Sicht. Alice fuhr langsamer und nahm ihre Umgebung in sich auf, während sie sich dem Treffpunkt näherte: spätgotische Treppengiebel, Rundbögen, leuchtend bunte Fassaden … Weilheim war eine hübsche Kleinstadt, die vom Krieg weitgehend verschont geblieben war. Endlich hatte der Regen etwas nachgelassen, und in den kleinen Straßen herrschte hektische Betriebsamkeit. Sie parkte zentral in der Nähe des Rathauses und machte sich dann zu Fuß auf den Weg, um die Lage zu erkunden. Der Übertragungswagen aus München würde in etwa einer Stunde hier sein.

Sie kam schnell ins Gespräch, zumindest mit den Leuten, die nicht gerade mit Sandsäckeauftürmen beschäftigt waren. Die Sorge wuchs, dass auch die nahe gelegene Ammer über die Ufer treten könnte. Doch die größte Gefahr im Landkreis Weilheim-Schongau ging momentan vom Lech aus, einem ursprünglich wilden Alpenfluss, der zwar gezähmt schien, aber trotzdem noch immer zur reißenden Naturgewalt werden konnte, sobald unterschiedliche Faktoren zusammenkamen wie Schneeschmelze, Starkregen oder wochenlange Niederschläge. Gesprächen aufgeregter Passanten entnahm sie, dass in Schongau bereits die ufernahen Bereiche unter Wasser standen, und auch andere kleine Städtchen schienen bedroht, ebenso die Bahnstecke: Zwischen München und Innsbruck würde ziemlich sicher der gesamte Zugverkehr zum Erliegen kommen.

Alice machte sich im Geiste Notizen. Sie konnte als Erstes mit den Weilheimern reden, aber dann mussten sie unbedingt versuchen, sich nach Schongau durchzuschlagen, wo die Lage deutlich dramatischer war.

Zwölf Uhr zehn.

Als der Hörfunkwagen eintraf, war Alice bereits halbwegs orientiert – das war auch nötig, denn das Übertragungsteam erwartete in aller Selbstverständlichkeit, dass sie auf der Stelle loslegten. Sie war froh, dass sie etwas Zeit gehabt hatte, um sich vorzubereiten, denn noch nie war sie in einer derartigen

Ausnahmesituation gewesen. Die Menschen verhielten sich anders als sonst. Manche waren zielgerichteter, schneller, völlig konzentriert auf ihr Tun, andere schienen verlangsamt, planlos, unter Schock.

Sie interviewten den Weilheimer Bürgermeister und aufgewühlte Passanten, dann machten sie sich auf den Weg nach Schongau. Sie kamen tatsächlich durch, wenn auch nur knapp. Alice sammelte Eindrücke, wie Relikte aus einer anderen Welt. Ein Haus inmitten eines Flusses … Klein Venedig in den tiefer gelegenen Straßen … Kanaldeckel, aus denen das Wasser sprudelte … Eine breite Wasserfläche, die Grenzen zwischen Land und Fluss aufgelöst … Der immense Wasserdruck stellte selbstverständlich gewordene Abläufe und Naturgesetze auf den Kopf. Bäume waren mitgerissen worden und trieben in der Flut.

Die starren Mienen der Bewohner, die nicht mehr redeten, nicht mehr dachten, nicht mehr fühlten, sondern nur noch funktionierten, um ihre Häuser zu retten, waren schwer auszuhalten. Eigentlich hätte Alice am liebsten das Mikrofon aus der Hand gelegt und einfach mit angepackt beim Sandsäckeschleppen und Wasserpumpen. Stattdessen umklammerte sie das Mikro fester und lieferte Fakten über das Hochwasser, zeichnete ein Stimmungsbild vor Ort, berichtete von seltsamen Randerscheinungen: Tontöpfe mit leuchtend roten Geranien, bis zum Rand von Wasser umflossen. Eine Werkbank aus massiver Eiche, die auf dem breiten Strom trudelte und sich langsam um die eigene Achse drehte, auf ihrer hölzernen Arbeitsfläche eine ganze Reihe merkwürdiger Gegenstände: Schmuckschatullen, Familienfotos, eine Porzellanvase. Vielleicht hatten die Bewohner sie auf die Werkbank gestellt in der verzweifelten Hoffnung, sie vor dem steigenden Wasser in Sicherheit bringen zu können. Vergeblich.

In den kurzen Pausen sah sich Alice weiter um und versuchte, Menschen und Stimmungslagen genau einzuschätzen. Einzelne

Schaulustige versuchten immer wieder, verzweifelte Anwohner in eine Plauderei zu verwickeln, wie es ihnen denn grad so ging und ob das Wohnzimmer etwa auch schon unter Wasser stand?

Nicht gut.

Sie beobachtete stattdessen erst und sprach dann gezielt einzelne Leute an, wenn sie gerade bereit schienen für ein Gespräch. Dadurch bekam sie tatsächlich Antworten – nein, mehr als das. Aus den Leuten sprudelte es nur so heraus, wie ein Dammbruch, sobald sie einen Moment zum Durchatmen bekamen. Alice hörte zu, fragte nach. Anscheinend war trotz aller Sachlichkeit noch immer ihre Betroffenheit und Anteilnahme deutlich spürbar. Zumindest konnte sie es sich nur so erklären, dass sie auf eine derartige Gesprächsbereitschaft stieß. Selbst einige der Feuerwehrleute nahmen sich einen Moment Zeit für sie, wenn sie gerade eine kurze Pause einlegten. Und irgendwann kamen die Leute von selbst zu ihr, sobald sie sie mit dem Mikro in der Hand sahen.

»Sind Sie vom Rundfunk?« Ein Mann, dessen Miene sie an den Lech selbst erinnerte, der im Rücken des Mannes unbeirrt weiterströmte: aufgewühlt, mit tiefen Wirbeln und doch seltsam konturlos in seiner Grenzenlosigkeit. »In unserm Gasthof steht das Wasser einen Meter hoch. Im Erdgeschoss. Dabei haben wir grad erst neu aufgemacht. Was machen wir jetzt? Irgendwer muss helfen. Wird uns wer helfen beim Trockenlegen, beim Herrichten?«

»Und der Hochwasserschutz!«, mischte sich eine ältere Frau mit Kopftuch ein, die zitterte vor Aufregung. »Das is ja nicht das erste Mal, Herrgottsakra. Es kann doch ned sein, dass man uns immer derart im Stich lässt, wanns Wasser steigt! Können S' das auch bringen im Radio?«

Alice konnte. Es waren die ersten Hilferufe, aber es sollten nicht die letzten bleiben. Sie war sich sicher, dass diese live gesendeten Appelle etwas bewirken würden.

Vierzehn Uhr.

Alice war durchgefroren bis auf die Knochen und schaffte es kaum noch, das Mikro ruhig in der Hand zu halten. Obwohl es schon seit Längerem nicht mehr regnete, war der Scheitelpunkt noch nicht erreicht, die Regenlast des heutigen Tages würde erst in etwa einer Stunde hier ankommen.

Um siebzehn Uhr schließlich schien das Ärgste vorüber zu sein, und Alice setzte sich in den Übertragungswagen. Während sie versuchte, wieder etwas Leben und Wärme in ihre Gliedmaßen zu rubbeln, reichte ihr der Techniker wortlos einen Kaffee und nickte ihr freundlich zu. In dem Moment klingelte das Telefon im Wagen. Er hob ab, lauschte kurz und reichte ihr dann den Hörer weiter. »Für Sie«, sagte er nur.

»Ja?«, fragte Alice und merkte, dass sie langsam, aber sicher heiser wurde.

»Frau Meißner? Hier ist Heribert Vogt vom Hörfunk. Ich wollte Ihnen nur eben gratulieren. Gut haben Sie das hingekriegt. Meinen Respekt!«

»Danke«, sagte sie nur. Mehr brachte sie in dem Moment nicht heraus, denn natürlich war ihr der Name ein Begriff. Sie sprach mit der Redaktionsleitung der Aktualität höchstpersönlich.

»Wir senden inzwischen landesweit, weil wir Anfragen von allen Seiten bekommen haben. War Ihnen das eigentlich klar?«

Kurze Stille.

»Nein«, sagte Alice dann. Es klang ein bisschen krächzend.

»Langsam heiser, was?«, sagte er teilnehmend und gut gelaunt. »Ich weiß noch, wie das war als Jungspund. Und dann noch bei dem Sauwetter!«

»Ja, es …« Sie hatte sagen wollen »es regnet«, konnte sich aber gerade noch zurückhalten und es umlenken in ein: »… es war schon ein Marathon.«

»Mir gefällt Ihre Art. Wie Sie mit den Leuten reden. Irgendwie anders, wenn man mal einer Frau zuhört, wie sie auf die Leute in so einer Situation zugeht … Da braucht man schon ein Händchen, ein Gespür für die Lage. Ich habe mir spontan gedacht, so etwas könnten wir eigentlich noch gut brauchen bei uns. In der Ecke Kultur und Gesellschaft vielleicht? Wie schaut's aus, wollen Sie die nächsten Tage mal vorbeikommen, und wir unterhalten uns?«

Alice fiel fast der Hörer aus der Hand. In diesem Moment war sie sehr, sehr froh, dass sie schon in Sprechunterricht investiert hatte. Nicht weil sie womöglich bald schon öfter im Radio zu hören sein würde. Sondern weil sie sich schleunigst an ihre Atemübungen erinnern sollte, um ihre Stimme für ihre Antwort unter Kontrolle zu bekommen.

Als sie eine Stunde später wieder zu Hause eintraf, erschien ihr die inzwischen so vertraute Murnauer Umgebung leicht fremd. Wie jemand, der von einer langen Reise zurückkehrt, betrachtete sie im Vorüberfahren die Häuser, die geschrumpft zu sein schienen … Alice lächelte unwillkürlich. Als wären sie in Weilheim größer gewesen! Aber vielleicht war sie selbst um einen Meter gewachsen heute?

»Wir ham dich im Radio gehört! Wir alle!« Elena riss die Tür auf, noch während ihre Mutter in ihrer Handtasche nach dem Schlüssel kramte, und tanzte um sie herum. »Du bist berühmt!«

Alice lachte. »Ja, genau. Auf der ganzen Welt. Sie haben die Nachrichten übers Weilheimer Hochwasser sogar in Timbuktu gebracht.«

Elena blieb abrupt stehen. »Echt? Und wo liegt das?«

Bevor Alice antworten konnte, kam Karl heraus, mit Max auf dem Arm, und küsste sie. »Na, du rasende Reporterin?«, sagte er strahlend. »Wir sind so stolz auf dich, wir platzen gleich. Und jetzt rein mit dir! Du bist ja völlig durchweicht. Wie wär's mit einer heißen Badewanne?«

Sie fühlte sich müde und zerschlagen und glücklich wie lange nicht. Während sie badete und langsam wieder warm wurde, bereiteten Karl und Elena jede Menge belegter Brote zu, schnitten sie in kleine Vierecke und schichteten sie zu einem hohen Turm auf, wie sie es manchmal taten, wenn sie etwas zu feiern hatten. Es gab Butterbrotstücke mit Zucker, Schokocreme, Leberwurst, Käse, Marmelade, Salami – alles durcheinander. Und es sah wunderschön aus.

Während des Essens erzählte Alice alles haarklein. Erst als die Kinder sich irgendwann beruhigt hatten und endlich im Bett waren, kehrte Stille ein. Sie saß in dem Ledersessel mit Blick auf den Fernseher, ein Glas Rotwein in der Hand, und bewegte wohlig die Zehen in ihren flauschigen weißen Socken. Im Fernsehen lief ein Krimi, doch ihre Gedanken waren ganz woanders.

In drei Tagen würde sie nach München zum Hörfunk fahren!

»Guck mal, ich hab mir ein neues Hemd gekauft«, sagte Karl, der gerade aus dem Schlafzimmer spaziert kam, die Arme ausbreitete und sich einmal um die eigene Achse drehte. »Wie findest du es?«

Sie verschluckte sich fast an ihrem Wein. »Ist das nicht ein bisschen … grell?«, fragte sie vorsichtig.

»Wieso denn? Was ist damit nicht in Ordnung?« Stirnrunzelnd sah er an sich hinab.

Anscheinend kam man hier mit subtilen Hinweisen nicht weiter. »Dass du frappierende Ähnlichkeit mit einem Flamingo hast, beispielsweise?«, sagte sie.

Jetzt verfinsterte sich seine Miene sichtlich. »Das ist topmodern!«

»Kann sein, aber Rosa steht dir nicht sonderlich«, beharrte Alice und fragte sich, warum es nötig war, das Offensichtliche laut auszusprechen. Überhaupt benahm sich Karl seltsam in letzter Zeit. Nichts Gravierendes, eher Kleinigkeiten. Er war eitler geworden. Letztens hatte sie einen neuen Ledergürtel und knallbunte Unterhosen in seiner Kommode gefunden, nach dem letzten Schrei geschnitten. Sie hatte nichts gesagt, aber jetzt, da er schon ihre Meinung hören wollte …

»Hmmm.« Er wirkte fast ein wenig verunsichert. »Dann tausch ich es um?«

»Ja, wäre besser«, sagte Alice freundlich und hoffte, sie brach ihm nicht das Herz damit.

Drei Tage später war es so weit, sie saß im Zug nach München auf dem Weg zu ihrem Bewerbungsgespräch. Ihre Gedanken und Gefühle sprangen ständig in der Zeit hin und her, von der Vergangenheit in die Zukunft in die Gegenwart. Wie würde das Gespräch laufen? Wie sicher war dieses Angebot? Sollte sie überhaupt an eine Festanstellung denken oder lieber freiberuflich arbeiten? Wie war das beim Rundfunk? Gab es da wie bei der Zeitung überhaupt Festanstellungen, oder konnte man erst nur freiberuflich arbeiten? Sie hatte kaum ein Auge zugetan die letzten zwei Nächte. Karl und die Kinder waren rührend gewesen. Ein bisschen hatte sie Sorge gehabt, dass ihr Mann doch noch Einwände hätte, denn natürlich war Max noch klein, und es würde nicht leicht, das Leben mit Arbeit und den zwei Kindern zu organisieren. Andererseits: Sie war schließlich diejenige, die organisierte, er würde keine großen Umstände deswegen haben. Doch die Sorge war ohnehin unbegründet gewesen, Karl hatte sie nicht nur unterstützt, sondern sogar fast schon gedrängt, dass sie den Sprung wagen sollte.

Sie lehnte den Kopf gegen die Scheibe und sah hinaus in die sattgrüne Landschaft, die von der Sonne des beginnenden Spätsommers in goldenes Licht getaucht wurde. Im Hintergrund war die Alpenkette heute so klar zu sehen, dass man die einzelnen Schneefelder erkennen konnte. Vielleicht, dachte sie, war er doch nicht so dickfellig und hatte mehr von ihrer Sinnkrise mitbekommen, als sie geglaubt hatte. Manchmal in den letzten

Monaten hatte sie das Gefühl gehabt, sie dringe nicht mehr zu ihm durch, als wäre eine Wand aus Glas zwischen ihnen. Dass er sich nun so bemühte und sogar alle Details wissen wollte – wo der Termin war, wann sie nach Hause kommen würde, um haarklein zu erzählen, wie es gelaufen war –, fühlte sich gut an. So viel Interesse hatte sie lange nicht mehr geerntet. Er wollte ihr die Daumen drücken, auch wenn er weit weg war, unterwegs auf einem Geschäftstermin im Landkreis.

Der Zug fuhr im Bahnhof ein, und Alice straffte die Schultern. Ihr Privatleben konnte warten; jetzt sollte sie sich endlich voll und ganz auf das bevorstehende Gespräch konzentrieren. Von der Vergangenheit über die Gegenwart in die Zukunft …

Wie sich herausstellte, hätte sie nicht so nervös zu sein brauchen. Man wollte sie wirklich haben, zunächst als Freiberuflerin für ausgewählte Einsätze in Sachen Kultur und Gesellschaft, und später würde man weitersehen. Endlich stellte sich bei Alice wieder das Gefühl ein, das sie schmerzlich vermisst hatte: auf dem richtigen Weg zu sein. Die Berichterstattung beim Hörfunk, die Auseinandersetzung mit Ton, gesprochener Sprache und Schnitttechniken war genau die Weiterentwicklung, die ihr gefehlt hatte. Heribert Vogt war tatsächlich so sympathisch, wie er am Telefon geklungen hatte, und ehe sie sichs versah, war eine gute Stunde vorüber, weil sie sich verplaudert hatten.

Der 14:15-Uhr-Zug hatte München Hauptbahnhof längst verlassen, aber das störte sie nicht weiter. Vielleicht war es sowieso besser, sich ein wenig zu sammeln. Und feiern zu gehen? Sie lächelte bei dem Gedanken. Dann rief sie bei der Tagesmutter an, um Bescheid zu geben, und machte sich zu Fuß auf den Weg zum Marienplatz. Sie bummelte über den Viktualienmarkt, holte sich einen Kaffee und betrachtete die bunten Auslagen. Kochen konnte sie zwar noch immer nicht wirklich, aber hübsch sah das aus, diese bunte Auswahl an Früchten und Gemüsesorten.

Eine Stunde lang ließ sie sich einfach treiben. Der Gedanke keimte in ihr auf, ob kinderlose Menschen überhaupt ahnten, was für ein Schatz das für eine Mutter war – Zeit? Zwei Stunden oder auch nur eine, in der man nur sich selbst gehörte und sich dem ungewohnten, berauschenden Gefühl hingab, keinen Plan zu haben, keinen Termin, keine Pflichten?

Zeit.

Manchmal brauchte es gar nicht mehr als das.

Schließlich kaufte sie Weintrauben aus Italien, die herrlich frisch aussahen, und machte sich auf den Weg zum Hauptbahnhof. Den Zug um 16:15 Uhr würde sie mühelos schaffen.

Sie stand schon auf der Treppe zur Bahnhofshalle, als sie sich noch einmal umwandte – ein seltsamer Impuls, den sie sich eigentlich nicht erklären konnte, weder in diesem Moment noch später – und dann vergaß weiterzugehen. Ein dunkelblauer BMW hatte auf dem Vorplatz gehalten. Ein Mann stieg aus, beugte sich aber noch einmal zu der Fahrerin hinein und berührte ihren Arm in einer Geste der Vertraulichkeit, die ihr seltsam bekannt vorkam. Alice blinzelte. Der Mann sah Karl auch sonst irgendwie ähnlich, aber das konnte gar nicht sein. Er war heute im Landkreis Weilheim unterwegs.

In diesem Moment zog der Mann etwas aus seiner Tasche, mit einer Geste, die ihr noch unheimlicher, weil noch viel vertrauter war. Mit elegantem Schwung reichte er ihr eine leuchtend rote, aufwendig gefaltete Rose, die irgendwann in einem früheren Leben einmal eine Papierserviette gewesen sein musste, ins Auto hinein.

Sie hörte, wie die Frau hell auflachte. Es klang glücklich.

Alice fühlte, wie ihr übel wurde, als sie die Geste wiedererkannte, die einst im Nebel auf einer menschenleeren Autobahn ihr Herz erobert hatte, weil sie an ein Kind gerichtet gewesen war. Auf einmal wirkte sie hohl, routiniert und beinahe zynisch. Sie hätte gehen, sich so schnell wie möglich aus der Situation retten sollen. Er durfte sie nicht sehen, solange sie ihre Fassung nicht wiedererlangt hatte. Aber sie fühlte sich betäubt. So benommen, als wäre sie gegen eine Wand aus Glas gelaufen.

Sie stand ganz reglos.

Es stellte sich heraus, dass sie sich ohnehin keine Sorgen zu machen brauchte: Sie musste sich nicht in Sicherheit bringen. Umspült von vorüberhastenden Reisenden, stand sie noch immer auf der Treppe, während ihr Mann keine fünf Meter entfernt an ihr vorbeieilte, ohne sie zu sehen.

Sie stand noch eine oder zwei Minuten, ihr Verstand so gelähmt wie ihr Körper. Sollten sich in so einem Moment nicht die Gedanken und Gefühle überschlagen? Nichts davon, nur Leere. Und diese heftige Übelkeit. Die Passanten drängelten sich an ihr vorbei, sichtlich genervt von diesem versteinerten Hindernis auf ihrem Weg zum Zug. Sie bekam einen Rempler ab und erwachte endlich aus ihrer Starre.

Und dann erst setzten sich ihre Gedanken in Bewegung. Nicht in die Vergangenheit, nicht in die Zukunft. Jetzt galt es, die nächsten Minuten, dann Stunden zu bewältigen. Ein Schritt nach dem anderen. Sie gab sich einen Ruck und machte sich auf den Weg zum Zug.

Er fuhr gerade ein, und sie sah Karl weit vorne, am anderen Ende des Bahnsteigs.

Und jetzt? Was machte man in so einer Situation? Ihn zur Rede stellen, eine Szene machen? Nein. Zu viele Zeugen.

Zu ihm gehen, mit ihm heimfahren und so tun, als wäre nichts? Genauso undenkbar.

Also stieg sie zunächst im hinteren Teil der Regionalbahn ein, suchte sich ein halb leeres Abteil und einen Platz am Fenster und starrte hinaus, diesmal ohne die vorüberziehende Landschaft zu sehen.

Alice stieg ganz tief hinab in ihre Gedanken. Bedächtig, darauf konzentriert, nicht zu stolpern, schritt sie nach unten, Schritt für Schritt für Schritt. Das hatte sie schon sehr lange nicht mehr getan. Sie besah sich ihre Gefühle sehr genau.

Fremd fühlt man sich doch immer dann, wenn man nicht oder nicht richtig gesehen wird von seiner unmittelbaren Umwelt … Wer gibt dir denn das Gefühl, nicht gesehen zu werden?

Hatte Paul es geahnt? Sie wusste es nicht; aber eigentlich war das auch egal. Wichtig war, dass sie selbst es bereits gewusst hatte, auch in dem Moment, als sie scheinbar noch völlig ahnungslos gewesen war.

Was sie seltsam fand: Nach dem anfänglichen Schock fühlte sie sich plötzlich besser. So, als würden alle Dinge in ihrer Welt … nicht an den *richtigen* Platz rücken, so weit würde sie nicht gehen … Aber auf einmal ergab alles, was sie in den letzten Monaten wahrgenommen hatte, ohne es zu verstehen, einen Sinn. Denn sie begriff, wer ihr das Gefühl gegeben hatte, nicht gesehen zu werden. Und so war es fast eine Erleichterung, trotz des Schmerzes über den Verrat.

Abrupt stand sie auf. In zwanzig Minuten würden sie Murnau erreichen; mittlerweile war der Zug beinahe leer. Kaum unliebsame Zeugen. Zeit zu reden, dachte sie und machte sich auf die Suche nach ihrem Noch-Ehemann.

Gleich darauf fand sie ihn, ganz vorne im Zug, allein in seinem Abteil. Einen Moment sah sie ihn durch die leicht spiegelnde Scheibe der Schiebetür nachdenklich an, als sähe sie ihn zum ersten Mal.

Ein Fremder.

Noch hatte er sie nicht bemerkt. Dann öffnete sie die Tür, trat hinein und schloss sie sorgsam hinter sich. Karl sah überrascht auf und lächelte – ein wenig reflexartig, wie sie fand, ehe sich der Murnauer Regionalexpress für einen kurzen Moment in seiner langjährigen Geschichte in die Transsibirische Eisenbahn verwandelte.

Kapitel 21

DIE BLICKE DER ANDEREN

September 1976 und Februar 1977: Rückkehr nach München

»Was für ein Dreckskerl!«, sagte Anna und schleuderte ein Stück altbackenes Brot in Richtung Teichmitte. Wenn sie so weitermachte, würde sie noch eine der Enten versenken, die friedlich auf der Wasseroberfläche schwammen.

»Ja«, sagte Alice. »Das bringt es wohl auf den Punkt.«

Sie hatte ihre Freundinnen schon eine ganze Weile nicht gesehen und sich manchmal gefragt, ob sie sich inzwischen womöglich auseinandergelebt hätten. In Annas lebhaftem, klugem Gesicht war die Veränderung tatsächlich unübersehbar – sie stand kurz vor ihrem Abschlussexamen in Jura –, in Elsies glatter Miene dagegen schienen die Zeichen der Zeit überhaupt nicht haften zu bleiben. Doch trotz der langen Zeitspanne redeten die drei schon nach einer Viertelstunde wieder so unbefangen miteinander, als hätten sich ihre Wege erst tags zuvor getrennt.

Ganz im Gegensatz zu der frostigen Stimmung, die zwischen den Ehepartnern herrschte. Nachdem Alice ihrem Mann noch im Zugabteil unmissverständlich klargemacht hatte, dass er sich eine neue Bleibe suchen sollte, und zwar schleunigst, hatte sie alle weiteren Gespräche auf ein Mindestmaß reduziert.

Sie arbeitete zunächst von Murnau aus, aber der Umzug nach

München war unumgänglich, wenn sie ihren Alltag stemmen wollte. Doch sie wusste nicht einmal ansatzweise, wo sie anfangen sollte. Der Wohnraum in der Großstadt war knapp und heiß umkämpft. Es brauchte Kontakte, wenn man überhaupt von einer frei werdenden Wohnung hören wollte. Noch sah sie keine Lösung.

Und ihre Gefühle? Erst wollte sie die Sache mit sich alleine ausmachen. Doch schon nach wenigen Wochen wurde ihr klar, dass sie dringend jemanden zum Reden brauchte. In ihrem Inneren herrschte ein beängstigendes Chaos.

»Ein rosa Hemd … ich fass es nicht«, sagte Anna kopfschüttelnd. »Wie albern kann man eigentlich sein?«

»Wieso albern?«, mischte sich Elsie ein. Sie hielt den Blick auf einen Erpel mit grünem Kopf und prachtvoll schimmerndem Gefieder gerichtet und gab einen tiefen Gurrlaut von sich. Der Erpel horchte auf, dann kam er langsam näher gepaddelt. »Das Federkleid der Männchen wird immer bunter, wenn sie sich fortpflanzen wollen; das ist vollkommen natürlich. Es verschafft ihnen einen entscheidenden Vorteil bei der Balz. Und guck mal, wie er das Gefieder aufplustert und sich putzt – ritualisiertes Scheinputzen nennt man das.«

Einen Moment war es still, während ihre Freundinnen neben ihr auf der Bank die Köpfe wandten und sie anstarrten. Dann begannen sie zu lachen.

»War das unpassend?«, fragte Elsie besorgt. Mittlerweile merkte sie es zumindest, wenn ihre Äußerungen aus dem Rahmen fielen.

»Nein, nein«, versicherte ihr Alice hastig. »Es ist ein guter Vergleich.«

Elsie nickte. »Ja, oder? Aber wichtig ist sowieso nicht, wie *er* sich benimmt oder warum er es getan hat. Die entscheidende Frage ist doch, wie geht es dir? Hast du … Schaden genommen?«

»Du willst wissen, ob ich flügellahm bin?«, fragte Alice grinsend, dann wurde sie wieder ernst und schwieg einen Moment. Nicht, weil sie erst ihre Gedanken sammeln und darüber nachdenken musste, wie sie sich fühlte. Das hatte sie schon von dem Moment an gewusst, als sie alleine mit den Kindern in ihrem Haus in Murnau zurückgeblieben war. Sie brauchte einfach nur ein paar Atemzüge, um ihren Mut zu sammeln und es laut auszusprechen.

»Ich fühl mich erleichtert«, sagte sie dann. »Bei aller Wut und Enttäuschung fühle ich mich unendlich erleichtert. Als hätte ich eine lange Weile in einer Falle gesessen, ganz tief unten, und regungslos zugesehen, wie sich weit über mir die Luke schließt und das letzte Stückchen Himmel langsam verschwindet. Im Bewusstsein, dass ich irgendwann für immer im Dunkeln sitzen werde.« Sie wandte den Kopf erst nach links, dann nach rechts, um sich in den Mienen ihrer Freundinnen zu vergewissern, dass man sie verstand. »Klingt das sehr dramatisch?«

Anna wirkte besorgt, Elsie nachdenklich. »Du meinst in etwa so, als wärst du von einer fleischfressenden Pflanze mit leuchtend rosa Blütenblättern angelockt und verschluckt worden, und du klebst fest, und jetzt schließen sich langsam die Blätter über dir?«, fragte die Archivarin schließlich mit einem leisen Funkeln in den Augen.

Solange Elsie Gefühle auf die Ebene der Flora und Fauna übertragen konnte, kam sie wunderbar mit. Natürlich wusste sie das auch selbst, und manchmal war schwer zu erkennen, wie viel Selbstironie in ihren Vergleichen mitschwang.

»Genau«, bestätigte Alice. »Und mich beunruhigt nicht nur das Gefühl, dass ich gerade noch so im letzten Moment mein Leben wieder in die richtigen Bahnen lenken konnte. Sondern auch, wie lange es gedauert hat, bis ich erkannt habe, dass ich drauf und dran war, an der Situation kaputtzugehen.«

Sie schauderte leicht bei der Erinnerung daran. Trotzdem

fügte sie der Fairness halber hinzu: »Wahrscheinlich ist so ein Gefühl keine gute Basis für eine Ehe … Und natürlich verfolgt mich auch der Gedanke ein bisschen, wie viel Anteil ich an ihrem Scheitern hatte.«

»Weil du dich jetzt so erleichtert fühlst?«, fragte Anna.

»Ja. Es erscheint mir ein bisschen … ich weiß nicht …«

»Unrecht?«

»Unrecht«, bestätigte Alice.

»Das ist Blödsinn«, sagte Anna unumwunden. »Ich denke, du hast schon vorher gemerkt, dass er dir was vormacht. Tief in dir drin hast du wahrscheinlich gespürt, dass du bereits in einer Scheinwelt lebst. Daher das Unbehagen; beinahe wärst du eine Unsichtbare geworden, Alice.«

Alice stutzte. »Eine was?«

»Eine Unsichtbare. So nenne ich diese Frauen, die langsam von ihrer Ehe absorbiert werden, bis sie mit den Schatten verschmelzen.«

»Das klingt ein bisschen nach Science-Fiction. Oder Horror.«

»Ist es doch auch. Also, Horror, keine Science-Fiction. Nein, im Ernst: Du bist verwundbar in dem Punkt. Wir haben alle drei unseren geheimen Schwachpunkt, unsere Achillesferse; meiner Meinung nach dreht sich bei uns sehr viel um die Blicke der anderen, allerdings auf unterschiedliche Weise. Elsie läuft Gefahr, sich in nichts aufzulösen, wenn jemand sie zu direkt anblickt, ich fürchte mich davor, dass jemand tiefer blickt, durch meine schicke Fassade hindurch bis auf den Grund meiner armseligen Kindheit. Und bei dir? Wenn du nicht wahrgenommen wirst, verschluckt dich die Einsamkeit, würde ich sagen. Du brauchst den Kontakt mit Menschen. Richtigen Menschen, die dich richtig ansehen.«

Alice starrte ihre Freundin an.

Das prägende Gefühl ihrer Kindheit war tatsächlich Einsamkeit gewesen, ein Nicht-Wahrgenommen-Werden von den eigenen Eltern, das sie verwundbar gemacht hatte. Eine tief sitzende Angst, sich nach und nach in Luft aufzulösen, wenn sie nicht gesehen wurde.

Nur in der Auseinandersetzung mit der Welt fühle ich die Konturen meines Seins … Wo hatte sie nur diese hochtrabenden Worte hergenommen, die sie damals mit siebzehn in ihr Tagebuch geschrieben hatte? Erst in letzter Zeit hatte sie begriffen, was sie eigentlich damit hatte sagen wollen.

»Mir war gar nicht klar gewesen, dass ich so durchschaubar bin«, sagte sie beklommen.

»Nur für uns. Und keine Sorge, wir sagen's nicht weiter«, erklärte Anna mit einem leichten Lächeln. »Zahlt er dir eigentlich Unterhalt?«, sagte sie dann unvermittelt, pragmatisch wie eh und je.

»Was?« Alice schrak auf. »Nein. Wahrscheinlich würde er, aber ich will kein Geld von ihm.«

Anna kniff die Augen zusammen und sagte nichts. Fast eine Minute lang. Länger hielt sie nicht durch, dann erklärte sie heftig: »Das solltest du aber.«

»Nein.«

»Warum nicht? Weil du zu stolz bist? Oder einfach nur ein verfluchter Dickschädel?«

»Nichts von beidem. Es ist nur … wegen dem, was ich euch gerade erzählt habe. Bei dem Gedanken daran, Geld von ihm zu nehmen, sträubt sich mir das Nackenfell. Wenn wir bei Elsies Bild bleiben wollen: Zu Giftpflanzen sollte man so viel Abstand halten wie nur möglich.«

»Fleischfressende Pflanzen«, korrigierte Elsie pedantisch.

Anna wog ihre nächsten Worte offenbar sorgfältig ab. »Das verstehe ich«, sagte sie schließlich ruhig. »Dann nimm eben nichts für dich. Aber die Kinder sollten bekommen, was ihnen zusteht. Es ist nur recht und billig, wenn er was zum Unterhalt beiträgt. Schließlich sind es auch seine Kinder, vergiss das nicht.«

Aber genau das hätte sie nur zu gern vergessen. »Ich krieg die Kinder schon alleine groß; ich schaffe das«, sagte sie knapp und hoffte, Anna würde den Wink verstehen. *Darüber* wollte sie im Moment wirklich nicht reden.

»Glaubst du? Ja, wahrscheinlich schaffst du es tatsächlich. Aber was, wenn nicht? Du hast keinerlei Sicherheitsnetz, wenn es in der Arbeit nicht rundläuft. Und du willst bestimmt nicht bei deinen Eltern angekrochen kommen; das will keiner von uns.« Anna blieb hartnäckig.

»Es hilft mir jetzt nicht gerade, wenn du auch noch den Teufel an die Wand malst! Wir verhungern schon nicht«, sagte Alice gereizt.

»Ich erzähl dir jetzt mal was, du Robin Hood. Du willst frei sein? Klar willst du das, wer nicht? Aber selbst wenn du's nicht immer einfach hattest in den letzten Jahren: Du weißt nicht – nicht wirklich –, wie es ist, ohne Kohle aufzuwachsen.« Einen Moment war es still, und Alice bemerkte, wie ihre Freundin ihren Mut zusammennahm.

»Aber ich schon«, sagte sie dann. »Und deshalb bitte ich dich einfach, geh die Dinge pragmatisch an und vermeide jedes Risiko. Für Elena. Für Max. Damals … Meine Mutter hat uns gerade so durchgebracht nach dem Krieg, indem sie putzen gegangen ist. Mein Vater ist nicht von der Front zurückgekehrt. Während die anderen vom Wirtschaftswunder profitierten, hat uns der Geruch der Armut umweht wie abgestandene Kohlsuppe. Und den wirst du dein Leben lang nicht los, egal wie gründlich du dich wäschst und mit Seife abschrubbst und teures Parfüm auflegst, glaub mir. Selbst als Erwachsene hast du noch Angst, die anderen könnten es riechen.«

Sie starrte auf ihre Hände. Gepflegt, feingliedrig, die Nägel sorgfältig in Dunkelrot lackiert. An der linken Hand der schmale Goldring, den sie immer trug. »Deine Kleider sind x-mal geflickt, weil du die abgelegten Klamotten deiner großen Schwester trägst«, fuhr sie fort. Nicht leise, nicht bedrückt, sondern sehr sachlich. »Bei Unterhaltungen kannst du dich nicht aufs Gespräch konzentrieren. Du kommst rüber wie ein Schwachkopf, weil du die ganze Zeit über damit beschäftigt bist, unauffällig deine abgewetzten Ärmel zu verstecken. Deine Haare sind strähnig, weil du statt Shampoo billigste Seife benutzt. Du fühlst dich so … so *hässlich*, Alice. Du fühlst dich so lange hässlich, bis dieses Gefühl ein Teil von dir ist. Das wirst du genauso wenig los wie den Kohlgestank, selbst wenn du dir als Erwachsene einen Platz an der Uni erkämpft hast. Als ich zum ersten Mal in dieser marmornen, riesigen Eingangshalle der Ludwigs-Maximilians-Universität stand, hab ich fast geweint vor Freude, weil ich es geschafft habe. Aber gleichzeitig hatte ich … so eine *Angst*, dass da gleich eine Stimme ertönen wird, die für alle hörbar sagt: *Was macht denn diese Hochstaplerin hier?* Diese Stimme hörst du ein Leben lang. Wenn du aus so armen Verhältnissen kommst, dann bleibt dir praktisch kein Raum für Fehler, sobald du eine Schicht nach oben geklettert bist. Immer, immer bist du hoch konzentriert. Es ist anstrengend, so zu leben, glaub mir.«

Einen Moment schwieg sie, und Alice merkte, dass sie erschöpft wirkte, wie nach einem Gewaltmarsch. Dann löste Anna ihren Blick von der mittlerweile sehr stillen Wasseroberfläche, und sie sah Alice mit einem leicht schiefen Lächeln an. »Weißt du, was Freiheit für mich bedeutet? Wenn ich eines Tages nicht mehr zwanghaft jeden Zentimeter meines Körpers prüfen muss, ob ich mir auch ja keine Blöße gebe. Wenn ich stattdessen in abgewetzten Jeans und verwaschenem T-Shirt zu einer Geschäftsbesprechung ins Hilton marschiere und mich pudelwohl fühle dabei, als wär ich im maßgeschneiderten Kostüm unterwegs. *Dann* bin ich frei.«

Alice fühlte, wie ihr die Tränen in die Augen stiegen. Doch sie wagte nicht, sich auch nur einen Millimeter zu bewegen.

Geschweige denn, ihre Freundin zu umarmen. »Ich freu mich schon auf den Anblick«, sagte sie nur mit einem verhaltenen Lächeln. Mehr nicht.

Alles andere blieb ungesagt. Es auszusprechen war nicht nötig. Sie hatte schon seit Längerem die Zerbrechlichkeit hinter der perfekten Fassade ihrer Freundin vermutet, in kaum wahrnehmbaren Gesprächspausen, in dem hastigen Kontrollblick in den Spiegel, in dem unüberhörbaren Schweigen über die eigene Vergangenheit ... Doch da war noch mehr. Anna meinte es zwar ernst mit ihrer Warnung, aber sie alle wussten, dass Alice' Kinder nicht erst mühsam in der Abendschule Fremdwörter würden lernen müssen oder was der Unterschied zwischen Bundestag und Bundesrat war. Sie würden immer wissen, welches Besteck sie nehmen sollten, wenn Fisch oder Fleisch serviert wurde; dafür würde ihre Mutter schon sorgen. Nein, ihre Freundin zeigte in diesem Moment ihre eigene Verletzlichkeit. Für sie. Jetzt waren sie wieder gleichauf.

Irgendwann nahm Alice Annas Hand und drückte sie ganz leicht. Eine Weile saßen sie wortlos da und beobachteten das Farbenspiel des Himmels. Es war ein leuchtender Moment. Tiefblau mit Streifen von Zartrosa, die sich innerhalb von Minuten in Glutrot verwandelten ... Langsam wurde es Abend, und in der kühlen Luft lag eine Ahnung von Herbst.

»Rosa. Heiliges Kanonenrohr«, sagte Anna irgendwann und beendete damit das feierliche Schweigen. Beinahe schien es, als würden sie an den Beginn ihres Gesprächs zurückkehren. Aber nur beinahe.

Alice lachte, doch dann wurde sie wieder ernst, als sie an die Schwierigkeiten dachte, die ihr noch bevorstanden. Sie hatte tatsächlich kein Sicherheitsnetz, sollte etwas schiefgehen. »Also gut, ich werde Unterhalt für die Kinder einfordern«, sagte sie dann. »Aber nur für die Kinder. Gilt das als Kompromiss?«

Anna lächelte, sodass ihre kleine Zahnlücke sichtbar wurde.

Gewisse Dinge würden sich zum Glück nie verändern. »Gerade mal so«, sagte sie.

Sechs Monate lag das Gespräch nun zurück, und seither hatte sich viel getan. Alice hatte unwahrscheinliches Glück bei der Wohnungssuche gehabt: Nur wenige Wochen nach ihrem Gespräch am Teich hatte ein Kollege aus dem Sportressort geheiratet und war in eine größere Wohnung umgezogen. Elsie hatte die Information sofort weitergegeben und Alice ebenso schnell reagiert. So konnte sie schon im Oktober in eine hübsche Dachgeschosswohnung übersiedeln. Sie war nicht sehr groß, und natürlich nahmen die Dachschrägen noch mehr von dem wenigen Platz, doch sie bot einen sagenhaften Ausblick auf die schneebedeckten Gipfel der Alpen, und auf dem Weg zum Hörfunk konnte sie die Kinder bei Frau Sammetsbichler absetzen, ihrer bewährten Tagesmutter, die Elena in die Schule brachte und Max betreute. Es war perfekt – obwohl sie mal wieder kein eigenes Zimmer haben würde, sondern im Wohnzimmer schlief.

Vielleicht hätte sie sich schlecht fühlen sollen, weil sie von einem Einfamilienhaus in Murnau in diese Dachgeschosswohnung umgesiedelt war. Annas Schilderung ihrer bedrückenden Kindheit ging ihr manchmal durch den Sinn. Doch seltsamerweise war das Gegenteil der Fall. Sie fühlte sich gut wie seit Jahren nicht mehr, und dieses Gefühl übertrug sich auch auf ihre beiden Kinder. Den überschaubaren Wohnraum nahm sie zum Anlass, um ordentlich auszumisten. Das war umso leichter, als sie keinem Erwachsenen mehr Rechenschaft schuldete; sie war völlig frei in ihren Entscheidungen. Die Kinder bekamen jeweils zwei Kisten mit ihrem Lieblingsspielzeug gepackt, und jeder von ihnen durfte drei Kartons mit Kleidung mitnehmen, Alice außerdem noch einen großen Packen Bücher, Zeitschriften und Lexika. Daher wirkte die Wohnung trotz ihrer sechzig

Quadratmeter hell und luftig; bis auf einige Lieblingsbilder und eine brandneue Lavalampe gab es keinerlei Schnickschnack oder überflüssige Staubfänger.

Dass Alice sich wieder so eins fühlte mit sich selbst, lag allerdings in der Hauptsache an ihrer neuen Arbeit. Endlich war sie wieder auf ihrem eigentlichen Weg und in der richtigen Richtung unterwegs. Nach anfänglichen Foppereien durch ihre Kollegen schien auch ihre Position im Sender gefestigt zu sein; sie hatte ohnehin das Gefühl gehabt, es war nicht wirklich um sie als *Person* gegangen. Anscheinend musste einfach getestet werden, was frau sich so alles gefallen ließ. Ob man sie beispielsweise mit sämtlichen Ladenhütern abspeisen konnte, indem man sie darauf hinwies, dass das doch ein ganz wunderbares Frauenthema war. Wer, wenn nicht sie, könnte das sonst übernehmen? Zu diesen Themen, die den Kollegen zu spezifisch waren, als dass sie ihre Expertise hätten beisteuern können oder wollen, gehörten Modeschauen in der tiefsten Provinz oder ein unvergesslicher Beitrag zu diesem Frauen-Buchladen in Schwabing. Es war tatsächlich ein netter Laden, in dem sogar Autorinnen aus ihren Werken lasen und Malerinnen Bilder ausstellten; allein der Hinweis, dass es auch eine Ecke gab, in der Besucherinnen bei einer Tasse Kaffee plaudern, Socken stricken und ihre mitgebrachte Wäsche flicken konnten, schien ihre Kollegen in die Flucht geschlagen zu haben. Doch sie ließ sich von den halbherzigen Versuchen, sie aufs Glatteis zu führen, nicht aus der Ruhe bringen, daher war die Sache bald ausgestanden.

Ihr unmittelbarer Vorgesetzter Josef Rauwolf mischte sich in diese kleineren Querelen nicht ein; ein bisschen ging es unter den Kollegen zu wie bei Kindern auf dem Schulhof. Herr Rauwolf war ein gutmütiger, leicht verwitterter Mittsechziger mit Spitzbart, der es vorzog, farblich mit dem Mobiliar in Grau und Braun zu verschmelzen, um keine Aufmerksamkeit zu erregen. Trotzdem war er jederzeit leicht aufzuspüren, weil ihn ein Hauch von Toffee umgab; der Chef pflegte sein seelisches Gleichgewicht durch den übermäßigen Konsum von englischen Karamellbonbons zu stabilisieren, die ziemlich teure Importware sein mussten, denn er hütete sie wie einen Goldschatz. Alice fand sein Verhalten anfangs ziemlich ungewöhnlich für einen Chef. Doch sie bemerkte schon bald, dass seine Zurückhaltung nichts mit Schüchternheit oder falscher Bescheidenheit zu tun hatte. Es war eine Taktik, um konsequent jede Form von Extraaufwand an sich abperlen zu lassen.

Trotzdem oder gerade deshalb arbeiteten die Leute gerne unter seiner Nicht-Führung. Denn wer gute Arbeit ablieferte, genoss ein ungewöhnliches Maß an Freiheit. Solange Alice Eigeninitiative zeigte, war die Welt für ihren Chef in Ordnung. Hauptsache, sie lieferte einen wasserdichten, halbwegs interessanten Beitrag ab. Selbst wenn er sie ursprünglich mit ganz anderen Vorgaben losgeschickt hatte.

Meistens jedenfalls.

»Ehrlich jetzt, Frau Meißner?«, sagte Herr Rauwolf gerade mit mildem Vorwurf in der Stimme. Es war ein sonniger, klirrend kalter Morgen im Februar. »Ich gebe Ihnen eine einmalige Chance. Einen *Vertrauensvorschuss*. Ich schicke Sie zu dem derzeit bekanntesten Sternekoch in München, und das ist das Resultat?«

»Was stimmt denn nicht mit dem Beitrag? Das Interview ist doch sehr ausgewogen?«

»Ausgewogen?!«

»Aussagekräftig?«, versuchte es Alice.

»Aussagekräftig kann man es auch nennen. Der erste Teil ist gut und informativ, das will ich gar nicht abstreiten. Aber was dieser Kerl da zum Schluss von sich gibt, ist doch offen frauenfeindlich!«

»Frauenfeindlich? Finden Sie?«

»Jetzt tun Sie ja nicht so betroffen! Und hören Sie auf, das

Unschuldslamm zu spielen, noch bin ich nicht ganz senil. Hatten Sie es etwa darauf angelegt?« Er sah sie mit erstaunlichem Scharfsinn im Blick an, und Alice bemerkte nicht zum ersten Mal, dass man gut daran tat, ihren Chef nicht zu unterschätzen.

»Ein bisschen«, räumte sie daher ein. Als sie an ihren Einsatz in dem französischen Restaurant zurückdachte, zuckten ihre Mundwinkel verräterisch. Es war schön gewesen, dass sie die unterschwellige Geringschätzung des Küchenchefs ein wenig schärfer hatte herausarbeiten können. »Womöglich habe ich ihn ein ganz klein wenig provoziert mit meinen Fragen. Aber zumindest bekommt man dadurch einen ganz guten Eindruck von ihm. Also, einen ehrlichen.«

»Ich bin neugierig: Was genau fragt man einen französischen Chefkoch, das ihn zu einem Ausbruch verleitet, der in einem gewagten Vergleich zwischen Frauen mittleren Alters und zu lange gelagerten Steckrüben gipfelt?«

»Er hat angefangen, mir im Detail zu erklären, wie man Stierhoden in Weißweinsoße zubereitet – reine Bosheit, wenn Sie mich fragen. Also hab ich versucht, das Thema zu wechseln.«

»In Richtung Steckrüben?«

»Ich habe einfach nur gefragt, ob er sich vorstellen könnte, auch Frauen in seiner Küche arbeiten zu lassen. Weil doch eigentlich die Hälfte der deutschen Bevölkerung aus Frauen besteht, die fast jeden Tag kochen, während in diesen Sterneküchen ausnahmslos Männer das Zepter schwingen. Und woran das liegen könnte.«

Reicht's denn nicht wenigstens zum Kartoffelnschälen?, hatte sie noch hinzugefügt, beschloss aber, dieses Detail jetzt unter den Tisch fallen zu lassen.

Herr Rauwolf faltete die Hände, und sie bemerkte, wie sein Blick zur verschlossenen Schreibtischschublade wanderte, in der er den Whisky für Notfälle aufbewahrte, wie jeder im Haus wusste. »Frau Meißner, nächstes Jahr gehe ich in den wohlverdienten Ruhestand. Wollen Sie mich unbedingt vorzeitig ins Grab bringen?«, fragte er düster.

»Übertreiben Sie nicht ein bisschen, Herr Rauwolf?«, versuchte sie es versöhnlich. »Der erste Teil des Interviews ist Küche pur, genau wie Sie es haben wollten. Mit jeder Menge Tipps zur Zubereitung von Coq au vin und anderen Dingen. Aber ich weiß noch genau, was Sie mir beim Einstellungsgespräch gesagt haben: dass so ein Beitrag rund sein sollte. Und dass man die Persönlichkeit des Interviewten ... durchschimmern sehen sollte.«

Herr Rauwolf seufzte. »Das habe ich gesagt? Habe ich wirklich gesagt ›durchschimmern‹?«

»Also gut, ich schneide es raus. Kein Problem, betrachten Sie es als erledigt.«

»Nein.« Ihr Chef trommelte nachdenklich mit den Fingern auf der Schreibtischplatte herum. »Tatsächlich ist es irgendwie witzig«, sagte er widerstrebend.

»So kann man es auch nennen.«

Schweigen.

»Natürlich wird es Ärger geben.«

»Großen Ärger?«

»Ach wo.« Wieder seufzte er, in Erwartung drohenden Extraaufwands. »Wir sind von der Presse. Wer, wenn nicht wir, soll denn sonst für Wirbel sorgen?« Manchmal konnte Herr Rauwolf durchaus Sportsgeist zeigen. Alice bemerkte ein kleines, verschmitztes Lächeln, ein kaum angedeutetes Heben der Mundwinkel.

»Also gut, wir senden es«, sagte er. »Und jetzt zu etwas anderem: Ich habe einen kleinen Auftrag für Sie. Ein Regionalpolitiker aus Miesbach, der frisch in den bayerischen Landtag gewählt worden ist. Ich glaube, aus dem wird noch eine ganz große Nummer. Eigentlich hätt ich selber fahren sollen. Anweisung von ganz oben. Aber dann dachte ich mir, Sie kommen doch ursprünglich aus dem Miesbacher Raum, oder? Da ist es doch besser, wenn Sie hinfahren. Gleich morgen in der Früh?«

»Ich darf ihn interviewen?« Alice war erfreut, aber auch ein wenig überrascht; normalerweise hatten sie hier mit Politik wenig zu tun.

»Ähm ... nicht direkt. Aber seine Frau steht für ein Interview bereit.«

Alice unterdrückte ein Stöhnen. Der Moment für diesen unliebsamen Auftrag war gut gewählt; natürlich würde sie es jetzt nach ihrer Küchen-Eskapade nicht wagen, Nein zu sagen. Der Chef war wirklich nicht zu unterschätzen.

»In Ordnung. Ist irgendein Schwerpunkt geplant?«

»Nein. Aber nur damit das klar ist: Mir ist es egal, ob die Anweisung für das Interview von oben kommt. *Ich* produziere hier keine Werbeveranstaltungen! Fragen Sie stattdessen rein, wie ihr Leben aussieht, ganz konkret. Porträtieren Sie die Frau eines Politikers, ihre Interessen, ihr Schicksal. Werden Sie persönlich, fragen Sie nach ihrem Alltag, ihren Sorgen, ihrer Sicht auf die Weltpolitik, sofern sie eine eigene hat ... Sie soll keine Platzhalterin sein, nur weil ihr Mann vielleicht gerade keine Zeit für ein Interview hat.«

Das klang gar nicht einmal so uninteressant, erkannte Alice. »Geht klar, das mach ich gerne«, sagte sie daher.

Herr Rauwolf musterte sie misstrauisch. »Wirklich? Und Sie kommen mir nicht wieder mit irgendwelchen Steckrüben-Eskapaden?«

»Versprochen. Geben Sie mir den Namen und die genaue Adresse?«

Kapitel 22

DAS INTERVIEW

Februar 1977: München / Miesbach

Am nächsten Morgen gegen elf Uhr erreichte Alice das Einfamilienhaus am Stadtrand von Miesbach. Noch immer herrschte klirrende Kälte, aber die Schneedecke war hauchzart. Sie stellte den Motor ab, dann wanderte ihr Blick über die Fassade des Neubaus. Manchmal ließ sich von der Architektur auf die Bewohner eines Hauses schließen; vielleicht könnte sie das Gebäude kurz für die Zuhörer skizzieren. Auf den ersten Blick schien die Bezeichnung »Einfamilienhaus« nicht so recht zu passen. Das Gebäude wirkte auffallend modern hier auf dem Land, beinahe so, als würde da jemand versuchen, bewusst auf Abstand zu gehen zu seinen bayerischen Wurzeln.

Weil man Höheres anstrebte? Vom Lokalen in die Regionalpolitik und dann womöglich auf in die »große weite Welt«, nach Bonn?

Eine interessante Architektur war es in jedem Fall. Klare Linien, alles sehr strukturiert. *Kein Wildwuchs an Pflanzen, keine Schnörkel. Weiß gekalkte Wände wechselten sich mit grauem Sichtbeton ab. Dazwischen hohe Fensterflächen, die schwarz und undurchdringlich wirkten, weil innen kein Licht brannte.*

Alice stieg aus ihrem mittlerweile betagten roten VW Käfer und näherte sich dem Haus. Eine dünne Schicht aus gefrorenem Schnee, die sachte unter ihren Füßen knirschte. Eine Türglocke aus Edelstahl, die einen tiefen, vollen Ton ins Innere des Gebäudes sandte. Hastige Schritte, dann öffnete ein Dienstmädchen die Tür.

»Sie sind vom Hörfunk, oder?«, sagte sie eifrig, ehe Alice sich vorstellen konnte. Die Stimme hell, ein wenig unsicher, das Gesicht freundlich, schlicht, allerdings ziemlich angespannt. Vielleicht, weil sie nicht so oft die Presse im Haus hatten, dachte Alice und schenkte dem Dienstmädchen ein freundliches Lächeln.

»Genau«, sagte sie. »Ist Frau Schwaninger zu sprechen?«

»Natürlich. Kommen Sie rein.« Die Anspannung in Miene und Körperhaltung blieb, während das Mädchen die Tür weit öffnete und sie durch die Eingangshalle in einen großzügig geschnittenen Wohnbereich führte. »Nehmen Sie doch Platz, Frau Schwaninger kommt sofort«, sagte sie. »Ich geb ihr gleich Bescheid. Möchten Sie Kaffee?«

Dann machte sie sich auf den Weg die Treppe hinauf in den ersten Stock, ohne ihre Antwort abzuwarten. Alice beobachtete sie, durch das Glas der Balustrade, die funkelnden Edelstahlstäbe des Treppengeländers hindurch, bis sie eine schneeweiße Tür am Ende des Flurs öffnete und verschwunden war.

Ein Kristallpalast. Ein luftiges Haus aus Eis und Schnee. So könnte man es nennen. Oder aber man fand andere Bezeichnungen dafür. Übersichtlich. Diszipliniert. Ein Panopticon?

Es dauerte ein Weilchen, bis die Dame des Hauses sich zu ihr gesellte, obwohl sie für elf Uhr verabredet gewesen waren. Das Mädchen hatte in der Zwischenzeit eine silberne Kaffeekanne gebracht. Sie stand auf dem niedrigen Glastisch vor ihr und leistete ihr Gesellschaft beim Warten. Statt sitzen zu bleiben und ihr Spiegelbild in der funkelnden Kanne anzustarren, erhob sich Alice, packte das Aufnahmegerät aus und steckte das Kabel für das Mikrofon ein. Sie hatte sich für ein Nierenmikrofon entschieden, damit später nicht zu viele Nebengeräusche auf dem Interviewband zu hören wären. Dann sah sie sich um. Sie testete die Akustik – schwierig, wie sich herausstellte. Die Umgebungsgeräusche waren zu laut, und ihre Stimme hallte leicht. Doch damit hatte sie bereits gerechnet; der Wohnraum war weitläufig und hoch, mit wenig Kissen, Teppichen oder anderen weichen Materialien ausgestattet, die Nebengeräusche hätten absorbieren können. Vor allem der Essbereich – Ess*zimmer* konnte man es nicht nennen – war nach allen Seiten hin offen. Als würde man auf einem Präsentierteller zu Mittag essen, dachte Alice.

Schließlich entdeckte sie doch noch einen geschützten Winkel mit jeder Menge Grünpflanzen und einer kleinen Rattangarnitur. Sie wirkte verträumt, fast ein wenig verspielt und passte daher gar nicht so recht zum Rest des Hauses. Das schien auch die Ecke zu wissen, denn sie versuchte, sich hinter Farnen und Gummibäumen zu verstecken.

»Hallo? Wo sind Sie denn? Ah, da drüben. Ich habe Sie warten lassen, tut mir leid! Aber ich bin heute ein wenig …« Die Frau in den Fünfzigern, die gerade die Treppe herunterkam, blieb stehen und zögerte, fischte nach Worten. *Unpässlich? Im Stress? Beschäftigt?* Anscheinend schien nichts so recht zu passen.

»Jedenfalls, danke, dass Sie hier sind«, fuhr sie mit neuerlichem Schwung fort und kam zu ihr herüber. »Was halten Sie von einer Tasse Kaffee für den Anfang?«

»Gerne. Aber vielleicht könnten wir in die Pflanzenecke rüberwechseln?«, schlug Alice vor. »Für das Interview ist die Akustik hier deutlich besser. Und es wirkt so gemütlich.«

Die Frau des frischgebackenen Regionalpolitikers stutzte, leicht überrascht. Dann schenkte sie Alice ein zögerliches Lächeln. »Finden Sie? Das freut mich! Mein Mann sagt ja immer …« Auch dieser Satz blieb unvollendet. Frau Schwaninger sammelte sich, dann lächelte sie erneut. Ein kontrolliertes Lächeln diesmal; die bröckelnde Fassade war ziemlich schnell neu verputzt worden. »Ja, ich mag die Ecke auch«, sagte sie nur, dann wandte sie sich hastig um und holte das Tablett mit Kaffeekanne, Milchkännchen und Tassen herüber.

Alice hatte Zeit, ihre Interviewpartnerin unauffällig zu mustern. Eine gepflegte Frau mit heller Haut. Durch das Make-up sah man eine Andeutung von Sommersprossen schimmern. Aschblonde Haare, der Farbmangel ausgeglichen durch eine sanfte, sorgfältig gelegte Dauerwelle. Ein wenig müde Augen, dezent glitzernder Goldschmuck. Alice mochte Frauen mittleren Alters. Sie mochte die Faltenspuren in ihren Gesichtern – eine Landkarte des Lebens. Diese Frau allerdings wirkte etwas weichgezeichnet. Aber auch das war schließlich ein Hinweis, wenn Spuren so gut verwischt wurden.

Seltsamerweise erinnerte die Frau sie entfernt an Anna, aber sie hätte nicht sagen können, warum. In mehrerlei Hinsicht schien sie sogar das Gegenteil ihrer Freundin zu sein: keine fein gemeißelten Züge, eher ein rundes, gefälliges Gesicht. Kein überschießendes Temperament, das unter der beherrschten Mimik und Gestik brodelte. Sanfte Mattheit stattdessen. Oder täuschte sie sich? War da mehr? Irgendwie schienen die einzelnen Versatzstücke dieser Frau nicht recht zusammenzupassen.

Alice war nicht abergläubisch; sie hielt nichts von Vorahnungen. Woran sie aber glaubte, war ein Zusammenspiel unterschiedlichster Signale und Zeichen, die ihr manchmal eine unmissverständliche Warnung zusandten: *Sieh genau hin. Hier stimmt was nicht.*

Sie hätte nicht genau sagen können, woher dieses leise Gefühl der Beklemmung kam. Vielleicht lag es an den kontrollierten Bewegungen ihres Gegenübers oder an den kaum wahrnehmbaren Pausen, die sich manchmal zwischen den Wörtern auftaten, als müsste die Sprecherin auf den Nachhall lauschen … Oder war es die Anspannung im Gesicht des Dienstmädchens gewesen? Die Architektur dieses seltsamen Eispalasts?

Es war nichts, worauf sie den Finger hätte legen können, und doch blieb Alice wachsam.

Sie stellte das Mikro auf, prüfte noch einmal die Akustik und die Aussteuerung, dann schaltete sie das Aufnahmegerät ein. Nach einer Viertelstunde hatte sie es geschafft, Frau Schwaninger nach etlichen »Mein Mann hat dieses« und »Mein Mann glaubt jenes« etwas aus der Reserve zu locken. Natürlich sollten sie auch über den Politiker reden oder das Leben an seiner Seite, aber nicht auf diese floskelhafte Art; so würden ihr die Hörer reihenweise abspringen. Sie brauchte etwas Echtes. Mittlerweile hatte sie genügend Erfahrung gesammelt, um die richtigen Fragen zu stellen – auch gezielte Fragen, mit denen sich ein Chefkoch zu wunderbar unbedachten Äußerungen über Steckrüben hinreißen ließ. Wenn ihr Interviewpartner dagegen nervös war, versuchte sie, zunächst eine geschützte Atmosphäre zu schaffen. Rein äußerlich wirkte Frau Schwaninger zwar nicht nervös. Offensichtlich hatte sie bereits eine gewisse Routine, wenn es darum ging, sich selbst – oder besser, ihren Mann – zu repräsentieren. Sie war nicht ungeschickt, doch Alice hatte nicht vor, an dieser spiegelglatten Oberfläche zu bleiben. Allerdings hob sie sich die interessanteren Fragen für später auf und arbeitete daran, erst einmal ins Gespräch zu kommen.

Es war nicht leicht.

Normalerweise bestand die Schwierigkeit darin, ihre Gesprächspartner wieder auf den Pfad ihres eigentlichen Themas zu lenken, sobald sie sich in Details verloren. Diese Frau dagegen musste sie mit viel Geschick weglocken von der schnurgeraden Schnellstraße, die das Leben ihres Mannes darstellte. Gab es denn hier gar keine Schleichwege? Überwachsene Pfade mit Dornen und Gestrüpp, die sie zu etwas Interessanterem führten? Dem echten Leben der Ehefrau eines aufstrebenden Regionalpolitikers?

Apropos überwachsene Pfade: »Ihre grüne Ecke gefällt mir. Hat fast schon was von einem Miniaturdschungel mit all den Palmen und Farnen. Kümmern Sie sich denn selbst um die Pflanzen?«, sagte Alice und wurde erneut von einem spontanen Lächeln belohnt, das Frau Schwaningers Gesicht tiefere Konturen verlieh. Es stand ihr.

»Ja. Die Arbeit mit Pflanzen macht mir Freude.« Und schon hatte sich das kostbare kleine Lächeln wieder verflüchtigt. »Na ja, was heißt *Arbeit* … Natürlich ist es keine sonderlich sinnvolle Beschäftigung. Die Pflanzen bringen einfach ein bisschen Farbe ins Haus. Wissen Sie, mein Mann hat so gar nichts für Pflanzen übrig … Ich meine, was ich sagen will … natürlich *mag* er die Natur. Aber er ist eben praktisch veranlagt. Das muss man auch sein, wenn man seine Ziele so hoch gesteckt hat. Als Politiker …«

»Pflanzen sind ein schönes Hobby«, widersprach Alice und schubste Frau Schwaninger damit sanft wieder runter von der Schnellstraße, zurück auf den Dschungelpfad. »Ich finde, man braucht jede Menge Fingerspitzengefühl dafür.«

Ein verlegenes Achselzucken. »Das lag bei uns in der Familie. Meine Mutter und meine Großmutter haben mir viel beigebracht über Pflanzen, aber leider … Weder mein Mann noch meine Jungs interessieren sich dafür. Ich werde wohl nicht sonderlich viel von unserem Familienschatz weitergeben können.« Da schwang zum ersten Mal ehrliches Bedauern mit. »Wissen Sie, wie mein Mann mich scherzhaft nennt? Seine Dschungelkönigin.« Sie lächelte, um zu signalisieren, dass es sich um einen Scherz handelte, doch Alice registrierte einen leicht bitteren Zug um ihre Mundwinkel.

»Aber warum ist er da so kritisch? Was mag Ihr Mann denn nicht an Pflanzen?«

»Aber nein, er hat nichts gegen sie!«, sagte Frau Schwaninger hastig. »Seiner Meinung nach gehören sie einfach nicht ins Haus, das ist alles. Er findet es unhygienisch. Vielleicht hat er sogar recht. Manchmal denke ich … diese Topfpflanzen … wie kleine Strafgefangene, nicht? Wurzeln haben sie schon noch, aber sonderlich tief gehen die halt nicht in so einem Blumentopf. Und vernetzt sind sie auch nicht, so wie die Bäume im Wald beispielsweise.«

Aus irgendeinem Grund verursachte Alice diese Bemerkung eine leichte Gänsehaut, aber sie ließ sich nichts anmerken. »Ihr Mann ist also Freiheitskämpfer? Ein Naturfreund? Sieh mal an, so hätte ich ihn gar nicht eingeschätzt. Was tut er, wildert er in seiner Freizeit Topfpflanzen im Garten aus?«, fragte sie leichthin.

Es war eine gewagte Bemerkung, die sie natürlich würde rausschneiden müssen. Sie brachte ihr erst einen verblüfften Blick ein, ehe sie ihren Zweck erfüllte.

Frau Schwaninger lachte hell auf. »Nein. Um ehrlich zu sein, ich *erinnere* mich noch nicht einmal mehr, wann er das letzte Mal auf einem Waldspaziergang war«, sagte sie amüsiert. Es war nur ein kurzer Moment der Gelöstheit. »Können Sie das rausschneiden?«, fragte sie dann. Sie wirkte beinahe erschrocken.

»Mach ich, wenn Sie wollen. Gar kein Problem«, versicherte ihr Alice hastig, und ihre Gesprächspartnerin entspannte sich wieder.

»Jedenfalls, das mit den Pflanzen ist kein Hexenwerk. Man muss einfach nur ein paar Dinge wissen. Sie beobachten, die Bedürfnisse einer Pflanze erkennen.«

Es war erstaunlich, wie viel Leichtigkeit und Leidenschaft in den Sätzen mitschwang, sobald sie über Pflanzen und nicht über Ehemänner sprachen, dachte Alice. »Das sagen Sie so; Sie haben meinen Zimmerfarn zu Hause noch nicht gesehen. Keine Ahnung, was *seine* Bedürfnisse sind, aber ich bin kurz davor, diesen Trauerkloß zu entsorgen.«

»Tun Sie das nicht!«, sagte Frau Schwaninger plötzlich sehr energisch. »Geben Sie ihm noch eine Chance. So ein Farn ist ein Schatten- beziehungsweise Halbschattengewächs. Wussten Sie, dass es Farne schon seit dem Paläozoikum gibt? Damals waren es Urzeitriesen, die ganze Wälder gebildet haben, mächtige, stolze Pflanzen, die ...« Ein kurzes Innehalten, dann fuhr sie etwas zurückhaltender fort: »Suchen Sie am besten einen feuchtwarmen, absonnigen Standort für Ihren Farn. Er verträgt das direkte Sonnenlicht nicht, es verbrennt ihn. Jede Pflanze hat andere Bedürfnisse; manche können eben nur im Halbschatten überleben.«

Erstaunlich, dachte Alice. »Ich sehe, Sie haben nicht nur ein Händchen dafür, Sie verfügen über echtes Fachwissen. Wie schade, dass Sie nur die eine grüne Ecke hier eingerichtet haben! Sie macht das Haus gleich so viel wohnlicher. Also ... wenn Sie mir die Bemerkung erlauben«, fügte sie hastig hinzu.

»Ja. Das Haus ...« Frau Schwaninger seufzte, dann erklärte sie überraschend: »Ich hab es ja nicht gewollt.«

»Was haben Sie nicht gewollt? Das Haus?«

»Genau. Wir haben vorher mit den Kindern in einer hübschen Altbauwohnung mitten im Stadtzentrum gewohnt. Die war so viel stimmungsvoller ... Aber wenn man in der Politik Karriere machen will, zählt neben der Arbeit natürlich auch die Außenwirkung. So ein Haus transportiert immer auch eine Botschaft, verstehen Sie?«

»Allerdings.« Interessant. Also hatte Alice recht gehabt mit ihrer Vermutung: weg von bayrischem Brauchtum und Hirschgeweihen über der Eingangstür. Nach München, und dann weiter nach Bonn?

»Wie haben Sie denn früher gewohnt? Ich meine, nicht als Ehefrau, sondern als Kind?«

Wieder diese leise Überraschung, dass sich das Gespräch nicht ausschließlich um die Karriere des Mannes drehen sollte.

Aber dann sagte sie: »Meine Eltern hatten ein Haus in Weyarn am Fuße des Kirchhofhügels. Hundert Meter östlich fließt die Mangfall vorbei …« Eine Pause, ein wehmütiges Lächeln. Sie schien weit weg in diesem Moment, noch viel weiter als Weyarn. »Es gab einen kleinen Innenhof mit jeder Menge Grünpflanzen und Blumen«, fuhr sie dann fort. »Es war denkmalgeschützt. Warten Sie …«

Sie bückte sich, um die unterste Schublade in dem Rattanregal neben sich aufzuziehen und ein Fotoalbum herauszunehmen. Alice stellte fest, dass es auch in den Reihen darüber Alben gab. Neue, in schwarzem Leder gebunden. Dieses dagegen war zerfleddert und deutlich älter. Ein versteckter, gut gehüteter Schatz.

Überhaupt war es interessant, dass ein derart gläsernes Haus mit seinen kompromisslos klaren Linien den Eindruck erwecken konnte, es wäre imstande, mehr Geheimnisse zu bergen als ein Geisterhaus mit dunklen Winkeln und Ecken.

»Hier«, sagte sie, nachdem sie einige Seiten umgeblättert hatte, so behutsam, als könnte das Papier zwischen ihren Fingern zerbröckeln. »Das ist mein Elternhaus.« Das Haus war ganz offensichtlich in uralten Zeiten gebaut worden, sodass es sich perfekt an den Hügel schmiegte. Keine geraden Linien, keine durchdachte Architektur. Gelegentlich war angebaut worden.

»Das nenne ich mal ein Haus!«, sagte Alice bewundernd.

»Ja, nicht?« Frau Schwaninger blickte auf das Schwarz-Weiß-Foto, dann sah sie auf.

In diesem Moment bemerkte Alice, dass ihre Augen nicht nur hellbraun waren, wie sie zunächst geglaubt hatte. Wenn sie leuchteten, so wie jetzt, wirkten sie wie lichtdurchlässiger Bernstein mit goldenen Sprenkeln.

»Manchmal träume ich davon, sogar heute noch«, sagte Frau Schwaninger langsam. »Seltsam, nicht? Dass man im Traum immer in die Häuser seiner Kindheit zurückkehrt. Ich kann heute noch im Geiste durch die Zimmer spazieren.« Stille. Dann, etwas zu beiläufig: »Es wurde abgerissen, wissen Sie. Schon vor Jahren.«

Sie blickte nicht auf, sondern blätterte weiter im Album, und als sie auf die nächste Seite kamen, erkannte Alice, weshalb sie an Anna hatte denken müssen, obwohl die Frau des Regionalpolitikers eigentlich so gar keine Ähnlichkeit mit ihrer Freundin hatte: Sie sah das Farbfoto einer jungen Frau Anfang zwanzig mit rotblonden, lockigen, ungebändigten Haaren und leuchtenden Augen. Ein Blickfang. Die Lebendigkeit, die Alice aus diesen Augen entgegenstrahlte, machte sie unwillkürlich befangen. Sie blickte auf das Foto eines Menschen, der gerade ins Leben aufbrach, voller Hoffnungen und Träume. »In dem Haus haben Sie also mit Ihren Eltern gelebt«, sagte sie, ebenso beiläufig. »Was haben die beiden denn gemacht, wenn ich fragen darf?«

»Meine Mutter hat als Krankenschwester gearbeitet, und mein Vater war Arzt.«

»Wirklich!? Meiner auch. Dann kann ich mir ungefähr vorstellen, wie's bei Ihnen zu Hause zuging. Noteinsätze sonntags …«

»… und Nachbarn, die spätabends an die Tür klopfen, weil sie einen Kranken zu Hause haben …« Frau Schwaninger lachte wieder ein befreites, fast schon glückliches Lachen, und Alice wusste, jetzt endlich waren sie so weit.

Die nächste halbe Stunde unterhielten sie sich angeregt, ohne Floskeln und löchrige Sätze. Auch Frau Schwaninger hatte sich zur Krankenschwester ausbilden lassen. Eigentlich hatte sie im Anschluss an die Ausbildung sogar Medizin studieren wollen. »Ich habe meinem Vater immer genau auf die Finger geschaut. Man könnte fast sagen, ich hab ihn belauert; ich glaube, ich bin ihm gewaltig auf die Nerven gegangen. Ich wusste schon mit zwölf Jahren, wie man Spritzen gibt. Und was ich mir so an Wissen über Anatomie angeeignet habe …«

»Aber Sie haben sich dann doch gegen das Studium entschieden? Warum? Es scheint mir ein Herzenswunsch gewesen zu sein.«

»Ich … na ja, die Zulassung fürs Studium hatte ich sogar schon. Aber dann habe ich geheiratet.« Frau Schwaningers Miene neutralisierte sich wieder komplett. Kein Schimmer mehr von roten Haaren und Bernstein und hochfliegenden Träumen. Stattdessen gefärbtes Aschblond und Augen von einem matten Braun. »Ich hab mich für die Familie entschieden wie die meisten anderen auch. Nichts Spektakuläres. Keine große Geschichte … oder besser, gar keine Geschichte. Das Leben eben, sonst nichts.«

Das Leben eben, sonst nichts?

»Natürlich«, bekräftigte Alice rasch, obwohl sie am liebsten vehement widersprochen hätte. »Die Kinder haben Sie gebraucht, nicht? Kinder großzuziehen ist kein Pappenstiel.«

»Sie sagen es«, nickte Frau Schwaninger. »Obwohl ich manchmal schon …« Der Verteidigungswall bröckelte. »Jedenfalls … Heinz war der Meinung, ich sollte …« Der Satz wurde von Wort zu Wort löchriger und leiser, bis er sich einfach in Luft auflöste, noch ehe er beendet war.

»Mein Mann hat mich immer unterstützt«, sagte sie dann, wieder mit fester Stimme.

»Das ist gut. Und Sie unterstützen ihn ja auch, stimmt's?«, sagte Alice behutsam. »Ich habe gehört, Sie leisten viel für seine Karriere. Wie genau sehen Ihre Aufgaben denn aus?«.

Frau Schwaninger nickte erneut, ein wenig erleichtert, dass sie wieder auf vertrautem Terrain waren. Schilderungen von gesellschaftlichen Verpflichtungen folgten. Alice erkannte, dass ihr Leben nicht *leer* war; aber vielleicht mit Dingen angefüllt, die die falschen waren, weil ihr Herz nicht daran hing. Ihren Beruf als Krankenschwester hatte sie aufgegeben, vom Studium ganz zu schweigen. Wie hätte das Leben dieser Frau aussehen können, wenn sie anders abgebogen wäre?, fragte sich Alice. Oder mischten sich da gerade ihre eigenen Erfahrungen mit hinein? War sie voreingenommen?

Schließlich fragte sie Frau Schwaninger erneut nach ihrer Jugend: liebevolle Eltern, ein ehrgeiziger Vater. Die Mutter und Großmutter mit jeder Menge Wissen über Pflanzen, Kräuter, Naturheilkunde. Der Traum vom Medizinstudium. Zuvor noch eine dreimonatige Abenteuerreise nach Kenia, die Arbeit in einem Krankenhaus dort vor Ort, am Fuße der Ngongberge, mit der besten Freundin Margaret Sandler. Ein schwarzhaariger Wirbelwind, ein Haudegen. Pferde hätte man mit der stehlen können … Hier, ein Foto von ihr. Sie war unverheiratet geblieben und hatte es geschafft, war tatsächlich Ärztin geworden. Was aus ihr geworden ist, fragen Sie? Keine Ahnung. Wir haben den Kontakt verloren, schon vor Jahren. Traurig eigentlich … Andererseits, so spielt das Leben, nicht wahr? Das passiert eben. Ein Durchatmen, gestraffte Schultern. Dann waren die Kinder gekommen, wie gesagt. Zwei süße Jungs, sie bereue nichts. Ein verhaltenes Lächeln.

»Haben Sie selbst denn gar keinen Kinderwunsch?«, fragte sie dann unerwartet.

Alice zuckte leicht zusammen. Aus einem Impuls heraus antwortete sie ausweichend: »Doch, natürlich. Es ist schön, Kinder zu haben.« Und dann versuchte sie, ihre Gesprächspartnerin schnell wieder zurückzuführen zu der eigenen Geschichte.

Es gelang ihr nicht.

»Wollten Sie schon immer als Reporterin arbeiten? Auch als Kind?«

Alice zögerte. »Ja«, sagte sie dann.

»Mit jeder Faser Ihres Seins?«, fragte die Frau mit einer plötzlichen, stillen Hartnäckigkeit.

Wieder fühlte sie einen inneren Widerstand. »Ja«, sagte sie dann langsam. »Mit jeder Faser meines Seins. Damals während meines Volontariats hatte ich einen Vorgesetzten, der mir viel beigebracht hat. Er liebte Haikus. Wissen Sie, was ein Haiku ist?«

»Eine Gedichtform«, sagte Frau Schwaninger sofort. »Drei Zeilen, nicht länger als ein Atemzug.« Die Frau steckte wirklich voller Überraschungen.

»Genau. Sein Lieblings-Haiku stammte von Bashō:

Die Welt im Schnee. Lass uns
die schönste Aussicht suchen gehn,
Bis wir taumeln, fallen.«

Einen Moment schwiegen sie. Alice fühlte, wie die Erinnerung einen unerwartet heftigen Anfall von Traurigkeit in ihr auslöste.

»Schön«, sagte Frau Schwaninger leise.

Als Alice aufsah, bemerkte sie, dass ihr Gegenüber sie noch immer beobachtete. »Er meinte, er müsse immer an mich denken bei dem Haiku. Wahrscheinlich, weil ich ein ziemlicher Hitzkopf sein kann, wenn es um meine Arbeit geht«, sagte sie leichthin und versuchte, aus dem Dornendickicht wieder zurückzufinden auf sichere Pfade.

Frau Schwaninger nickte. »Ich glaube, ich beneide Sie fast ein wenig. Um Ihre Zielgerichtetheit«, sagte sie. Mehr nicht.

Alice öffnete den Mund und schloss ihn dann wieder. Nein, bis hierher und nicht weiter. Stattdessen sagte sie: »Aber jetzt zurück zu Ihnen und Ihrer Familie. Was machen Ihre Kinder eigentlich jetzt? Sie scheinen nicht mehr hier im Haus zu wohnen.«

Es funktionierte; Frau Schwaninger begann, von ihren Söhnen zu erzählen, und das Gespräch kam wieder in Gang. Es stellte sich heraus, dass sie nie als Familie in diesem Neubau gelebt hatten. Kurz vor dem Umzug hierher waren die Söhne aufgebrochen zum Studium in die Großstadt. Vielleicht wirkte das Gebäude deshalb ein wenig nichtssagend. Es barg weder Spuren eines Familienlebens noch Erinnerungen an die Vergangenheit. Mittlerweile hatte sie sogar schon Enkelkinder, doch selbst die bekam sie nur selten zu Gesicht, weil sie so weit entfernt wohnten.

Kurz darauf hörten sie ein Auto in der Auffahrt. Das Knirschen von Eis und Kies. Dann das Geräusch des Schlüssels im Schloss. Schritte, die die Eingangshalle querten. Frau Schwaninger war verstummt. Nicht schlagartig; ihr letzter Satz hatte sich mal wieder noch während des Sprechens in Luft aufgelöst. Sie lauschten.

»Jemand da?«, rief eine Männerstimme.

»Hier drüben!«, antwortete Frau Schwaninger und erwachte aus ihrer Regungslosigkeit.

»Ah. Mal wieder in der Kräuterecke?« Die Schritte kamen näher.

Irgendwie hatte sich in Alice in den letzten zwei Stunden der Verdacht aufgebaut, der Regionalpolitiker müsse eine furchterregende oder zumindest Respekt einflößende Erscheinung sein, in deren unmittelbarem Umfeld nur wenig gedieh. Pflanzen gar nicht, Ehefrauen nur bedingt. Der abschätzige Tonfall passte ganz gut zu ihrer Erwartungshaltung. Auf den ersten Blick wirkte der Mann allerdings enttäuschend harmlos. Gepflegter Schnurrbart. Leicht hervorstehende, runde, babyblaue Augen, die nicht zu blinzeln schienen, sodass Alice unauffällig herauszufinden versuchte, ob ihr Gegenüber überhaupt so etwas wie Augenlider hatte, während sie mit unangenehm festem Händedruck begrüßt wurde.

»Also hier haben Sie sich versteckt«, sagte Herr Schwaninger, auf einmal deutlich jovialer. »Konnte sich meine Frau mal wieder nicht aus ihrer kleinen grünen Ecke lösen? Als hätten wir kein Wohnzimmer!« Obwohl er sich gut gelaunt gab, hörte Alice die leise Missbilligung heraus.

»Weil … wir …«, versuchte es Frau Schwaninger beklommen.

»Es war mein Vorschlag. Die Akustik ist besser hier«, warf Alice rasch ein. »Für Höraufzeichnungen eignet sich die Pflanzenecke perfekt; die Nebengeräusche werden besser absorbiert.«

Herr Schwaninger schien ein wenig überrascht ob ihres Technikverständnisses. »Sieh mal an. Und ich hätte gedacht, das ganze Grünzeug würde Ihnen dazwischenrascheln.«

»Im Gegenteil. Farne sind introvertierte Lebewesen; normalerweise kommen die Störgeräusche eher aus der belebten Umgebung. Von Menschen zum Beispiel.«

Er stutzte und musterte sie etwas genauer. Da sie ihm aber ein harmloses Lächeln schenkte, sagte er nur: »Man lernt doch nie aus. Wie dem auch sei, ich hatte gar nicht erwartet, Sie noch hier anzutreffen. Leider wurde ich aufgehalten. Ich dachte, ihr beide wärt längst fertig mit Reden!«

»Nein«, sagte Alice. »Die Zeit ist wie im Flug vergangen. Wir hatten uns viel zu erzählen.«

»Ah.« Erneut ein kurzes Stutzen, der Blick noch mehr nachgeschärft. Jetzt hatte Alice seine ungeteilte Aufmerksamkeit. Allerdings fragte sie sich gerade, ob sie die wirklich haben wollte. »Was für ein Glück, dann bekomme ich ja noch etwas mit von eurer angeregten Unterhaltung.«

Und damit setzte er sich ohne weitere Aufforderung zu ihnen in die Rattanecke und schlug die Beine übereinander. Andererseits: Wozu brauchte er auch eine Aufforderung? Es war schließlich sein Haus …

Alice überlegte fieberhaft, wie sie weitermachen sollte. »Ich glaube, wir waren gerade bei Ihren Kindern stehen geblieben«, versuchte sie es unverfänglich.

»Ja«, sagte Frau Schwaninger. Mehr nicht. Sie sah zu ihrem Mann hinüber.

»Und die beiden leben in München und Berlin?«

»Genau«, schaltete sich Herr Schwaninger ein. »Der Größere

ist Anwalt, und der andere bald fertig mit seinem Medizinstudium.«

»Großartig«, sagte Alice. »Sie müssen stolz auf Ihre Jungs sein.« Dann wandte sie sich wieder betont seiner Frau zu. »Sie unterstützen Ihren Mann nach Kräften, haben Sie gesagt. Und sonst? Haben Sie alte Interessen wiederaufleben lassen, seit die Kinder aus dem Haus sind?«

»Na ja …«, sagte die Frau. Ein kurzer, resignierter Blick zu den Grünpflanzen, doch sie sagte nichts.

»Als Politikerfrau braucht man keine Hobbys«, sprang Herr Schwaninger ihr bei. »Sie glauben gar nicht, wie viel Energie man in so eine Karriere stecken muss. Nie wäre ich so weit gekommen ohne die Hilfe meiner Frau.«

»Du übertreibst«, sagte sie mit einem leicht gezwungenen Lächeln. »Ich bin einfach nur … Wir ziehen eben an einem Strang.«

Nachdem sie fünf Minuten zuvor noch so lebhaft geredet hatten, sah es nun ganz so aus, als wäre der interessantere Teil des Interviews endgültig beendet. Obwohl auch die letzten Minuten ziemlich aufschlussreich gewesen waren, fand Alice. Schade, dass man derlei nicht verwerten konnte.

»An einem Strang. Natürlich. Ich glaube, ich habe jetzt jede Menge Material zusammen. Wollen wir das Interview damit beenden?«

Frau Schwaninger schien erleichtert und brachte sie zur Tür, während ihr Mann nach kurzem Abschied nach oben verschwand. Als sie schon an der Schwelle stand und der Frau zum Abschied die Hand reichte, hielt diese sie einen Augenblick länger als nötig. »Habe ich etwas gesagt, das … Ich meine, Sie werden doch dafür sorgen, dass …?«

Alice verstand genau, was sie meinte. Sie sagte freundlich: »Sie werden gut rüberkommen, keine Sorge. Und Ihr Mann auch.«

Frau Schwaninger starrte an ihr vorbei, auf einen Punkt in der weißen, unendlichen Landschaft in Alice' Rücken. Dann kehrte ihr Blick zurück zu der Umhängetasche mit dem Mikrofon, als wollte sie sich vergewissern, dass es ausgeschaltet war. Jetzt sah sie Alice direkt an.

»Ist das nicht paradox?«, sagte sie leise. »Dass das Leben zum Bersten voll sein kann, wenn man jung ist, obwohl man doch noch gar nicht richtig gelebt hat. Dann, im Laufe der Jahre, sammelt man Erfahrungen … und trotzdem scheint dein Alltag immer leerer zu werden. Ist es nur der Traum vom Leben, der ein Leben ausfüllt, und gar nicht das Leben selbst? Was meinen Sie?«

Alice öffnete den Mund, schloss ihn wieder. Sie wusste, dass die Frau keine Antwort erwartete. Zwischen ihnen tat sich in diesem Moment ein Abgrund an Trauer auf.

»Die Leere«, sagte die Frau. »Hüten Sie sich vor der Leere.« Dann machte sie Alice die Tür vor der Nase zu.

Kapitel 23

DIE RECHERCHE

Februar / März 1977: München

Montag, 28. Februar 1977

Seltsam. Nur eine Woche war vergangen seit dem Interview, und doch hatte Alice Mühe, sich die Miene der Frau wieder ins Gedächtnis zu rufen. Die Konturen verschwammen. Was dagegen nicht verschwamm, war das Gesicht eines jungen Mädchens, das im Begriff war, ins Leben aufzubrechen. Hoffnung in den Augen.

Keine große Geschichte … oder besser, gar keine Geschichte. Das Leben eben, sonst nichts.

Pause.

Jede Pflanze hat andere Bedürfnisse; manche können nur im Halbschatten überleben …

Sie hatte überlegt, ob sie den Schnitt immer dort machen sollte, wo Frau Schwaninger ins Schlingern geriet, um die Geduld der Zuhörer nicht zu strapazieren. Doch dann ließ sie die Pünktchen am Ende oder manchmal auch in der Mitte des Satzes in voller Länge stehen. Wörter, ohne Nachdruck geäußert, die sich verflüchtigten, in Luft auflösten – diese Pausen gehörten zu der Frau, ebenso wie ihre sorgfältige Aufmachung, das floskelhafte Sprechen über die Karriere des Mannes, die Resignation in den weichgezeichneten Zügen. Diese visuellen Eindrücke konnte

Alice nicht zeigen; die Herausforderung bestand darin, sie so zu übersetzen, dass die Zuhörer ihre Interviewpartnerin trotzdem vor Augen haben würden.

Ein paar andere, eiligere Aufträge hatten sich noch dazwischengeschoben, doch jetzt war Alice fast fertig mit dem Schneiden und Bearbeiten ihres Interviews. Sie liebte diese Form der Arbeit: Menschen porträtieren. Vor allem, wenn es knifflig wurde.

Und dieses Interview *war* knifflig.

Na ja, was heißt Arbeit. *Natürlich ist es keine sonderlich sinnvolle Beschäftigung ... Wissen Sie, wie mein Mann mich scherzhaft nennt? Seine Dschungelkönigin.*

Was machte man mit so einer Aussage, die durchdrungen war von der Geringschätzung für die eigenen Interessen? Reinnehmen oder lieber rausschneiden?

Alice wollte den Charakter der Frau greifbar machen, gleichzeitig aber auch nicht zu viele Erklärungen einbauen, damit das Ganze nicht langatmig wurde. *Hast du das Leben der Frau vor Augen, Zuhörer? Siehst du ihr Gesicht?* Sie erzählte von den Pflanzen, beschrieb kurz die Architektur des Hauses, doch wichtiger als diese Äußerlichkeiten war die Stimmung. Natürlich konnte sie nicht offen aussprechen, was sie empfunden hatte. Stattdessen ließ sie Frau Schwaninger erzählen und sie mithilfe der kaum wahrnehmbaren Pausen das Nicht-Erzählte andeuten. Sie zeigte den Kontrast zwischen der Erzählung über Kindheit und Jugend und den Floskeln über ihre Gegenwart als Politikerfrau – löchrige Sätze, die einen Eindruck von ihrem Leben in diesem Haus aus Glas vermittelten, ohne dass Alice viel hätte erklären müssen.

Haus aus Glas? Nein, das stimmte nicht. Es war gerade diese seltsame Mischung aus Glas und Beton, aus sichtbarer Zerbrechlichkeit und undurchdringlicher Härte, die so beklemmend gewesen war.

Mein Mann hat mich immer unterstützt … Wie gerne hätte sie dieser Aussage das Eintreffen Herrn Schwaningers und seinen leise abwertenden Tonfall gegenübergestellt. *Mal wieder in der Kräuterecke? Als hätten wir kein Wohnzimmer* … Aber das ging natürlich nicht; in dem Moment hatte er nicht gewusst, dass seine Worte aufgezeichnet wurden. Sie war stattdessen subtiler vorgegangen und hoffte, dass dem aufmerksamen Zuhörer das Verhältnis zwischen den Eheleuten auffallen würde.

Als Politikerfrau braucht man keine Hobbys.

Nichts schien so recht zusammenzupassen in dieser Familie der Gegenwart. Und die Vergangenheit?

Seltsam, nicht? Dass man im Traum immer in die Häuser seiner Kindheit zurückkehrt.

Aber immer ist es Nacht in meinen Träumen. Draußen in der Gasse sehe ich Fledermäuse flattern, kleine, pfeilschnelle Schatten vor dem Sternenhimmel. Ich höre das Schnattern der Enten in der nahe gelegenen Mangfall, ich spüre das leichte Vibrieren der Mauern unter dem tiefen Glockenschlag des Kirchturms.

Die Gegenwart schien Schatten zu werfen und sich langsam in die Vergangenheit auszubreiten, statt umgekehrt. Es war unheimlich.

»Frau Meißner?«

Sie drückte die Pausentaste und wandte sich um. Ihr Kollege stand im Türrahmen. »Der Chef will Sie sehen«, sagte er, dann war er auch schon wieder davon. Sie nahm es ihm nicht übel; sie wusste, dass er bis Mittag noch seinen Beitrag abliefern musste. Mit Sicherheit war er – mal wieder – im Verzug.

Alice seufzte. Was wollte der Chef denn jetzt? Sie war gerade so schön im Fluss. Widerwillig erhob sie sich und machte sich auf den Weg ins höhlenartige Büro Herrn Rauwolfs, wo ewige Dämmerung herrschte.

Mittlerweile hatte die klirrende Kälte nachgelassen. Wenige Tage zuvor hatte Föhn eingesetzt, und der Schnee war beinahe komplett weggeschmolzen. Auch heute hatten sie wieder einen dieser Frühlingstage mitten im Winter, wie sie einem manchmal geschenkt wurden im Voralpenland.

Sie klopfte an und betrat das Büro.

»Ah, da sind Sie ja.« Ihr Chef sah auf und lud sie mit einer Handbewegung ein, Platz zu nehmen. Alice setzte sich und sah ihn fragend an, und er starrte zurück, offensichtlich ein wenig ratlos, wie er anfangen sollte. »Haben Sie den Beitrag über die Frau des Politikers schon fertig?«, fragte er. »Diese Frau …«

»… Schwaninger«, half ihm Alice auf die Sprünge, als er schwieg. »Fast, es fehlen nur noch ein oder zwei Stunden Feinarbeit. Wieso?«

»Ein Karamellbonbon?«, fragte Herr Rauwolf, statt zu antworten, und schob seine geheiligte Schale mit englischen Toffees über den Schreibtisch in ihre Richtung.

Jetzt war Alice ernsthaft beunruhigt. »Was ist los? Eilt es, soll der Beitrag schneller auf Sendung gehen?«

»Nein«, sagte ihr Chef. Er räusperte sich und fügte nach einem Moment hinzu: »Im Gegenteil. Sie können aufhören, daran zu arbeiten. Wir werden die Sache gar nicht bringen. Leider.«

Verblüffte Stille. Das kam in seltenen Fällen vor und war natürlich ärgerlich. Aber normalerweise wurde man deshalb nicht ins Chefbüro gerufen, und auf keinen Fall, niemals, bekam man Karamellbonbons zum Trost angeboten.

»Dürfte ich fragen, warum nicht?«, sagte Alice. Mittlerweile hatte sie dazugelernt und formulierte ihre Warum-Fragen dezenter.

»Dazu wollte ich gerade kommen. Leider ist Frau Schwaninger gestern Mittag verstorben. Ein schwerer Verkehrsunfall. Man hat mich vorhin nach oben zitiert und … also, ganz unter uns, mir in relativ scharfem Tonfall eröffnet, dass der Beitrag auf Halde gelegt werden muss. Und ich soll mich persönlich darum kümmern, dass das auch passiert. Was ich hiermit tue.

Tut mir leid«, fügte er hinzu, als er ihre Miene sah. »Haben Sie viel Arbeit reingesteckt?«

»Darum geht es nicht.« Alice kämpfte darum, die Fassung zu wahren. »Wissen Sie, was genau passiert ist?«, fragte sie schließlich.

»Anscheinend ist ihr Auto ins Schleudern geraten. Verdammtes Glatteis.«

»Ich verstehe. Und warum ist das Oben so hinterher, dass der Beitrag nicht erscheint? Also, wenn ich fragen darf … Normalerweise hätte ein kurzer Anruf hier unten doch genügt?«

Das »Oben« war eine Anspielung auf die Himmelssphäre, in der die Chefetage schwebte, frei nach Platon – eine Region, in der Fehler, Misswirtschaft oder andere Unvollkommenheiten ausgeschlossen waren, ganz im Gegensatz zur sublunaren Welt des Unten, in der sie und Herr Rauwolf angesiedelt waren. Auf ihrer Etage waren Oben und Unten feststehende Begriffe – solange man unter sich war.

Ihr Chef zuckte mit den Schultern. Ein Blick in ihre Miene, und er schob ihr die Toffees noch näher hin, doch sie schüttelte nur ablehnend den Kopf. Er seufzte, griff selbst in die Schale und begann umständlich, eines der Bonbons auszuwickeln. Als Alice das Karamell roch und sich den süßen, klebrigen Geschmack im Mund vorstellte, wurde ihr schlagartig übel. Sie hatte den Verdacht, sie würde auf lange Zeit überhaupt kein Karamell mehr essen können.

Abrupt erhob sie sich. Sie wusste nicht – noch nicht –, was sie fühlte, aber sie wusste, dass sie lieber allein sein sollte, wenn sie es herausfand. Für den Fall, dass sie die Beherrschung verlor; aber warum hätte sie die Beherrschung verlieren sollen? Sie kannte die Frau nicht, nicht wirklich.

»Dann mach ich mal weiter mit dem Beitrag über das Winterkonzert«, sagte sie und versuchte, ihrer Stimme Festigkeit zu geben.

»Sind Sie sicher? Wollen Sie nicht lieber nach Hause gehen für heute? Das eilt doch nicht.«

Erneut schüttelte sie den Kopf. »Nein. Alles in Ordnung. Allerdings …« Sie hielt inne und überlegte kurz. »… könnte ich mir morgen freinehmen? Ich habe privat was zu erledigen.«

Er hörte auf, sein Karamellbonbon zu kauen, und musterte sie leicht misstrauisch. »Freinehmen?«

»Ja. Spricht was dagegen?«

»Nein. Natürlich nicht. Es kommt nur ein bisschen plötzlich.«

Sie sah ihm an, dass er am liebsten gefragt hätte, was es so Eiliges zu erledigen gab. Aber er schien es sich gerade noch zu verkneifen.

»Dann … danke«, sagte sie und wandte sich rasch um.

Zurück im Schneideraum, ließ sie sich auf ihren Stuhl sinken und starrte für einen Moment aus dem Fenster. Schließlich griff sie nach den ungeschnittenen Originalaufnahmen und schloss sorgfältig die Tür. Sie wollte nicht auf die Frage antworten müssen, warum sie sich ein Interview anhörte, an dem gar nicht mehr gearbeitet wurde.

Alice lauschte so angestrengt auf die feinen Schwingungen in der Stimme der Frau, dass ihr Kopf irgendwann zu schmerzen begann. Sie schaltete den Rekorder aus. *Die Leere. Hüten Sie sich vor der Leere …* Kurz verweilten ihre Finger über den Tasten, dann schüttelte sie sich leicht und erhob sich.

Nein. So schnell würde sie die Sache nicht auf sich beruhen lassen. Vor ihrem inneren Auge sah sie die leblosen Züge einer jungen Frau unter einer Autobahnbrücke im Faulschnee, die entsorgt worden war, als wäre sie Abfall. Die Hintergründe waren nie geklärt worden. Ein kurzer Artikel in den Zeitungen, und einen Tag später folgten schon wieder Berichte über eine Wahlkampfveranstaltung, die Zahlen der Lottoziehung. Genug war genug.

Zeit für eine kleine private Recherche.

Dienstag, 1. März 1977

Zwölf Uhr mittags, Polizeiwache Miesbach.

Alice hatte eine unruhige Nacht verbracht, trotz aller guten Vorsätze. Immer wenn sie aus dem Halbschlaf schreckte, hatte sie festgestellt, dass sie auf der Jagd nach Zwischentönen gewesen war, die sich zu verflüchtigen schienen, sobald sie konzentrierter zu lauschen versuchte. Jetzt musterte sie die biedere Backstein-Fassade, während sie in Gedanken noch einmal ihre Strategie durchging. Sie straffte die Schultern, dann trat sie ein.

Groetz saß in seinem Büro und starrte mit ausgesprochen finsterem Blick auf einen Papierwust, der über seinen Schreibtisch verstreut lag. Als sie eintrat, erhellte sich seine Miene allerdings. »Da schau her, die rotznäsige rasende Reporterin. Erwachsen bist worden!«

Alice musste unwillkürlich lächeln. »Ich war schon damals erwachsen, Herrgott!«

»Ja. Ich weiß, dass du des glaubt hast.«

»Darf ich mich kurz setzen?«

»Freilich.« Groetz machte eine einladende Handbewegung, und für ein paar Minuten tauschten sie Neuigkeiten aus.

»Also, immer heraus damit. Wo zwickt's denn?«, fragte der Polizist schließlich. »Ich will noch in meine Mittagspause.«

Sie verzog keine Miene. »Woher weißt du, dass mich der Schuh drückt?«

»Ich bin vielleicht nur ein Dorfpolizist, aber deshalb noch lang nicht auf der Brennsuppe daherg'schwommen. Mir ist schon klar, dass du mich ned besuchst, um Sentimentalitäten auszutauschen. Außerdem kenn ich dich, seit du ein Dreikäsehoch warst; ich kenn diesen Blick von dir.«

»Welchen *Blick* denn?«

Groetz grinste. »Der Mit-dem-Kopf-durch'd-Wand-Blick.«

Alice grinste zurück, dann wurde sie ernst. »Ich komm wegen des Unfalls. Der von der Frau Schwaninger.«

Unwillkürlich wurde auch er ernst, und sein Blick senkte sich auf den Papierstapel vor ihm. In dem Moment wusste Alice, worauf er gerade vorhin gestarrt hatte. Worauf er jetzt starrte. Und dass er ebenfalls nicht gut schlief. »Was interessiert dich das?«

»Ich hab sie letzte Woche interviewt. Kindheit, Jugend, ihr Leben an der Seite eines aufstrebenden Politikers, das ganze Programm. Die Sache nimmt mich etwas mit; es würd mir helfen, wenn du mir Genaueres erzählen könntest.«

Er musterte sie, jetzt offenes Misstrauen im Blick. »Helfen wobei?«

»Um zu verstehen, was passiert ist.«

Der Groetz lehnte sich zurück und verschränkte die Arme über seinem Mittfünfziger-Bauch, der einen völlig falschen Eindruck von Behäbigkeit vermittelte. Als er nichts weiter sagte, fügte sie hinzu: »Angeblich ist ihr Auto ins Schleudern gekommen. Wegen Glatteis.«

»Ja. Und?«

»Groetz, wir kommen beide von hier. Wir sind zwischen den Bergen groß geworden. Wir *wissen*, dass der Föhnwind mit ziemlicher Sicherheit jedes Fitzelchen Schnee von den unteren Straßen geschmolzen hat. Glatteis zur Mittagszeit ist mehr als unwahrscheinlich. Ich bin genauso wenig auf der Brennsuppe dahergeschwommen wie du.«

Er schwieg weiterhin hartnäckig.

»Wo genau ist es denn passiert?«

Ein tiefer Atemzug, dann legte er die Unterarme auf den Schreibtisch und beugte sich vor, so weit sein Bauch es zuließ. »Sag mal, Deandl, du bist jetzt aber nicht auf der Jagd nach einer Sensationsgeschichte, oder? Weil, das fänd ich unpassend.«

»Du solltest mich wirklich besser kennen. Ich will das nicht ausschlachten. Ich will es einfach nur wissen. Für mich.«

»Warum?«

»Eben weil ich erst letzte Woche bei ihr war. Und …« Alice

hatte einen genauen Plan gefasst und sich die Worte zurechtgelegt, aber irgendwo unterwegs waren sie anscheinend verloren gegangen. »Ist es denn nicht nachvollziehbar, dass man sich betroffen fühlt, wenn man mit jemandem geredet hat, und eine Woche später ist er tot?«, fragte sie schließlich.

»Nein. Nicht, wenn man sonst nix mit der Person zu schaffen hat.«

Also gut. Dann versuchte sie es eben aus einer anderen Richtung. »Von wegen dem Glatteis …«, fing Alice noch einmal an. Sie sprach sehr langsam und bedächtig. »Ich könnt es mir leicht machen wie mein Chef und die anderen. Es fällt mir aber schwer, Tatsachen wegzuschieben, wenn ich sie erst einmal erkannt habe.«

Die beiden starrten sich über den Schreibtisch hinweg an. Es war totenstill auf der Wache, bemerkte Alice plötzlich. Der Großteil der Belegschaft war in die Mittagspause gegangen. Nur eine offene Tür irgendwo im Gebäude schlug mit einem monotonen, leisen Wummern gegen den Rahmen.

Schließlich lehnte sich Groetz wieder zurück und seufzte. »Wir wissen nicht, ob es ein Unfall war oder ob sie's mit Absicht gemacht hat«, sagte er. »Und manchmal ist das ein Segen. Ich bin schon lang genug bei der Polizei, Alice, ich hab viel gesehen. Vielleicht war es ein Akt der Barmherzigkeit, dass sie es in der Schwebe gelassen hat. Für ihre Kinder. In dem Fall solltest du das respektieren.«

»Ich werd es nicht hinausposaunen. Ich will es einfach nur wissen.«

»Würd es denn was ändern? Lass die Toten in Frieden ruhen.«

»Ruhen sie denn in Frieden?«

»Jetzt geh mir ja nicht auf den Senkl!«

»Will ich gar nicht, glaub mir.«

Er sah sie lange an. Musterte ihr Gesicht, und auf einmal

wurde seine Miene etwas weicher, und er beugte sich vor. »Was ist los, Mädel?«

Sie zögerte. »Ich würd gern wieder ruhig schlafen können«, sagte sie dann. Mehr nicht.

Ein Weilchen sah er sie nachdenklich an, dann lehnte er sich erneut zurück und faltete die Hände über dem Bauch. Bedächtig diesmal, weniger abwehrend. »Glaub mir, niemand bringt sich um, nur weil er mal eine Stunde mit dir über sein Leben geredet hat«, sagte er ruhig. »So viel Einfluss hast du nicht auf das Schicksal wildfremder Leute.«

»Dann *war* es Selbstmord?«

Er hob die Braue und sah sie nur an. Groetz konnte, wie viele seiner bayrischen Landsleute, sehr ausdrucksvoll in seiner Ausdruckslosigkeit sein.

Sie dachte aber nicht daran, jetzt aufzugeben. »Red mit mir, Herrgott.«

Noch immer starrten sie sich an, dann gab Groetz nach. »Gut, ich erzähl dir, was ich weiß, aber das bleibt unter Verschluss. Kapiert?«

»Versprochen.«

»Es ist zwischen Miesbach und Irschenberg passiert. Sie muss die Kontrolle über den Wagen verloren haben. An der Stelle gibt es keine Leitplanke; das Auto ist einfach gradaus weitergefahren, statt die Kurve zu nehmen, und einen steilen Abhang runtergestürzt. Und wenn du jetzt meine Meinung hören willst, es ist keine Stelle, an der man normalerweise ins Schleudern kommt. Ich fand die Kurve nicht so eng, dass man gleich die Kontrolle verliert. Außer man fährt sehr, sehr schnell. Und als Raserin war mir die Frau Schwaninger jetzt nicht grad bekannt.«

Kurz herrschte Stille.

»Was noch?«, fragte sie.

»Keine Bremsspuren.«

Alice schluckte schwer.

»Und jetzt du«, sagte Groetz unvermittelt.

»Ich weiß nicht …« Sie senkte den Blick auf ihre zappeligen Hände, die gerade wieder begannen, ein verräterisches Eigenleben zu führen. »Ich hab gar nichts Konkretes, verstehst du?«, sagte sie und sah wieder auf. »Ich fand die Stimmung in dem Haus einfach eigenartig. Die Frau wirkte so verloren. Verstehst du, was ich meine? Kennst du die beiden eigentlich?«

»Den Schwaninger mittlerweile besser, als mir lieb ist«, brummte Groetz. »Seit dem Unfall hängt er mir im Gnack und erzählt mir, wie ich meine Arbeit zu machen hätt. Ich hab ihn schon vorher nicht recht leiden können, aber jetzt …« Er schnaubte nur.

»Warum lässt du dir das gefallen? Er kann dir doch nicht in deine Arbeit dreinreden!«, sagte sie.

Groetz hob nur die Brauen.

Plötzlich erinnerte sich Alice an die Aussage ihres Chefs, dass der Auftrag für das Interview von oben gekommen war. Ebenso wie die Anweisung jetzt, die Arbeit sofort einzustellen. Der Arm des Herrn Schwaninger schien bereits ganz schön weit zu reichen.

»Da will jemand hoch hinaus, was?«, sagte sie nachdenklich.

»Himmelhoch, wennst mich fragst«, sagte der Groetz.

Freitag, 4. März 1977

»Was glauben Sie eigentlich, was Sie da machen?«, fragte Herr Rauwolf. Seine normalerweise leicht schlaffe Miene war angespannt, sein Teint zartrosa.

»Wie meinen Sie das?«, fragte Alice, ein wenig verwirrt. Sie kauerte gerade in der Hocke vor einem Regal auf der Suche nach dem Brockhaus mit dem Buchstaben B wie Bach, Johann Sebastian für ihren Beitrag zum Winterkonzert. Schon die Tatsache, dass ihr Chef sie nicht in sein Büro zitiert, sondern sich höchstpersönlich auf den Weg gemacht hatte und nun bei ihr im Türrahmen stand, war beunruhigend.

»Miesbach?«, sagte er nur.

Alice verstand noch immer nicht recht. »Geht es um das Interview mit Frau Schwaninger?«

»Im weitesten Sinne. Was hatten Sie da verloren, wenn ich fragen darf?«

»Im Haus von den Schwaningers letzte Woche?«, fragte Alice, nun vollends verwirrt.

»Auf der Polizeistation. Vorgestern«, sagte Herr Rauwolf.

Einen Moment war es still. Alice starrte ihren Chef ungläubig an, während sie nach einer Erklärung suchte, wie zum Teufel er davon wissen konnte. Sie fand keine.

»Woher wissen Sie, dass ich auf der *Polizeiwache* war?«, war daher eine naheliegende Frage, wie sie fand, doch Herrn Rauwolfs Miene wurde noch finsterer.

Er verschränkte die Arme und starrte sie schweigend an.

Alice überlegte blitzschnell, dann entschloss sie sich zu einem gemäßigten Gegenangriff. »Herr Rauwolf, ich muss mich wirklich wundern. Schließlich hab ich in Miesbach mein Volontariat gemacht. Ich bin da aufgewachsen und kenne Hinz und Kunz. Und natürlich kenne ich auch die Polizei vor Ort; wir haben damals Hand in Hand gearbeitet«, sagte sie. »Hin und wieder besuche ich die Leute. Ich fühle mich gerade ein bisschen …« Sie überlegte rasch, was am wenigsten offensiv klingen würde. »… in meiner Privatsphäre verletzt.«

Es funktionierte. Herr Rauwolfs Gesichtsfarbe verblasste wieder zu ihrem üblichen Hellgrau. Er nahm die verschränkten Arme herunter und bewegte leise unbehaglich die Füße.

»Woher wissen Sie denn davon?«, hakte sie nach, noch weit davon entfernt, beruhigt zu sein. Das Ganze verursachte ihr eine leichte Gänsehaut.

»Ich wurde schon wieder nach oben zitiert. Es wird langsam

zu einer schlechten Angewohnheit«, sagte er brummig. Dann warf er ihr nichtsdestotrotz einen scharfen Blick zu. »Sie befassen sich also nicht weiter mit der Angelegenheit? Versprochen? Ich kann weiter entspannt meinem Ruhestand entgegendämmern?«

Alice erhob sich. Langsam, um Zeit zum Nachdenken zu haben. Sie schwindelte nicht gern. Nur wenn es sich gar nicht vermeiden ließ. »Finden Sie das nicht auch seltsam? Dass mich da jemand … beobachtet und anschwärzt?«, fragte sie daher.

Er runzelte die Stirn. Offensichtlich hatte er noch keine Energie in diese Frage investiert. Dann sagte er: »Ich glaube nicht, dass Sie jemand *beobachtet*. Man kennt Sie eben vor Ort, das haben Sie ja selbst gesagt. Vermutlich hat irgendjemand zufällig gesehen, wie Sie reingehen.«

»Jaaa«, sagte Alice gedehnt. »Es muss aber jemand gewesen sein, der Herrn Schwaninger kennt, die Verbindung hergestellt und ihm Bescheid gegeben hat. Und Herr Schwaninger muss es für wichtig genug gehalten haben, um wieder seine Kontakte hier im Oben spielen zu lassen. Das ist ganz schön viel Aufwand für einen Unfall. Es könnte sein, dass da jemand versucht, den Selbstmord der eigenen Ehefrau unter den Teppich zu kehren, damit seine Außenwirkung und politische Karriere nicht darunter leiden.«

Kurz blitzte so etwas wie journalistisches Interesse in den Augen ihres Chefs auf, dann stutzte er. »Versuchen Sie gerade, das Thema zu wechseln? Hören Sie, ich hab's heute tatsächlich ausnahmsweise eilig. Sie haben meine Frage nicht beantwortet. Die Sache ist ernst, sehr ernst. Sie stehen kurz vor einer Abmahnung.«

»Können Freiberufler überhaupt abgemahnt werden?«

»Nein. Sie haben recht. Ich werde Sie einfach so rausschmeißen müssen. Ich will eine Antwort: Werden Sie aufhören, sich mit der Angelegenheit zu befassen?«

Alice dachte hastig nach. Wie gesagt, sie log nicht gern. Und sie war bereits tief in Plänen verstrickt, für die ihr Chef unter Garantie kein Verständnis hätte, wenn er von ihnen wüsste. »Ich kann nicht aufhören, mich im Geiste mit der Sache zu beschäftigen«, sagte sie daher und sah ihm mit entwaffnender Offenheit in die Augen. »Das Ganze hat mich doch ein wenig mitgenommen; ich bin noch dabei, es zu verarbeiten. Aber ich … verspreche, dass ich nichts tun werde, was dem Hörfunk schadet oder dem Ansehen von Frau Schwaninger.«

Ihr Chef durchdrang sie noch einmal mit Blicken. Er schien sich der Tatsache bewusst zu sein, dass diese gewundene Erklärung einen leicht juristischen Unterton hatte. Aber sein Vorratsspeicher an Energie schien erschöpft für heute, denn er sagte nur: »Das will ich hoffen.«

Freitag, 11. März 1977

»Der kleine Scheißer«, sagte Margaret Sandler und lehnte sich in ihrem Stuhl zurück. Und so, wie Alice die Jugendfreundin Frau Schwaningers in der letzten Stunde kennengelernt hatte, war das eine erwartbare und fast schon gemäßigte Reaktion auf ihren Bericht über das Interview und die Stimmung im Haus.

Es war nicht schwer gewesen, Frau Sandler ausfindig zu machen; in München gab es nicht gerade viele Ärztinnen. Alice rief sie an und bat um ein Treffen. Sie erzählte von dem Interview, von ihrem Anliegen: kein reißerischer Artikel, keine Schuldzuweisungen. Sie wollte einfach nur verstehen, was passiert sein könnte. Wer Frau Schwaninger gewesen war.

Kurzes Schweigen am anderen Ende der Leitung.

»Warum?«, fragte die verrauchte, tiefe Stimme dann. Auf diese Frage war sie mittlerweile vorbereitet, dank Groetz.

»Weil ich eine gewisse Mitverantwortung fühle, obwohl das vielleicht irrational ist. Ich weiß nicht. Ich bin das Interview wieder und wieder im Kopf durchgegangen, weil ich mich frage, ob ich in dem Moment etwas übersehen habe, das ich sofort hätte bemerken müssen. Ob ich in irgendeiner Form hätte helfen können, wenn ich es bemerkt hätte.«

»Dann gehen Sie tatsächlich von Selbstmord aus?«

Alice zögerte. »Ich will keine unbewiesenen Behauptungen aufstellen. Es sieht danach aus, aber ich weiß es nicht mit Sicherheit.«

Wieder war es einen Moment still, nur das leise Rauschen und Knacken einer gestörten Leitung. Alice fragte sich, was in der Freundin vorgehen mochte, wenn sie selbst sich schon verfolgt fühlte von der Geschichte. Wer hatte damals den Kontakt abgebrochen, Frau Sandler oder Frau Schwaninger? Oder hatte sich ihre Jugendfreundschaft einfach nach und nach verflüchtigt, wie das manchmal eben geschah?

Dann wieder diese Stimme, wie ein Reibeisen. Emotionen waren nur schwer herauszuhören. »Sie wissen es nicht. Aber Sie wollen es herausfinden? Oder suchen Sie einfach nur nach einer Bestätigung, dass es doch ein Unfall war, damit Sie wieder ruhig schlafen können? Ich frage das, weil ich ungern meine Zeit verschwende.«

»Nein, darum geht es nicht. Um ehrlich zu sein, ich will weiter an dem Beitrag arbeiten, Frau Schwaninger ein Gesicht und eine Stimme geben. Weil ich das Gefühl habe, da wurde jemand zum Verstummen gebracht – nicht jetzt, schon viel früher. Und das gefällt mir nicht. Ich will, dass man sie zumindest einmal hört. Richtig hört. Und fragen Sie mich jetzt bitte nicht, ob und wann das Ganze gesendet wird. Vielleicht niemals. Genau genommen habe ich Anweisung von oben bekommen, die Arbeit daran auf der Stelle ruhen zu lassen«, sagte sie in der Hoffnung, dass Ehrlichkeit ihr ein paar Sympathiepunkte einbringen würde.

»Und Sie arbeiten trotzdem weiter daran? Warum?«

»Eben weil man mir die Anweisung gegeben hat, die Finger davon zu lassen.«

Frau Sandler lachte auf. Zumindest hoffte Alice, dass dieser raue, bellende Laut ein Lachen war. »Gefällt mir«, sagte sie. Dann: »Kommen Sie nächsten Freitag nach meiner Schicht in die Klinik. Achtzehn Uhr. Ich geh mal davon aus, Sie haben meine Arbeitsadresse schon rausgesucht, stimmt's? Warten Sie an der Pforte, ich hole Sie ab«, sagte die Ärztin und hängte auf.

Aufgrund eines Jugendfotos im Album von Frau Schwaninger hatte Alice eine ungefähre Vorstellung vom Aussehen der Freundin. Hübsch, das Gesicht allerdings etwas schärfer geschnitten als die weichen Züge Frau Schwaningers. Schwarze Haare, Kurzhaarschnitt, wache Augen. Oberärztin im Schwabinger Krankenhaus, alleinstehend. Sie hatte mit einer gebildeten, gut situierten, eleganten Frau um die fünfzig gerechnet.

Doch die Ärztin, die sie unten bei der Pforte des Krankenhauses in Empfang nahm, widersetzte sich ihren Erwartungen. Die schwarzen Haare waren deutlich länger als auf dem Foto und von Grau durchzogen, im Nacken nachlässig von einem schlichten Gummi zusammengehalten. Alice hatte sogar den Verdacht, es war ein Gummiring fürs Büro, den Frau Sandler zweckentfremdet hatte. Der weiße Arztkittel verdeckte notdürftig ein Paar abgetragener Jeans. Bequeme Turnschuhe. Ein verwittertes Gesicht wie ein Gebirgsfelsen. Ganz offensichtlich hatte diese Frau nicht das geringste Interesse daran, irgendwelche Spuren von Leben mit läppischen Hilfsmitteln wie Make-up zu kaschieren. Nur an den Augen erkannte Alice sie sofort. Sie waren dunkel, beinahe schwarz, ausdrucksvoll und sehr wach.

»Dann mal rein in die gute Stube«, sagte Frau Sandler nur und ging voran, den Krankenhausflur entlang, bis sie das Ärztezimmer erreichten, in dem sich die Ärztin offensichtlich zu Hause fühlte. Sie warf sich auf ihren Bürostuhl, griff nach einem noch rauchenden Glimmstängel im Aschenbecher und wedelte einladend mit der Hand. Alice setzte sich ihr gegenüber an den Schreibtisch, während Frau Sandler einen tiefen Zug von ihrer Zigarette nahm und seufzte.

»Schon besser«, sagte sie.

»Langen Tag gehabt?«

»Lange *Woche*, Schätzchen. Wollen Sie auch 'nen Kaffee?«

»Ja. Gerne, Frau Doktor Sandler.«

Die Ärztin schnalzte missbilligend mit der Zunge. »Nennen Sie mich Margaret. Keine großen Umstände, wir haben fast schon Wochenende«, sagte sie und ging hinüber zur Kaffeemaschine. »Sie haben mich kalt erwischt mit der Nachricht von Ingrids Tod. Ich hatte es nicht gewusst. Aber gut, ich bin auch seit Jahren nicht mehr in Weyarn oder Miesbach gewesen. Hab die Wurzeln gekappt, wenn Sie verstehen, was ich meine. Erzählen Sie mir, was genau passiert ist?«

Alice gab ihr die Kurzzusammenfassung, die sie sich zurechtgelegt hatte, und schloss mit den Worten: »Wie gesagt, ich habe gehofft, Sie können mir weiterhelfen. Sie haben Frau Schwaninger gekannt, als sie jung war. Mittlerweile denke ich, man kennt diejenigen Menschen am besten, mit denen man seine Kindheit verbracht hat. Als Erwachsener hat man gelernt, seine Gefühle zu kontrollieren und zu verstecken. Aber wenn man jemanden als Kind kennt, dann weiß man, was ihn verletzt hat. Ob er Angst im Dunkeln hatte. Wovon er träumte.« Sie atmete tief durch, dann wagte sie den Sprung ins kalte Wasser. »Wollen Sie die Aufzeichnungen hören? Ich hab sie mitgebracht. Hätten Sie denn eine Stunde Zeit?«

Alice sah, wie es in Margaret arbeitete. War die Zumutung zu groß? Sie bat diese Frau gerade darum, sich der lange vergessenen Stimme ihrer toten Freundin zu stellen. Doch dann nickte sie nur wortlos, mit angespannter Miene, und steckte sich eine neue Zigarette an. Eine Stunde lang saßen sie stumm da und lauschten, bis auf eine Unterbrechung.

»Stopp!«, sagte Margaret und beugte sich abrupt vor. »Zurückspulen. Bitte.« Alice tat wie ihr geheißen. Aufmerksam lauschten sie den Worten.

Ich hatte ein Haus in Weyarn am Fuße des Kirchhofhügels. Hundert Meter östlich fließt die Mangfall vorbei …

Alice drückte die Stopptaste erneut, als Margaret einen eigenartig erstickten Laut von sich gab. Sie hätte nicht sagen können, ob es ein Lachen war. Es klang so. Aber dann vergrub die Ärztin für einen Moment das Gesicht in den Händen. »Was ist?«, fragte Alice beunruhigt.

Nach einem Moment blickte Margaret wieder auf. Überraschenderweise lachte sie jetzt tatsächlich, aber es war ein aufgewühltes, verunsichertes Lachen. So, als hätte jemand etwas gesagt und man war sich nicht sicher, ob es als Witz gemeint war oder nicht. Sie sagte: »Tania Blixen.«

»Was meinen Sie damit?«

»Tania Blixen. Der Anfang ihrer Erzählung ›Afrika‹; wir haben das Buch verschlungen vor unserer Reise nach Kenia: *Ich hatte eine Farm in Afrika am Fuße der Ngongberge. Hundert Meilen nördlicher lief der Äquator durchs Hochland, aber die Farm lag in einer Höhe von über zweitausend Metern.* Sie hat es abgewandelt. Tja, sie hatte schon immer Sinn für Humor.«

Diese Bemerkung überraschte Alice; sie hätte alle möglichen Charaktereigenschaften bei Frau Schwaninger vermutet, aber bestimmt keinen ausgeprägten Sinn für Humor. »Denken Sie denn, dass es ironisch gemeint war?«

Margaret schüttelte den Kopf. »Keine Ahnung. Ich habe sie seit Jahren nicht gesehen, wie gesagt. Vielleicht war es auch astreiner Sarkasmus. Oder sie hat sich in ein anderes Leben geträumt. Wobei alle Angaben zu ihrem Elternhaus korrekt sind. Es lag tatsächlich unterhalb der Kirche, in der Nähe der Mangfall.«

»Wie war das eigentlich damals in Kenia? So, wie Sie es sich vorgestellt haben? Wie im Buch?«

Margaret lachte auf. »Nein. Wann entspricht die Wirklichkeit schon der Darstellung in einem Buch, vor allem, wenn es in einer Sprache geschrieben ist, in die man eintauchen kann wie in einen klaren Gebirgsfluss … Wir waren jung, verstehen Sie, und Tania Blixens Erzählung hat uns einfach mitgerissen. Aber natürlich war die Realität, in der wir da ankamen, eine ganz andere, so kurz nach dem Zweiten Weltkrieg. Und trotzdem, hätten wir die Zeit zurückdrehen können und uns erneut entscheiden müssen – um nichts in der Welt hätten wir die Erfahrung eintauschen wollen.«

Dem Rest des Interviews lauschten sie ohne weitere Unterbrechungen. Danach herrschte eine ganze Weile Schweigen.

Dann kam der Moment, in dem Margaret sich in ihrem Stuhl zurücklehnte und Alice' Gesamteindruck durch ihre prägnante Zusammenfassung bestätigte: »Der kleine Scheißer.« Dann nahm sie einen tiefen Schluck von ihrem mittlerweile kalten Kaffee.

»Wie gut haben Sie Herrn Schwaninger eigentlich gekannt? Waren Sie noch befreundet, als die beiden geheiratet haben?«

»Damals bei der Hochzeit schon noch, aber es hat bereits gekriselt zwischen uns. Ich hab mit meiner Meinung nicht hinterm Berg gehalten, und das haben die Leute im Allgemeinen nicht gern.« Sie lächelte ein wenig reumütig. »Das zumindest habe ich mittlerweile gelernt: Mischen Sie sich nicht zu sehr in Ehen ein. Sagen Sie einer Frau lieber nicht, dass der Mann, den sie heiraten will, ein kleiner Scheißer ist. Überraschenderweise hören sie es nicht gern; anscheinend muss man so was immer selbst herausfinden. Seine *Dschungelkönigin* … Nein, wirklich gut hab ich ihn nicht gekannt; aber es bestätigt all meine Vorurteile.« Ein tiefer Seufzer, gefolgt von einem rasselnden Husten. »Kennen Sie das leidige Gefühl, immer recht zu haben? Dass all Ihre Warnungen und Befürchtungen grundsätzlich wahr werden, aber keiner hört auf Sie?«, fragte sie dann.

Wider Willen musste Alice lächeln. »Nein, leider nicht. Was hatten Sie denn befürchtet? Wovor haben Sie Frau Schwaninger gewarnt?«

»Genau genommen hab ich sie nicht gewarnt. Ich hab sie nur angefleht, nicht zu heiraten. Noch nicht. Und vor allem nicht ihn. Weil von Anfang an klar war, dass sich ihr Leben von da an nur noch um ihn drehen würde. Er war nicht der Typ Mann, der etwas anderes zugelassen hätte. Und dass das ein herber Verlust wäre für den Rest der Menschheit, hab ich ihr gesagt.«

»Wie haben Sie das gemeint?«

Margaret schüttelte den Kopf, ein leicht erbitterter Zug um den Mund. »Es wundert mich nicht, dass Sie das fragen. Offensichtlich hat Ingrid ihr Licht mal wieder unter den Scheffel gestellt. Typisch. Sehen Sie, ich bin gut in dem, was ich tue. Deshalb bin ich Oberärztin geworden, was als Frau in unserer Welt einem Sechser im Lotto gleichkommt. Aber ich bin nur halb so gut, wie Ingrid es hätte werden können. Das war mir immer bewusst.«

Die Zigarette wanderte in den Aschenbecher und wurde dort reichlich unsanft ausgedrückt. »Ich bin vielleicht die Scharfsinnigere von uns beiden gewesen, aber sie … sie hatte eine außergewöhnliche Beobachtungsgabe. Und sie war regelrecht getrieben von einem unglaublichen Hunger nach Wissen. Einmal, noch während ihrer Zeit als Krankenschwester in München, hat sie bei einem Zwölfjährigen mit unspezifischen Symptomen die Kupferspeicherkrankheit diagnostiziert. Morbus Wilson. Es handelt sich dabei um eine seltene Störung des Kupferstoffwechsels in der Leber; unbehandelt stirbt man daran. Die behandelnden Ärzte waren mit ihrem Latein am Ende gewesen. Niemand hatte die Krankheit erkannt, sie ist wirklich selten. Ingrid hat dem Jungen das Leben gerettet, weil ihr aufgefallen ist, dass er einen eigenartigen, grün-goldenen Ring um die Hornhaut im Auge hatte. Dann hat sie angefangen nachzuschlagen, zu recherchieren und kam auf die Lösung. Und all das, diese Neugier aufs Leben, auf die Wissenschaft, dieses Talent – verschleudert! Wofür?«

»Dafür, um mit aller Kraft, die einem bleibt, eine Fassade aufrechtzuerhalten, die immer mehr ins Bröckeln gerät«, sagte Alice. Auf einmal fühlte sie sich zutiefst deprimiert.

Wieder schwiegen sie einen Moment. Dann sagte Alice: »Wissen Sie, was ihre letzten Worte an mich waren? Ich hab sie nicht aufgezeichnet; wir waren bereits an der Haustür und haben uns verabschiedet. Sie hat gesagt: ›Ist es nur der Traum vom Leben, der ein Leben ausfüllt, und gar nicht das Leben selbst?‹ Und dann: ›Die Leere. Hüten Sie sich vor der Leere.‹ Ich frage mich, wie ihr Leben verlaufen wäre, hätte sie einen anderen Mann oder gar nicht geheiratet.«

Margaret nahm einen nachdenklichen Zug von ihrer Zigarette. »*Wer die Einsamkeit fürchtet, sollte nicht heiraten.* Wer hat das noch mal gesagt? Ich glaube, das war Anton Tschechow«, erklärte sie dann trocken.

Alice starrte sie überrascht an, dann hätte sie beinahe gelächelt. Sie mochte die Ärztin von Minute zu Minute lieber. »Das ist jetzt fast gar nicht polemisch«, sagte sie.

»Nur ein kleines bisschen. Natürlich ist man nicht weniger einsam, nur weil man es geschafft hat, nicht zu heiraten. Der tragische Witz bei Tschechow besteht einfach darin, dass niemand mit Einsamkeit in der *Ehe* rechnet. Bleibt man unverheiratet, weiß man zumindest, was einen erwartet.«

»Weiß man es? Wirklich?«

Margaret lachte ihr heiseres Lachen, und für einen kurzen Moment fühlte Alice einen Abgrund an Traurigkeit, auch hier. »Nein. Nicht, bevor man es nicht durchlebt hat. Während man jung ist – kein Problem. Es gibt jede Menge Partys zu feiern. Aber wenn sich das Alter an dich ranpirscht, tun sich kleinere und größere Abgründe auf, in die ich nicht gerne blicke. Leerstellen, bei denen ich das Gefühl habe, Kinder oder Enkelkinder hätten die vielleicht gefüllt.«

Stille. »Sei's drum«, sagte Margaret dann energisch. »Ist nicht so, dass ich was bereue.«

»Nein, den Eindruck machen Sie wirklich nicht. Sie scheinen Ihre Arbeit zu lieben, stimmt's? Mir geht es genauso. Und nach allem, was Sie mir gerade erzählt haben, habe ich den Eindruck, Frau Schwaninger war Ihnen in der Hinsicht doch eigentlich nicht unähnlich.«

Bis 1958 durfte eine Frau nur mit Erlaubnis ihres Mannes arbeiten. Danach war ihr das Ausüben ihres Berufs gestattet, wenn es nicht mit ihren Pflichten als Ehefrau kollidierte. Und erst jetzt fing man an, darüber nachzudenken, das Gesetz zu reformieren. Im Jahr 1977!, dachte Alice.

»Deshalb habe ich noch eine Frage«, fuhr sie fort. »Sie lässt mir keine Ruhe, auch aus persönlichen Gründen. Kann es wirklich sein, dass ein einzelner Mensch dich komplett vom Weg abzubringen vermag, wenn du etwas wirklich willst? Mit jeder Faser deines Seins? Woran liegt es, dass manche Menschen es schaffen, sich am eigenen Schopf aus dem Sumpf zu ziehen, und andere nicht? War es einfach nur Pech, weil sie einen Mann gewählt hat, der *zu* dominant war?«

Margaret starrte einen Moment nachdenklich ins Leere. »Nein«, sagte sie dann. »Natürlich nicht; ich konnte den Schwaninger nicht leiden, das geb ich zu. Aber so einfach ist es doch nie im Leben, nicht? Die Saat des Zweifels kann nur aufgehen, wenn sie auf fruchtbaren Boden fällt.«

»Wie meinen Sie das?«

»Ich meine die Eltern. Sie haben vorhin gesagt, dass man zu Freunden aus Kindertagen immer ein besonderes Verhältnis haben wird. Ich denke, Sie haben recht. Man kennt ihre verletzlichste Seite. In Ingrids Fall waren es die Eltern, vor allem der Vater.«

»Er hat sie nicht wertgeschätzt? Nicht wahrgenommen?«

»So würde ich das nicht sagen. Gesehen wurde sie schon, aber nicht richtig. Sie hatte einen Bruder, und *der* war dazu berufen, in die Fußstapfen des Vaters zu treten. Nicht Ingrid. Für Ingrid war anderes geplant.« Sie schüttelte erbittert den Kopf. »Es ist ein Fluch, wenn ein Vater seine Kinder nicht so sehen kann, wie sie sind. Stattdessen zwingen die Eltern sie, zu dem Bild zu erstarren, das sie von ihnen im Kopf haben. Ich glaube, unsere Afrika-Reise war der Tropfen, der das Fass zum Überlaufen brachte. Es gab Erwartungen an die Tochter des Hauses. Und dazu gehörte bestimmt nicht, Medizin zu studieren und dann in den Urwald abzuhauen. *Und was heißt hier überhaupt Studium? Du wirst doch heiraten! Oder etwa nicht? Da reicht eine Ausbildung zur Krankenschwester auch. Wie willst du als Ärztin denn deinen Pflichten für die Familie nachkommen?* Ich hab die Stimme des Vaters noch im Ohr.«

Wieder wurde es still, während Alice zum ersten Mal in ihrem Leben dachte, dass die verwilderten Jahre ihrer Nachkriegskindheit vermutlich auch ihre guten Seiten hatten. Vielleicht war es besser, lieber erst gar nicht gesehen zu werden, als sein Leben mit dem Versuch zu verbringen, die falschen Erwartungen der Eltern zu erfüllen. Einsam war es gewesen, das stimmte. Aber auch von unendlicher Freiheit. Ein weiter, offener Raum ohne jegliche Forderungen, den sie nach Belieben füllen konnte.

»Ich glaube, ich verstehe«, sagte Alice schließlich langsam.

Donnerstag, 17. März 1977

»Frau Meißner, zum Chef. Sofort!«

Alice sah von ihrer Arbeit auf und blickte ihren Kollegen mit gerunzelter Stirn an. »Danke«, sagte sie nach einem kurzen Moment. Langsam erhob sie sich. Einem Impuls folgend, griff sie nach dem Tonband mit dem Beitrag über Frau Schwaninger und klemmte es sich unter den Arm.

Sowohl die Tatsache, dass sie wieder aus heiterem Himmel zum Chef gerufen wurde, als auch die leise Schadenfreude in der Stimme ihres Kollegen waren alarmierend. Natürlich hatte sie sich bereits mehrere Strategien zurechtgelegt, was sie tun würde, sollte herauskommen, dass sie sich nicht an die Anweisungen gehalten hatte. Aber einen konkreten Notfallplan hatte sie diesmal nicht entwickeln können, weil es zu viele unvorhersehbare Faktoren gab. Daher überschlug sie stattdessen im Geiste, wie viel Geld ihr bleiben würde, wenn sie ab morgen ohne Arbeit dastand, während sie den Gang entlanglief. Reichte ihr Erspartes, zusammen mit dem Kindergeld und Unterhalt für die Kinder, um eine Weile über die Runden zu kommen? Sie erinnerte sich an Annas Schilderung ihrer klammen Kindheit und dachte mit einem Anflug von Galgenhumor: Hoffentlich reicht es noch für die Kohlsuppe. Obwohl sie nicht die leiseste Ahnung hatte, wie viel ein Kohlkopf kostete, geschweige denn, wie man ihn zubereitete.

»Setzen Sie sich«, sagte Herr Rauwolf mit einer Miene, die nahelegte, dass ihr diesmal keine Karamellbonbons angeboten werden würden.

Während sie vor seinem abgenutzten Resopalschreibtisch Platz nahm, erhob er sich und begann, im Raum auf und ab zu marschieren. Auch dieses ungewöhnliche Ausmaß an Energie und Unruhe war kein gutes Zeichen. Er war merklich aufgewühlt, und beinahe tat er ihr leid.

»Elf Monate hab ich jetzt noch, Frau Meißner. Elf Monate! Ich hatte gehofft, größere Verwerfungen bleiben mir erspart in der Zeit; es macht mir wirklich keinen Spaß, Leute zu feuern. Hätten Sie nicht noch ein wenig warten können?«

Alice spürte ein Gefühl von Unwirklichkeit, als sich ihre schlimmsten Ängste zu materialisieren begannen. Offensichtlich hatte sie jemand drangehängt. Aber wer hatte mitbekommen, dass sie noch an dem Beitrag arbeitete? War sie bespitzelt worden?

»Warum genau halten Sie es für nötig, mich rauszuschmeißen? Es *geht* doch um meine Kündigung, oder?«, fragte sie vorsichtig.

»Ich hatte Ihnen die Anweisung von oben weitergeleitet, dass Sie das Interview mit Frau Schwaninger ruhen lassen sollen. Was hatten Sie vor? Wollten Sie einen Reißer draus machen, das Ganze anderswo veröffentlichen?«

»Nein, natürlich nicht! Darf ich fragen … Liege ich richtig mit der Annahme, dass irgendwer mitbekommen hat, dass ich – in den Mittagspausen und nach Feierabend, wie ich hinzufügen möchte – noch über Frau Schwaningers Aufnahmen sitze und mit Schneidearbeiten beschäftigt bin? Und es Ihnen erzählt hat?«

Herr Rauwolf blieb abrupt stehen und sah sie an. Dann ging er zu seiner Seite des Schreibtischs hinüber und warf sich in den Chefsessel. »Sie geben es also zu. Verflucht noch eins! Ich hatte gehofft, Sie liefern mir doch noch eine harmlose Erklärung«, sagte er deprimiert.

»Die Erklärung *ist* harmlos.«

»Ich wüsste nicht, wie sie das sein könnte. Die Anweisung war klar, Sie hätten die Finger von der Sache lassen müssen. Es wird Ihnen um die Ohren fliegen, im gleichen Moment, wenn ich es nach oben melde.«

Ein Funken Hoffnung keimte in Alice auf. »Das heißt, Sie haben es ihnen noch nicht gesagt?«

»Frau Meißner.« Ein tiefes Durchatmen. »Das spielt keine Rolle. Oder glauben Sie, Sie können mir irgendetwas erzählen, das mich davon abbringt, es zu melden? Ich werde meinen Kopf nicht für Sie hinhalten.«

»Ich könnte Ihnen erklären, warum ich doch noch daran arbeite. Darf ich?«

Herr Rauwolf winkte ab. »Ich habe genug gehört.«

»Darf ich Ihnen erzählen, worum es eigentlich geht in dem

Beitrag?« Alice blieb hartnäckig. »Bitte. Nur ganz kurz. Damit Sie verstehen, was ich tue. Danach können Sie mich ja immer noch rausschmeißen, wenn Sie's für nötig halten. Aber geben Sie mir wenigstens die Chance zu erklären. Alles andere wäre unsportlich, und ich *weiß*, dass Sie Sportsgeist haben. Sie verheimlichen es nur gern.«

Herr Rauwolf stöhnte. Ein Blick in ihre Miene, und er stöhnte erneut. Doch es war ein anders geartetes Stöhnen. Eines, das signalisierte, dass er nachgeben würde. »Also gut. Aber machen Sie's kurz«, sagte er resigniert.

Alice überlegte fieberhaft. Ihr ging es darum, einer Frau, die man wieder und wieder zum Verstummen gebracht hatte, eine Stimme zu geben. Ihre Züge nachzuzeichnen, sie sichtbar zu machen. Aber irgendwie hatte sie das Gefühl, dass Herr Rauwolf nur die Augen verdrehen würde, wenn sie das sagte. In rasender Geschwindigkeit tauchten die unterschiedlichen Strategien in ihrem Kopf auf, die sie sich zurechtgelegt hatte. Wege, Wegkreuzungen. Fehlentscheidungen, die an einen Abgrund oder in Sackgassen führten … Sie begriff, dass die nächsten paar Minuten sich entscheidend auf ihre nächste Zukunft auswirken würden, und unterdrückte einen Anflug von Panik.

Und dann wusste sie, was sie zu sagen hatte, wie sie Herrn Rauwolf vielleicht erreichen konnte.

»Es geht in meinem Beitrag nicht nur um das Schicksal einer Politiker-Ehefrau. Es geht um ein Mäd…, um einen jungen Menschen, der im Begriff ist, ins Leben aufzubrechen, und scheitert. Aber es ist ein stilles Scheitern, das von der Umwelt noch nicht einmal wahrgenommen wird. Es geht um die Entscheidungen, die wir Tag für Tag treffen, ohne in dem Moment immer gleich zu ahnen, wie viel Einfluss sie auf unser Schicksal haben werden. Unser Leben liegt vor uns, es fächert sich mit seinen Möglichkeiten vor uns auf wie ein gigantisches, unüberschaubares Wegenetz. Warum bleiben manche Menschen einfach beim ersten Hindernis stehen, während andere umdrehen und wieder andere weitergehen? Was brauchen wir oder wen für ein erfolgreiches Leben? Warum bricht der eine auf und umsegelt die Welt, während der andere für immer im Hafen bleibt?«, sagte Alice. Und dann erzählte sie von verlorenen Träumen. Von zwei jungen Mädchen, aus deren Augen dem Betrachter der verblassenden Fotos noch heute die Hoffnung entgegenleuchtete, während sich in den Mienen der Menschen, zu denen sie geworden waren, Resignation spiegelte. Sie erzählte von Kenia und den Ngongbergen. Von einer Dschungelkönigin, die jemand vom Thron gestoßen hatte, so achtlos, dass er das Ausmaß seines Handelns noch nicht einmal begriff.

Als sie geendet hatte, herrschte einen Moment Stille. Nur ihr eigener Atem, laut in ihren Ohren. Sie fühlte sich wie nach einem Langstreckenlauf.

Herrn Rauwolfs Miene war von Minute zu Minute ausdrucksloser geworden, und bei einem anderen Menschen hätte ihr das Sorgen gemacht. Sie kannte ihn nicht wirklich gut. Aber manchmal, wenn sie ihn so ansah, schob sich das Gesicht ihres verstorbenen Ausbilders über seine Züge. Augen, die zu viel gesehen hatten und zugleich, paradoxerweise, auch zu wenig. Die beiden waren sich nicht gänzlich unähnlich, und das gab ihr Hoffnung.

»Sie sind der lästigste Mensch, der mir je untergekommen ist«, sagte Herr Rauwolf dann, aber sie sah das Glitzern in seinen Augen. Scharfsinn, geschmiedet durch fünfzig Jahre Erfahrung, meist verdeckt von einer Patina aus Resignation.

»Ja«, sagte Alice. »Lästig, ich weiß. So hat mich meine Mutter auch immer genannt – renitent, um genau zu sein.«

»Ich glaube, ich würde mich ausgezeichnet mit Ihrer Mutter verstehen. Im Übrigen: Nehmen Sie das Ganze nicht zu persönlich?«

»Manchmal, Herr Rauwolf, gibt es Beiträge, die muss man persönlich nehmen. Kennen Sie das Gefühl? Ehrlich gesagt, ich glaube, der Beitrag ist richtig gut geworden, eben *weil* ich es persönlich genommen habe. Manchmal ist das die einzig mögliche Herangehensweise.«

Er starrte sie an. Unmöglich, seinen Gesichtsausdruck zu deuten. War da ein Anflug von Nachdenklichkeit? Betroffenheit?

»Also gut, lassen Sie das Band da«, sagte er schließlich. »Das ist doch das Band mit Ihrem Beitrag, das Sie in weiser Voraussicht gleich mitgebracht haben, richtig? Ich höre mir die Sache an. In meiner *Mittagspause*. Nicht, dass ich noch mit Ihnen zusammen gefeuert werde, weil ich kostbare Arbeitszeit verschwende. Schauen Sie heute Abend um sechs noch einmal herein, bevor Sie heimgehen.«

Das war um zwölf Uhr gewesen. Die nächsten Stunden versuchte Alice, sich auf ihre Arbeit zu konzentrieren. Ein sinnloses Unterfangen. Auch sie stand gerade an einem Scheideweg. Nur dass es ab jetzt nicht sie sein würde, die entschied, in welche Richtung es weiterging. Sie hatte es aus der Hand gegeben – ein mulmiges Gefühl von Kontrollverlust. Ein bisschen so, als würde man bei einbrechender Dämmerung im Tiefschnee Ski fahren. Bei vollem Tempo.

Sie hatte alles gegeben. Das hatte sie doch, oder? Natürlich hätte sie ihm noch von den Farnen erzählen können, von der geplanten Gesetzesänderung, das Arbeitsrecht von Ehefrauen betreffend, oder …

Die Zeiger rückten mit aufreizender Langsamkeit vor, doch schließlich schlug es endlich sechs Uhr. Bedächtig legte Alice ihren Stift beiseite, mit dem sie sich Notizen zu einem Beitrag gemacht hatte, und erhob sich, um den langen, dämmrigen Gang entlangzugehen, der gerade völlig still dalag.

Ihr Chef stand am Fenster, als sie eintrat, und blickte auf das dämmrige München hinab. Im Sekundentakt gingen immer mehr Lichter an in der Stadt, bis sie sich in einen bunten Teppich zu ihren Füßen verwandelt hatte. Sie schloss die Tür hinter sich, laut genug, dass er es hörte, aber auch nicht so laut, dass es unhöflich gewirkt hätte. Dann blieb sie ebenfalls stehen und wartete ab.

Irgendwann drehte er sich zu ihr um. Seinen Gesichtsausdruck konnte sie nur erahnen, weil der Raum im Zwielicht lag. Nach einer weiteren, langen Pause sagte er: »Das ist ein schöner Beitrag.«

Aber?, dachte Alice.

Nichts folgte.

Sie glaubte noch nicht einmal, dass er sie absichtlich auf die Folter spannte. Er war offensichtlich tief in Gedanken. Je länger er allerdings brauchte, um ihr seine Entscheidung mitzuteilen, umso mehr sank ihr der Mut.

»Vielleicht ist es nicht schlecht, wenn wir es senden, und ich geh einfach früher in den Ruhestand. Dann bin ich Sie los«, sagte er schließlich trocken.

Alice unterdrückte ein leises Stöhnen. »Herr Rauwolf. Bitte. Spannen Sie mich nicht länger auf die Folter. Sagen Sie mir, was Sie denken?«

»Hören Sie mir nicht zu?«

»Doch. Dass Sie das Interview bringen wollen. Aber ich dachte, das war ironisch gemeint.«

»Durchaus nicht.« Ihr Chef ließ sich in seinen Sessel sinken. Er war so in Gedanken vertieft, dass er vergaß, ihr einen Platz anzubieten. »Lebenswege. Verlorene Träume …«, sagte er. »Ich glaube, Sie treffen da einen Nerv mit Ihrem Beitrag.«

Als er sich zurücklehnte, fiel ein Lichtstrahl von draußen auf sein Gesicht. Es wirkte seltsam belebt, belebter als sonst. Aber das konnte eine optische Täuschung sein, hervorgerufen durch das Zwielicht. »Na denn. Setzen wir Segel«, sagte er. »Verlassen wir den sicheren Hafen; besser spät als nie.«

Es war ein seltsam unwirklicher Moment. Sie hörte die leiser werdenden Schritte im Gang von Kollegen auf dem Weg nach Hause. Lachen, Stimmengewirr, das langsam verebbte. Ansonsten Stille, wie unter einer Glocke aus Glas.

»Wie viel Ärger werden wir kriegen?«, fragte sie schließlich.

Jetzt sah sie Herrn Rauwolf lächeln, und das war keine optische Täuschung. »Ich habe nicht die leiseste Ahnung«, sagte er feierlich.

Kapitel 24

VERTRAUTE FREMDE

München 1977: Der 1. Mai

Gedankenverloren nahm Alice einen Kieselstein auf und warf ihn in die träge vorüberziehenden Fluten. Der Stein durchbrach die Wasseroberfläche der Isar und versank. Ein Ring, der sich zu immer weiteren Kreisen ausdehnte, dann war auch er verschwunden, und alles schien wie zuvor.

Sie fühlte sich müde, erschöpft wie nach einem Marathonlauf. Vielleicht würde sie heute zum ersten Mal seit Längerem wieder richtig schlafen können.

»Klingt, als hättest du aufreibende Zeiten hinter dir. Und wie ist die ganze Geschichte ausgegangen?«, fragte Paul. »Spann mich nicht auf die Folter.«

»Wir haben noch zwei Wochen gewartet, ehe der Beitrag auf Sendung ging, damit uns niemand vorwerfen kann, wir wären pietätlos. Anna und Elsie haben mich erst bekniet, ich solle es doch noch verhindern, wenn irgend möglich. Sie haben sich fürchterliche Sorgen um mich gemacht. Aber nachdem sie verstanden haben, warum es mir so wichtig war, haben sie mir jede nur mögliche Unterstützung angeboten, wenn es hart auf hart kommt. Elsie hat sogar gesagt, ich kann mit den Kindern bei ihr einziehen, sollte ich meine Miete nicht mehr bezahlen können. Und jeder, der Elsie kennt – bisher hat sie nur exotische Singvögel als Mitbewohner akzeptiert –, weiß, was für ein großzügiges Angebot das ist.

Aber man hat mich nicht rausgeschmissen – im Gegenteil, das Ganze hat ein richtig breites, aber positives Echo ausgelöst. Deshalb blieb der Geschäftsführung nichts anderes übrig, als meinem Chef zu seiner gelungenen Programmgestaltung zu gratulieren und zu sagen, sie hätten ja schon immer gewusst, was in ihm steckt.

Und gestern dann hab ich eine direkte Anfrage bekommen: Sie haben mir angeboten, eine ganze Reportagereihe zu dem Thema zu machen. Der offizielle Arbeitstitel lautet ›Lebenswege‹, aber das finde ich ein bisschen nichtssagend. Im Geiste nenne ich das Projekt die ›Chronik der verlorenen und gelebten Träume‹. Zugegeben, das ist vielleicht etwas emotional. Aber es hilft mir, das Ziel der Reportagereihe nicht aus den Augen zu verlieren«, beendete Alice ihre Erzählung.

Elena und Max übernachteten bei Karl, und sie hatte einen ihrer seltenen freien Abende. Daher hatte sie sich mit Paul verabredet, den sie seit einer gefühlten Ewigkeit nicht gesehen hatte. Dabei wohnten sie mittlerweile sogar in der gleichen Stadt! Alice machte sich manchmal Sorgen, dass sie sich mehr und mehr entfremdeten, je älter sie wurden. Sie saßen am Isarufer, vor ihnen das Müller'sche Volksbad mit seiner verträumten Jugendstilfassade, irgendwo unsichtbar hinter ihnen das Deutsche Museum. Es war alles andere als ruhig hier unten; Schleusen stauten das Wasser und bildeten Miniaturwasserfälle. Diese Mischung aus Bewegung und Stillstand, aus tosendem Lärm im Hintergrund und leisem Plätschern zu ihren Füßen hatte es zu Alice' Lieblingsplatz in der Stadt gemacht.

»Und? Was kommt als Nächstes? Das Fernsehen?«, fragte Paul dann.

Sie lächelte leicht. »Du kennst mich einfach zu gut.«

Ein Weilchen schwiegen sie. Wie ernst diese Bemerkung gemeint war, konnte getrost in der Schwebe bleiben. »*Schnecke, besteige … den Fujiyama, doch langsam … so langsam du kannst*«, sagte Alice dann und fügte auf seinen fragenden Blick erklärend hinzu: »Ungefähr so in der Art geht ein Haiku von dem Japaner Issa. Zeißler hat es mir mit auf den Weg gegeben als Mahnung. Was ich mir damals natürlich sehr zu Herzen genommen habe.«

»Natürlich«, sagte Paul.

Alice ließ sich treiben, getragen von einem Gefühl, dem sie sich nur selten im Leben hingab. Zufriedenheit. Einmal, für einen kurzen Moment, schienen alle Dinge an ihrem richtigen Platz.

Fast.

»Paul …?«, fragte sie irgendwann zögernd.

»Ja?«

»Du hattest im letzten Jahr kaum Zeit, dich mit mir zu treffen. Genau genommen wurde es auch vorher schon von Jahr zu Jahr weniger. Musst du wirklich so viel arbeiten in der Klinik, oder hast du den Kontakt mit mir bewusst vermieden?«

Er wandte den Kopf und sah ihr in die Augen. Keineswegs überrascht; er war einer der wenigen, die an ihre direkte Art zu fragen gewöhnt waren. Seltsam eigentlich, dachte sie, während sie seine Miene musterte, dass man lächeln und dabei gleichzeitig so ernst dreinblicken konnte. Dann wandte er den Blick wieder ab und sah auf das stetige, unaufgeregte Fließen der Isar, nur wenige Zentimeter von ihren Füßen entfernt.

»Es ist dir also aufgefallen?«

»Natürlich ist es mir aufgefallen. Erklärst du mir, woran es liegt?«

»Ich dachte schon, du fragst nie … Kennst du das Phänomen, dass man manchmal zu dicht an etwas oder jemandem dran ist? So dicht, dass wir paradoxerweise die Wirklichkeit oder die Person nicht mehr richtig sehen? Du gehst so nah heran, dass die Konturen verschwimmen, oder etwas ist so vertraut, dass du glaubst, nicht mehr richtig hinsehen zu müssen. Manchmal, denke ich, muss einem etwas Vertrautes erst wieder fremd werden, ehe man es richtig erkennen kann.«

»Du wolltest mir also fremd werden, Grinsekatze?«, fragte sie leise.

»Ja«, sagte er nur und fügte dann hinzu: »Vorübergehend.«

Alice sah nachdenklich zum anderen Ufer hinüber, wo der verspielte weiße Uhrenturm des Volksbades in den indigoblauen Himmel ragte. Es war Abend geworden, und erste Lichter gingen an und tanzten auf der Isar. Es war, als begänne der Fluss, die alten Gebäude, die Stadt selbst in der samtigen Dämmerung von innen heraus zu leuchten.

Irgendwann drehte sie den Kopf wieder in seine Richtung und musterte ihn eingehend. Sie betrachtete sein Profil, die mittlerweile erwachsenen Züge eines Mannes Anfang dreißig. Der Schatten eines Barts. Jetzt wandte er ihr sein Gesicht zu. Ein dunkelbrauner Blick, der noch tiefer ging und deutlich ausdrucksvoller war als der Blick der Kindheit. Ein Glitzern in seinen Augen, das völlig neu zu sein schien … Oder hatte sie es vorher einfach nie bemerkt?

Alice schenkte ihm ein verhaltenes Lächeln. »Hallo, Fremder«, sagte sie feierlich, mit leicht wackliger Stimme. »Willst du mit mir ausgehen?«

Paul lächelte zurück und erhob sich. »Na endlich.« Er ergriff ihre Hand, um sie hochzuziehen. Und während sie gemeinsam die steile Böschung hinaufkletterten, dachte sie über seine Worte nach. Musste das Vertraute wirklich erst fremd werden, ehe man es richtig erkennen konnte? Vielleicht stimmte das sogar; wenn man mit der Nase zu dicht vor einem Bild hing, war es auf jeden Fall schwierig, das große Ganze zu sehen.

Aber dann schob sie diese Grübeleien beiseite. Da war ein Gefühl von Leichtigkeit, von Ausgelassenheit, das ihr Inneres so zum Schwingen brachte, wie es sonst nur eine Abfahrt im Tiefschnee vermochte. Sie angelte sich Pauls Hand, die ihr irgendwann während der Kletterpartie abhandengekommen war, und sie machten sich auf den Weg zu Alice' Lieblingsitaliener.

Der Abend hatte gerade erst begonnen.

EPILOG

Wir schreiben das Jahr 1977. Vor fünf Jahren hat man zum ersten Mal eine Frau zur Bundestagspräsidentin gewählt – eine weltweite Premiere. Die Bezeichnung »Fräulein« wurde als unzeitgemäß verworfen und in Berlin das erste Frauenhaus eröffnet. Die Ölkrise ist vorbei, und die Warnungen des »Club of Rome« haben weltweit Gehör gefunden. Es ist Zeit, mit dem nachhaltigen Wirtschaften zu beginnen und die Welt zu einem gerechteren Ort zu machen.

Die Menschheit hat es bis auf den Mond geschafft.

Was kann jetzt noch schiefgehen?

ZITATE

1. Haikus

Kapitel 1, S. 3 – Kapitel 11, S. 209 – Kapitel 19, S. 361 – Kapitel 22, S. 412/413

Die Welt im Schnee. Lass uns
die schönste Aussicht suchen gehn,
Bis wir taumeln, fallen.
Bashō
– dtv Verlag, München 1994/2001. S. 103

Kapitel 6, S. 87

Der alte Teich.
Ein Frosch springt hinein –
das Geräusch des Wassers.
Bashō
– dtv Verlag, München 1994/2001. S. 48

Indirekt im Text zitiert: Kapitel 24, S. 451

Schnecke, besteige … den Fujiyama, doch langsam … so langsam du kannst.
– dtv Verlag, München 1994/2001. S. 55

2. Alice hinter den Spiegeln

Kapitel 3, S. 33/34
»Hierzulande musst du so schnell rennen, wie du kannst, wenn du am gleichen Fleck bleiben willst«, lautete der Rat der Schwarzen Königin in »Alice hinter den Spiegeln«.
– Insel Verlag, Frankfurt am Main 1997, S. 39

Kapitel 10, S. 179
»Wenn ich ein Wort gebrauche«, sagte Goggelmoggel in recht hochmütigem Ton, »dann heißt es genau, was ich für richtig halte – nicht mehr und nicht weniger.«
»Es fragt sich nur«, sagte Alice, »ob man Wörter einfach etwas anderes heißen lassen kann.«
»Es fragt sich nur«, sagte Goggelmoggel, »wer der Stärkere ist, weiter nichts.«
– Insel Verlag, Frankfurt am Main 1997, S. 88

Indirekt im Text zitiert: Der Traum des Schwarzen Königs, Kapitel 19, S. 360
– Insel Verlag, Frankfurt am Main 1997, S. 63

3. Tucholsky

Kapitel 4, S. 61
»Die Sprache ist eine Waffe, haltet sie scharf. Tucholsky«, nahm ihr Bruder den Gedanken auf.
– Sprache ist eine Waffe. Sprachglossen Taschenbuch – 1989 von Wolfgang Hering (Herausgeber), Kurt Tucholsky (Autor)

4. Adorno

Kapitel 5, S. 65
Das Halbverstandene und Halberfahrene ist nicht die Vorstufe der Bildung, sondern ihr Todfeind.
Theodor W. Adorno, Theorie der Halbbildung, S. 183
– https://www.ssoar.info/ssoar/bitstream/handle/document/18760/ssoar-1959-adorno-theorie_der_halbbildung.pdf

5. Raumpatrouille

Kapitel 8, S. 120
Was heute noch wie ein Märchen klingt, kann morgen schon Wirklichkeit sein …
– https://www.youtube.com/watch?v=Cwj6dZvQH8I

6. Rilke, Der Panther

Kapitel 9, S. 149
Der weiche Gang geschmeidig starker Schritte, der sich im allerkleinsten Kreise … wie ein Tanz von Kraft um eine Mitte, in der betäubt … ein großer Wille …
– Rainer Maria Rilke, Die Gedichte, Insel Verlag, Frankfurt am Main 1986, S. 451

7. Bobby Fischer

Kapitel 15, S. 252
Schach ist Krieg auf dem Brett, hatte der Amerikaner ein Jahr zuvor erklärt. Und: Ziel ist es, den Geist des Gegners zu brechen.
– https://www.dw.com/en/fischer-v-spassky-the-cold-war-on-a-chessboard/a-62290588

8. Shakespeare, Julius Cäsar

Kapitel 17, S. 308
»Nicht durch die Schuld der Sterne, lieber Brutus, durch eigne Schuld nur sind wir Schwächlinge«, deklamierte Emil der Eisbär
– Diogenes Verlag, Basel 1979, S. 11

S. 309
»Der Brutus wärst dann du. Und ich hab mir sagen lassen, Brutus sei ein ehrenwerter Mann.«
– Diogenes Verlag, Basel 1979, S. 50/51

S. 310
»›Lasst wohlbeleibte Männer um mich sein, mit glatten Köpfen, und die nachts gut schlafen. Der Cassius dort hat einen hohlen Blick; er denkt zu viel: Die Leute sind gefährlich.‹ Cäsars Worte.«
– Diogenes Verlag, Basel 1979, S. 13

S. 313
»So will ich mit Geduld mich waffnen und den Willen hoher Mächte erwarten, die das Irdische regieren«
– Diogenes Verlag, Basel 1979, S. 75

9. Der Siebte Sinn

Kapitel 20, S. 336/337
Es gibt falsche Verhaltensweisen, die besonders oft bei Frauen beobachtet werden, wie beispielsweise das Nichtbeachten der Vorfahrtsregeln.
Frauen fahren vorsichtiger als Männer, weil ihnen die Übung fehlt. Sie behindern dann den fließenden Verkehr. Das liegt einmal an der zu geringen Kilometerleistung dieser Damen, und zum anderen an ihrer Hilflosigkeit gegenüber der Technik.

– Zusammenschnitt aus YouTube-Videos. Der Siebte Sinn – Frauen am Steuer https://www.youtube.com/watch?v=xixym7vGUQ4

10. Tania Blixen

Kapitel 23, S. 436

Ich hatte eine Farm in Afrika am Fuße der Ngongberge. Hundert Meilen nördlicher lief der Äquator durchs Hochland, aber die Farm lag in einer Höhe von über zweitausend Metern.
– Manesse Verlag, Zürich 1986, S. 9

WAS IST DICHTUNG; UND WAS IST WAHRHEIT?

Anmerkungen zum Roman »Die Unbestechliche« von Maria von Welser

Da schreibt man als Journalistin für die Kinder, die Familie, für die Freunde seinen beruflichen Weg nieder. Auch weil in der Corona-Zeit kein Vertrag eines Verlages auf dem Tisch lag. Aber schreiben, das ist halt mein Leben. So entsteht »Journalistin aus Leidenschaft – der Weg zu meinem Traumberuf«. Bei all den vergangenen 18 Büchern von »Lebendiges Oberbayern« über »Zurück zur Zuversicht«, »Leben im Teufelskreis – Kinderarmut in Deutschland« bis zu »Wo Frauen nichts wert sind« und »Heiter weiter – vom glücklichen dritten Leben« war immer Literaturagent Thomas Montasser mein Berater und schließlich Freund. So gerät auch das kleine Berufsbüchlein von mir in seine freundschaftlichen Hände, und damit beginnt die Romangeschichte. Er findet, das sei ein toller Stoff für einen Roman. Aber: Ich bin alles andere als eine Romanschreiberin. Doch Thomas Montasser hat eine Autorin im Auge, und die wagt sich schließlich daran, aus den Anfängen meines beruflichen Lebens einen Roman zu verfassen: Waltraud Horbas.

Und wer bis hierher gelesen hat, kennt jetzt die Geschichte von Alice. Was darin hat mit mir zu tun? Was ist Erfindung einer klugen Romanautorin? Ich will mich auf die Realitäten besinnen und zum Schluss dann doch noch Wahrheit von Dichtung trennen: Es stimmt wirklich, dass ich als junge Mutter mit meinem kleinen, fünf Monate alten Sohn in der Kraxn Ski gefahren bin. Er hat tatsächlich gejuchzt, und ich war glücklich auf meinen geliebten Skiern. Meine journalistischen Anfänge lagen tatsächlich beim *Miesbacher Merkur*. Und die Sonntagsdienste samt kleinem Baby bestanden nicht nur aus dem »Blattmachen«, sondern auch aus Füttern und Wickeln auf dem Schreibtisch. Wobei ich vor allem deshalb nach nur drei Monaten Volontärszeit Sonntagsdienst machen durfte, weil die Kollegen im Büro dann freihatten.

Zwei Kinder habe ich auch, die Sorgen und Nöte zwischen Job und Kindern daheim hat Waltraud Horbas treffend beschrieben. Die Eheszenen aber zwischen Alice und Karl entsprechen weniger meinem Erleben. Doch ganz bestimmt die Geschichte der Toten am Fuße der Weyarner Brücke. Die war tatsächlich mein erstes »Morderlebnis« als Reporterin: *Nackt liegt sie im Schnee, auf dem Bauch, von mindestens sieben Messerstichen getötet. Von der Autobahnbrücke hat man sie wohl heruntergeworfen. Denn im Schnee finden sich keine Blutspuren.* So beginnt mein kleines Berufsbüchlein.

Ich werde später in meinem beruflichen Leben, bei den Recherchen und Dreharbeiten in den Kriegen in Tschetschenien, Ruanda oder Afghanistan noch viele tote Menschen sehen. Aber diese junge Frau, vermutlich eine Prostituierte, ist mir nie aus dem Kopf und der Seele gegangen.

Wie gerne ich sowohl beim *Münchner Merkur* als auch später bei der *Abendzeitung* abends in der Setzerei war, das lässt Waltraud Horbas jetzt auch Alice erleben. Der Geruch dort geht auch mir nicht verloren.

Was auch stimmt im Roman: Von der Zeitung hinüber zum Radio und dann Fernsehen hat mich tatsächlich das Weilheimer Hochwasser »geschwemmt«. Nach elf Jahren Tageszeitung und

Boulevardzeitung hatte ich große Lust auf eine neue Herausforderung. Im *Bayerischen Rundfunk*, genauer im Zeitfunk, kam ich nicht so recht an. Die ließen mich doch tatsächlich acht Monate Zwischeninformationen schreiben, und die leitenden Herren behaupteten, ich hätte keine Radiostimme. Erst als ich die Einzige vor Ort war samt einem kleinen Übertragungswagen und vom Hochwasser der Ammer berichten durfte, begann so wirklich die Radiokarriere. Der Zugverkehr nach Murnau und Garmisch-Partenkirchen war gestoppt worden. Innsbruck in Tirol nicht mehr erreichbar. Ich konnte meine Talente ausleben, mit den betroffenen Menschen reden, ihre Ängste um Haus und Hof beschreiben. Erstaunlicherweise wollten damals sogar Radiosender außerhalb Bayerns darüber Berichte hören. Und als alles vorbei war, erinnere ich mich noch heute des netten Satzes eines Oberbayern-Kollegen nach der Reportage: »Kommens doch mal bei mir vorbei.« Da hab ich mich dann hingewagt, hoch hinauf im *Bayerischen Rundfunk*, unter die Dachschräge. Es waren glückliche Jahre im Radio bei den Oberbayern. Wie Alice in dem Buch hatte ich schon vorher Sprechtraining genommen, bei der damaligen Chefsprecherin des *BR*. Schließlich ist nur bei der Volksmusik-Ikone Carolin Reiber das rollende R eine Marke.

Nach den Zeiten im Printbereich jetzt also Radio, ein Jahr später Fernsehen. Genau so war's. Schließlich der Wechsel nach fast zehn Jahren vom *BR* zum *ZDF*, dann zum *NDR* und damit der *ARD*. Wenn ich jetzt zurückblicke, dann waren das einundvierzig Jahre in großen Medienhäusern. Überwiegend fest angestellt. Was mir sehr recht war, auch um die beiden Buben abzusichern. So kann natürlich ein Roman wie dieser nur eine kleine Strecke dieses Berufslebens abbilden. Aber das ist klug gelungen. Auch wenn Waltraud Horbas der Alice einen doch sehr anderen Charakter verpasst hat. Was uns allerdings verbindet, im Roman und in der Wirklichkeit, ist der Einsatz für

Frauen, für ihre Rechte und gegen männliche Machtstrukturen. Jedenfalls geht Alices Geschichte gut aus. Vielleicht wie im richtigen Leben, wer weiß!